AF365903

REJALGAR

LOS VELASCO
DE ALCOLEA DE CALATRAVA
A CASAS DE LÁZARO

JUAN MIGUEL VELASCO BLÁZQUEZ

ISBN 978-84-18471-98-8

REJALGAR. Los Velasco. De Alcolea de Calatrava a Casas de Lázaro
© Juan Miguel Velasco Blázquez
Correo electrónico del autor: velasco127@yahoo.es

ISBN: 978-84-18471-98-8
Depósito Legal: AB 580-2021
Producción: Liberlibro.com
Edición septiembre 2022

JUAN MIGUEL VELASCO, nació en Balazote (Albacete), a las puertas de la vega y del río donde pasó su primera infancia en contacto pleno con la naturaleza. No se percató ni del invierno, ni del verano. Sólo impactó en él, el severo lema de la filosofía escolar: "La letra, con sangre entra". La figura del maestro era tan temida como el sistema.

En el colegio Carlos V, bajo la misma filosofía escolar, la palmeta de madera es también aplicada por los maestros, excepto uno, que recuerda con tristeza. Se llamaba también Adolfo, como su abuelo "Rejalgar". Con tristeza porque, el buen hombre, que no se quitaba la boina, se dormía sentado en la mesa hasta que los alumnos lo despertaban.

Pasó a estudiar el bachillerato elemental a la academia Aristos de Albacete, donde recuerda que el "método" se hacía más efectivo. Se añadieron las "tortas" por doquier y el puntero sustituyó a la palmeta. El que más fuerte las daba y cargadas de odio eran las del cura, el cual evangelizaba en la parroquia de San José.

En el servicio militar se enteró que en España había sucedido la más terrible de las guerras. ¡Por eso se habían callado todos! Descubrió a Marx cuando murió Francisco Paulino Hermenegildo Teódulo en noviembre de 1975. Toda la historia aprendida resultó ser falsa.

Se afilia al Partido del Trabajo en 1976 y comienza a entender científicamente la política y a los políticos que se autodefinen "de izquierdas". Al año siguiente colabora en la publicación de un libro de poesía: "Reventando las Sombras" distribuido clandestinamente por estar prohibido.

Con un grupo de amigos de senderistas y montañeros fundan el Centro Excursionista de Albacete comenzando a colaborar con la cultura y el deporte con publicaciones como: Guía de Castillos, Torres y Atalayas de Albacete, Marcha Nerpio Alcaraz, Árboles Singulares de la Provincia de Albacete, El Camino de Anibal, Molinos de Viento Harineros de la Provincia de Albacete, Vias Pecuarias de la Provincia de Albacete, colabora en la organización y trabajo de la Topoguía de Senderos de la Provincia de Albacete (GR-60-66-67-68 y los PR 1-2-3-4 y5)

En los pequeños momentos que su trabajo le permite (CCM) estudia derecho en la UNED y publica "Cómo desheredar a su cónyuge".

Y en esta última etapa de jubilado, encuentra la afición a la genealogía a través de la búsqueda de los antepasados "Velasco", creyendo que la mejor opción para conocer sus orígenes sea de forma novelada, añadiendo todos los gráficos del árbol genealógico de los descendientes del primer viajero, Alfonso Velasco, natural de Alcolea de Calatrava, que decidió sentar sus reales en Casas de Lázaro y repartir el apellido por toda la comarca.

Con este estudio, el autor se retira a un autoencierro como monje ateo y que cada uno se las apañe como pueda.

¡Qué sean felices!

Prólogo

Al autor del presente estudio genealógico del ilustre apellido "Velasco"

Estimado Sr. Velasco:

He de agradecer su amable y sincera invitación para prologar su tratado y estudio genealógico del apellido que usted representa, de reconocida raigambre y alcurnia en el reino de las Españas y que tan alta y extendida influencia política en todas las posesiones de la corona castellana ha de reconocérsele.

He de admitir su estimable buen criterio en el desarrollo genealógico; detallado y audaz, en el que, como pretende y así lo consigue, desglosar todos los descendientes, que según su estudio, han nacido, procreado y difundido el apellido desde su origen en la muy leal y apreciada villa de Alcolea de Calatrava, a principios del S. XVIII hasta la fecha y muy bien estructurado en la muy noble villa de Casas de Lázaro de la provincia de Albacete.

Sin embargo, tengo que desestimar la realización de un prólogo formal y clásico, al corte y medida de una novela histórica con su fondo genealógico, por apreciar una visión tibia y oscura de los elementos y referencias aristocráticas mencionadas en el mismo, porque han sido la base de la alta alcurnia de la nobleza castellana a la que me siento obligado a defender.

Amigo mío, sin la nobleza en España no se hubiese construido la burguesía; clase, que evidentemente no me representa lo más mínimo, pero no dudo de su importancia histórica como usted puede comprender. Evidentemente puede enorgullecerse de llevar el ilustre apellido "Velasco", pero su tratado histórico novelado no deja, de igual modo, en buen lugar a la mencionada burguesía, y aún menos a la aristocracia, a la que usted amablemente y en mi persona, quiere que prologue este libro.

Todo lo contrario a lo pensado y referenciado anteriormente, usted ha realizado un estudio del apellido de los jornaleros, pastores, braceros y pequeños artesanos que, dicho sea de paso y con el debido respeto y honor, el apellido "Velasco" los representa y dignifica. Comprenderá, que por mis principios, no puedo aceptar que un tratado de genealogía en el que, históricamente se ha de centrar en la nobleza, venga usted ahora a incluir a la clase obrera. Tal aceptación supone un hecho revolucionario que no comparto.

No me atrevo a discutir sobre su veracidad histórica y los comentarios a la Santa Madre Iglesia Católica, que aún reconociéndole en su tratado, todas las aseveraciones relatadas, mis principios y valores no la condenan. Y como no es mi deseo desearle mal augurio, tenga por la presente mi desistimiento a prologar tal tratado genealógico, aunque puede usted incluir el presente comentario con mi agradecimiento e interés en verse publicado.

Muy sinceramente

S. de Casablanca, conde de Pinoenhiesto

Recibida la negativa a prologar el presente estudio novelado de la genealogía del apellido "Velasco" en Casas de Lázaro, provincia de Albacete, vinome a la memoria si podría solicitar a algún representante del estamento que me referencia el conde de Pinoenhiesto, y en ello vino mi interés en hablar con un alto representante de la burguesía de la Mancha, hombre de bien, creador de puestos de trabajo, aliado de la cultura, protector de libreros, pródigo en saludos y parabienes, que dijome un día ser descendiente bastardo de un tal Juan de Velasco y Prado, natural de Alcolea de Calatrava, el cual pleiteó con la justicia de la Chanchillería de Granada para obtener su reconocimiento de "Señor Hijosdalgo". Omito a conciencia su nombre por no haber recibido respuesta escrita a prologar un trabajo como éste. ¿Quién soy yo, y en qué conciencia me sustento para revelar tal declaración, aunque lleve ilustre apellido?

Como decía mi abuela: ¡A usté con Dios!

Ante la ausencia de respuestas a mi humilde petición, restabame sólo la invitación a la clase de mis orígenes y asentamiento en estas tierras, la de los jornaleros, pequeños artesanos, agricultores y braceros que tuvieron que procrear cada uno diez hijos de media, para que les sobrevivieran cuatro en cada familia. Esta clase que se estuvo dejando día a día un trozo de su cuerpo en cada surco, en cada reja. Una mitad de esta clase renegó, en conciencia, a serlo en el último conflicto material de la lucha de clases, la guerra civil, la más triste y humillante de nuestra historia, sin saber causa, ni fin. Pero a decir verdad no hallé persona alguna con interés en concederme un prólogo.

Influenciada la clase obrera por la conciencia cultural dominante, el individualismo y su filosofía, cuyo interés en ser y aparentar más que su vecino, más que el señorito, que daba jornales a trueque de tocino, deja pasar el tiempo en modo "olvido" para invertirlo en empotrarse un sombrero a modo cordobés, en un somero cráneo estándar con recio bigote que tapase las comisuras y una mirada de miedo, que bien pudiera darlo, tenerlo, o ambas cosas. En ello estaba, pero no encontré jornalero que supiera escribir media cuartilla.

Al no existir planes de cultura para los pobres, hallaban los poderes públicos, en su maldad, el fundamento para el "negocio y la ganancia". Las clases dominantes los mantuvieron en el olvido, marginados, so pena represiva si alzaban un grito de rebelión. Ante ésta perspectiva histórica, ¿cómo iba a promoverse en la clase obrera el estudio genealógico?

Menos mal que el cardenal Cisneros obligó a apellidarse. Ello permitió que los pobres iniciaran con orgullo su apellido. Con él, el agnaticio *"per virilem sexum"*, queda registrado en los libros bautismales, que es hasta donde podemos llegar en la investigación documental. Si "Rejalgar" hubiese oído alguna vez o conocido al cardenal o a su obra a través de algún fraile o clérigo, no habría duda que hubiese sido objeto de "brindis y discursos" en las tabernas de Casas de Lázaro. "Arriba Cisneros".

Mi más sincero agradecimiento, Cardenal, pues si no le hubieran obedecido, hoy la genealogía de los pobres no existiría más de dos generaciones. Añádase a ello, el empecinamiento bélico por destruir a fuego todo archivo histórico en interés de particulares aspiraciones, como las sucedidas en las Guerras Carlistas o en desatados y disparatados ataques de ira de grupos de obreros, víctimas de la ignorancia en la última guerra civil.

He de decir que no merecía perder más tiempo en la búsqueda de intelectuales, braceros, jornaleros, artesanos y otros proletarios, bien por hallar difícil el camino de encontrarlos y porque tampoco es necesario que un prólogo tenga que avalarlo un ilustrado en letras y lengua castellana. De éste modo dejo de mendigar un prólogo como obligación y licencia literaria. El que tenga algo que decir, que lo diga después de leer el libro, a través del email que más adelante se cita.

Concluyo que el presente libro no precisa tal. Sólo algunas palabras de presentación por mi parte, y por ello añado que:

"Todo vestigio documental, judicial, literario o la costumbre, sea sacra o civil, debe ser objeto de su protección y cuidado".

Pero esta tarea, en mi opinión, no sólo debe recaer en los organismos públicos, sino en todo tipo de organizaciones, sean políticas o culturales, y si éstas no actúan ni sirven al bien común, pues los mismos ciudadanos. Una tarea que debe incluirse, como tantas otras que no están, en los conocimientos y contenidos educativos. ¡Es preciso saber de dónde venimos para saber a dónde vamos!

Para el lector que haya comenzado a leer este prólogo y llegado a este punto, me veo obligado a decir que el cognombre y apodo de "Rejalgar" ha existido, personificado en la persona de Adolfo Velasco García, que a poco que indaguen, sacarán conceptos sobre su significado. ¡Y qué bien definido estaba para aquél que lo usó por primera vez!

Los apodos son bien aceptados cuando tienen un significado propio, preciso e irrefutable, pero he querido extender el apodo en esta novela histórico genealógica, hasta el origen de los datos encontrados, la partidas de bautismo, hasta donde el fuego no llegó. No obstante, nadie pone en duda que muchos niños nacidos vivos, no se inscribieron en ningún libro, ni aún siendo obligatorio desde la creación de los registros civiles. Como consecuencia para el estudio científico genealógico del apellido, queda en el limbo.

Los cuadros sinópticos del árbol genealógico del apellido Velasco se inician con Alfonso Velasco en la localidad de Alcolea de Calatrava, Ciudad Real, hasta

Pedro Velasco, que nace en Masegoso. A partir de aquí se dividen en dos linajes en Casas de Lázaro: el primero de ¨Romualdo Velasco, en los anexos de las últimas páginas y el segundo a través de Nicolás Velasco, intercalados en el desarrollo de los personajes reales que aparecen en la novela.

Las bases documentales comprenden desde los últimos datos verificables que nos aproximan al año 1700 coincidentes con la entrada de los "Borbones" al reinado en España, que tanto gusta a los monárquicos, pero que en nada quieren conocer sus historia y hechos.

Estas dos ramas son las que generan las dos familias Velasco en Casas de Lázaro, llegando a mezclarse en algunos casos, bien por los varones con el apellido Velasco o bien a través de sus cónyuges. La endogamia en los pueblos y aldeas con escasos habitantes y el sedentarismo era reconocida como costumbre asumida.

Todos los descendientes con este apellido encontrarán en este estudio sus antepasados, excepto dos ocasionales que vinieron a morir a Casas de Lázaro y que no tuvieron descendencia en esta villa. Fueron, Antonio Velasco, casado con María Escribano, que venían de Pozoamargo (Cuenca) y murió en el año 1864 en Casas de Lázaro sin descendencia. El otro caso es María Antonia Velasco, que vino de Hellín. Estuvo casada con José Marín, cuya única hija, María Encarna Pascuala Marín Velasco se casó con Raimundo Aguilar Rodríguez en 1863.

Para los interesados lectores que tengan alguna duda, curiosidad, inquietud, interés en corregir, añadir algún dato, como nombres, apodos, fechas, curiosidades, fotografías, etc., pueden dirigirse al email velasco127@yahoo.es donde las aceptaré, corregiré y quedaré muy agradecido.

Juan Miguel Velasco

REJALGAR

LOS VELASCO
DE ALCOLEA DE CALATRAVA A CASAS DE LÁZARO

Mi agradecimiento a los que ya no están y a los que con su testimonio directo han hecho posible este estudio genealógico del apellido Velasco.

Adoración Sánchez Jiménez, Eugenio Auñón Velasco, Arquímedes López Aguilar, José Ruíz Guillén, Edita Cuartero, María Dolores López Aguilar, Enrique Velasco López, Jesualdo Velasco López, Evelia Velasco Reyes, Francisco Velasco Reyes, Antonio Velasco Reyes, Orencio Blázquez Sánchez, Braulio Moreno Jiménez y su hija Nieves Moreno Velasco, Eloyna Martínez Velasco, Lorenzo Macia Aguilar, Carlos Velasco Baídez, Ramón López Galera, Julián López Lorenzo, Ana Peña Sánchez, Laureano Sánchez Martínez, Rosario Rosa Martínez, Victoria García Blázquez, María Elena Vázquez Rosa, Victorina Rosa García y Rosario Parra Lozoya.

ÍNDICE

Capítulo uno

Del nacimiento de Alfonso Velasco y de la extraordinaria noticia que se pregonaba en Alcolea de Calatrava

Llegó el día seis de noviembre del año mil setecientos en Alcolea de Calatrava, con el ábrego húmedo, con diminutas nubes sobre la planicie del Campo de Calatrava, arreciando humo por las chimeneas de las casas y amenazando un nuevo día triste para la Mancha de Ciudad Real.

Al solano, frente a la calle del pozo, se encuentra, Basilio, "El Orzas", para pregonar algún asunto que interesa al Concejo. Es domingo y se ha recibido correo oficial del corregidor de Ciudad Real, capital de La Mancha,[1] que se encuentra a unas tres leguas de Alcolea.[2] Se prepara la trompetilla curva de latón, de unas diez pulgadas castellanas[3] de larga, de un característico y reconocible sonido que rápidamente despierta la atención del vecindario. Sopla con fuerza todo el aire que lleva en los pulmones y a continuación anuncia el pregón.

Enfrente del hospital de beneficencia y del pozo,[4] comienza a abrirse una pequeña ventanilla de una casita, de las pocas que tienen tejas, que mira al norte, para oír las primeras palabras del pregón que no se han entendido, porque al "Orzas", pregonero de Alcolea, natural de Jaén, no se le ha dado nunca bien pronunciar aquello de "ce face zaber" y porque Joseph Velasco, que es quien ha abierto la ventanuca, está inquieto, pues en la estancia contigua se encuentra de parto su mujer, Isabel de Prado, atendida por la partera[5] del pueblo y por una prima de Joseph, Carolina Velasco.

"El Orzas" repite el bando.

-"Ce face zaber".

En ese momento, comienzan a oírse los primeros llantos de un niño.

-¡Es un niño Joseph! ¡Mira como berrea!, le dice Carolina a su primo, desde la habitación.

-¡Voy, voy prima!, le contesta.

Se acerca a la cama y le dice a Isabel.

-Anda mujer, con éste ya son cuatro y canta más que ninguno.

Isabel, todavía sudorosa, le dice:

---

[1] Ciudad Real fue capital de la provincia de La Mancha desde su creación en 1691.

[2] La legua era la distancia que se podía recorrer a pie en una hora, quedando establecida en el S. XVI en 20000 pies castellanos, unos 5.572,2 metros.

[3] Una pulgada castellana equivalía a 23,22 milímetros.

[4] Al pozo, que está situado al principio de la calle, se le conoce como "Pozo del Hospital" y ya se menciona en la relaciones topográficas de Felipe II.

[5] Las parteras, mujeres que atendían los partos en los pueblos ocupaban una posición humilde y normalmente, como todos los oficios, incluido el pregonero, eran despreciados. Carecían de conocimientos empíricos y habilidades, pero era una manera más de ganarse un pequeño jornal.

-Éste va a ser pregonero.[6] Y, por cierto, ¿Qué pregona "El Orzas"?
Joseph le dice:

-Nada, que se ha muerto el rey. ¡Buen viaje lleve!

Su prima que está lavando al niño, le pregunta.

-¿Qué rey? ¿El Pasmao?[7]

-No, le dice Joseph, "El Hechizado", que no habrá otro más bobo en todo el Imperio.

-¡Calla y no digas más necedades Joseph!, le dice su mujer. ¡Qué como te oigan!… ya sabes, te dan el paseo. Treinta azotes de vergüenza que te pueden dar en la plaza.

-¡Bueno, bueno! Ya voy echando carrasca al fuego que se encalore la casa, que hoy refresca el ábrego.

Joseph sale de la casa para coger unos troncos que tiene en el corral contiguo, se cruza en ese momento con Basilio "El Orzas" y le dice :

-Basilio. ¿De verdad que se ha muerto el Rey?

-¡Verdad es!, le contesta. ¡Una pena muy grande, muy grande. Las urracas y los cuervos bajan de los Montes de Toledo. Tiznaos vienen y graznando. Guarda mies, cuelga melones, fríe tomates, asa pimientos, recoge trigo, arregla la cámara, que estos pájaros no son de mi agrado![8]

-¿Y esos llantos? Le pregunta a Joseph señalando la ventana.

-Esos llantos son tomates, melones, trigo y cámara. Un niño, le contesta Joseph, que puede ser verdad que esos cuervos que me refieres, avisen de las nubes de más allá de Toledo y a mi se me antoja que me van a entrar los males dentro de poco y me tendrá que ayudar a cavar la tierra. Es el cuarto hijo que acaba de venir a este mundo. ¡Qué bien que se le oye! ¿Verdad?

-¡Queda con Dios! Joseph y que sea enhorabuena. Acuérdate de lo que te he dicho, que en el Concejo están preparando líos por lo que estoy oyendo.

Como era obligada la inscripción de los nacidos en los libros de la iglesia, Joseph esperó a que su mujer, Isabel, estuviera dispuesta para el bautismo en la iglesia de la Asunción.

Pasados tres días solicitó al presbítero don Cayetano la celebración del bautismo[9] y para ello discutieron sobre el nombre que había de ponerle al niño, proponiendo

---

[6] El pregonero era como un funcionario público, tenía asignación del Concejo y además de anunciar los bandos y otros asuntos oficiales, podía anunciar de particulares cualquier ofrecimiento a cambio de una pequeña aportación económica. "Dar tres cuartos al pregonero". El pregonero era considerado un oficio detestable, al igual que el carnicero, la partera, el verdugo, etc. En realidad lo que hacía vil a las personas era el trabajo. !Cuanta soberbia y prejuicios arrastramos hoy, en el siglo XXI de ésta endemia medieval!

[7] El rey Carlos II fallece el lunes uno de noviembre de 1700, sin descendencia. Padecía el síndrome de Klinefelter.

[8] Se estaba refiriendo a la guerra inminente entre dos bandos por la lucha de la corona que inmediatamente se iba a declarar.

[9] El sacramento del bautismo se regula en los Cánones institucionalizados en la sesión VII del Concilio de Trento del tres de marzo de 1547 donde se recomiendan las pautas a seguir para confeccionar los Archivos Parroquiales.
Este Concilio se inicia en el año 1545 y finaliza en 1563.

don Cayetano que el santo del día era San Iltuto, a lo que, de un respingo Joseph le dijo:

-Ni hablar de Iltuto, mejor Alfonso como el Rey Sabio.

Don Cayetano, hombre prudente, que reconociendo que el nombre sonaba un poco a estiércol o impuro le dijo:

-Bueno, bueno, hay también en el santoral otro San Melanio.

-¡Vaya hombre don Cayetano!, dijo Joseph. ¿Por qué tenemos que poner nombres que no sabemos de dónde salen?

-Hijo mío, le contestó don Cayetano entrecruzando las manos y mirando a los pies.

-Saber, saber, si sabemos, pero es que lo manda el Santo Padre.

Joseph, comenzaba a agitarse. Un tic nervioso en los ojos delataba su disconformidad. No le permitían parpadear, abriéndolos sobremanera, fijos en don Cayetano. Levantándose de la silla que estaba frente a la mesa, le dijo:

-¡Pues no se bautiza! Yo le voy a llamar Alfonso, como el Rey Sabio.

-No se hable más, sentenció don Cayetano, viendo que se quedaba sin bautizar. Sea Alfonso Velasco y de Prado. Mañana mismo se celebra el sacramento. Ven con dos padrinos cuando el sol asome por la torre de la iglesia.

-¿Y si llueve don Cayetano? Le pregunta Joseph.

-Por Belcebú, dice don Cayetano tocándose la frente para encontrar la respuesta. Mira Alfonso, si llueve lo dejamos para cuando salga el sol.

-¡Vaya por Dios!, asiente Joseph. Entonces venimos mañana don Cayetano.

El pozo en la calle del mismo nombre en Alcolea de Calatrava

Capítulo dos

Que trata de los primeros años de vida en Alcolea de Calatrava de Alfonso Velasco, de sus cualidades dignas de admiración y de cómo los cuervos y grajos, como había advertido "El Orzas", sobrevuelan los cielos de La Mancha y del Imperio.

La nobleza de España, nada más conocer la muerte del rey Carlos II, una vez más, se organiza y prepara para la guerra. A pelear por sus privilegios, sin importarle quien labra sus tierras y quien riega los huertos.

El rey Carlos II, había dejado como heredero de la corona a Felipe de Anjou, su sobrino nieto, que venía del pueblo francés Bourbon-l'Archambault y a su vez, nieto de rey francés Luis XIV. De este modo, siguiendo la costumbre ibérica española, ante la división de los intereses por reinar en España, se organizan dos bandos en la nobleza. De un lado los partidarios de Felipe de Anjou, sobornados por el rey de Francia y por otro, los sobornados por los austriacos, partidarios del archiduque Carlos de Austria, sobrino de Maríana de Neoburgo, reina consorte de Carlos II. El conflicto se resolvería a palos nada más ser nombrado el nuevo rey, el francés, Felipe V, el dieciséis de noviembre del año mil setecientos.

En estas circunstancias se va a desarrollar la infancia de Alfonsito, con un pueblo que no entendía de política, ajeno a todo, pero sí sujeto a encartamientos para apoyar la causa.

La población de Alcolea contaba con unos doscientos vecinos,[10] veía como estaba disminuyendo en estos últimos años. Este despoblamiento estaba provocado por la guerra, que duraría catorce años, las epidemias, la miseria en la que vivía en general toda la clase campesina y la gran cantidad de personas que, para huir del trabajo, ingresaban en órdenes religiosas.

Comenzó a andar Alfonso, a los nueve meses sobre las losas de arcilla. Ayudado por su madre, al final del verano salió a ver la calle. Mostraba gran interés y sorpresa en todo lo que veía, desarrollando una gran habilidad; que no defecto físico. Era capaz, ante cualquier suceso nuevo, abrir el ojo izquierdo mucho más que el derecho, por lo que, en muchos casos, sobre todo en el ambiente familiar causaba gran regocijo y carcajadas. Continuamente le enseñaban cosas nuevas, objetos, gestos, palabras y cuando salían a la calle, todas las cosas eran sorpresas, provocándole inmediatamente lo que tanto gustaba a su familia, el ojo izquierdo. Ese gesto le acompañaría toda su vida.

---

[10] El número de vecinos hace referencia a los titulares de cada casa, por ello había que realizar un cálculo aproximado para saber los habitantes reales, "almas", Había que sumar a las viudas, hijos, pobres de solemnidad e hijosdalgo que no contaban como vecinos.

Siendo consciente de ello, consiguió que no fuera solo un reflejo instintivo, sino una acción deliberada, que en más de una ocasión causaba en vez de asombro y gracia, todo lo contrario, sobre todo entre personas de la nobleza, de la iglesia, el Concejo de Alcolea y de manera sublime, en el supersticioso pueblo.

Con dos años y diez meses, Alfonsito todavía mamaba de su madre y alternaba con papilla de patatas, un puré tradicional de los pobres que además alimentaba a toda la familia. Crecía fuerte, ajeno a todo lo que le rodeaba.

En esos momentos, el archiduque Carlos, el pretendiente austriaco al trono, levantado en armas contra Felipe V, es proclamado por el emperador Leopoldo I[11] como Carlos III de España.

Ahora, decían en el Concejo, tenemos a dos reyes. Dobles facenderas, dobles alcabalas y portazgos, decía el alguacil mayor del concejo, al que el pueblo llamaba "Garfas", hombre de mala fe, bocalán y baldragas, que decía del fallecido rey Carlos II, que era débil físicamente, torpe e indolente, con el cuello más largo que las patas de una grulla y que, cuando murió, se produjo un milagro en Madrid.[12] Añadía una sucesión de agravios que llenarían más páginas que El Quijote.

El "Garfas" sabía muchas cosas de la Corte, pues había sido cuatro años atrás, guardia chambergo, ello le permitía ver y oír todo en aquel palacio sin rubor ni espanto alguno.[13]

Alcolea de Calatrava.
Vista general desde la ermita de San Isidro

---

[11] Leopoldo I de Habsburgo, Emperador del Sacro Imperio Romano Germánico. Vea el lector lo fácil que era provocar una guerra por la corona.

[12] Lo que se produjo es que el Lucero del Alba, (Venus) se había visto muy cerca del sol. La superstición en España era ciencia.

[13] La Guardia Chamberga fue instituida por Maríana de Austria, madre del rey Carlos II, regente en 1669 y que tenía como objeto, la defensa de la casa real española.

A los ochos años, Alfonsito ya escardaba y eslarajaba hierbas con su padre en las labores del campo. Al fin y al cabo, iba a ser el que continuara abasteciendo la cámara de alimentos. Así conoció, que de los tres predios donde labraban, sólo uno era de su padre Joseph, el quiñón[14] del arroyo que atraviesa el pueblo, situado en los arrabales del pueblo, donde sembraba el huerto, que le daba tomates, patatas, ajos y alguna hortaliza más para sustento de la familia. Del quiñón pagaba los pechos.[15] Los otros dos predios pertenecían, uno a la Iglesia, situado abajo del hilo de agua de la fuente del Pez, que estaba gravado con el diezmo[16] y el otro, pertenecía a don Gaspar Vázquez de Velasco, un hidalgo[17] de Piedrabuena, que estaba en la fuente de la Colodrila, a quien se le pagaba el arrendamiento.

Tenía Joseph un burro, al que le pusieron de nombre "Braguetas" que le había comprado a Benito Dotor, "Burragrande", vecino de Alcolea, por treinta reales[18] que vivía al lado del puente que unía la calle de la iglesia con los arrabales del pueblo, por donde pasaban Joseph y su hijo cuando venían de la fuente del Pez.

Cada vez que así lo hacían, los dos montados en el asno, Alfonsito, que así le llamaban en su casa decía:

-¡Burragrande, hideputa!

Su padre hacía como que no le oía, hasta que un buen día, sin haberse percatado Alfonsito que Benito "Burragrande", salía de su casa, éste le oyó, disgustándole sobremanera, lo que le hizo acercarse con mucha desazón hacia el niño con ánimo de reprenderle. Alfonsito que lo ve, adopta instintivamente la postura defensiva de su ojo izquierdo, abierto en extremo y con desorbitado desparpajo, se queda inmóvil y paralizado, recibiendo una reprimenda, como así su padre Joseph por no regañarle lo debido, pues ya sabía todo el pueblo el agravio que el niño acostumbraba todos los días con el "hideputa".

Joseph no se esperaba tal eventualidad. Desconcertado por el enfado de Benito "Burragrande", apenas reaccionaba, hasta que se hubo calmado y le dice:

-Hombre Benito, no ves que es un guarín.

-Ya, ya, un guarín, dice Benito "Burragrande", pero va camino de echar "mal de ojo" a todos los de este pueblo, que a mi me provoca sarpullidos y calenturas cada vez que me mira. Míralo Joseph, no ha movido el ojo desde que me he acercado. Este niño tiene "Rejalgar".

---

[14] El quiñón era un trozo de terreno de labrantío que procedía del reparto de tierras a la Orden de Calatrava, la cual repartía entre sus repobladores tras la toma de éstas a los árabes.

[15] Impuesto sobre heredades que pagaba el propietario. A ellos se les llamaba "pecheros", los pobres.

[16] Diezmo o alexor. Impuesto sobre la cantidad de productos de la heredad o finca cuantificado en el 10%. Recaudación que no se la llevaba la parroquia del pueblo, sino el Arzobispado de Toledo 1/3 y los 2/3 restantes el Cabildo de Toledo.

[17] Los hidalgos eran la clase más baja de la nobleza, pero con privilegios, como no pagar impuestos. El trabajo manual para ellos era una maldición bíblica e incompatible. El extremo de la idiotez era que el hidalgo no podía montar en burro sin deshonrarse. Recuérdese a don Quijote, solo montaba en su caballo. En el rucio la plebe.

[18] Un real de plata equivalía a 34 maravedíes.

-Vamos, sosiégate Benito, que no es para tanto, es que se le queda así el ojo porque está sorprendido, dice Joseph, mientras le da al burro para continuar su camino, refunfuñando por la calle.

-¡Vaya alicáncano!, exclama su padre a Afonsito.

-Y ¡capazorras!, añade Alfonsito.

A los pocos días Benito enfermó de calenturas y tras siete días en cama, dejó este mundo, comenzando a circular el rumor por todo el pueblo que Alfonsito "Rejalgar" podía echar mal de ojo. Desde entonces ya se cuidaban todos en el pueblo de reprenderle, reñirle o causarle algún contratiempo. Desde aquel día, todos en Alcolea, cuando veían pasar a Alfonsito se metían la mano izquierda en un bolsillo haciendo una cruz con el dedo índice y el pulgar, mientras que, en la mano derecha tenían que llevar una piedra roja[19] bendecida por el cura. Y sin mirarle a los ojos tenían que frotar la piedra hasta que se perdiera de vista. Hasta el mismo presbítero, el alguacil y el alcalde se cuidaban del niño. ¡Cuidado, que viene "Rejalgar"! decían.

---

[19] La piedra roja es la típica de los varios volcanes que se encuentran en los alrededores de Alcolea de Calatrava compuesta en su mayor parte de sílice.

Capítulo Tres

De cómo conoció a Teresa Ximénez y del fin de la Guerra de Sucesión.

Contaba ya Alfonsito catorce años de edad, con buena fama y mejor disposición para trabajar, pues su padre ya andaba con el mal de huesos, lo que le impedía bajar al quiñón del arroyo. Allí, a escasos pies, veía Alfonsito algunos días a una mocita rubia de pelo rizo y ojos grandes aturquesados de su misma edad, que bajaba con un canastillo a recoger pimientos, tomates, coles y todo aquello que daba el pequeño huerto de su padre, llamado Silvino Ximénez, "El Botica", porque recogía hierbas del campo para elaborar ungüentos y tisanas para sanaciones, conocimientos que Teresa había adquirido, día a día de su madre.

Como el huerto estaba casi al lado, cuando no le acompañaba su padre, Alfonsito le decía:
-¿Qué haces Teresita?
 Ella contestaba:
-Aquí, cogiendo nabos.
Pero él no se sorprendía. Sonreía pícaramente delante de ella, pero siempre con la naturalidad de la paz que respiraban en la faena del campo y sin levantar el ojo izquierdo, hecho que llamaba la atención a Teresa, pues sabía de la fama que en el pueblo había corrido de echar "mal de ojo". Ella también crecía fuera de la influencia de la iglesia y de la escuela,[20] pero sabía leer porque le había enseñado su padre Silvino, que a menudo solía decir del maestro "Blincaacequias", que así se le conocía: "el maestro ciruela, que no sabe leer y pone escuela", pero con la prudencia debida, para evitar ser visto u oído por la Inquisición.

Alfonsito, por la superstición y fama del "mal de ojo", corría más riesgo ante la Inquisición, pero se sentía protegido por un pariente de Piedrabuena, don Francisco Velasco que se encargaba de iniciar expedientes de limpieza de sangre, el cual era presbítero y licenciado,[21] que, aunque ya tenía noticias del miedo que le tenían en Alcolea, lo dejaba pasar, pues al fin y al cabo, era un niño.

Ella resultaba menos sospechosa para la Inquisición, pues siempre recolectaba plantas para la botica y los domingos asistía a los oficios de la iglesia, muy a su pesar.

---

[20] La escuela era casi imposible de mantener, dado que había que pagar a un maestro dos reales al mes por aprender a leer, cuatro si además aprendía a escribir, seis si se les enseñaba a contar. Así se hacía imposible para la mayoría de los niños, pues apenas había ingresos en cada familia. La mayor parte del comercio se hacia por trueque de productos.

[21] Don Francisco Velasco, tuvo que probar su limpieza de sangre para ejercer el cargo en la Inquisición en la Chancillería de Granada.

Una mañana de septiembre, aprovechando que estaban solos en el huerto, Alfonsito le dice a Teresita que se disponía a retirarse a su casa con un cesto repleto de plantas.

-¡Teresita!

A ella le encantaba que la llamara así, pues todo el pueblo la llamaba "Tere la Botica".

-Dime "Rejalgar", le contesta ella, sonriéndole y esperando que la acompañara hasta su casa.

-¡Qué hierbas has cogido hoy más raras!

-Torovisco,[22] le dice ella.

-¡Mira que estás guapa!, le contesta rápidamente Alfonso, casi sin haber terminado de decirle la planta que llevaba y como si no le importara saber el objeto de la pregunta, ni la respuesta.

Ella sonríe un poco más y le dice levantándole las cejas:

-Mira, aquí en el cesto, esta planta me va ayudar para los que sufren del "mal de ojo".

-¿Sabes lo que te digo?, le pregunta ella maliciosamente, al tiempo que le sonríe de nuevo.

-¡Ya, ya!, le contesta Alfonsito, que se derrite mirándola. Y el romero también lo quita, le dice él.

-¡Anda ya!, le dice ella, sorprendida. ¿Tú también sabes de sanaciones?

-¡Qué sí!, que me lo decía mi abuela de Piedrabuena. Pero que, para sanarlo, había que poner en un delantal negro un grano de trigo del bancal más próximo a la casa del que lo sufría y colocarlo en la cabecera de la cama, cuarenta días con sus cuarenta noches y aguantar todo lo que se pudiera sin orinar. De esa manera se hacia fuerza y se echaba fuera el "mal de ojo".

-¡Madre mía!, exclama Teresita echándose las manos a la cabeza y riéndose a carcajadas. ¡Qué cosas hacen en Piedrabuena! ¿Cuántos grillos no tendrán en la cabeza? Para mí, que te acaba de salir del golondro, así sin más.

Viendo que sigue atenta, vuelve a intentar impresionarla.

-Y mira, le dice él, cogiendo las hojas de una planta que había en el ribazo. El amargón[23] me lo como igual que un conejo, da fuerza como un toro y me hace saltar como un gato.

Teresa vuelve a reír, viendo como da saltos como un gato y comiéndose las hojas como un conejo.

-¡Para, para!, le dice Teresita. ¡Qué te vas a creer de verdad que eres un gato!

-Mira, ¡miau! A estas flores le llaman churrumamá, que por estar muy dulces las chupan las muchachas de Luciana cuando van al río Guadiana. Y por eso le sacaron un cantar en ese pueblo, que es donde yo nací.

---

[22] Daphne gnidium, "torvisco". Con ella se confeccionaba un insecticida para combatir el piojuelo en los gallineros.

[23] Amargón o diente de león, Taraxacum officinale, con innumerables propiedades alimenticias y medicinales, ya conocidas desde el S. XVI.

Y se dispone a bailar una seguidilla al tiempo que la canta ante el asombro de Alfonsito que de gato ha pasado a ser el bobo del pueblo.

"Las chicas de Luciana
tienen boceras
de comer churrumamás
en la ribera" [24]

-Anda, dice Teresita, viendo que Alfonso se reía. ¿Te ha gustado?

-¡Qué cosas tienes Teresita!, claro que me gusta verte cantar y bailar seguidillas. Pero, yo sólo tengo un mal, le dice mirándole los labios, en espera de ver su sonrisa.

-Ya, ya sé que mal tienes tu esta mañana, le contesta picaronamente Teresita. Pues aplícate el cuento que tú no puedes quitar el "mal de ojo" en el pueblo, porque dicen todos que eres tú el que lo hace. Vamos que ni los gitanos se acercan al pueblo. !Él que lo echa no puede quitarlo!

Él escuchaba embobado, como si la tierra no girara y nada ocurriera bajo el sol, sin escucharle ni una sola palabra.

-Mira, le dice Alfonsito. Te acompaño a tu casa. Sube al borrico a ver si se acerca alguien o no cuando me vean.

Cuando Alfonso prepara para "dar el pie", colocando las manos trabadas para hacer el estribo que ayude a subir a Teresa. Ella, de un salto, se pone a horcajadas sobre el sardesco[25].

¡Por todas las ánimas benditas! piensa Alfonsito, ¡se mueve más rápida que una culebra!

-Dame el cesto Pichote, le dice Teresa.

Y cuando Alfonsito hace intención de subirse, le dice:

-Sujétate que voy para arriba.

-¡Quieto parao "Rejalgar! le dice, cuando ve que se agarra al lomo del rucio con toda la intención de subir.

-Primero el cesto, y tú te subes de culo, mirando para Almagro, que te conozco. ¡Pues sí hombre!

-Pero Teresita, protesta Alfonsito, ¿cómo voy a ir de culo?, agarrao a la cola del burro, dónde se ha visto pasear en un borrucho sentado al revés, le dice.

-Pues ya sabes. O vas de culo, le sentencia ella, o me bajo y te vas sólo.

-Es que no te acuerdas, le dice Teresita, del burro del "Cojo de la Pata de Palo", mi vecino, que cuando olió a la burra en celo de "Carpenilla" que estaba a media legua del pueblo, se puso a cocear contra la pared y acabó tirándola abajo y con los ojos desorbitados salió trotando campo abierto, hasta que la cubrió cerca del Guadiana.

-Bueno, vale, voy de culo, le dice agachando las orejas.

-¡El que quiera peces que se moje la barriga!, remuga bajito. No sé que tengo yo que ver con el burro del "Cojo de la Pata de Palo".

---

[24] Seguidilla manchega que se canta en Ciudad Real.
[25] Así se llamaban a los asnos pequeños.

24

-¿Qué has dicho Rejalgar?, le pregunta ella sonriendo siempre, que apenas ha oído lo de los peces.

-Nada Teresita, nada, que la burra del "Carpenilla", que ¿cómo quedó?

-Pues preñá, como iba a quedar, contesta.

-¡Qué burra que no conozcas no le tientes el rabo!

Alfonso se queda mirando la cola que tiene ya agarrada, y piensa, ¡pero si yo, al "Braguetas" la conozco ya cinco años!

Y así, los dos sentados. De espaldas. Una mirando a Piedrabuena y el otro a Ciudad Real. Buen cuadro camino de la plaza, cuando a medio camino Teresita le señala una casa pequeña, sólida, bien construida.

-Mira en esta casa hay un lienzo de esos como el que hay en el Concejo, muy famoso, de un burro pintado.

-¿Cómo el "Braguetas"?, le dice Alfonsito riéndose. ¿y cómo sabes tú eso?, le pregunta.

-Lo sé, porque ahí vivía don Pedro de Villafranca,[26] que fue pintor del rey. Al parecer fue un extranjero a Madrid a encargarle que pintara un caballo blanco y como le salió un burro, el caballero no se lo compró, de manera que lo trajo al pueblo porque el cuadro no lo quería nadie, ahí se quedó en casa de su nieto "Pintorrucio" que lo tiene como oro en paño.
-Eso es, dice Alfonsito, porque a los borriquillos no los quieren los nobles ni en pintura. Los borriquillos sólo para los plebeyos, los caballos para los caballeros y los hidalgos.

Los vecinos que los ven de frente, se ríen, pero se meten dentro de sus casas para evitar darle la cara cuando el burro pase y Alfonsito pueda mirarlos.

Ella sabía que no se cruzarían con nadie, pues era ya costumbre encerrarse en sus casas cuando se corría la voz de su presencia en las calles.

De esta manera, al llegar a la Iglesia,[27] por la puerta principal, aprovechando la sombra que daba de una esquina saliente de la nave, bajándose del burro, le dice:

-Teresita ven.

---

[26] Pedro de Villafranca y Malagón era nacido en Alcolea, fue discípulo de Vicente Carducho y pintor de cámara del rey Felipe IV.
[27] Iglesia de Nuestra Señora de la Asunción, en Alcolea, del S XVI

Iglesia de Nuestra Señora de la Asunción. Alcolea de Calatrava

Se acercan a la puerta entreabierta, asomándose ambos sigilosamente, apoyando Alfonsito la mano en el marco de madera. Ella piensa que le iba a mostrar algún secreto eclesial, cuestión que duda. Se aproxima rozándose con él, momento que el aprovecha para lanzarle un beso en los labios, un beso glorioso.

Sin separarse del dintel, se queda mirándola, espera un buen mamporro, pero no, Teresita sonríe, no lo ha rechazado.

-Ha sido, le dice Alfonsito, un beso bendecido por el Papa. Además. Eres más bonita que todas las flores de Ciudad Real.

Teresita sonríe maliciosamente. ¡Qué cosa más bonita me ha dicho! piensa. Vuelve a subir al borrico de un salto y de la misma forma, Alfonsito, salta y se coloca de espaldas.

Y más gallardos no los había calle arriba, ni sol que les deslumbraran, ni nubes en el cielo que a tronar se atrevieran pasando por la puerta del Concejo.

En ese momento sale a la puerta "El Orzas", Basilio, el pregonero, sorprendido por la estampa, sonríe y les dice:

-Anda, Alfoncito, "vosea por el pueblo" "que la guerra ha terminao".[28] ¡Ah!, vosea también, "que la reina ce ha muerto del mal de las toces"[29] y tú también Terecita, ¡que hoy estoy muy cansao!

Alfonsito, entre si, piensa. ¡Si, no tengo otra cosa que hacer!, con el beso que me llevo encima, más contento que con cien arrobas de vino en la barrriga.

Teresita, que le ha visto hacer el gesto del ojo izquierdo, le dice sonriendo:

-Hazte la cuenta Alfonsito, que no te devuelvo el beso porque estamos en la calle, pero imagínate que te lo doy en el ojo izquierdo. Y bien gordo. ¡A ver si se te va curando!

Y de un salto se baja del "Braguetas" y con el cesto bajo el brazo, desaparece calle arriba, camino de su casa.

Más contento y más feliz no podía llegar a su casa Alfonsito, cuando al entrar, su padre que le ve la cara de engrillotado, le pregunta:

-¿Qué te pasa, que vienes blanco, con pocas judías y mucho tomate?

Él, que todavía no ha reaccionado, se hace un lío, no sabe si decir que se ha enamorado o decir lo que le ha dicho "El Orzas".

-Toma un poco de agua, le dice su madre.

Cuando se está llevando el cuenco a la boca, les dice:

-Nada, que se ha acabado la guerra, que el rey ya está libre para ponernos más alcabalas y facenderas.[30] Joer con el francés, exclama, respirando profundamente.

-¿Y por eso vienes así? ¡tan blanco!, le dice su madre.

-No madre. Es que me he enamorao.

-¡Virgen santísima y de las cien catedrales! exclama su madre. Éste se nos va Joseph, se ha hecho un hombre.

---

[28] La guerra de sucesión se inicia en 1701 y finaliza con el Tratado de Utrecht en 1713

[29] La reina era su primera esposa, su prima María Luisa Gabriela de Saboya, que murió el 17 de febrero de 1714 de tuberculosis.

[30] Ello suponía más impuestos para los pobres. Cuando Felipe V llega a España, había un millón de pobres de solemnidad y otro millón más entre hidalgos, frailes, clérigos y monjas.

La guerra, tan larga, siempre permanente, llega a acostumbrar a los hombres a la miseria, al hambre, a la muerte de niños, a las enfermedades, a las ejecuciones públicas, a la expoliación, al botín de guerra, a los dioses que amansan al pueblo, al odio y la venganza, a todo lo vil, como si fuera algo natural. Éste es su sino, como expresan y sentencian todos los vecinos.

-El pueblo, los villanos, la plebe, dice su padre, es un rebaño desconcertado, manso como un buey. ¡Algo se habrá perdido en esta guerra![31]

---

[31] Por ejemplo, Gibraltar. Según el artículo 10 del Tratado dice: "El rey católico, por sí y por sus herederos y sucesores, cede por este Tratado a la Corona de la Gran Bretaña la plena y entera propiedad de la ciudad y castillo de Gibraltar, juntamente con su puerto, defensas y fortalezas que le pertenecen, dando la dicha propiedad absolutamente para que la tenga y goce con entero derecho y para siempre, sin excepción ni impedimento alguno. Pero, para evitar cualquiera abusos y fraudes en la introducción de las mercaderías, quiere el Rey Católico, y supone que así se ha de entender, que la dicha propiedad se ceda a la Gran Bretaña sin jurisdicción alguna territorial y sin comunicación alguna abierta con el país circunvecino por parte de tierra. Y como la comunicación por mar con la costa de España no puede estar abierta y segura en todos los tiempos, y de aquí puede resultar que los soldados de la guarnición de Gibraltar y los vecinos de aquella se ven reducidos a grandes angustias, siendo la mente del Rey Católico sólo impedir, como queda dicho más arriba, la introducción fraudulenta de mercaderías por la vía de tierra, se ha acordado que en estos casos se pueda comprar a dinero contado en tierra de España circunvecina la provisión y demás cosas necesarias para el uso de las tropas del presidio, de los vecinos u de las naves surtas en el puerto.

Pero si se aprendieran algunas mercaderías introducidas por Gibraltar, ya que permuta de víveres o ya para otro fin, se adjudicarán al disco y presentada queja de esta contravención del presente Tratado serán castigados los culpados. Y su Majestad Británica, a instancia del Rey Católico consiente y conviene en que no se permita por motivo alguno a judíos ni moros habiten ni tengan domicilio en la dicha ciudad de Gibraltar, ni se dé entrada ni acogida a las naves de guerra moras en el puerto de aquella ciudad, con lo que se puede cortar la comunicación de España a Ceuta, o ser infestadas las costas españolas por el corso de los moros. Y como hay tratados de amistad, libertad y frecuencia de comercio entre los ingleses y algunas regiones de la costa de África, ha de entenderse siempre que no se puede negar la entrada en el puerto de Gibraltar a los moros y sus naves que sólo vienen a comerciar. Promete también Su Majestad la Reina de Gran Bretaña que a los habitadores de la dicha Ciudad de Gibraltar se les concederá el uso libre de la Religión Católica Romana.

Si en algún tiempo a la Corona de la Gran Bretaña le pareciere conveniente dar, vender, enajenar de cualquier modo la propiedad de la dicha Ciudad de Gibraltar, se ha convenido y concordado por este Tratado que se dará a la Corona de España la primera acción antes que a otros para redimirla.

CAPÍTULO CUATRO

De la decisión de Alfonso y Teresa de fundar una familia y del nacimiento de su quinto hijo

Contaban ya con diecisiete años los dos. Teresa Ximénez, trabajaba en la Botica y en las pequeñas labores del campo, labores que le permitían verse con Alfonso, el cual tenía el predio mejor arreglado del pueblo, sin descuidar los arrendados, que le proporcionaba cebada, trigo y garbanzos.

Estando él con la azada preparando la besana y como a Teresa le agradaba recoger plantas, el primer lunes de mayo, le dijo:

-Teresita, aprovechando la romería del patrón San Isidro y los muchos tomillares que hay en el monte, vamos a ir a la fiesta y recogeremos tomillos, que en la ermita de la Santa Cruz,[32] aunque caigan centellas te voy a dar el beso más grande del mundo. Y si me dejas, ahora mismo, el más grande de Alcolea.

Dibujo. Olmo Velasco

---

[32] El día 15 de mayo se celebran las fiestas de San Isidro, patrón de los labradores.

Teresita, que llevaba en la cesta flores de ababaoles, le agarra por el cuello y le lanza un beso de amapolas. Él, se queda desvaído, ha cerrado los ojos para saborearlo mejor, se relame los labios mirando a Teresa y le dice:

-¿Tú te has restregado los labios con las amapolas verdad?

Ella se ríe y se aprieta contra él con ánimo de darle otro y le responde:

-¡Qué no, tonto, que no!¡ cómo voy a querer yo que te dé sueño![33]

Alfonso vuelve a relamerse los labios.

-¡Ay, madre mía! Es que te miro y me vuela el bolondro detrás de las golondrinas.

Hoy no trabajo, pensaba Alfonso.

Teresita se ríe a carcajada libre.

-De acuerdo, el día de la romería nos llevamos merienda, le dice Teresa, percatándose de lo pasmao que se había quedado con el beso.

-Me marcho que tengo que abrir la botica. Adiós Rejalgar, relámete, le dice sonriendo. ¡Qué te has quedao avetardao!

Todo el pueblo participa en la romería y en este ambiente festivo, cargados con los cestos y barjas con longaniza, bofeña, jamón, cecina, queso y los cueros de vino, se disponen detrás del santo desde la iglesia hasta la ermita.

El santo debe ser protector del "mal de ojo" porque, aunque han visto a Alfonso, nadie se aparta, ni huye. Al contrario, parece que le ayuda. Una cosa extraña, piensa Teresa. ¿Será el Santo?

Alfonso, que también se ha dado cuenta, sonríe. Está contento subiendo la cuesta. Allí aprovechará el momento.

Ya en el pequeño llano que hay en la puerta de la ermita, con todo el pueblo de fiesta, apretando al pellejo y atiborrándose de vino, compartido por todos los presentes, Alfonso cuchichea:

-Vamos a comer mirando a la Laguna del Bu.[34]

Ella está conforme, presiente lo que está dispuesto a decirle. Esperará para decirle que sí, que su padre no se va a oponer, cuando, nada más dejar el cesto encima de una piedra roja, plana, típica de la laguna, le dice:

-Teresita. ¿Quieres tener hijos conmigo?

Ella esperaba otra forma de decírselo, sonríe y casi echa a llorar, pero se contiene. Antes de darle un beso, le dice:

-¡Claro tonto, todos los que vengan!.

A Alfonsito se le caen unas lágrimas mientras la abraza.

-Aparta pichote, ¿no ves la gente que hay? Sujétate, le dice Teresita.

---

[33] Amapola. "Papaver rhoeas". Las hojas eran recogidas para los conejos y las flores y hojas se usaban en infusiones para sedar y provocar el sueño.

[34] La laguna del Bu es el cráter (fondo de maar) del volcán conocido como Peñas del Bú, de donde sacaban líticos de cuarcita para construir adoquines y tabiques de mampostería en el pueblo. Las erupciones de estos volcanes de Alcolea han sido de tipo efusivas, estrombolianas y freatomagmáticas. En España el estudio geomorfológico de los volcanes data desde finales del S.XVIII y en referencia a la zona volcánica del Campo de Calatrava se remontan al S.XIX. (A. Maestre 1836) (Ezquerra del Bayo 1836)

Antes de finalizar la fiesta, cuatro mujeres salen de la ermita a carcajada plena, haciendo ademanes de santiguarse.

-¿Qué sucede?, le pregunta el marido de una de ellas.

-"El Orzas", le dice una, que se ha alumbrao bien de vino y se ha acercado irreverente al Santo y le ha dicho. "Quien te conosió siruelo. Los milagros que tu hagas, me los pazo por los guevos".

"El Orzas" tenía mucha gracia con su acento andaluz que acompañaba sus disparates con gestos obscenos.

Ya de regreso, cuando el sol se esconde por Piedrabuena, bajaban la cuesta todos los vecinos, bien adobados ellos y riéndose ellas. Entraban por la calle del pozo, donde vivía Joseph Velasco, cuando Alfonso y Teresa oyen llorar a un niño recién nacido, envuelto en una mantilla blanca, metido en un pequeño canasto de mimbre en la puerta del hospital de beneficencia.[35]

-¡Anda, mira, que lástima, otro niño abandonado!, exclama Teresa.

-Otro "Expósito"[36] añade Alfonso. Pero éste no es del pueblo, éste debe ser de Piedrabuena o de Picón.[37]

Salieron dos mujeres a recogerlo como si fuera lo más normal del mundo y lo metieron adentro entre los llantos de la criatura.

Alfonso y Teresa se quedaron paralizados, mirando, envueltos en una tristeza sin palabras, una aflicción que todas las familias del pueblo tenían asumidas.

Y así fue como decidieron irse a vivir cerca de la calle del pozo. A mitad de camino entre la casa del padre de Teresa , el "Boticas" y los padres de Alfonso.

A los dos años de amancebarse[38] tuvieron una niña a la que pusieron por nombre Isabel, que murió a los dos años. Desde ese momento y con diecinueve años, Teresa vestiría de un riguroso luto que le acompañaría hasta el fin de sus días. Después vino su segunda hija a la que pusieron por nombre Eusebia, que también murió a los dos años y medio de "calenturas".[39] La tristeza se apoderó de Alfonso y de Teresa, pues no sabían la causa de este castigo divino como sostenían respecto al número de niños tan elevado que morían, no solamente en el pueblo, sino en toda España. Se hizo una misa en la iglesia, a la que Alfonso, en su aflicción, gritó en mitad del sermón:

-¡Me cago en todos los dioses del universo!

---

[35] Un veinte por ciento de niños eran abandonados en centros de beneficiencia, inclusas, portones de conventos, iglesias, etc.

[36] Hace referencia a los niños abandonados en la inclusa y que se usaba para apellidar a los niños recién nacidos, de padres desconocidos. Junto a Expósito, había otros apellidos que denotaban un origen desconocido, como Iglesias, De Dios, Ventura, etc.

[37] Ambos pueblos se encuentran como a tres leguas de distancia

[38] Amancebarse era visto con normalidad por todos los vecinos. Era lo común. Después se solía inscribir en el registro de matrimonios en la iglesia a petición y ruego del cura. Si todavía no estaban casados, el cura, en la inscripción de los hijos, anotaba "hijo natural". Y si los niños nacían después del matrimonio, anotaba "hijo legítimo".

[39] La alta mortandad de niños, a los que se solía anotar en los libros la causa de la muerte como "calenturas" era debido a las fiebre altas provocadas por varias especies de bacterias transmitidas por piojos, pulgas, ácaros y garrapatas. Infecciones provocadas al cortar el cordón umbilical o el tifus.

El cura, don Cayetano, se quedó inmóvil, paró el sermón entre las lágrimas de todos los vecinos y la duda que se presentó cuando la Fluje gritó:

-¡Si Dios existe, cómo es que permite que mueran tantos niños!

A don Cayetano, consternado, le faltó muy poco para cerrar la iglesia y meterse a ermitaño, pues estaba más cerca en ánimo de Alfonso que del Papa Inocencio XIII.

Un buen día de mayo, decidieron hacer limpieza de los colchones de borra,[40] mantas, ropa, paredes y suelos de la casa. Comenzaron a sacar todo a la calle para llevarlo al lavadero del arroyo. Allí observaron los piojos y pulgas que invadían toda la ropa y colchones, aunque no solamente en su casa, sino en todo el pueblo. Además, se tenía por costumbre construir las cuadras, gallineros, conejeras, palomar, gorrineras, en un patio o corral con acceso al mismo desde la casa por lo que el contacto con animales era habitual y, por ello, las enfermedades.

Teresa se percató del problema y se dispuso a limpiar todo aquello. Además de las cuadras, enjalbegaron las paredes con cal.[41] Una buena limpieza a fondo, que además mantendrían todos los años. Ello dio lugar a que almacenaran cal para vender a los vecinos, convenciéndoles de que la limpieza con cal, ayudaría a eliminar todos esos parásitos, de los cuales ya no podía dudar que fueran la causa de las calenturas. Además, se encargó de recoger hierbas, como la caléndula, el romero, la ruda, más habitualmente y preparar ungüentos en pequeños frascos para remediar las picaduras.

El pequeño negocio de la cal podía dar lugar a regatón,[42] pues les había proveído de unos cuantos reales. Teresa pensó "puesto que podía dar lugar a regatón, pues en el pueblo no hay una calera, sería más provechoso construir una más próxima al monte para aprovechar la leña y que tuviera piedra seca cerca, dado que la que abundaba era roja".

Se puso Alfonso las alpargatas, se ató las calzaeras, el azadón al hombro y se dirigió hacia el río Guadiana, ya que allí si había piedra seca.

Llamó a "Blincaacequias", que no estaba bien de la cabeza. Era un hombre que le faltaba un "hervor" en determinados días de luna llena como decían en el pueblo, pero que, en los días de lucidez,[43] trabajaba más que todos los que estaban en el Concejo. Le pagó unos buenos reales al cabo de los trece días que mediaron para construir el horno y lo puso en marcha.

Cuando algún vecino quería cal, él se la llevaba en el borrico. Ya era conocida la buena utilidad en la limpieza de las casas y de alguna manera en la eliminación de piojos.

---

[40] Los colchones de borra estaban hechos con restos de tela de ropa que se deterioraba, se hacia tiras pequeñas y se comprimían dentro de la funda, También se podían hacer con lana los que disponían de ganado lanar o poder comprarla. De todas formas, obligaba a airear todas las mañanas, removerlos y cuidarlos, lo que suponía entretenerse un poco diariamente.

[41] La cal viva tiene un poder desinfectante que contrarresta los ácidos de la putrefacción. También se usaba para desinfectar el agua de los pozos.

[42] Meter regatón, comercio al por menor, después de comprar al por mayor.

[43] A los locos, en momentos de arrebatos y accesos de locura se les encerraba en casas de guarda, de seguridad y de encierro ya que no había manicomios, cuyo tratamiento era en base a latigazos.

De este modo se inicia un pequeño comercio, ya que la producción hortícola no pasaba del mero trueque sobrante entre vecinos. Son los primeros atisbos del nacimiento de la burguesía en Alcolea.

Además de los piojos y pulgas, el pequeño arroyuelo que dividía el pueblo se estaba convirtiendo en un lugar pestilente, un cenaguero con un hedor que espantaba a las cigüeñas. Un lugar que tenían que darle escarte, como decía el alcalde de los pobres "Tierraseca" al alcalde de los hidalgos[44] "Majuelillo de la Barca"

-¡Este olor va de puente a puente![45] ¡esto huele peor que el Rey![46] ¡Tanta mierda acabará ahogándonos!

Comenzaron a sospechar que las aguas del arroyo, al no venir limpias, podrían ser causa del criadero de bichos, pues ya no era buena ni para beber, ni para lavarse.

Cuando nació su tercer hijo, una niña, a la que pusieron por nombre María Catalina, el nuevo pregonero de Alcolea, conocido como "Sangregorda" anunciaba por las calles que el Rey había abdicado, que ahora había uno nuevo,[47] su hijo Luis de Borbón.

Al cuarto hijo le pusieron por nombre Pedro. Y fue entonces cuando Alfonso y Teresa se inscribieron en el registro de la Iglesia y casaron formalmente.

El cura, que ahora era don Joseph, le dijo:

-Enhorabuena. ¡Ya era hora! ¿Cómo habéis dejado pasar tanto tiempo?

Y Alfonso le contesta:

-Es que hemos estado muy entretenidos don Joseph. ¡De día y de noche!

-Para las obligaciones del Señor no hay entretenimiento alguno que las impidan, le contesta el presbítero.

-Don Joseph, le dice Alfonso:

-De día trabajando, porque si todos trabajaran la tierra, más diezmos se llevaría la Iglesia. ¿Verdad? Y si se llevara más diezmos, ¿nos bajarían las alcabalas? ¿A qué no?

Y, suponiendo que nos bajasen los pechos, trabajaríamos menos. ¿Verdad?

Y si los pobres trabajásemos menos, ¿tendríamos más tiempo para ir a misa? ¿A que sí, don Joseph?

Y de noche, si quiere, se lo digo también.

---

[44] El Concejo estaba regido por dos alcaldes, el de los pobres, elegido por el pueblo, y el de los nobles, que elegían los hidalgos.

[45] Se refería a los dos puentes que había en medio del pueblo.

[46] Al rey Felipe V, le dio por no lavarse, de manera que al año, no había quien se acercara en la corte, un hedor nauseabundo que reducía las visitas y las que tenía, se acortaban. Llevaba los bolsillos de la casaca llenos de tabaco y triaca, los cuales tomaba a puñados. Los jirones del calzón se los cosía él mismo, y la reina le unía los descosidos antes de las audiencias con alfileres para que no pareciera un andrajoso pedigüeño. Fue un maníaco depresivo, trastorno bipolar y con delirios nihilistas.

[47] El rey Felipe V, abdica el 10 de enero de 1724 en su hijo Luis, que con 17 años es coronado como Luis I, que se desfogaba en ventas y burdeles. A los siete meses de reinado murió de viruela, provocando otro enfrentamiento por la sucesión. Según la nobleza defensora de la monarquía, debería sucederle su hermano Fernando, ya que el rey, aunque todavía vivo, había abdicado, pero la muy hábil segunda esposa de Felipe V, Isabel de Farnesio, lo impidió, logrando así, que Felipe V reinara otra vez el 7 de septiembre de 1724.

El cura, que conocía bien a Alfonso, viéndole vibrar el ojo y para eludir el debate, se iba girando hacia el lado derecho de Alfonso para evitar que le mirara por el izquierdo, a lo que Alfonso, percatado del estado de nervios en que el cura estaba entrando, y aumentando su acoramiento, se iba girando también hacia su derecha, de manera que el cura tuviera de frente en todo momento el ojo izquierdo.

-Sea pues, sentencia el cura, no creo que sea tan grande el pecado, que si estás trabajando, tengas que estar aquí "de contino." Por ello, yo te libero para que puedas hacer lo que te venga en gana.

-Pues eso digo yo don Joseph.

Contaba María Catalina doce años y once Pedro, que eran una ayuda en la casa muy apreciada, ella en la botica de su abuelo Silvino, "El Boticas" y Pedro en las rudas huertas de su abuelo Joseph, acompañado por su padre Alfonso. En ese tiempo vino al mundo otro niño al que pusieron por nombre Alfonso Manuel, al que inscribieron en la iglesia. Ahora según costumbre, el cura hizo constar en el libro de bautizos como hijo legítimo.

Alfonso Manuel tenía un extraordinario parecido a su padre, especialmente en ese tic del ojo izquierdo que provocaba la sonrisa de Teresa cada vez que lo hacía. Consideró que si la gente pensaba que era capaz de echar mal de ojo como creían de su padre, iba a tener que pedir que le adelantaran unos maravedíes para evitarlo y hacer acopio de "torovisco," higuera y romero. Eso, si no le ponen el mal nombre de "Rejalgar"[48] ¡con lo que nos ha costado que vayan olvidando la sandez del mal de ojo! Teresa miraba al cielo. ¡Qué no se vuelvan cuando vean a Alfonso pasar!

Y he aquí como el niño vino a este mundo, con esa habilidad heredada de su padre y del mismo modo sucedía con la fuerza para trabajar en las labores del campo. Era incansable, el orgullo de la familia, consentido por todos al ser el más pequeño, el más travieso.

Su padre decía:

-Hay que sacarlo al campo, hay que sacarlo al campo, que un día le pega fuego a la casa, pues no tiene más intención que con el atrancador[49] caliente, arrimarle al gato en sus partes para quemarlo y en cuanto te descuides Teresa, te tira la olla y el puchero. En cuanto mejore el tiempo, me lo llevo al quiñón.

Nada más comenzar a corretear, no cesaba en perseguir el mansejón[50] de la casa y apedrear perros, cazar ratones y culebras, apalear gallinas y conejos, vamos, un enemigo de todos los animalillos que veía.

Su hermana mayor, María Catalina, tenía que encargase de su control y educación mientras estaba en la casa. Era un "coscobil" que aprendía rápido.

-Ven le dijo su hermana, te voy a enseñar a hacer unas migas de esas que tanto te gustan. Con este costero de pan candeal que vamos a esmigajar te voy pelando los canteros y tú, con las manos lo desmorollas. Ves. Así, despacio.

---

[48] El mote, apodo, sobrenombre, podía llegar a dignificarse constituyéndose así en renombre, que podía ser un patrimonio heredado.

[49] Util de hierro en forma de U con dos pies laterales para sujetar los pucheros colocados en el sagato de la chimenea.

[50] Gato doméstico habitual en todas las casas.

Y nada más poner el pan en la mesa, comienza a meter con brío las uñas, como si fuera una pelea de gatos. Las migas caían al suelo. Volaban por los aires. María Catalina que lo ve, le grita:

-¡Qué balamío llevas! ¡Para, para, que a este paso no queda pan!

Alfonsito, que no acepta la reprimenda, aprovecha que el gato pasa por allí, le da un puntapié tan fuerte que lo envía al fuego de la chimenea. El gato da un maullido de dolor en medio de las ascuas y tira el puchero que estaba al rescoldo. ¡La olla por el suelo, el gato chamuscado, las migas por el piso!

-Vamos a ver Alfonsito, le dice María Catalina.

-O me atiendes o te meto un mamporro que te van a bufar las orejas. ¡Qué me va a dar un acipipi!

Y gesticulando, seguía rezongándole mientras él se apartaba y buscaba la puerta para escapar.

-¿Dónde vas "Rejalgar?, le dice, mientras lo atrapa en la calle. Ahora mismo adentro, a seguir con lo que estábamos haciendo. Y ya estás recogiendo las habichuelas, las patatas, y todo lo que ha tirado el gato, y lo lavas en el pailón,[51] que la olla no se va a tirar al marrano.

-Y chitón, le grita llevándose el índice a los labios para ordenarle que no replicara.

---

[51] El pailón era una vasija grande de metal.

Capítulo cinco

De cómo hace un viaje a Ciudad Real con su padre

Aquel año de 1734 hubo una tremenda sequía, no llovió ni para que las hierbas crecieran para el ganado. Las fuentes se secaron, el trigo no rindió, ni la cebada, los huertos menguaron su producción para poder alimentar a toda la familia. Fue un año general en todo el Campo de Calatrava de hambruna, lo que hizo que se sacrificaran los cerdos, y fueran metiendo las gallinas a las ollas. Creció el número de pobres, si es que había pocos. Los vagabundos y los mendigos se duplicaron en Ciudad Real. Y como decía el cura de Almagro:

-"Los vecinos pobres de este pueblo, que son el mayor número, pues además de los inhábiles y mendigos, con los trabajadores, por no tener en qué ocuparse, andan decaecidos y muchos de ellos padeciendo enfermedades y próximos a morir de hambre. Y que en igual estado se hallan los labradores".

Su padre traía todas las semanas un conejo de campo con el que preparaban un gazpacho, pero con el poco trigo que quedaba, a duras penas se podían hacer tortas. Ya no quedaba trigo tras dos nulas cosechas.

Alfonso se quedó sin simiente para poder cultivar al año siguiente, por lo que tuvo que organizar un viaje a Ciudad Real para poder conseguirlas. Y pensó que podía llevarse al trasto del niño para todo el día. A ello no se opuso Teresa, pues le vendría bien salir a ver cosas nuevas. De esta manera dispusieron salir al día siguiente muy temprano para que pudieran estar de vuelta al atardecer.

Su padre le dijo:

-Alfonsito, prepárate que mañana nos vamos a Ciudad Real en el "Braguetas" que vamos a buscar simiente para sembrar y ver lo que sucede en la ciudad.

Alfonsito, abriéndosele los ojos desmesuradamente, arranca una sonrisa a su padre al tiempo que le dice:

-Ya estoy preparado, padre.

Por la mañana, antes de salir el sol, ya estaba vestido liando el hatillo, ayudándole a su madre que le iba dando para meter en la alforja, un pan de borona,[52] una bofeña,[53] unas garrochitas de tocino y jamón, un poco de cecina, una bota de vino y un pequeño cacillo para beber agua de las fuentes o del río.

Y ahí van los dos, su padre subido en el espinazo sobre la albarda y Alfonsito en la cruz del borrico, sobre la que se había colocado una pequeña manta mulera, camino de Ciudad Real, más felices que cien mil palomas en una noche de luna.

---

[52] Pan de maíz
[53] Longaniza de bofes.

Se dirigen hacia el saliente, por la senda de la calera, donde su padre había construido la calera entre el bosque de encinas y pinos, muy cerca del lugar donde podían abastecerse de agua en la fuente del Piojo y la fuente del Moro.

No podía ir más erguido Alfonsito en la burra, tan gallardo que alzaba la cabeza para ver cada vez más lejos y preguntando continuamente sobre todo lo que veía.

-Cuando te canses de ir así sentado, le decía su padre, paramos en cada fuente y si tienes hambre, sacamos de comer, pero poquito tiempo para que lleguemos a Ciudad Real antes del mediodía.

-¿Y cuando es mediodía?, le pregunta a su padre.

-Pues cuando el sol lo tengamos en todo lo alto, a nuestra derecha, le contesta su padre.

Ya había pasado una hora larga, cuando vieron una aldea que llaman Valverde, a la que se acercaron para descansar, cuando vio Alfonsito una calera a la izquierda y rápidamente le dijo a su padre:

-Mire padre, una calera igual a la de antes, la del pueblo.

-Anda, es verdad, pero parece que hace tiempo que no la trabajan, está como abandonada, porque le han crecido espinos, le dice su padre.

Mira que este niño está "avispao", pensaba su padre. No se le escapa ni una.

-Oye Alfonsito, le dice su padre, ¿quieres que madre te enseñe a leer? Aprenderás muchas cosas.

-Bueno, le contesta, y ¿a escribir también?

-Anda, pues mejor, le dice. Así podrás ser un estudiante. Aunque para ganarte la vida tendrás que trabajar, como yo y como casi todos los del pueblo, pues no tenemos nada más que las manos y nadie nos va a dar de comer sino ellas.

-Sí padre, yo quiero trabajar y estudiar.

-Muy bien Alfonsito, pero además tienes que ser bueno, no quitarle a nadie lo que es suyo, porque si lo haces, vivirás con "rescoldín". Respetar a los mayores y reírte mucho, le dice con una sonrisa como un pan candeal.

-Y si no me da la risa, le contesta a su padre, ¿cómo me voy a reír?

-Pues abre los ojos y mira la cantidad de alicáncanos, cuentaguijas y chafanidos que nos rodean, empezando por el Concejo. Anda que no te queda mundo que ver para que te de la risa, le dice.

Alfonsito comienza a reír a carcajada abierta cuando ya salen de Valverde hacia el camino de Ciudad Real.

-¡Bueno!, le dice su padre, riéndose también. ¡Para, para!, que te va a dar "el san vito".

-Es que ahora me ha dado mucha risa, contesta Alfonsito. Es verdad que en el pueblo hay muchos belorcios y breñales.

Y ahora es su padre el que ríe a pierna suelta.

-¡Me cago en todos los frailes de Francia!, grita su padre. ¡Qué te apuestas a que me orino encima! Retruécanos y boruños, baja aquí, que esto se va a la pata abajo.

Alfonso, de un salto, se baja del Braguetas y comienza de espaldas a evacuar.

Alfonsito, al que se le ha sujetado la risa, le dice a su padre:

-Bájeme, que yo también quiero mear.

Lo baja y lo pone junto al Puente Viejo mirando hacia el cerro que está enfrente, hacia saliente, donde se encuentra el castillo de Alarcos, junto al río Guadiana.

-¿Qué es eso?, pregunta el niño, señalando con la mano izquierda al castillo y con la otra agarrándose la culebrilla.

-A ver la culebrilla, le dice su padre.

-¿Qué le pasa? le dice, abriendo con sorpresa los ojos, acentuándose más el famoso ojo izquierdo.

-Nada. Que a la culebrilla hay que descubrirle la cabeza para que vea el mundo y orine mejor, le dice su padre.

-Si meo bien padre, le contesta sonriendo.

-Ya, ya, pero así se podrá reír mejor cuando seas mayor. Que no sólo se ríe por la boca, sacristán. Anda tírale del pellejo hacia atrás y que salga la liebre. Ya verás como orinas mejor. Y siempre así, como yo te lo digo, insiste su padre.

-Y eso que hay ahí es el castillo de Alarcos, que así le llaman, le contesta. Y éste es el río Guadiana. Ahora vamos a comer un poco debajo de esta carrasca.

-Y ¿quién vive ahí, tan alto?, pregunta Alfonsito, ayudando a su padre a bajar el cesto con las viandas hacia las sombras de la encina que había señalado su padre.

-Pues nadie, le contesta. ¡Quién va a vivir ahí en ese cerro, si está en ruinas, desmochao, sin techo, y tan alto!. ¡Ahí vivirían los moros![54]

-¿Cómo "Fazarrosa" del pueblo? le pregunta Alfonsito.

-Más o menos, le dice su padre. Pero "Fazarrosa" ahora es cristiano, que si no, ya lo habrían quemado. Que aquí en La Mancha, te queman en la lumbre como no seas cristiano.

A Alfonsito se le abren los ojos de miedo y sorpresa. Se queda sorprendido y ya no quiere preguntar más. Se ha quedado mirando el tocino y el pan, de cara al castillo y a su lado sentado sobre una piedra, su padre, que respira un momento, ya que hay una tregua de preguntas.

Antes de subir a la burra, su padre corta una rama larga de boj y le hace a Alfonsito una pequeña vara para azuzar al pollino.

-Toma Alfonsito, le dice su padre, una varita para apremiar el paso del "Braguetas", por si en algún momento le da por ponerse tozudo.

Y más contento que cien bandurrias, Alfonsito, sobre el asno, con su varita de boj arrea suave sobre el lomo diciéndole:

-Vamos, "Braguetas" arriba la cuesta, que en Ciudad Real nos esperan cien alforjas de trigo.

Como no paraba de repetirlo, su padre reía a carcajadas, por lo que Alfonsito, más y más lo repetía. Y ahí, los dos, a media legua de Ciudad Real, reían sin parar, mientras le decía a Alfonsito:

-Tienes la cabeza como una puchera de grillos.

¡Mejor será eso que no un avetardo!, pensaba su padre.

Y así llegaron a Ciudad Real, adentrándose hacia la Puerta de Santa María donde se encontraba la tienda que debía abastecer de grano para la siembra, pues se

---

[54] El cerro donde se encuentra hoy el castillo de Alarcos, es hoy un parque arqueológico en restauración y visitable por el público. Teléfono 926 255200

presagiaba escasez del mismo. La severa sequía del año anterior iba a provocar la subida de precios de las existencias y el abuso de muchos a la hora de vender grano.

Al llegar a la Puerta de Santa María, Alfonsito, que nunca había visto una ciudad tan grande, con un ojo miraba hacia delante y con el otro hacia atrás, sin pestañear, mirando todo cuanto se movía en las calles, y al parar pregunta que era aquello cubierto de piedras, con una bóveda y una portezuela pequeña sin ventana alguna, oscuro como una cueva.

-Eso es un pozo de nieve,[55] le contesta su padre. Ahí se guarda la nieve, se prensa con paja y se va vendiendo para refrescar, pescao y carnes en las casas durante el verano, aunque cada vecino tiene derecho a recoger cuatro libras de nieve.[56]

Mira, ahora que está abierta la botillería,[57] te voy a comprar un helado para que lo pruebes.

Y en el cazo que se había traído de su casa le echa un poco de nieve con zumo de limón y azúcar, que el botillero tenía en un pailón.

Alfonsito, sin soltar la vara de boj que le había hecho su padre, saborea el refresco de limón usando una pequeña cuchara de pino, sin parar de mirar a la gente de la calle, cuando comienzan a oírse unas voces por el convento de Carmelitas Descalzas, desacompasados y desafinando unas simuladas seguidillas:[58]

> "Por el puente del Guadiana
> vienen tres mozas
> con el haldón levantado
> enseñando la almorta"

-Anda, Alfonso, le dice el tendero, al que conocía de otras visitas a Ciudad Real, pasa, que me temo que estos, más berrean que cantan, vienen botihinchados de vino, y a fe mía, que por las horas que son, deben ser los estudiantes borrachos. Y así llevan dos días por Ciudad Real.

-¿Estudiantes? Pregunta Alfonso. ¿Y que estudian?

-¡Qué estudian!, dice el tendero. Nada, si no saben leer. Han venido de Almagro. Y estos que asoman por la calle son unos capigorristas,[59] que son los criados de los estudiantes ricos, que, mejor será que no aparezcan, que son borrachos pendencieros, zaínos burruecos. El futuro de esta España de almainas.

Desde el interior de la tienda, Alfonsito observa como en medio de la calle, los estudiantes se abrazan a la bota de vino y mira a uno de ellos como ha sacado un

---

[55] En Ciudad Real se construyeron hasta cinco pozos de nieve, cuatro dentro del núcleo de la ciudad, como el de la Huerta del Alcázar, el del Convento de Carmelitas Descalzos, el de la Puerta de Toledo y el de la Puerta de Santa María. El quinto se encontraba en el río Guadiana, al norte de la ciudad.

[56] Cuatro libras equivalen a 1,81436 kilogramos.

[57] Casa donde se hacían bebidas heladas.

[58] La seguidilla manchega es natural de La Mancha, cuyos antecedentes se remontan al S. XV. Las coplas se cantaban acompañadas por unos bailarines y unos músicos que tocaban las bandurrias, guitarras, laudes, almiréz, panderos, botellas, etc.

[59] Estos estudiantes solían ser criados, vestían pobres con capa y gorra. Servían a los estudiantes ricos los que vestían manteo y bonete.

polvo de una pequeña bolsita de tela y se la ha puesto en la mano acercándosela a la nariz esnifando el polvo como un verraco hambriento en la puerta de una gorrinera.

-¿Qué hacen ahora, pregunta Alfonso al tendero? con una curiosidad espasmódica.

-¡Eso es¡, exclama el tendero. Ahora, la "anacardina".[60] A estos, hoy les voy a sacar treinta reales. Dicen que con eso recuperan y ayuda a la memoria. Pues como no sea para saber volver a su casa sin darse coscorrones en la cabeza, para otra cosa no valdrá.

Ya habían cargado las alforjas de grano cuando Alfonso se acerca al tendero para pagarle y se queda mirando un libro que tenía entre unos frascos llenos de tomillo y le pregunta al tendero:

-¿Ese libro no será de tomillos y de hierbabuenas?[61]

-Pues sí, mira, te lo voy a regalar para que lo lea el niño, contesta el tendero. Alfonsito, que atendía todo lo sucedido pasmado y sin decir palabra, se queda mirando el libro. El no sabe leer, pero si sabe quién le va a dar uso, su madre, que además de saber leer, entiende de todas las plantas en la botica.

Y así, más contento que dos soles, sale de Ciudad Real camino de Alcolea con la varita en la mano cantando la seguidilla que había oído en la Puerta de Santa María:

> "Por el puente del Guadiana
> vienen tres mozas
> con el haldón levantado
> enseñando la almorta"

Su padre se ríe y le pregunta:

-¿Te lo has pasado bien?

-Si padre, le contesta. Pero no me han gustado los estudiantes. Son malos y no hacen nada. Están todo el día alumbraos como zascandiles en vinagre.

El camino de regreso se ha hecho más llevadero, Alfonso contento por llevar semillas y ver que el tastarabil de Alfonsito ha estado muy tranquilo y preguntándolo todo.

Cuando llegan a su casa, Alfonsito le grita a su hermana:

-¡María Catalina, ven, que ya estamos aquí!

Sale su hermana corriendo, le da un beso, lo coge para bajarlo y como lo ve muy sonriente le dice:

-Tú te lo has pasado muy bien totovía. Y mira a su padre que asiente riéndose mientras lleva el grano a la cámara y la burra a la cuadra.

-¿Qué has aprendido hoy? estás muy contento.

-Mira, le dice a su hermana. Ya sé sacarle la cabeza a la culebrilla.

---

[60] Anacardium occidentale. Anacardo. Del fruto se piensa que esnifado, facilita y habilita la memoria. Se vendía a real a todos los estudiantes novatos.

[61] *"METHODO DE LA COLECCIÓN Y REPOSICION DE LAS MEDICINAS SIMPLES DE fu corrección y reposición: y de la composición de los letuarios, xaraves, píldoras, trocifcos, y azeites que eftan en ufo. AÑO 1622. Autor. Luis de Oviedo. Boticario en Madrid.*

Se mete la mano debajo del calzón para enseñarle la piteta, cuando su hermana le grita:

-¡Ay, madre con el cagaseno éste!

Catalina llama a su madre, alarmada.

-¡Madre! ¡madre!, que Alfonsito pierde la cirigola, que mire lo que está haciendo.

Teresa sale a la puerta sonriendo. Alfonso la ve. Hacía tiempo que no sonreía. Por la alegría sabe que todo ha ido bien. Intenta calmar a María Catalina y le dice:

-Pero Catalina, así es mejor, la cabeza siempre libre. ¿No sabes lo que le hicieron a Jesucristo? Pues cortarle el pellejo para poder sacársela.

-Pasar, anda. Y no te alarmes hija. Esto, seguro que se lo ha enseñado tu padre. ¡A que sí Alfonsito!.

-Si, responde Alfonsito. Te hemos traído un libro de botica. Hemos visto a estudiantes agarraos a un odre de vino que no se podían tener en pie. Además, de no saber leer, cantaban unas seguidillas de unas mozas que enseñaban el aldelgue. Padre me ha dado un refresco de limón en un pozo de nieve. También hemos visto un castillo en ruinas de los moros. Y hemos traído grano para sembrar este año. Y con esta vara de boj que me ha hecho padre, les voy a arrear a las gallinas cuando salga a jiñar al corral.

Y como no paraba, su madre, sin parar de reír, lo abraza y comienza a darle cien besos enrastraos, diciéndole:

-Anda, vamos a la mesa que os hemos preparado para cenar unos buñuelos[62] y un arrope de miel[63] y después, a descansar.

---

[62] Los buñuelos se hacían con mantequilla, nata y queso fresco. Eran los buñoleros quienes los hacían en las plazas y mercados, habitualmente por moriscos.

[63] Arrope de miel cocida y espumosa.

CAPÍTULO SEIS

Como Alfonso cumple 10 años, sabe desenvolverse por sí sólo y de cómo llegó a Alcolea un chalán que resultó ser pariente de Alfonso Velasco

A mediados de septiembre de 1739 cumplía los diez años y cada vez que salía al campo a la recogida de los frutos del huerto, llevaba en su barja una honda, cuyo manejo le había enseñado Pedro, su hermano, un palo y unas cuerdas de esparto, pues no pasaba un día en que no llevara a su casa algún conejo o perdiz. Pero este día coincidía en el regreso hacia el sur de las grullas que vuelan a no mucha altura, de manera que, por el camino de la Colodrila ve venir volando frente a él unas cincuenta. Esta es la oportunidad, piensa. Una de éstas se viene a casa. Arma la honda[64] con una piedra menuda y redonda. Comienza a voltear rápido, cuatro vueltas y suelta un extremo dirigiéndola al centro de la bandada.

-Ahí está, una al suelo, dice gritando Alfonso. ¡Esta noche sopa de grulla!

Más contento no podía estar, pues era su primera grulla y aún cazaría otra al día siguiente.

Como todo buen cepero, cuando llegaba al huerto lo primero que hacía era poner trampas en los cubiles para los conejos. De este modo, al día siguiente por la mañana, seguro que tendría algún conejo listo para que su hermana le enseñara a hacer un pisto y un gazpacho. Si un día era un conejo, al otro eran codornices, al otro un zorzal o una paloma y si se alejaba hacia el camino de Picón, una avutarda.

Nada más llegar a su casa, su hermana se echa las manos a la cabeza y exclama.

-¡Pero Alfonso!, ¿que has cazado hoy?

-Una grulla, y bien grande que es, le contesta. Mira, mira, esta noche "sopa de grulla".

Y Catalina le contesta:

-¡En casa del pobre, reventar antes que sobre! Vamos a calentar agua para desplumarla. Acerca las trébedes al fuego y pon el caldero con agua que esta noche hay fiesta.

Su padre y su madre estaban cada día más contentos, los dos hijos mayores habían criado al pequeño, le habían enseñado todo para sobrevivir. Ya preparaba comida en el campo, cazaba como una persona mayor. Su hermano Pedro lo admiraba por su inteligencia para resolver todas las situaciones conflictivas.

---

[64] La honda podía hacerse de esparto o pita que se sujetan al recogedor de piedras que se podía hacer de cuero de cabra o ciervo. Era el arma más antigua de la Humanidad, conocida en el Paleolítico como arma de caza.

Pero no cesaban sus diabluras, como la que ocurrió un día de agosto cuando regresaba del huerto y en el camino vio una serpiente.[65] Sin esperar, ni saber la finalidad que le iba a dar, la cogió por la cabeza y la metió en el cesto colgado del hombro con los pimientos sin soltarle la cabeza.

Así, entrando a la plaza, con la mano dentro del cesto, se acerca a la puerta del Concejo y viendo la puerta entreabierta, la suelta dentro. Después se separa y da una vuelta a la iglesia para ver que sucede, hecho que no se demora, pues al girar a su izquierda, al darle la primera vuelta, sale el cura que estaba dentro gritando:

-¡El diablo! ¡Hija de siete padres! ¡El sendero de la serpiente, síguelo y llegarás a la muerte!

-Hay una serpiente en el Concejo más grande que las cejas de "Cejunto", gritaba el pregonero "Sangregorda" en la plaza.

Comenzaron los vecinos a salir a la plaza al oír el escándalo del cura y del pregonero. Acudían con palos y garrotas metiéndose en el interior. Se repartían garrotazos por todos lados. Alguno fue a parar a las costillas del alcalde, otros a las sillas, a las paredes, a las mesas. Aquello parecía la batalla de Alarcos.

Viendo Alfonso todo esto escondido tras la torre de la iglesia, y sintiéndose culpable por el alboroto y el balamío que se había montado, pensó en el peligro en que aquello pudiera terminar, por lo que se decidió a intervenir para remediar y evitar males mayores. De este modo, optó por salvar a la serpiente metiéndose entre los palos y garrotazos, con una mano en alto y en la otra el cesto de pimientos, gritando que él la cogería, que cesaran de golpearlo todo, que ya la veía. Y cogiéndola del cuello la sacó del Concejo a la calle ante el miedo de todos los presentes, apartándose como si vieran al diablo.

-Este Alfonso, es un "Rejalgar" decía la mujer del alcalde, que también había recibido varios garrotazos, tres de ellos en el trasero y a propósito por alguno de los presentes, que aprovechando el tumulto quiso saber si el trasero de la mujer del alcalde era turgente o cargado de tocino. "El que a su hijo consiente va engordando una serpiente." ¿Cómo no le da miedo coger al diablo?

Alfonso, viendo que aquello podía terminar muy mal, se retiraba de la plaza con sigilo, mirando de reojo a ver quien salía del Concejo, con ella en la mano, recordando las palabras que un día le dijo la mujer del alcalde al sacristán del pueblo, conocido como "Caganidos", a quien le gustaba una goteja de vino. ¡La mujer es a la vez manzana y serpiente! ¡El error estuvo en prohibir la manzana. Si hubiesen prohibido la serpiente, Adán se hubiese comido la serpiente!

¡Y menos mal que no me han visto soltarla!, iba pensando, que si me ven, me la como. Así salió del pueblo cuando vio a dos perros enganchados y no se le ocurre otra cosa que soltarla encima. Los perros que ven encima la serpiente, comienzan a aullar como lobos, cada uno tirando para un lado, intentando separarse, pero esta situación, que todos conocían, ocasionaba una afluencia de mengajos y mayores que

---

[65] Es muy común por La Mancha, la serpiente de escalera "Rhinechis solaris", que puede llegar a medir 160 cm. No es venenosa aunque puede ser violenta. El pueblo, tremendamente supersticioso y envidioso odiaba a estos ofidios. "La envidia, el más mezquino de los vicios, se arrastra por el suelo como una serpiente". Dicho popular.

colaboraban en el espectáculo lanzando pedradas contra ellos. Al oír los ladridos, salieron de sus casas, unos seis chiquillos hijosos, que no dejaron piedra en la calle, pues todas fueron a dar con los enamorados perros, cuya coyunda resultó entre aullido y aullido, más dolorosa que placentera.

Por no continuar creando fama, tornó a coger la serpiente y se la llevó al muladar del pueblo. Allí la soltó sin que nadie lo viera, pues lo normal, costumbre en toda La Mancha, era matarla y trocearla, de cuyos restos se solían esparcir por todo el campo, acompañando a cada gesto con palabras y gritos para ahuyentar a los malos espíritus.

Su madre Teresa, siempre de riguroso luto, comenzó a reponerse de la muerte de sus dos primeros hijos y Alfonso, su padre, se preparaba para ver que pronto se haría un hombre y tendría que tomar decisiones propias y no tenía intención de oponerse.

Contaba trece años Alfonsito, entrando abril en La Mancha y pasados los años de escasez de cereales y de hambruna, regresaba con su padre por el Camino de la Calera en el arroyo de los Güedos, muy cerca de la Fuente del Piojo. Ambos caminaban uno a cada lado del "Braguetas", el pollino, ya entrado en años, vigilando que la carga de cal no se viniera al suelo, cuando a su derecha por el camino de Alcolea a Ciudad Real por el Arroyo de la Fuente del Pez, venía una recua de asnos jóvenes y dos caballos, sobre uno de los cuales iba montado un chalán. Como éste vio a Alfonso y al zagal, se salió del camino y se acercó a ellos, pues al final, su destino era el pueblo de Alcolea.

El chalán saludó a ambos y dijo ser de Almagro, hijo de Mateo Velasco y que en recuerdo de su padre le habían puesto el mismo nombre y que se acercaba a Alcolea a vender tres burros que tenía apalabrados con tres vecinos y de paso si alguien quería vender algún animal, intentaría hacer algún trato.

A Alfonso le sorprendió que se llamara también Velasco y así se lo hizo saber diciéndoles que se llamaba Alfonso Velasco igual que su hijo, mientras caminaban juntos hacia Alcolea de Calatrava, interesándose por un rucio que llevaba joven, pues al suyo, "Braguetas", ya le costaban las cuestas.

-¡Anda!, dijo Mateo Velasco, ¡mira tú por donde vamos a ser parientes! Y por la burra no te preocupes, que si está en celo, te la monta el caballo que llevo y ya verás si hay suerte.

-¿Cómo es eso?, le pregunta Alfonso. ¿Un caballo con una burra? Eso no será bueno, dicen que está endemoniado.

-Ya verás, tú no hagas caso que en esta España de vagos y gandules todo lo que sea para trabajar mejor, les parecerá mal. ¡Qué no se ha hecho la miel para la boca del asno!. ¡Qué al primero que acarrea nunca le faltan sogas!

-Y mira, parece que la burra empieza a moverse, le dice Mateo.

El caballo que se huele la escena, se lanza sobre la burra encima de las agüeras de cal. La borrica quieta, aguanta. Y ahí los tres mirando como el caballo cumple su misión, sin necesidad de mamporrero. En dos minutos, en medio del camino, se engendrará un burdégano.[66]

---

[66] Es el engendrado por un caballo y una burra. Sin embargo si el cruce se produce entre una yegua y un burro, el cruce será un mulo, o mula si es hembra.

-Bueno, le dice Mateo a Alfonso. Si todo va bien, para abril del año que viene vas a tener un animal que te ayudará en el campo, casi más fuerte que la burra, que parece ya vieja. Y no hagas caso de lo que digan en el pueblo.[67]

Resultó ser Mateo un pariente lejano que procedía de Piedrabuena, pero que sus abuelos se trasladaron a Almagro hace sesenta años. Y sobre el oficio que llevaba le contó que compraba, vendía y alquilaba para engendrar con ellos, y que tenía pensado comprar un carro para hacer portes de mercancías, pues sabía de un lugar en el que traían sal y grano. De esta manera, siempre tratando, procuraba salir ganando en cada trance.

Alfonsito iba escuchando atentamente lo que Mateo relataba, lo que su padre, mirando a cada palabra, se daba cuenta en el interés que mostraba.

-¿Qué te parece zagal?, le pregunta Mateo a Alfonsito. ¿Te gustaría venirte conmigo de chalán? Aprenderás muchas cosas de la vida y de las bestias. No estamos más de dos días en el mismo sitio.

Su padre se le queda mirando esperando la respuesta. No le va a decir que no, si decide acompañarle.

-Vamos a casa Mateo, le dice Alfonso. Esta noche te quedas en mi casa y lo que diga el mozo.

El mozo, que no ha visto otra oportunidad se va a decidir pronto. Ya en los gestos se le ve emocionado cuando llegan a su casa. Su madre lo percibe inmediatamente, le brillan los ojos. El está impaciente por contárselo a su madre. Alfonso hace pasar a Mateo después de guardar la recua en el corral y se lo presenta a Teresa:

-Mira Teresa, hoy por casualidad hemos conocido un pariente de Almagro, que viene de paso por Alcolea y le he invitado a quedarse hoy en casa.

-Muy bien, contesta Teresa. Algo más habrá, porque Alfonsito, le brillan los ojos sin rebozo. Ahora me lo cuentas, mientras preparo una tortilla y unas empanadas de hojaldre.

Alfonsito, su padre y Mateo se sientan alrededor de la mesa mientras hablan del oficio de chalán y de lo que tendría que hacer Alfonsito si así lo permitieran sus padres.

Mateo les dijo que nunca llevaba ruta fija, que la derrota seguiría según las peticiones de ganado que le hacían en cada pueblo, pues ya conocía a todos los que estaban interesados y los que podían pagarlos, pues la mayor parte no tenían dinero y cobraba en especie. A veces los dejaba en depósito para cobrar a la vuelta de otro recorrido por lo pueblos de alrededor y otros demoraba el plazo por años. Ello tenía un riesgo, si un animal enfermaba o moría, se le presentaba un difícil asunto, podría no cobrar ni en especie, o podía mermar la venta en ese pueblo por la mala fama que ocasionaba.

En general tenía que ganar en cada operación el doble, para compensar las pérdidas posibles.

---

[67] Se refería a la superstición ancestral en la España del S. XVIII del cruce de una burra con un caballo, en el que aventuraban que no podía ser bueno.

-¿Y dónde pasaréis la noche? le pregunta Alfonso.

Alfonsito, a la pregunta de su padre abre el ojo izquierdo como era normal, como abriendo su curiosidad extrema.

Mateo se percata de la expresión y para no desilusionar al zagal ni a su padre, les dice como buen tahúr:

-Iremos siempre buscando ventas, mesones y alquerías, donde poder dormir y comer, y llevo, para evitar malos colchones un trasputín,[68] dos mantas de lana, longanizas, pan, avíos de cocina por si tenemos que refugiarnos en algún bohío[69] que se encuentran en muchos caminos de La Mancha. Y le pagaré, pensando que habrá negocio treinta maravedís.

Alfonsito, mira decidido a su padre y le dice:

-Yo quiero aprender este oficio padre y pasaremos por el pueblo todos los meses para ver como están. Yo puedo hacerlo. Además se cazar conejos, liebres y perdices, que no me faltará que comer.

Cuando su madre tiene la mesa dispuesta, la cara de Alfonsito es un libro abierto. Lo mira y no puede decirle que no, debe ser libre, aprender nuevas cosas y huir de una España cerrada y supersticiosa, corroída por la envidia.

-Pues mira, dice su padre, si tu madre está conforme y Mateo se compromete a ser como un buen padre, le acompañarás y le obedecerás en todo lo que te mande. Y no se hable más.

Dicho esto, Mateo se levanta de la mesa y le pide a Alfonso que le de un abrazo. Alfonso se pone en pie y le pide a Alfonsito que haga lo mismo. Abrazan a Mateo y ahí queda sellado el trato.

---

[68] Colchonecillo que se ponían debajo de los colchones de lana.
[69] Choza grande construida en piedra seca, cucos, chozo o bombo.

Capítulo siete

De cómo inicia Alfonsito su aprendizaje de chalán con Mateo por las tierras de La Mancha.

—Buen día Alfonso, le dice Mateo, que se había levantado muy temprano a preparar el fuego en la chimenea. ¿Qué tal el zagal? ¿Ya está listo?

—¡Qué si está listo! Contesta Alfonso, mientras comienza a preparar unas gachas migas para el almuerzo. Yo creo que no ha dormido pensando. Lleva un buen rato preparando el hatillo. Seguro que la honda y la capaora descuernapadrastros no se le olvida, ni la gallarda.[70] Ya verás cómo se os presente algún pájaro grande o algún conejo. Se puede aprovisionar para alguna necesidad.

—No será necesario Alfonso, ya verás. Cuando estemos de regreso, dentro de quince días, pienso traer un carromato que compraré en Villahermosa, cargado de sal, pues hay que aprovechar cada viaje. Así vendremos más cómodos y en cada viaje cargaremos algo, que hay que ganarse la vida. El mismo te podrá contar todo lo que va a aprender.

Y ahí está, que al olor de las migas entra Alfonsito más contento que un gallo en un gallinero con su jubón, sombrero, escarpines y esparteñas. Detrás de él, su madre, con los ojos húmedos y en la mano un pañuelo. Triste y contenta. Hacía tiempo que no apretaba a su hijo entre sus brazos. Alfonsito se deja apretar fuerte, sabe que no todos los zagales de su edad tienen esa oportunidad. Va a ser libre en un mundo donde la plebe no es nada, sino mansos bajo el yugo.

Las migas apenas han durado en la sartén lo que un padrenuestro en la puerta de una iglesia.

Mateo y Alfonso preparan la recua en la calle y Alfonsito se despide de su madre, dirigiéndose a su padre a darle un abrazo, que recibe con unas lágrimas en los ojos.

—Alfonsito, le dice su padre. Obedece a Mateo, que en estas tierras hay más gente nefanda, envidiosa y cuentaguijas que hombres buenos. Acuérdate de los estudiantes de Almagro. ¡Y no entres dónde no puedas salir!

Y ahí los tenemos. A Mateo montado en un caballo y Alfonsito sobre un sardesco, a mediados de abril, hacia poniente, buscando la Cañada Real Soriana[71] entre verdolagas, jarales e hinojos, camino de Corral de Calatrava, al mediodía de Alcolea.

—Mira Alfonso, le dice Mateo, habiendo dejado atrás Alcolea, vamos a ir siempre despacio, para que las bestias no se fatiguen pues si las ven sudorosas y fatigadas no

---

[70] Garrota, palo curvo por la parte superior.

[71] Las cañadas tenían una anchura de 90 varas castellanas (Provisión de 16 de enero de 1554, de la Corona de Castilla), que equivalen a 75,22 metros. Su régimen jurídico está regulado por la Ley 3/1995 de vías pecuarias.

las podremos vender. El rucio que llevas no lo venderemos, ni el caballo que monto. Yo llevo en la cabeza los arrieros y vecinos que me pidieron un animal de estos que llevamos, yo te diré cual hay que separar para limpiarlo, porque es mejor llevarlo presentable y limpio. Daremos alguna vuelta por el pueblo primero para que nos vean, que enseguida se corre la voz, por si alguien quiere deshacerse de alguno, y entablamos trato, que tanto en la venta como en la compra tenemos que llevar ganancia.

-Y si nos quieren vender un burro o un caballo viejo del que se quieren deshacer, le pregunta Alfonso.

-Muy buena pregunta Alfonso, contesta Mateo. Pues resulta que los viejos valen para carne en todos los mesones y ventas que nos encontraremos por el camino. De manera que si les pago diez reales, lo venderemos por veinte, o más, que todo dependerá del trato y del animal. Ahí estará la ganancia. ¿Qué te parece?

Alfonso, abre el ojo como lo hacía su padre. Mateo se da cuenta de su sorpresa sobre el futuro de un animal que ya no sirve y le dice sonriendo:

-No te preocupes, que esto no es nuevo. Esto ya se hace desde mucho antes que Colón descubriera Cipango.

-¿Qué piensas que comen los soldados que están en las guerras, que van en galeras y sobre todo lo que sirven en los mesones y ventas? Pues carne de bestias, que es más barata. Pero no te preocupes, que nosotros, ya que lo sabemos, no podemos permitirnos que nos den gato por liebre. Que yo el jamón se distinguirlo si es de gorrino o de caballo.

-Ya, ya, dice Alfonso, también sonriendo. Sabes lo que dicen en mi pueblo del jamón:

-Que "cuando un pobre come jamón, o está malo el jamón o está malo el pobre".

-Bueno, contesta, Mateo. Así y así, le dice girando la mano hacia la derecha y a la izquierda. En mi pueblo hay pobres que no han visto el jamón en su vida. Ya vas aprendiendo, si señor.

-Y tú no tienes hijos, le pregunta Alfonso.

Mateo se le queda mirando con tristeza. Le ha cambiado la expresión de la cara.

Pero también se ha dado cuenta que a Alfonso se le ha congelado el gesto, le nota su preocupación por verle afligido. Tiene que responderle rápido para que no se preocupe.

-No, zagal, no. No te preocupes porque me haya cambiado la cara. Me pasa cada vez que me acerco a Almagro, donde vivo. Tuvimos uno, pero se murió a los dos meses de unas calenturas. Fue muy triste, muy triste Mi mujer no lo ha superado, pues anda por la casa como alma en pena sin dormir apenas. Y si te digo la verdad, yo no sé que hacer, no sé como arreglarlo.

-Bueno, le dice Alfonso. Mi madre dice que los dos primeros hermanos se murieron muy pequeños, pero ahora está bien. Mi padre le ayuda y la quiere mucho, no como otros del pueblo que he visto y me han contado otros zagales, que los hombres les pegan a sus mujeres.

-Si, eso es verdad, hay hombres en La Mancha que deberían ir como estos que llevamos en la recua.

En estas pláticas, hablando Alfonso como un zagal de mayor edad de la que tenía, quedaba Mateo sorprendido, pues podía mantener una conversación mejor que con cualquiera de los hombres de la comarca, llegaron a las Casas de Valtravieso donde nace la fuente de la Colodrila y la Laguna de Peñarroya. Muy cerca hallaron el puente de las Ovejas, quedando Alfonso asombrado ante el mismo.

-Hemos tenido suerte Alfonso, le dice Mateo, hoy no pagamos las acémilas,[72] porque no hay nadie, pues aquí, si los hubiera nos obligarían a pagar el pontazgo,[73] que aunque se paga según las ovejas que cruzan, también otros ganados lo pagan. El caso es no dejarnos vivir.

Alfonso miraba la estrechez del puente, la calzada empedrada de pretiles y la anchura, tanto a la entrada como a la salida.

-¿Te gusta, verdad?, le dice Mateo. Se estrecha el puente para que las ovejas las puedan contar y así pagar por cada una. Y a la salida se abre para que los animales se vayan abriendo a la Cañada. Y por aquí pasan miles de animales al año.

-Y cuantos más pasen, más ricos se hacen los de la Orden, le dice Alfonso. El caso es ahogar a los pobres, añade.

Mateo rompe a reír. Le gusta el ingenio del zagal.

-¡Vamos, vamos! no vaya ser que se presenten los calatravos, le dice Mateo, y nos hagan pagar.

Y así nada más cruzar el puente, dejan la Cañada Real Soriana a su derecha y toman el camino que va junto al río Guadiana hacia el molino Baracas.

-Bueno, dice Mateo. En el molino Baracas vamos a comer algo, no vaya a ser que se nos presente un buen trato en el pueblo siguiente y nos pille en ayunas. Conviene entrar ya con la barriga llena. ¿No te parece Alfonso?

-Lo que tu digas, Mateo, yo voy sacando las garrochitas de tocino y el pan.

-Pues nada, ahí mismo debajo de aquellos sauces, contesta Mateo, señalando unos ejemplares muy grandes a la orilla del río.

-Muy bien. Asiente Alfonso. Así aprovecho y me llevo unas cortezas del sauce, que cocidas son buenas para combatir las calenturas y el dolor de cabeza.

Mateo se sorprende más a cada momento. Este zagal es todo lo opuesto a lo que hay en esta república, pensaba, pues aquí lo normal es ser un vago o maleante,[74] a pesar de estar perseguidos desde hace seis años para enviarlos a la milicia. Mejor es esto, que no andar uno a la dula.[75]

Puestos en marcha, se adentran en Corral de Calatrava por el arroyo del Pradillo. A las primeras casas, Mateo mira a Alfonso y le dice:

-Mira Alfonso, cuida aquí en la puerta de la recua, que aquí al lado vive un golondro[76] al que llaman "Fatuto", más amigo de lo ajeno que de su mujer y no

---

[72] Eran aportaciones de mulas o animales de carga para el acarreo de víveres en campañas militares. Era de carácter ocasional.

[73] El pontazgo era un impuesto que se exigía por la Orden de Calatrava por el número de ovejas que cruzaban el puente. Conocido como Puente de la Ovejas o de las Merinas en el río Guadiana.

[74] En el siglo XVIII había contabilizados unos 170.000 vagos

[75] Andar vagando.

[76] Pícaro, acostumbrado a lo ajeno, bellaco.

quiero que se lleve ninguno. Si ves que sale y se acerca, no titubees, coge la vara y se la muestras. Y si persiste, garrotazo en él y grita fuerte, "al burro, al burro", que presto yo saldré a terminar en la espalda cien palos. Yo, mientras tanto voy a cobrar aquí lo que me prometió este vecino si la burra quedaba preñada del caballo y si, a resultas de aquello ha nacido la acémila.[77] ¡Ya sabes!, lo que se ha intentado con la burra de tu padre.

-Voy agarrando la vara Mateo, le dice, porque acabo de ver como se ha entreabierto la puerta que me indicas y no le voy a dar tiempo a decir buenos días.

-Muy bien, le dice Mateo, pues en ello estamos, aunque acuérdate, el cobarde siempre acecha. Mejor que nos vea así, a los dos.

Mientras, Alfonso con una mano comprueba las cuerdas que sujetan a los animales para evitar lo prevenido y con la otra le va mostrando la vara hacia la puerta entreabierta y diciendo a media voz para que lo pueda oír quien hay adentro de la casa:

"Un garrotazo en la cabeza,
un varazo en el galillo
y dos cortes en la oreja[78]
si sale un ladroncillo."

No mostraba temor alguno, porque estaba dispuesto a obedecer a Mateo con todas sus consecuencias, cuando ve salir a un hombre más enjuto que una aliaga que intenta acercarse al burro; a unos cuatro pies del asno, Alfonso le endiña un varazo que, de no poner el brazo, le hubiera saltado una oreja.

-¡Hijo de mil demonios! le dice el advertido "Fatuto", sujetándose el brazo condolido por el golpe. ¿A qué viene esto? ¡Satanás, hijo de ganapán, mal rayo te caiga en la barriga y te preñe un murciélago!

Alfonso, que ha abierto el ojo, vuelve a lanzarle otro más fuerte, esta vez directo a la oreja diciéndole:

-Más te valiera, ciernepedos, trabajar en algo y no andar buscando boñigas, que boqueas más que un breñal, tío roñoso, que llevas más mierda encima que el culo de una vaca.

En aquella circunstancia, sale Mateo de la casa contemplando la escena. "Fatuto" echándose una mano a la oreja y la otra recogida sobre el pecho, aullando como un perro faldero.

-Dame el garrote Alfonso, que veo que aquí hay alguien que tiene interés en salir chuscarrao, le dice Mateo.

Pero "Fatuto" se ha encerrado en su casa, mirando la vara de Alfonso, que se movía como si fuera un látigo por el aire, silbando a cada lanzada.

-Vamos Alfonso, que veo que has resuelto fácil la situación, que aunque eres todavía pequeño no te amilanas. Subamos a la silla y dejemos que corra el aire. Ya ves, la primera parada y nos sale una chochovía.

---

[77] La mula o macho de carga, tan mal visto por la España de aquella época.
[78] La justicia castigaba al ladrón reincidente con el corte de las oreja, con un tijeretazo o con un cuchillo. Era la pena intermedia entre azotes y la horca.

-Pues sí, dice Alfonso, he hecho lo que me has dicho. Yo no le he preguntado, pero por la cara que tenía, no debía tener buenas intenciones. ¿De verdad hay tanta gente mala y cenutria por estas tierras, Mateo?

-Bueno, dice Mateo, ya verás, ya verás, que de cada dos, uno no vale. Y que no aparezcan frailes botihinchados, que a mi son los que menos me agradan, que no sé todavía, a que dios veneran, si al vino o al jamón.

Alfonso comienza a reírse a carcajadas, ya de camino de Caracuel. A Mateo se le contagia la risa del Zagal. Piensa en lo contento que estarán sus padres con él, es espabilado, tiene valor y es honesto. Este llegará a ser un buen hombre.

-Mira Alfonso, le dice, aquí, junto a este arroyo, que le llaman del Garbanzo, vamos a intentar vender un burro, pero antes vamos a pasar por la calle principal, vamos pregonando muy despacio diciendo que estamos abajo en el abrevadero. Si alguien se acerca al burro, no le dejes que le mire los dientes, tú le dices que le puede morder. A ver si nos deshacemos de él, porque los demás casi lo tengo apalabrados.

Mateo se pone a gritar:

-¡Caracuelanos, acaba de llegar el chalán de Almagro. El mejor burro y barato, cincuenta reales y un azumbre de vino.[79] Vamos, abajo en el abrevadero, vecinos, el mejor burro y más barato!

Así continuaron cuando veían que los vecinos abrían las puertas y se enteraban de la oferta.

-A ver si hay suerte Alfonso, porque en el pueblo de al lado si la ha habido, que la burra ha tenido un mulo y en pocos meses le va a labrar como cuatro burros. Por ello le he pedido treinta reales. Menos mal que algunas personas se van acostumbrando a este cruce ahora no está penado como en otros tiempos, que entre la iglesia y la nobleza, no dejan que el sol salga todos los días para nosotros.

-Mateo, le dice Alfonso, ¿puedo gritar yo eso de vecinos, que ha llegado un chalán?

-Pues claro, prueba a ver como te sale, le dice.

Y Alfonso se prepara por una calle en ligera cuesta que baja hacia el abrevadero:

-¡Vecinos, miren que burro, más serio que el tío Bigotes, que no se ríe nunca, el burro que más labra. Vecinos, miren que asno, que ya lo quisieran cien nobles para llevar una corona. Vecinos, miren que burro, que ya lo quisiera una yegua para hacer una acémila!. ¡Vecinos, miren que burro, el más barato, que ya lo quisiera un príncipe para aprender a leer!

Los vecinos que oyen una voz de un zagal pregonando un burro, salen de las casas y le preguntan:

-Zagal, ¿cuánto pides por el burro?

-Barato, sólo cien reales.

-Mateo, que lo oye, le dice, acercándose a él, y en baja voz: pero Alfonso, si no vale más de cincuenta.

-Sí, pero como van a ofrecer menos, al primero que ofrezca entre cincuenta y cien, se lo lleva. ¿No te parece?

---

[79] Un azumbre equivalía a un octavo de arroba, unos dos litros.

-Mira zagal, le dice una mujer, que ha oído lo de los cien reales: Te doy sesenta reales ahora mismo y no se hable más.

-Setenta, buena mujer, le contesta Alfonso, mientras Mateo continúa atento al regateo. Si está todavía en edad, y mire que lustre de piel. Y no le digo lo manso que es, que va a tener buena señora un consuelo para el campo.

-¡Ay qué zamarro el zagal!, que buen zalamero es, dice la mujer, mirando a Mateo.

-Mira, sesenta y cinco, tómalo o no hay trato.

-Alfonso coge el ramal y se lo da a la mujer al tiempo que alarga la mano para tomar los sesenta y cinco reales y le dice: Buena mujer, ya verá que buen burro se lleva. Tome y ya nos dirá.

-Vamos Alfonso, le dice sonriendo, prosigamos el viaje por esta vereda del Coscojar. Hay que ver que bien que lo has vendido. Por ello te vas a llevar quince reales por el trato. Si sigues así, verás que pronto te haces un buen chalán.

Y así continúan por el camino, así llamado por haber muchas coscojas,[80] cuando llegan a Cerro Gordo por donde enlazan la Cañada Real Segoviana, que va a Ciudad Real, por donde la siguen hasta Cañada de Calatrava, donde Mateo tiene comprometido un caballo viejo.

Y por la cañada que entra a la población en la primera casa llamó a Sollanas, con quién tenía comprometido el macho. Y sin bajarse del caballo, le grita desde la puerta:

-Sollanas, sal, que soy Mateo, que te traigo el macho.

Cuando sale, Alfonso, lo observa, parece un fargadán, desaliñado, con las manos más negras que el picón de olivo, un blusón tieso de mugre y unas alpargatas atrapamoscas de la grasa que llevaban pegada. Mateo también se detiene mirando, pero también observa a Alfonso que se está quedando petrificado.

Detrás del Sollanas, sale su mujer, un estoperón botihinchado, que se mete la mano en la faltriquera y saca el dinero, cincuenta reales y cuatro maravedíes.

-Toma Mateo, le dice la mujer, alargando la mano con la pequeña bolsa.

-¿Todo bien?, le pregunta Mateo, cogiendo la bolsa.

-Anda Alfonso, suelta el macho para que lo coja Sollanas.

Alfonso se baja del asno y comienza a desatar el macho sin parar de mirar a Sollanas y a su mujer sin despegar el pico, que a tres pasos se percibe el hedor. Y cuando lo tiene suelto le alarga la cuerda a Sollanas para que lo pase adentro de la casa.

-¡Madre mía y el santocristo de los mil sudores! piensa Alfonso. Si el macho huele mejor que él. Habrá que lavarse más a menudo. En cuanto vea una fuente me capuzo entero decía en su interior.

Y después de entregar el macho, se disponen a salir de la cañada por saliente, camino de Ballesteros de Calatrava por el Manantial de San Juan, donde aprovechan para lavarse un poco y así ir olvidando los malos olores del Sollanas.

-Y ahora, le dice Mateo a Alfonso, nos vamos por el camino a los Baños de la Fuensanta, donde nos bañaremos, que tengo los pulmones atragantaos, a ver si se va esta peste sollanera. ¡Qué no he visto cosa igual en mi vida!

---

[80] De la coscoja, Quercus coccifera, se extraía un colorante pardo negruzco para teñir el cabello. Y proporcionaba carbón.

-Yo tampoco, dice Alfonso. Y su mujer también echaba peste Mateo. Por todos lados le venía el fate.

Y comienzan a estronarse de risa por los Manantiales de Villafranca, muy cerca de los Baños. Y a continuación cruzan el puente que hay en la Cañada del Esparragués y la Cañada de Añavete junto al río Jabalón, donde, por ser dos vías de ganado, pasan con los pastores muchas merinas.

Cuando ya el sol quería ponerse, por el puente de los romanos,[81] llegaron a Granátula de Calatrava, a lo que Mateo le dice a Alfonso:

-Alfonso, en esta villa vamos a comer algo y dormir en la Posada de la Sindical, un bonito sitio donde descansar la espalda, que ya llevamos mucho tiempo a lomos de las bestias. Mira ahí que ermita tan bonita y antigua que le dicen de la Virgen de Loreto y Zuqueca,[82] y más adelante la Casa de la Inquisición, a la que no debemos ir nunca. Mala gente, pero mala, mala, Alfonso.

-¿Por qué?, pregunta Alfonso.

-¿Por qué?, me preguntas, dice Mateo. Porque persiguen a la gente que no comulga con la Iglesia, con los que no queremos rezar. Y tú, ten cuidado con las hierbas, que por decir que las hierbas curan, te pueden dar veinte azotes. Eso, si no te pegan fuego en la plaza como hicieron con una vecina mía de Almagro que decía cosas muy raras cuando quemaba incienso y cañamones en unas reuniones que tenía para curar el mal de ojo.

Cuando llegan a la Posada llaman al ganapán para que les abra las cuadras donde meter los animales.

El ganapán, más alicortado que una aljuma, les indica el camino para encerrar la recua. Allí les indica los pesebres donde los pueden atar, donde se encuentra la paja de centeno para alimentarlos y los camastros junto a la pared.

-Alfonso, le dice Mateo. Como no nos podemos fiar de nadie, pues en los animales está nuestro negocio, tenemos que dormir aquí junto a ellos, en estas turcas pegadas a la pared. Y cuando vayamos a dormir, le echas por encima del jergón[83] el trasputín, que los piojos abundan por estas camas y después te tapas con la manta. Dejemos el ato debajo del camastro y vamos a lavarnos en el pilón de este corral y listos para comer algo, que mañana será otro día. ¿Qué te parece Alfonso?

-A mi bien, le contesta Alfonso, me parece bien lavarnos, que no es costumbre, pero recordando al Sollanas, me temo que habrá que lavarse más.

-Pues vamos adentro, le dice Mateo, después de asearse, a ver que tienen para comer. Y como veo que no te alarmas, tampoco lo harás dentro, que esto es otro mundo.

Nada más pasar observa las seis mesas grandes con taburetes de madera, unas tinajas de diez arrobas, el dueño de la posada que enseguida vino a recibir a Mateo,

---

[81] Puente romano de Baebio Publio, sólo visible hoy cuando bajan las aguas del pantano de Jabalón

[82] Junto a la ermita se encuentra el yacimiento arqueológico de Oreto y Zuqueca, con restos ibéricos, romanos, visigodos y árabes. La ermita es de estilo románico del siglo XIII y está declarada Bien de interés Cultural.

[83] Un fino colchón de paja o de hojas de mazorcas usado por los muleros para dormir en las cuadras.

dos añapares de munición[84] con un gran escote del que sobresalían los pechos, casi a punto de salirse fuera. Entraban y salían de una cocina en donde se veían otras dos mujeres que preparaban las ollas y los platos. También había un sollastre[85] de unos catorce años que ayudaba en las labores de los fogones.

-Bienvenido Mateo le dice Hernán, que así se llamaba el dueño, poniendo un puchero de vino y dos cuencos vacíos. Veo que vienes con un zagalillo que no para de mirarlo todo. ¿Quién es?, le pregunta.

-Es como si fuera mi sobrino. Se llama Alfonso Manuel Velasco y es hijo de un primo lejano mío de Alcolea de Calatrava, le contesta, echando un poco de vino en el cuenco. Quiero que aprenda el oficio, ya que yo no tengo hijos. Y oye Hernán, a ver si tuvieras agua clara, que el zagal es muy joven.

-Eso está hecho, le contesta Hernan, agua fresca, que no le conviene el vino. Pues aquí, en este pueblo, veo a zánganos ya botihinchados de vino por las tardes. Y sus padres también, que con el vino se les hincha el bolondro.

Os voy a traer un guisado y unos torreznos fritos que están recién hechos, le dice Hernán, mirando a Alfonso, que no deja de observar a unos hombres ya bien puestos de vino y a una de las mujeres que estaba con ellos, como metían el hocico entre los pechos como si concursaran a ver quien se hundía más en ellos.

-No te alarmes Alfonso, le dice Hernán, cuanto más retozan en los pechos, más gasto hacen. Y ahora cuando están a punto les voy a poner unos huevos empollados[86] y cuando estén bien chispados comenzarán a jugar a la taba. Así irán perdiendo todo los maravedíes que llevan.

Alfonso se le queda mirando sin pestañear y le sentencia a Hernán:

-"No entres donde no puedas salir", que lo decía mi padre en Alcolea.

Mateo suelta una carcajada, al igual que Hernán, que palmea en un hombro a Alfonso diciéndole:

-Zagal, tú lo has dicho. Aprende así y conseguirás ser un hombre. Si señor. ¡Qué buena compaña llevas Mateo!

Mateo, se siente orgulloso. Y piensa. ¡Ojalá tuviera yo un hijo así!

Al amanecer, Mateo, despierta a Alfonso y le pregunta:

-¿Cómo has dormido? ¿Bien?

-Sí, le dice Alfonso. He soñado con un carro lleno de estiércol. Encima, sentado iba un rey borracho hablando en latín levantando una mano y diciendo "semen setentum, venenum est.". Tirando del carro iban dos frailecillos llorando a moco tendido. Detrás de él muchos caballeros vestidos de blanco con una bota de vino cada uno, unos cantando, otros riendo y otros dándose golpes con una cuerda de cáñamo en sus partes. En último lugar marchaban todos los labradores del pueblo limpiando el camino del estiércol que todos iban dejando.

---

[84] Eran mujeres públicas que trabajaban en los mesones o posadas por cuenta del dueño del local. Eran las encargadas de hacer consumir a los hombres que entraban en los locales.

[85] El sollastre era el pícaro de cocina. Considerado en la España del S. XVIII como el oficio más bajo de todos.

[86] Huevos incubados por las gallinas de dos semanas.

-¡Calla, calla! ¡qué cosas sueñas Alfonso!, le dice Mateo.

-Anda vamos, lávate en el pilón, comeremos unas fritillas que nos ha preparado Hernán y saldremos para Valdepeñas.

Cuando están ya dispuestos a salir, Hernán se despide de ellos recordándole a Mateo:

-A la vuelta me traes un costal de sal de ese pueblo de Pinilla, que te lo pagaré bien.

-Eso está hecho, le contesta Mateo. ¡Hasta la vuelta!

CAPÍTULO OCHO

De su llegada a Valdepeñas, a Villanueva de los Infantes y a Pinilla donde tropiezan con un fraile vendedor de bulas que quiere aprender la carrera del púlpito.

Abandonan Granátula de Calatrava por el pozo de nieve hacia la ermita,[87] a unos novecientos pies de distancia, Mateo le cuenta a Alfonso las leyendas del Pozo, las galerías y pasadizos que salen del fondo, el miedo del pueblo y las supersticiones que lo alimentan, de lo útil que resulta tener nieve helada para el verano y de la Cofradía Vieja de las Animas que gestiona la explotación de la misma.

Atento a todo cuando le decía Mateo, subido en su burra iba Alfonso, cuando después de pasar por la Cañada de la Ollas llegan a la Cañada del Puerto de las Fuentes, otra vía pecuaria, por donde en ese momento pasaban en dirección a Almagro.

-¡Anda!, dice Alfonso, mira que cojudo[88] más grande. ¡Da miedo!

¿Y si nos ataca?, le pregunta a Mateo.

-No creo, pero estaremos a esta distancia hasta que pasen las merinas,[89] que, la verdad, de ese macho no nos podemos fiar.

-Ahora sigamos por la siguiente vereda, le dice Mateo, que se llama de Añavete y después seguiremos al lado del Jabalón, junto al Molino de Santiago, para que beban agua los animales por la Ermita de Santiago,[90] en donde hay un descansadero junto a la vereda.

-Si, le contesta Alfonso, porque yo ya tengo ganas de hincarle al diente a la cecina y a la hogaza. Y si me dejas, yo también quiero un trago de vino, le dice así como rogándole picaronamente.

-Hombre Alfonso, le dice, pero todavía eres pequeño y el vino se sube pronto a la cabeza, como habrás visto en la posada y los hombres se vuelven cenutrios y cascarrines. Y eso, si no les da por ser violentos y de malas formas, que sólo saben andar entre tabernas y bodegones y que con el tiempo se vuelven briones[91] y andan a la gallofa y a la sopa boba. Mira Alfonso, ya llegará. Cuando seas mayor, que ahora

---

[87] La ermita es conocida como de la Virgen de Oreto y Zuqueca. De origen visigodo, visitable junto al Yacimiento de Oreto y Zuqueca los miércoles y jueves de 12 a 14 con visita guiada. Tlfno. 926 868131

[88] Morueco no castrado.

[89] Las merinas se desplazan cuando comienza el verano hacia el norte, en búsqueda de mejores pastos. Es la trashumancia que tanta importancia tuvo, tanto económica como cultural. Los británicos la llaman "la reina de las razas".

[90] La ermita de Santiago se le conoce hoy como ermita de Santiago y San Blas, y está ubicada en una antigua mansión romana.

[91] Hombre perdido, que no quiere trabajar.

más vale aprender y comer un buen empedrado[92] con torreznos y unas costillas de cordero con ajo cabañil, que no dar bordos sin hilo y comer cardillos y tagaminas.[93]

-Bien está lo que dices Mateo, contesta Alfonso, que aunque yo no he visto a mi padre entre tabernas, si que me fijé en los jugadores en la Posada de la Sindical, que eran fáciles de engañar.

En esta plática llegaron al Puente de los Cuatro Ojos, junto al río Jabalón, por la parte del mediodía en Valdepeñas, cuando Alfonso se queda mirando el cerro de San Blas,[94] todo repleto de asombro, levanta la mano y señala los dos molinos de viento.

-Mira Mateo, le dice Alfonso, dos molinos de viento, pero ahora no giran.

-Si, le contesta Mateo, a pesar del solano alto, que es uno de los doce vientos que hay en la Mancha,[95] ahora no hay grano que moler. Hasta que no llegue junio, no van a comenzar a moler trigo. Las ventanucas de arriba son por donde el molinero se asoma para ver de donde viene el viento, por eso son doce. De tal manera que así orienta las aspas hacia el viento para que mueva las piedras que hay arriba donde están las ventanas. Y para que no giren, se le quitan las velas de las aspas[96] y se sujeta el palo ese grande que sujeta el sombrero, que le dicen "gobierno", al "borriquillo".

Alfonso, montado en su borrica, está absorto mirando los molinos en lo alto del cerro de San Blás.

-Te estás quedando con ganas de verlo por dentro, ¿verdad?, le dice Mateo.

-Sí, me gustaría verlo, le contesta Alfonso.

-Pues no te preocupes, que aún quedan días y molinos, que aquí en La Mancha, no hay pueblo sin molino de viento. Ya entraremos en uno cuando veamos girar las velas, que es señal que está moliendo. Pero también verás que el molinero es fuerte, no es un cuchiminí de tres al cuarto, que sube todos los costales de trigo arriba, a las piedras y luego recoge la molienda en los mismos. No para, día y noche, cuando hace viento, costaleando,[97] porque si no es así, mal negocio. Esto es así Alfonso, porque depende de él. Y la ganancia está en la molienda, que así está negociado, lo que le dicen "la maquila", un tanto por fanega. Y por ello no te puedes fiar del molinero, al que en algunos sitios le llaman burlapobres.[98]

"De cada fanega, un celemín, y si es rico, otra para el borrico, y si es pobre, otra para que no sobre", sentencia Mateo.

---

[92] Plato de arroz con lentejas y alubias.

[93] Comida de pobres.

[94] El cerro de San Blas también es conocido como de San Cristóbal, al sur de Valdepeñas.

[95] Los doce vientos de La Mancha conocidos en general son: **Abrego hondo, ábrego alto, cierzo, solano alto, solano mediodía u hondo, solano fijo, moriscote, matacabras, tramontana, levante, galerna y toledano.**

[96] Las aspas tenían siete metros y medio de largo por dos metros de ancho.

[97] Llevar los sacos a la espalda.

[98] Molinero engañador que cobra excesiva maquila.

Y así, uno hablando y otro escuchando, siguieron por los caminos y veredas hasta Villanueva de los Infantes, ya escondiéndose el sol por el cerro de la Mora,[99] donde Mateo le indicaba a Alfonso el mesón y posada donde pasarían la noche, dejándose a la derecha la Casa de la Inquisición. A Mateo le salía un sarpullido nada más pensar en la idea de encontrarse algún inquisidor.

-Mira Alfonso, la Plaza Mayor, le dice Mateo. ¿A qué te encuentras mejor?, después de todo el día subido en la borrica, y entrar en una plaza como ésta. Vamos al mesón que está aquí mismo, meteremos la recua en las caballerizas y como mañana las vamos a vender, esta noche no estaremos pendientes para darles de comer, por lo que dormiremos en cama después de cenar un guisado de jabalí, que aquí tienen siempre y al día siguiente venderemos la recua restante a varios vecinos que tengo apalabrados.

-Bien está, le contesta Alfonso. Que "quien hambre tiene, en pan piensa".

Después de disponer todos los animales, Alfonso y Mateo dejaron su hato en una de las habitaciones que le había dispuesto el mesonero, que en otro tiempo había sido cuadrillero de la Santa Hermandad,[100] llamado y conocido en Villanueva de los Infantes como "Putifar", entraron en el mesón que ya estaba a medio ocupar, donde había unas mesas grandes y varios hombres bebiendo vino.

Al entrar, una mujer agitanada, toda enlutada, con la cabeza cubierta con un pañuelo negro por el que dejaba ver su canoso pelo. Nada más ver a Alfonso, le toma la mano, a lo que Alfonso rápidamente, intenta soltarse.

-No temas, mozuelo, le dice la mujer, déjame que te vea la mano, que tú vas a tener suerte en la vida.

-"A otro perro con ese hueso", le dice Mateo. Deja al zagal, que para zarandajas ya están los curas y frailes,

Sin haberle soltado la mano, la mujer se le queda mirando a Alfonso y le dice:

-Abre la mano, que si veo algo malo, no te lo digo, pero si veo algo bueno, te vas a ir contento para toda tu vida. Y no te voy a pedir dinero.
Acércate a la torcida[101] y déjame la mano, buen mozo. Y acabando de palpar la mano se queda mirando a Alfonso, que sorprendido muestra la señal del ojo izquierdo, igual que su padre.

La mujer se da cuenta enseguida y apretando los dedos índice y cordial, le dice:
-¿Tú has hecho ya higas[102] con la mano, verdad?
Alfonso, que abre todavía más el ojo izquierdo, se sorprende subiéndole el tomate a la cara y todo ruborizado le contesta:
-Señora, ¡que le vamos a hacer, si todas la mañanas está la culebrilla tensa!

---

[99] Una pequeña loma al oeste de Villanueva de los Infantes donde se encuentra una cavidad tallada a modo de hornacina, conocida también como El Trono o Caseta del Diablo. Está declarada Bien de Interés Cultural.

[100] Considerada como la policía actual. Eran pagados por los concejos municipales y conocidos vulgarmente como "Mangas verdes". En su declive se acuñó por el pueblo, por llegar tarde a la detención de delincuentes, la expresión, "A buenas horas, mangas verdes".

[101] Candil de aceite que tenía un pequeño depósito de aceite "candileja" y una mecha de algodón que salía por un pico que era el que se encendía para iluminar.

[102] Gesto con la mano en señal de desprecio hacia ciertas personas o intentos de echar mal de ojo.

-Ay, zanguango, si no me refiero a eso, le dice la mujer. !Andá culebrilla! le dice sonriendo, me refiero a si has hecho mal de ojo alguna vez.

-No señora mía, yo a lo más que hago, es cazar totovías y conejos. No ha necesidad de enemistarme con nadie, le contesta.

-Bien está, mozuelo, bien, le dice la gitana, pero si miras así, con la sorpresa en los ojos, puede ser que la gente se incomode y te vuelva.

-Mira le dice; esta mano tiene larga vida, que vas a llegar a los setenta años, que ya es llegar, pues aquí más de cuarenta ya es hilar.

-Y esto que te digo, le dice cruzando los dedos índice y pulgar, besándolos al tiempo que los lanza contra el suelo, como confirmando un dogma religioso, que es así como que en esta villa está enterrada la pata derecha don Francisco.[103] Ve contento anda. Y ten cuidado con las higas.

Al amanecer, Alfonso arregló la recua de las cuadras como ya sabía hacerlo, al objeto de evitar que se espantaran y salieran en estampida por las calles del pueblo. Después de comerse unos bolletes con atascaburras que le había preparado "Putifar", se dispusieron a visitar las casas que tenían apalabradas cerca de la Ermita de San Miguel, nada más salir de Villanueva de los Infantes.

-¡Qué pueblo más bonito y tranquilo es este de Villanueva de los Infantes! Mateo, le dice Alfonso. ¿Y qué quiso decir la gitana con aquello de que en este pueblo está enterrada la pata derecha de don Francisco?,[104] le pregunta.

-Ve tú a saber, le contesta Mateo. De las gitanas no te fíes que no le hacen a uno nada más que la boca un fraile. Nosotros a lo nuestro, que "cada gallo canta en su muladar".

-Y dime Mateo, cuando vendamos todos los burros, ¿qué vamos a hacer?, le pregunta Alfonso.

-Pues mira, nada más venderlos, nos vamos a un pueblo que está muy cerca, que nos viene de paso hacia Pinilla, que le dicen Villahermosa. Allí buscaremos a uno que le dicen "Cabriolé" que es aperaor y hace carros, y veremos que carro guirlocho[105] nos tiene preparado, pues hace ya cosa de dos meses del encargo. Desde allí, ya verás, iremos sentados como dos marqueses en carruaje.

Y así sucedió, que habiendo terminado la venta de todos los rucios, se encaminaron hacia Villahermosa donde buscaron la casa de "Cabriolé" que se encontraba junto a la Casa de Márquez.

Y como así se lo había contado a Alfonso, sucedió. Un carro, el primer carro atartanado de Mateo y el inicio de una nueva aventura en el comercio, chalán, tratante y comerciante de sal.

---

[103] Se refiere a don Francisco de Quevedo y Villegas que murió en Villanueva de los Infantes el 8 de septiembre de 1645 en el convento de Santo Domingo. Fue enterrado primero en la cripta de la familia Bustos en la Iglesia de San Andrés. Sus restos se encuentran hoy en la capilla de la Virgen de la Soledad del mismo templo, tras la identificación en 2007 por un equipo de la Escuela de Medicina Legal de la Universidad Complutense de Madrid.

[104] Francisco de Quevedo

[105] Carruaje ligero con dos ruedas y asiento para dos personas.

Y ahí van los dos sentados, tan gallardos, saliendo de Villahermosa por el Camino de las Salinas, una vereda transitada por todos los vecinos hacia Pinilla. Cruzan el río Cañamares y el arroyo del Demarradero para acercarse al río Pinilla muy cerca de la fuente del Pilar de las Salinas, donde tenían que llegar a mediodía para descansar y comer debajo de una sabina.

-Vamos a descansar Alfonso, le dice Mateo, que nos lo hemos ganado. Aquí, observa, es uno de los pocos sitios que hay sal, sin necesidad de ir a la costa, que son muchos días de viaje. Aquí vienen de toda La Mancha y de Andalucía. La sal es a real el costal, así que cargaremos todo lo que se pueda, y cuando más nos subamos para Ciudad Real, más cara la podemos ir vendiendo. Y la tenemos que cubrir bien para que no se humedezca si llueve, pues si se pierde no hay ganancia. Es un riesgo a prevenir mirando si vienen nubes.

Alfonso atendía y miraba al cielo y a la gente que entraba y salía a las salinas, miraba los pequeños diques de piedra seca y barro de que estaban construidos y el canal de agua que venía de la fuente a los recocederos. Ello permitía que el agua se estancara en las albercas, luego la cerraban para que se secara y así poder ir sacando y vendiendo la sal. El agua sobrante se lleva a las acequias que llevan a la salida general que forma después el río Pinilla.

-Y cuando cargan le pagan a ése del zurrón, le dice Alfonso, señalando con el dedo y alargando la mano en la dirección en que se encontraba junto a una galera repleta de costales de sal.

-A ése, si señor, pero no es para él, no. Aunque cobran muchos reales al día, se lo llevan las arcas del rey, porque las salinas son de la Corona,[106] pues fíjate, le dice, señalando a dos guardias vestidos de negro en la puerta del alfolí,[107] esos se encargan de custodiarlo para que no le roben. Y en aquellas casas de arriba, vive el administrador de este negocio, las casas donde viven los capataces y empleados.
-Porque están en lid las orejas de los ladrones, ¿verdad? le dice Alfonso.
Mateo explota a reír.[108]

-O las galeras, que es otro castigo más gordo, le contesta riéndose Mateo.

-¡Come Alfonso!, come, que esta tarde en cuanto carguemos la sal, nos vamos a Villanueva de la Fuente donde pasaremos la noche y si podemos venderemos algo de sal y si de paso sale alguna mula que comprar, pues al trato, que siempre hay que estar al negocio.

-Mira Mateo, por allí viene un fraile y parece que viene con cajas destempladas.

-Vendrá de la ermita aquella, que tengo oído que están siempre a la greña con los vecinos de otro pueblo que le dicen El Bonillo, porque no se ponen de acuerdo con la romería.

El fraile que venía sudoroso, viendo que Mateo y Alfonso estaban comiendo y al lado tenían un azumbre de vino, no dudó, y acercándose a ellos, les dijo:

---

[106] Pertenecían los impuestos a las rentas estancadas o monopolios de la Corona La sal proporcionaba muchos ingresos, pues era uno de los productos monopolizados junto con el hielo, tabaco, los esclavos y las siete rentillas estancadas que eran los naipes, plomo, pólvora, azogue, lacre, bermellón y azufre.
[107] Era el almacén donde se guardaba la sal para la venta.
[108] Las orejas era lo que podían perder los ladrones reincidentes.

-Buena gente, ampárenme un poco, que por tener que salir a prisas de la ermita donde estaba echando un sermón, he tenido que dejar el hatillo, y hasta que no se calmen esos cabestros, que no entienden nada, no pienso volver a ese ermitucho de mala muerte. Son más bestias que los de El Bonillo.

-Tenga, le dice Mateo, eche un buen trago de este vino de La Mancha y siéntese aquí con nosotros.

-¡Qué la Virgen de Pinilla se lo pague!, le contesta el fraile alargando la mano para prender el pellejo.

-Alfonso que no esperaba aquella situación, le pregunta:

¿Pero qué es lo que le ha pasado para salir corriendo y venir tan azuscao? mientras le ofrece unos torreznos y un curruzco de pan.

El fraile, que ya tenía agarrado el pellejo de vino, lo levanta y le aprieta con fuerza mirando a Alfonso, que le ha abierto un poco más el ojo izquierdo.

-¡Por los diablos de la curia!, ¿no me estarás echando una maldición?, le dice el fraile, que por poco me zumban en la ermita y ahora tú, que a fe mía, como me miras, me estás echando mal de ojo, ¿no zagal?, lo que me faltaba en esta aldeucha de barraganes.

-No se preocupe le dice Mateo rápido, que el zagal no lo hace a mala fe. ¡Cuente, cuente lo que ha pasado!

Alfonso que lo ha estado observando, piensa. ¡Que bien toca la tecla este fraile!.[109]

-Pues miren por donde, le contesta el fraile, ya más calmado, después de haber hecho gárgaras con el vino en la boca. Que me gano el sustento predicando sermones en las iglesias y en las ermitas, haciendo la carrera del púlpito y finalizado los mismos, les ofrezco bulas a buen precio. Que no es lo mismo pecar por pecar, que pecar siendo perdonado. Igual que no es lo mismo, entrar que salir. O estar dentro que estar fuera. Y a quien Dios se la de, San Pedro se la bendiga.

A todo esto, gesticulaba con una mano, pero con la otra no soltaba el pellejo. Alfonso, percatándose de que al fraile le gustaba más el vino que hilar sermones, alargaba la mano para agarrar el pellejo, evitando así, que el fraile no le diera más empujones. Pero el fraile, que parecía que ya antes había sido cocinero, cada vez que Alfonso alargaba la mano para quitarle el pellejo, él más lo levantaba y más lo apretaba. Con ello, se podía vaciar en cualquier momento.

Y continuaba el fraile diciendo:

-Y lo que me ha pasado en esta ermita no me ha pasado nunca. Resulta, que para alertar de los pecados de la carne, llevo siempre el mismo sermón. Comienzo con una frase que les llame la atención para que me escuchen, y hoy, como tantos otros días en otros pueblos en iglesias y ermitas de esta España gloriosa nuestra, de los que siempre salgo entre vítores y aplausos, les he dicho a grandes voces para que callaran:

Hermanos. "El hombre es fuego y la mujer estopa. Cuidado que viene el diablo y sopla". No escuchéis al diablo, vecinos de Pinilla, que siempre está presente; en

---

[109] Empinar el codo.

vuestras casas, entre estas piedras, en cualquier sitio, a todas horas, de noche, de día, a la penumbra, a la claridad. Y aquí ha comenzado mal la cosa, porque los vecinos han dado un respingo y han comenzado a mirarse los unos a los otros, transformando sus gestos, de cabestros a unicornios. De modo que he comenzado a soltar en latín todas las sentencias que conozco, con un ojo hacia el altar y con el otro a la puerta, hasta que he dicho aquello, que tanto gusta de oír en otros lugares de Castilla, "semen retentum, venenum est", y ha sido aquí cuando he tenido que salir por pies, pues me faltaban piernas y me sobraban sayas, hasta que aquí he llegado, en este estado, mas cerca de la oscuridad del infierno, que de la paz de una cueva.

-Señor fraile, le dice Alfonso, alargando la mano para que, aunque se bebiera el vino que quedaba, no se llevara el pellejo, pues visto el desasosiego que llevaba y las bobaliconerías que decía, era capaz a engullirlo como un pavo. Yo recuerdo un sueño de hace unos días en Granátula de Calatrava,

Mateo aguantaba la risa, pero podía explotar en cualquier momento viendo la escena. Eso si no se meaba de risa, porque con una mano se tapaba la boca y con la otra no paraba de apretarse la entrepierna.

-¡Cuenta hijo mío!, cuenta, le decía el fraile.

-Pues en él, el Rey iba subido en un carro de estiércol y recuerdo bien que iba diciendo eso que tanto gusta en Castilla y que aquí en la ermita les ha dicho en el sermón que no le ha gustado aquello de "semen retentum venenum est".

-¿Cómo es eso, le pregunta el fraile, lleno de admiración? ¡Cuenta zagal, cuenta!, a ver si va ser que tienes un don. Y le vuelve a apretar a la bota de vino mirando en dirección a la ermita, por si venía algún labrador iracundo con intención de acabar con su vida o algo peor, que por la forma de sujetar la bota y no tener intención de soltarla, sería ésta, la de perder el pellejo de vino y no su muerte.

-Pues resulta, le dice Alfonso, al tiempo que había sujetado con fuerza el pellejo, de manera que sería muy difícil que el fraile, aunque estirara, se hiciera con él; que del carro tiraban dos frailes que iban llorando y detrás marchaban unos caballeros de blanco con una bota de vino cada uno, cantando y riendo, al tiempo que se daban golpes en sus partes con una sogueta de cáñamo.

-Amigos, les dice el fraile. Esto en una maldición. Y levantándose rápidamente, agarrándose la cabeza con las dos manos, se fue con el mismo azogue con el que vino, refunfuñando en voz baja y mohíno; ya, ya, "semen retentum"; maldito latín. Me voy a Roma, pero a Roma, Roma, que allí tendrán más conocimientos que en estos eriales de campesinos incultos.

Mateo, que no ha podido más, ha comenzado a mojar el calzón y tiene que salir corriendo detrás de la sabina.

Alfonso, que había salvado el pellejo, bien asido, estalla a reír también.

-Mateo le dice, mientras libera líquidos riéndose. Esto no lo he visto en mi vida. ¡Virgen de las Maravillas y santos de sotanas de Almagro, el clero está de atar! ¡Sermones me entren por un oído y del mismo modo, por el otro me salgan!

-Y pedos les exploten en el púlpito, dice Alfonso, estronándose de risa.

Ermita de Pinilla (Viveros)

Capítulo nueve

Del regreso de Alfonso a Alcolea y las estantiguas de Cañamares

Inician el camino de regreso con el carro nuevo cargado de sal con el caballo fresco, sentados y con las riendas bien sujetas, riéndose tanto, que las quijadas les dolían. Y entre risas llegaron a Viveros, un pueblo que está muy cerca de las salinas. Aquí toman la Vereda de los Serranos, también conocida como Camino de los Romanos, una amplia vereda con mucho tránsito de animales, por ser unión entre Extremadura y Levante que se adentra en Villanueva de la Fuente por saliente, donde encuentran el Cuco del Cordero.

Mateo vio unas nubes grises por encima del pueblo y señalándole a Alfonso con la mano, le dice:

-Alfonso, creo que será mejor meternos en esa caserna[110] cuanto antes para evitar que se moje la sal. Es lo peor que nos puede pasar, a pesar de llevar cubierto los costales.

-Sí, le contesta Alfonso, será lo mejor, además pronto se esconderá el sol. Y si nos diera tiempo podemos anunciar por la calle que llevamos sal. Si algo se vende, mejor será.

-Pues sí, le dice Mateo, que en guardando un saco para Hernán, ¿te acuerdas?, el mesonero de Granátula de Calatrava. "Pues bien está lo que bien acaba".

Al pasar por el nacimiento de agua encontraron la venta donde metieron el carro en el cobertizo y pidieron pasar la noche cuando comenzó a lloviznear poco a poco.

-¡Menos mal, que hemos llegado a tiempo!, dijo Mateo. Vamos a parlamentar la cena y el albergue con el dueño. Avía tú, Alfonso el macho, mientras yo intercambio con el ventero.

Y así fue, que mientras Alfonso quitaba los atalajes, sujetaba el caballo y preparaba paja para que comiera, ya le había vendido dos costales de sal a buen precio, y se habían puesto en la cocina a preparar un ajopuerco[111] y un lomo en adobo.

-Y si se van a quedar con hambre, señalando el ventero a Mateo la mesa que estaban preparando, tienen ya preparado unos mantecados y magdalenas con miel, que se van a reír todos los frailes de Cañamares esta noche.

-¡Pasa Alfonso, pasa!, le dice Mateo sonriendo, cuando lo ve asomarse a la sala donde estaba la mesa dispuesta. Mira lo que dice el mesonero, que si nos comemos todo esto y las magdalenas, se van a reír todos los frailes de Cañamares esta noche.

-Eso, eso, que se rían un poco, que entre el carro de estiércol y los cabestros de Pinilla no les quedan veredas donde rezongar, le contesta Alfonso riéndose feliz.

---

[110] Casa en la orilla del camino destinada a mesón.
[111] Hígado de cerdo picado, pan rayado, especias, almendras del piñón.

-El ventero que lo ha visto entrar riéndose, se queda extrañado, pues aquí hace mucho tiempo que la risa se pierde como el agua en el Guadalmena.

-El ventero le dice: Tú, zagal, si que transmites paz, no como los truhanes de este pueblo de Villanueva de la Fuente que parecen que les ha dado un tabardillo.

-Si, le dice Mateo, se contagia su risa, pero cuando se nos nombran a los frailes, ya es que nos vamos a la pata abajo.

Y mientras cenaban, le contaron al mesonero la aventura del fraile en las salinas de Pinilla y de cómo tuvo que abandonar el sermón a toda prisa, a lo que el mesonero, que compartiendo las risas, les quedó muy agradecido por haberle animado aquella noche.

Cuando los primeros rayos del sol salían por el Cuco del Cordero, ya estaban preparando Mateo y Alfonso el carro y el caballo. En ese momento se oye gritar en la calle, como avisando al pueblo de algo, no de alarma, sino de hecho milagroso.

-¡Tocar las campanas! ¡avisad al cura! ¡ya están aquí! ¡ya han salido! repetían los vecinos para que salieran más.

¿Pero qué es esto, qué gritan en este pueblo?, le pregunta Mateo al mesonero. ¡A ver si tenemos otra de frailes!

-¡Las estantiguas! ¡las estantiguas! ¡las estantiguas!,[112] ¡vamos, vamos!, que estas cosas no se ven todos los días, le dice el mesonero. Vamos a la salida del pueblo.

Y ahí están todos corriendo hacia el camino que va a Cañamares. Hasta los niños de mantillas en brazos de sus madres, los abuelos con los bastones, algún taimado adormiscado abriendo la boca sin despegar legañas.

Hasta el tonto del pueblo, les grita:

-¡Ala, ala, so tontos! ¿es que no habéis cagao? !Ya estáis estantiguaos pa toa la vida!.

Aquí no queda nadie en su casa. Todo el mundo ha salido. Van camino del Altillo, desde donde ya se han colocado como iluminados y en silencio, ensimismados ante un prodigio divino, porque acaban de salir las estantiguas de Cañamares. Están absortos, boquiabiertos, mirando hacia el valle, donde en el fondo se encuentra Cañamares, pero a ojos vista no se ve. Pero ahora, aunque rara vez, o una al año, se ve el pueblo de Cañamares, a la misma altura que Villanueva de la Fuente, entre la neblina, como un espejo, un pueblo fantasma que levita a dos leguas de distancia, superpuesto en el horizonte.

Y ahí que se han ido los tres, el mesonero, Mateo y Alfonso, con la boca abierta, a participar de un hecho inusual, pero que los vecinos celebran avisando del presagio de buenas cosechas para algunos, de buenas hierbas para el ganado para otros, de algo de salud para las mozas casaderas, del fin del mundo para los curas y frailes, del mal de ojo eterno de las niñas rubias, y de una mil y una ocurrencia del pueblo manso y supersticioso.

---

[112] Las estantiguas es un fenómeno de espejismo, producido por la refracción de la luz en determinadas condiciones climatológicas producidas especialmente entre Villanueva de la Fuente y Cañamares. Villanueva de la Fuente se encuentra a una altitud de 1005 metros sobre el nivel del mar y Cañamares a unos 980 metros.

Y así, conforme las estantiguas vinieron, poco a poco se van diluyendo en el horizonte con la expresión generalizada del ¡ohhhhhh!, la boca abierta y más ¡ohhhhhh! desapareciendo, hasta que ya no queda ni una imagen de la torre de la iglesia ni de casa alguna. El tonto del pueblo despide la concentración con unos pedos enrastrados que provocan la desbandada de los vecinos. Cañamares ya ha avisado.

Y ahí los tenemos, los dos subidos en el carro, camino de Montiel, comentando la maravilla que acaban de ver, vislumbrando el pueblo de Villanueva de los Infantes, al que entran por el castillo de la Estrella, junto al arroyo Segurilla.

-Mira que castillo Alfonso, le dice Mateo. ¡Cuánto trabajarían aquí los moros para subir tanta piedra y tanta cal para hacerlo tan grande!

Pasaremos despacio por la iglesia de San Sebastián, que hay una taberna y un mesón, que en cuanto vean la sal, intentaremos vender dos o tres costales.

Y como Mateo conocía bien a los mesoneros, nada más acercarse a la puerta, oyeron la oferta y pronto le pidieron sal. Más rápida fue la venta y mayor el beneficio pues pedía diez veces más de lo que le había costado.

-¡El que quiera que arree! decía Mateo, pues se la llevamos a la puerta sin ningún esfuerzo para ellos. Razón del mercado. ¡Ea, así es el negocio!

-Y Alfonso añadía. Y si no regatean es por lo que les hace falta y tienen reales para pagarla.

-Ves Alfonso, le decía Mateo. Si pensamos en el negocio, con poco, tendremos ganancias, que a su vez, si las dedicamos a otra compra, sabiendo hacerlo, y para eso está la experiencia, podremos ir viviendo. Y por ello te digo, que en este pueblo tan bonito, tendremos que comprar algún burro o yegua con lo que iniciar otra vez la recua.

-Me gusta el trato, le dice Alfonso. Si no hay engaño te puede hacer ganar el pan. ¿Me podré dedicar yo al trato, Mateo? le pregunta.

-Anda, pues claro, ¡Si guardas, recogerás! le contesta. Con lo que ganes en este viaje, ya tendrás para comprarte un borrico. Con él podrás desplazarte y acarrear pequeñas cargas, como la cal y así de un sitio a otro. Tú compras a bajo precio y lo intentas vender a todo lo que el comprador esté dispuesto y a ti te convenga. Y no malgastes tus reales en casernas y bodegones innecesarios, ni te vayas de gacholí,[113] que como ya te vas dando cuenta, en España hay más haraganes que moscas.

Y como había previsto Mateo, nada más salir de Villanueva de los Infantes, camino de Alcubillas, ya llevaban dos pollinos y menos carga de sal.

-Vamos a comer aquí, le dice Mateo a Alfonso. Que nos vean un poco los de este pueblo, que como ves, no me equivoco mucho. Se acercarán a preguntar si vendemos algo. Mientras comemos, algo venderemos.

Debajo de unos olmos que había junto al río Jabalón sacó Alfonso el lomo en adobo y el quartal de pan, la bota de vino y el agua, cuando vieron que se acercaba un vecino que había salido de una casa que estaba junto al río. Andaba tan despacio, tan pausado, que no se sabía si estaba marcando el terreno o si su aproximación era

---

[113] Dado a la bullanga, a la fiesta.

para que le diera tiempo a reconocer a los dos que estaban bajo los olmos y la carga que llevaba en el carro.

-Buenas tardes tengan señores, les saluda como a unos seis pies de distancia.

-¡Vaya usted con Dios buen hombre!, le dice Mateo. Pruebe usted este vino que llevamos de Villanueva, le dice alargando la bota.

-Bien está, le dice. Y con las dos manos, la levanta y aprieta como el fraile de Pinilla. Pues miren ustés, como he visto que van a comer, yo les quiero proponer que aunque soy pobre y no tengo dinero, que si lo tienen a bien vengan a mi casa, que puesto que yo necesito un poco de sal y ustedes querrán comer caliente y como Dios manda, sentados en una mesa, hagamos un trueque, que mi mujer ha preparado un cordero a la caldereta con ajioli que ni cuatro frailes botihinchados podrían acaban con él. De esta manera los dos podremos solucionar este asunto. ¿Qué les parece?

A Alfonso le faltaban manos para recoger. No le dice nada a Mateo, porque sabe que va decir que sí.

-Buen hombre, me parece bien. Le dice Mateo. ¿Le parece bien media barchilla[114] de sal?

-No se hable más, pasen, pasen.

Y repartiendo cuchara y pan, comenzó este buen hombre de Alcubillas a contar su vida. Dijo llamarse Boedo que había vivido aquí siempre y como él, todos sus antepasados. Nunca le preocupó qué había más allá del Cerro del Pozo y del Castillo, que con comer, vestirse y trabajar con el ganado y el campo ya era feliz. Y que había tenido mucha fortuna al conocer a su mujer, conocida como Lucía la del Jaroso, y que ya no sabía más, ni apellidos, ni nombres de sus padres, que eran del Cerrillo de San Antón, del barrio de las Cruces de Alcubillas. Y que a ella tampoco le importaba ver más allá de donde alcanza la vista. Y que no habían ido a misa nunca, ni sabían que hubieran ido sus padres y abuelos.

Alfonso estaba más asombrado que cuando vieron las estantiguas de Cañamares. Callado pensaba que aquellas buenas gentes solo vivían con cuatros instintos, igual que un gato.

Y entre cuchara y cuchara vino el caldero a menos hasta quedarse en la pringue, que con habilidad Boedo repasaba con rebanadas de pan pinchado en la navaja.

-Muy bueno el caldero le dice Mateo a Lucía la del Jaroso y a su marido. Les estamos muy agradecidos. Aquí Alfonso, que es como mi sobrino y yo mismo, Mateo Velasco.

Habiendo terminado de comer, Mateo le dice a Boedo y a su mujer:

-Mire, para no andar con mediciones de la sal, yo le cambio una barchilla entera si me la cambia por dos lechales adelantados de esos que tiene. ¿Qué le parece? Así tendrá sal para salar todos los jamones que quiera.

Lucia la del Jaroso, mira a su marido asintiendo con la cabeza, pues tienen suficiente ganado y la sal les podrá durar todo un año.

---

[114] Una barchilla es una capacidad para áridos equivalente a tres celemines o una cuartilla, cuarto de fanega, equivalente hoy a 13,9 litros

-Sea, les dice, Boedo, que me parece bien y acuérdese de pasar por aquí cuando lleve sal, que algún trato haremos.

Contentos y agradecidos se despiden de Lucia y su marido Boedo camino de Valdepeñas donde llegarían antes del atardecer con dos borriquillos, dos lechales y más de la mitad de la carga de sal.

Nada más llegar a la plaza, ya salían los mesoneros a ver la carga. Como estaba previsto si querían sal, había que intentar vender barchillas enteras y elevando el precio, que para regatear había tiempo.

Alfonso pregonando por la plaza que llevaban sal para vender y Mateo haciendo el trato, fue como vendieron cuatro sacas de sal.

Se dirigieron hacia una venta que había por la ermita de la Vera Cruz donde después de guardar el carro, los dos lechales, los pollinos y el caballo, pasaron a la habitación que les había preparado, recordándole Mateo a Alfonso la prevención contra los piojos. Pasaron a una sala donde había cuatro capigorristas bebiendo aguardiente alardeando de querer ingresar en la milicia del rey, fanfarroneando cada uno a ver cuantos marranos[115] iban a matar.

Cuando el ventero vio a Mateo y a Alfonso sentarse, se acercó con un puchero de vino y dos platos de mondongos de carnero y otro de fritillas recién hechas.

-No hagáis caso a estos mequetrefes, que en cuanto se les pase la moña, se acabó la milicia y los marranos. ¡Así irá el resto de la milicia! les dice riéndose el ventero. Para estronarse de risa viendo a estos luchar en Nápoles.

-¿Qué te parece Alfonso?, le dice Mateo. Mejor será que le clavemos el diente al carnero y mañana será otro día, que no pasa día sin que veamos algo nuevo.

-Sea, le dice Alfonso, verdad es que fargadanes y golondros vemos todos los días.

Muy temprano era cuando ya estaban de camino a Granátula de Calatrava, para, llevar según lo prometido a Hernán, su amigo del mesón y así finalizar con menos carga en Almagro en casa de Mateo donde conocería Alfonso a su mujer Cecilia.

Por la cañada del Puerto, llegan a Almagro, Alfonso va pregonando y Mateo vendiendo la sal por las calles antes de llegar a la suya, donde pasarían la noche y descansarían mejor sin necesidad de vigilar la carga y los animales.

-No podemos vender toda la sal. Tendremos que dejar algo para tu casa Alfonso, le dice Mateo, no vaya a ser que no tengan y ello estaría mal, ¿no crees? Ya verás que contento se pondrá tu padre con otro borriquillo, más joven, pero pronto crecerá y os ayudará en el campo.

-Yo no se qué decir Mateo, le contesta Alfonso. Estoy contento, he aprendido muchas cosas. A mi me gustaría seguir contigo con las mulas y el carro.

-Pues por mi parte, le dice Mateo, ya sabes, tu ayuda es buena. Creo que tu padre no se opondrá, ¿verdad?

Y después de seis días llegan a Alcolea a mediodía, con más mulas y dos cargas de sal, entran por el camino de la calera. Los cascos de los mulos hacen que los vecinos salgan a la calle.

-¡Mirar!, dice la mujer del alcalde, ¡si es Alfonsito, con un chalán!

---

[115] Marrano era un insulto a todos aquellos que se habían convertido al cristianismo.

-¡Ay picaruelo!, dice el alcalde.

-Me quieren mucho Mateo, le dice Alfonso, a pesar de alguna que otra trastá que he hecho.

Mateo se ríe y Alfonso sonríe picaronamente. Recuerda como la organizó parda el día de la culebra.

Cuando pasan por la puerta de la botica Alfonso se lanza como una ardilla del carro y grita:

-¡Madre, madre, ya estoy aquí!

Teresa, que ha oído a su hijo, sale a la calle cogiéndolo entre sus brazos.

-¡Ay mi Alfonsito!, y le besuquea con sonoros besos en la mejilla, mientras se ríe mirando a Mateo, que parece que ha pasado más de un año. Vamos a casa que hoy vamos a comer un gazpacho con perdiz y conejo.

Teresa saluda a Mateo que está sentado en el carro y le da las gracias por todo.

Ya en la puerta, su hermana María Catalina, que también ha oído el trajín de la recua, sale a abrazar a su hermano.

-¡Ay, mi Rejalgar! ¡Cuánto tiempo! Y el besuqueo de rigor. Un trinar de diez besos en ráfaga. Y él, como si le diera un poco de vergüenza, de reojo mira a Mateo, como diciéndole. ¡Ea si es que son así en este pueblo!

Mateo está alegre de verlo, un zagal espabilado y bueno.

-Voy a llamar a tu padre, que por hoy ya está bien el huerto, dice Teresa.

Cuando Alfonso entra en la casa abraza a su hijo y a Mateo.

-¿Cómo es que habéis venido antes de lo previsto? le pregunta a Mateo.

-Pues porque se ha dado muy bien la salida. Se vendió pronto la recua y a la vuelta toda la sal, aunque te he guardado una poca por si te hacía falta. Y en agradecimiento te traigo un borriquillo joven y un lechal. Sólo porque nos hemos reído más que en toda la vida.

-Alfonsito miraba a Mateo y a su padre sonriendo y asintiendo lo que decía Mateo.

-Toma Alfonsito, le dice Mateo, lo prometido, que en seis días has ganado lo que en un mes. Quince reales de comisión por el burro aquél, ¿te acuerdas? y siete maravedíes por la semana.

Alfonsito está emocionado. No ha visto nunca tanto dinero. Lo coge e inmediatamente se lo da a su madre.

-Tome madre, para comprarnos una mula y un carro.

Teresa deja caer las lágrimas sobre las mejillas y abraza a su hijo.

-Vamos a cenar, que mañana será otro día, dice Alfonso.

Capítulo diez

1746 Los pies me llevaban, yo los iba siguiendo

Ya había descolgado Alfonso Manuel su pubertad y buscaba como gallo viudo una moza casadera en cada pueblo. Con lascivia mirada no se escapaba ninguna. Lo observaba Mateo y pensó.

-Ya tendrá Alfonso los diecisiete años y si Dios dijo aquello, que no es bueno que el hombre esté sólo, pues habrá que soplarle como decía aquel fraile de las salinas de Pinilla.

Así, aprovechando un viaje a las Salinas de Pinilla le propondría llevar una carga de sal a la ciudad de Alcaraz y buscaría una venta mesón conocida como "El Aguilucho" donde sabía, por haberlo oído de otro tratante que venían hurganderas y guilochas,[116] que al tiempo que servían las mesas, aliviaban a los hombres del mal de la continencia y de la castidad.

Urdiendo el modo más propicio, determinó, puesto que no llevaban un rumbo fijo, más bien, dejaban que el caballo buscase el mejor camino, que en Pinilla le comentase a Alfonso su pensamiento de llegarse a Alcaraz.

Con el carro cargado de sal, en las Salinas, Alfonso le pregunta a Mateo, cual era el rumbo a seguir.

Mateo aprovecha la pregunta y le dice:

-Yo creo Alfonso, que debemos probar hoy en acercarnos a Alcaraz, que pese a estar muy cerca de aquí, yo no he estado nunca. Es bueno ir abriendo caminos y podemos acercarnos a probar fortuna. Creo que deberíamos ir. Venderemos la sal, aunque sea a bajo precio, porque he oído que es una ciudad muy grande, casi como Villanueva de los Infantes.

-Pues vamos a Alcaraz, le dice Alfonso.Pero no crees que deberíamos poner una mula al lado del caballo para que tire, no vaya a ser que en alguna cuesta no se sujete con fuerza y nos tire del carro o que no pueda, que no se que sería peor.

-Verdad dices Alfonso, que yo ya me había dado cuenta en la última cuesta en la que a media palabra he estado de decirte que bajáramos a empujarle. No se hable más que en Viveros le pondremos los horcalates,[117] revisaremos la galga[118] y enganchamos la mula.

Mira, le dice Mateo, ahí debajo de esa sabina hay una buena gallarda.
Alfonso se acerca, la sopesa, la mira de arriba a abajo observando alrededor por si alguien la hubiese olvidado.

---

[116] Mujeres públicas.

[117] Correa gruesa que une los tiros al horcate con varios agujeros y una hebilla, para ahogar o acortar los tiros.

[118] Palo atado fuerte a los extremos a la caja del carro, que sirve de freno al oprimir el cubo de una de las ruedas.

-Tiene unos cinco pies de larga, consistente, más bien cayado, pero será útil. Quién la hubiera olvidado podrá hacerse otra, pues aquí se ven muchas sabinas, le dice Alfonso y la echa al carro para Mateo.

-Vamos allá Alfonso que hoy vamos como alma en pena y en cuanto paremos a comer saco la bota de vino, o mejor, ahora mismo.

Toma la bota y se la ofrece a Alfonso, que la sujeta con fuerza y le dice a Mateo:

-¡A la salud de todos los frailes bulderos, que las bulas que vendan me las paso por los guevos!

Y mientras el chorro cae con fuerza, Mateo se estrona de risa.

-Dame Alfonso, que parece que tengo una bula en la garganta.

Toma la bota para darle un buen apretón sin parar de reír y dice mirando al cielo y levantando la mano:

-Por el "semen retentum" del fraile Pinilla.

Y después de haber reído un buen rato, llegaron a un pueblo muy pequeño que le dicen El Robledo, pero del que no salía nadie, por lo que pensó Mateo que estarían en las labores del campo. Continúan subiendo una buena cuesta por la vereda del Robledo en dirección a Alcaraz cuando dejando atrás El Robledo encuentran un manantial que nace en la ladera de la montaña, agua fresca y limpia, que le dicen El Horcajo, donde los animales pueden descansar y beber. El agua discurre entre sombras de olmos, fresnos, sauces y encinas, donde suelen descansar todos los vecinos y viajeros.

-Mira, le dice Mateo, que buen lugar para comer y descansar, de modo que baja el cesto y yo sujeto el carro y los animales junto a este olmo que por el tamaño que tiene, debe tener más años que Matusalem.

-¿Matusalem?, dice Alfonso riéndose:

-Sí, uno que vivió 300 años, contesta Mateo sonriendo y sacudiendo las manos para indicar que era un cuento como el que dicen de un pueblo de Jaén, que le dicen Guarromán, en el que para aflojar los cerrajeros del vientre, van todos los vecinos a un roble centenario que está en los arrabales, porque según afirman, con cada mierda que depositan, el roble crece un palmo. ¡Qué te crees tú!

Cuando ya estaban sujetos los animales, Mateo le dice a Alfonso:

-Alfonso, no te separes de tu vara, que la manejas muy bien, que si fuese necesario liarse a garrotazos, tú siempre a mi izquierda, que yo los arreglo por la derecha con esta gallarda, le dice Mateo, porque estoy viendo a tres gitanos andando que han salido del aquella cortijá y vienen hacia aquí. Me huelo que "este guisado tiene moscas."[119]

-No me gustan, le dice Alfonso, pero no te preocupes Mateo que del primer estacazo, una oreja se la va a llevar de viaje la vara, que la va a tener que recoger en Pinilla.

Dos gitanos ya entrados, desaliñados, con luengas barbas y sombreros negros, con alborgas[120] roídas y escarpines de lana. Ambos con una vara a los que acompañaba un mozo imberbe con cara de alicortado ligeramente detrás de ellos.

---

[119] Olerse algo que se ve venir. Olerse la tostada.
[120] Abarca de esparto, alpargatas.

-Yo me encargo de arrearle al de la camisa blanca, le dice Mateo, en caso de que se quieran acercar, pues sin navaja no son nadie. Y tú le quitas la oreja al otro que parece más viejo. El joven no parece estar en el badano,[121] de modo que déjalo de segundas.

Los gitanos se le acercan donde tenían el carro. El de la camisa blanca, que parecía más decidido, saca una navaja, mostrándola, pero sin amenazar.

-Guenas tardes tengan señores, les dice. ¡Ande van ustés, si se puede saber!

Mateo que tiene agarrado el cayado con las dos manos, le contesta:

-Donde nos venga en gana y podamos ver el sol, le dice mirándole a los ojos.

Alfonso toma su vara y se coloca como le había dicho Mateo, de manera que el que mostraba la navaja quedaba más cerca de Mateo y que con toda seguridad el primer garrotazo se lo daría en el cuello y si fallaba el golpe le daría al otro, por lo que estaba muy pendiente del primer movimiento.

Como el que miraba Alfonso, el más viejo, llevaba el sombrero calado hasta las orejas, el primer golpe en la oreja no se lo podía dar de arriba a abajo, sino lateral, cuando hubiese acabado el movimiento del primer golpe de Mateo.

El gitano de la navaja, que se percata del movimiento, levanta la mano izquierda como pidiendo tranquilidad, momento en el que Mateo, con las dos manos levanta el cayado y se lo echa al hombro para acortar los tiempos del golpe.

-¡Paz, guen hombre, que ya seguimos nuestro camino! Y comienzan a separarse maldiciendo. ¡Mal rayo te parta y te coma un sapo! ¡Hijo de la tierra! ¡Bastardo! ¡Qué del bolondro te salga una burrica![122]

Cuando están en la fuente, beben agua y comienzan a tirarle piedras, al tiempo que se van por piernas[123] por el camino que de allí sale hacia El Robledo.

-¡Cuidado Alfonso, protégete! le dice Mateo. Serán mal nacidos hideputas. Ves lo que pasa con esta gente. Entre ellos serán buenos, pero con los demás, ¡bolluscas del infierno! ¡Cuanto más lejos los tengas, mejor! No hagas nunca tratos con ellos, que si no te la hacen a la entrada, te la hacen a la salida.

Pero aún escondiéndose detrás del carro, una de las piedras fue a parar a la cabeza de la mula, que si no llega a estar sujeta al carro, se hubiera escapado.

Los gitanos se alejan maldiciendo y Mateo les gritaba:

-¡Volver, volver, caracandiles, que vais a probar la sabina!

Cuando ya se hubo calmado la ira y los gitanos se perdieron de su vista Mateo le dice:

-Comamos Alfonso. ¿Has visto como no hay que descuidarse? Esta gente no los verás nunca trabajar, al contrario, siempre atentos para quitarte algo.

Cuando ya deciden emprender el camino, Alfonso se da cuenta que la mula tenía un brujón en la cabeza junto a la oreja.

---

[121] Estar en éste baile, en éste asunto, en ésta faena.

[122] Vejiga o ampolla.

[123] Fernando VI, que reinaba en éste momento amplía la pragmática del rey Felipe V sobre la persecución de los gitanos en España. En Madrid se esperaba darle asentamiento, y en 1749 se organiza la detención de gitanos en todo el país que no tuvieran asentamiento fijo con destino a galeras. Se le conoció como "La Gran Redada", y se dispuso la horca para los fugados.

-Mira lo que le han hecho los malnacidos estos a la mula, ni las galeras los sujetan,[124] le dice Alfonso a Mateo.

Mateo se acerca a la mula y le pasa la mano por el cuello, para tranquilizarla.

-Haber como podemos curarle, ¡maldita sea!, dice Mateo, mira que animal más noble, con una herida en la cabeza y aquí está, quieta, esperando para tirar del carro. Acércame una piedra plana mojada en la fuente que se la voy a sujetar con estos vencejos un buen rato. ¿No se lo notas en los ojos? Es como si nos dijera que no hemos sido nosotros. ¡Qué animal más bueno!

Mateo le limpió la zona del brujón con una camisa mojada, después le echó un poco de vino y un poco de sal, le puso la piedra plana sobre la herida sujetándosela con la pleita de esparto y así estuvo un buen rato mientras comían.

-Si tuviéramos miera,[125] le podíamos hacer un emplasto, pero de momento, como sólo ha sido un brujón, creo que le baje la hinchazón, le dice a Alfonso, al tiempo que los desenganchan del carro y los ponen a pastar entre las hierbas que crecen en el curso del agua de la fuente.

-Sentémonos Alfonso por fin debajo del sauce y comamos, que hoy hemos pasado mal momento, le dice Mateo, sacando del cesto la longaniza y el pan. No debe quedar mucho para llegar a Alcaraz, de manera que en llenando la barriga, salimos tirando río abajo por esta vereda.[126]

Alfonso ha visto moverse algo entre las hierbas de la pradera que se abre en el arroyo abajo. Coge la honda y se prepara cinco piedras.

-Mateo, le dice Alfonso, de estas cinco piedras alguna le va a dar a lo que he visto que se movía en la pradera.

Y caminando para colocarse de espaldas al sol se aproxima a donde se oía algún pájaro entre la hierba. Y a unos cuarenta pies carga la honda y empieza a voltear. En ese momento levantan el pequeño vuelo dos avutardas. Alfonso lanza la primera piedra. Le ha dado en una pata y al caer no puede remontar el vuelo. Corre detrás de ella y en una carrera se lanza sobre ella.

-Mateo, le grita. ¡Una avutarda, una avutarda! Está admirado. ¡Hay que ver este Alfonso! ¡no se va a morir de hambre, caza como como una garduña!

Alfonso la trae sobre los hombros, con una mano al cuello y la otra sobre las dos patas.

-Mira, le dice a Mateo, pesa una arroba, ¿qué te parece?

-Bueno, Alfonso, átale las patas y la sujetamos en el carro, como está viva vale más. En Alcaraz tienes que hacer buen trato.

Cuando ya estaban en marcha cruzaron el río Cortes por un puente muy antiguo, pequeño con tajamares de piedra muy sólidos Alfonso, que atento mira a una

---

[124] Las galeras, como pena a los gitanos o delicuentes, fueron abolidas en 1748.

[125] El aceite de miera que se extraía del enebro. Juniperus oxicedrus. Un remedio de uso veterinario usado para escoceduras, desinfección de escoceduras y cascos de las caballerías.

[126] Esta vereda es conocida como Vereda del Robledo y trascurre por el margen izquierdo del arroyo del Horcajo. En estos parajes de montaña las veredas de la Huesa, de Peñascosa y de Andalucía, se adentran en la montaña de la sierra de Alcaraz.

bandada de torcaces que se ha aproximado a unos chopos que hay en el río, le dice
a Mateo:

-Mateo, voy a tirarle a esos palomos, que por aquí se ven muchos, que si no se
tuerce la tarde, cuatro o cinco meto en el saco. Sigue con el carro y la recua mientras
me adelanto.

Alfonso se baja del carro. Carga la honda y comienza a voltear en una cuesta que
sale del valle del río Cortes.

Mateo oye el silbar de la piedra y el ruido del impacto en una torcaz.

-¡Al saco Mateo, ya va una!, le dice. Yo sigo andando, que siguen saliendo.

Cuando ya llevaba en el saco cinco torcaces, ven un pequeño cerro coronado de
una gran muralla y una torre con una gran puerta en todo lo alto.

-Ahí está. Le dice Mateo. Alcaraz. Súbete al carro Alfonso. Vamos a ver por qué
tiene fama esta ciudad.

Alcaraz, vista de la torre norte del castillo y acueducto

Antes de subir una cuesta que lleva al acueducto que abastece de agua a la ciudad,
se encuentran a su derecha con un muladar,[127] que hace aligerar el paso sujetándose

---

[127] Lugar situado en las afueras del pueblo donde se tiraba la basura y el estiércol.

la respiración para que no den arcadas. Antes no se habían percatado en otros pueblos de esta marranada.

-Sujétate el aire Alfonso, le dice Mateo. Acerquémonos a la venta que le dicen "El Aguilucho", al lado de aquel acueducto, dónde pasaremos la noche, comeremos lo que nos den y con suerte podrás hacer trato con la avutarda y las torcaces. Arregla la recua en la cuadras, el carro dentro del patio en cuanto te digan de meterlo y acerca el hato que llevamos al cuarto que nos den. Haz el trato que quieras con el ventero, que mientras lo preparas voy a visitar a los tenderos para vender la sal, que algo hay que vender aquí. Y de todo ello, mañana la vamos entregando a lo que nos la pidan.

Salió el ventero después de hablar con Mateo al patio para indicarle a Alfonso donde estaba la cuadra.

-Buenas tardes tengas zanguango, le dice el ventero. Ya me ha dicho Mateo, el chalán lo que necesitáis para pasar la noche. Puedes meter el carro al patio y los animales, ahí en la cuadra con los pesebres y le cebada para que coman y el cuarto donde dormir. Luego vendrá una moza para indicarte donde comer. Se llama Lupe. Ella te atenderá.

El cuarto estaba enfrente de la cuadra, tenía dos camastros sin aliño y una ventana por la que podrían ver si algún golfín[128] osase husmear en el carro.

Había terminado en la cuadra y comenzó a trasladar las mantas, el cesto de longanizas, el pan y trasputines al cuarto, llenó un cántaro de agua de una fuente con un pilón, que había en el centro de la calle, la cual traía agua del acueducto por alguna conducción subterránea. Por el acueducto que había para entrar en Alcaraz se oía correr el agua, traía un trazado semicircular desde la montaña que estaba a su izquierda y que debía venir de lo alto de unas montañas que había en dirección al mediodía, unas montañas más altas que las que se veían en Alcolea y Piedrabuena.

Llenó la jofaina y preparó una pequeña zafa para lavarse, no sin antes recoger el saco con los palomos, cuando entra en el patio una joven andoscona[129] de unos veinticinco años. Llevaba un gran escote, mostrando dos grandes pechos, el pelo castaño recogido en una cola larga, un delantal hasta los tobillos y una sonrisa tan grande que Alfonso correspondió con otra de agrado.

Le vino a la memoria aquellos zánganos que metían el hocico entre los pechos de una mujer en el mesón de Hernán, en Granátula de Calatrava.

-Soy Lupe, empleada de esta venta le dice, acercándole su cuerpo, de manera que sus pechos le empujaban contra la pared. Vengo a preguntar que necesitas tú y el chalán. Una buena persona, que me ha insistido en que te mire bien y te atienda en todo lo que quieras. A la sonrisa le acompañaba con gestos sensuales de la boca moviendo los pechos a sabiendas que a cada movimiento excitaba los primeros y primarios instintos de Alfonso.

Lupe, iba dominando la situación porque Alfonso se había embobado en sus pechos.

-¿Qué llevas en el saco zagal? le pregunta acercándole la mano a la entrepierna.

---

[128] Así se llamaba a los bandoleros, vagabundos y gente de mal vivir.
[129] Mujer metida en carnes y buena presencia. Solterona de buen ver.

Alfonso siente que la mano de Lupe ha agarrado la culebra por fuera del calzón. Quiere seguir el juego. Hace ya algunos años que descolgó y tiene que abrir experiencias. Lupe es experta y agradable.

-Cinco torcaces que he cazado por el río, le contesta, con el hocico ya dentro de los pechos y el culebro removiéndose.

-¿Pues sabes que vamos a hacer? le dice, metiéndole la mano por dentro. Que te hago un hombre si me das tres palomos.

-¿Tres palomos, le dice Alfonso, que estaba dispuesto a darle hasta la avutarda, "más caga un buey que cien golondrinos" piensa. Pero los otros dos, nos los preparas asados y el resto de la cena no nos la cobras.

Y sin soltar la culebra Lupe le aproxima sus labios a los suyos, un roce provocador de amapolas y a continuación le dice al oído.

-Cierra la puerta, lávate el culebro en la zafa[130] que te voy a enseñar lo que la reina francesa le hacía al rey difunto.

Alfonso cierra la puerta y le pregunta:

-¿El rey Felipe V, el francés?

-Si, eso. Eso es lo que te voy a hacer, le dice.

Plaza mayor de Alcaraz

---

[130] Sobre el aseo dice el doctor en Teología, Juan Bautista de la Salle, S XVIII, que prohíbe el agua para el aseo. "Es conveniente por la mañana frotarse con un lienzo blanco para limpiarla si es necesario, con saliva ya que es peor hacerlo con agua porque hace que la cara sea mas susceptible ante el frío del invierno y del calor en verano.

Después de yacer en el camastro, Lupe se levanta y le dice:

Chaquetón,[131] te voy a preparar las torcaces bien asadas y unas empanadillas de hojaldre con carne picada, una puchera de vino tinto de Manzanares y un zurracapote que no lo vas a olvidar en toda tu vida.

-Lo que no voy a olvidar Lupe es lo que hemos hecho en el camastro en memoria del rey francés.[132]

Lupe se ríe y le contesta, mientras se retira a la cocina riéndose con picardía:

-Yo tampoco, y cuando pases por Alcaraz, no dejes de venir a verme, con torcaces, codornices y el pichoncillo del culebro.

Alfonso se recostó sobre el trasputín y la manta pensando ¡yo creo que esta Lupe es una hurgandera! si no, ¡cómo se va amagar con el primero que llega! ¡Bueno estaba! Y si el rey ha muerto. ¡Buen viaje lleve!

Mientras Alfonso se recupera de su primera experiencia, Mateo ve como discuten en la entrada del arco que accede a la ciudad a una mujer con dos cuadrilleros. La mujer llevaba una barja llena de empanadillas y a su lado un perro faldero. Por las voces que daban los tres y los aspavientos de la mujer no podían llegar a un acuerdo. Mateo decide acercarse para entender cual era el origen de tanta ofuscación.

Un cuadrillero le pedía a la mujer cinco maravadíes por pasar el arco de entrada con el perro, a lo que la mujer decía que aquello era un atropello, por no llamarle robo. El otro cuadrillero le decía que era una orden del rey Felipe V. La mujer gritaba que por qué no pagaban las empanadillas el portazgo. El otro decía que no, que las empanadillas no, pero el perro sí; de este modo, uno impidiendo pasar a la mujer, el otro exigiéndole el pago, el perrillo ladrando, la gente arremolinándose sin entender la causa.

Poco a poco se amotinó tanta muchedumbre que tuvieron que llamar al alcalde, el cual se acercó al centro de la discusión de los dos cuadrilleros con la mujer y su perro, y dijo respecto de la orden de pagar el portazgo a las mujeres que pasasen con un perrillo faldero:

-Puesto que el rey Felipe V ha muerto, obedézcase la orden, pero no se cumpla. Señora, pase usted a esta ciudad de Alcaraz y su perrillo faldero.

-Señor alcalde, le dice la mujer. Tome una empanadilla y que le siente bien, que ¡por un garbanzo no se desbarata un cocido!

Mateo entró en la ciudad por la calle principal, con casas señoriales señaladas con sus escudos nobiliarios, preguntando en los mesones y tabernas, en las carnicerías y tiendas, si querían sal, que a la mañana siguiente se la entregaría.

Iba asombrado de ver tantas casas nobles. Pasó por la iglesia de San Miguel y miraba aquellas callejuelas empinadas que confluían en esta calle y las que salían a su derecha, tan estrechas, que apenas podía pasar una persona.

---

[131] Principiante, inexperto.

[132] Felipe V era más aficionado a la coyunda con sus dos esposas, que a aprender el castellano, pues en cuarenta y seis años de reinado no lo aprendió. Murió el nueve de junio de 1746 a los sesenta y dos años.

Un poco más adelante vio una pequeña tienda en la que había útiles de cocina, sartenes, candiles, y muchas clases de sombreros. Estaba parado en la puerta mirando cuando salió el dueño que dijo llamarse Antonio, pero que le decían "El Gorrero", que era natural de la villa de Balazote pero que había venido por casualidades de la vida a Alcaraz, cuando conoció a su mujer a la que llaman Buendía. Que aquí se vivía bien comprando y vendiendo, pero que otras personas, los campesinos y gente del campo no tienen tanta suerte porque trabajan mucho y malvivían.

-¡Me cago en la Orden!,[133] dice Antonio, que pudiendo vivir todos mejor, los dueños de las tierras quieren más y más. Mire usted, aquí hay más hidalgos que plebeyos. La gente quiere ser como ellos, y claro, ¿quien va a trabajar aquí?

-Mateo me llamo, le dice, viéndole con ánimo de continuar con la descripción del pueblo, de sus golfines, estirajubones, esquilahuevos, guachichangos garulos y haraganes, le pregunta:

-¿Cuándo sería la vendeja[134] en la ciudad?

-Aquí será, le contesta, en septiembre para la Virgen de Cortes, aunque la mejor se celebra por estas fechas en Albacete. Pero pase, pase y vea si le gusta algo.
Mateo pasa, le dice que está vendiendo sal y si alguien le interesa algún burro para la faenas del campo, cuando se queda mirando un objeto que tenía en el mostrador de madera.

-Mira, le dice Antonio "El Gorrero", éste chisme es una pistola de yesca,[135] un nuevo invento para hacer lumbre. Muy fácil de encender y cuando se acaba la piedra, otra y atacando. Llévatela, que son cinco maravedíes sólo. Este chisme es el futuro y no como la lata de yesca.

-Pues sí, yo creo que se avanzará más con la ciencia y con los libros que rezando todo el día en las iglesias. Toma Antonio, cinco maravedíes, que la ciencia lo vale.

-Y dime, le dice Mateo, pues es la primera vez que vengo a Alcaraz y me precisa saber qué comercios hay que necesiten sal o vecinos que quieran algún borrico o mula de carga.

-Pues claro, le contesta "El Gorrero". Mire Mateo, en esta calle, que le llaman la Mayor, que va a la plaza, están todos los comercios, sobre todo las dos carnicerías. Éstas siempre necesitan sal, así como las tiendas, los tres mesones y las tabernas. Pregunte en ellas que seguro se vende. Además, si yo pongo sal a la venta, seguro que la vendo a barchillas. ¿Cuanta sal me puedes vender?

Mateo ve la oportunidad de vendérsela toda, de manera que sea "El Gorrero" el que la distribuya, así será más rápida la venta aunque menos la ganancia.

-Pues mire Antonio, creo que tiene aquí la oportunidad de comprar toda la sal, si tiene espacio o almacén para guardarla en sitio seco y la aguanta cinco días. Me obligo a traerle un carro lleno todas las semanas.

---

[133] Expresión despectiva que hacía referencia a la Orden de Calatrava.

[134] Feria de la ciudad donde se hacen tratos y venta pública.

[135] La pistola de yesca era un mecanismo de pedernal para hacer fuego. La muestra de la importancia que se da en el siglo XVIII a la ciencia en detrimento de las costumbres religiosas.

Como "El Gorrero" le muestra una estancia que tiene al lado, que aunque llena de cachivaches, sartenes y otros mil inventos para uso en chimeneas y fogones, le dice Mateo:

-No se hable más, te dejo toda la sal y si la vendes a veinte reales el celemín, por aquí me paso en cinco días, me pagas diez por cada uno y te sigo trayendo más.

-Negocio y trato hecho, le contesta Antonio "El Gorrero". Ya no hace falta que negocies más en ninguna tienda, que de eso ya me encargo yo.

-Y otra pequeña pregunta, le dice Mateo. Aunque debería ser el zagal que viene conmigo, pues al fin y al cabo ha sido él, el que la ha cazado, aunque está viva, pero con una pata lastimada. Tenemos una avutarda como de una arroba.

-¿Una avutarda?, le dice Antonio. ¿Y viva? Déjamela mañana y te llevas todas las sartenes que quieras.

-No se hable más amigo, mañana se hará, aunque primero se lo planteo a Alfonso, que es el zagal que viene conmigo.

-Muy bien, amigo le dice Antonio. Aquí os espero mañana. Y después os serviré de guía por la ciudad. Y Mira, respecto a los burros y mulas, si no las vendes en la plaza mañana que suele haber trajín de gentes, en una aldea que está muy cerca de aquí, junto al río Guadalmena, y que le dicen la Dehesa de Gorgogí, seguro que los vendes, pues andaba buscando animales para labor. Se llama, el aniaguero "Sofritos". Tiene doblones de oro del rey Felipe V, que se los he visto, por lo que te puede pagar lo que le pidas. Ahí vas a tener negocio.

No ha necesitado llegar Mateo a la plaza, pues contento con el trato y la confianza que le manifiesta "El Gorrero", se baja a la venta del Aguilucho donde encuentra a Alfonso sentado en una mesa del comedor hablando con Lupe. Hay más gente bebiendo y hablando con andosconas que sirven las mesas.

Mateo, que ve Alfonso sentado muy sonriente y a Lupe ligeramente inclinada hacia él mostrando toda la exuberancia de sus pechos, se acerca también con picarona sonrisa y saluda a los dos.

-Buenas tardes zanguango, y las mismas tenga Lupe; ya veo que hacéis buenas migas.

Alfonso, embobado en los pechos de Lupe, apenas contesta a Mateo. Es Lupe la que saluda a Mateo, ofreciéndole el paisaje.

-Os voy a traer el vino y las empanadillas primero. Decía esto mientras movía los pechos con alegría provocadora mirando a Mateo. Mientras los alcoleanos y almagreños se lo comen despacico, voy terminando con las torcaces, que van a estar para chuparse los dedos, y hacía una pausa sensual. ¿Verdad, culebrilla de Alcolea?

Cuando se marcha a la cocina. Mateo no aguanta la tremenda curiosidad por saber que había ocurrido.

-¡Pero Alfonso!, le dice sonriendo. Tú, en confianza, no me digas que, por lo que he oído, que le has enseñado la culebrilla a Lupe. Veo que te ha tomado mucho cariño y yo me alegro porque estabas como gallo enjaulado, pasando necesidad. ¿A que sí digo verdad?

-Verdad es, le dice Alfonso, que en cuanto ha visto la culebrilla, se ha lanzado como un gato y me ha hecho lo que le hacía la reina francesa al rey, que por cierto dice que se ha muerto.

-Eso he oído en la calle, le dice Mateo. Buen viaje lleve. Pero volvamos a lo de la reina. Dime ¿qué es eso que le hacía la reina?

Mientras el relato se iba detallando, encendíase Mateo cada vez que Lupe pasaba cerca. Le había contado lo de las tres torcaces, que a un roce más, hubiera estado a punto de darle la avutarda y tres pavos si los tuviera.

-Me dijo, seguía explicando Alfonso. Que lo que hacía, lo había aprendido de una francesa perfumada que pasó por Alcaraz camino de Granada que conocía la corte española, de la que decía que eran más aburridos que un fraile mudo. Hablaba de esta cortesana que hubiera podido ser más hurgandera que una gallina vieja, pues decía de la nobleza española, que eran más cortos de abajo que de arriba, de cuya parte no podían alardear por carecer de ella. Que las francesas sabían más de alcobas que cien españolas juntas. Lupe apreciaba más a esta francesa que a una maestra de escuela. Decía que habría que ponerla en una hornacina de una ermita y hacerla santa. ¡Una experta del lenocinio y de la lujuria, más lista que el hambre!

Cuando Lupe les pone dos pucheros de vino, les dice:

-Sorber el tinto mozos y brindar por lo que más os guste. Y de nuevo se inclinaba incitando a la lujuria. A la vuelta, traigo las empanadillas y ya me dicen vuestras mercedes sobre el vino, que éste no es el mismo que beben aquellos cancos de las calzas, bigote y las ligas,[136] o aquellos esmigalibretas,[137] que están todo el día jugando a la "quínola",[138] les dice señalando a los de una mesa del rincón.

¡Cuanto más pobres más gandules! Aquí el que tiene gracia, la tiene y con ella irá a donde quiera,

Levantan los pucheros de vino para brindar por las buenas dichas del día. Mateo le dice a Alfonso:

-Alfonso, desde hoy, eres mi sobrino. A tu salud. Por cierto, le pregunta: ¿Cómo tiene el aldelgue Lupe?

-Alfonso suelta una carcajada, y brinda por ello. Y le dice a Mateo en voz baja y acercándose. "Como la oreja de una mula".

Mateo tiene que dejar el puchero, porque de la risa, se le ha escapado la orina. Tiene que salir corriendo al corral sujetándose la entrepierna.

Al poco tiempo, regresa de nuevo en la mesa y le dice a Alfonso:

-No me hagas reír con tantas exageraciones. Sujeta la lengua que no está bien mearse encima, y menos aquí, no vayan a pensar que venimos de hacer carbón.

Cuando le traen las dos torcaces ya se habían tomado medio puchero. Alfonso le había relatado todos los detalles. Mateo le había contado lo del trato con "El Gorrero" y lo de la avutarda. Le mostró la pistola de yesca que había comprado, a lo que Alfonso no contravenía y veía bien. Lo que te cambie por la avutarda para ti. Y si en

---

[136] Cancos. Eran considerados como afeminados, homosexuales.
[137] Se hacía referencia a hombres pobres e insignificantes.
[138] Juego de cartas.

cada viaje vas cazando, pues lo guardas para cada venta y cambias por sartenes. Y acuérdate de llevarle a tu madre, que seguro que le va a gustar.

Y otra cosa, le dice Mateo. ¿Tú sabes lo que dicen del mal francés?

-No responde Alfonso.

-Porque si tienes una zafa cerca, úsala para lavarte, no vaya a ser que la culebra se torne sapo y zampollo.

-Asiente Alfonso. Claro, si además me ha dicho que me lave en ella, pues en el cuarto hay una jofaina y un cántaro que he llenado de agua de la fuente. Que una cosa es aprender de los franceses la "salez" de la lujuria y otra cosa es criar piojos como zorros.

-Anda, que curiosa es Lupe. Le dice Mateo. Pues si a ti no te importa le puedo ofrecer yo dos palomos y un culebro esta noche.

Y ahora es Alfonso el que tiene que salir corriendo al corral riéndose y agarrándose la entrepierna.

A la mañana siguiente, como había convenido con "El Gorrero" se acercaron a su tienda, hicieron el trueque de la avutarda, llenaron de sartenes y cachivaches el carro, quedó el pago de la sal pendiente para la semana siguiente y les acompañó a la plaza. Una plaza amplia, con un piso empedrado, toda llena de tiendas y tabernas, el Concejo en el que había colgada una bandera blanca[139] a media asta. Dos torres al mediodía impresionantes, casi juntas. Cada una con su reloj. Una pertenecía a la iglesia de la Trinidad y la otra a un convento, la Lonja de Santo Domingo. Entre las dos, salía una calle estrecha que bajaba al río Guadalmena, un río cristalino, donde bajaba mucha gente en verano a bañarse, y que con sus aguas regaban todas las huertas de este valle que se abre hasta Andalucía.

"El Gorrero" les indica con la mano el reloj de la torre del convento y les dice:

-Ese reloj, toca siempre las horas después de la otra. Por eso le llaman del "Tardón", y así tiene que seguir porque las monjas no quieren que sea al mismo tiempo. Y aquel otro que hace sonar la zanfona viene todas las semanas y se pone a cantar en la puerta de aquella taberna, porque en la puerta de la iglesia ya no le dejan, porque dice muchas simpleces que nadie entiende. Como vas a venir la semana que viene, lo volverás a oír y ver. Es muy espabilado porque dicen que era un "sabandija".[140] Le llaman "Mota" y que es nacido en Villanueva de los Infantes.

-¡Anda, donde estaba la gitana que me miró la mano!, le interrumpe Alfonso.

En ese momento había comenzado a cantar una canción, mientras le hacia sonar a la zanfona:

Ya se ha muerto el Rey,
ya no queda nadie
que al día llame noche
y a la noche llame día.
Ya no queda alcoba
que lujuria no disponga.

---

[139] La bandera blanca era la oficial de los Borbones.
[140] Que era bufón del rey, los únicos que podían decir las verdades.

Ya no queda mierda[141]
que su fama no alcance,
ni Alberoni de alcahuete,
ni la Ursinos en la cama
ni desnuda la saboyana,
que el pecado en la coyunda
lo tiene la farnesiana.

-Bueno, exclama "El Gorrero", moviendo las manos. Ya verás como lo oigan, que esto no es la corte, ni él es ya sabandija.

-Y por esa calle de ahí, continúa indicando a la derecha del convento, está la Casa de la Inquisición.

-Pues vamos por esta otra, le dice Mateo de un respingo, que no queremos cuentas con esta gente.

-¡Maldita sea su estampa!, como decía mi padre. Que tienen más fe en la lumbre que en los hombres.

Y decidieron salir hacia el mediodía por donde había también casas señoriales, despidiéndose de Antonio por el buen trato recibido, en dirección a la Dehesa de Gorgogí a ver a "Sofritos" como le había indicado, quedando volver a finales de junio para ver el resultado de la venta de sal y continuar con el negocio.

Bajaron del cerro donde se halla la ciudad y se encaminaron hacia el río Guadalmena pasando por un pequeño puente y adentrarse por un camino a Gorgogí. Era una extensa dehesa de cultivo de trigo, avena y cebada atravesada por una acequia que venía de una aldea próxima que le llaman Povedilla.

---

[141] El rey no tenía costumbre de lavarse. Para contrarrestar el mal olor, el rey y los franceses de la corte se perfumaban con su elixir traído de Francia, asegurando que era mejor que el de los españoles.

Torre de Gorgogí (Alcaraz)

Tenía la casa principal, adosada una gran torre, fuerte, con varias plantas donde vivía "Sofritos", pero que no iba a preguntar por ese nombre, pues en Almagro, algunos vecinos no estaban muy conformes con ellos y podían enemistarse.

Alfonso miraba la amplia dehesa y la torre orientada a los cuatro puntos cardinales y le dice a Mateo:

-El brujón de la mula ha menguado, apenas se nota y en dos días más desaparecerá. Si percibe que ha sido herida, ¡qué le vamos a decir!

-Pues la verdad, le dice Mateo, para que vamos a engañarle. De todas maneras, ahora nos hace falta para tirar del carro, aunque podemos comprar otra de camino de Pinilla. Pero si le interesa, le dejamos que insista en la compra y así le pedimos más de lo que vale.

Con el ruido de la acémila, vino un hombre, que dijo llamarse Nemesio, a lo que Mateo le contestó quien era y el motivo de la visita a la dehesa por orientación de Antonio "El Gorrero" de Alcaraz.

Nemesio, al escuchar la buena referencia del "Gorrero", le dijo:

-Buen hombre, si Antonio le manda aquí, sea bienvenido. Yo soy el aniaguero de esta aldea, que como ve, es la más bonita que haya encontrado en toda la Mancha, con la mejor tierra, con agua bastante, un sol que nos da vida. Y así continuaba con un sin fin de alabanzas a la naturaleza.

Alfonso, se detiene mirando las manos de Nemesio. Se baja del carro para mostrarle los asnos, pasando por la cabeza y el lomo una camisa vieja que había usado para sujetar el brujón de la mula, pues el polvo del camino no daba buena cara para venderlos.

Mateo inicia del trato, alaba la necesidad de los animales para mejorar la labor, la calidad de los asnos y si quería mulos o caballos se los podía buscar en una semana.

-Si se queda los burros le hago un buen precio, le dice Mateo.

Nemesio, mostraba más interés en la mula, que en los burros. Decía que las acémilas son más útiles en los campos extensos como esta dehesa y que por ella le daba cien reales.

Alfonso, que continuaba mirándole las manos, pensaba, No está mal la oferta si hemos pagado por ella veinte, ganamos ochenta.

-Trato hecho, pero amigo Nemesio, déjeme que le diga antes lo siguiente. Y le cuenta lo de los gitanos y el brujón. ¡Pero que ya está curado!

Note usted mismo Nemesio, le dice, para que vea que digo verdad, que ya no tiene nada. Pero que sepa, que este animal, si lo cuida se lo va a agradecer trabajando. En la dehesa necesitará unas cuatro yuntas de animales, más o menos, para tan buena tierra.

-Bien dices, cuatro o cinco, aunque el amo, dueño de esta heredad, gasta poco en arriagas[142] y aquí hay que estar rapiñando para poder vivir.

Hecho el trato, salen hacia La Mancha de Ciudad Real, camino de Almagro.

-Buena mañana llevamos, que ya hace calor. Sigamos hacia Povedilla, que hace tiempo que quiero ir. Además, está muy cerca de Villanueva de la Fuente. ¿Te acuerdas?, le dice Mateo riéndose a Alfonso.

-¡Qué si me acuerdo! ¡Vaya si me acuerdo! Las estantiguas y el tonto del pueblo repartiendo pedos.

De nuevo se ríen a carcajadas.

-Por cierto Mateo, te has fijado en "Sofritos".

-No, le contesta. ¿Qué sucede?

-Pues que tenía seis dedos en cada mano. Le contesta Alfonso.

-¡Un brujo! Como dirían en tu pueblo de Alcolea, le dice. Un brujo que hace higas con la mano.

Y otra vez más a carcajada abierta subiendo una ligera cuesta ya muy cerca de Povedilla.

---

[142]Arriaga. Estipendio que da el dueño de una aldea al aniaguero para mantener a la familia y mozos.

CAPÍTULO ONCE

De cómo Alfonso Manuel Velasco, chalán, decide ir solo

Conocía Alfonso toda La Mancha y las primeras aldeas y villas de la parte montañosa de las sierras de Albacete después de doce años con Mateo. Un día le dijo, que quería probar el sólo en el negocio, que sentía que necesitaba una mujer guapa y fuerte, hacendosa, que criase a sus hijos, que él la respetaría como hacía su padre con su madre. Era el año mil setecientos cincuenta y cuatro, a mediados del verano muy cerca de las Lagunas de Ruidera, en Alhambra y contaba ya con veinticinco años.

-Toma sobrino, le dice Mateo sonriendo, que estabas tardando en decírmelo y yo callaba para que siguieras conmigo por estos campos de La Mancha. Este carro para ti, el mulo y dos borricos, que yo me encuentro cansado de tanto trajín. Puedes tomar nuevas derrotas de negocio, donde te venga bien, las que ya conoces y las que descubras. Y conviene, como buen hijo, que se lo digas a tus padres y a mí, ya lo sabes, que eres mi sobrino. Por ello, estás obligado a pasarte por Almagro, que ya sabes, criaré mulos y asnos en mi casa. Así descanso y le dedico más tiempo a mi mujer. Y así, sin parar de hablar se iba poniendo tierno y compungido, con alguna lágrima desprendiéndose de ojos.

Alfonso, que conocía todos los caminos y veredas se lanza a la aventura desde este momento. Se acerca con los brazos abiertos a Mateo y lo abraza con tanta fuerza, que los huesos de Mateo han crujido.

-¡Ay!, exclama Mateo. ¡Qué me dejas valdao antes de tiempo sobrino!

Alfonso sonríe, pero no lo suelta. Le aprieta más y le dice:

-Mateo, es que tienes los huesos desencajaos. Así te los empajero.

-Pues eso será Alfonso, que con el tiempo, los huesos se descoyuntan.

-Vamos a parar en la venta que hay en Alhambra, comemos y después yo me vuelvo a Almagro en el caballo y los dos asnos. Tu puedes ir a Ruidera. Ya verás que lagunas más hermosas hay ahí. Un sitio muy bonito para vivir. Fíjate tú, que hay una laguna que le dicen Salvadora, otra Cenagosa y cinco más. Y una fuente muy famosa, que le dicen Rochafrida, a los pies de un castillo.

Se acercaron a la venta para comer y hacer la despedida, insistiendo Mateo en que pasara siempre por Almagro, que tendría animales para que se llevara a vender, pues ya no tenía muchas fuerzas para andar siempre por esas veredas, errante y vagando sin rumbo.

Antes de terminar de comer en la venta, Alfonso le dice:

-Te doy las gracias por tu generosidad.

Y se levanta de un taburete donde estaba sentado y se acerca a Mateo abrazándolo de nuevo, pero con menos fuerza que antes de entrar en Alhambra.

-Después de las lagunas de Ruidera, puedo ir a Pinilla, a ver al fraile, le dice riéndose.

-¡Para, para!, déjate de frailes, le interrumpe Mateo. Abre hueco; que corra el aire con los frailes. Tú, al negocio, a la sal y las acémilas. Procura no dejar en depósito animales, que si luego no puedes volver, lo pierdes.

-Lo de los frailes, ya lo sabes Mateo, no son de mi devoción. Pienso llegar con la sal a Alcaraz a ver al "Gorrero", aunque me temo que ya será muy mayor o haya cerrado la tienda, pero habrá algún otro. Y preguntando donde necesiten animales, allá que iré, y si me quedo sin ellos, me acerco a Almagro a verte. Y eso sí, mirando a las palomas de cada pueblo o aldea, que estoy en edad de criar. ¿No te parece ?

-Pues claro, todo los animales en este mundo buscan pareja, le añade Mateo. ¡Cómo no vamos a buscar nosotros, aunque seamos los más bobos!

Una despedida triste, pero entre risas, recordando todas las aventuras que habían vivido juntos por La Mancha.

Y allá pone sus ojos Alfonso, hacia el mediodía, hacia las lagunas de Ruidera, con dos borricos, el carro vacío y un mulo de enganche, ya entrado en años, pero todavía fuerte. Se sube al carro y se va con más lágrimas en los ojos que Mateo, que se las recoge con las manos.

Alfonso se rasca la cabeza. Lleva ya unos cien pies. Se gira para ver a Mateo. Aún sigue ahí con una mano levantada y la otra sujetando el bastón.

Recorrió todas las Lagunas de Ruidera hasta llegar a la más pequeña y transparente, la Blanca. De allí pasó a Viveros, que ya conocía, para llegar de noche a Pinilla y junto a la ermita pasó la noche mirando las estrellas junto al carro que le había entregado Mateo.

En Pinilla carga la sal y se dirige a Alcaraz, pero se ha gastado todos los reales en ella y no va a poder gastar nada en mesones, ni ventas, de manera que tendrá que pasar la noche debajo del carro o en alguna cueva. Pero ya ha pasado por esto otras veces.

Sería media tarde cuando pasa por El Robledo. Un hombre que dice llamarse Cuerda está en un pilón de agua, ha visto la carga y le pregunta que si le vende sal.

-Alfonso le dice que sí. Recién traída de Pinilla buen hombre, ¿cuánta quiere? Y le va dando cordel en espera de ver algún vecino más interesado, pues a menos carga, menos trabajo para el mulo en las cuestas que vienen.

No se ha dado mal el negocio en El Robledo, pues años atrás, aquí no se veía a nadie, pensaba Alfonso.

-¿No será fiesta en este pueblo? le pregunta Alfonso a Cuerda, porque hoy hay más almas que otros años.

-Más o menos, le dice Cuerda, girando las manos a derecha y hacia la izquierda dos veces.

A Alfonso le llamaba mucho la atención este giro de las manos, sin disimular sonrisa, de todos los vecinos que se encontraban por estas tierras que limitan La Mancha con la sierra de Alcaraz. Era costumbre de todas estas gentes cuando gesticulan con las manos y dicen: "más o menos" para decir que sí, a lo mejor, que estás más en lo cierto que lo incierto o, vaya usted a saber, porque hay costumbres en los gestos que no se pueden expresar con las palabras.

-Pues, ¿qué es pues?, le pregunta Alfonso.

-Pues mire usted le dice Cuerda, hay algún vecino más, porque en estos días hacen una fiesta en un santuario que está más adelante, al que, para llegar, hay que subir una buena cuesta, que ya es penar señor mío, que le llaman de Cortes,[143] donde dicen que se apareció la Virgen. Vienen en tropel gentes de todos los lugares a pedir milagros y a hacer ofrendas. Hágase cargo de tan grande calvario como el que tuvo una prima mía de este pueblo de El Robledo. Subió de rodillas para agradecerle que estuviera viva de un dolor de tripa que le dio el año pasado. ¿Y sabe usted que le pasó?

-Y ¿qué le pasó? Le pregunta Alfonso para que sea breve, pues las gentes que no acostumbran a chismorrear por falta de vecinos, le cuentan cien historias al primero que le da cordel.

-Pues sí señor, le contesta Cuerda. Que se le hicieron las tantas subiendo con tanto suplicio que a cada paso se desangraba como un gorrino. Al llegar ya no tenía carne en las rodillas y hubo que bajarla en parihuelas, y ahí está en su casa, sin poder andar. ¿Qué le parece a usted? Por un dolor de barriga, cojica de las dos piernas para toda la vida.

-Vaya, exclama Alfonso. Entonces creo que allí no venderé nada de sal, porque en cosas de santos, nunca se vende nada. Y además si tuviera que vender un burro, no llevarían dinero por temor a que se lo roben. Me hago cuentas que los golfines siempre están al acecho como los linces.

-Pues no anda usted mal encaminao amigo, que allí sólo van a rezar con dolores y de tanto rezar salen secos y transíos. Pero el agua está en la puerta, en una fuente, donde se puede uno espabilar mojándote la cabeza, que dentro, mire usted, ¡como un bombo se pone! No se lo recomiendo. Mejor echar un trago de vino que pasar adentro. Yo creo, mire usted, que queman alguna hierba como esa de la que sacamos cañamones. Hasta que las monjas digan que el agua vale dinero porque también hace milagros y la vendan a real el cántaro. Usted haga lo que quiera, pero allí sal no va a vender.

-Quede con Dios, amigo Cuerda. Si paso otra vez por aquí, le llamo para ver si necesita sal, le dice Alfonso despidiéndose.

Buen camino, amigo, le contesta.

Al pasar el Horcajo, ve a un grupo de cuatro mujeres, todas vestidas con camisa y brial[144] negro, con la cabeza cubierta con un pañuelo fino gris y un pequeño cesto cada una. Van andando por la vereda y subido en un burro viejo con agüeras donde lleva comida y alguna manta, un hombre con sombrero de paja, ya entrado en años que les acompaña. Lleva una vara pequeña con la que, de vez en cuando le azuza

---

[143] El día ocho de septiembre se celebra la peregrinación al santuario de Cortes desde 1222, año de la supuesta aparición de la Virgen a un pastor. Durante el siglo XVIII era muy visitado el paraje.
[144] Vestido largo atado a la cintura.

para que siga. Tiene las piernas tan largas que le arrastran por el suelo, por lo que va golpeando con la punta de los dedos las piedras del camino. Y a cada golpe, decía:

-¡Hostia en Dios! ¡Hostia en Dios!

Las mujeres a cada blasfemia se ríen, pero callan.

Alfonso, que ha llegado a su paso, les saluda.

-Buenas tardes tengan señoras y usted también señor.

Ellas se ríen, pero no contestan. Sólo el hombre ya entrado en años, el que responde.

-Ehhh........ ¿Ande va guen hombre?

Con una parsimonia pasmosa, lento, con pausas como si fuera a dormirse en cada palabra. Una interminable pregunta que hace que las mujeres sonrían.

Alfonso, al ver a las mujeres, también hace una mueca disimulada de sorpresa y de risa. ¿Cómo es posible que ese hombre lleve tan despacio sus gestos y sus palabras?, piensa.

El hombre va ligeramente por delante de Alfonso, viendo de reojo por su izquierda a Alfonso. En ese momento una serpiente sale del ribazo por la derecha del burro al camino cruzándose entre las patas delanteras. El asno, al ver la serpiente comienza dar coces y a moverse asustado, llevando con ello a tirarlo de espaldas al suelo.

El hombre desde el suelo comienza a decir con su parsimoniosa lentitud:

-¡Ay María, socórreme, que de este esportillazo no salgo!

Una de estas mujeres, María, acude a socorrerle.

-Padre, le dice. ¿Cómo ha dado lugar, con las piernas tan largas que tiene? Vamos a ver, ¿dónde le duele?

El hombre, tendido en el suelo, se queja dolorido. Mientras Alfonso se baja del carro, pide a una de las mujeres que sujeten el mulo por si se espanta también y se acerca en su ayuda a María.

-Buen hombre, le voy a subir al carro le dice y en un hueco le voy a echar tumbado hasta Alcaraz. Allí buscaremos a algún médico que le ayude. ¡Venga pues, arriba con él!

Entre Alfonso y las tres mujeres lo suben al carro en un hueco que había hecho entre las sacas de sal.

-Miren señoras, le dice Alfonso. Suban al carro o en los burros. ¡Qué no será necesario penar tanto para pedirle a la Virgen un milagro!

Y de este modo, dos se suben con él en el asiento. A su lado se ha colocado María. Otra en el burro que llevaba "Pierrastras" y la otra en uno de los que llevaba Alfonso atado al carro.

Por el camino, Alfonso les dice que se llama Alfonso Manuel Velasco, que es nacido en un pueblo de Ciudad Real que se llama Alcolea de Calatrava. Que se dedica al negocio de las mulas y ahora de la sal, que quería conocer nuevos pueblos y aldeas para hacer negocio. Como ya le había echado un ojo a María, que se había sentado a su lado, les dice que estaba soltero. En ese momento María se gira para mirarle complaciente con una ligera sonrisa.

María le dice quienes son. Que el hombre que llevan dolorido se llama Francisco García, al que le dicen, y así es conocido en la aldea de Masegoso por "Pierrastras" y que ella es su hija.

Como el asiento es pequeño para tres personas, es inevitable que se rocen las posaderas, por lo que Alfonso la mira de reojo, sintiendo su cuerpo, pero ninguno intenta abrir espacio. Las otras tres son primas hermanas de María y que el objeto de la caminata es una promesa hecha a la Virgen de Cortes si su madre curaba de una enfermedad que le impedía coger un cuenco sin tirar su contenido al suelo.

Cuando llegan al inicio del camino que sube al santuario, Francisco García, "Pierrastras", continuaba quejándose:

-¡Ay, Ay! Yo hoy no puedo subir a ver a la Virgen, que si a madre se le cae el agua del cuenco, a mi, son las costillas las que me he dejado en las piedras. ¡Pos hostia en Dios! María hija mía, sube tú, que yo me quedo abajo.

-No hay necesidad señor Francisco, le dice Alfonso, que yo le acerco a Alcaraz y si fuera preciso, de regreso, lo acerco a su aldea para que usted se recupere. Yo le pido que no se preocupe, que para eso está el carro.

María que no quiere separarse de su padre, le dice:

-Muchas gracias señor Alfonso, ¿cómo podemos pagarle tanta generosidad? Yo les acompaño a Alcaraz y que mi primas suban a agradecerle a la Virgen que a mi padre no le sea grave la caída.

Las primas, que han visto las intenciones de María, sonríen maliciosamente.

-María, le dice una de sus primas. Cuando regreses, ya tendremos preparado el hato en un buen sitio. Tú cuida de tu padre y de Alfonso.

Cuando llegan a Alcaraz, se dirigen hacia el comercio de Antonio "El Gorrero", que todavía estaba en el negocio, aunque ya sin pelo y rondando los sesenta años.

-Menos mal, que hemos tenido suerte, les dice Alfonso, pues este amigo nos va a ayudar. Bajo a preguntarle quién puede ver a tu padre.

Y aprovechando la venta de la sal, le pide ayuda para que un médico vea a "Pierrastras".

"El Gorrero" sale a la calle y se acerca al carro para ver al herido. Le pregunta sobre su estado, si puede mover las piernas, los brazos, le da un poco de agua y lo pasan al interior del comercio. Lo colocan tumbado sobre un tarimón y mientras lo examina para ver si tiene algo roto, le dice a Alfonso que descargue la sal.

Cuando Antonio "El Gorrero" lo ha visto, le dice:

No ha necesidad de que lo vea un médico, pues no tiene nada roto, pero el golpe ha sido plano, y como puede mover los miembros, es cosa de aguantar unos días, pero que esté tumbado un par de días, hasta que el dolor remita.

Alfonso, le dice:

-Yo llevo siempre un polvo de sauce para el dolor, que echo en agua caliente. En dos o tres días menguará.

-María, que está muy atenta, le dice que ella también conoce la mejor planta para calmar estos dolores, pero que no lleva ahora, pero que puede recoger por el camino.

Anda, piensa Alfonso, como mi madre que se conoce todas las hierbas del campo.

-Pues no se hable más María, le dice Alfonso. Echémosle a tu padre sobre la esterilla y el trasputín en el carro y volvamos a Cortes a ver a tus primas.
"Pierrastras" se queja.

-¡Ay, ay! ¡qué desgracia más grande! Agradece al "Gorrero" su atención alargándole la mano.

-No hay porqué, señor, aquí estamos para ayudarnos.

Acomodan el carro para que Francisco vaya cómodo y no sufra en los golpes del camino. María se coloca al lado de Alfonso rozándole ligeramente, lo ha hecho a propósito para decirle que ella también está soltera, que tiene veinte años y que trabaja con su padre en el campo, pues es hija única y tiene que ayudarle para sobrevivir, pues ya está entrado en años, y ahora, en esta nueva situación, pues más si cabe. Y por si fuera poco, su madre, con ese temblor de manos, también le tiene que ayudar en la casa.

Alfonso escucha atentamente. Le mira los tobillos, pero unas medias de lana altas le impide mostrarlos.

-María, le pregunta Alfonso. ¿En tu aldea todas las mujeres van vestidas de negro y con pañuelos oscuros en la cabeza? ¿No seréis moriscos?[145]

-¡Qué barbaridad! le contesta María. De moriscos nada, que somos muy cristianos, aunque no sabemos rezar, ni escribir. Que de tanto trabajar no tenemos luz del día para otras cosas. Quede tranquilo.

-Y eres de pelo rubio o moreno, le pregunta Alfonso.

Entonces María se recoge el pañuelo y lo echa hacia atrás, mostrándole una mata de pelo negro recogido en un moño con una cinta de seda.

Alfonso se queda como embobado. Se le ha abierto el ojo izquierdo sorprendido.

A María le llama la atención. Piensa. ¡Mira que mozo, le ha gustado ver mi pelo. Pues como se descuide me deshago el moño, aunque a mi padre no le agrade!

-Lo llevamos así para que no se ensucie de polvo, no porque seamos moriscas. También lo llevamos así recogido para no provocar los bajos instintos de los hombres. Bueno, eso dice mi padre, que es muy bueno. Que dice que el pelo suelto sólo se debe enseñar al esposo.

Están llegando a la cuesta de subida al santuario por el puente sobre el río Cortes, donde se quedaron sus primas. Alfonso que es atrevido, le dice:

-María. Eres muy guapa, con esa mata de pelo que tienes y buena mujer. ¿Tú crees que de aquí hasta que lleguemos arriba, tu padre me aceptará como su yerno? Pero antes me tienes que decir si quieres.

María rompe a reír. No sabe que responder. No se le había presentado una oportunidad así.

Y como no puede pronunciar palabra porque ríe sin parar, tiene que interrumpir "Pierrastras", que ha oído la petición emocionado y tumbado sobre el trasputín en el carro, entre quejidos, le dice:

---

[145] Moros convertidos al cristianismo.

-Ya te digo yo que sí, Alfonso, que esta hija mía es muy vergonzosa. Y no vas a encontrar otra como ella. Yo te doy mi bendición. Y si os apañáis, ése será el milagro de la virgen de Cortes, en compensación a la costalá que me ha dado el burro. Anda hija mía, dile que sí.

-María, sigue riendo. No sabe que decir. Alfonso le coge la mano y con la mirada le pide que afirme.

Ella, sin soltar la mano, le pone la otra sobre la suya. Es el gesto de la confirmación.

"Pierrastras" que va mirando el cielo entre el traqueteo del carro dice:

-Gracias a Dios. Alfonso, eres buena persona, trabajador. Cuenta con mi apoyo y el de mi mujer Juana, que se pondrá muy contenta y feliz cuando te vea.

Varias mujeres, acompañadas de sus maridos, otras con sus hijos y familiares, suben de rodillas la cuesta clavándose las piedras del camino. Otros, descalzos. Estos tropeles de penitentes van sangrando sin temor, ni vergüenza, mientras son observados por los pecadores menos creyentes que van andando.

Alfonso, le dice a María:

-Grandes pecados se deben cometer por estas sierras para ser tan sangrientas las promesas.

-Pues como no sea pasar hambre, le contesta María, que en la aldea, casi todos son braceros, sin trabajo, que nos come el miedo a las enfermedades que hacen morir a mucha gente. Y para colmo de males, las muchas gabelas y tributos que se pagan a los dueños de las tierras, a la Iglesia y a la corona. Que por aquí hay más pobres que moscas.[146] Esos son los pecados y no otros. Por lo que a mí me toca, ya he cumplido la promesa.

Alfonso se alegra de la libertad que demuestra al contarle esto, pues ya estaba acostumbrado de su padre y de Mateo de los comentarios sobre las cargas de los pobres para sobrevivir.

Sus primas, que no caben de gozo entre tanta gente, les están esperando, cuando el sol se esconde por detrás del santuario. El gentío es asombroso y se están disponiendo luminarias para ver en el campamento que se está organizando cuando la ermita se ha cerrado.

Un grupo de jóvenes están organizando un badano con laudes y guitarras junto a otro de danzantes. Alfonso piensa. ¡Anda! Aquí si se hace bien la romería. Esto es un baile para que todos los zánganos de la comarca puedan venir a buscar pareja con la excusa de la Virgen.

-Ven Alfonso, le dice María, pongamos el carro en el lugar que nos guardan mis primas y atemos la recua. Yo me quedaré con mi padre toda la noche, que aunque no se queja, tiene el cuerpo condolío, el pobrecico.

Sus primas se acercan para interesarse por el estado de su tío. Le ofrecen queso para comer y un poco de vino. Francisco, "Pierrastras", toma primero la bota de vino y le aprieta con fuerza.

---

[146] En las respuestas al catastro de Ensenada, se cita la existencia en Alcaraz de 200 pobres de solemnidad.

-Anda, dice su hija. El esportillazo va mejor. Si no, no hubiera cogido la bota antes que el queso.

-Si, hija mía. Es que con el vino se curan todos los males, le dice su padre.

Alfonso se ríe y mira a María. Las primas de María sospechan algo raro porque Alfonso no se separa de su prima.

-Ea, Alfonso, le dice "Pierrastras", toma un trago y comamos, que aunque no pueda moverme de esta posición, no quita que pueda con una goteja de vino y coma si estoy bien de la barriga.

Cuando el baile estaba caliente, las primas de María, sin quitarse el pañuelo de la cabeza, buscaban con la mirada quién las sacaba a bailar seguidillas, porque su tío no estaba en condiciones de vigilarlas. Cada una se puso de acuerdo a quién había que pretender, invitándoles a que las visitaran en la aldea de Masegoso dentro de siete días.

Toda la noche pendientes de "Pierrastras" dio tiempo para conocerse mejor, lo que hacía que a Alfonso le gustase a cada momento más, sobre todo cuando se soltaba el pelo para echarse un rato en una manta en el suelo.

Alfonso, sentado al lado de María, la observa con el pelo suelto y sin pañuelo. Tiene que atreverse, pues no hace más de una hora que le pidió matrimonio.

-María, eres morena como la mujer de "Zafarrosa", un vecino de mi pueblo, que dicen que era mora y me gusta como eres. Hace una pausa mirándoles los labios carnosos mientras se aproxima y mira a su alrededor para ver si hay alguien que pueda verlos. ¿Puedo besarte?

-Bueno, dice María. Yo no sé como es. Nunca me han besado, ni he estado con ningún muchacho, ni se lo que hay que hacer.

Y sin que terminara de hablar, le acercó los labios aprovechando que su padre se había quedado dormido. Ella recibía un beso suave, lento y dulce junto al carro, mientras con una mano le sujetaba el cuello y con la otra la cintura.

María sonríe y le dice a Alfonso:

-Ahora me toca a mí. Pero cierra los ojos que me da mucha vergüenza.

Capitulo doce

De cómo regresan a la aldea de Masegoso y dan la noticia a Juana García

Nada más despuntar el sol, todas aquellas gentes comenzaron a recoger las cosas, las mulas, los carros, las mantas, aparejos. Cada cual tomó el rumbo que mejor le convenía para regresar a sus casas.

Alfonso había quedado impresionado. Una fiesta toda la noche, con música, bailes, y gentes de todos los lugares alrededor de una ermita muy apartada de Alcaraz. Calentó agua en una hoguera que quedaba todavía y echó un poco de corteza de sauce para dárselo a Francisco, su futuro suegro, para calmarle el dolor. Sacó la longaniza, el pan y compartieron el queso que llevaba María.

-Padre, le dice María ¿Qué camino tomamos para ir a la aldea?

-El del río Arquillo, le contesta; por Zorío, la laguna del Arquillo, el Borbotón, Villalgordo y el Ituero. Así verá Alfonso lo bonito que son estos parajes, con mucha caza y algunos lobos.

Y así, cumplida la promesa de todas las primas, las cuales ya habían ojeado futuros novios, explicando su origen para que los interesados pasaran algún día por Masegoso para entablar relaciones, con la autorización de sus padres.

María ya les había comentado a sus primas que su promesa ya se había cumplido, que Alfonso se venía a Masegoso para casarse con ella, que su padre estaba de acuerdo en ello.

-Eso es llegar y besar el santo, dice una de ellas.

María más juntos que el día anterior, en el asiento delantero llevando las riendas del carro tirado por el mulo.

-Fíjate, Alfonso, le dice Francisco con la parsimoniosa lentitud de sus palabras. ¡Qué lugar más tranquilo, mira que aguas más azules, las carrascas, los cerezos, los robles, los pájaros! Y en esas cuevas vivían unos primos míos; igual que los moros de antes. Aquí no vienen los cuadrilleros de la Santa Hermandad, ni hay alcaldes, ni corregidores. Y mucho menos, le dice, levantando la cabeza por encima del alabe[147], mirando con los ojos de par en par para asegurarse que no ve a nadie más. ¡Ni los curas ni las monjas! Y vuelve a dejar la cabeza en el trasputín, expirando el aire como si se hubiera quitado un mal del cuerpo.

Alfonso, que le escucha atentamente, piensa. !Estos son moriscos!

-Paremos a comer un poco, dice Francisco, aquí en esta sombra junto a la fuente del Borbotón.

María que conoce las cuevas de los primos de su padre, le dice a Alfonso:

-Ven, que te voy a enseñar una cosa.

---

[147] Alabe, cada estera que se colocan en los costados del carro para que no se caiga la carga.

Le coge la mano y sube por una pequeña escalinata de piedras a las cuevas donde no hace mucho vivían sus primos. Las tres primas, van detrás sonriendo picaronamente.

Desde la cueva, que tiene dos habitáculos, uno al entrar que hace de cocina, con una chimenea al exterior y una habitación pequeña al fondo, sin ventana al exterior donde dormían todos juntos. Mira, ahí arriba, ves, hay pintadas unas cabras con sangre.[148]

-¡Anda!, exclama Alfonso sorprendido. No había visto nunca algo así. ¿Y cómo han podido pintar allá arriba eso?

-Los primos no, desde luego, le dice María con rapidez, ya te lo digo yo; que son muy bajitos.

Cuando prosiguen su camino, río abajo, llegan a un cortijo con una ermita[149] y desde allí comienzan a subir una cuesta que le dicen "El Martinete"[150] que llega a otra aldea pequeña, "El Ituero", por donde baja el agua de otro río.[151]

-Mira, le dice María a Alfonso, este río nos lleva a la puerta de mi casa en Masegoso, a media legua de aquí. Mi madre nos estará esperando con un ajoharina para todos y unas costillas de cordero con ajo cabañil que no te vas a acordar de dónde vienes.

Mira hacia atrás para ver cómo está su padre, que se ha quedado durmiendo. Sonríe al verlo traspuesto y le dice a Alfonso:

-Anda, dame otro beso, ahora que no se entera.

Sus primas, que lo observan, comienzan a reír y en voz baja corean:

-¡Otro, otro, otro!

Y sin soltar ramales se funden en uno muy largo.

-¡El mulo, el mulo, que se va al sembrao!, grita una.

Cuando llegan al molino de "Faco", junto al río, ya están en las primeras casas, un paso más y llegan a la puerta de su casa. Su madre oye el crujir del carro y sale a la puerta.

Juana García saluda a todas y pregunta extrañada:

-¿Dónde está tu padre? ¿Y este guachindango quién es? ¿A qué se ha quedao en el bancal del Ituero?

Y como no paraba de hacer preguntas, todos quietos, mirándola, María intenta tranquilizarla.

-No madre, que está aquí, tumbado.

En ese momento levanta la cabeza y pide que le ayuden a bajar del carro.

-No pasa nada Juana, lo que sucede es que estoy condolío de un golpe, le dice Francisco.

---

[148] Son pinturas rupestres pertenecientes al arte neolítico. La cueva es un abrigo natural conocido como cuevas del Gavilán. Están desprotegidas hoy expuestas al expolio y la destrucción.

[149] Ermita de la Encarnación en la aldea de Villalgordo.

[150] Molino de agua del Martinete.

[151] Río Masegoso que tiene su desembocadura en el río Jardín.

¡Ay que desgracia!, dice gesticulando con los brazos en la cabeza. Mira tú a ver a que negocio ibas a hacer con la Virgen, ni que milagro buscabas. Venga pasarlo a la cama. Pasar, pasar. ¡Ay que desgracia más grande!

Mientras Alfonso pasa a la casa, las primas de María recogen los animales en una cuadra que Francisco tiene al lado de la casa.

Cuando Juana ya estuvo más calmada, María le explica a su madre todo lo sucedido. Pero olvida pronto lo de Francisco y se alegra más de la suerte de su hija.

-María, le dice Juana, ¡pero así!, ¡sin hablaros antes!

-Pues si madre, ya nos hemos dicho todo en el camino. Llevó a padre a Alcaraz a que lo viera un sanador, nos llevó a Cortes y nos ha traído hasta aquí sin pedirnos nada. Lo que ha hecho por padre y por nosotras demuestra lo bueno que es.

Juana se le queda mirando a Alfonso. Hace una pausa y le dice a su hija:

-¡Por la cara se conoce el buen pan!

-Bueno, bueno, hija mía, mejor será eso que no lo que hizo tu padre, que llegó a mi casa, se plantó delante de mi padre, que también era su tío y con esa pachorra que tiene, que parece que se va a dormir, le dijo: Señor tío, me llevo a la Juana a vivir conmigo, y chimpún. Sin haberme pedido parecer, si me gustaba o me dejaba de gustar. Vamos, como si yo no pintase nada. Como un botarate, que decía mi abuela. Y yo, una tonta del haba, me fui con él. Y salimos tirando. Y no me preguntes a dónde me llevó, porque no me acuerdo, ni hemos vuelto nunca. Y aquí estamos.

Alfonso escuchaba sonriendo.

-Señora Juana, a mi me gustaría que usted estuviera de acuerdo también, pues no he encontrado mujer más guapa y morena en toda La Mancha. Sólo tengo un carro y una acémila, porque los borriquillos son para el trato acemilero. Compro y vendo todo lo que se pueda, sal, caballos, mulas y hago encargos, que de mi padre aprendí a trabajar, respetar a la mujer y huir de los haraganes y de mi madre a ser honesto, decir verdad y ayudar al que lo necesita.

Francisco, que lo escuchaba desde la cama, le dice a su mujer:

-Anda Juana saca el vino. Ayudarme a salir y sentarme aunque sea atado a una silla, que hay que celebrarlo.

-Pues así sea, asiente Juana acercándose para darle un beso a su futuro yerno.

-Pues yo se lo agradezco de verdad, le dice Alfonso. Y si me lo permite quiero besar a la novia.

-¡Uy! ¿pero qué dices?, le dice Juana, eso no puede ser. Hasta que no os caséis, ni hablar.

-Anda mujer, le dice Francisco, que ya lo traían sus sobrinas en una silla, pero para que esperar al cura. Si son unos jóvenes picados.[152] Además si ya se han dado unos cuantos.

María se echa a reír y mira a su madre. No le da vergüenza.

-Si madre, le dice María. Y todos los besos que me pida.

-¡Uy!, dice Juana, con las manos en cabeza. ¡A dónde vamos a ir a parar!

---

[152] Jóvenes enamorados.

-Venga, sobrinas, sentémonos a la mesa y celebremos esta noche como si fuera la boda, les dice Juana.

Y mientras comían el ajoharina, las primas cuchicheaban sobre los mozos que habían conocido en Cortes y de como les gustaría que las besaran, de manera que su tía no las oía. María las oía y les hacía gestos para que callaran.

Francisco le comentaba a Alfonso, que al lado de la casa, junto a la cuadra podía levantar una habitación y cubrirla con teja, pues no todas las casas la tenían, y de ese modo podían dormir tranquilos en caso de lluvia o nieve.

-Pues por aquí, le decía, nieva bastante en invierno y hay que hacer las techumbres fuertes con tejas, que las puedes traer de una tejera de Alcaraz que hay mucha arcilla y horno.

-También puedes aprovechar cuando vayas a Pinilla, en traerte yeso de una yesera que hay en Viveros.

Esa noche Alfonso la pasó en el suelo, sobre un serón, el trasputín y la manta.

Al día siguiente comenzó a trabajar en la habitación con piedras y barro, pues tenía pequeños conocimientos del oficio de alarife. Él solo, pues Francisco estaba esvalijado y no se podía tener en pie. Con el carro hacía portes de sal hacia Pinilla y al regreso traía yeso y maderas para la habitación.

Mientras tanto, tenía que dormir en el suelo de la habitación de la cocina y María iba todos los días a la iglesia de San Benito Abad que estaba al lado del río, junto al lavadero, al lado del puente que da acceso a la plaza a preguntar cuando estaría el cura[153] para celebrar el sacramento.

-Alfonso, le dice María una mañana. ¿Puedo ir contigo hoy a Pinilla? Pues mi padre ya se encuentra mejor y puede valerse casi solo.

Alfonso, se le han abierto los ojos.

-¡Anda morena!, pues claro, ¿no estamos casados ya?

-Todavía no, pero a mi me da igual. Como el cura no viene a la aldea, él se lo pierde. Mi madre no se opone y si a mi padre le traes vino de otro sitio, menos se va a oponer.

Y de este modo echaron al carro todo lo necesario para el viaje, provisiones y lonas de cáñamo para cubrir el carro al que le habían hecho un arquillo.[154] Se pusieron en marcha muy temprano, camino de la salinas de Pinilla por el camino del río hacia el Ituero y el molino del Martinete.

María estaba exuberante al lado de Alfonso. Los burros se habían quedado en la casa para venderlos a un vecino que estaba interesado. Al regreso compraría una burra para criar mulos ya que tenía una cuadra que le podía ayudar en la cría.

-María, le dice Alfonso cuando ya han salido de la aldea. ¿Por qué no te sueltas el pelo, que te dé el aire, que mira que suave viene? Y si quieres pasamos por donde está la fuente del Borbotón, que quiero darte muchos besos.

-¡Ay falaguero! tú lo que quieres es otra cosa, le dice María.

---

[153] La iglesia de San Benito Abad, era aneja a la iglesia de San Miguel de Alcaraz, la cual nombraba al cura párroco.
[154] Arquillo. Piezas de madera arqueadas que se sujetan por los extremos a ambos varales del carro atartanado para el toldo.

-Pues sí, le contesta, quiero bañarme desnudo contigo en la laguna esa que vimos tan bonita y tranquila, porque el cura no aparece y no veo yo pecado en vivir como marido y mujer.

-Anda, le dice María, ni yo tampoco; pero me da mucha vergüenza, ahí desnudos.

-No dicen los curas, dice Alfonso, que nuestros primeros padres siempre estaban desnudos. Hasta en invierno.

-¡Sí hombre!, le dice María; ¡hasta en invierno!

-¡Hasta en invierno!, María, ¡hasta en invierno! Los dos en porreta y sin vergüenza alguna.

-Porque no había nadie más, contesta María. ¡Qué si hubiera habido más gente, ya ibas a ver tú si les daba vergüenza! Bueno, piensa, ¡estaría Dios!, digo yo.

-Pues como vamos a estar solos en la laguna y aún hace calor, que no ha pasado septiembre, así nos vamos a quedar, como Adán y Eva.

María suelta una carcajada que hace que el mulo dé un estufido.

-Mira el mulo, María, le dice Alfonso. ¡Qué bueno que es! Si no te quisiera a ti más, me casaba con el mulo.

Y ahora son los dos los que se ríen. Mientras ríen, otro estufido del mulo.

En estas zarandajas, Alfonso la iba apretando contra su cuerpo con un brazo y con la otra mano llevaba las riendas y María se apretaba más al de Alfonso deseando tanto que llegaran pronto a la laguna. Ella le lleva agarrado por el hombro, él por la cintura. Los dos, con fuerza, más encendidos que la yesca, sudando amor.

Por fin llegan al Borbotón. Alfonso se baja del carro sin camisa y comienza a meter la cabeza en el manantial.

-Ven María, le dice, bebe agua, que no he visto agua más fresca y limpia en ningún pueblo de La Mancha.

María saca un pequeño cántaro que llevan en el carro, lo llena de agua y prueba llenando sus manos en forma de cuenco a pequeños sorbos el agua. Ya conocía las virtudes de esta fuente, pues sus primos no conocían enfermedad alguna mientras vivían aquí.

Se pone de rodillas sobre la hierba, se echa agua con las manos por el cuello y la cara, desabrochándose ligeramente la camisa mientras Alfonso la observa con lujuria.

-¡Qué hermosa eres María! Déjame que te frote con agua la espalda, le dice, mientras con las manos humedecidas en la fuente las deja escurrir en su piel. De abajo a arriba, de arriba a abajo, frotando con suavidad hasta el cuello. María con los ojos cerrados se deja hacer, no ha experimentado nunca una sensación como esa.

Y en un quiebro como de serpiente, se enrosca por el cuello y la besa con fuerza. María le dice:

-Vamos a la laguna ahora que no hay nadie y quedémonos como tú dices Adán.

La paz que se respiraba era infinita. Un respirar de amapolas, un olor a adormidera y un beleño entre los muros de la entrada a las cuevas, santificando el valle. Si en ese momento hubiera habido algún dios, hubiera comenzado de nuevo el mundo.

Pero el nuevo mundo era de dos y para ellos dos, un valle de inconmensurable sosiego.

Fuera de allí, a pesar de encontrarse España en paz,[155] después de tanta guerra provocada por las monarquías y la nobleza, todos seguían a la greña; a cuchillada limpia, de pedrada a arcabuzazo, de la venganza al odio. Y una clase social que odia el progreso, el trabajo y la cultura, que además tiene el poder, es decir la fuerza represora para imponer sus leyes, seguía empeñada en que los que tenían que desangrarse fueran los pobres, los que manejaban la azada y el azadón.

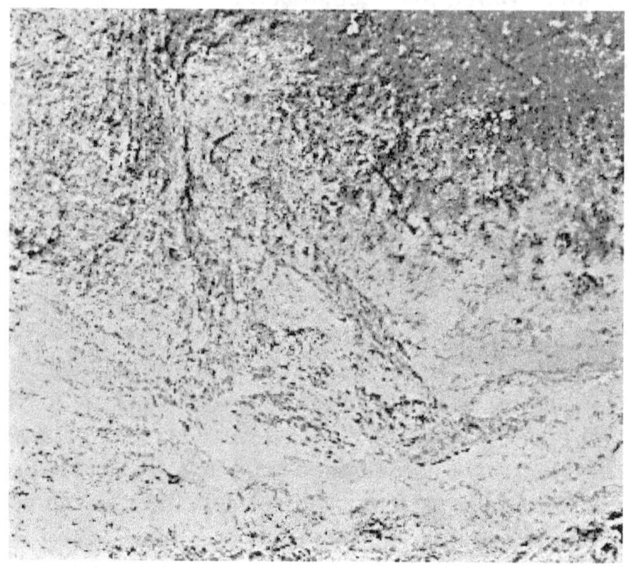

Pinturas rupestres en la cueva del Gavilán. Arquillo

---

[155] Fernando VI, hijo de Felipe V, hermano de Carlos III, tuvo un lema: Paz con todos, guerra con nadie. Después de morir la reina Bárbara de Braganza, Fernando VI estaba enfermo de melancolía, abandonando las labores de estado. Para paliar su enfermedad se le recomiendan medicinas como caldo de galápago, ranas, ternera y víboras, pero no se curó sino que se agravó con tres ataques de epilepsia en los que pierde los sentidos y queda paralizado. Muere el 10 de agosto de 1759 a los 47 años. En su cuarto se encontraron 72 millones de reales en monedas.

Capítulo trece

Del nacimiento en Masegoso de sus tres primeros hijos

D os años llevaba el nuevo rey venido de Nápoles. Con él vino su bandera y el belén.[156] Era por mayo del año 1761, tras siete años juntos, amancebados, porque si un día se iban con el carro, al otro no estaba el cura. De manera, que por uno o por el otro, en la iglesia no se registró.

Cuando después de tentar a la serpiente y empiltrarse[157] en todas las ocasiones en que estaban juntos, María le dijo:

-Alfonso, va a ser cosa de un mes que no tengo el "mal mensil".

Y Alfonso, contagiado de pachorra de su suegro "Pierrastras", le dice:

-Eso es que estás preñada María.

-¡Anda!, le dice sonriendo. ¿Eso cómo lo sabes?

-¡Por la cuerda se saca el ovillo!, le contesta Alfonso. ¡Qué te llevo viendo una semana, que estás como desganá! ¡Qué sólo quieres gachas migas!

María vuelve a reír y le dice:

-Pues ya sabes, ves preparando una cama, que para febrero vamos a tener un guacho.

-Eso ya lo había pensado cuando te veo comer.

Y como había vaticinado Alfonso, para febrero comenzó a tener los dolores del parto. Su madre fue a buscar a la partera de la aldea, que se llamaba Hilaria Cuerda.

Prepararon agua caliente, trapos limpios y llamó a la prima de María, Benita, que vivía enfrente del lavadero, junto a la iglesia de San Benito.

Alfonso tiene que esperar en la cocina de su suegra Juana. Ya tiene treinta y tres años y María veinte y cuatro. Todavía son jóvenes y quieren más hijos.

Alfonso se encarga de encender y avivar el fuego, pues todavía se usaba la "yesca"[158] en todas las casas. Tenía la cuadra repleta de troncos de carrasca y pino. Él se había encargado de todo el trabajo, pues su suegro "Pierrastras" no estaba para cortar troncos. A duras penas manejar el escabillo en un huerto que tenían por el camino del Ituero, regado por las aguas del río Masegoso.

-Cuidado al cortar, le dice la abuela Juana a Hilaria. ¿Has limpiado bien las tijeras Benita?

-Sí, en una puchera de la lumbre, le dice Benita.

-Bien, pues prepáralas que está saliendo.

---

[156] La bandera roja y gualda, que sustituye a la blanca de los Borbones, y el belén, otra costumbre napolitana, que hace montar en el palacio real y en el convento de las Descalzas Reales de Madrid.

[157] Meterse en la cama.

[158] La yesca estaba compuesta de una tela de carbón de algodón, lino o yute, que se elaboraba previa carbonización mediante pirólisis. También con madera podrida embebida en nitrato de potasio secado. Se hacía saltar la chispa hacia el papel de ignición con el golpeo de pedernal con el canto de un cuchillo.

-Una niña, es una niña, le dice la abuela Juana, cuando comienza a llorar.

Alfonso quiere entrar al cuarto, pero su prima Benita le dice que espere un poco que la van a lavar.

-¿Todo va bien?, le pregunta Alfonso, que mira al cielo por la ventana, cuando comienza a nevar.

-Muy bien, le contesta Hilaria. Sigue calentando agua que enseguida está. Y aviva el fuego que mira como está el tiempo.

A la niña le pusieron por nombre María Josefa, una niña fuerte, morena como su madre. La alegría de la casa y de sus abuelos Francisco y Juana, los que se encargaron de su cuidado hasta los cuatro años, cuatro años en los que María acompaña a Alfonso en sus salidas al negocio, aunque muchos días sólo era de ida y vuelta.

Después de nacer la niña, hicieron dos viajes solos a Alcolea de Calatrava, para conocer María a los padres de Alfonso y darles conocimiento de venida de su hija. María les dijo, que en donde vivían eran todos pobres pero que gozaban de buena salud. Les habló de como conoció a Alfonso Manuel y de como decidieron vivir juntos. A Teresa, la madre de Alfonso, le vino a la memoria su juventud con su padre. Les contó que hablaba también mucho de su padre y hermanos, a los que refería siempre con buenos recuerdos. Su hermano Pedro le contó a Alfonso que habían detenido a todos los gitanos. Qué no quedaba ni uno.[159]

Allí en Alcolea, se enteró María que a Alfonso le conocían como "Rejalgar", lo que le hizo mucha gracia, diciéndole cuando estaba de buen humor. ¡Ay "Rejalgar"! ¡Y te reías tú de "Pierrastras"!

A María le gustaba acompañarle en el carro para ayudarle a la venta de sal, porque tardaban en venir más hijos. De ese modo siempre estaban juntos y a ambos le agradaba.

Cada vez que pasaban por la laguna del Arquillo, si hacía buen tiempo, María le decía:

-¡Ay, Adán! ¿Quieres bañarte?

Y para Alfonso, era una señal. En menos que cantaba un gallo, ya estaba como su madre lo trajo al mundo en el agua chapoteando como un pato.

Cuatro años después de nacer María Josefa, vino al mundo en 1766 un niño al que pusieron por nombre Pedro, como al hermano mayor de Alfonso.

María ya no podía dejar a los dos con su madre, por lo que decidió dejar las visitas a la laguna del Arquillo y dedicarle toda la atención a sus dos hijos. María Josefa, que contaba con cuatro años y al recién nacido Pedro, que se criaba muy espabilado y fuerte observando todas las cosas. Alfonso encontraba en él un gran parecido. Dentro de unos años, le enseñaría a cazar con la honda, a poner cepos, a escabillar, y lo subiría al carro a enseñarle el trato de las mulas.

Un día de agosto del año 1767 en que María Josefa estaba en la puerta de su casa sucedió lo siguiente:

---

[159] Carlos III indultó a los gitanos el 6-7-1765 se dicta la orden de liberar a todos los presos. Se comunica la libertad y reubicación de los mismos.

Pasaron cuatro frailes muy acelerados que venían por el camino del Ituero a Masegoso y mirando siempre hacia atrás, según le contó a sus padres cuando estaban en la mesa por la noche. Le preguntaron a la niña si estaba la fuente cerca, a lo que la niña les dijo que sí, pues ya estaban entrando al pueblo y que la misma se encontraba en la plaza. María Josefa observó que llevaban cada uno su hatillo con sus pertenencias. Como no había visto nunca ningún fraile, ni esos hábitos que vestían, y sobre todo ese azogue con el que marchaban por un camino en el que sólo pasaban asnos, se metió rápido a la casa a contárselo a su madre, que no le dio importancia.[160]

En la mesa escuchaba con atención Alfonso a su hija, recordando el suceso de aquel fraile de Pinilla, lo que hizo que le relatara a María para gran regocijo.

-Y ¿cómo era el hábito que llevaban?, le pregunta Alfonso a su hija María Josefa.

-Como la cagueta, le contesta María Josefa.

Alfonso rompe a carcajadas junto a María y dice:

-Pues si miraban hacia atrás, le dice a María, eso es que huían de los cuadrilleros de la Santa Hermandad.

Ya le ayudaba a su madre en las tareas de la casa, cuando tenía María Josefa ocho años, pues su abuela Juana, tenía cada día más temblores, no sólo en las manos que movía sin control alguno. Le había afectado a la razón, Su padre "Pierrastras" estaba perdiendo la memoria, apenas recordaba las cosas más elementales. Ya no tenían fuerzas para atender a los nietos, ni llevar la huerta, ni las labores de la casa. A Juana, la abuela, le suponía un suplicio. Pasaban más tiempo sentados y en la cama, que haciendo otras labores. Se avecinaba algún disgusto y María se percataba de ello. Se estaba preparando para lo peor.

Y lo peor vino. Francisco García "Pierrastras" fallece durmiendo. Cuando estaban en su funeral, Juana García dejó de temblar sentada en una silla de madera junto al fuego de la chimenea.

La tristeza de estos sucesos afectó a María, que se vistió toda de negro, con un velo que le cubría todo el pelo que tanto le gustaba a Alfonso. Tenía veinticinco años. Pidió ayuda a sus primas para que atendieran unos días a sus dos hijos.

Alfonso se encargó de acondicionar la casa. Pintó con cal y abrió una puerta para unir la cocina con la habitación contigua donde vivían. De esta manera entraría algo de calor en invierno, pues el único foco de calor era la chimenea.

Alfonso, pasado un año, le dijo a María con un tono jocoso que le provocó una sonrisa maliciosa:

-María, ya que tenemos otra habitación preparada, limpia, con otra cama, podemos ir a Pinilla, compramos sal con el carro y si el agua de la laguna está clara nos podemos dar un baño.

María no puede evitarlo, sonríe y le dice:

---

[160] Carlos III firma en 1767 la Pragmática Sanción donde se ordena la expulsión de los Jesuitas. En su artículo IX se dice: "que jamás pueda volver a admitirse en todos mi Reinos en particular a ningún individuo de la Compañía, con ningún pretexto ni colorido que sea." "Los infractores serán castigados como perturbadores del sosiego público"

-"Rejalgar", que ya no eres Adán. Pero esta noche nos metemos en la otra habitación para dormir, que quiero yo decirte algo en la oreja.

-Vaya, dice Alfonso. Pues voy calentando la casa.

Quiso la fortuna alegrar la casa con el anuncio de un nuevo embarazo. A los cuatro años de nacer Pedro, nació otro varón al que, en recuerdo de su abuelo "Pierrastras", pusieron de nombre Francisco. Muy parecido a Pedro, casi un gemelo. Era el año 1770.

En Masegoso, en los ocho años que llevaban en compañía, observaba Alfonso, que los vecinos no aumentaban. Todo lo contrario, sólo quedaban doce labradores con tierras propias, los cuales daban trabajo a veinte gañanes y braceros que sobrevivían del trabajo a fuerza de ollas[161], postas[162] y galianos[163] en las tierras de la vega abajo. Las del monte eran para el ganado lanar. A ello, había que sumar un herrero, un molinero que consumía su vida en la aceña de la Sierra, molino que estaba aguas arriba del río Masegoso. El molino era propiedad del Convento de Religiosos Dominicos de Alcaraz, que estaba arrendado por trescientos sesenta reales. Poco había que moler, pues las tierras más productivas estaban en terrenos más libres y menos fríos que aquella zona. La otra aceña era conocido como de "Faco", que se encontraba río abajo, al salir de la aldea, con similares moliendas al de arriba.

A la deteriorada situación socio económica de la aldea, había que añadir un sastre y dos tejedores, que a duras penas podían comer de su trabajo.

Y si el año venía malo, a los pocos vecinos que quedaban, le afectaba el sudor inglés,[164] el carbunco[165] y las ciciones[166].

Cuando la hija mayor, María Josefa, contaba trece años, Alfonso le dice a María:

-María, la aldea va a menos. Con ella, todos los que vivimos aquí, nos consumimos como la leña. El huerto no da para todos. Aquí ya no quieren mulos ni borricos. La nena se hace mayor y aquí ya no quedan mozos, y si alguno hay; fatuto[167] y abejarugo. Ves que tus primas se han ido a otros pueblos.

-Cierto, Alfonso, que llevamos algunos años a menos. Ya no hay guachos, ni tierras que cultivar, que aunque podemos sobrevivir, a nuestros hijos le espera un mal futuro.

-Pues mira, contesta Alfonso. Llevo haciendo viajes con el carro hacia Casalázaro, Cucharal, Navalengua y el Berro. Si veo alguna aldea o pueblo que se vean más vecinos, cuidaré en ver como viven, visten o hablan, que son indicios de su vida y te cuento, porque es verdad que aquí con hijos pequeños no se puede vivir.

---

[161] La olla solo contenía una patata y agua. Es la que se daba a los mendigos en los conventos.

[162] Carne de mulo viejo.

[163] Torta hecha por los pastores en las brasas y guisada después con aceite y caldo de caldero.

[164] La gripe.

[165] Otra de la enfermedades habituales en Masegoso y la comarca. Antrax maligno por el tono negro de las pústulas que traían consecuencia en neumonía carbuncusar y enteritis. Podía ser mortal en tres días.

[166] Calenturas. Tercianas, Tifus, Cuartanas

[167] Faltizo, de escaso entendimiento.

Restos del molino de viento harinero del Pozuelo

PRIMEROS DESCENDIENTES DE ALFONSO VELASCO XIMENEZ

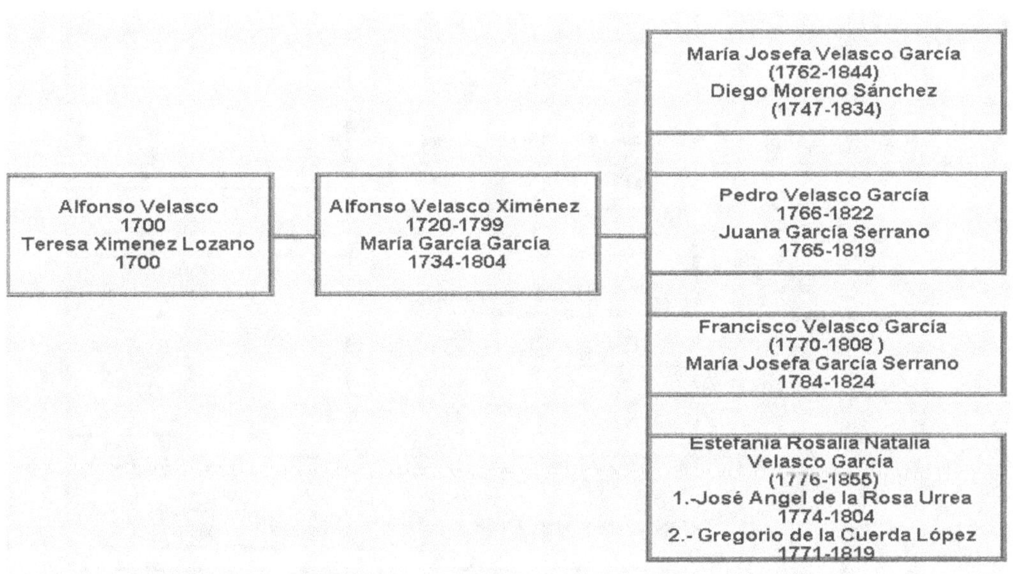

CUADRO DE DESCENDIENTES DEL PRIMER HIJO DE ALFONSO VELASCO. MARÍA JOSEFA VELASCO GARCIA

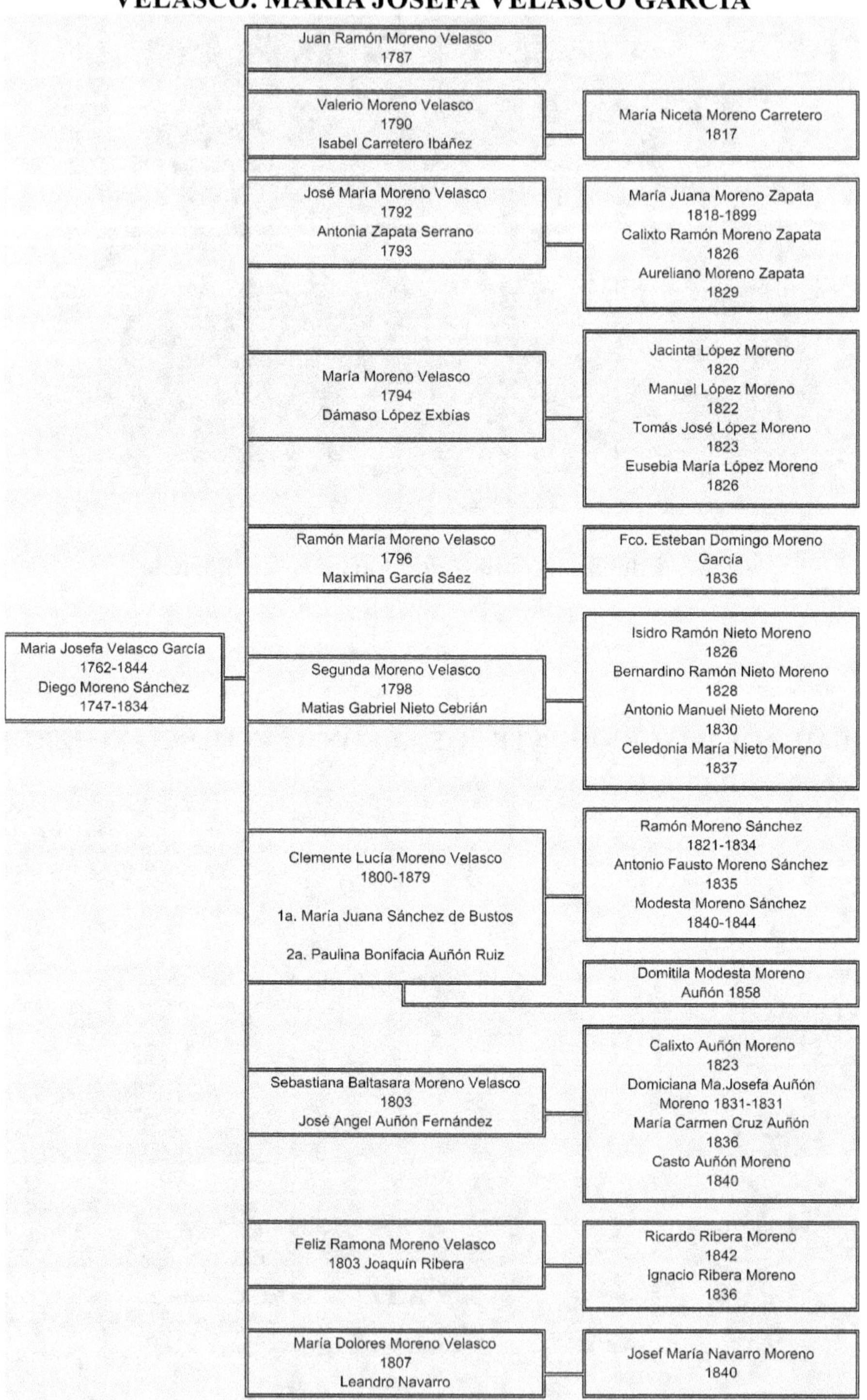

CUADRO DE DESCENDIENTES DEL SEGUNDO HIJO DE ALFONSO VELASCO. PEDRO VELASCO GARCÍA DE DONDE SE INICIAN LOS DOS LINAJES EN CASAS DE LAZARO

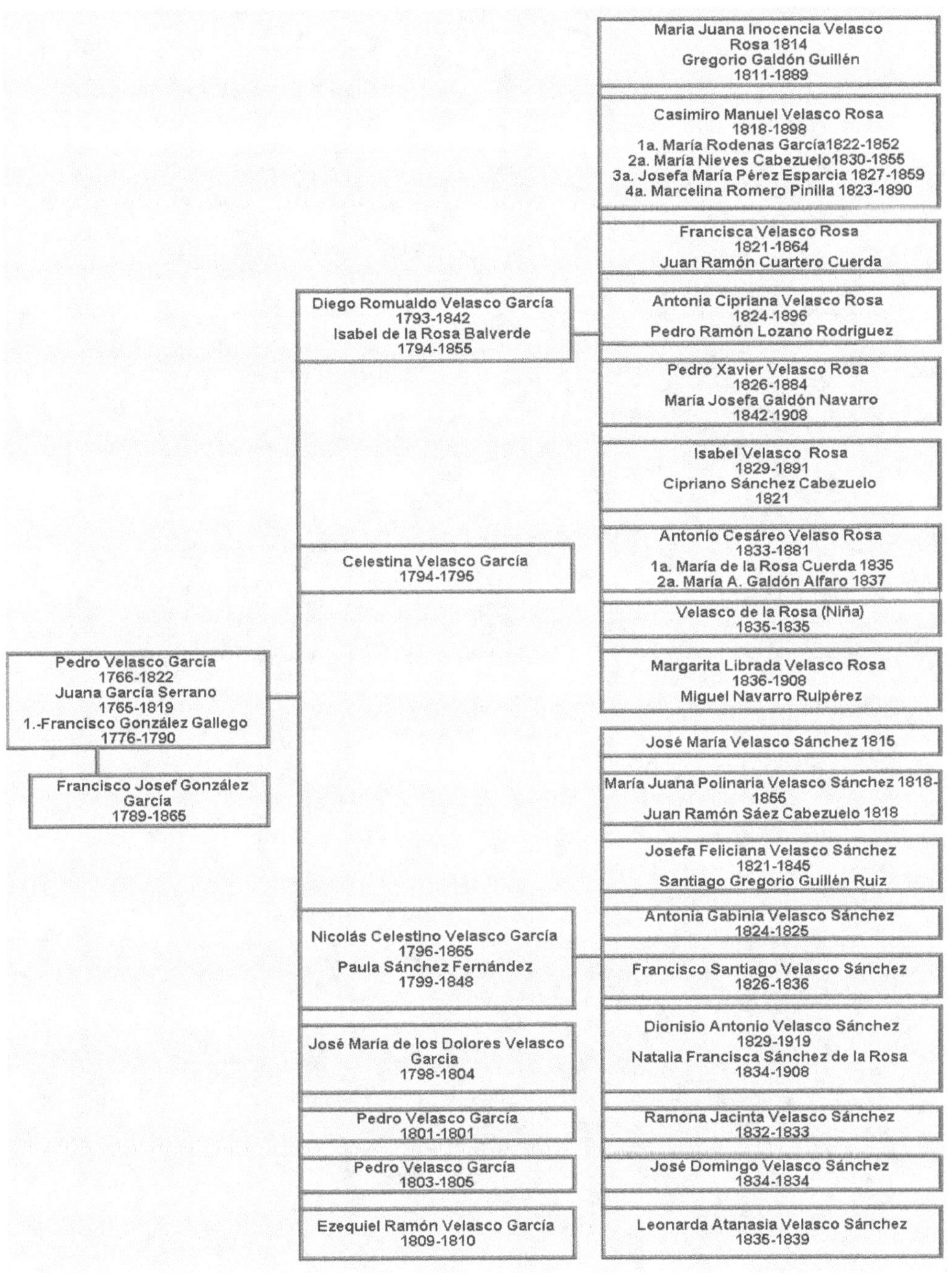

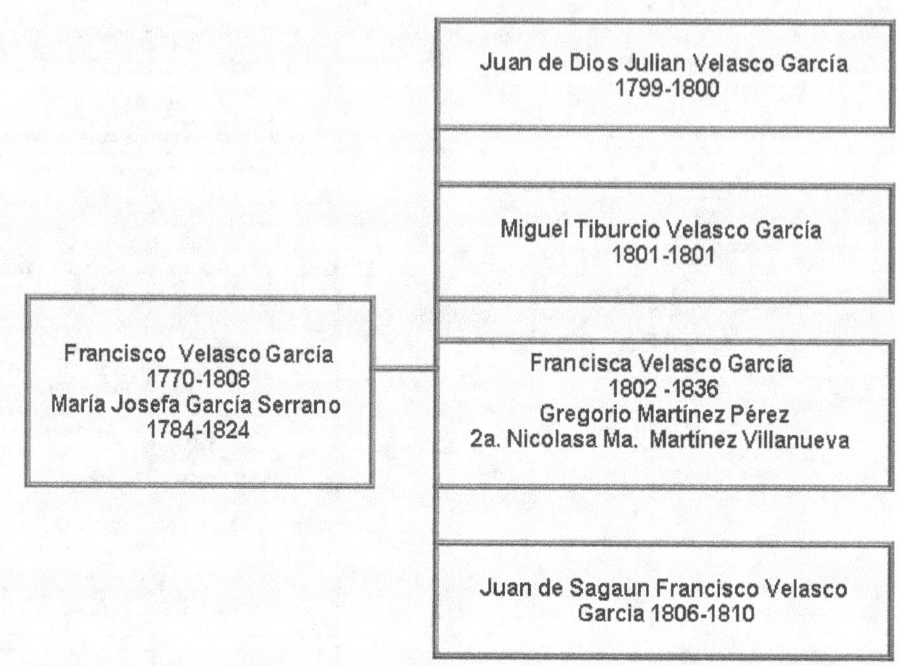
Juan de Dios Julian Velasco García
1799-1800
Miguel Tiburcio Velasco García
1801-1801
Francisco Velasco García
1770-1808
María Josefa García Serrano
1784-1824
Francisca Velasco García
1802 -1836
Gregorio Martínez Pérez
2a. Nicolasa Ma. Martínez Villanueva
Juan de Sagaun Francisco Velasco
Garcia 1806-1810

CUADRO DE DESCENDIENTES DEL CUARTO HIJO DE ALFONSO VELASCO. ESTEFANIA VELASCO GARCÍA

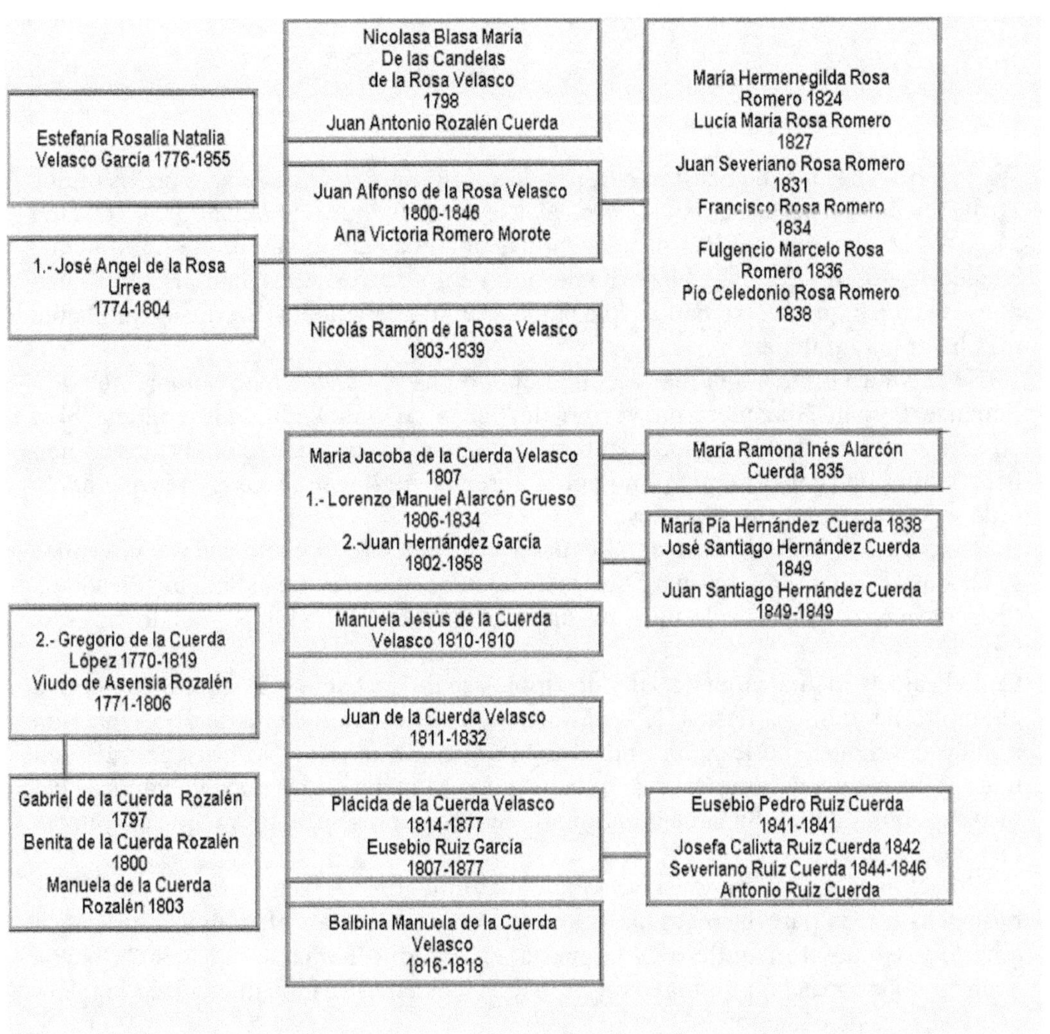

Capítulo catorce

Alfonso Velasco y María García se instalan en la aldea de Pozuelo, y del nacimiento de Estefanía Velasco

No desaprovechó ocasión Alfonso de ver tierras donde negociar con los mulos y hacer portes con el carro. Y así ocurrió, que conociendo la zona de Navalengua y el Berro, se adentrase un día a campo abierto de La Mancha, cuando le dijeron que más abajo había un pueblo donde se estaban arando tierras nuevas, en las que se estaban desplazando vecinos de aquellas sierras y que había más labor para trabajar.

Se encontró junto a una fuente con gran pilón en el Sahuco a un hombre que dijo llamarse Pergán Blázquez, un vecino de Peñas de San Pedro que conocía bien aquellos caminos y aldeas, pues también tenía un carro pequeño con el que también hacía portes de aceite. Le preguntó por la vereda para llegar a esas tierras que había oído y poder ofrecer los animales.

-Hacia abajo, le dice "Pergán". Le dicen a esa aldea El Pozuelo y al mismo entrar se encontrará un molino harinero que es de un buen hombre que le llaman "Picachu". Pregunte por él, Ya verá, le indicará bien. La buena gente va menguando en estas tierras.

Con el carro a media carga de sal y dos mulos se dirige hacía el Pozuelo, contempla el amplío llano de las tierras de La Mancha que se abren delante de él. Llega a un molino de viento que le había indicado "Pergán Blázquez". No muy grande, con unas aspas menos voluminosas,[168] que los de La Mancha, ni las doce ventanucas del piso superior, donde está la maquinaria. Le recuerda a los de su tierra, que el conocía con mucha alegría.

Era el mes de junio y ya se veían movimientos de segadores y jornaleros buscando fincas para la recogida de las cosechas. Paró en el molino que estaba abierto y saludó al maquilero en la puerta, el cual dijo llamarse "Picachu". Estaba acuñando las aspas con un mazo de carrasca y cosiendo la lona que cubría la telera con una soga de cáñamo.

-La "quitaera" decía el molinero, que debe estar siempre en condiciones para que las aspas puedan girar, y ahora más que se avecina mucha molienda

Padecía una alopecia pronunciada y como no llevaba sombrero para protegerse del sol, mostraba una cabeza manchada de rojo oscuro, como las cabras pintadas en la cueva del Gavilán.

Alfonso le dijo como se llamaba y de donde era, pero que en su pueblo le llamaban "Rejalgar". Que los molinos de viento por aquellas tierras de La Mancha,

---

[168] Las aspas de los molinos de viento manchegos solían medir veintidós pies de largo por seis pies de ancho. 7,5 metros por 2 metros de ancho.

eran más grandes y hacían mucho ruido cuando giraban las aspas. Y como Alfonso miraba permanentemente la cabeza del molinero, éste, echándose la mano a la cabeza, le dice:

-No se alarme amigo, esto no es que tenga una herida en la cabeza, es sencillamente un remedio que sabe mi mujer contra las ciciones, pues esta mañana me he levantado mal, con un calor en esta lupicia de cabeza terrible, que no me deja comer.

-Y que le ha dado su mujer, si se puede saber, le dice Alfonso.

-Pues creo que me ha untado la cabeza con sangre de pichón.

-¿De pichón?, le pregunta Alfonso, recordando como el polvo de sauce es más efectivo.

-Eso me ha dicho, contesta el molinero. Pero si le digo la verdad, eso no vale para nada. Para mi que esto es una marranada, pero yo no le voy a llevar la contraria, que si le digo que esto es una cochinada, hoy no como. Y mire usted, vivo ahí mismo, en aquellas casas que se ven junto a la iglesia. Así que tendré que decirle que se calma con esa mierda. ¡Qué le vamos a hacer!

-Mire, le dice Alfonso, yo llevo aquí en el carro polvos de la corteza de sauce, que disueltos en agua y bebidos tres días seguidos le quita la calentura y el dolor de cabeza.

Alfonso le da los polvos y le pregunta si hay trabajo en este pueblo, si hacen faltan mulos, si hay algún carretero, si hay tenderos y alguna casa libre para ocuparla.

El molinero le da explicaciones sobre todo lo que le preguntado y le dice que faltan carros y chalanes y que el tiene una casa desocupada al lado de la suya y que la vende por cuatrocientos cincuenta reales.

-Mire Alfonso, vamos a verla que es aquella de allí, al principio de la calle. El agua se saca de un pozo que está en la plaza de la casa de los Coroneles, muy limpia, suficiente para toda la aldea.

La casa, le dice: Tiene una cuadra para meter el carro y los animales, una chimenea, dos habitaciones y una cámara muy apañada para guardar melones y colgar jamones en invierno.

Ha estado habitada por hasta hace cosa de un mes, por mis padres, pero. ¡Cómo es la vida! Se agota y nos llevan en un arrastramuertos al campo santo hasta el juicio final.

Después de verla, le dice que le puede dar doscientos reales y una mula. Que no ha para más.

El molinero se rasca la cabeza, llevándose parte de la sangre de pichón entre las uñas, y le dice:

-No me parece mal, que la casa no me va a hacer falta para el negocio que llevo.

Queda cerrado el trato y después de revisar paredes y ventanas, el molinero le entrega una llave de hierro como señal de posesión de la casa.

De regreso a Masegoso, termina la venta de la sal en la aldea de Peñarrubia y con el carro ya vacío, le cuenta lo que ha pasado a María y a sus hijos. Les dice que en dos días la limpian y la acondicionan.

Y así dispusieron al día siguiente cargaron en el carro lo necesario para preparar la limpieza y dejar lo menos necesario en casa e ir acondicionando la casa del Pozuelo.

María Josefa que ya es núbil con trece años, Pedro, un zagal de nueve años, despierto y astuto para la caza como su padre y Francisco de cinco años, con extraordinario parecido con Pedro. Al alba, comienzan a cargar en el carro con útiles de cocina, cántaros, agüeras, albardas, ceberos, capazas de pleita, cestos de esparto, escobones, cal viva y un cesto de longanizas con pan para comer todo el día.

Lo que quedara por llevar lo llevaría en los próximos días cuando la casa estuviese disponible.

Por el camino le cuenta que la casa está cerca de un molino de viento, que el agua la sacan de un pozo que está en la plaza del pueblo, que se ven más vecinos, que hay una escuela, mucho sol y tierra cultivable.

A finales de junio de 1.775 la casa estaba dispuesta y en el último viaje llevan los últimos útiles para dormir. El molino ha comenzado a moler las primeras cosechas de alcacel,[169] que lo traen de más abajo del Pozuelo.

En un mulo van subidos María Josefa y Pedro, y en el carro Alfonso, María y el pequeño Francisco con las camas y la ropa que quedaba que recoger, camino del Pozuelo. Van a pasar la primera noche cerca del molino de viento.

Los viajes que comienza a hacer Alfonso los hace con Pedro, a quien le va enseñar el oficio y a relacionarse con las personas en el trato.

-Mira Pedro, le dice en el primer viaje, tienes que aprender a escuchar a todas las personas, que:

-"A buen callar, llaman santo", que yo no quiero que seas un gasporro, ni un hurón. No te detengas con los holgazanes, que del gandul se pega todo, como te habrás dado cuenta. El que no trabaja se come las sobras de los demás. Y como verás hay que llevar la cabeza hacia arriba. ¿Me comprendes?

-Recuerdo lo que decía mi padre y Mateo, que me enseñó el oficio de chalán:

"La pobreza atropella la honra, y a unos lleva a la horca y a otros al hospital, y a otros les hace entrar por las puertas de sus enemigos con ruegos y sumisiones, que es una de las mayores miserias que pueden suceder a un desdichado"

-Si padre, le dice Pedro. ¿Pero cuándo me va a enseñar a tirar con la honda?

Bueno, piensa su padre. Espero que haya estado atento y me haya escuchado.

-En cuanto salgamos a campo abierto, hay que ir despacio y sin hacer alboroto, que los animales huyen del ruido aunque no nos vean. Así, cuando veamos zonas donde se vea agua, seguro que habrá torcaces, patos, conejos o lo que salga, que si pillamos una serpiente, tampoco le vamos a hacer asco.

En cada salida, practicaban con la honda, de manera que, a casa siempre llevaban algunas piezas, sobre todo cuando salían del Pozuelo que abundaban los conejos y liebres. Si el camino de vuelta iba a ser el mismo, ponían cepos en los caminos para

---

[169] Es el trigo temprano que madura en ésta zona un poco antes.

ver el resultado a la vuelta, y no era raro llevar a casa todos los días algún conejo o liebre.

Salió Pedro un domingo de agosto, dos meses después de haberse instalado en el Pozuelo a la calle y le dijo a su hermano Francisco que si quería ver el molino, que estaba el molinero trabajando. Su madre que lo ha oído, le dice que tengan cuidado y no se vayan del pueblo, y siempre juntos.

Cuando se acercan, las aspas estaban girando en pleno funcionamiento, un carro cargado de costales de trigo en grano y la puerta abierta. Pedro se acerca, Francisco detrás de él agarrándole el blusón; llama al molinero gritando:

-"Picachu", "Picachu", ¿dónde estás?

-¿Quién va? Se oye desde la planta de arriba, estoy aquí en el alivio[170] de la volandera, subir.

Y nada más oírlo, allá que se encaraman los dos por la escalera en semicírculo junto a la pared. Está todo lleno de telas de araña, lo que hace que los dos hermanos suban agitando las manos para quitárselas de la cabeza.

-Hombre exclama "Picachu", los "Rejalgares". Subir, mirar cómo funciona el molino. No os preocupéis por las telarañas, que son muy buenas.

-¿Buenas?, le pregunta Pedro. Pues mi padre dice que algunas mujeres son más gorrinas que las arañas. ¡Eso será porque las arañas serán malas!

-"Picachu" se ríe. No, éstas no. ¿Sabéis por qué?

-No, le dicen los dos hermanos.

-Porque estas arañas se comen a las polillas, que atacan los granos de trigo. Y eso no es bueno, lo veis ahora. Aquí en el molino, cada uno tiene su misión.

Los dos hermanos se quedan con la boca abierta. Este "Picachu" sabe muchas cosas.

¿Dónde está tu padre?, le pregunta el molinero.

-Ha ido a por unos burros a una aldea que le dicen Argamasón.

-¡Anda!, le dice el molinero. En esa aldea cantan una seguidilla muy bailona.

Y se pone a dar saltos con las manos levantadas, al tiempo que a Pedro y a Francisco le da por reír, al ver como a cada salto, la barriga le sube y baja, pues como le había dicho su padre era más bien bajito, gordo y que cada vez que lo veía tenía algo entre dientes.

<blockquote>
"Si quieres ver feas,
a la puesta de sol,
vete al lavajo
del Argamasón"
</blockquote>

-¡Venga, venga, que me canso de tanto cantar y bailar!

Esta piedra redonda, la puedo subir y bajar, eso depende de como quieran que se haga la molienda. ¿Lo veis? Y con el alivio se sube y se baja. Y a esto se llama aterrar. La piedra de abajo es la solera, que está siempre quieta, fija. Por aquí va cayendo la

---

[170] Volante para subir o bajar la muela superior (corredera o volandera) sobre la solera para obtener una molienda más o menos fina.

harina sobre los costales. Ellos solos se van llenando y yo solo tengo que cerrarlos, atándolos con una guita bien fuerte. Lo que más me cuesta es costalear el grano a la piedra, uno a uno por la escalera arriba. Eso me está matando la espalda, que el día que no me duele es porque me he acabado el vino de la bota.

Y los hermanos se ríen a carcajadas.

-"Picachu", le dice Pedro. ¿Y por qué no te ayuda nadie?

-Pues en ello tengo que ir pensando, pues como no tengo nada más que hijas. Pobrecillas, no me pueden ayudar, bastante tienen con buscarse un novio.

-Yo te puedo ayudar cuando no vaya con mi padre, le dice Pedro.

-Y yo también dice Francisco, a atar los costales abajo.

"Picachu" se echa a reir.

-Al que está aquí abajo le llaman el ratón.

-¿Por qué? Le pregunta Francisco.

-Porque los ratones se llevan algo para casa, le dice "Picachu".

-Muy bien, pero cuando pasen un par de años, que todavía sois pequeños y éste es un trabajo muy duro.

-Venir abajo le dice el molinero, que mientras muele el grano y se llena el costal, nos vamos a comer unas sardinas sarpresadas con una ochena de pan, que la bota de vino me llama. ¿La estáis oyendo?

Francisco le dice ingenuamente:

-Yo no la oigo.

-¿Qué no?, le dice "Picachu". ¡Escucha, escucha!

Se vuelve dándole la espalda. Se tapa la boca con una mano, al tiempo que se inclina ligeramente hacia abajo, para dar la sensación que la voz viene de abajo y en tono bajito le dice:

-¡Baja, "Picachu" que el gato se está bebiendo el vino!

Se bajan los dos hermanos riéndose y "Picachu" saca de una alacena unas sillas y una mesa redonda pequeña. En un plato pone las sardinas y con una navaja corta unos trozos de pan que reparte a los dos hermanos.

Los dos se ríen. Están contentos. Notan la diferencia de la gente de esta aldea con la de la sierra. Las maneras de comportarse son distintas, son más amables.

En los días que no tenía salida con el carro salía con Pedro al monte a recoger leña, pues así aseguraban el calor y el fuego en la casa. En el monte abundaban los pinos piñoneros, cuyas ramas viejas se podían recoger. De esta manera se limpiaba el monte. La monda y la poda solo la podían hacer los dueños de los terrenos que eran de unos pocos, como en toda La Mancha. Su padre cortaba las ramas caídas y Pedro recogía piñas apilando las ramas pequeñas en el carro para aprovechar el espacio. Como recogía tantas piñas, las podía vender en el pueblo, pues no había nadie que se encargara de ello, de manera que el carro siempre estaba en uso, así como un burro que estaba en la casa para cualquier necesidad.

Llegó el primer invierno para la familia en el Pozuelo y las primeras nieves. Con la despensa llena, la cuadra bien cuidada, con una burra preñada de un caballo, con tres hijos sanos y fuertes. Pensó Alfonso en aprovechar aquellos días y hacer junto a la chimenea, que era muy ancha un fogón de obra con piedra y losa de arcilla cocida en el suelo, igual a la de los hornos. Encima le puso una plancha de hierro con dos aberturas con dos tapas. De esta manera, al estar más alta no tendría María que estar agachada en el fuego de la chimenea. Un fogón cómodo que pronto copiarían los demás vecinos por su utilidad.

El primero de ellos, fue el molinero, que un día antes de San Silvestre[171] le dijo a Alfonso cuando estaba viendo el fogón:

-Aquí ese día no salimos de casa, pues campan a sus aires las brujas de todas España, y una de ellas es de aquí, del Pozuelo, que dicen que hace ungüento con los niños que ahoga y que lo usa para curar el mal de ojo. Y además hace mejunjes y mixturas con venenos para forzar la voluntad.

María y los niños estaban con los ojos abiertos sorprendidos y atentos, mientras Alfonso sonreía.

-¡No creerás esas cosas hombre! le dice Alfonso.

-¡Qué no!, le contesta. Pues mira lo que cantan por la noche el día de San Silvestre:

"Unas son de Francia,
otra del Pozuelo,
y la capitanilla,
de Lugar Nuevo".

-Eso lo cantarán los zánganos para reírse y burlarse, le dice Alfonso.

-Ya te digo yo que no, le dice el molinero, que ese día no sale nadie a la calle.

Cuando llegó la primavera, María le dice una noche estando en la cama.

-Alfonso, creo que estoy preñada otra vez. ¡Qué no me viene!

-¡Pues que vamos a hacer María! Voy preparando hueco con otra cama. ¡Qué vamos a hacer!

Unos días antes del parto, sobre el veinticuatro de diciembre de 1776, ya tenía María todo preparado para que la partera pudiera realizar su trabajo. Ella notaba ligeros movimientos en su vientre. Cuando notó las primeras contracciones le dijo a Alfonso que fuera corriendo a casa de la Sinfo, que vivía en la plaza al lado del pozo. La Sinfo, partera del pueblo, ya tenía preparado todo para el parto.

-A la nena dile que prepare los paños. A Pedro, que mantenga agua caliente en el fuego. Anda sal corriendo. Y cuando vengas le ayudas a Pedro.

Nació el veintiséis de diciembre. Otra niña, la segunda, comenzando al día siguiente toda la familia, a proponer nombres para la niña.

María, su madre, decía que le podrían poner Estefanía.

-Y cristianarla antes de tres días para que los vecinos no piensen mal, decía María.

-Aunque en Masegoso no todos los niños se bautizaban, no convenía dar muestras anticristianas en el Pozuelo.

---

[171] El día de San Silvestre era el 31 de diciembre, el último día del año, considerado como día mágico y de brujas.

-Pues a mí me gusta Rosalía, decía Alfonso. ¡Oye qué nombre más bonito! Rosalía Velasco. ¡Qué grande! ¡Como un rosal inmenso en el campo! Y se quedaba mirando al monte del mediodía por la ventana.

María Josefa, la mayor, que contaba ya catorce años, interviene en el pequeño debate:

-Pues también es muy bonito Natalia, como la vecina de la bruja de la aldea.

-También es bonito, le dice su padre. El que menos me gusta es Bonifacia o Agapita. Esos no. Ni hablar.

Pedro, también presente, se queda mirando a la recién nacida y les dice:

-Pues los tres nombres están muy bien, Estefanía Rosalía Natalia, todos juntos.

El pequeño Francisco, que tiene seis años, viendo que no había acuerdo, les dice:

-Aquí en esta aldea hay un zascandil que le llaman Benito Joseph Arcadio de San Juan de la Santísima Trinidad y los Dolores de Cristo.

Todos comienzan a reírse. Hasta su madre María, que se sujeta el vientre.

-Anda, dice Alfonso. Ese nombre da hasta sueño nombrarlo. ¿Y cómo es tan largo? ¿Cómo le llaman Francisco?, le pregunta su padre.

-No sé. Nosotros le llamamos "Tonto el Haba".

-¡Válgame la liebre!, dice Alfonso a carcajada libre. ¡Ay que me meo a la pata abajo! Pues está bien. A la nena le vamos a poner los tres.

La noche del treinta y uno de diciembre no salió nadie a la calle, pues el miedo y la superstición eran el pan de cada día. Ni los perros aullaban alertando de algún otro animal. Nevaba copiosamente y era normal que después de anochecer, el fuego de las chimeneas se fuera apagando, y con ello, sus moradores fueran ocupando su espacio en los catres y camastros en espera de la luz del día. Era la noche de las brujas.

Pedro se había quedado con la mención de la bruja del Pozuelo, pensando toda la noche como iría a su casa para ofrecerle piñas y ver realmente a qué se dedicaba la mujer a la que le tenían tanto miedo.

Sabía por su padre Alfonso que su abuela conocía muchas plantas y hierbas para calmar dolores y ungüentos para sanar heridas. Por eso, no le asustaba la bruja. Era una costumbre recolectar plantas y elaborar pócimas.

Cuando no había portes que hacer con el carro, Alfonso se llevaba a sus hijos Pedro y Francisco a recoger piñas en los pinares de los alrededores del Pozuelo. Llenaban el carro de piñas, encargándose Pedro de vender a dos maravedíes cada saco en el que entrarían unas cien piñas. Francisco le ayudaba a llevar el saco a los vecinos que ya tenían apalabradas las piñas.

Al día siguiente, uno de enero, Pedro fue a visitar a su vecino el molinero, "Picachu", a quién le preguntó sobre la mujer, su nombre, los mejunges y aceites que preparaba, pues quería ofrecerle piñas para encender fuego.

Picachu le explicó con todo detalle todo lo que le venía a la cabeza, todas las exageraciones inimaginables, como que dormía agachada simulando una gallina, que tenía un frasco de vidrio lleno de sangre de pichón, como la que le echó su mujer en la cabeza para calmarle la calentura, que fue lo que vio su padre Alfonso cuando vino la primera vez al Pozuelo.

Decía que adivinaba el mal de cada uno que se acercaba a solicitar ayuda por sentirse enfermo, nada más ponerle la mano en la cabeza. Por esto, todos los vecinos le tenían miedo. No querían verla para que no les dijera si tenían algún mal.

Picachu le dijo a Pedro los vecinos que le podrían interesar las piñas, ya que eran mayores o mujeres viudas que no podían ir a recogerlas al monte.

Con toda seguridad, la "Ojo Cuchillo" que así la llamaban los borrachos de la taberna de Juan Mateo, necesitaría algunas, pero que, si iban a su casa, que fuera de día y los dos hermanos juntos, insitía "Picachu", pues era la bruja de la aldea y hacía conjuros con sangre de gato, que después se comía.

-Yo creo, les dijo "Picachu", que se comió a un niño pequeño que según sus padres desapareció del pueblo hace unos años.

Pedro y Francisco se quedan sorprendidos con una expresión de miedo reflejada en sus caras.

-¡Cómo puede ser eso! Exclama con incredulidad Pedro. ¿Cómo se llama esa bruja? Yo no me creo que se coma a un niño, ahí con los huesos y todo. ¡Eso no puede ser!

-¿Dices que no? le contesta "Picachu", pues ya lo sabes. Se llama Cayetana, de pelo rubio, muy delgada, con una nariz aguileña, ojos claros que miran como cuchillos. Por eso le dicen "Ojo Cuchillo", pero vosotros no la llaméis así, porque si lo hacéis, sois niños muertos en el inter.

-Mirar, continuaba. Aquí el último que la llamó "Ojo Cuchillo" fue el alcalde, al cual le llaman "Arrastrabarros". Ya veréis lo que pasó.

Los dos hermanos están muy interesados en oír la historia de "Picachu". Están muy atentos a sus palabras cuando comienza a relatar la historia.

-Pues resulta, que "Arrastrabarros", el alcalde, le solicitó favores a cambio de unos maravedíes. ¿Me entendéis lo que quiero decir? Ya sabéis. Lo que hacen los hombres y las mujeres por la noche cuando se meten en la cama.

-Yo no, dice Francisco, abriendo los ojos.

-Yo si, contesta Pedro inmediatamente. Si hombre, le dice a Francisco. Lo que hacen los perros cuando están en celo.

-Ah, le dice Francisco. Ladrar cuando les tiramos piedras.

-Bueno, dice "Picachu", riéndose de las palabras de Francisco. Pues resulta, que después de lo que hicieron, el alcalde no le pagó lo acordado, montando en cólera viva la "Ojo Cuchillo". Un escándalo de mil pares de demonios por la calle, persiguiéndole y echándole cien maldiciones, mientras le escupía a sus pies, pisando con fuerza el escupitajo contra el suelo. Las vecinas que oían los gritos, cerraban las puertas y ventanas.

-¡A cada cerdo le llega su San Martín!, decía una vecina cerrando la ventana.

-¡Más vale ser tonto que alcalde! Decía el tonto del pueblo, que se pasaba las horas tomando el sol al lado del pozo, cuando vió a la "Ojo Cuchillo" pasar por la plaza corriendo tras el escurridizo alcalde.

-¡Si te mampriendo de los cuernos, te arrastro! Le gritaba la "Ojo Cuchillo".

Detrás de la perseguidora, el tonto del pueblo le gritaba junto al pozo en la plaza de la casa de los Coroneles. "Ole las mujeres guapas".

A cada maldición, el alcalde le decía:

-"Ojo Cuchillo", eres más mala que un dolor de muelas.

-La "Ojo Cuchillo", más se enfurecía y más maldecía. Tantas le dijo, que sólo una recordamos. Aquella que le decía: ¡ójala, alcalducho de mil mierdas, se te caiga en pedazos el culebro antes que las cigüeñas pasen por el Pozuelo! ¡Qué tu orina te haga rabiar los tuétanos! ¡Y que tu voz se torne de pito cuando pidas pan; canco de mil demonios!

Añadía "Picachu" más apodos que tenía la nombrada Cayetana. Según el alarife, Juan Jiménez, que se negó a entrar en su casa a repararle unas tejas, le llamaba "La Seca", porque está tan delgada que parece que tiene la tisis, aunque no tose. "La Oriunda" le decía el presbítero don Antonio, porque descendía de hidalga nobleza, pero que perdió sus privilegios al no ser primogénita y vino del Perú o de la Tierra de la Plata. "La Serpiente Venenosa" la llama el sacristán Pascual Sánchez, porque le dijo cuando le ofreció comprar unas bulas que le iba a cortar el badajo por la raíz. Que aunque sabía muchas cosas de los tratos con los hombres, más que todas las mujeres de la aldea juntas, decía que la coyunda no podía ser pecado, ni en la tierra, ni el cielo, por lo que el maestro le había puesto "Doña Espina". Pascual el herrero, le puso "La Recosia". Y un apodo que le puso Blas Martínez, "El Cojo", porque según él, se bebía el vino haciendo gárgaras y sacando la lengua viperina, la "Mal Follá". "La Pelleja" le llama el clérigo don Sebastián. "La Asquerosa" le llaman sus vecinas.

-Yo la llamo "Cuellilarga", porque tiene el cuello como la pata de una grulla. Y no es que esté defectuoso el cuello, no, que va, es que es tan largo que se puede enroscar en tu cuerpo y aplastarte como una serpiente gigante.

Francisco abría los ojos y temblaba de miedo ante lo que estaba oyendo. Se agarraba al calzón de su hermano tan fuerte que se lo bajaba, lo que provocaba que Pedro, a cada tirón se lo sujetara con una mano para no quedarse al aire.

-Y qué fue lo que le pasó al alcalde, le pregunta Pedro, mientras Francisco se había agarrado a su hermano con tanta fuerza que le arañaba la carne.

-Pues que cuando llegó la primavera, comenzaron a pasar cigüeñas por el cielo. El alcalde "Arrastrabarros" fue a meterse en las aguas de ese pequeño acueducto que pasa cerca del molino. Los que lo vieron meterse al agua, y bien visto, porque se metió como su madre lo trajo al mundo, dijeron en la aldea que no tenía culebro, ni culebrilla, ni nada, que lo había perdido totalmente.

Bueno, continuaba "Picachu", de todos estos motes, no hagáis ni caso, pues no conviene llamarla por ninguno, pues tiene malas pulgas. Ya estáis avisados. Cuando se trata de brujas y mal de ojo, lo mejor es quedarte en tu casa y cruzar los dedos sin que te vea, pero si vais, tenéis que llamarla señora Cayetana.

Pedro ponía cara de incrédulo, decía que todo aquello no tenía ni fuste, ni indumentaria alguna, que de todas formas iba a visitarla y llevarle un saco de piñas. Preparó un saco bien repleto y le dijo a su hermano Francisco:

-Vamos nene, vente conmigo a la casa de la "Ojo Cuchillo", que le vamos a ofrecer unas piñas y al tiempo averiguamos si es bruja o no.

-Yo no voy, le dice Francisco. A mí me da miedo.

-Nada de eso, tú te vienes conmigo, que el saco es muy grande. Además, no tienes que eslapizarte de mí, que pienso que todo lo que nos cuenta "Picachu" son patrañas y filibustes sin entendimiento.

Salen caminando despacio en dirección a su casa. Pedro pregunta a una mujer que está en la puerta retirando la nieve, en el callejón del Beato, junto a la iglesia.

-Señora, díganos donde vive la señora Cayetana.

-¿Qué lleváis ahí le dice la mujer? Sin contestarle a la pregunta.

-Piñas para prender la lumbre, a dos maravedíes el saco, le contesta Francisco.

-Anda, le dice la señora. Pues yo quiero uno.

-Pues se lo traemos después, que éste es para la señora Cayetana.

-¡Señora Cayetana!, le dice la mujer con ironía y ritintín. La "Ojo Cuchillo" ¡Señora! ¡Ya, ya! Agarraros la entrepierna, que como os la pille se la echa a los gatos. Eso, si no le saca las tripas a uno de vosotros. Es ahí enfrente, llama a la puerta y sepárate un poco.

Francisco que acaba de oír a la mujer suelta el saco y se agarra por detrás a su hermano.

-Ves, yo me vuelvo, le dice a su hermano, intentando soltarse.

Cuando va a golpear la aldaba, se abre la parte de arriba de la puerta al tiempo que un gato negro vuela maullando y se oye la voz de Cayetana:

-¡Maldito seas, diablo de piojos, ojala pierdas los ojos en cuanto llueva y te cape un lagarto!

Francisco, que ha visto el gato volar, detrás de su hermano ha dejado el saco de piñas a su espalda y se sujeta más fuerte a él.

-Señora Cayetana, le traigo piñas para la lumbre, le dice Pedro.

-¡Eh! ¿Quién anda ahí?, le dice asomándose por la parte superior de la puerta. ¿Qué quieres mocoso?

-Le traigo piñas para la lumbre a dos maravedíes, le contesta Pedro muy seguro y sin amilanarse.

-¿Qué es eso que llevas ahí atrás? Le pregunta.

-Piñas, señora Cayetana.

-No digo eso golondro, le dice señalando con el dedo. ¿Qué es éso que llevas detrás?

-Ah, le contesta Pedro. Es mi hermano Francisco, que está más cagao que una zorra, señora.

-Ja, ja, ja, ¡Con que Francisco, eh! Saca la cabeza anda, para que te vea, le pide Cayetana.

-Anda sal, le pide su hermano tirándole de la mano.

-¿Porqué tienes tanto miedo golondro? Pasa anda, pasa, que te voy a enseñar una cosa, les dice. Y deja el saco de piñas ahí al lado de la chimenea, que te voy a dar tres maravedís.

-Si lo vendo solo por dos, le dice Pedro.

-Pero yo te voy a dar tres porque quiero, que por aquí no se atreve a pasar ningún guacho si no es corriendo. Mira, le dice a Francisco. Te voy a regalar una piedra de oro.

Se sube a una silla de madera y alcanza un frasco de vidrio. Mete la mano y saca una piedra brillante como si fuera de oro. Brilla mucho y Francisco no deja de mirarla con alegría.

-Toma, es para ti. Pero te tengo que advertir de una cosa antes de aceptarla. Esta piedra te traerá buena suerte toda tu vida, pero el día que la pierdas sufrirás grandes dolores ahí, le dice señalándole debajo del corazón. Dime si la aceptas.

-Si señora Cayetana, le contesta el pequeño.

Francisco alarga la mano. Le brillan los ojos de miedo. No ha recibido nunca un regalo tan brillante. Aunque no parece prestar atención a la condición expuesta por Cayetana. Pero si estaba atento Pedro, que se lo recordará siempre.

Cuando la tiene en la mano, se acerca a Cayetana y le da un beso en la mejilla.

Cayetana ha quedado desarmada, le ha cambiado el gesto, tampoco ha recibido nunca un beso de un niño. Se ha quedado paralizada. Son unos segundos. Expira todo el aire de sus pulmones. Se queda mirando a los dos niños y les pregunta:

-Vosotros sois nuevos en la aldea, ¿verdad? los que habéis venido de Masegoso.

-Sí, contesta Pedro, asombrado.

-No te preocupes, golondro. Le dice, Si aquí en este aldeucho se sabe todo. ¿A qué a tu padre le dicen "Rejalgar"? Y a mí. ¿A que no sabéis como me dicen?

Los dos hermanos sonríen al mismo tiempo, pero no se atreven a decirle "Ojo Cuchillo".

-No me lo digáis golondros. No hace falta. En este lugar del Pozuelo dedican más tiempo a hablar mal de otros que a trabajar aunque sea poco. Mirar, a mí, el mote que más me gusta es "La Guapa del Pollo" que me lo puso un franciscano del convento de los Descalzos de Los Llanos,[172] que vino a la iglesia el año pasado y que decía llamarse Fray Francisco. ¡Menudo ejemplo para la Iglesia! Aquí dejó preñada a una viuda y se lo llevaron otra vez a su convento. Si se espera una semana más, lo cuelgan como a un Judas, pues no hacía otra cosa que perseguir viudas y solteras.

-Ese no lo sabíamos, señora Cayetana, le dice Francisco. Guapa sí que es, porque tiene todos los dientes, pero ¿lo del pollo? ¿Por qué?

-¡Anda! Ve tú y pregúntale al fraile descalzo, que se habrá quedao descansando, le contesta sonriendo.

-Pues mira, os voy a dar unas hierbas para que las tomen vuestros padres si padecen dolores de tripa. Anda, volver a vuestra casa. Yo tengo de casi todas las hierbas, las recojo en el monte y luego las vendo para curar. Todas son buenas para

---

[172] El convento de franciscanos descalzos de Los Llanos llegó a tener en 1770 hasta sesenta y siete religiosos. Era el centro comercial durante la feria que se celebraba en éste lugar hasta el año 1783 en que la feria pasó a Albacete. Uno de los reclamos de los religiosos era decir que tenían depositados en una vitrina uno de los clavos de Cristo. ¡El negocio es el negocio!

sanar, menos ésta que la recojo alrededor de la aceña del molino del gordo lupécico ése con quien habláis de vez en cuando. ¡Menudo tocín está hecho!

Les enseñó las flores secas de la planta de la que les estaba hablando y les dice:

-"Al que toma beleño, no le faltará el sueño" [173] y da una carcajada que se oye en toda la calle.

La vecina que les había señalado la puerta cuando preguntaban por ella, lo ha oído. Está muy atenta a lo que pase, no vaya a ser que les haga daño a los niños.

-De ésta le di un día al alcalde, que estaba enmoñao conmigo. ¡Menudo cagaliendres está hecho!

Al salir a la calle, la vecina que continuaba en espera el desenlace con la "Ojo Cuchillo", estaba mirando. Bueno, piensa, han salido vivos. ¡Eso es que está cambiando!

De camino a su casa, Pedro le dice:

-Francisco, la señora "Ojo Cuchillo" sabe todo de todos los vecinos, fíjate que sabe que vamos de vez en cuando al molino de Picachu. El "Gordo Tocín Lupécico" como le ha llamado. Es muy espabilá Francisco, o "Golondro". ¿Qué nombre te gusta más?

-A mi, Francisco, le contesta.

Nada más llegar a su casa, se lo cuentan a su madre y a su hermana. Pedro les repite lo que le ha dicho sobre la piedra de oro de Francisco.

-Francisco, le dice Pedro. Deja la piedra siempre a la vista, ahí en la cornisa de la chimenea, que la veamos siempre todos y así no se pierde.

---

[173] Beleño. Hyoscamus niger. Era la planta favorita de las brujas. Planta venenosa a dosis elevadas. Es narcótica. Se usaba principalmente contra el insomnio y el dolor. La inhalación del humo al quemar las semillas o extendiéndola en ungüento produce efectos alucinógenos, como sensación de volar. Uno de sus principios activos es la atropina.

Capítulo quince

Deciden hacer un viaje a Alcaraz y de cómo María Josefa Velasco conoce a Diego Moreno

Era el siete de septiembre de 1783. Lucía el sol para aprovechar una salida de toda la familia. Alfonso tenía que hacer un encargo para llevarle sal y unas tinajas de Peñas de San Pedro al "Gorrero" de Alcaraz.

-Mira, María, vamos a preparar todo lo necesario para este viaje, ahora que María Josefa ya se ha hecho mayor y nos ayudará con la pequeña. Pedro, que está también en esa edad de engrillotarse tiene que ver villas nuevas. Verán nuevas gentes y montaremos un pequeño taribel de cuerva en una fiesta que hacen en Cortes. ¿Te acuerdas?

-¡Ya hace tiempo, ya hace, picaruelo!, le contesta María. Pues sí, que aquí no salimos más allá de aquellas carrascas que se ven allí detrás del molino.

Allá que se ponen en marcha al amanecer con la pequeña Estefanía que contaba siete años. El carro cargado, con dos jarapas y dos serones para que los niños pudieran dormir cuando llegasen a Cortes. Tomaron el camino hacia Balazote y cargaron la sal en Pinilla, llegando, pasado mediodía a Alcaraz, subiendo por el acueducto a ver a su amigo Antonio "El Gorrero", donde descargó la sal y las tinajas, acompañándoles después a ver la plaza mayor que estaba muy concurrida.

-¡Vamos, vamos!, les dice "El Gorrero". A ver si está "El Sabandija", que debe estar ya muy viejo.

Cuando llegan a la plaza, ahí estaba en la puerta de la iglesia cantando una seguidilla y acompañando la música con la zanfona, pero ya con la voz rota:

> "El rey Carolo tiene.
> El rey Carolo, el rey Carolo.
> Una nariz más larga
> que cien burdeles.
> De cien burdeles
> tiene la corte llena
> más que marqueses"

-A éste, dice "El Gorrero", un día lo detienen y se lo llevan a galeras. Pues canta siempre burlándose de la corte y de los reyes.

En aquel momento comienzan a sonar los toques del reloj de la torre de la iglesia provocando el asombro entre los hijos de Alfonso y María. No habían visto nunca un reloj, ni una plaza como la que estaban viendo.

-¿Por qué hay dos torres tan juntas que casi se tocan?, le pregunta Pedro, que no cesaba de asombrarse.

-"El Gorrero" le responde. Esa es de unas monjas, que la hicieron más alta, por parecer estar más cerca de Dios y aparentar más privilegios que los curas.

Al momento de acabar los toques, sin haber dejado de mirar, comienzan a sonar los toques de la otra torre.

-Ves, le dice "El Gorrero". Ahora para significarse, toca la otra. Como si ésta marcase mejor la hora. Se disputan todo en la vida, hasta las horas. ¡Ve tú a saber cual es la buena!

-Esto de las horas, dice Alfonso. Yo no le veo función. ¿Para qué quieren saber la hora? Si cada hora…... Pin, pon, pin, pon. ¡Pues vaya sonsonete para echar la siesta!

En la puerta de la iglesia un hombre espera a que su mujer y el zagal salgan de la iglesia. Ha oído los comentarios sobre las campanas. El zagal, ya entrado en años, ha perdido parte del pelo de la cabeza, acompaña a su madre. Se ha quedado mirando tímidamente a María Josefa. Ella, que se ha dado cuenta, no le retira la mirada. Él se percata y presiente. "Esta moza morena se le ve fuerte y buena mujer"

Los padres del zagal se acercan a Alfonso y a "El Gorrero".

-Señores, buenas tardes tengan. Me acecha la curiosidad, pues es la primera vez que venimos a esta bella y bonita ciudad de Alcaraz, que está repleta de iglesias y esta torre, que siempre es más tardía y que parece que así ha sido siempre.

"El Gorrero", siempre amable, le responde que le llaman la torre del Tardón por ese motivo. Les habla de la Lonja, de la calle de la Casa de la Inquisición, de la Puerta del Ahorí, de todos los escudos nobiliarios que en la villa hay.

Dijo llamarse Clemente Moreno nacido en una aldea que le llaman Bogarra, rodeada de montañas. Y de su mujer, Sebastiana Sánchez, de otra villa llamada Ayna, todavía más encajonada, por la que pasa un río muy limpio que le llaman "Mundo", pero que vivían en Casalázaro, una aldea cerca de Masegoso. Que el motivo de aquella visita era para llegar en peregrinación al Santuario de Cortes y pedirle a la Virgen una mujer para su hijo. De esta manera, para que el zagal se atreviera a hablarle a la muchacha, la cual se le veía más decidida, les dijo que se llamaba Diego Moreno.

En esta presentación, María Josefa Velasco, miró a su madre para que fuese su cómplice y le preguntó al "Gorrero", que cómo era la iglesia por dentro.

Aprovechó la ocasión la madre de Diego Moreno, Sebastiana, para decirle a su hijo que la acompañara al interior, le hiciera un poco de guía, ya que la acababan de ver, y al tiempo rezaran unas oraciones.

No dejó pasar María Josefa más tiempo, pues se dirigió a donde estaba el muchacho para pedirle que la acompañara, mientras María, su madre, le sonreía alcahuetamente.

Diego y María Josefa se quedaron mirando el pórtico y sus figuras, adentrándose al interior mientras seguían hablando de la ciudad y sus iglesias.

Torres del Tardón y Trinidad. Alcaraz

En ese momento "El Sabandija", sentado en la escalinata de bajada a la Iglesia de la Trinidad, volvía a entonar otra canción, mientras le daba a la manivela de la zanfona:

A María "La Porrona"
la espera toda la iglesia
que no comienza la misa
hasta que entre la señora.
Que es amor y no pecado
lo que el fraile le reclama.

Amor por bella y joven,
pecado por ser casada.
Más no para el agustino
que Andrés de Torres se llama,
que dice que fornicar
con tan joven y bella mujer
no afrenta a la iglesia
si sólo lo hace con él.

María y Alfonso se ríen. Antonio "El Gorrero" mira a los vecinos de Casalázaro que no comprenden porque "El Sabandija" canta eso.

-¿Qué blasfemias!, exclama Sebastiana. ¡Pero Clemente! ¿Tú has oído cosa igual?

-No se preocupen señores, les tranquiliza "El Gorrero". Si por la canción de antes no se lo han llevado, menos va a ser por ésta.

-¿Cómo es eso Antonio? Le pregunta Alfonso, sonriendo a María.

-Pues no se preocupen. Le dice "El Gorrero", es que aquí hubo un fraile agustino del convento de ahí abajo, el cual se trataba con una moza muy joven, la más bella de la ciudad y casada con un señor mayor que "llevaba por cuernos los cascabeles". El fraile estaba perdidamente enamorado, hasta tal punto que no comenzaba la misa de los domingos hasta que María, a la que llamaban "La Porrona", no entraba a la iglesia. Resulta que la coyunda era conocida por todos, provocando unos hechos de diversión y chanza en la puerta del convento en espera de que la tal "Porrona" hiciera su entrada, pues como les digo, la misa no se iniciaba hasta que ella tomara asiento.

Pero esto no era todo, continuaba. Pues ya en la misa, todos los sermones iban dedicados a ella. Como su marido no venía a misa, el fraile le recriminaba que mirase a otros hombres. Hasta estaba celoso de su marido. Para colmo de barbaridades, llegaba a decir desde el púlpito que fornicar con tan bella mujer no podía ser pecado y menos para él. Lo que más llamaba la atención, no era esto, sino que la Santa Inquisición, cuya sala, la tenemos en aquella otra calle, les decía "El Gorrero" señalando hacia la calle que salía al final de los soportales, digo, que lo más gordo era que no le hicieron nada. Por lo que el fraile continuó disfrutando con aquella mujer. Sin duda la más conocida en esta ciudad.

Antonio se acerca a Alfonso y a Clemente y le dice:

-¿Saben ustedes por qué no le hicieron nada? Porque el comisario[174] de la Santa Inquisición era un cura, que también se beneficiaba a la "Porrona".

Clemente, que estaba escuchando atentamente el relato al "Gorrero", le dice:

---

[174] Los comisarios eran nombrados por el Inquisidor, siendo asistido en primer lugar por los "Familiares del Santo Oficio", que buscaban la protección frente a la justicia secular. Eran beneficiados con la exención de alojar en sus casas a las tropas. Debían probar su pureza de sangre, ser cristianos viejos y mayores de veinticinco años. Los familiares eran nombrados a discreción por el comisario, se le proporcionaban armas, las cuales estaban prohibidas al resto de vecindario y actuaban como malsines y denunciadores de personas con conductas no acordes con la moralidad de la iglesia. En Alcaraz había asignados hasta cinco personas. Véase también "Somatén" en la Dictadura de Primo de Rivera, su disolución en la II República y la reinstauración con Franco.

-Pues miren ustedes, en el pueblo donde nací, en Bogarra, un anciano desdentado si que tuvo lo suyo con la Inquisición, pues acostumbraba en la taberna a contar historias, que nadie sabe si eran falsas o verdaderas, como la que decía sobre el por qué le habían puesto a la aldea el nombre de Bogarra y lo que sucedió un día en la iglesia.

-¡Cuente, cuente Clemente!, le dice Alfonso, que estamos muy interesados en saber cosas de estas aldeas y villas.

-Pues bien, continúa Clemente. Resulta que el nombre del pueblo, según contaba la historia del anciano desdentado, viene porque un día iba San Pedro paseando por el cielo con el Señor. Su misión era ponerle nombres a todos los pueblos que veían. Cuando saltaron las montañas del Vidrio, vieron una atalaya muy grande y cerca de ella, la aldea de dónde vengo. Vieron a un hombre correr con una cincha y una vara detrás de su hija por una calle. El objeto que llevaba era prenderla y atarla para pegarle, por lo que ambos corrían por las calles. En cambio, la misión que llevaban San Pedro y el Señor, era poner nombres. Se les fue el santo al cielo entretenidos en ver como acababa la persecución, hasta que San Pedro observa que le va a echar las uñas a la niña y exclama: ¡Bo que la agarra! ¡Bo que la agarra! En esto que el Señor, para no perder más tiempo, le dice a San Pedro. Apunta Pedro, esa aldea se va a llamar "Bogarra".

Los tres ríen a carcajadas, llamando la atención de María y de Sebastiana, más algunos de los vecinos que estaban a la puerta de la iglesia.

-Pero esto no acaba aquí, continuaba Clemente, que por ello quería contar lo de la Inquisición de Bogarra. Pues resulta que el hombre, que tantos chismes sabía, se llamaba Juan de Ortega. Salió de la taberna, así, sin mediar disgusto alguno ni disputa con el vino. Se fue a su casa y en lugar de colgarse, cogió un alcabuz que tenía en un arcón guardado. Salió hacia la iglesia y le disparó a la imagen de Cristo. La destrozó inmediatamente, fuimos todos a ver qué había pasado y ahí estaba el desdentado Juan, al que prendieron inmediatamente y llevado a la cárcel del ayuntamiento. Se acercó el cura a verlo, pero el llamado Juan de Ortega, en un descuido de los guardias se lió a puñadas y patadas, que si no se lo quitan, allí habría muerto el cura como un puerco en diciembre.

-¿Y cómo quedó el asunto?, le pregunta "El Gorrero" riéndose sin pausa.

-Pues que la Santa Inquisición le condenó a cien azotes en la plaza y un año de destierro. Dicen que se fue a vivir el destierro a la Vegallera, un bonito lugar situado en las faldas de un castillo de los moros, que le dicen "De la Hiedra", en un valle de muy difícil acceso, que no tenía iglesia, ni judería. Y nunca más volvimos a verlo, pues nos hubiera gustado a todos que continuara contándonos el origen de los nombres de las aldeas y villas. Contaba esto, porque según lo relatado, pienso que aquí en Alcaraz, la Inquisición es más permisiva que en otros sitios.

-Porque aquí eran curas, contesta "El Gorrero" riéndose y allí en Bogarra, era un viejo desdentado.

Alguna promesa debieron hacerse los jóvenes Diego y María Josefa dentro de la iglesia porque ya no se separaban.

Acordaron Alfonso y Clemente, puesto que tenían decidido ir al Santuario de Cortes, ir juntos en el camino. Así seguirían conversando y pasarían la noche en la puerta de la ermita, donde se hace una fiesta a la que acuden vecinos de toda la comarca y prepararían todas las cuervas que fueran precisas. Los carros servirían para dormir y así los dos jóvenes tendrían más tiempo de hablarse.

Se despidieron de Antonio "El Gorrero" y se dirigieron por la calle mayor abajo, pasando por el acueducto y tras legua y media, llegan al camino de Cortes, donde encontraron gente a pie subiendo la cuesta en peregrinación. Como Alfonso ya conocía el lugar, le dijo a Clemente que no se despegaran de él, pues así pondrían los dos carros juntos.

El sol había tomado el rumbo del ocaso cuando Alfonso y Clemente ocuparon un buen espacio en la explanada. Muchos jóvenes se fueron agrupando alrededor de unos músicos con guitarras y bandurrias, varías luminarias en el suelo cada quince pies se fueron encendiendo. María y Pedro comenzaron a elaborar la cuerva con vino, agua y azúcar, con algunos trozos de melón y manzana.

Pedro que tenía diecisiete años, la edad en que descolgaban los mozos y no cesaba de mirar a todas las mozas. Comenzó a preparar unos cuencos y a anunciar el caldo a todos los peregrinos y jóvenes:

-¡Al rico caldo Maríano!, gritaba. ¡Cuerva santa, señores! ¡A dos maravedíes!. ¡La mejor para el baile!

Su hermano Francisco con trece años, iba detrás de él. Se reía tanto de oír a su hermano, que le iba diciendo:

-¡Si, sí, ya verás, en cuanto se beban tres cuencos! ¡Ya verás tú la cuerva santa!

Y estaba en lo cierto Francisco porque nada más terminar la primera seguidilla que cantaron los animeros, se había acabado el primer lebrillo. Alfonso y María estaban contentos viendo a María Josefa bailar con Diego entre las fogatas.

Mientras la fiesta continuaba. Pedro, desgañitándose más que los músicos, Francisco que no se despegaba de su hermano, Alfonso y María llenando cuencos de cuerva, la pequeña Estefanía durmiendo en un cesto abrigada en el carro y Clemente y Sebastiana contemplando como se tambaleaban algunos jóvenes con algunos cuencos de cuerva de más ya en el cuerpo, buscando algún asiento donde desenvinar y pasar la moña. Tropezámbanse otros con los que bailaban. Algunos pedían pareja de baile a las encinas. Para los que bailaban, las condiciones no eran muy favorables, pues si un pie iba delante, el otro se quedaba enganchado; a media vuelta rápida, hombre al suelo. Los más atrevidos saltaban el fuego, peligrando alpargatas y escarpines.

Pedro, viendo el desajuste, se acerca al carro y les dice a sus padres:

-Padre, esto se está pasando. Aquí hay más borrachos que ranas en el río de Balazote. Si acaban la cuerva, se les van a salir los ojos y van a echar a los músicos por el precipicio abajo. Yo creo que la Virgen no les va a amparar, que estos son más brutos y breñales que el borrico de Arebal.

-Verdad parece, le dice Alfonso, pero como no queda más, daremos por terminada esta fiesta. Descansa en el carro, que está el Lucero del Alba asomando por Peñascosa y dentro de poco estamos saliendo camino del Cilleruelo.

Salieron juntos Clemente, Sebastiana y su hijo Diego en un carro. En el otro, toda la familia de Alfonso Velasco.

Cuando se aproximaban a Masegoso, después de pasar por el Pesebre y el Cilleruelo, había un silencio absoluto que se vió alterado por unos gritos de miedo que venían desde el centro de la aldea.

-¡La peste,[175] la peste, ha venido la muerte a esta aldea! ¡Salvémonos!

Clemente ha oído los gritos. Se vuelve hacia Alfonso y le dice que no paren.

-¡Sigamos sigamos! Aquí hay algún muerto por la peste. No se os ocurra parar. ¡Sigamos, sigamos!, le grita Clemente. Vamos a mi casa en Casalázaro. Comeremos allí y os propondremos una buena nueva.

Al llegar a Casalázaro, María Josefa les cuenta que, tanto Diego, el hijo de Clemente y ella habían llegado a un acuerdo en la iglesia de Alcaraz. Que estaban invitados en su casa a comer y descansar y que si ellos no se oponían, iba Diego a pedirle matrimonio.

-Pues claro hija mía, le dice su madre María. Buen muchacho se le ve, aunque un poco alicortado. Pero si a ti de agrada, bienvenido sea. ¡A que sí Alfonso!

-Anda que sí, María Josefa. Esto ha sido, llegar y besar el santo. Si te gusta a ti. A nosotros también.

-Aquí es, les dice Clemente, indicando la casa que daba a saliente por donde pasaba un pequeño canal de agua, de donde sacaban para la casa y para el huerto. Mira que bien situada está la aldea. Tenemos el agua en la puerta, que corre libre y clara, el huerto ahí mismo junto a unas cuadras donde tenemos gallinos y marranos. Si te agrada, te puedo llevar a ver una casa que venden los hijos de "Polvorilla" que ha muerto y deja una buena casa con corral, con una buena huerta que los hijos no pueden labrar. Tú con el carro, puedes defenderte bien. Puedes continuar con los portes. Si te interesa, hoy mismo vamos a ver a su hijo y te dice cuanto piden. Regateamos y tú decides.

Después de pedir la mano de María Josefa, Clemente y Alfonso fueron a ver la casa de la que Clemente le había hablado, el huerto y los corrales. Los hijos de "Polvorilla" le expusieron el precio, que agradó mucho a Alfonso. Pero después del regateo, en el que Clemente pujaba como si fuera el más interesado, llegaron a un acuerdo, pero que debería contar con María antes de terminar.

María, estaba muy contenta viendo a su hija comprometida con Diego.

---

[175] Durante los años 1780 y 1782 hubo una epidemia de "Tercianas" y "Cuartanas" que afectaron a la población más humilde de la zona. Labradores y jornaleros murieron sin saber qué pecados habían cometido para merecer tal castigo.

El foco de la infección estaba centrado en las aguas estancadas en la parte oeste de Albacete. Tercianas, y fiebres tifoideas eran las enfermedades más comunes. Era conocido por el gobierno de la nación a través de los estudios e informes que se enviaron desde Albacete desde la primera petición en 1748 al Gobierno solicitando el desagüe de las lagunas de Salobral, Fuente del Charco, Hoya Vacas, Acequión, Albaidel y Estacadilla, que no tenían salida natural a la cuenca del río Júcar.

En 1787 debían haber comenzado las obras, corriendo los gastos a cargo de los propios albacetenses. Se pidió la colaboración económica de los vecinos, pero al no conseguirse los fondos, se tuvo que abandonar el proyecto.

-Alfonso, le dijo a María: vente, vamos a ver la casa que venden aquí al lado.

Salió toda la familia, más Sebastiana y Diego a ver a los hijos de "Polvorilla" y dentro de la casa se llegó a un acuerdo. Les gustaba tener el agua tan cerca del huerto y de la casa.

-En un mes estamos instalados aquí, les dijo Alfonso. De ello se encargarían Alfonso, Pedro y Francisco, encalando la casa y llevando las sillas, cántaros, jofaina, dejando las camas para el último día.

Así fue como la familia se instaló en la aldea de Casalázaro abandonando el Pozuelo, desde donde divisaban la Mancha, la extensa llanura de La Mancha, donde había nacido Alfonso Velasco. Allí dejaron a "Picachu", su vecino, las historias de la "Ojo Cuchillo", la del alcalde y la de todos los singulares vecinos.

En general, todos los vecinos nacidos en un pueblo, no solían trasladarse o conocer otros lugares. A Alfonso se le hacía culillo de mal asiento, pues nacido en Alcolea de Calatrava, había corrido ya un mundo en comparación con el sedentarismo de cada familia, que allá donde nacían, allí crecían y maduraban hasta el fin de sus días. Algunos sólo conocían lo que sus piernas podían andar en medio día; unas dos o tres leguas. Y no les preocupaba, pues para sobrevivir, tenían que sujetarse a la tierra que les daba los frutos o trabajar como jornaleros y braceros para el marqués o la iglesia. No tenían más inquietud que el día a día para comer.

Tenía Alfonso cuarenta y siete años y las piernas ya no eran las mismas. Buscaba un descanso permanente en algún lugar apacible. Y Casalázaro reunía muchas condiciones para vivir sin necesidad de trabajar para otro. Había que buscarse un huerto propio, un carro y un mulo. Lo demás, si llegaba, bienvenido era.

No tenía la aldea iglesia terminada, porque estaba en construcción, junto a unos olmos viejos que había en la plazuela, acordando Diego y María Josefa que serían los primeros en casarse cuando se consagrase, hecho que sucedió el veintiocho de octubre de 1783, a cuyo acto vino el vicario y visitador de Alcaraz, don Joséf Pérez García, que celebró la primera misa.

Diego solicitó del cura nombrado, don Juan Francisco Lozano, antes de casarse, ser el primer sacristán de la iglesia, cargo y honor que no tenía competencia, pues la aldea estaba por evangelizar todavía. A ello accedió el cura sin dudar. ¡Un cristiano! Menos mal que comenzamos con un cristiano, pensaba muy contento el cura.

Hasta ese momento no se podían inscribir los recién nacidos, ni bautizar, ni celebrar matrimonios. Cada familia se las apañaba por su cuenta para enterrar a sus muertos, criar a sus hijos y buscar la compañera que hubiera menester. A este fin se había construido el sótano de la iglesia para enterrar a los fallecidos de la aldea, clasificando por cuatro tramos el mismo. En el primer y segundo se enterraban las personas normales, en el tercero los párvulos y en el cuarto, los pobres de solemnidad y los mendigos.

Por la aldea no pasaba ningún médico, ni sangrador, debido a la pobreza de los vecinos, ni se recordaba que lo hubiera habido o pasado por aquí. No existía ningún sistema sanitario. Cada cual conocía algunas plantas para ciertos dolores. Pues si tenías hierbas raras para raros males, te podían acusar de hechicería y verte a las puertas de la Inquisición de Alcaraz.

Pero el pueblo estaba contento; ya tenía su iglesia para pedir perdón, pedir la lluvia, rezar a cualquier hora y llamar a los jóvenes para las quintas, porque el cura era parte principal en el encartado llamado a filas. Era el que certificaba la edad y nombre de los quintos a través de los libros de registro.

Cuando María Josefa y Diego tuvieron una casa preparada al lado de los padres de Diego, le dijeron al cura que ya podían inscribir el primer registro en el libro de matrimonio de la iglesia, hecho que sucedió el siete de noviembre de 1784,[176] siendo Papa Pio VI y rey de España Carolo III.

Alfonso y María, tuvieron su primer nieto, Juan Ramón, a los tres años de casarse su hija María Josefa con Diego, después, el veintinueve de enero de 1790 vino Valerio. Dos años después nació José María. Nacían fuertes y sanos a pesar de la gran mortandad en toda la comarca. Después vino Ramón María y al año siguiente María y Segunda. Después de morir Alfonso en 1799 siguieron naciendo hijos sanos, Feliz Ramona, Clemente Lucía, Sebastiana Baltasara y María Dolores. Un total de diez hijos.

---

[176] Inscripción en el libro de matrimonios de la iglesia de San José de Casalázaro:
Matrimonio de Diego Moreno y Josefa Belasco el siete de noviembre de de mil setecientos ochenta y cuatro, siendo cura Juan Francisco Lozano. Después de anotar las tres amonestaciones obligatorias, la primera el ocho de agosto Dominico, la segunda el quince de agosto, Asunción de Nuestra Señora y tercera el veintidós de agosto Dominica. Esposé a Diego Moreno de Ayna, vecino de Casalázaro, hijo legítimo de Clemente Moreno, natural de Bogarra y de Sebastiana Sánchez, de Ayna, nieto paterno de Diego Moreno, natural de Caravaca y María Carreño, de Bogarra y materno Isabel Alvarez y de Juan Sánchez, su marido de Ayna y María Josefa Belasco, de Masegoso, vecina de Casalázaro, hija legítima de Alphonso Belasco, natural de Alcolea y de María García, de Masegoso, nieta paterna de Alphonso Belasco y de Theresa Gómez Lozano de Luciana y de Francisco García y Juana García de Masegoso.
Obsérvese que en esta partida de matrimonio, a la abuela de María José figura como apellido Theresa Gómez, cuando en todas las demás partidas de nacimiento de sus nietos, aparece como Ximénez. Por ello deduzco que es éste el apellido correcto "Ximénez" y un error de inscripción el de Gómez.

Capítulo dieciséis

Como Pedro Velasco se casa con Juana García, Francisco con María Josefa, hermana de Juana y Estefanía Velasco con Juan Ángel de la Rosa en Casalázaro

Rondaba Francisco cuando tenía diecisiete años a la hija menor de Miguel García, el "Serrano", así conocido por ser natural de la villa de Riópar. Un lugar, según contaba él mismo, que se encontraba en lo alto de una montaña, con un único acceso en caballería o a pié, dado lo inexpugnable del cerro. Estaba rodeado de una muralla, en cuya cima se encontraba una pequeña alcazaba fortificada con torres albarranas.

Tenía a los pies de la muralla del mediodía una iglesia a la que acudían todos los vecinos cuando había tormenta, pues los truenos que descarga el cielo en lo alto del cerro, hacían temblar la tierra y levantar las tejas de los tejados, provocando el pánico entre la población. Allí en la iglesia pasaban horas y horas orando hasta que la nube desaparecía. Sin duda, creían que a cuanto más y mayores rezos, más rápida pasaba la nube. Pero no había modo, ni rezo alguno para evitar que las nubes pasaran de vez en cuando.

También pintaban con cal viva unas cruces en cada piedra, en las rocas, paredes de los muros de la muralla y de las casas. Parecía que tantas señales blancas a lo largo del sendero que subía al pueblo, le indicaban a los caminantes que se acercaban a un cementerio ocupado por vivos, un pueblo acosado de fantasmas. Pero en realidad, el cementerio real se encontraba detrás de la muralla principal, alrededor de la torre del homenaje. Tumbas en la tierra, unas, ordenadas junto al interior de la muralla, otras sin orden ni alineación, con cruces de forja donde apenas se podía ver alguna fecha o nombre. Cada vecino sabía donde estaba su familiar enterrado y a quien ponerle unas piedras cada vez que subían.

El "Serrano" tenía dos hijas, la pequeña María Josefa se había criado en la Sierra de Riópar, al igual que la mayor, Juana. Sin influencia alguna de religiones se sentían libres, pero su madre Francisca les aconsejaba pasearse los domingos por esta nueva iglesia de Casalázaro, para que no tuvieran las viperinas lenguas fundamentos de ser malos cristianos y evitar así los envidiosos comentarios.

Francisco era más atrevido con las hermanas que su hermano Pedro, sobre todo con la menor, a la que en la puerta de la iglesia, aprovechando antes de entrar, sin que hubiera vecinos delante, la acompañaba hasta el pórtico, invadiéndola a dichos y galanterías que le hacían reír siempre.

Si alguna vez, Francisco y Pedro no estaban en la puerta, las dos hermanas daban una vuelta a la iglesia en espera de verlos aparecer. Era parte de la ceremonia dominical. Si Francisco no estaba, la misa podía esperar.

-Escucha Pedro, le decía Francisco, para animarlo. Te quedas como alicáncano en un cesto cuando ves a la Juana pasar. Ya verás como les gusta que les digan cosas guapas. Mira, por ahí vienen a misa.

-Marijose, le dice, Francisco, colocándose a su lado, haciendo el paso como para entrar a la iglesia. "Eres más guapa que todos los peces del río, que cantan cuando te ven ir al huerto".

-¡Qué barbaridad!, decían ellas, riéndose hasta taparse con la mano la boca para que no las vieran.

María Josefa, le decía:

-Francisco, anda, anda, a ver si creces un poco más, que te estás quedando a medio.

-¿A medio dices? En cuanto me crezca el culebro un palmo, me caso contigo.

A Pedro, que tenía veintidós años, se le bloqueaban las palabras. Juana se percataba de ello, pero tampoco se atrevía a iniciar la conversación. Los hermanos no entraban a la iglesia, pero esperaban a la salida para continuar con los piropos.

-Mira Pedro, le dice Francisco, como no espabiles, a la Juana se la lleva otro, aunque sea un espantanublos.

Tú dile algo. Si a ellas les da igual. Cuanto más inútil o de chichinabo sea el dicho, más les gusta. Ahí las tienes, que ya salen. Ya verás como se las apañan para salir solas, sin que venga nadie detrás.

¡Ay mi Marijose!, le dice Francisco. ¡Estás mejor que el "Ajipán"! Y tú Juana dile algo a mi hermano Pedro, que se derrite como la cera en un velatorio cuando te ve.

Juana sonreía y lo miraba, pero mediaba el silencio.

-¡Ay, Francisco!, le dice María Josefa, ¡qué bonitos dichos me dices! Entre el "Ajipán" y los peces del río, me estás apañando el haldón.

Pedro se ríe a carcajadas, pero sin quitarle la vista a Juana. Ella vuelve a mirarlo, pero no le dice nada. Otro domingo en balde, piensa Pedro.

Pedro y Francisco vuelven a casa hablando de cómo apañar el debate en la siguiente misa. Entran discutiendo sobre Juana:

-Está casadera Pedro, y tú también, le dice Francisco. Dile algo. Ve a su casa, aprovecha para llevarle a su casa una tinaja y le dices que no puedes vivir sin verla. Si no te dice un vituperio es que te quiere. Y entonces adelante, porque como te descuides te levantan la liebre.

Estefanía, que tiene doce años, ha escuchado la conversación cuando entraban en casa. Se queda mirando a Pedro y les dice:

-Pues que sepáis que a la Juana la van a casar con Faico, el hijo del "Virutilla", pero la semana que viene mismo, que lo he oído en las "Baldosas" cuando vamos madre y yo a lavar la ropa.

-Ya te lo decía yo, dice Francisco, que no te descuidaras, que un día subes un escalón y al otro lo bajas. ¡Ahí es na, con el Faico, que tiene la culebrilla más pequeña que una rana! ¡Válgame un majano piedras!

-¿Y cómo es eso?, le pregunta Pedro, riéndose de las exageraciones de su hermano. Si va a misa sola.

Estefanía mira a su hermano Pedro, sonriendo con malicia y le contesta:

-Porque para casarse, no hace falta que la acompañe nadie, ni a misa, ni a miso. Le sobra con que los padres de Faico lo hablen con el "Serrano". Y ya está, aunque la Juana no quiera.

-¡Válgame mi estampa!, maldice Pedro. ¡Me cago en tos los frailes de Francia! Entonces para casarte tiene que ir tu padre a la casa de la mujer que te guste y darle a la hebra.

Francisco se ha quedado mudo. No sabe que decir.

-Pues sí, repite Estefanía. Por lo que dicen las mujeres en el lavadero, sí. Aunque madre se calla y no dice nada. Pero sabe que todos los domingos, como dos pedigüeños las rondáis en la puerta de misa.

El domingo siguiente, Pedro y Francisco no se presentan a las puertas de la iglesia. Francisco se quejaba de fuertes dolores de vientre, acudiendo al corral continuamente a evacuar. Pedro le preguntó donde le dolía, pero Francisco miraba la cornisa de la chimenea para ver la piedra que le dio la "Ojo Cuchillo".

-No está Pedro, no está la piedra, le dice Francisco desencajado.

-¿Qué piedra?, le pregunta Estefanía

-Una de oro, que puse ahí cuando vinimos del Pozuelo, le contesta Francisco.

-¡Anda!. le dice Estefanía con mucho apuro. La tengo yo guardada. Voy a por ella.

Cuando la trae, Francisco la coge con una mano y la aprieta con fuerza.

-Estefanía, le dice Pedro, la piedra tiene que estar siempre ahí, en la cornisa, que la vea Francisco siempre, porque le dijo la bruja del Pozuelo que cuando la perdiera le iba a doler por ahí, por la panza.

-¿Qué tonterías decís los dos? Ni que estuviera untado. Como le digáis estas simpleces a la Juana y a la María Josefa, os quedáis para vestir santos. ¡No será que no os lo digo!

-Hoy no voy a decirle nada a la Marijose, que me escagurrio encima si hablo.

Estefanía se puso a preparar un brebaje que le había enseñado su madre a base de polvos de jara, estepa, horchata de bellotas y cogollos de carrasca. Sabía que era bueno para sujetar el vientre. Francisco temía por si el cólera había vuelto como sucedió hace unos años atrás.

-Si con este brebaje no se le corta, le dice a Pedro, le tenemos que darle de comer "tapaculos"[177] dos días seguidos.

Después de dos días bebiendo el brebaje de jara y viendo la piedra de oro, Francisco dejó de visitar al corral, volviendo al trabajo y al puesto en la puerta de la iglesia los domingos.

A los trece meses de haberse casado Juana con "Faico", el hijo de "Virutilla" tuvieron un niño al que pusieron por nombre Francisco José, momento en el que comenzó a encontrarse mal su padre, quejándose de dolores en los costados, que

---

[177] TAPACULOS. Rosa canina L. Así se le conocía al fruto del escaramujo, escarambujo, espino carambujero, rosal silvestre. Se solía dar en forma de infusión de sus frutos al que padecía de diarrea, que por haber comido escaramujo, se le había hecho un tapón.

luego pasaron al intestino, por lo que dejaron de verlo en el huerto y en la calle, pasando muchos días aquejado de dolor en la cama.

Tanto Pedro como Francisco continuaron haciendo la guardia. Observando Pedro, que aun habiendo pasado tres años, Juana seguía con su hermana entrando a misa con el niño pero sin su marido, por lo que se armó de valor, aprovechando que su hermana entraba delante, preguntándole, al tiempo que pasaba a su lado.

-Juana, tu marido "Faico", ¿se encuentra bien? ¿Por qué no viene contigo? ¿Acaso está enfermo? Le preguntaba preocupado.

-Pedro, le contesta Juana, mi marido está enfermo desde que nació Francisco José. Apenas come, ha perdido mucho peso porque le han salido unas llagas por la boca y el cuello que le impiden comer. No está bien y no sabemos qué hacer para que cure.

-Pues yo te llamaré a un médico sangrador de San Pedro para que venga a verlo hoy mismo.

-Ve a mi casa después y habla con él y con sus padres, le contesta. Dile que conoces un sanador. A mi no me hace caso. Ve después.

Juana le ha cogido la mano en señal de agradecimiento. Pedro se turba, ha sentido el calor de su mano como si fuera toda ella. Un escalofrío le baja por las piernas mientras le lagrimean los ojos.

No espera a que salga de misa. Sale en dirección a su casa. Pregunta por "Faico" a su padre "Virutilla", que le ha abierto la puerta.

-Pasa Pedro, adelante, habla con él, que no quiere ver a nadie. No tiene fuerzas ni para hablar.

Cuando Pedro llega a la cama, donde postrado, solo va a tener fuerzas para confesarse.

-Yo venía, dice Pedro, a ofrecerme para avisar a un médico sangrador de San Pedro que conocí una vez que llevé sal al pueblo.

Interrumpe "Virutilla", sin que nadie dijera nada, le dice:

-Se encuentra tan mal, que lo que voy a hacer es avisar a don Nicolás, el cura. Voy a verle ahora mismo.

Le faltaron pasos para llegar a la iglesia, que en menos de dos toques de campana, expiró el último aliento. Murió a los dos años de haberse casado con Juana.

Quedó viuda Juana, abriendo la puerta a Pedro, que ahora si, le hablaba para que se animara y continuara la vida. Se vistió de negro a los veintitrés años.

-No está bien, le decía Juana, que nos veamos fuera de la iglesia tan pronto, tengo que guardar el luto. No me gusta que me digan las malas lenguas que no guardo su muerte.

-Como quieras, Juana, le decía Pedro, pero que sepas que voy como avetarda sin plumas todos los días al huerto, allí estoy solo destrozando gasones, desolado, pensando en ti.

-Cuando pase un poco todo esto, un día al atardecer me acercaré y veo como están esas coles, le dice Juana.

-¡Ay Juana! Suspiraba. ¡Las coles! ¡Si tú supieras!

Pasaron catorce meses desde la muerte de "Faico", cuando Pedro visitó a Miguel, el "Serrano", padre de Juana y María Josefa, para llevarle unos serones que le había encargado.

-Hombre Pedro, a ti te quería yo ver. ¿Me traes los serones?

-¿Si? Le contesta Pedro. Pues yo también le quería ver.

-Pues mejor, le dice el "Serrano" riéndose con picardia. Así ahorramos un viaje.

-Pasa, que vas a probar un caliqueño que te vas a tener que sujetar el pecho con el serón.

-Nena, le grita a su hija María Josefa.

María Josefa entra sin saber quién hay en la casa.

-Anda, le dice cuando ve a Pedro sentado con su padre en la mesa. ¡Qué bien que has venido! ¿Y Francisco?, le pregunta.

-Está arreglando una suerte de tierra, le contesta sonriendo.

-Nena, le dice su padre. Tráete el caliqueño que lo pruebe Pedro, que tenemos que hablar.

María Josefa les sirve un dedo en un vaso de vidrio pequeño y se sienta en la mesa para escuchar la conversación que ha de tener entre ambos.

-Éste, le dice, levantando el vidrio, cura más que las sanguijuelas del Pozuelo.

-Y que lo digas, le dice Pedro. Pero en el Pozuelo no he visto yo sanguijuelas.

-¿Y eso? Se extraña el "Serrano".

-Porque allí no hay río, ni arroyo, ni siquiera corre el agua de la lluvia, le dice Pedro.

-Venga otro caliqueño. Nena, lléname el vidrio.

-Padre, ¡Al que mucho bebe, mata!, le dice su hija.

-¡Va, va! ¿Cómo va a matar un caliqueño?, le contesta su padre.

María Josefa, viendo que su padre ya se ponía un poco cansino, hablando de la "misonita",[178] de las minas de Ríopar, del río Mundo y de su nacimiento en una cueva que se encuentra en un farallón de la montaña, que antes los moros llamaban "Misawanis". Pedro que le seguía la cuerda con paciencia y atención irónica mira a María Josefa como pidiendo ayuda. Ella ha entendido la mirada y le dice a su padre:

-Padre, dígale a Pedro lo que tenía que decirle que ¡a dos tontás más, se duerme aquí mismo!

Pedro la mira sonriendo. Intuye algo bueno. Pero como tampoco está incómodo, pues hele ahí, sujetando el vidrio y suspirando con el caliqueño y el "Serrano".

-Bueno, pues sí; no vaya a ser que me dé sueño y un vaguido en la cabeza, se me vaya el santo al cielo y no te diga lo que tengo que decirte, le dice a Pedro.

-Oye Pedro, tú eres muy buena persona. Llevas rondando a la Juana seis años. ¿Tú quieres a Juana? La pobrecilla se ha quedado viuda y con el niño; que mira tú lo que le ha costado aprender a andar, pero míralo, ahí está la criatura, que come como un verraco, pero una miaja bobalicón, eso sí.

---

[178] Misonita. Era el nombre vulgar con el que los vecinos de las Fábricas de San Juan de Alcaraz, (Ríopar) conocían al mineral, (Calamina) que se extraía de las minas del Coto de la Mina, en la ladera norte del Calar del Mundo.

-Pues claro, desde que tenía veinte años. Y el niño no me importa, como si fuera mi hijo, le contesta.

-Anda que bien, pues lo mejor es que os caséis cuando queráis, ahí tenéis casa y dote, porque ella también te quiere. Y en cuanto venga lo habláis. Anda María Josefa, escancia otro.

Estando el aguardiente cayendo sobre el vidrio, entra de la calle Juana. Se sorprende al principio, pero al ver la sonrisa de Pedro, se tranquiliza y se sienta con ellos en la mesa.

-Yo, dice el "Serrano", mirando a su hija complaciente, ya he cumplido, y lo que vosotros habléis, bienvenido sea, que la vida es muy breve. Me voy al corral.

Nada más salir del cuarto su padre, Juana se acerca a Pedro, le sujeta por el cuello y le transmite la paz de un beso prohibido. Su hermana que lo mira con envidia se ruboriza.

-¡Hay que ver!, le dice María Josefa, cubriéndoles los ojos al pequeño Francisco José con la mano para que no lo viera. Pero dónde has aprendido tú a retorcerte así. Pero soltaros ya, que os vais a hacer daño en las muelas. Virgen María Santísma, eso no es un beso, es una calentura que os ha dado. ¡Nada, que no se despegan!

Comienzan a desliarse Pedro y Juana con la ayuda de María Josefa que sonríe picaroramente tirando de su hermana que no hacia ánimo.

-Yo creo, les dice María Josefa, que vayáis ahora mismo a ver al cura, porque este fuego que lleváis los dos puede quemar la casa y a mi llevarme a ver a Francisco a la suerte esa que dice Pedro, que me habéis puesto como la lumbre.

A Pedro le agradaba la espontaneidad libre de María Josefa, pero más le había gustado el arrebato de Juana, que había cortado el aire en aquel abrazo.

-Ahora mismo, dice Pedro, voy a ver a don Cristóbal para que nos case.

-Pero date prisa, le dice Juana, porque he oído que quiere abandonar el pueblo, que se quiere ir de aquí y no va a quedar cura para casarnos, que a mí no me importa arrejuntarnos hoy mismo y decirle a mis padres que ya estamos casaos. ¡Para qué perder más tiempo!

Su hermana está asombrada de oírla. Siente que su hermana se ha desbocado con el beso en la silla.

Cuando sale Pedro a la calle, no sabe hacia donde ir, si hacia abajo o hacia arriba. Es Juana la que le indica:

-¡Hacia abajo, hacia abajo que has perdido el candil! Y dile que tiene que ser el domingo que viene o no hay casamiento, le dice, acercándose a la oreja.

Tropezando con las piedras de la calle llegó Pedro a las puertas de la iglesia. Entra en ella por primera vez buscando a don Cristóbal por todos los rincones, tropezando con todos los reclinatorios de madera. Una de las mujeres que había arrodillada, ha reconocido a Pedro. Le pregunta que a quién buscaba tan desesperado.

-¡Alguien se está muriendo seguro!, porque traes "rebato" y vienes "asorratao", le dice a Pedro.

Na menos, la Blasa, piensa Pedro entre sí. Esta sabe hasta si las moscas tienen novio.

-Nada Blasa, al señor cura, le contesta. Yo no sé por qué está esto tan oscuro, que da miedo entrar. Esto está más negro que las "escondrijás". Y si se está muriendo alguien, no lo sé, ni me importa.

-Ya, ya, le contesta la Blasa que lo había reconocido, con un ojo más cerrado que el otro, incitándole a soltar la lengua y enterarse del asunto que le traía antes que el cura.

-Por eso no entras nunca ¡eh!, insiste haciendo un gesto con la mano, cerrando suavemente el puño, girándolo a la derecha y atrayéndolo hacia sí como para indicar que se lo quiere guardar; que te quedas en la puerta, ahí, agarrao, que parece que te quieres llevar los herrajes. ¿Es que te da miedo la oscuridad, eh?

-No entro porque tengo cosas que hacer más importantes que estar aquí todo el día haciendo como que rezan, cuando lo que hacen es estar aquí todas las viejas como las urracas, ahí, esperando a ver quién pasa a ver al cura, y de paso husmeando la misión que traiga cada vecina. Ande dígame dónde está el cura que tengo prisa. Y de paso conviene que se acerque al río a ver la ropa que se está levantando el viento, que le ha tirado una manta y las ovejas se están cagando encima.

Don Cristóbal que había oído hablar sale de la sacristía por donde está el altar y ve a Pedro hablando con la mujer.

-¡Hombre! Exclama el cura. ¡Un cristiano nuevo por la iglesia! Entra, entra a la sacristía y veamos la causa de tu visita.

-Nuevo, nuevo no, señor cura, que ya llevo veintiséis años, le contesta Pedro.

-No, si lo digo porque como te quedas siempre en la puerta, le dice el cura.

-Porque dentro está muy oscuro, que donde no entra la luz no hay claridad, y donde no hay claridad, ¿qué aire va a haber?, señor cura. A mí me gusta más el aire y el sol. Como los pájaros, que también son hijos de Dios. ¿A que sí? Y los zorros, que están siempre libres como todos los animales. ¡No me vaya a decir que no!

-Razón, razón, no te falta, ni te sobra, que de todo se puede discutir, aunque a veces se aconseje callarse porque se está mejor. ¡Qué callado se come mejor y se le saca el gusto al guisado!

Don Cristóbal llevaba poco tiempo hablando con Pedro y ya entonaba el mismo discurso, por lo que decide cortar el debate para no caer en lo absurdo de una conversación sin sentido.

-Bueno, bueno, le interrumpe Pedro, veo que no quiere debate, mirando unas hojas que tenía sobre la mesa y un libro. Yo sólo entiendo de cosas simples para la huerta, de mulos y borricos; en fin, de lo que necesita uno para vivir. Y ahora tengo otra necesidad, como es de vivir con la mujer con quién siempre he querido estar, la Juana, la hija del "Serrano". ¿La conoce? La que casaron con "Faico". El pobre, que se murió al poco tiempo. Yo creo que no llegaron ni hacerle bullón a la cama.

-Ya veo, ya veo, le contesta el cura.

-¿Sabes leer? Le pregunta al darse cuenta que Pedro miraba los papeles que había en la mesa y el libro.

-¡Yo que voy a saber leer! Le contesta Pedro como si aquello fuese pecado. Aquí no nos hace falta. Si las cabras las contamos a bulto. ¿Lo dice por los papeles que hay sobre la mesa?[179]

-Sí, le contesta el cura. Pues mejor. ¡Qué no están las cosas como el agua del caz! No señor. Más bien turbias.

Prohibiendo la información se conseguiría que el pueblo, manso de por sí y por naturaleza, lo fuera todavía más, eliminando las posibilidades de aprendizaje a través de la lectura y la escritura. Sólo los ilustrados querían información de lo que estaba pasando en Francia. Se estaba gestando otra guerra.

-Tú, lo que quieres es casarte, ¿verdad?

-Verdad señor cura. ¡Pero ahora mismo!, ¿para qué esperar? Y no me diga eso de las amonestaciones y toda esa perimandanga, que solo hace que se demore el asunto y el interés.

Don Cristóbal, que no tiene gana de bullanga, ni de bulla, tiene que despachar casamientos sacramentales antes de su marcha.

-Para el mes de marzo tiene que ser, le dice don Cristóbal, que va a ser el último matrimonio que yo celebre, porque yo también tengo prisa. Que aquí sufro de pleuresía por la humedad dentro y fuera de la iglesia.

-Pues tiene que ser antes, que me precisa, porque si no, me arrejunto con la Juana mañana mismo y no me caso.

-¿A qué esas prisas? ¿No será que la has dejado preñá? Que con las prisas no viene nada bueno. Le pregunta don Cristóbal.

-¿Odo en Dios! Exclama Pedro. No sé que tienen que ver las prisas con el bacalao.

La primera vez que entro en la iglesia ésta y ya tengo más prisas en salir que cuando he entrado. Tan oscura, tan húmeda, que retumban las palabras. ¡Vamos don Cristóbal! Que da miedo entrar. ¿Casarse es libre, verdad? ¿Y arrejuntarse?, lo mismo Pues si no es el domingo, cojo a la Juana y me la llevo a mi casa.

-Pues mira, le dice el cura, viendo turbio el debate. El domingo que viene, y así el lunes, yo ya, si eso, voy haciendo el hato. Anda dime los nombres, que voy preparando el libro.

-¿Los nombres? Sólo me sé el mío, le contesta.

---

[179] Se refería a los folletos y libros que se distribuían desde hacía dos años en España en los que se hablaba de la revolución francesa. En el artículo primero de la Declaración de los Derechos del Hombre y del Ciudadano del veintiséis de agosto de 1789, dice:
"Los hombres nacen y permanecen libres e iguales en sus derechos. Las distinciones sociales no pueden basarse más que en la común utilidad".
En Cádiz, hubo esclavos negros hasta la Constitución de 1812. Era un capricho suntuario y se encargaban de las tareas domésticas de las familias poderosas.
El estado también poseía esclavos mahometanos, comprados o capturados en las guerrillas permanentes del norte de África y plazas españolas. La esclavitud era legalmente reconocida.
Aunque todas las publicaciones al respecto fueron prohibidas por un edicto inquisitorial el 13 de diciembre de 1789, prohibiendo además la entrada al reino de España y su lectura, se intentaba salvar los controles inquisitoriales, llegando a determinadas y seleccionadas personas que tenían interés por saber. La iglesia no estaba seleccionada en éste interés, excepto algunos curas que si recibían información prohibida. A la cúpula eclesial no le interesaba ningún cambio de opinión, ni filosófico.

-Pues llevas buen avío, le dice el cura. Así acabamos antes. Anda, ve y le preguntas el nombre completo, de los padres y abuelos. Los suyos y los tuyos. Y al tiempo le dices que para el cuatro de febrero. Ese va a ser el mejor día. ¡Ah!, y tráete dos padrinos, que normalmente son los padres. Ya te espero aquí con el libro en la mano.

Se instalaron en una habitación libre que tenía Miguel García, el padre de Juana, a la que añadieron una pequeña cocinilla con chimenea, con entrada desde la calle. Todo el ajuar era de Juana que lo había aportado al matrimonio anterior. Para el pequeño Francisco José, le arreglaron una pequeña cama junto a la de María Josefa, la hermana de Juana. El niño tenía la virtud de dormir toda la noche sin apenas una vuelta sobre la cama.

Tuvo lugar la primera noche juntos, ya acondicionada la habitación y la cocina, la del cuatro de febrero, con un frío espantoso. La nieve helada en las calles y todo el campo. Pero que a Pedro y a Juana les daba tres cuartos de lo mismo. En un arrebato de tantos años contenido, se abrazaron bajo tres mantas de lana. De pronto, en la calle, comenzó a oírse un estruendo de cacerolas y cencerros en la puerta. Pedro, desconcertado, dio un respingo y se sentó sobre la cama.

-Pero, ¿qué es eso Juana? ¿Ahora pasa el ganado por tu puerta? ¡A estas horas! Voy a ver qué ovejas son esas. Pues eso es que se han perdido y vuelven a la aldea a refugiarse.

Cuando se acercaba a la puerta, dejan de oírse.

-Bueno, pues ya no están, le dice Pedro rezongando.

-Anda ven, le dice Juana, métete aquí, abriendo el lado de la cama. No son ovejas Pedro.

-¿Cómo que no? Y buenos cencerros que llevan, que tú las has oído también. Juana, sintiendo a Pedro a su lado, se siente muy segura. Le echa un pie por encima de su cadera y acercándose un poco más a su cuello, le dice:

-Son "las cencerrás" Pedro. Cuatro cizañeros espantanublos, que cuando se enteran que una viuda se casa con otro hombre cogen los cencerros y se tiran toda la noche, dale que te pego en la puerta para no dejarles dormir.

-Pero si van a estar toda la noche, le dice Pedro, susurrándole al oído, pues cada vez que vengan me quito los calzones y al lío.

-¡Pues al lío! Pedro. Y que nos despierten las veces que quieran. Oye, le dice, pasándole el brazo por debajo de su cuello. Ya te estás quitando los calzones, porque ya están otra vez en la puerta.

Su hermana María Josefa Velasco, tuvo a los dos meses de casarse Pedro otro varón, en abril, al que llamaron Ramón María. Comenzaba la estirpe a multiplicarse y al año de casarse con Juana, nació el primer varón, el día siete de febrero de 1793. El primer hijo de Juana, Francisco José, iba a hacer cuatro años cuando Pedro fue a ver al nuevo cura, don Nicolás. Entró a la sacristía derecho sin tropezar con los reclinatorios ni con la Blasa.

-Don Nicolás, le dijo, mirando más papeles que tenía sobre la mesa iguales a los que vio cuando fue a pedirle fecha a don Cristóbal para casarse.

El cura, que se percata de la mirada sobre los papeles que tenía sobre la mesa y le dice:

-Don Cristóbal guardaba todo tipo de papeles informando de la situación en Francia. Mira tú por dónde ahora se ha complicado. ¿Pues sabes ahora lo que dicen?

-No, todavía no se leer, le contesta Pedro. Y a este paso, creo que no lo voy a hacer. ¡Las cabras a bulto! Ya sabe.

-Pues dice, echándose las manos a la cabeza como alarmado, que al rey francés le han cortado la cabeza. A Luis XVI,[180] no te digo más. El pueblo francés. ¡Qué no quiere reyes!

-¡Algo habrá hecho!, le contesta Pedro. No sería muy bueno.

-No sé, no sé, le dice mirando con benevolencia a Pedro, pero de ahí a cortarle la cabeza. Ya verás tú. Ya verás tú que pronto tenemos otra guerra.[181]

-Bueno Pedro, dime qué es lo que quieres, le dice el cura.

-Pues que la Juana y yo somos padres, don Nicolás. Y le queremos poner el nombre de Diego Romualdo y bautizarlo como buen cristiano.

-Sea, sea. Muy bien. Así se hará. Os deseo que nazcan sanos y fuertes. Que se avecinan malos tiempos otra vez.

Al año siguiente, el cuatro de abril, nació una niña, a la que pusieron por nombre Celestina, pero murió cuando aprendió a andar. Fue terrible la pérdida. Juana tintó más de negro la camisa y las sayas como todas las mujeres de la época, con el pelo recogido y cubierto por un velo negro. La tristeza comenzaba en la casa de Pedro y Juana. Nadie entendía de enfermedades, ni de remedios; no había médico, ni sangrador, ni curandero, ni saludador,[182] sólo deseos de vivir y ver el sol cada día.

Como el dormitorio tenía una puerta que daba con la casa de sus padres, María Josefa no tardaba en saber que Francisco estaba de visita, de manera que, sin salir a la calle, pasaba con el pequeño Francisco José. Se colaba en la habitación, y a pocas señas que le hiciera ocupaban la cama ante las sonrisas cómplices de Pedro y Juana.

-Francisco, le decía, María Josefa, abrazándolo por la espalda, ven que te diga una cosa, que están los peces del río esperando. Lo levantaba, si estaba sentado en una silla o le hacía girarse, poniéndolo de pie y llevándole de la mano lo metía en la habitación.

A Juana y Pedro les gustaba esa libertad de María Josefa, esa manera sutil de llevárselo a la cama, sin dejarle decir palabra.

Otras veces, entraba Francisco a casa de su hermano y cuñada, y sin mediar señal alguna, le decía a María Josefa indicándole la habitación:

-Ven que te voy a enseñar una cosa que tengo aquí escondida una semana y no sé qué hacer con ella. Anda ven.

---

[180] Luis XVI fue guillotinado el 21 de enero de 1793. Con intentos por parte de la monarquía española de no difundir la noticia entre el pueblo español

[181] La Convención francesa declara la guerra a España el siete de mayo de 1793

[182] Se le conocía a los saludadores, aquellos curanderos que pretendían curar las enfermedades con saliva.

-Ya, ya, decía ella, el palmo del culebro, que va creciendo y quieres que nos casemos. ¿A que sí Francisquín?

Juana y Pedro los miraban cuando se metían en la cama su hermana y Francisco. Juana le decía:

-Esta se queda preñada un día de estos y se van a tener que arrejuntar. ¿Por qué no les decimos que se casen? Pues ya tienen veintiséis años. Ya va siendo hora.

María Josefa visitaba casi todos los días la casa de los padres de Francisco y Pedro, para ver a Estefanía, su hermana. Allí intercambiaban comentarios del pueblo, intimidades y cuestiones domésticas de cocina.

Estefanía había conocido en la aldea a un mozo joven, rubio, hacía unos meses que había venido vendiendo botijos en un burro, se llamaba Juan Ángel de la Rosa, y venía todos los meses desde un pueblo llamado Fuensanta. Ella le llamaba "El Botijero", y a él no le desagradaba el apodo. Cuando llegaba a Casalázaro, era la primera visita que hacía. Se alegraba siempre de verla. Estefanía animaba a María Josefa a contarle los chismes nuevos.

-¿Sabes una cosa? Le dice un día María Josefa. El otro día en el lavadero, la Diosinda, le preguntó a la mujer de "Patas Cortas". ¡Como siempre están de bromas y de risas! ¿Tú sabes lo que es un lío? Y todas se quedaron con la boca abierta, diciendo: No. ¿Qué es un lío?, le preguntan a su vez. Y va la Diosinda y les dice ¡Pues una mujer caliente y hombre frío! Tómate ésa. Y comenzaron todas a reírse a carcajadas que se oyeron hasta en la puerta de la iglesia.

María Josefa se reía también contándole esto a Estefanía, pero ésta que no terminaba de entenderlo.

-¿Qué quería decir la Diosinda con eso de una mujer caliente y hombre frío?, le preguntaba:

-Pues eso, le decía María Josefa, imagínate que a ti te hierve el fuego del cuerpo. ¿Me sigues?

-No sé, le dice Estefanía, ¿Qué fuego, ni qué lumbre?

-Pues que si tienes sed de hombre, nena. ¿Es que no te gusta "El Botijero"? Pues eso es el fuego.

-Aaaah, le contesta Estefanía. ¿Cómo cuando te abraza, te da un beso y te tiemblan las piernas?

-Pues eso mismo. Pero, sólo si lo sientes tú, y "El Botijero" se queda frío y no se retuerce. ¿Comprendes ahora?

-Pues "El Botijero", aunque se acerque a la lumbre, tarda en quemarse, que hay que estar con el puchero cerca de la lumbre de contino, le decía Estefanía riéndose.

-¡Ay!, madre mía que risas lleváis las dos, le dice María, la madre de Estefanía que acababa de entrar cuando explotaban a reír.

-Madre, le dice Estefanía, ahora que estamos las tres, yo creo que si le digo al "Botijero" que nos casemos, no me dirá que no, pues ya tenemos edad ¿Verdad?

-¡Anda!, le dice María José, pues si te dice que sí, le digo a Francisco que nos casamos el mismo día, que está muy desbocao. Y yo también quiero tener hijos.

-Pues que queréis que os diga, contesta la madre de Estefanía, que mejor es que os caséis con quien os guste y que no sea de coveniencia de los padres. Mira yo, le dice, dirigiéndose a su hija Estefanía, en cuando vi a tu padre en aquel carro, camino de Cortes, ya no me separé de él, porque yo quise, que aunque mis padres no se opusieron nunca y si se hubieran opuesto, me hubiese ido con él de todas formas, como hacen muchas en todas partes. Y mira. Mejor así. ¡Qué me ha ido muy bien! Que no me ha gustado que los padres se metan en elegir marido a una hija, ni a elegir mujer de un hijo. Por ello, digo, que si os gustan. A ti, María Josefa, mi Francisco y a ti, Estefanía, "El Botijero" que no demoréis el casamiento, que os acerquéis a ver al cura y que seáis dichosas hijas mías.

Acordaron Francisco y Juan Ángel de la Rosa visitar al cura vicario, fray Josepf Juarez, que había sido encargado de la parroquia dos años antes. Era fraile descalzo del Convento de los Llanos de Albacete, que otra vez venía a sustituir la plaza libre de la iglesia de San José.

De camino a la iglesia, Juan Ángel de la Rosa, conocido en Casalázaro como "El Botijero", porque hacia oficio y ganábase la vida vendiendo botijos, cántaros y otros útiles de arcilla, conocía a todos los vecinos de las aldeas próximas, desde Peñas de San Pedro, de donde traía cargados en un burro toda la mercancía hasta Alcaraz, recibía los encargos y escuchaba todos los comentarios y chascoteros del pueblo.

Allí, en Peñas de San Pedro oyó un día en la plaza, algo que le repugnaba sobre cierto fraile del Convento de Franciscanos Descalzos de Los Llanos en Albacete, y que de camino a la iglesia le relató a su cuñado Francisco.

-Resulta, le contaba, que la Santa Inquisición de Albacete, metió preso a un fraile del convento de los Franciscanos de Los Llanos de Albacete que se llamaba Fray Miguel López Camarasa, del mismo convento de donde venía el fraile de la iglesia de San José de Casalázaro, don Josepf Juarez, que según me decían en las Peñas, el dicho fraile le gustaba fornicar con gusto, pues no descansaba en perseguir a las mujeres, ya que sabía, a cual echarle el galgo por conocer todos sus pensamientos al confesarle los pecados.[183] Sabiendo todos los secretos de todo el mundo, lo tenía más fácil y como en la sacristía cerraba bajo llave, no tenía límites. Tanto es así, que se hartó de copular con las mujeres y empezó con los hombres.

-¿Pero qué me dices Juan Ángel? Le dice Francisco. ¿Se hartó de tanta fornicación con las mujeres y se fue al de los "cancos"? ¡Vaya semental estaba hecho el fraile!

-¡Sí, sí, menuda pieza fornicando!, decía "El Botijero". Hasta que la Inquisición no lo aguantó más y lo prendió.

-¿Y qué fue del fraile? Le pregunta Francisco.

-¡Pos na, qué le iban a hacer! De esto hace ya unos veinte años. ¡Si los de la Inquisición eran también frailes y entre ellos se tapan! ¡Ya me dirás tú! Lo acusaron

---

[183] Desde el Concilio de Letrán (año 1216), la iglesia obliga a confesarse una vez al año con un cura. "Solitatio ad turpio"

Para la Inquisición afirmar que la fornicación no es pecado, era considerado pecado mortal más duro que la solicitación. En Hellín, Catalina de Medina (año 1562), soltera, decía: "Sólo era pecado en las mujeres casadas, por lo que ella podía permitirse el conocer a la mitad de la población masculina del pueblo" Por éste sólo hecho, el decirlo, fue condenada a dos años de destierro y cien azotes.

de solicitante y sodomita, pero no le hicieron nada. ¡Qué le iban a hacer, si ellos también fornicaban con todas las viudas!

Cuando llegaron a la iglesia, pasan a ver al fraile, que estaba sentado en una silla, frente a una mesa repleta de libros en la sacristía. Francisco que llevaba fresca toda la historia que le acababa de contar Juan Ángel, le dice al fraile:

-Don Joseph. ¿Sabe si se ha muerto el fraile de su convento en Los Llanos, don Miguel López Camarasa?

El fraile se queda mudo, traga saliva, abre los ojos, empieza a temblarle una ceja y se agarra las piernas como sujetándoselas para impedir salir corriendo. Intenta ponerse de pie pero no puede. Es como si a la pregunta se le hubiera liado una cuerda de cáñamo por todo el cuerpo y a la lengua le hubieran untado con un pimiento de padrón.

-Por Cristo Redentor, los infiernos del criptojudío y las carnestolendas benditas, le inquiere enérgicamente, tartamudeando, pero sin poder moverse de la silla donde está preso. Ese mal cristiano acetrinado era un mal abejorro que dejó más hijos en Albacete que el rey Carlos IV. Aún sigue vivo, el muy avetardo y sodomita. Le gustan ahora más los hombres que las mujeres. No me habléis más de él. Decirme cual es la función que tiene vuestra visita y tengamos la fiesta en paz.

Le hemos dado el día al cura, pensaba Francisco. Este oculta algo. Por eso se ha quedado hecho un tarimón de pino.

-Anda, Juan Ángel, dile tú que tienes más letras y hablas mejor, lo que nos ha traído a este negocio.

Y "El Botijero", que tenía arte en hablar y apaciguar burros, comenzó a hablarle al fraile de lo bueno que era casarse con la mujer que a uno le guste, de los libres que eran los hombres para elegir a las mozas y que no fueran los padres los que decidieran por ellos, de los pájaros y buenas aguas que había por toda la sierra, de la intención de venirse a vivir aquí y de tener muchos hijos.

Francisco, que como un bobo, miraba a su futuro cuñado, pensando: ¡Qué bien que habla!; ¡qué bien se explica!; ¡qué bien que se acomoda en la silla, que no se cantea! Y a todo esto, se pregunta Francisco. ¡Aún no le he mirado los tobillos a mi María Josefa, como me dice mi padre!

De este modo celebraron las dos parejas el matrimonio el mismo día señalado por el fraile, el trece de mayo de 1797.

"El Botijero" saltaba de alegría cuando nació su primogénita al año siguiente, la que bautizaron con el nombre de Nicolasa Blasa María Rosa Velasco.

Estefanía le recordaba a su cuñada María Josefa todos los días la adivinanza del lío y de cómo arrimar el puchero a la lumbre, de cuyo fruto vino a este mundo el primer varón de María Josefa y Francisco, al que llamaron Juan de Dios Julián, el día ocho de marzo de 1799. Después su hermano Pedro y Juana, tuvieron a Joseph.

Pero las alegrías duraban poco, pues Francisco y María Josefa comenzaron a sufrir la pérdida de sus hijos. Murió el primero a los catorce meses, aunque al año siguiente tuvieron otro varón, el día once de agosto de 1801, que murió a los tres meses sin saber la causa de tal pena. Volvían a intentarlo y María Josefa da a luz a una niña, Francisca, el cuatro de octubre de 1802 a la que verían hacerse mayor y casarse con Gregorio Martínez, natural de Masegoso.

Pedro y Juana también padecieron la muerte de cinco hijos más. Uno de ellos, por el mal de los siete días, como era conocido por la superstición en las aldeas. Fue bautizado el dieciséis de julio de 1801 y murió a los cuatro días. Decían que a los niños había que bautizarlos el mismo día o el siguiente de haber nacido con agua templada, porque con la fría podían sufrir un espasmo.[184]

Casas de Lázaro

---

[184] Científicamente se producía por el tétanos, al no tener las condiciones higiénicas adecuadas, ni conocimientos sanitarios para cortar el cordón umbilical.

CAPÍTULO DIECISIETE

De la muerte de Alfonso Velasco

Las fuerzas de Alfonso Velasco se iban apagando poco a poco, llevaba un cayado de almendro para ayudarse en los pocos pasos que andaba al día. Las rodillas se le entumecían y la artrosis le impedía caminar diez pies sin hacer un descanso. Dejó de bajar al huerto, al que veía muy lejano, desde que cumplió los sesenta y siete años. Cuando se sentaba al calor del fuego de la chimenea en una pequeña silla de madera de sabina con asiento trenzado de pleita, pasaba las horas haciendo serones, canastos, sogas y vencejos. Hacía cordeles de diferentes grosores, confeccionaba esparteñas y a María, su mujer, le reservaba la fibra de cáñamo más fina para que tejiera manteles y delantares.

A Pedro le había enseñado todo lo que sabía del trato con mulos y asnos; como curarle heridas, asistirle en los partos complicados, a cazar conejos con lazos...... A Francisco le enseñó a trabajar en el huerto, a criar animales y a trabajar el esparto.

Una mañana de marzo le dijo a Pedro:

-Anda Pedro, encárgate tu del oficio y del carro, que yo no puedo escabillar. Me voy a quedar en casa trajinando con el esparto que me traigas en cada viaje. ¿De cuánto está la Juana?, le pregunta sabiendo que estaban tristes desde la muerte de la pequeña Celestina.

-Está de ocho meses padre. Pero la Juana sigue triste. No levanta el ánimo.

-Bueno, bueno, Pedro, ya verás como se da bien el parto. Si nace un niño le llamarás Nicolás Celestino. Ya verás como sale bien. Díselo a Juana, que le vendrá bien. A Francisco llévatelo en algunos viajes que el entiende de tinajones, corcioles, tinajuelas y cántaros. Así vais vendiendo por esas aldeas.

Al mes siguiente, como así estaba previsto, Juana trajo al mundo un niño, el seis de abril a las ocho de la mañana, al que pusieron por nombre el que le había dicho Alfonso a Pedro, Nicolás Celestino. Era el tercer hijo de Pedro y Juana. Su hermana María Josefa y el sacristán Diego, ya tenían cuatro.

Juana comenzó a ver con más ánimo la vida con el nacimiento del tercero, que se criaba fuerte como Romualdo.

Seis nietos, y vendrían más, pero a Alfonso Velasco se le hacían las horas eternas en la lumbre de la chimenea. Estaba empeñado en hacer todos los días unas migas, pero comenzaba a buscar el pan, la sartén, el cucharón y no empezaba nunca. María le decía:

-Anda déjalo, mañana lo haces. Ahora déjame a mí que voy a preparar un pisto con conejo que hoy vienen todos tus nietos.

-¿Todos? Le preguntaba Alfonso. ¿Cuántos años tiene Romualdo?

-Seis, le contestaba María. ¿Ya no te acuerdas?

-¡Como no me voy a acordar! ¡Qué cosas tienes María!

Pero María sabía que le menguaba la memoria cada día. Apenas se acordaba de las cosas. Sólo se entretenía con el trenzado del esparto, pero casi nada de los demás recuerdos, que siempre evocaba de su vida como chalán con Mateo Velasco. Era evidente que por su cabeza pasaban ya pocas cosas. Comía hasta que se agotaba la sartén. No soltaba la cuchara, ni el pan pinchado en la navaja, hasta que no quedaba nada, pero así se quedaba esperando otra sartén mirando a María a ver si hacía otra. Él se quedaba ahí sentado sin decir palabra. De vez en cuando hacía un comentario absurdo que a María le hacía gracia porque eran recuerdos de su juventud. Pero si le encargaba mantener el fuego toda la mañana, ahí estaba él, preparando ramas y pequeños troncos. En las ascuas de la chimenea siempre había un puchero puesto cociendo unas patatas y unas habichuelas rojas.

-Y Juan Ramón, el de la Josefa ¿Cuántos tiene?

-Doce va hacer. Y nueve Valerio. Y seis José María. Y el pequeñín tres.

-¿Y el pequeño Nicolás? Ya será grande, por lo menos diez, le pregunta Alfonso.

-¿Diez? Le contesta María. Tú estás perdiendo la cirigola. Pero si es el más pequeño de todos. Déjalo que crezca, que tiene tres nada más.

-Ése, ése, es el más chiristo, que siempre me pregunta como cazar conejos con lazo y como tirar con la honda, pero ya no puedo. Con estos dedos que parecen varas de cerezo, ya no puedo, decía mirando a María.

-¿Por qué no me ayudas a poner la mesa para todos? ¡Busca sillas anda! y acomodas alrededor de ella para que estemos todos sentados. Trae un poco de vino y agua, que por lo menos nos juntamos dieciséis.

Y comenzó a buscar sillas por toda la casa, hallando sólo seis grandes y cuatro pequeñas de las que estaban alrededor de la chimenea. Dió varias vueltas por la casa hasta acomodar alrededor del tarimón un tablero viejo apoyado en cuatro troncos de carrasca, al que puso delante cuatro sillas y un tornajo grande vuelto del revés, para que se sentaran todos sus nietos. A la mesa le añadió una artesa boca abajo, colocada sobre dos baúles con lo que consiguió que se alargara lo suficiente para que se sentaran los diez. Sacó de un baúl un mantel de cáñamo de los que hacía para vender, de diez pies de largo. Colocó un gran puchero de vino tinto y comenzó a poner el cesto con el pan, navajas y descuernapadrastros, cuencos de barro para el agua y el vino.

El primero que entró a la casa fue Nicolás, que se adelantó a sus padres corriendo cuesta abajo hasta la puerta de casa de sus abuelos, desde donde gritó:

-Abuelo, ¿Qué está haciendo?

Se acercó a él y se agarró a una pierna con tanta fuerza que tuvo que quedarse quieto para evitar un mal movimiento y caerse ambos al suelo.

-¡Ay, Nicolás! ¿Qué quieres que haga? Cosas simples y sencillas ¿No ves? Matar el tiempo y ayudarle a la abuela con la mesa.

Cuando entran Pedro con Juana, Francisco José y Romualdo, seguían hablando Alfonso y Nicolás de los conejos y las trampas, de cómo quitarles la piel y secarla en las piedras al solano para hacer gorros de invierno, de los rastros que dejan las cagarrutas en el campo para saber dónde poner los lazos. Romualdo se acerca para escuchar también porque él ya había puesto trampas por el monte con su padre.

Se fueron sentando alrededor del tarimón con los hijos de María Josefa Velasco, que acababan de entrar con Diego. Ella se quedó con la pequeña de un año en brazos. Todos escuchaban los modos de poner los lazos.

Alfonso, cuando acababa una frase referente a los conejos, decía:

-Na, pocos conejos que me he traído a casa sin correr detrás de ellos. Pero ahora no puedo, tengo los dedos como varas de cerezo.

Francisco entró con su mujer María Josefa, llevando en brazos a Juan de Dios Julián de ocho meses. Se acercó a la mesa que había montado su padre y le llenó el cuenco de vino.

-Venga padre, vamos a brindar. ¡Por los nietos presentes y por los que vienen!, dice mirando a su hermana Estefanía, que le hace una indicación negativa con el dedo.

-A mi no me mires, que no estoy preñá, le dice su hermana.

En ese momento se queda mirando a su cuñado Juan Ángel "El Botijero" y le dice:

-Pero cuñao. ¿Es que no encuentras el botijo?

-Anda calla, calla Francisco, como lo voy a encontrar si estoy todo el día en la Fuente del Caño. Ya vendrán, ya vendrán, le contesta sonriendo.

Había pisto con conejo para toda la familia. El vino se escanciaba en los cuencos de los hombres, el agua para las mujeres y los niños, que al mojar con el pan en una sartén pequeña el tomate frito, lo llenaban tanto, que al no caber en la boca se les manchaba toda la cara. El que daba ejemplo de cómo comer callado era Francisco José, el primer hijo de Juana, "medio hermano" de Romualdo y Nicolás, que con diez años, se cortaba rebanadas de pan como la mano y limpiaba de tomate el fondo de la sartén. Y como resultaba gracioso, los pequeños se imitaban unos a otros en mancharse más, de modo que a mitad de la sartén, parecían que venían de una guerra de caníbales. Todos los nietos riéndose a carcajadas, a ver quién se llenaba más la cara del rojo tomate.

Las madres de todos ellos no paraban de gritar que se comportaran. Pero no servía de nada, ellos habían venido a divertirse por un día. Sus padres no les decían nada, enfrascados en lo suyo. El trato con las mulas, los botijos, las tinajas, el tiempo, la imagen de madera que habían traído de la virgen, que comentaba Diego, marido de María Josefa, que era sacristán y que decía que la habían pagado unos hermanos del Cucharal.

-Pues mire, dice Estefanía a su madre, lo más gordo y triste ha sido lo de la María Josefa de Jesús, la niña de cuatro años que se murió el otro día ahogada en el caz del molino. ¿Cómo pudo pasar? Si apenas lleva agua. ¡Anda que no tenemos que vigilar a los guachos!

-Para gordo, gordo, decía su hermana María Josefa Velasco, lo que le hicieron al hijo de "Cascales" y la "Mora", que empezó a padecer de lobanillos. Llamaron a un curandero del Pesebre al que le llamaban "Sardineta". Les dijo que lo llevaran a la casa de alguna persona que hubiera fallecido en el día. Como resultó que hacia unas horas que había muerto "Malhuele" del Batán; el "Sardineta" les acompañó a su casa del Batán, le pidieron a su mujer y a sus hijos que si podían hacer lo que el curandero les indicaba para intentar sanar a su hijo. Como no entendían el modo de sanar a un niño en la casa de un muerto, no pusieron impedimento alguno. Quedóse toda la familia en el velatorio con la boca abierta sin decir palabra. Seguian con la mirada al "Sardineta" y su séquito, en el cual iba el niño en brazos de la "Mora". Entraron donde estaba el cadáver recién amortajado y con la mandíbula sujeta con un pañuelo atado en la cabeza para evitar que se le abriera la boca y no oliera el cuerpo en descomposición. El "Sardineta" cogió la mano del fallecido "Malhuele" que estaba tendido en un féretro de madera de pino y la unió con la mano del niño. Entonces el "Sardineta", con palabras incomprensibles bendijo al niño diciendo: -"Cristo vive, Cristo reina, Cristo impera, te libre y te defienda, Dios te cure y María Santísima".

Después de la bendición, le hizo rezar tres credos y sacaron al niño, ante el asombro de "Cascales"y de su mujer la "Mora", al igual que todos los presentes, que seguían con la boca abierta.

Ya en la calle, el curandero del Pesebre les dijo: El niño va a ir mejorando día a día, conforme el cadáver del difunto, día a día, se vaya corrompiendo. Y se fue tirando para el Pesebre sin volver la vista atrás.

-Hizo bien, les dice Juana, esposa de Pedro, que también conocía el caso, porque si se llega a esperar un día, lo esuellan vivo en la plaza, pues el niño murió aquella misma tarde en la que el "Sardineta" salió hacia el Pesebre. Nada más morir el niño, "Cascales" se montó en un burro detrás de él dispuesto a darle alcance y entierro en el monte.[185]

-Pues mira, le dice su madre María, mejor será que se enfrasquen a tomate y que no se vayan al río, que son muy pequeños.

Acabado el pisto, recogieron la mesa. La artesa volvió a su sitio. La tornaja y los tableros al corral. Cuando se marcharon, Alfonso le pregunta a María:

Oye María. ¿Cuántos años tengo ya?

-Alfonso, pues has cumplido los setenta, hace tres meses.

-Entonces voy a acostarme, que estoy muy cansado.

-Pero hombre, ¿cómo te vas a acostar si aún es de día?

-Eso será María, que será de día.

Y se acostó en la cama, negándose a ponerse de pie. Decía que ahí tumbado estaba muy bien.

Pasaron tres días y decía que no, que no se podía levantar. Llamó María a sus hijos porque aquella situación no tenía explicación. No estaba enfermo, no tenía dolores, apenas comía porque, según él, comer acostado no tenía fuste, lo poco que ingería era por esfuerzo y empeño de María, que no podía entender esa actitud.

Llegó Francisco y Estefanía, que le preguntaron a su madre desde cuando estaba así. Su madre les dijo que desde que comieron todos juntos en casa. Y que no hubo forma de que entrara en razón. Le preguntaron si tenía algún dolor o si podía mover las piernas. El siempre contestaba que no tenía ningún mal. Sólo que en la cama se encontraba muy bien.

---

[185] Entre los años 1785 y 1800 murieron en Casas de Lázaro 129 niños, 27 más que adultos.

-Pero padre, le dice Pedro. Sin comer ni beber, ni andar, sólo queda una salida. ¿Lo comprende?

-Ya lo creo, le contesta su padre, asintiendo con la cabeza.

-Luego entonces, es que quiere morirse a propósito, así, sin que le dé un dolor, ni se le salgan las tripas, ni toser como un tísico, sin que le duelan las pocas muelas que le quedan, ni tiene el asma senil, ni está encanijao, ni calentura lenta, ni siquiera tiene piojos. Pero no ve que eso es como tirarse a un pozo.

-¿A un pozo? dices. No hombre, no. Si yo estoy así muy bien.

-Padre. ¿A ver si va a ser un mal de ojo de alguien que lo quiere mal? Que la "Ojo Cuchillo" del Pozuelo lo hacía, que yo recuerdo lo del alcalde, que perdió el culebro.

En ese momento Alfonso abrió el ojo izquierdo mucho más. Fue un sobresalto instintivo que hacía mucho tiempo que habían olvidado.

-Padre, le dice Estefanía que se había colocado al otro lado de la cama. Lo que usted quiere es morirse como ninguno de este pueblo. Es decir, riéndose de todos para darnos un disgusto.

-No hija mía, le dice. No quiero daros un disgusto. Es que hace ya tiempo que las manos las tengo como varas de cerezo. Sólo puedo estar en la lumbre, ahí quietecico. Y tu madre me ha dicho que tengo ya setenta años, ¡setenta años! Madre mía, a ver si llegáis vosotros a esta edad.

Pero se estaba guardando algún secreto. Aunque le fallaba la memoria inmediata, tenía un recuerdo escondido, que no le daba miedo, pero pensaba que así tenía que ser. Él ya había vivido lo más importante, ver mundo, aunque solo era el Campo de Calatrava y la sierra de Alcaraz, haber vivido con su mujer María y haber tenido cuatro hijos que le sobrevivieran.

-Nada, que no hay manera de que lo entienda, le decía Estefanía. La muerte no viene cuando uno quiere, le insistía. Mire yo voy a avisarle al cura porque esto es una sinrazón.

Entró su hijo Pedro, con Francisco José, Romualdo y Nicolás, que se acercaron a la cama para hablar con él y tratar de convencerlo para que se levantara de la cama.

-Abuelo, le dice Romualdo que tenía seis años. A ver por qué lleva acostado tantos días para no hacer nada. Venga, arriba, que tenemos que ver las cabras.

-Hombre, le dice Alfonso. Si yo a las cabras las tengo vistas. ¿Dónde está tu hermano Nicolás?

-Estoy aquí abuelo, le dice desde el otro lado de la cama. Es que no llego al colchón.

Alfonso alarga la mano y le toca la cabeza.

-Mirar, le dice en voz baja. Lo que sucede es que me he acordado de lo que me dijo una gitana en Villanueva de los Infantes, entrando a un mesón, cuando yo iba con Mateo vendiendo mulos. Resulta que me metió miedo. Así, les dice a sus nietos, cogiéndole la mano a Nicolás. Con la palma hacia arriba, se quedó leyendo la mano y me dijo: Tú vas a llegar a los setenta años. ¡Y hasta aquí hemos llegao!, que me ha dicho la abuela que ya los tengo, que hace unos meses que los hice. Fijaros vosotros, que se han pasado ya los setenta. Y yo no puedo estar ya por aquí y ahí como si tal cosa. Aquí, entre nosotros, cuando te llega tu hora, lo mejor es estar en la cama. Y eso es lo he hecho, meterme en la cama, que se está muy bien.

-Pero abuelo, le dice Romualdo, eso es que se quiere morir usted solo. Que ni las cabras, ni los ovejos quieren morirse cuando ellos quieran. Cuando les toca se mueren, y ya está.

-Abuelo, le dice Nicolás, entonces ya no me va a enseñar a tirar con la honda, porque la gitana ésa le dijo que a los setenta años se acabó la lumbre. Eso no puede ser, porque podía decirle la gitana esa a todo el pueblo que se iban a morir mañana. ¡Y ala, tos muertos porque lo diga la gitana! Así se queda ella sola en el pueblo para hacer lo que le de la gana. Ve que aquella gitana no sabía lo que decía. Anda levántese que me ayude a preparar lazos.

-¡Qué más quisiera yo, Nicolás!, le dice su abuelo. Si es que ya hasta las piernas las tengo como varas de cerezo.

Llegó el cura, saludó a los hijos y a María. Les preguntó que sucedía, porque había solicitado su presencia muy alterada Estefanía, haciendo ánimo por meterse pronto en la habitación donde se encontraba Alfonso Velasco con sus dos nietos, Romualdo y Nicolás.

-¿Quién es?, le pregunta Alfonso a sus nietos.

-Es don Nicolás, el cura de la iglesia, le contesta el pequeño, que continuaba diciéndole que la gitana lo había engañado con el mal de ojo.

-Vamos a ver, dice el cura, cuando entra en la habitación. Alfonso. ¿Qué te duele, que no saben explicarme tus hijos lo que te pasa?

-¿A mí?, le responde Alfonso, mirando al cura. De momento nada.

Su dos nietos se quedan mirando al cura como queriéndole decir lo que le pasa.

-Entonces, continúa don Nicolás, si no te duele nada, ¿por qué no te levantas y echas lumbre en la chimenea, haces esparteñas y te asomas a la puerta de vez en cuando?

Alfonso abre los ojos. Mira a sus nietos y a continuación al cura.

-Porque no puedo señor cura, porque ya tengo setenta años y me ha llegado la hora. ¿A qué sí? Y se queda mirando a sus nietos, a los que acaba de decirles el secreto de la gitana.

-Pues no, le contesta su nieto Nicolás. Que eso es un embolique de boquirrubio.

-¡Qué cosas tiene este guacho!, dice el cura. Explícame Alfonso. Si no te encuentras enfermo, no te duele nada, ni el todopoderoso te ha llamado, ¿por qué razón te niegas a vivir como todas las personas?

Y ahí se quedó mirando asombrado al cura porque no entendía nada, el cual viendo que no había nada que hacer y que no encontraba causa para el sacramento de la extremaunción, se despidió de Alfonso y de su familia diciéndoles que no tenía competencia ni autoridad para hacerle cambiar de actitud y opinión. Que le forzaran sacándolo al fresco media hora al día aunque fuera atado a una silla.

Pero no hubo manera, cuando llegó el día seis de noviembre cerró los ojos, cruzó las manos en su pecho, le dijo a María con una voz apagada, que ya no se iba a mover, que llamaran otra vez al cura para que le abriera las puertas de los campos de La Mancha. Cuando don Nicolás vino, Alfonso le dió las gracias diciéndole:

-Ábrame la puerta de los molinos de viento que hoy aprieta la tramontana, que me voy a encerrar dentro para ver desde la ventanuca de la galerna el manso Guadiana y cuando cierre los ojos, el Arquillo, las Cuevas del Gavilán y antes de irme, don Nicolás, cierre la puerta, que éste es el último esfuerzo hacia la paz de los cielos.

Y dejó de respirar mirando el cura a Alfonso y a toda su familia. Se había muerto porque él así lo había querido, dijo el cura.

Catorce misas pagadas le encargaron sus hijos.

Casas de Lázaro

Capítulo dieciocho

Entre toques a gloria, Pedro Velasco enseña a Nicolás el oficio

Al morir Alfonso, su hijo Francisco y su mujer María Josefa García se fueron a vivir a la casa de María, su madre, que con sus sesenta y cinco años le resultaban duros y difíciles las tareas en el huerto y de la casa.

Allí nacieron los tres hijos siguientes de Francisco y María Josefa; Miguel Tiburcio en verano del 1801, que murió a los tres meses; Francisca, en octubre de 1802 y Juan de Sagaun Francisco en junio de 1806, que falleció a los cuatro años.

Pedro, con cuarenta y un años, continuó con el carro haciendo portes de todo lo que los vecinos podían comerciar: tinajas y cántaras de Peñas de San Pedro; albardas, cordeles ojeras de pleita, mosqueteros, arrietas y canastos de la aldea; sal, que traía de Pinilla y aceite de Alcaraz.

Le acompañaba casi siempre Nicolás, para que aprendiera a herrar caballerías, los tratos con los trueques y el regateo. Al fin y al cabo, aprender un oficio era la mejor manera de asegurar un sustento cuando fuera mayor. En casa, al cuidado de Juana, se quedaba Romualdo, a pesar de estar la mayor parte de los días en el campo pastoreando.

Juana estaba desconsolada, al igual que todas las madres que habían perdido algún hijo. Enlutadas y con un velo negro permanente, perdieron la forma y modo de sonreír.

Después de nacer Nicolás, nació José María de los Dolores en abril de 1799 , que sobrevivió cinco años. Nació Pedro en 1801 que respiró solo tres días. En 1803 tuvieron otro niño varón al que le pusieron también por nombre Pedro, que aguantó en este mundo veintisiete meses.

El toque a gloria de la campana de la iglesia de San José era el más conocido y triste a tres leguas de la aldea. Llegaba hasta San Pedro, y cuando el viento era de poniente, podían oírlo en el Cucharal, el Berro y Navalengua.

A los cuatro años y ocho meses murió María García, del mal del sudor inglés,[186] también con setenta años, los mismos que tenía Alfonso Velasco, su marido al abandonar este mundo.

Juan Ángel de la Rosa, "El Botijero" no regresó con sus botijos de un viaje que hacía por las Lagunas de Ruidera durante un verano de 1806. Murió en la plaza de Villahermosa sin que le pudiera atender ningún vecino. A Estefanía le dijeron que había muerto de repente.

---

[186] Sudor inglés. Así conocida la gripe.

La mortandad infantil era terrible en todas las aldeas y villas. De los seis hijos habidos de Pedro y Juana hasta el año 1807, sólo sobrevivieron Romualdo y Nicolás. Apenas les quedaban fuerzas para continuar. El tercer tramo de los sótanos de la iglesia se llenaba de tristeza. No había familia que no sintiera el miedo cuando pasaban el pórtico o inhalaban el aire nauseabundo que se escapaba por la puerta del sótano donde estaban todos los cadáveres de los fallecidos en la aldea.

Había más muertes que nacimientos en toda la aldea, y no se podían pagar los servicios eclesiásticos. No había maravedí, ni real alguno. Se le ayudaba al cura como pago entregándole lo poco que se podía de cada matanza del cerdo, conejos de campo, perdices, totovías, quesos de cabra y oveja. Sobrevivir como fuera, el único ideal que les unía.

Los pocos oficios manuales y artesanos se aprendían de modo generacional, siendo habitual que los hijos varones de cada familia continuaran con el trabajo del padre. Sólo en el caso de que no tuvieran hijos varones, podrían admitir a un aprendiz de otra familia del mismo lugar para enseñarle el oficio. Era así para evitar la competencia dentro del mismo pueblo o aldea.

Antes de salir hacia alguna aldea o pueblo, Pedro y su hijo Nicolás, metían en una barja, el martillo, los clavos, herraduras, unas tijeras, lima, navaja, incluso llevaba aceite de miera,[187] ungüentos y polvos para curar a los animales.

Nicolás, con diez años imitaba a su padre cuando pasaban por las aldeas anunciando la venta. De este modo, aprovechando un día soleado de otoño, camino del cortijo de La Torre, que está junto al río Jardín, hicieron un descanso en la aldea del Ituero junto a la calle del aljibe, diciéndole a su padre, que iba a pregonar lo que llevaban para vender:

-Sí, prepárate y vocea bien, porque aquí se ven pocos cristianos. ¡Dale, dale!

Se le queda mirando con una media sonrisa, viendo el desparpajo con el que su hijo se desenvolvía.

-Yaaaaaah, tá quí, muuuuulos, rrrricos, raaaaajes, ñooooooreeeeees, enga, baraaaatooooooos, enga ujeeeeeres ñoooreeeeeees.

Y volvía a repetir el pregón tan gracioso como original, con la musiquilla típica del pregonero.

-¿Pero qué estás pregonando?, le dice su padre sentado a su lado en el carro, riéndose a carcajadas. No puede ser. Si apenas se entiende nada. Si yo fuera de este pueblo y oigo lo que estás gritando, no salgo a la puerta. Es que no se entiende nada. Yo no sabría adivinar lo que se ofrece. ¡Ay que risa!

---

[187] Aceite de Miera. Se extraía del enebro. (Juníperus oxicedrus). Era usado como remedio veterinario en las escoceduras de la caballería provocada por las albardas. Para desinfectar los cascos, curar pezuñas de los cerdos, eliminar ácaros y roña de las ovejas, conejos, etc.

En las personas, también se usaba contra los dolores de muelas, las llagas de los pies, reumatismos, artrosis, catarros y para eliminar las lombrices intestinales.
También se utilizaba para asperjar los corrales y casas, con el objeto de ahuyentar las serpientes y no penetraran en las casas.

-Padre, si lo digo así, es por eso, para que no se entienda, se quedan con la musiquilla, y así salen a preguntar. Así saldrán siempre que lo oigan y sabrán que somos nosotros y lo que vendemos.

-Pero qué magín tienes Nicolás. A mí lo que me da es mucha risa y lo mismo puede pasar a la gente de esta aldea. Seguro que si sale alguien, acuden con guasa. A mí me da igual, Nicolás. ¡Dale, dale!

-Yaaaaaaah, tá quí. Vuelve a gritar Nicolás.

Su padre sigue riéndose sentado en el carro con su hijo, cuando salen por detrás del aljibe, dos mujeres enlutadas y con un velo negro que les cubre todo el pelo.

-¿Qué vende buen hombre?, dice una de ellas, mirando el interior del carro.

-Todo lo que hace falta para ayudar en la faena del trabajo y de la casa, buena mujer. También herramos mulos y borricos. Y si quiere a la vuelta le traemos sal, vino o aceite. Lo que le haga falta.

-Bien está, dice la mujer. Yo necesito dos cernachos para la aceituna y si a la vuelta me trae dos cántaras de vino se las pagaré bien.

-Venga Nicolás, saca dos cernachos. Buena mujer son cuatro reales. Y si me deja dos cántaras se las traigo del mejor vino de La Mancha. Y si le viene bien le vendo las dos nuevas a estrenar. ¿Qué le parece?

-Para mí, le dice la otra mujer que le acompañaba, dos agüeras para los burros, pero como no tengo reales, tiene que ser a trueque por aceite.

-No hay problema señora, que todo vale, venga pues una arroba de aceite y trato hecho, le dice Pedro, mientras Nicolás va sacando las agüeras.

Como Nicolás no sabe donde echar el aceite, le pregunta a su padre donde echarlo. Pedro se baja del carro, coge una botija perulera que se usaba como recipiente y se acerca con la mujer a su casa.

-Quédate un momento Nicolás. Si viene alguien le das un poco a la hebra que vuelvo en un respiro.

Nicolás se queda solo en el carro mirando a ver si venía algún vecino, cuando ve venir a un hombre de la edad de su abuelo Alfonso, andando muy despacio con una garrota. Comienza a pensar que si le pide algo no va saber cuantos reales pedirle. Bueno, piensa, como viene tan despacio, lo mismo le da la idea y se gira para otro lado, porque derecho, derecho, lo que se dice derecho, no viene hacia aquí.

Un poco avetardo si que parece, como decía mi abuela, piensa Nicolás. De todas maneras le daré a la hebra como ha dicho mi padre. De momento, voy a pregonar algo, pero ahora de otra manera, cuando comienza a gritar:

-Del Atochar de la Virgen, jeeeereees, la santa pleiiiiiita y el cordel del santo oficio. Engaaaaa Ituerooooo. La guita pal gorrino, el recincho saaaaaanto y las sardinas en sal freeeeescas.

De este modo, había cambiado los gritos sin sentido, por las palabras absurdas que le venían a la cabeza.

El hombre, llegado al carro, comienza a reírse y le pregunta:

-¿De verdad habéis venido a ofrecer cosas del Atochar de la Virgen? Pues si vendes tales cosas del Atochar de la Virgen, le dice, tienen que ser mejores que un gazpacho con conejo, regado con vino rancio. De otro modo, lo que vendes, no tiene fuste ni función ¿No crees pequeño golondro?

-No sé buen hombre, porque del Atochar de la Virgen no traemos conejos, ni torta de gazpacho, ni de ninguna clase de vino, sea rancio o amargo, porque no llevamos nada de eso. Que lo de comer no lo vendemos, que son viandas para mi padre y para mí. Y bien buenas que están las empanadillas de hojaldre con chorizos que hace mi madre.

-Bien te veo, que eres muy chiristo y te vas a ganar la vida. Dime algo de lo que vendes por si me pudiera ser de utilidad y conveniencia, que por no tener ni un real, te lo cambio por lo que yo hago en mi casa, si es que aceptas el trueque como pago.

Veamos le dice, sujetando las dos manos en la garrota delante de su cuerpo ligeramente inclinado hacia delante.

Al estar de esta forma apoyado, si dejaba una mano libre o fallaba el punto de apoyo en el suelo de la garrota, podría desequilibrarse y dar con los pocos dientes que le quedaban en el suelo y perder un par en el traspiés. Nicolás estaba pendiente de que no sucediera. Lo observaba tan atento que no quería ni contrariarlo ni disgustarlo.

-Si llevas cinchas de cáñamo, te las cambio por garrotes de almendro de diferentes tamaños. ¿Qué me dices?

-¡Pues que le voy a decir!, le contesta Nicolás mirando que la garrota no se moviese. No haga mucha fuerza al hablar, no vaya a ser que se le escurra el garrote y se descalabre, que aquí hay muchas piedras, buen hombre. De cáñamo, de cáñamo, tal que así, no sé si va a poder ser, le dice Nicolás, porque el cáñamo cuesta mucho hacerlo, que se lo he visto hacer a mi abuelo trajinando muchos días en su casa, hasta que se le quedaron las manos como varas de cerezo. Y si se lo cambio por garrotes de almendro, no es lo mismo, porque una vez que está la rama gorda y con el asidero formado, no tiene nada más que cortarlo. Y el trabajo que usted ha hecho ha sido bien poco. Sólo cortar la rama, mientras que mi abuelo no le daba tiempo ni para almorzar. Eso sin contar con la sembradura, el picado, y luego el trenzado. Está más claro que salgo perdiendo. Esto se lo digo sin ánimo de desmerecer su trabajo buen hombre, que lo tiene. Yo creo que el trato debe ser otro. Mire usted. Yo le cambio un cordel hecho de pleita, de cuatro varas por cuatro garrotas. Eso es un buen trato.

-Virgen de los Atochares, le dice el hombre. Haces bien los tratos zagalillo. Pero suelta algo más de cordel, que con eso no ato el burro.

En ese momento llega Pedro que ve a Nicolás hablando con el hombre, el cual le repite el trato, pidiendo cinco varas de cordel.

-Trato hecho, le dice Nicolás.

-¿Sabes cómo me dicen de mote en esta aldea?, le pregunta

Nicolás lo mira fijamente y le dice:

-¿"Garrotes"? Que no puede ser de otra forma, contesta Nicolás

Pedro se ríe y el hombre le contesta también riéndose:

-No está mal. No señor. ¡Que va!, no es ese, le dice, incorporándose de la posición que tenía en vilo a Nicolás. Pero me gusta más. Mira tú por dónde, ahora les voy a decir que me llamen "Garrotes", que me gusta más. El hombre se incorpora. Se gira para volver a su casa.

-Voy a por los garrotes y hacemos el trueque.

-Menudo encargao tiene usted en el carro, le dice a Pedro. ¡Más listo que el hambre!

-¿Cómo le dicen buen hombre? ¡Qué lo estamos dejando a medio!, le pregunta Nicolás que se había quedado mirando como se erguía para volver a la posición para andar.

Se gira muy despacio hacia Nicolás, con una sonrisa pícara y le dice en voz baja.

-"Pocasangre", me dicen, "Pocasangre". Ya ves tú qué cosas tienen en esta aldea. "Pocasangre" repite. Con las morcillas tan buenas que me como en esta aldea del Ituero. ¡Vamos hombre!

Vinieron más vecinos a por serones y azafraneras. Hizo buen intercambio y cobraron algunos reales más. Determinaron seguir hacia la Torre en el momento que "Pocasangre" se acerca con los cuatro garrotes y un burro jaro.
Pedro que lo observa, le dice a Nicolás:

-Nicolás, mira como el burro cojea de la de atrás. Lo mismo tiene algo clavado y algo tendrá también en las demás patas. Seguro que quiere venderlo porque no sabe lo que le pasa.

-Toma los garrotes y estas cijadas[188] que hago con ramas de encina, le dice "Pocasangre" y de paso te cambio el burro por una cántara de aguardiente de orujo.

-Eso puede ser a la vuelta. le dice Pedro. Pero sepa usted que el burro es más viejo que la laguna del Arquillo.
"Pocasangre" da una carcajada.

-Viejo es, que se ha criado conmigo, pero si te dan una cántara,[189] buena es. Se llama Donelio, como mi padre.
Pedro insiste en la depreciación del burro jaro.

-Y además sepa que está cojo y me puede hacer retrasar el camino, le contesta Pedro, dispuesto a negociar. Yo creo que si me dan por él cuatro azumbres de aguardiente, mejor será eso que nada, porque si no lo quieren buen hombre, voy a tener que soltar a Donelio para alimento de los buitres donde se quede.

-Venga, vale, trato hecho, dice "Pocasangre". Sea, le dice ofreciéndoles el ramal de Donelio.

-Hasta la vuelta, que puede ser esta tarde, mañana a medio día o la semana que viene, le dice Pedro, que no sabe uno lo que puede pasar más allá de aquellas carrascas.

Cuando dejan el Ituero, habiendo recorrido ya media legua, Pedro le dice a Nicolás:

-Ahora vamos a mirar a Donelio, veámosle los cascos, que es muy raro que cogee de una pata sola. Prepara las tenazas y el ungüento de miera.

---

[188] Cijada. Utensilio de madera elaborado a navaja para sujetar los haces de los cereales, trigo, cebada, cuando se tensaba la corredera.

[189] Una cántara de aguardiente equivalía a una arroba de líquido. Unos 16,133 litros. Equivalente a ocho azumbres.

El burro atado al carro se deja tocar las pezuñas. Pedro le ha visto algo clavado, tan profundo que "Pocasangre" no se ha dado cuenta.

-Mira Nicolás, le dice su padre señalándole. Vamos a limpiar alrededor de eso negro que tiene ahí. Ya verás como es algo que tiene clavado y por eso no le deja andar.

Comienza a horadar un poco con la navaja, limpiando alrededor, cuando, como había previsto Pedro, ahí tenía un clavo bien profundo.

-¡A por él! Ya verás, le dice a Nicolás, como al sacarlo, el burro lo va a agradecer. Agarra las tenazas, aprieta con fuerza la parte que sobresale después de la limpieza. Hace palanca hacia un lado y el clavo comienza a salir.

-Mira, le dice Nicolás. Ya sale. ¡Pobrecillo Donelio! ¡Cómo podría andar con eso clavado! Si tiene casi una pulgada dentro.

-Dame la miera, Nicolás, que le cure el destrozo que le ha hecho el clavo.

Le untaron la herida y lo herraron allí mismo, quedando Donelio rebuznando en medio del encinar, más contento que si hubiese visto una burra en celo.

-Ves Nicolás. Esto es un buen trato. A "Pocasangre" le vamos a dar cuatro azumbres de aguardiente, pero al burro le podemos sacar hasta cinco cántaras.

De camino hacia el río Arquillo, el carro iba cuesta abajo haciendo Pedro uso de los frenos de madera para que la fuerza de bajada no tirara al mulo. Donelio rebuznaba entre las muchas encinas que había, cuando al llegar al molino del Martinete, se pararon junto al río a descansar y comer algo.

-Saca las empanadillas Nicolás que vamos a comer aquí junto al río mientras corto unas ramas de boj, que son las mejores para hacer cucharas de palo. Así en los ratos libre en casa las arreglo con la navaja.

-Otro día, le dice a Nicolás, cuando tengamos que ir a una aldea que le dicen "El Robledo", nos iremos por ese otro camino que sale a poniente. Ya verás, que lugar más bonito hay allí. Una laguna limpia, azul como el cielo, con peces que te rodean cuando te bañas en sus aguas. Un lugar donde apenas queda gente, porque no hay donde poder hacer más huerto. Ese sitio me lo enseñó el abuelo Alfonso. Le gustaba tanto que siempre me decía que lo llevara para volver a verlo. La verdad, Nicolás, que estos lugares son de paz y de tranquilidad. Todo el que por aquí pasa, se amansa como un buey.

-¿Cómo si uno que estuviera pasando mucha hambre y se comiera un pavo en una sentá?, le pregunta Nicolás.

Su padre, le agarra por los hombros riéndose.

-Más, más, mucho más. ¡Ande va a parar un pavo!

Llegaron a la aldea de la Torre, por el camino de Alcaraz a Balazote, siguiendo el cauce del río abajo. Nicolás no dejaba de mirar la gran torre, toda de piedra labrada, rodeada de las casas de los labriegos. Llegaron al patio que conformaban las casas, las cuadras y la torre, cuando salió a recibirlos el aniaguero conocido como "Pancera", con un gorro de piel de conejo estezado en las piedras que al solano había a la entrada al patio, una chaqueta de correal,[190] unos escarpines de lana y esparteñas roídas por los ratones con las uñas de los dedos negras asomando por las puntas y masticando un tallo de paliduz.[191]

Era nacido y criado en esta aldea. Conocido así desde corta edad, por ser gordito y pequeño. No sobrepasaba los cinco pies, una altura más baja de lo normal en un hombre. Gordito como decía él porque sólo comía pan y tocino blanco.

-¡De día y de noche!, decía el mismo señalándoles el vientre redondo. ¡Que no hay cosa más buena que pueda meterse aquí! Y le empujo al odre de vino hasta que no me quedan fuerzas. ¡Virgen de Cortes, que bueno que me está el pan con tocino y el vino tinto!

-Pero no creas, le dice Pedro a Nicolás, que porque coma sólo tocino blanco y pan, es como muchos en Casalázaro, Peñarrubia o Masegoso, que ahí donde lo ves es más listo que el hambre. Que sabe más de la tierra y del campo que cualquier valido del rey. Fíjate desde aquí arriba, como brillan las tierras de la vega.

-¡Ay si las tierras fueran mías! Se quejaba "Pancera". Tomar un poco de "paliduz" les dice, sacando de un bolsillo del correal, dos trozos de palo de raíz. Veréis que bueno está.

Nicolás lo prueba y asiente con la cabeza mirando a su padre.

-Si está bueno, muy bueno y dulce. ¿Dónde se cría?, le pregunta Nicolás.

-En las cunetas y ribazos, donde no se cultiva, cerca de los arroyos y las fuentes. Toma, llévate un puñao y se lo das a tus hermanos o tus amigos de Casalázaro.

-Pondría más yuntas para labrar más abajo, continúa "Pancera". Pondría una granja de cerdos al otro lado, otra de gallinas y de pavos, cortaría el río con una presa y criaría peces.

-Escucha, ves lo que te digo, le decía Pedro a Nicolás. Y sabe lo que dice, sabe mejorar la tierra, los cultivos, criar animales y aprovechar bien el estiércol, las inmundicias. El mejor muladar de la vega del río. Como además le sobra el agua, podría hacerse rico. Pero no es el dueño de toda esta tierra.

-¿Y quién es el dueño?, le pregunta Nicolás.

-¡Del marqués, pequeño!, le dice "Pancera", ¡del marqués! Pero pasar aquí, a las cuadras donde están los animales. Tengo que herrarlos a todos.

-Pues vamos a ello Nicolás, le dice su padre.

-Pero mientras nosotros los herramos, mira a ver si puedes echarnos aguardiente en las cántaras, vino y aceite. Y hacemos cuentas cuando terminemos.

Cuando hubieron terminado de herrar, Nicolás se quedó mirando un mulo cuya anteojera le tapaba un ojo.

-Padre, le dice Nicolás. A este mulo le pasa algo, si no, no le tapan así el ojo.

-A ver, le dice Pedro acercándose al animal para levantarle la anteojera de cuero, al tiempo que "Pancera" entra en las cuadras.

---

[190] Las chaquetas de correal, eran cazadoras hechas con piel curtida de cabra a la que se le daba un color rojizo con raíces y corteza de carrasca.

[191] Paluduz, Paliduz. Gliycirrbiza glabra L. Quien no ha mordido y saboreado la raíz del paliduz por la reserva de azúcar que tiene. Se recogía cerca de algún curso de agua. El cocimiento de la raíz se usaba para combatir los resfriados.

-Pobrecillo, este mulo se me va a quedar más ciego que "Ojo Tuerto" el de la Encomienda, que así le llamaban al más mayor de la aldea, que ya no veía nada.

-Yo creo, le dice Pedro, que lo que tiene esta mula es un "Pujavante". Una mula con "nube".

-Y eso que es, le pregunta "Pancera".

-Pues una herida que se habrá hecho en algún espino, escaramujo o carrasca, que el animal al acercarse se le ha clavado en el ojo y se le ha puesto así de blanco.

-Te lo voy a curar. No le puedo sacar lo que se le ha clavado pero echándole estos polvos cada día se le irá quitando lo blanco.

-Nicolás, cógeme una paja de trigo que le vamos a echar dentro este polvo.

Sacó Pedro de la barja un pequeño saco de cuero con unos polvos que hacía con el interior de las raspas del pez cebra. Le metió un poquito en la cánula del trigo y le dijo a "Pancera" que sujetara la cabeza del mulo, porque al notar los polvos de la caña en el ojo, podía asustarse y cabecear.

Así lo hizo. Pedro se acercó con la paja al ojo del animal y sopló con fuerza, llenando todo el ojo de aquel polvillo blanco. El animal cabeceó ligeramente.

-Toma estos polvos y acuérdate, todos los días un soplo en el ojo hasta que desaparezca la nube.

-Pues si eso es cierto, le dice "Pancera" te voy a regalar una cántara de vino que me traen de Balazote, un tinto que ahuyenta las moscas.

-Nicolás se ríe a carcajadas. ¿Cómo va a ahuyentar a las moscas?

-Sí, le dice "Pancera". Porque a cada regüeldo que me tiro, salen las moscas al destierro como si fueran disparos de arcabuces. Por cierto, no os lo he dicho, pero por aquí pasaron el otro día una tropa de soldados camino de Alcaraz.[192]

-¿Pero es que estamos otra vez en guerra?, le pregunta Pedro.

-No lo sé, pero estos soldados no los he visto en mi vida. Llevaban unos gorros altos y casacas azules y calzón blanco. No pararon, pero no me gustan nada, pues ya sabes que si paran, te quitan todo lo que puedan, ovejas, mulos, cabras, cerdos.

Cuando hubieron terminado de herrar a los animales, "Pancera" les dijo que llevaran las cántaras para echar el aceite, el aguardiente y el vino. Dejaron todos los encargos de pleita que les había pedido, más algunas cántaras vacías. Pasaron a un sótano de la torre y les indicó de donde llenar. Nicolás se quedó mirando una puerta cerrada cuando "Pancera" le ayudaba a colocar los recipientes.

-Esa puerta, le dice "Pancera", baja a una cueva que hicieron los moros en el río. Pero como eso está tan oscuro, ninguno de esta aldea se atreve a bajar a ver si llega al agua o se va a una sima, que los moros hacían muchas cosas raras. Pasa y verás.

"Pancera" le abre la puerta, en donde bajaban unos escalones de piedra tallada, bajaron unos peldaños, pero aquella galería giraba hacia la izquierda y un poco más abajo a la derecha. Como ya no había suficiente luz para continuar, Nicolás les dice:

---

[192] Con el Tratado de Fonteainebleau, el 27 de octubre de 1807 Carlos IV permite la entrada de tropas francesas en España. Se pone fin a la esperanza de la unión ibérica. La idea de Napoleón era destronar a los borbones de España.

-Yo creo que esta galería oscura no llega al río, porque no tiene ningún misterio. Para que querían hacer una cueva, cuando se llega antes por encima de la tierra. Yo creo que esa cueva es para esconderse de los cristianos.

Su padre se ríe y contesta.

-Eso puede ser, que aún quedan moriscos que persigue la Inquisición.

-Pues eso será dice "Pancera". Pero no me diréis que no se está fresco aquí abajo.

Vayamos a comer, les dice que mi mujer ha preparado un guisado de carne de cordero para vosotros, aunque yo también voy a comer, mira por dónde, hoy os voy a ayudar.

Durante la comida Nicolás le preguntaba sobre los soldados que pasaron, sobre el por qué, la razón de su paso, si llevaban armamento, cañones, carretas, carrozas o diligencias.

-Yo, decía "Pancera", lo único que puedo decir es que iban ligeros, que no los había visto nunca y que cuando pasen más me enteraré bien de esta cuestión. Os lo contaré cuando en otra ocasión las caballerías necesiten herrajes.

-Pues con esta duda nos vamos amigo, le dice Pedro cuando habían terminado de comer y todo listo para salir.

Habían salido de la Torre y tomaron un camino hacia San Pedro por el mediodía. Nicolás se da cuenta que por allí no iban al Ituero como habían quedado con "Pocasangre" y la mujer que quería dos cántaras de vino. Como todavía llevaban atado al carro al burro "Donelio", le pregunta a su padre:

-Padre, por aquí no vamos al Ituero.

-No, le contesta. Vamos hacia San Pedro por éste otro camino. Allí buscaremos la casa de "Rendrijas" que andaba buscando un burro, aunque fuera viejo. Y como llevamos a "Donelio" aquí todo el rato callado sin rebuznar, pues a ver si lo vendemos, que a este "Rendrijas" no le interesaba uno para mucho trote. Y ya sabes, le tenemos que sacar lo que valen cinco cántaras de aguardiente.

A las primeras casas de San Pedro, iba Nicolás adormiscado, apoyando la cabeza sobre su padre, cuando sale un zagal de entre unas piedras sujetándose el calzón y atándoselo con una guita de cáñamo. Nicolás se reincorpora y pregunta a su padre si hay que pregonar el aguardiente, los serones, cordeles y el aceite.

-Bueno, no está demás, le dice su padre. Pero a Donelio no lo pregones que casi está comprometio. ¡Ala dale con esos pregones que tanto te gustan!

A las incomprensibles palabras de Nicolás, el zagal ha entendido una:

-Oiga, le dice acercándose al carro. Si no he oído como una culebra, le diría que el guacho ha dicho aguardiente de orujo. ¿Verdad?

-Verdad, dice Pedro. Un aguardiente que mata todos los bichos de la barriga en menos de un padrenuestro. Y si tienes un tapón, te hace un tronero por donde te van a salir todos los males de la tripa.

-Pues venga por aquí, que mi padre, al que le gusta una goteja todas las mañanas le va a comprar unos cuartillos, le dice, habiendo terminado de atarse el vencejo de los calzones.

-¿Vamos bien por aquí a casa de "Rendrijas"?, le pregunta Pedro.

-Na que si vamos bien, le dice. ¡Tó derecho! Si es mi padre.

-Entonces vamos mejor, pues ahí es a quién yo quería ver para enseñarle el burro.

Y dime, le pregunta Pedro. ¿Cómo es que te vienes tan lejos de tu corral a jiñar?

Ahí detrás del majano de piedras.

Nicolás se ríe.

-Pues mire usted señor, le contesta el zángano, hijo de "Rendrijas". Éste que está usted viendo no caga en cualquier sitio, no señor. Me vengo aquí. Hago un montón bien grande para el huerto, que es de mi señor padre. Así lo tengo más cerca y no me las tengo que traer de casa. Ya que están aquí, pos mejor. Pa cansarme menos.

-No es mal enteleco, le contesta Pedro, no señor. Has pensado bien. Es mejor el muladar en el huerto de uno.

-Padre, grita el zángano cuando llegan a la puerta de su casa. Padre, que le traen el carrasqueño.

Ya verás que contento se va a poner, les dice. No está pa muchos trotes, pero quiere más al carrasqueño que a las cabras.

"Rendrijas", que ha oído lo del carrasqueño, ha salido como un gato cuando huele una sardina.

-Hombre Pedro, hijo de "Rejalgar", ya he oído el asunto, ya. Espero que sea bueno. Anda déjame dos cántaras. Ayúdales tú, le dice a su hijo sonriendo, ¡pero no te quiebres!

-¿Y el guacho?, le pregunta con la mano abierta y el índice señalándole.

-Es mi pequeño, Nicolás se llama.

-Espero que te parezcas a tu padre, que no hay otro en Casalázaro igual, le dice "Rendrijas".

-Le traemos también un burro, le dice Nicolás. "Donelio" se llama el jaro. Y viene más contento que si se hubiera cubierto una burra en celo. Todo el viaje rebuznando.

-¡Oye! , que gracioso el guacho, le dice a Pedro. Eso será porque va oliendo el aguardiente del carro.

-Venga pues, el burro también. Métemelo a la cuadra le dice a su hijo. Pasar adentro, probamos el aguardiente y hacemos cuentas.

No regateó "Rendrijas". Vivía cómodamente con las muchas cabras y ovejas que tenía y por tener confianza con Pedro, le pagó treinta reales con lo que quedaron ambos muy satisfechos.

Pasaron por la calle principal donde había una taberna antes de atardecer. Pararon y bajó Pedro a preguntar al tabernero si necesitaba vino y aguardiente.

Como en la taberna hacía frío, bien venía el blanco orujo y una cántara de vino, pues antes de ponerse el sol, todos querrían probar el nuevo.

-No está mal, decía el tabernero, venga deja dos cántaras y otra de vino.

Terminado el trato, Pedro le dice a Nicolás:

-Vamos a casa ya, antes que el sol se esconda, que siempre hay que llegar de día a todas partes. Acuérdate de ello Nicolás, que "de noche todos los gatos son pardos".

-¡Arre!, ¡mulo! grita Nicolás saliendo de San Pedro hacia el mediodía, donde se encontraba su aldea.

Iba el carro ya, aligerado del peso de la carga, sólo llevaba el aguardiente prometido, ya que no se estropeaba, para "Pocasangre". El vino que le faltaba, ya lo compraría en otro momento. El aceite lo vendería en la aldea y el resto para su casa y sus hermanos, Francisco, Estefanía y María José.

-No sé lo que pasa siempre por aquí, que es lugar de muchas setas de cardacuca Nicolás, que siento siempre escalofríos en el cuerpo. Sólo en este sitio, rodeados de almendros y muchos guijarros . Ves a cada lado del camino, se respira como en un sótano de muertos.

-¿Cómo se llama ese cortijo de ahí?, le pregunta a su padre señalándole a su derecha.

-Eso es la "Casa de Matagatos". Y ahí a la izquierda, se encuentra "La Quéjola".

Nicolás se ríe a carcajadas al oír la "Casa de Matagatos".

-Y si hubiera matado el dueño a un perro ¿Qué le llamarían. "Mataperros"?

Su padre sonríe y piensa. Eso es que el dueño mataba gatos, claro. Pero si también mataba puercos, ¿porqué no le llamaron al cortijo "Matapuercos"?

-¡Buf, que tabardillo me va a dar si me paro aquí! Me azusca la cabeza y me dan como vaguidos. Dale Nicolás, azuza al mulo, a ver si salimos, que en cuanto no se vea el cortijo, se quita el mal.

Nicolás no comprendía por qué se sentía mal en aquel corto espacio de tierra. Le ocurría siempre que pasaba por allí. De manera, que sin que su padre se lo dijera, él arreaba al mulo para pasar más ligero.

-¡"Matagatos"! ¡Ay "Matagatos"! decía siempre Nicolás cuando pasaban entre los almendros. ¿Cuántos gatos matarían?

Antes de subir la pequeña cuesta que entra a la aldea de Casalázaro, cruzan la vereda de ganado, donde suele Romualdo regresar antes de anochecer con su medio hermano Francisco José.

-Romu, le grita Nicolás. Mire padre, por allí vienen los dos.

Romualdo no contesta, hace un gesto con la mano para indicarles que les ha visto. El perro ladra porque los ha reconocido, pero no se separa del ganado. Lleva diez ovejas, porque comenzó a pastorear con pocas. Ahora con el buen negocio del día Pedro comprará unas cinco más.

Cuando llega Romualdo a ellos, el perro saluda con dos ladridos.

-Hazme sitio Nicolás, que doy un salto.

Y se encarama al carro como un gato hambriento, mientras Francisco José se sube detrás.

-¿Cómo se ha dado el día?, le pregunta su padre. ¿Has visto liebres?

Romualdo, que es tardo en responder, le echa una mano a su hermano por el hombro y estira las piernas. Tiene ya quince años, la edad del descuelgue, la de atisbar mozas en la aldea. Mira a su hermano y contesta:

-He visto más de veinte conejos, les he colocado trampas para mañana. Y las liebres, liebres, lo que se dice liebres, pues no sé. ¡Como están tan bien escondidas!

-Vente mañana conmigo, le dice a Nicolás, y te llevas los conejos que caigan esta noche y te los llevas a casa. Que si vienen los buitres se los comen en una sentá.

-Eso está bien, le dice su padre. Si te traes alguno, preparamos un gazpacho a medio día. Así me entretengo por la mañana en recoger más serones de pleita, le pago a Lorenzo, el "Espartero", lo suyo, vendo lo que nos ha sobrado, preparo el carro para el día siguiente y así es la vida. ¡Qué le vamos a hacer!

La Torre

Capítulo Diecinueve

Romualdo se dedica al pastoreo, la dula y la muerte de Francisco Velasco

Aumentó la cabaña de ovejas Romualdo; los buenos pastos en la Cañada Real, los veranos húmedos que hacían crecer las hierbas, el buen oficio que tenía para atender a las parideras y la tremenda paciencia que, además de requerirse para estar todo el día en el campo, él tenía.

Los días que se podía asegurar el sol, le acompañaba su medio hermano Francisco José, al que le gustaba aprender el oficio. Casi todos los días, mientras vivieron sus abuelos, aprovechaba la salida del pueblo para ir a pedirle unos chorizos y jamón. Comer en el campo era uno de sus mayores placeres, podía pasarse horas masticando y tumbado en una ladera del monte, aunque las ovejas se perdieran de vista. Romualdo que conocía sus limitaciones, solo le decía:

-Pero hombre. ¡A ver para qué comes tanto! No ves que después te da sueño y pierdes las ovejas.

-Ya, le decía Francisco José. Jamón con chorizo, ¡prueba, prueba!

Romualdo aprendía el uso de las hierbas del campo, conocía las que el ganado no probaba porque les producían males que él no entendía, pero alguna recolectaba para ver si calmaban dolores de vientre o de cabeza. Sabía del uso de la corteza del sauce, que le había enseñado su abuelo Alfonso, de las malvas, del azafrán serrano que salía en otoño y aún con nieve, del beleño que aprendió de su padre que se lo había contado Cayetana, la "Ojo Cuchillo" del Pozuelo. De preparar buenas tortas en el monte cuando se reunían varios pastores, incluido "Cabriles" con sus historias de su cabra preferida.

De regreso al pueblo venía una tarde pensando lo que le habían comentado los demás pastores. Le dijeron que al llevar poco ganado, lo podía aumentar con la "dula". Con ello podría conseguir algún real más, sólo por cuidarlos. Se decidió a ello y le preguntaría a cada vecino que tuviera animales, si estaban de acuerdo en dejarle llevar y cuidar a los animales a cambio de algún real, sobre todo en primavera.

Salieron un día bien temprano los hermanos Romualdo y Nicolás. Francisco José detrás de ellos gritando:

-¡Esperarme que voy a ver a mi abuelo!

-Cuando se muera su abuelo, decía Nicolás, este va a necesitar un gorrino para el solo.

-Déjalo, que el "Virutilla" le echa tres chorizos y jamón todos los días.

Romualdo, en su zurrón, llevaba una navaja, un trozo de pan de hogaza en el que metía un par de chorizos, carne de membrillo, harina, nueces y una amasadera de piel de cabra curtida para cuando se hacían unas tortas si en el campo se reunía con otros pastores al que no podía faltar un pellejo de vino.

En el camino Romualdo le contaba a Nicolás historias que contaban los pastores en las juntas que hacían en el campo.

-Uno de ellos, decía Romualdo. "Cabriles", siempre que llega nos dice: "Reunión de pastores, oveja muerta"; y se reía como un bobalicón, rascándose con una mano las pulgas y piojos que debe tener en las encodrijás de la entrepierna. Pues se entera siempre que hacemos una comilona cuando se ha muerto alguna oveja.

"Cabriles" tenía unos cuarenta años. No estaba casado. Ni rondaba, ni rondó, ni pensaba rondar a ninguna moza del pueblo. Venía de una aldea, Peñarrubia, en busca de la Cañada Real, donde confluían los pastores para la reunión de la oveja y hacer un gazpacho. Decía que él no necesitaba ninguna mujer.

-¿Para qué? ¿Para que me dé el tostón tos los días? Pos no me hace falta ninguna, que tengo una cabra que me quiere más que mi madre.

Hablaba de la cabra igual que si fuera una mujer, con gestos obscenos cuando les decía como practicaba la coyunda con ella. Que la muy jodía, cuando quiere eso, ya me entendéis, ¿no? Pues eso. Que cuando me viene a buscar, no le puedo decir que no. Es que no me sujeto, les decía riéndose como el mayor bobalicón del reino.

-Pero, tu eres un burro "Cabriles", le decían los demás pastores. No ves que eso no es natural. A las cabras sólo las puede montar el cabrón que para eso está. ¿No lo ves?

Él se quedaba mirando con la boca abierta sin decir nada. Al rato se reía y gesticulaba con la mano alrededor de la oreja y moviendo la cabeza hacia abajo y les decía:

-¡Pos sí hombre! Yo me quedo bien y ella mejor. Y no me caso con ella, porque no hay manera de vestirla para la boda.

Y comenzaba a reírse con una risa que contagiaba al resto. El pensaba que al reírse todos, le estaban dando el beneplácito de su zoofilia enfermiza.

Romualdo entre sí, pensaba. "Bocachanclas" será el tonto del pueblo en Peñarrubia, pero este "Cabriles" es tonto rematao, que le va a quitar el puesto.

-Para que veas Nicolás, le dice su hermano, algunos pastores se les va el enteleto y se convierten en los mismos animales con quienes pasan todo el día.

-Pues a ver si te pasa a ti lo mismo, le dice Nicolás, que tú también estás todo el día por ahí detrás del sol.

-No, que va, le dice Romualdo con una pachorra pasmosa que tranquilizaba al viento y a las nubes. ¿Cómo me va a pasar a mí lo mismo que a "Cabriles"? Bueno, digo "Cabriles", pero alguno hay en la cuadrilla, que se ríe pero no dice nada. Lo mismo también ensayan con las ovejas.

Los dos se ríen a carcajadas mientras caminan.

Las trampas dieron su fruto, cuatro conejos en una noche. Nicolás los llevó como estaba previsto a su casa.

-Yo voy a mediodía, que me quedo aquí en el cerro de San Marcos le dice Romualdo a Nicolás. Que no quiero encerrarlas muy tarde.

-Bueno, le dice Nicolás. Pero no te entretengas ahí sentado al sol, que hay días que te quedas como "Garrampa". Ahí con la vara matando hormigas. Que no es bueno que estés to el santo día solo hablando con el chucho éste. Y por cierto qué nombre le has puesto.

-"Murat", le dice. Ahora solo me atiende a mí. ¡A que sí Murat!
El perro que ha oído el nombre se pone derecho mirando a las ovejas y con el rabo levantado.

-No ves. Oye el nombre y ya sabe que tiene ser cosa de ovejas, le dice Romualdo.

- ¿"Murat"?, le pregunta Nicolás. ¿Eso qué quiere decir?

-No lo sé. Se lo oí decir a la Isabelita, la del "Espartero", el que le hace los serones de pleita a padre, que se lo oyó decir al cura el otro día.

¡Uy yu yui!, le dice Nicolás sonriendo con rintintín, tú estás rondando mucho su puerta.

-¡Pos sí hombre! Eso es el perro, que tiene querencia en pasar por su puerta, le contesta Romualdo.

-Ya me lo estoy creyendo, ya. Tú estás rondándola.

-Anda tira con los conejos, anda, le dice Romualdo, que el perro se distrae y no trabaja bien si hay gente.

Bajó Nicolás contento con los conejos a su casa. Su madre le dijo:

-Anda que bien. Cuatro, dos para un gazpacho y dos para un pisto. Pues mira Nicolás, ve y dile a mi hermana Josefa y a tu tío Francisco, a tu tía María Josefa y a Estefanía que se vengan a comer hoy, que voy preparando los conejos.

Estefanía, al quedar viuda de Juan Ángel de la Rosa, con veintiocho años, con dos hijos, todavía joven, era rondada por Gregorio de la Cuerda, que con treinta y cuatro años quedó viudo de Asensia Rozalén. Llegaron a un acuerdo sin "cencerrás" por parte de los vecinos de la aldea y se casaron en mayo de 1807.

Subió la cuesta para ir a la casa donde vivía su tío Francisco y su tía Josefa. Entró y vio a su tío sentado mirando el fuego de la chimenea. Se le quedó mirando y observó como tenía los ojos un poco amarillentos, mas hinchados de lo normal. Fatigado; con pocas ganas de hablar y de moverse. Tenía Francisco treinta y siete años.

-Tío Francisco, ¿Se encuentra mal?

-No estoy bien, le contesta su tío. Me encuentro muy cansado, casi sin fuerzas.

-Pues he venido a decirles que se vayan a mi casa, que mi madre va a preparar un gazpacho con conejo, de los que ha pillado mi hermano Romualdo, con las trampas en el monte.

Dile a tu madre que sí, que vamos ahora mismo. Se lo digo a la Josefa en cuando vuelva del río con unas sartenes que se ha llevado para limpiarlas con asperón.[193] que no sé por qué se va ahora con el frío que hace.

Muy preocupado se marchó Nicolás de casa de su tío, pues no tenía un aspecto saludable. No era normal que se encontrara tan cansado, pues su tío era muy ágil y vivo. Además, no paraba quieto ni en su casa.

---

[193] Asperón. Arena de arcilla muy fina que se deposita en los meandros de los ríos que se usaba para limpiar de tizne y oxido las sartenes y útiles de hierro y chapa de las cocinas.

Con esta preocupación entró en su casa y se lo dijo a su madre, la cual ya sabía de su estado por medio de su hermana.

-¿Qué es lo que le pasa al tío Francisco?, le pregunta a su madre.

-No lo sabemos. Como aquí no hay curandero ni sangrador, ¡Pues así estamos!

-Cuando venga tu padre se lo decimos. ¡Qué tiene mala cara! A ver que podemos hacer.

Amasó Pedro en la mesa una buena torta gazpachera de harina de trigo. Separó las ascuas de leña de encina, con el piso suficientemente caliente, como las cenceñas de los pastores y la cubrió con las ascuas que había retirado. Preparó una buena sartén en el fuego. Juana preparó la carne de conejo troceada en la sartén, pimiento, ajo y aceite.

-Mira Nicolás, Ahí tienes la piel, le dijo su madre. Pégala en una piedra, bien alto, que le dé el sol, que con éstas te voy a hacer un gorro a ti y a Romualdo para el invierno que está al llegar.

Percibió Pedro, cuando llegó su hermano Francisco, que su cara denotaba poca salud. Había perdido peso, el color de su piel no era normal, su expresión era triste, con sus ojos salientes amarillentos.

-Francisco, pasa, siéntate aquí, le dice su hermano Pedro. Tú no estás bien. Estás desganado, sin fuerzas y mal color de cara. ¿Dime si te duele algo?

-No siento dolor, Pedro, solo deseos de dormir y descansar, pero no me duele nada.

Juana, le dice a Pedro que mostraba en su cara su preocupación. Hace cosa de un mes que está así, sin ganas de hacer nada, sin fuerzas. Ni con cataplasmas le bajan las calenturas.   Esta como untado de alguna brujería.

Pedro, que acaba de oír lo de brujería, se pone de pie y con los ojos abiertos sobremanera, le pregunta a su hermano.

-Francisco. ¿Dónde tienes la piedra de oro que te dio la "Ojo Cuchillo" del Pozuelo?

-¿La piedra?, dice su hermano sorprendido más que él. Pues no lo sé.

-¿Qué piedra, dice Juana?, ¿esa brillante que estaba en la chimenea?

-Esa, esa, dice Francisco. ¿La has visto?

-Tuvo que desaparecer cuando nos cambiamos a casa de tu madre, le dice Juana, echándose las manos a la cabeza. ¿Pero para qué queréis la piedra ahora?

Francisco apenas saboreó el gazpacho, dos cucharadas de torta y su cuerpo no respondía. No pudieron continuar y se marcharon con los niños a su casa.

A partir de ese día se dedicaba a buscar la piedra, sin resultado. Su angustia le provocaba una tensión que le agotaba, acabando postrado en la cama.

Pedro, viendo que no mejoraba con ninguna hierba, decidió ir a San Pedro a buscar a un sangrador que allí vivía. Salió con el carro muy temprano a primeros de marzo del año 1808. Si lo encontraba lo traería a su casa en esa misma mañana y lo volvería a llevar a San Pedro.

En las primeras casas de San Pedro, preguntó donde vivía el sangrador, pues no sabía su nombre. Una mujer enlutada de una edad difícil de averiguar, al oír a Pedro que buscaba al sangrador, le dice:

-¡Ay si yo lo supiera! ¡Ay si yo lo supiera buen hombre! No se lo diría, porque yo misma le sacaría los ojos. Pregunte en aquella casa que ve ahí enfrente, pregunte por la mujer de "Ajopringue", a ver si ella sabe algo. Pero ya le digo yo, que si lo veo, ¡le arranco la corá!

Pedro, desconcertado por las palabras de aquella mujer enlutada, se acercó a la casa donde le había indicado. Peguntó por la mujer de "Ajopringue" a una niña descalza que salió a abrir la puerta. La niña llamó a su madre a gritos.

-Madre, aquí hay un hombre que la busca.

Salió la mujer, igualmente vestida de negro, con un velo que le cubría toda la cabeza.

Pedro tampoco podía saber la edad de aquella mujer, que salió a la puerta, con triste semblante. Su cara expresaba un luto terrible, como la mujer anterior.

-Buena mujer, vengo de Casalázaro buscando al sangrador del pueblo, vengo aquí según me ha dicho aquella mujer de enfrente porque no sabe el paradero de este hombre.

-Buen hombre, le dice la mujer. Aquella mujer le habrá dicho que le sacaría los ojos al sangrador. ¿Verdad?

Pedro asiente con la cabeza, temiendo otra respuesta de venganza.

-Pues le digo yo, que después de que mi vecina le sacase los ojos, yo le cortaría la hombría, ¡toa de un tajo!, sin darle tiempo a decir ¡ay! Ese sangrador, se hace llamar "Sanguijuela", muy digno nombre de tan mal bicho. Sepa buen hombre que después de sacarle toda la sangre que pudo al marido de aquella mujer, vino a esta casa, no muy contento con la que allí sacó y estando mi señor esposo enfermo, que fue causa de llamarlo también, lo desangró en un "santiamén". El baladre del "Sanguijuela", viendo lo que estaba haciendo salió corriendo después de dejarle la herida que le había hecho, tal que, en un cerrar y abrir de ojos, mi vecino y mi señor esposo dejaron este mundo.

Pedro, oyendo la explicación de la mujer, se le estaban quitando las ganas de seguir buscándole por todo el pueblo. Le pregunta a la mujer.

-Buena mujer. Así pues, ¿este sangrador es un truhán, un farsante que no entiende nada de males ni de "mal de ojo"?

-Pues sí señor. Y no creo que lo encuentre por esta aldea, porque después de desangrar a mi esposo, se fue a casa del sacristán, al cual dejó seco en menos de un padrenuestro. Todos los vecinos salieron a buscarle con intención de colgarlo en la plaza. De manera que salió corriendo por el Río Mirón y ya no pudieron seguirle, porque el muy baladre corría como las liebres. Así que busque otro en otro pueblo, porque lo que es aquí ya no encontrará a nadie que se quiera dedicar a este oficio.

Se despidió Pedro con mucha tristeza, emprendiendo camino del Pozuelo, recordando que allí vivía un médico que entendía de los males que acuden a los hombres. Estaba dispuesto a llevarlo a Casalázaro aunque fuera un sangrador con mala fama y menos escrúpulos. Pero con lo que había oído de las mujeres de San Pedro, no le dejaría sólo sangrando a su hermano. Estaría supervisando todo movimiento.

Arreó al mulo para que acelerara el paso por el camino del Pozuelo, llegando a buena hora a la plaza. Preguntó dónde vivía el médico a una mujer que resultó ser una de las hijas de "Picachu" de lo cual se alegró por los buenos recuerdos vividos alrededor del molino. Le preguntó sobre la curandera "Ojo Cuchillo" y por su padre.

-Ya no están con nosotros, le dice. Han pasado a mejor vida. A mi padre le haremos la misa del año dentro de unos días. Y a la "Ojo Cuchillo", se han quedado todos más tranquilos, que con el tiempo se hacía más insoportable. Yo creo que se murió de hambre, porque si estaba seca en vida, no te puedes imaginar cuando la enterramos. ¡Cómo una caña!

Cuando Pedro le explica la causa de la visita, ella quedó muy preocupada, tanto por la enfermedad de Francisco como de la posible curación por el médico. No obstante le acompañó a casa de "Alquitara"[194] que así le decían al médico, que cuando era más joven se dedicaba a sanar, sin conocimiento de letras ni de enfermedad alguna.

-Mira Pedro, le dice. Antes de venir a este pueblo del Pozuelo, "Alquitara" era "Saludador". Carecía de todo conocimiento de la medicina y de brebajes curativos. Creía que curaba con saliva. Pero ¡Qué lástima!, si alguno se curaba, era por sí mismo o por evitar volver a verlo más. O por miedo a la muerte, que a veces te hace coger fuerzas y agarrarte a la vida.

Salió Pedro escaldao de Pozuelo al oír las palabras de la hija de "Picachu", se le encorvaba la espalda de tristeza. Pero al no haber nada, bueno era aquel que hubiera visto más enfermos y tener más costumbre en la sanación.

Llegaron a su puerta. Dieron dos golpes con la aldaba. Pedro miraba con esperanza a la hija de "Picachu", cuando salió el médico saludador a la puerta. Sus ojos estaban rojizos, al igual que su nariz hinchada y las venas de su mejilla.

Después de explicarle Pedro lo que le había traído a su casa. "Alquitara" cogió su zurrón y se subió al carro. Si todo iba bien llegarían a medio día a Casalázaro.

Arreó al mulo Pedro, viendo que el médico saludador sacaba del zurrón cada media legua una frasca de aguardiente y se enjuagaba la boca, tragándose a continuación el aguardiente.

-Es para limpiar la boca, decía. Es bueno para cuando las muelas se ponen negras. Así evitan que se caigan antes de tiempo.

Pedro lo miraba incrédulo, pero antes de llegar a San Pedro, "Alquitara" se iba durmiendo y apoyándose en Pedro.

Este hombre no va a poder llegar en condiciones de curar a nadie si sigue limpiando las muelas con aguardiente, pensaba Pedro. Si llega descompuesto a la aldea, no lo voy a poder llevar a casa. ¡Menudo médico es éste! Si sigue así lo meto en el río que se espabile. ¡Si se va cayendo del carro! A ver con que sano juicio puede este hombre saber de una enfermedad. ¡Me cago en tos los dioses del universo!

Con estos pensamientos llegaron a medio día a casa de su hermano Francisco. Temía que se cayera al suelo si lo dejaba solo, por lo que le ayudó a bajar del carro y lo llevó a la habitación donde se encontraba su hermano. Lo sentaron sobre una

---

[194] Alquitara. Alambique antiguo de cobre para destilar aguardiente

silla al lado de la cama. Su hermano se quedó mirándolo sin decir nada. Le pidió a su hermano que se acercara al oído.

-Pedro, le dice, no hemos encontrado la piedra y yo ya no tengo fuerzas. Apenas puedo hablar. Y creo que este hombre lleva más aguardiente encima que carga el burro de Arebal.

Más preocupación para su hermano Pedro. Si en San Pedro el sangrador estaba siendo perseguido para ser ahorcado, pensaba. Éste del Pozuelo llevaba la alquitara dentro del cuerpo como castigo. Y por si fuera poco, ahora la pérdida definitiva de la piedra. ¡Ay señora Cayetana, ayúdeme donde quiera que esté!

El médico les pidió que salieran y los dejaran solos, a lo que Pedro se negaba.

-Yo me quedo para ayudarle a moverlo si hace falta, decía.

El médico que apenas se le entendía ya alguna palabra coherente, decía:

-¡Qué no hace falta!, yo sólo, aquí, que esto es secreto y no lo puede ver nadie.

Obedecieron Pedro y Juana saliendo de la habitación, esperando pegados a la puerta sin oír nada de lo que allí pasaba. Ni a Francisco porque no tenía fuerza para decir una palabra, ni al médico porque se le había cortado la voz y la razón.

Así pasó un rato que se hacía eterno, cuando Pedro, decidido a entrar de todas formas, le dice a Juana:

-Yo voy a pasar, que no me fío del saludador éste.

Le empujó a la puerta con decisión y vio a su hermano con los ojos abiertos mirando al techo. No respiraba. Se había quedado así cuando el saludador, se había quedado dormido con la cabeza en la cama y el dedo metido en la frasca de aguardiente.

-¡Maldito sacapotras! A éste lo tiro al río ahora mismo. Juana ven, que Francisco se ha muerto.

Cogió al saludador y se lo echó al hombro. Lo colocó en el carro tumbado, pues no volvía en sí y salió hacia Batán de los Mazos. Se aproximó a la fuente, lo bajó de una brazada y lo sentó al lado del agua. Le dejó su zurrón al lado y le echó con las manos, varias veces agua en la cara y en la cabeza. Apenas tenía fuerza para abrir un ojo, pero a Pedro le era suficiente.

-Mire señor sacapotras o saludador. Aquí lo dejo al lado de la fuente. Hártese de agua o de aguardiente y cuando se espabile pregunte como volver al Pozuelo, porque yo no lo voy a llevar. Y si viene alguna vez por Casalázaro, escóndase bien porque si lo veo le arranco las orejas y se las echo al perro.

Era el trece de marzo de 1808. Dejó dos hijos: Francisca y Juan de Sagaun Francisco. Este último moriría dos años después.

La primera visita de Romualdo para formar la dula y ampliar la recua de ganado para llevarlos al campo, la hizo en la casa de Lorenzo de la Rosa, padre de Isabelita. El perro que conocía bien la casa, se paró en la puerta del "Espartero". Ladró dos veces como lo hacía habitualmente. Pero ésta vez abrió la puerta Isabelita.

-¡Anda!, dice cuando lo ve, sonriendo. Romualdo, ¿qué haces tan temprano por aquí? ¿No vendrás a recoger esparteñas?, porque no tiene mi padre ninguna terminada. Ah, pues no, porque vienes con las ovejas. ¿Y el perro éste? Míralo, se queda siempre que vienes, ahí quieto como una estatua. ¿Tú le has enseñado a hacer la estatua? Pero bueno, ¿vas a hablar o qué?

-Isabelita, le dice Romualdo con más parsimonia de lo normal. Él sabe que hablando despacio la gente se tranquiliza y se apacigua: Si es que no paras, que parece que estás desatá. ¡Ay si te vieras lo guapa que estás!

-¡Uy, tú ya no te acuerdas a qué has venido! ¿A qué no?, le dice ya más tranquila. ¿Tú me estás rondando?

-Pues Isabelita, a decir verdad, le dice apoyando la mano en la pared, al lado de la puerta, te rondo. Sí, es verdad. Todo lo que puedo, pero hoy era otra cosa. Isabelita, que se había puesto muy contenta de sentirse rondada por un mozo tan joven en la aldea, se queda mirando con asombro a Romualdo.

-¿A no? ¿Pues qué es lo que te trae hoy?

-Pues, como ya sabes que te pretendo, te pido que lo tengas en cuenta para otras veces. Y que sepas que cuando me voy al monte con las ovejas, todas me hablan y me dicen: ¡pero que haces atontao! ¿Por qué no le dices nada a la Isabelita? Y yo les contesto.

-¡Ah!, ¿pero le contestas a las ovejas?, le dice Isabelita, mirándolo de abajo a arriba, pensando que estaba saliendo tarumba. Tú pasas mucho tiempo con los animales. Demasiado diría yo.

-Sí, le dice Romualdo. ¿Y sabes qué les contesto?

-¿Pero cómo, les hablas?, le dice riéndose. ¿Balando?

Romualdo también ríe.

-No mujer, como se lo voy a decir balando. Le digo a Murat: anda, ves y dile a las ovejas que Isabelita es la mujer más guapa de to Casalázaro. El perro va, se pone delante de ellas, ladra dos veces y las ovejas se callan. Ves como es verdad.

-¡Madre mía como está el pastorcillo! Exclama Isabelita. ¡Anda dime otra cosa que no le digas a las ovejas, anda!

Cuando va a explicarle el asunto de la dula, sale su madre Juana Antonia, que con toda seguridad ha estado escuchando detrás de la puerta el diálogo, porque sale sonriendo pero conteniéndose.

-Pues resulta, le dice, ahora que está tu madre, que quiero hacer una dula en el pueblo y llevarme el ganado de todos los vecinos que quieran a pastar al monte y allí los cuido hasta la tarde.

-Pues muy bien, le dice Juana Antonia. Llévate dos cabras. Como pago te doy unas esparteñas al mes de tu horma. ¿Qué te parece?

-Pues ya están saliendo las cabras, Juana Antonia, que voy a continuar.

Su madre pasa a por las cabras, momento que aprovecha Romualdo para decirle a Isabelita.

-Bueno Isabelita, tengo ya quince años. Tú te lo vas pensando. Si no te da grima, la próxima vez te digo más cosas bonitas que voy a ir pensando en el monte. Y si no te gusta que te ronde, me lo dices. ¿Cuántos años tienes Isabelita?

-Yo catorce, le contesta, ahora más tranquila y hablando con más sosiego. Si me rondas, que sea dos veces al día. Una, cuando te lleves las cabras y la otra, cuando las traigas. Ala, ve llevándote las cabras que ya sale mi madre.

-¡Qué contento me voy!, le dice Romualdo. ¡Hasta la vuelta reina mora!

-¡Reina mora!, le contesta Isabel con sorna, sonriendo y mirándole de arriba a abajo. ¡Anda sal tirando sultán!

De casa del "Espartero" se fue a casa de "Fidelete" que le sacó una puerca de parir.

-Mira, le dice "Fidelete". Esta puerca no te va a dar ningún problema, ya verás. Ella se mete en medio de las ovejas y ni se la oye. Hasta luego "Dominga", que así la llamaban a la puerca. Que vas a tener por lo menos una "ocena gorrinos".

-Eeeeeeh, pare el carro "Fidelete". ¿Así, sin más? Más trabajo para mí, de balde. No veo yo así esta función. ¡Y mire que lista es la gorrina! Ya se ha escondido en medio de las ovejas. Eso es que tiene la gorrinera llena de mierda y por eso está deseando salir al campo.

Son dos reales al mes o un lechón en cuanto suelte los gorrinos, le dice Romualdo.

-Venga, sea un lechón cuando nazcan. Anda tira, que no estás hecho tú mal tratante, le dice "Fidelete"

Cuando pasó por la puerta de "Liendrecillas" salió al ruido del ganado, vio las cabras y la puerca de parir y le preguntó que si estaba llevando ganado para la dula.

-Ea, le dice Romualdo. Si quiere ampliarla con algún animal, se lo llevo.

-Bueno, pues voy a sacarlo, le dice "Liendrecillas".

Al momento sale con un mastín de unas ocho arrobas. Con una cabeza como la campana de la iglesia.

-¿Pero esto qué es? ¡Un mastinaco más grande que una vaca! Yo no me llevo eso. Pero usted sabe la que me puede liar en el monte. ¡Pero si puede tirar de un carro!

-¡Qué no hombre, que no va a pasar nada!, le dice "Liendrecillas". Si es un cacho pan. Además no necesita comida. Él sabe donde ha guardado huesos en toda la sierra. Y se va a tumbar siempre a tu lado. Ya verás como no se acerca nadie. Pero no porque les vaya a atacar, sino por su sola presencia. Míralo, si no hay otro igual.

-¡Pero si eso es un toro disfrazao de mastín!, le dice Romualdo.

-¡Qué no va a hacer nada!, insiste "Liendrecillas". Como pago te doy el primer mastín que engendre con la mastina del "Marqués".

-Venga pues, pero si le veo hacer algo raro, mañana no me lo llevo. Y si me lo quedo, va a ser además, una gallina al mes. ¿Qué le parece?

-¡Ah no!, entonces te tienes que llevar los dos gorrinos a comer bellotas al campo.

-Me parece bien, le contesta. Saca los dos puercos y me los llevo.

¿Y cómo se llama el mastinaco?

-No tiene nombre. Llámalo como quieras.

-Pues desde ahora se va a llamar "Dupont, el Toro".

Se encaminó Romualdo con la primera dula, camino de la fuente de la Carrasca, por el vallejo de la Cañada Real. El mastín se colocó al lado de Murat para aprender el oficio, pero Murat lo miraba con recelo. Era más listo, sabía que el grandullón de la cabeza grande y orejas caídas no iba a aprender nada.

-Al primer mastinaco que engendres "Dupont", le decía Romualdo por el camino del Vallejo, le voy a hacer una carlanca de hierro que va a ser la envidia de todos los cañones franceses. Aunque tú no lo necesitas, que si te salieran cuernos ibas a parecer un toro. Manso, eso sí. ¡Qué hay que ver! ¡Cuánto te pesa el cabezo! Y se reía mientras lo miraba.

En el mes de mayo se produjeron unos sucesos que arruinaron otra vez el país mientras Romualdo cuidaba las ovejas, Murat y Dupont vigilaban a media altura a los animales para que no se separaran. La puerca de parir y los dos marranos buscaban raíces y bellotas en la paz de la primavera en la Cañada. Como cada semana, algún pastor se acercaba con el rebaño a la fuente. El que venía de la zona del Ituero era "Galdón", el más listo de todos los pastores. Ese día, aceleró el paso cuando vió a Romualdo sentado en una piedra con los dos perros.

-Romualdo, le dice cuando ya estaba con él. ¿A qué no sabes lo que ha pasado?

-¿Qué va a pasar? ¡Que no llueve1, le contesta.

-Madre mía Romualdo, le dice "Galdón", que bien que lo llevas aquí todos los días mirando las carrascas. Mejor para tí. Pero que sepas que hay movimientos de tropas por el río Jardín, por las Alamedas, La Torre y Balazote. Tropas de soldados franceses armados buscando gente y haciendo talegas. Roban carros con ovejas, cerdos y se los llevan no se dónde. Esconde los animales. No te acerques a los caminos. Esto es otra guerra que han liado, pero ahora el enemigo está aquí dentro. Peor para nosotros. Ya verás si no nos llaman a quintas.[195]

-Yo tengo quince años, le dice a Galdón. A mi no me van a llamar, le dice Romualdo.

-En esta guerra no preguntan los años, solo miran si no te faltan dedos o alguna mano. Yo ya te lo he dicho. Díselo a tu padre, que lo he visto pasar con el carro por el Ituero. Si le enganchan el carro, lo pierde. Dicen que los franceses son más ladrones que los españoles. Ya lo sabes.

Y salió desesperado camino del cortijo para guardar el ganado con más miedo que cien zorras.

Se quedó pensando Romualdo y decidió bajar a la aldea aunque era más temprano de lo habitual. La dula se retira, dijo. Voy a ver a la Isabelita que le gusta que la ronde.

Cuando bajaba hacia la aldea, todos los animales comienzan a correr en algarabía, levantando una polvareda como si viniera la caballería del ejército francés. Cada uno

---

[195] Se habían interceptado en Albacete las valijas oficiales francesas. A través de esos informes se tiene conocimiento del abandono de España de Carlos IV, el microcefálico, que se cubría la cabeza con una peluca, que no sabía ni hacer jaulas para grillos, junto al felón de su hijo Fernando. Se los llevan a Francia bajo la custodia de Napoleón. Carlos IV había abdicado en su hijo Fernando, pero Napoleón le hizo abdicar a su vez en su padre Carlos IV. A éste le hizo abdicar en Napoleón, que para rematar la jugada nombró rey de España a su hermano José Bonaparte. Ahí es nada. El pueblo se había levantado en armas en Madrid, dando comienzo otra guerra más. En Albacete se organiza la Junta de Gobierno para defensa del territorio. Entre las ordenes que se reciben, una es la de formar partidas de unos cien hombres cada una para intentar inmovilizar y aislar a las tropas francesas para que no tengan avituallamiento en los pueblos, impedir requisas. Se tratarán de controlar los pasos por los puentes, impedir los accesos a los pueblos y aldeas, provocando escaramuzas, emboscadas y de ningún modo entrar a campo abierto.

a su corral. Como era un poquito antes de lo normal y aún no tenían la puerta abierta, se quedaban en la puerta.

Dupont bloqueó la puerta de "Liendrecillas". En la puerta de "Fidelete" le plantó la puerca una arroba de estiércol. Y al llegar las cabras a la puerta del "Espartero", su mujer Juana Antonia, se abraza a una de las cabras diciéndole:

-¿No te habrás quedao preñá? Condená, que te gustan más los cabros que la hierbabuena.

-Pero madre, le decía Isabelita. ¡Qué cosas tiene! Y miraba a Romualdo, riéndose.

-A mi no me mires Isabelita. Que si se queda preñá, eso no estaba en el trato. Mejor para ella. Así cría y aumentamos la cabaña.

-Pero vamos a ver Romualdo, le dice Isabelita. ¿Llevas por casualidad algún cegajo en la dula? Yo no veo ninguno. Entonces ¿Cómo se va a quedar preñá? A ver, dímelo, alma cándida. Hace una pausa para no atosigarlo y le pregunta cuál es el motivo de venir hoy un poco antes.

-Pues vengo antes, porque "Galdón", un pastor del Ituero me ha dicho que hay tropas francesas haciendo la talega por el río Jardín y Balazote.[196]

-¡La madre que los parió!, exclama Isabelita.

Su madre que lo ha oído, le pregunta.

-¿Qué sucede Isabel? ¿Qué es lo que ha pasado?

-Madre, le dice Isabelita. Se acuerda lo que dijo el cura el otro día en misa. Que los franceses habían entrado en España. ¡Pues era verdad!, le acaban de decir a Romualdo que los han visto por el río Jardín. Y lo tiene que saber todo el pueblo, porque esto es otra guerra. Y en ésta peligran las ovejas y los cerdos, si no matan a todos los que se pongan en su camino.

Corrió la voz en la aldea como el fuego. Todos estaban prevenidos. Cambiaba de lugar diariamente Romualdo el ganado para evitar cualquier algarada de los franceses, cuando le dijo su padre que en otro viaje que hizo a las Alamedas, en el río Jardín, que los franceses le habían quitado veinte ovejas y diez cerdos al marqués de Valdeguerrero. Y por eso estaba el marqués ayudando a formar partidas para combatir a los "gabachos".

Si un día se los llevaba a "Los Charcones", donde con otros pastores comenzaron a construir una majada, pues, cada uno que pasaba por allí se dedicaba todo el día a poner piedras mientras el ganado pastaba libre. Al otro, los escondía en la "Cruz del Pastor" donde había comenzado a construir un cinglo. Si hacía sol al "Pinarejo". Y si amenazaba lluvia, todos los pastores se acercaban al cubillo de la fuente de la carrasca, donde tenían guardado una sartén y un poco de aceite y sal para las ocasiones. También guardaban cucharas de boj que hacía "Sotero", que con tan buenas mañas no paraba de cortar con la navaja. Siempre llevaba una a medio en la

---

¹⁹⁶ Hubo ayuntamientos que para evitar el desabastecimiento de víveres por las algaradas de los franceses, como la ocurrida en Albacete, de la que se llevaron todos los víveres y comestibles, efectos, alajas y grano, optaron por pagar una contribución al general francés Moncey y les dejaran continuar con su vida cotidiana, como fue el caso de La Roda, Villarrobledo, Lezuza, El Bonillo y otros de la comarca de la Mancha.

mano. Si la lluvia duraba todo el día, ahí estaban todos metidos comiendo y contando historias, a cual más exagerada. Allí liaban una gazpachada, mientras "Cabriles" buscaba en las trampas algún conejo. Era bruto y salvaje este "Cabriles" pero no se iba a morir de hambre, pues en diez minutos acudía con un conejo. "Piejo Lumbre", otro pastor de Peñarrubia se encargaba de traer un odre de vino de su aldea. En el cubillo se hablaba de todos los temas, que si los franceses, que si el cura, que si las cabras, que si ha muerto fulano, que si se ha encaprichao el fraile de una moza, en fin, que la vida social del pastor era comentar la previsión de la lluvia y cargarse de noticias, muchas veces exageradas y otras, simples rumores falsos que hacían reír a todos por inverosímiles, como aquél que contaba "Piejo Lumbre" que había caído un rayo vivo en la rambla de Peñarrubia, que había hecho una cueva en las piedras y que dentro de ella salían trozos de oro como cagás de cabra todos los días.

Buscaba siempre Romualdo zonas altas para otear los vallejos, sin caminos ni sendas que dificultaban el acceso a la caballería. Había que estar atento.

En plena guerra de guerrillas, se oían noticias que venían de la sierra de Jaén, de Sierra Morena, de Chinchilla y Jorquera sobre el buen resultado que daban las partidas de guerrilleros en estas zonas. Del "Empecinado", del cura "Merino", de Francisco Abad Moreno, el "Chaleco" de Valdepeñas. Se trataba de obstaculizar los movimientos franceses avivados después de la derrota en Bailén, en que Napoleón hizo enviar a 300.000 soldados más.

Todo el pueblo temía por sus bienes, pues la guerra continuaba. No había autoridad competente. Sin orden, ni consuelo, disminuyó la población. [197] La economía era de subsistencia, aunque en Casalázaro seguía todo igual que antes. El sol salía todos los días, pero allí no se movía nada. Como no había apenas movilidad de personas, no había información. Solamente algo podía llegar al cura, el único que sabía leer. [198]

Desde ese momento Romualdo se puso a construir una tiná a media altura del Vallejo, cogiendo todas las piedras que había por si tenía que dejar el ganado encerrado alguna noche y evitar que los vieran los franceses si estaban por la aldea.

Romualdo, una tarde de agosto cuando venía de esconder el ganado de la dula, le dijo a su padre que tenía necesidad de vivir con la Isabel, a la que rondaba desde hace tres años. Que no quería hacer lo que hacían otros, como "Cabriles" con las cabras, que el quería tener hijos con una mujer.

Su padre, que lo ve muy preocupado, todavía joven, en plena guerra contra los franceses, escondiendo el ganado en las tinás del monte para evitar los saqueos, le dice:

---

[197] La guerra de Independencia en España fue la más letal de todas. Afectó más a la población civil que a los combatientes. Hubo contabilizados más de 400.000 muertos. La peste en Mallorca, dejó paso al paludismo, tifus, fiebre amarilla, cólera, sarampión, viruela, gripe, escarlatina, difteria. Todo tenía su origen en el subdesarrollo de la población, la falta de alimentos, mala higiene, salubridad, ropa, defectuosas y malas viviendas. Pero las clases poderosas, incluida la monarquía lo iban a degradar más.
[198] En 1810 se publica un decreto por las Cortes de Cádiz sobre la libertad de imprenta, pese a los recelos de muchos clérigos en España.

-Romualdo, habla con Isabelita y yo con su padre, mañana mismo. ¡Qué si ésa es tu preocupación, que no se hable más!

-Padre, le dice Romualdo, es que Isabelita tiene diecisiete años.

-Ya hablaremos con el cura también, que menores las hemos visto casarse. Y si no, pues a arrejuntarse.

No se demoró mucho Pedro, pues quería ver a su hijo contento y que no imitara a "Cabriles" persiguiendo cabras por el monte. Salió al día siguiente con Nicolás, aprovechando que tenían que recoger algunas piezas de esparto y de cáñamo a casa del "Espartero".

Cuando llegan a la puerta del "Espartero", Pedro da dos golpes con las aldaba:

-¡Lorenzo!, grita Pedro, mientras Nicolás se baja del carro.

Les abre la puerta Juana, la hermana pequeña de Isabel, que ya tiene quince años, los mismos que Nicolás, que se le ha quedado mirando al sorprenderse lo mayor que estaba.

-Pase Pedro le dice, que mi padre está preparando el esparto. Voy a llamarlo.

Pasan los dos dentro de la casa y junto a la mesa de tableros de pino carrasco se encuentran sus otros dos hermanos, Nicolasa con once años y Alfonso, el pequeño con nueve.

-Hombre Pedro, le saluda Lorenzo "El Espartero". Ya sé lo que me vas a decir, le dice con la mano abierta indicándole la mesa para que se siente. Anda Juana trae un poco de vino y jamón que hoy vamos a almolzar bien.

Nicolás no le quita ojo a Juana. ¡Qué mayor se ha hecho en dos meses la zángana ésta!, piensa. Comienza a cargar el carro, mientras su padre y "El Espartero" hablan en la mesa.

-Ya me ha hablado Romualdo, le dice a Pedro, que pretende a mi Isabelita. Y como yo sé que es buen muchacho, que no tengo ninguna duda y que la niña lo quiere, pues sea lo que ellos quieran. Ya ves Pedro, que poco tenemos. Apenas para comer y resguardarnos de la lluvia. Te lo digo porque la niña no tiene dote.[199]

-Pues mírame a mí, le dice Pedro. Un carro y dos manos. Pues si a Isabelita no le parece mal, les decimos que tienen nuestra aprobación y que su dicha sea la nuestra. ¿No crees Lorenzo?

Acabaron de tomarse unos cuencos de vino con jamón y se abrazaron en señal de amistad.

Nicolás que los ve abrazarse, se acerca también para participar, recibe un abrazo de Lorenzo y de su padre. Él está confuso, no sabe si hay que seguir dando abrazos. Se acerca a Juana para darle otro, pero ésta sale corriendo y se esconde en el corral.

Bueno, piensa, será así, que las mujeres tienen que salir corriendo.

En ese momento entra Isabelita, los ve dándose abrazos y abraza a Nicolás. Él se queda más confundido. Después abraza a su padre y a Pedro. Vuelve a entrar Juana y se queda mirando a Nicolás.

---

[199] La mujer salía del hogar de los padres para entrar en el del esposo. Si quedaba fuera de ambos, entraba en un extraño limbo de sospechas y podía ser empujada hacia la marginación social, la mendicidad, la prostitución o el latrocinio.

-Juana, le dice Nicolás al verla asomarse por la puerta del corral. ¡Qué solo faltas tú!

Juana abraza a Pedro. Después a su padre. Y como tampoco entiende nada, se queda parada delante de Nicolás. Él, sin dudarlo se abalanza sobre ella y la estrecha contra su pecho.

Ella se apura de verse así. Le pone los brazos para que se suelte, pues está prolongando el abrazo y le dice al oído muy bajo:

-¡Ya está bien, que me falta el aire! Que esto es porque ha habido acuerdo para que mi hermana se case con Romualdo. No te vayas a creer otra cosa. ¡Suelta ya el esparto Nicolás!

Casualidades de la vida en una aldea tan pequeña. Juana de la Rosa y Nicolás serian consuegros cuarenta y cinco años después.

Se casaron Romualdo e Isabel el veintiséis de diciembre de 1811 mientras la guerra continuaba en todos los frentes. De ello, tenían conocimiento los pastores que vigilaban la cuenca del río Jardín, porque a menudo había algaradas hacia Andalucía. También se decía en los círculos del clero, que en Cádiz se había aprobado la Constitución, "La Pepa". Que las Juntas Locales de Defensa estaban funcionando con el ejército español por el desgaste y el hostigamiento a los franceses para su expulsión, cada día más cerca.

Al año de casarse Romualdo e Isabel, murieron aproximadamente unas cien mil personas en toda España. La mayoría por hambre y enfermedades como garrotillo, peste blanca, tifus, viruela, malaria y tercianas.

CAPÍTULO VEINTE

Nicolás se casa con Paula Sánchez

Recordaba Nicolás a Romualdo con alegría y miedo cuando vinieron unos soldados a la aldea con ordenes de reclutar a todos los jóvenes y adultos entre dieciséis y cuarenta y cinco años, para formar un ejército en Andalucía. Tenía Romualdo entonces los dieciocho, cuando el pensaba que no lo llamarían.[200] Pero un aviso del sacristán por el pueblo puso en alerta a todos los vecinos.

-Te fui a buscar a la cañada para decirte que no vinieras ese día a la aldea, le decía Nicolás, pues si te veían te iban a llevar con ellos.

Pusieron los soldados un pergamino de imprenta en la puerta de la iglesia donde se informaba del decreto de alistamiento. De la edad comprendida entre dieciséis y cuarenta y cinco años y la estatura mínima, cinco pies menos una pulgada.

Si se ejecutaba la orden, la aldea se quedaría sin hombres para trabajar. Le indicaron al cura que marcara en la puerta de la iglesia una señal con carbón, el mínimo de la altura exigida.

Como el cura delegó en el sacristán, éste, que no estaba por la labor de despoblar la aldea, marcó un poco más alto de las cinco pulgadas sin haberse percatado ni los soldados, ni el cura, la marca que estaba haciendo del mínimo.

Todo el pueblo estaba avisado. Comenzó a removerse el patio. No había prisas en acudir a la puerta de la iglesia. Alguno dio varias vueltas a la iglesia para ver si aquello era cierto. Otros se hacían señas para que se encogieran con las palmas de las manos, la de abajo y la de arriba haciendo la prensa para indicarles que se aplastaran y empequeñecieran. ¡Y vaya si empequeñecieron! De la noche a la mañana, todos se encogieron, no llegando al mínimo exigido.

El cura estaba presente y les indicaría la edad de los que se medían en la puerta con los dos soldados que estaban observando la medición.

El primero en acudir fue Juan "Zancas" que evidentemente no llegaba a la señal ni con zancos puestos.

-Anda, tira de aquí, le dice el cura. No sé para que vienes tú, si no llegas a la pila bautismal. ¡Enrobinao!

-Pero yo quiero luchar contra los franceses don Nicolás, le contesta Juan "Zancas".

-El siguiente, el siguiente, dice el cura, tirando del brazo del primero, que no hacía ánimo por abandonar la puerta.

---

[200] Recluta general para formar un ejército en Andalucía. Decreto de 19-11-1810. Por el que se amplía la edad, comprendida entre los 16 y 45 años. Se señalaba la estatura mínima que era cinco pies menos una pulgada. Un pié equivalía a 27,8635 cm. Cinco pies equivalían a 139,3175 cms. Una pulgada equivalía a 23,219 mm. En total la altura mínima 139,08 cms. Al mando del ejército de Andalucía quedaba D. Luis Villalba.

-Todos los hombres que le siguieron, continuaba relatando Nicolás, riéndose, a su hermano, acudían todos encogidos, como si les hubieran cortado huesos. Venían con la cabeza metida en los hombros, sin cuello.

-Otros venían y mostraban la mano alegando que les faltaba un dedo. Otro venía descalzo para asegurarse que no superaría la marca. "Buscaliebres" alegaba que ¿cómo podía disparar a los franceses si el apenas veía las liebres? El "Cejas" que se había rapado la cabeza, doblaba como patizambo las piernas, encogía el cuello y escarbaba en el suelo con los talones para que se le hundieran los pies en la tierra.

El cura abría los ojos de asombro y buscaba con la mirada al sacristán que se había escondido detrás del olmo centenario de la plaza. ¿Pero cómo, el más alto de la aldea, tampoco llega a la señal?, se preguntaba. ¡De aquí no sale nadie que quiera luchar por la patria!

-Menos mal que me escapé de esta guerra, le dice Romualdo. ¿Pero a que no sabes lo que me dijo el cura cuando nos casamos Isabelita y yo?

-¿Qué pasó?, le pregunta Nicolás.

-Pues que le diera doce reales[201] para socorro de las familias de los soldados que habían sido heridos o muertos en la guerra contra los franceses. ¡Menudo liante! ¡Pues no va y me dice que era orden del rey!

-¿Del rey?, le pregunta Nicolás. ¿De qué rey? Si dice el mismo cura, que ha venido otro francés[202] y que, el de la cabeza enjuta con peluca se ha ido a Francia con su hijo Fernando.

-¡Menuda cuadrilla! Le dice Romualdo. ¿Sabes qué le dije, así bajito? ¡Auste a la mierda! ¡Si aquí no tenemos un real!

Hacía dos años ya, que Romualdo e Isabel se habían casado cuando llegaban rumores de los pastores de Las Alamedas y La Torre del gran tráfico de tropas francesas que pasaban hacia Balazote, lo que puso en alerta a todos para que no dejaran ver el ganado cerca del pueblo.

-Pasan todos los días soldados, decía Cabriles. No van ni deprisa, ni despacio, pero se van. Aquí ya no queda nadie.

Galdón, del Ituero, le dijo un día a Romualdo:

-Cada día pasan menos; los rezagados. Eso es que se vuelven a Francia.[203] Y ahora los señoritos marqueses quieren que vuelva el rey. ¡Tómate ésa morena!

---

[201] La Iglesia difundió la Real Orden de Fernando VII, en diciembre de 1811, (que se encontraba de vacaciones en Francia con su padre Carlos IV), que imponía a todos los feligreses doce reales para contribuir con las familias de los soldados muertos. La orden se insertaba en las partidas de bautismo y matrimonio de cada servicio y cobrarlos al mismo tiempo que sus derechos. Lo recaudado cada mes debería entregarlo al director del Partido Judicial de Alcaraz y acompañar una lista firmada por el escribano del ayuntamiento de los fallecidos, indicando el nombre, edad y circunstancia. El trono se alía con el altar.

[202] José I, Bonaparte, hermano de Napoleón. Este comandaba el ejército francés contra los españoles en la última batalla de Vitoria el 21 de junio de 1813.

[203] El Tratado de Valençay firmado por Laforest en representación de Francia y el Duque de San Carlos el 11 de diciembre de 1813 reconocía entre otras cosas a Fernando VII como rey de España. Fue ratificado en París, pero no en España por la Regencia ni las Cortes de Cádiz.

Mientras aquí se desangra el pueblo, ahora vienen otra vez los monárquicos. Ya verás tú, que esto no se acaba. Se van a Francia, pero no, esto no se acaba, no señor. Ahora viene el "Carabobo".[204]

Nada más conocerse la noticia del fin de la guerra y de la expulsión de los franceses comenzaron las campanas a repicar. No había ermita ni iglesia con campana que no repicara día y noche. Desde Casas de Lázaro se oía la campana de la iglesia del Cucharal, la de San Pedro y la de Balazote. El cura don Nicolás se va a encargar de propagar la orden que ha recibido del Cardenal Luis de Borbón.[205] El cura anuncia todos los días en el sermón que el rey pasará por Albacete en el mes de mayo y si hay hombres sin trabajo pueden acercarse a Albacete para arreglar los caminos por donde la comitiva real va a pasar.[206]

A los tres años de casarse Romualdo e Isabel, vino a este mundo su primer descendiente, una niña, el 28 de diciembre de 1814.

Rondaba Nicolás a la hija de Antonio Sánchez y María. Paula.

Pauleta, que así la llamaba Nicolás, tenía quince años. Siempre atenta cuando sabía que vendrían Pedro y su hijo Nicolás a recoger los trabajos de esparto y cáñamo. Aprovechaba toda ocasión para estar presente.

Aconteció un día que después de ir a ver a una mula de "Virolo" pasarían por casa del padre de Pauleta. Allí Nicolás, que ya tenía diecinueve años, aprovecharía dentro de su casa, para exponerle sus pretensiones. Y delante de sus padres le iba a proponer que se casasen.

-La mula, le dice Pedro a su hijo, tiene, por lo que me ha contado "Virolo" un "estrujao".

Nicolás, se le queda mirando, porque la cara de su padre no parece muy dispuesto. Algo de disgusto en su expresión.

-¿Qué es eso del "estrujao" padre?, le pregunta preocupado.

-Pues resulta, le contesta, que los mulos cuando les pones mucha paja, el animal no tiene límite, ni hartura, se pone a comer hasta que no quede. Y por lo que me ha contado, se comió todo lo que tenía guardado. Tenemos que hacerlo rápido, o si no,

---

[204] La guerra finalizó el 17 de abril de 1814. Dividió a la burguesía, no al pueblo, que manso, hambreaba para sacar algún jornal y sobrevivir. Los afrancesados, los liberales y los absolutistas, entre estos últimos la gran mayoría de la Iglesia española. El objetivo de Fernando VII y de su corte era disolver las Cortes de Cádiz, la Constitución y perseguir a los liberales y afrancesados con la cárcel y fusilamientos.

[205] Las Cortes de Cádiz proponen al Arzobispo de Toledo, Cardenal Luis de Borbón, hacer rogativas en todas las iglesias y conventos de España y repiquen las campanas de alegría por la feliz llegada del Católico Monarca que inicia su viaje de Francia a España el 7 de marzo de 1814.

[206] El alcalde constitucional de Albacete, Conde de Pino Hermoso, don Luis Roca de Togores Rosel adelantará de su patrimonio las obras de reparación del camino entre Albacete y la Gineta, dado el pésimo estado. El itinerario pasaría por Chinchilla, capital de la provincia, pero la argucia del conde va a hacer que duerma en Albacete. Véase el trabajo de Fuster Ruiz F,. Revista Albasit, n.4 "El Alcalde que obligó a Fernando VII a dormir en Albacete 1814" para conocer más detalles de éste interesante suceso.

se muere. Dice que se ha tumbado y no se levanta. Pero lo peor es, que me da mucho asco. No puedo oler todo lo que hay que sacarle.

-¿Sacarle? Se sorprende Nicolás. ¿No será por el culo?

-¡A ver, si no hay otro sitio! Por eso estoy preparando este caldo de huevo batido y aceite. Con este aceite se puede trabajar bien.

Nicolás presiente que le va a tocar a él hacer el braceo.[207]

-Padre, le dice Nicolás. Y ¿qué hay que hacer?

-Pues en cuanto lleguemos, le pedimos a "Virolo" que nos vaya preparando unos serones y que nos traiga agua. Primero, para que no vea como se hace, porque éste, si ve como se hace, nos quita la faena para otros casos. Segundo, como es tan tacaño, no nos va a querer pagar la faena y tenemos que pensar que nos pague en especie. Y tercero, como a mí me dan arcás, que me pongo a echar todo fuera, tendrás que aprender tú.

-Yo no le tengo miedo al "estrujao", le dice Nicolás. Vamos, que lo que hay que hacer es sacarle todas las boñigas con la mano.

-¡Ahí estamos! Vamos con el ungüento éste. Y que no se entere "Virolo" como lo hemos hecho. Y si puede ser, que no lo vea.

Allá se encaminan los dos repitiendo las cosas que le tienen que decir para que salga bien del "estrujao". Al llegar a su casa, "Virolo" los lleva a la cuadra donde el mulo se encuentra tumbado, pero todavía vivo.

-Rápido "Virolo" traete unas espuertas, le dice Pedro.

Momento que aprovecha Nicolás para comenzar su trabajo. Se embadurna de ungüento de yema de huevo y comienza a introducirlo por el sitio indicado. El animal no se mueve. Hay que hacerlo rápido, para liberarle todas las boñigas.

-Cuando venga, le dice Pedro a Nicolás, sacas la mano, que no nos vea el caldo.

Entra con un serón de esparto "Virolo" y lo deja donde están padre e hijo. Pedro acaricia el vientre del animal como para darle un pequeño masaje.

-Un poco de agua nos va hacer falta, le dice Pedro a "Virolo".

-Voy a por ella, le dice, mirando a Nicolás que estaba agachado levantando el rabo del mulo.

Cuando se va a por agua, Nicolás comienza a sacar las primeras boñigas y las va dejando en el serón. A dos manos. El animal está con los ojos abiertos como si estuviera agradeciendo a Nicolás lo que estaba haciendo. A Pedro le están dando las primeras arcás. Intenta no mirar, pero el olor no hay quien se lo pueda quitar.

"Virolo" entra con un caldero de agua y ve que el serón se ha llenado.

-¡Madre de mi corazón!, pero si habéis llenado un serón de boñigas, les dice.

-Pues ve preparando otro, que tiene en la barriga un carro, le dice Pedro. Anda corre, tráete otro.

El segundo serón se llena rápidamente. El animal está colaborando también, Pedro observa que hace movimientos con el vientre. Le sigue dando pequeños masajes.

---

[207] Introducir el brazo untado con aceite y huevo batido por el ano de la caballería para sacar los excrementos porque padece un estrujado.

Al tercer serón, Nicolás tiene el brazo enfrascado en ungüento y excrementos. A Pedro le cuesta acercarse al rabo.

-Esto va bien, muy bien, dice su padre. Ya le has sacado una arroba de boñigas. Le vamos a cobrar por serón.

Con el agua, Pedro le mojaba la frente y masajeaba el vientre del animal.

-¡Madre de mi corazón!, volvía a exclamar "Virolo". ¿Pero qué tenía este animal ahí dentro? ¿Un carro de paja?

-Pues lo mismo si, le contesta Pedro, cuando comienza a animar al mulo para que se levante.

-Si se levanta, le dice Pedro a Nicolás, va a ser más fácil, porque va a hacer menos fuerza para echarlo fuera.

Y eso sucedió, porque nada más ponerse de pie, el animal continuó con el cuarto serón.

-Con esto, le decía Pedro a "Virolo" vas a poder llenar un huerto de tomates.

El animal comenzó a relinchar como si estuviera agradeciendo la ayuda. Pedro le acariciaba las crines y el lomo.

Nicolás con el brazo enfrascado no sabía que hacer, por lo que, a indicación de su padre señalándole con la mirada el caldero de agua le quería decir que se lavara las manos.

-Mira, le dice Pedro, te voy a cobrar por serón de boñigas, que esto no hay quién te lo haga. A dos reales serón.

-Son cuatro serones, le dice "Virolo" a Pedro, mientras Nicolás no sabía con qué quitarse los restos y riéndose porque recordaba las palabras de su padre. Había comenzado el regateo.

-Ocho reales es mucho Pedro. Si no habéis tardado. Esto ha sido un abrir y cerrar de ojos.

-Pero "Virolo", le dice Pedro. Si no le hacemos eso, se muere el mulo. ¿Cómo ha salido tanta boñiga? ¿Por obra del santo?

-No hombre, ya veo que para esto no debe de haber santos. A no ser que hubiera algún santo de las boñigas, le dice riéndose.

Terminó el regateo. Acordaron cuatro reales y tres serones de esparto.

Salieron a la calle y se dirigieron a casa de Antonio Sánchez. Pedro comentándole a su hijo Nicolás lo bien que se le había dado el estrujao y el buen negocio con el gurriato de "Virolo".

-Aprende Nicolás, que si llega a verlo todo, nos regatea más y no nos da un real. Que así son todos, nadie quiere pagar nada, te ofrecen lo que tienen a cambio, pero no se rascan la faltriquera.

-Padre, le interrumpe Nicolás mirándose el brazo que aún llevaba restos del embadurnamiento y boñigas de la faena. No sé si me van a mirar mal en casa de Pauleta, hoy precisamente que quería decirle yo que nos podíamos arreglar casándonos. Porque además de verse la mano tizná, esto huele un poco.

-Si, es verdad, huele un poco, pero no creo que se den cuenta. Además vamos a estar poco tiempo, le dice su padre. Y si te quieres juntar con su hija, no te preocupes que yo hablo con su padre.

Pasan por la puerta de "Tarabita" que tenía menos luces que una luciérnaga en un baile y al verlos dice mirando a Nicolás:

-¡Rejalgarete, el que mete la mano en el ojete, después no podrá decir que no le huele!

-¿Y cómo sabes tú eso? ¿Acaso te llega el humo?

-¡Na, que si llega!, desde la esquina, le contesta "Tarabita".

-Anda, tira al sol, que se te enfría la frente, le dice Pedro, mirando la mano de Nicolás.

Nicolás va escondiendo la mano detrás cuando llegan a casa de Antonio, el padre de Paula, que había sido toda la vida jornalero, ajorrando pinos por los montes, aprovechaba todos los momentos libres que con la edad, cada vez se tornaban más, en elaborar también con esparto y cáñamo unas colmenas muy resistentes, las cuales colocaba en los lugares del monte al solano. Las colmenas de esparto y cáñamo que le sobraban las vendía también por mediación de Pedro en las aldeas Navalengua y El Berro, porque allí no trabajaban tan bien el arte.

Pedro da dos toques en la aldaba circular de la puerta cuando sale María, la mujer de Antonio, el "Colmenero".

-¡Hombre!, exclama María. Buen día tengáis los dos. Pasar que Antonio está ahí liao con el esparto.

Nicolás intenta por todos los medios esconder la mano detrás, a su espalda.

-¡Buena gente! ¡Buena gente! llega por aquí, les dice el "Colmenero".

Su mujer María les acomoda en una pequeña mesa de madera de dos pies de altura, y dos sillas de pleita, casi a la altura de las rodillas. Les trae una frasca de aguardiente, tres culillos de vidrio y unos trozos de carne de membrillo.

-Bueno, le dice "Colmenero". ¿Qué os trae por aquí?, levantando el hocico como un jabalí hacia arriba oliendo algo que no estaba antes de que ellos entraran. ¡Menuda badá me ha dao a burro! Nena cierra la puerta del corral, anda.

María, que conocía las intenciones de Nicolás, pues sabía que rondaba a su hija ya dos años, llama a Paula para que se acerque a verlo, pues intuía la petición de manos.

Paula se acerca a donde estaban los tres sentados, cuando Nicolás se levanta muy sonriente para saludarla. Esta se da cuenta que esconde la mano detrás y de que allí huele a boñigas, algo inusual porque el burro lo tenían en una cuadra interior y nunca llegaban allí efluvios del asno.

-Pues mira, Antonio, lo que quiero decirte es lo siguiente. Tú sabes que nos hacemos viejos y que los que nos tienen que seguir, que son los jóvenes, pues tienen que formar familias, que mi hijo Nicolás, aquí presente……….

En ese momento del diálogo, Paula se da cuenta de lo que esconde en la mano. Todavía tiene los restos de la intervención. Se acerca a él y le dice que le acompañe mientras sus padres siguen con el formalismo.

-Nicolás, le dice Paula riéndose, pero ¿dónde has metido la mano, que la llevas como si hubieras rebuscado un tesoro en el estiércol?

-Pues sí, eso mismo, le dice Nicolás. O peor que el estiércol. Que se ha secado y ha hecho costra y no me la puedo quitar. Pues en casa de Virolo, haciendo un estrujao que me ha dejado la mano como los pies de un carbonero.

En el pequeño patio de su casa, había hecho "Colmenero" un pozo junto a la tapia que daba a los ejidos con el monte. Tenía un brocal de piedras calizas muy bien talladas, de tres pies de altura con una tapa de madera de sabina para evitar que las gallinas pudieran caer al fondo. Un pilón de madera hecho de un tronco de pino siempre lleno de agua para los animales servía también para lavarse toda la familia. Con un pequeño caldero de chapa sacaban el agua para beber y lavarse. Al ver Nicolás lo útil que era tener un pozo dentro de la casa, le pregunta si lo había hecho su padre.

-¡Anda, trae aquí la mano!, le dice, comenzando a frotar con un jabón que hacían en su casa con cenizas de carrasca y grasa de cerdo. Claro que lo ha hecho él, si sabe hacer muchas cosas, pero ya está con dolores en los costados que le impiden coger la azada. Y cuando se le calman los costados, le vienen los de los dedos de los pies, que se le ponen rojos de dolor y no hay quien le toque. Mete la mano en el pilón anda, que estás tú para coger membrillos con la mano.

-Pero si el agua está llena de gusanos, le dice Nicolás. ¡A ver si van a ser sanguijuelas!

-Mira por ahí por el monte, le dice Paula, que en invierno sale el azafrán que cura el dolor de dedos, que me lo dijo mi padre. Primero lo cuece y se lo toma todos los días poco a poco, pero en cuanto deja de tomarlo le vuelve otra vez. Y no temas, que estos gusanos son muy pequeños, ¡qué van a ser sanguijuelas! Los cría el agua del pozo, no son malos porque algunos nos los tragamos y otros los quitamos con un paño limpio, porque del pozo bebemos también.

Al sentir que Paula le ha cogido la mano y la ha metido en el pilón, se acerca más al oído y le dice.

-Hemos venido mi padre y yo, Pauleta, a pedirle que nos permita casarnos, así sin más. Espero que no tengas inconveniente pues tengo ya dieciocho años y tu quince.

-Pues Nicolás, le dice frotándole la mano bien con el jabón. ¡Yo que sé!

En ese momento, como no había nadie en el corral, aprovecha Nicolás para aproximar sus labios y darle un beso en la mejilla.

Paula lo recibe, pero no lo esquiva. Ella piensa que mejor casarse que estar todo el día el huerto cavando las patatas. Un gasto menos para mi padre. De todas maneras Nicolás no es mal mozo. Está siempre trabajando. Sus padres son buenos.

-Pues lo que diga mi padre, le dice Paula. A mí me parece bien.

Nicolás sonríe y quiere darle otro beso. Como tiene todavía las manos con el jabón, no podrá esquivar la intención de besarle en los labios. Se aproxima a ella que lo espera, cuando por detrás de ellos se oye:

-¡Quietos paraos!

-¡Pero nena, qué susto me has dado!, le dice Paula a su hermana Juana que los estaba observando todo el rato sin intervenir. ¿Pero por qué haces esto?

-¿Por qué?, le pregunta Nicolás mirando a Paula, que sonríe.

-Pues porque no está bien, aquí en el corral besándote con éste, le dice Juana a su hermana.

-Juana, le dice Nicolás, le estoy pidiendo matrimonio. ¡A ver si te vas a creer otra cosa!

-¡Anda sí!, le contesta Juana, sorprendida.

-¿Y tu qué dices?, le pregunta a su hermana.

-Pues lo que diga padre que está hablando con Pedro sobre ello.

-Entonces, le dice Juana a Nicolás, dale otro beso, que padre ya lleva tres aguardientes y si al segundo no le ha dicho no, al cuarto ya estáis casados.

Le secó la mano con más suavidad y ternura que si estuviera lavando un recién nacido. Y entre frote y frote, un beso, mientras Juana, con picardía, miraba hacia la estancia donde estaban hablando su padre y Pedro, les decía:

-Venga otro, que se están riendo los dos. ¡Ahí, con ternura! Venga otro que ya llevan cinco aguardientes.

Observó Nicolás con cierto temor que una de las colmenas de esparto tenía abejas.

-No te preocupes, le dijo Paula. Este panal es que lo hemos separado para que críen una reina. Separamos un huevo de tres días con abejas y como notan que no tienen reina, se encargan ellas de alimentarla con jalea real y así se formará la reina. Cuando tenemos ya formado un panal, lo llevamos al monte.

-¿Y cada panal da mucha miel Paula?, le pregunta Nicolás.

-¡Anda que si, que sale mucha miel! Hace dos meses cortamos en una cuarenta libras.

-Entonces habrá que venderla, ¿porque para qué queréis tanta?, le dice Nicolás insinuando que la podían vender en otros pueblos.

-Pues sí, claro que habrá que venderla. Díselo a mi padre que le vendrán bien unos reales. Le contesta, cuando ya había terminado de secarle el brazo.

Nicolás miraba detenidamente la mano y el brazo buscando si había adherido algún gusano, temeroso todavía por si eran sanguijuelas.

-No mires más "Rejalgarete", le dice Paula, que no son sanguijuelas.

Llegó su madre María y les dijo a sus hijas que pasaran donde estaban su padre, que ya habían terminado.

-Y si no ha terminado, pues les apuramos, que se agarran los dos al aguardiente y no acaban.

Pedro dio por terminado el asunto cuando el "Colmenero", mirando a su hija Paula y a Nicolás les dijo que hicieran lo que se precisara para casarse por la iglesia cuando ellos quisieran.

Nicolás le cogió la mano a Paula y le dijo que mañana mismo se acercaría por la iglesia y hablaría con el cura, el fraile don Santiago.

Salió Nicolás al día siguiente más contento que un grillo en agosto en busca del cura vicario de la iglesia de San José, silbando por la calle la seguidilla de las cabras, para pedirle que tenía intención de casarse.

"Ya se van las cabras al sembrao,
Las culpas me vienen a mi.

Todo esto que yo estoy pasando
es por ti, es por ti, es por ti".

El primer día que fue a buscarlo, el fraile no estaba. Le dijeron que había salido a asperjar el monte para ahuyentar a las langostas. Bueno, pensó. Ya volveré otro día. Y se fue silbando otra seguidilla de pastores:

"A las mozas del Ituero
no le gustan los pastores
porque dicen que se acuestan
con escarpines y sombrero"

Pasó un mes y volvió a buscar al fraile a la iglesia.

-Hoy no está, dijo la Merencia, que vigilaba la puerta de la iglesia y conocía todos los movimientos del presbítero.

-¿Y cuándo estará? le pregunta Nicolás.

-Cuando pase el verano.

Nicolás se volvía a sus quehaceres pensando que este predicador, si hacía buen tiempo, se entretenía en correr aldeas y fuentes, pues era muy buen conocedor de plantas de botica y si hacía malo estaba por ahí buscando alguna chimenea con puchero.

Si el fraile se demoraba en sus obligaciones, no tenía la culpa, que desesperado, convenía con Paula cuando fuera a su casa a recoger serones, por la noche, saltaría la tapia del corral del "Colmenero" y le iba a dar tantos besos como estrellas había.

-Coloca la escalera por donde está el pilón, que yo bajo por ahí, y cuando se agoten los besos me voy.

-Pos sí hombre, le dice Paula. ¡Tú qué quieres que nos pille mi madre y nos monte un escándalo de muy señor mío! No señor. Ves a hablar con el cura y nos casamos mañana mismo.

-Pero, si voy, pero lo que pasa es que el cura está por ahí buscando nísperos y cuando vengo a la aldea, pues solo quiero verte a ti. ¡Reina mora!.

-¡Bueno, bueno!, como estás "Rejalgarín". ¡Tú estás más encendío que la yesca!

-Esta noche salto, ya verás. Tú atenta, ya lo sabes, por el pilón en cuanto se acuesten.

Y ahí estuvo Paula, mirando a ver si sus padres apagaban el candil, momento en que salió para sacar agua fresca del pozo para hacer algo de ruido, avisando de este modo a Nicolás de que ya estaba en el pilón. No mediaron las palabras para evitar que sus padres oyeran algún ruido y menos su hermana Juana.

Las noches de luna eran las preferidas de los lobos hambrientos. "Las esperas", no solo por Nicolás, que cuando subía la calle de la cuesta, veía algún que otro zángano ir a buscar tapias en las que entretenerse. Lo de saltar tapias era lo habitual de noche, pues de día corrían peligro de los comentarios de las mujeres que intentaban salvaguardar a sus hijas de las malas costumbres. Nadie miraba a nadie, ni donde iba cada cual. Eso no importaba. Cada uno a lo suyo. A pavonearse con su novia en el único lugar donde estaba permitido, en el corral de su casa.

Un día del mes de agosto de 1815, en los que el sol no calienta, sino que abrasa, saliendo de Casalázaro con su padre en el carro cargado de serones, colmenas, tinajas y demás productos para vender hacía la "Quéjola", le dice a su padre que la Pauleta se ha quedado preñá.

-¿Pero cómo ha sido? Si no sale de su casa. ¿Es tuyo? ¿Estás seguro? Mira que estas cosas son muy serías, que si es tuyo tienes que cumplir. Que la mujer soltera, si se queda preñá se la condena en vida a la miseria o al latrocinio, o cosas peores. Ya lo sabes. Si es tuyo, mañana mismo te la llevas a vivir a la casa y después le dices al "Colmenero" que te la has llevao.

Y así sucedió. Se fueron a vivir a su casa, quedando conformes los padres, pero que no demoraran el sacramento por la iglesia. Allí pasó el embarazo, naciendo su primer hijo al que pusieron por nombre José María.

Pasó el otoño y el invierno, pero al cura no se le hallaba. Había que buscarse la vida en los huertos, había que ayudar a sembrar trigo y jijona. Las guerras. Ese mal endémico de la especie humana dejaba cada año menos hombres para trabajar, obligando a las mujeres a continuar con las labores del campo y de la huerta.

Llegó el verano del año siguiente, cansado Nicolás de buscar al fraile.
-Hágase cuenta padre que llevo meses buscando al franciscano. Y nada, que no hay manera, como en la aldea no hay vida, pues todos los días se va de zanganeo por ahí buscando hierbas.

No había terminado de decirlo, cuando lo vieron metido en el río Mirón, el río que pasa por la aldea. Estaba en paños menores revolcándose en el cenaguero dando saltos como un rocín.

-Mire padre, le dice Nicolás. Fray Santiago dándose capuzones como un zascandil. Vamos a entablar la solución al asunto que nos llevó a casa del "Colmenero". De esta sale el negocio. ¡O nos casa o me olvido para siempre!

El fraile, que ha visto parar el carro, avistando que los dos se aproximan al lugar donde el se encuentra, se cubre con el hábito franciscano al tiempo que se seca.

-Buen día, le dice Pedro. Hace usted bien en remover las aguas, porque así se limpian de bichejos y se los comen los cangrejos.

-Buen día os lleven por esos caminos y buena venta por esas aldeas, le dice el fraile.

-Don Santiago, le dice Nicolás. Menos mal que aquí lo pillamos, porque de la iglesia ya se encarga la "Merencia" y tengo yo necesidad de hablar con usted hace ya unos meses para casarme.

-Hombre, pero eso no es cuestión de esperar. Mañana mismo te espero en la sacristía.

-Pues allí que me planto mañana cuando el sol le dé a la puerta, don Santiago. Y por cierto, ¿por qué va usted como un jabalí, revolcao en cieno?

-Pues, hijo mío, porque el cieno me viene bien para la piel. Que me quita los granos y me calman los picotazos de las pulgas y piojos. Y como antes me ha picado un abejorro, he dicho, pues ya que estamos, pues todo el cuerpo. Ya lo sabéis, cuando os piquen los piojos, un baño largo de cieno, lo tenéis un buen rato y se calman. Que este río es un bien divino, mucho mejor que las aguas estancadas de Albacete.[208]

-Pues a la vuelta será, porque ahora vamos a Balazote a vender colmenas y serones. Hasta mañana entonces, le dice Nicolás.

Continúan el camino, Matagatos está ahí enfrente. Pedro, recuerda que por aquí le dan dolores de cabeza y decide arrear al mulo para pasar rápido. Este paraje de "Matagatos" le producía un malestar que nunca comprendió.

-¡Déle padre, déle que pasemos pronto este sitio acirigolao!

Tal y como había dicho el fraile y así entendió Nicolás, vino el día siguiente y allá que se presenta Nicolás cuando el sol daba a la puerta de la iglesia.

-Bueno, bueno, vamos a ver, le dice don Santiago, que siempre llevaba la coroneta[209] bien cuidada, y que de forma instintiva pasábase los dedos dentro de ella como si la untara con algún brebaje o potingue.

-Pues eso, le dice Nicolás, que nos tenemos que casar ya, le dice, que ya tengo diecinueve años y un niño, que nos hemos tenido que juntar la Paula y yo porque en la iglesia no hay función, precisándome llevármela a mi casa porque no me gustaban ni las andosconas, ni las viudas.

-¿Y que tienen que ver las andosconas con las viudas?, le dice el fraile. Bastante tienen las viudas con haber perdido a sus maridos y tener que criar a sus hijos solas. Lo de las andosconas es otra cosa, que más bien las incita el vicio y el dinero fácil.

-Viudas en esta aldea las hay, señor fraile, le contesta Nicolás, y algunas te piden dos o tres maravedíes, más o menos como las andosconas.

-¿Pero qué me estás diciendo Nicolás, ¿qué barbaridad me cuentas? ¿Dónde has visto tú aquí en esta aldea que las viudas se dediquen a eso?
Nicolás se da cuenta que el fraile sabe más que él de andosconas. Si sigo con la hebra, piensa, éste me saca quién lo hace para después ir el a desfogarse.

-Nada, nada, don Santiago, que será en San Pedro, que la verdad sea dicha, que en esta aldea no hay tiempo para eso. Y lo de las andosconas, no tiene nada más que ir a la venta de las Alamedas, que hay una morena de piel de luna que le dicen "Tres Maravedíes", más guapa que una princesa.

Nicolás se da cuenta que al fraile se le han abierto los ojos como platos, prestando mucha atención; está dispuesto a calentarlo hasta ver a donde llega.

-Vamos, vamos, que barbaridad me estás contando. ¡"Tres Maravedíes"! ¡A dónde vamos a ir a parar!

-Y lo de las viudas don Santiago, vuelve Nicolás a la carga. ¡No me vaya a decir que se quedan preñás por el Espíritu Santo! ¿A qué no? Pues dese usted una vueltecica una noche de luna llena por "El Caño" o por el cuco del "Batán". ¡Ya verá, ya verá! Que no se las reconoce porque van tapadas. Ellas a nosotros puede que sí. Pero ahí están, atendiendo a todos los que acuden.

---

[208] Era conocido popularmente en la zona de Albacete que el aire putrefacto de las ciénagas de las aguas estancadas de Albacete era el causante de la malaria, paludismo, que se manifestaba en fiebres, anemias y nervios.
[209] Tonsura eclesiástica.

El fraile ya estaba como la lumbre. Nervioso y con ganas de obtener más información, se da cuenta que Nicolás aún quería continuar con los chismes. Tengo que ir a asperjar el cuco, pensaba el fraile, que no puede ser un lugar de vicio, aquí, tan cerca de la aldea. Mañana mismo, pensaba. Bien temprano me presento para ahuyentar al diablo que está escondido allí, llamando a todas las viudas.

-Para ya y dime cuando quieres casarte, ¡anda! ¿Quién es la afortunada?

-La Paula, la hija del "Colmenero".

-Pero si la Paula es menor de edad. ¿Qué tendrá, dieciséis años?

-Si. Y yo diecinueve. Le dice Nicolás.

Al ser menores necesitáis que os autoricen los padres y hacer después las amonestaciones. Por lo menos tres meses.

-De eso nada, señor cura. De eso nada. ¡Ya está bien, que llevo más de dos, buscándole por ahí para que nos case y ahora me dice que espere! Pues sabe que le digo, que como vivimos en mi casa, que su padre y el mío están conformes, pues eso que arrejuntaos seguiremos. Y hace intención de abandonar la iglesia y desistir del sacramento por la iglesia.

Al fin y al cabo, le dice Nicolás. No sería el primero, que casi todos se las llevan a vivir sin pasar por la iglesia.

-Bueno, bueno. Tranquilízate. Yo me encargo de ver a su padre y al tuyo. ¿Cuándo os viene bien?

-Cuando salgan los bojines, que será el mes que viene, le dice al fraile.

"El Colmenero" hizo de padrino y la madre de Nicolás de madrina. Más guapa no podía estar la Paula, que con dieciséis años, ya madre de un niño acudió vestida de negro, llevándole el niño su cuñada Isabel de la Rosa, mujer de Romualdo, que había dejado por ese día el ganado de la dula en el cinglo de "Cabriles".

Nicolás, atento al fraile, veia como miraba a todas las mujeres que entraban a la iglesia. Éste está buscando a todas las viudas, pensó. Como les hace confesarse, lo tiene más fácil. Así, se entera cuando salen al cuco del Batán y de este modo, una visita de cortesía. Lo malo es que las mujeres solteras también le confesaban sus intenciones. A todo esto, la iglesia solamente era frecuentada por mujeres. Los hombres, pocos, porque no había más. A añasquear la tierra todo el día.

Al acabar el santo oficio, el fraile le dijo a Pedro La Espada y a Francisco López, que unas veces hacían de monaguillos, otras de sacristanes y otras de testigos, que el próximo domingo, dos horas antes de la misa parroquial, le acompañaran al cuco del Batán, porque tenían intención de asperjar el entorno y el interior del mismo.

Los dos miraron sorprendidos al fraile sin decirle nada, pero de sobra sabían los dos que algo tramaba, pues asperjar un cuco no era normal. Allí no había langostas ni culebras. Eso sí, los días de luna llena, sí. ¡Había ambiente! Los jóvenes solteros tenían derecho a estrenarse y desfogarse. Las viudas, derecho a sobrevivir.

Salieron camino del Batán los tres, el fraile sin quitar el ojo al camino con el "hisopo" en la mano y a su lado Pedro La Espada y Francisco López, mirando de reojo al presbítero.

-Don Santiago, le pregunta Pedro. ¿Habrá que coger agua y bendecirla primero?

-Si, claro que, con las prisas, pues ya ves. Y un ramillete de "Matalauva" que da buen olor.

-¿En el caz?, pregunta Francisco. ¿Y qué vamos a asperjar? ¿Algún demonio del que tenga conocimiento, don Santiago?

-No sé, no sé. Le dice el fraile. Primero reconoceremos el lugar, que he oído que de noche hay malos espíritus.

Francisco y Pedro sonríen maliciosamente mirándose ambos, pero sin decir nada.

Cuando llegan a las primeras casas, se encuentran con "Fatero", a quien le piden un caldero para llenarlo de agua y usarlo de acetre.

-¿Pa qué? Les pregunta con un palillo de sauce en la boca.

-Anda, tu déjanos un caldero de agua y calla, que el cura sabe lo que hace, le dice Francisco.

-Entre tú y yo, hay un tonto, le dice Fatero a Francisco, y yo no soy.

-Francisco hace un ademán de darle un bofetón cuando Fatero le dice:

-Bueno. Alguna tontá vais a hacer.

Fatero le lleva el caldero vacío a Francisco con una mirada sorprendida entre recelo y recochineo.

-¡Pero vacío no!, que vamos a asperjar, le dice La Espada. Anda tira y llénalo de agua en el caz.

-Oye, La Espada. Entre tú y yo hay un tonto, y yo no soy.

-¡Me cago en tos los nidos!, le dice La Espada levantando la mano. A que te suelto una tarascá.

-Vas tú y lo llenas, sacristán, le contesta. ¿Qué te crees que soy tu criado?

-Bueno, dice La Espada. Como no lo llenes, te vamos a asperjar a tí también. Que como no lo traigas te vas a quedar calvo de la cabeza. ¡Lupécico perdio has de andar errante como Moisés!

-¡Odo en Dios! Trae, trae, cagaldabas, que eres más gandúl que Alfredo, que no se levanta de la cama por no hacer esfuerzo, le dice "Fatero" cogiendo el caldero para llenarlo de agua.

Francisco le echa al acetre dos ramilletes de matalauva que ha cogido en el camino. Se aproximan al cuco, que está abierto. El fraile pasa primero a inspeccionar. Detrás de él se queda Francisco en la puerta con el caldero y a continuación La Espada, mientras "Fatero" a unos ocho pies de distancia los observa admirado sin entender nada de lo que quieren hacer.

El fraile llena el hisopo de agua con matalauva bendecida y comienza a decir palabras en latín mientras comienza a asperjar al aire del interior con el agua bendecida previamente. "Dominus ommes, pecatus in, ..." "asperges me, domine, hyssopo et mundabor".

-¡No, señor cura, no siga!, le dice "Fatero", sujetándole de una manga del hábito.
-Que a las gallinas no les gusta que las aguachirlen. Que si las mojan ya no ponen huevos.

-Anda pues. Quita las gallinas de ahí, le dice el fraile. Si ha sido una aguadilla de na. Y encima está bendita. No ves que estoy llamando a los espíritus del bien y si me interrumpes se tuerce el negocio. Deja, deja que continúe.

Dentro del cuco, lanzaba contra las paredes el agua bendita. "Aquae retentum et satanibus ...et pecatus in coitus " Cuando nota en las sandalias las atarraeras de algún excremento. El fraile dirige la mirada hacia abajo para ver que había allí tan pegajoso.

-Señor cura, le dice "Fatero". Si aquí metemos los gorrinos y yo de vez en cuando me aberrunto el vientre. Salga cuanto antes de ahí, porque se las va llevar todas en las sandalias.

Francisco y La Espada, que conocían el estado interior por haber pisado ya en alguna noche de luna llena, están riéndose en la puerta.

-Asperje rápido señor cura, que los gorrinos, ya ve usted, para qué quieren agua bendita, si a ellos lo que les gusta es revolcarse ahí, le dice La Espada.

-Bien está, bien está, dice el cura. Salgamos de aquí, que no he visto nunca tantas mierdas como en este cuco.

-Yo no las piso, dice "Fatero" porque sé donde están.

-¿Y todas son tuyas?, le pregunta Francisco, riéndose.

-Claro, ¿de quién si no? Si aquí no pasa otre.

Siguió el fraile asperjando los alrededores. Él iba primero, restregándose los pies con las piedras y la hierba para ir eliminado los restos de las inmundicias de "Fatero". Detrás, como en una procesión sacrílega sin santo, Francisco con el caldero de agua mirándole las sandalias al franciscano. La Espada, detrás de Francisco, riendo, pero sin hacer ruido, conociendo que a pesar del agua bendita, aquel lugar iba a seguir frecuentándose por las viudas y los jóvenes. El último en aquella procesión de videntes del pecado, iba "Fatero", echándose las manos a la cabeza, cada vez que veía una gallina interpuesta en el camino del fraile.

-¡Pitas, pitas!¡fuera de aquí!. Y venga a espantar gallinas. ¡Pitas, pitas!, ¡fuera de aquí!

Cuando acabó el agua del caldero. El fraile dijo que había que continuar asperjando hacía abajo, hacia el puente de palos que había en el río.

-Ahí no hace falta, le dice Francisco.

-¡Ah! Le pregunta el fraile. ¿Y por qué no? ¿Acaso sabes tú donde está el satán del pecado en esta aldea? ¿Acaso sabes tú lo que pasa aquí las noches de luna llena?

-Yo que voy a saber, don Santiago. Si los lobos no se acercan a la aldea.

Fatero estaba cada vez más sorprendido. ¿Ahora van a ahuyentar lobos en el Batán?. Entonces voy a tener que encerrar el gorrino en la cuadra con las gallinas. ¡A mí que a estos tres les ha dao un aire mohino!

Como se habían quedado los cuatro mirando el puente de palos en el río sin saber que hacer, ni donde asperjar más. El cura se queda, fijamente mirando la chopera y como atraído por el pecado comienza a husmear entre las hojas amarillas de los chopos que se habían caído.

-Tú, le dice a "Fatero". ¿De quién son estos chopos?

-De Alfredo, le contesta.

-¿Y viene por aquí mucho?

-¿A qué va a venir?

-¡Odo!, dice el cura con cierto enfado. ¿Cómo que a qué va venir? Pues a amagarse aquí con alguna viuda de la aldea.

-¡Con alguna viuda! ¡Más quisiera! le contesta ya de mala gana "Fatero" mirando el sol y todavía con el palillo de sauce en la boca. Bueno, yo me voy que es la hora de comer. Dame el corciol que aquí no os hace falta. Como en el río hay mucha agua, pos eso. A asperjar con la del río.

-Bien está dice el fraile, que todo el campo bendecido como se ha hecho, no habrá demonios que vuelvan por aquí. Vayámonos ya por donde hemos venido, que por hoy ya hemos cumplido.

Cuando dejaron al cura en la puerta de la iglesia, Francisco y La Espada se quedaron riendo.

-¿Tú qué crees?, le pregunta La Espada a Francisco. ¿El cura sabe lo que pasa en el cuco?

-Pues claro que lo sabe. Ahora les preguntará a todas las viudas por ese lugar e intentará trajinarlas.

-Cambiarán de cuco, dice La Espada. Por cierto Francisco, yo tengo trato con una de Navalengua, que no sé si apalabrarme para más tiempo. Es mejor que las de aquí. Yo ya sé que cuando va a llegar la luna entera, allá que voy con el borrico. Le llevo un cesto de longanizas y eso. Ya voy teniendo una edad. Aunque es viuda y no tiene hijos, estoy celoso por si en alguna luna sale al lugar y se amaga con otro.

El bobalicón del rey, abolió la "Pepa" y comenzó a perseguir a los liberales. Nadie en la aldea tenía conocimiento de quienes eran los liberales, excepto el cura. Implanta de nuevo la "Inquisición", deroga la libertad de imprenta, disuelve los ayuntamientos constitucionales y restablece los corregimientos. Suprime las diputaciones provinciales. Con Fernando VII vuelve el absolutismo.

Mientras. El pueblo, manso como la cabeza de Dupont, el mastín. ¡Qué hacía calor!, pues a la sombra. ¡Qué hacía frío!, pues al sol. ¡Qué pican las pulgas!, pues te rascas.

Después de finalizar la guerra contra los franceses, España había quedado como el cuco del Batán. Con el nuevo rey, era lo mismo, pero con más culebras merodeando la gorrinera. Era como si al país le hubieran echado mal de ojo y a los curanderos les hubieran dado pasaporte a la "Española".[210]

En esta situación de desconsuelo general, vino a nacer el segundo hijo de Nicolás y Paula, la cual tenía dieciocho años. Le pusieron por nombre María Juana Polinaria y cuatro meses después Romualdo e Isabel tuvieron a Casimiro. Todos sufrirían los terribles embates del cólera.

Cuando no había que llevar los trabajos de esparto o traer aceite a las aldeas de alrededor, Nicolás tenía que aprovechar las temporadas de cosechas trabajando de jornalero en las fincas del Marqués de Valdeguerrero y "La Quéjola".

Comenzaron a andar María Juana y su primo Casimiro, cuando vino la muerte a llamar a Juana García, su abuela, madre de Franciso José, su primer hijo con "Faico",

---

[210] República Dominicana

y de Romualdo y Nicolás, hijos con Pedro Velasco. Unos fuertes dolores intestinales y fiebres intermitentes acabaron con su vida, a pesar de intentar remediarlos con manzanillas a base de caldos fríos, laudazos y sangrías de los tobillos. Pero el vientre se le hinchaba cada día más. El fraile decía que había muerto de hipopresía.[211] Tenía cincuenta y cuatro años. Francisco José, con treinta y un años no se separó de la cama ningún día.

-Francisco José, le dijo el cura en la misa de difunto de cuerpo presente. Te espera el purgatorio, pues todos los niños están en él hasta el día de la resurrección.

Pedro Velasco que tenía cincuenta y tres, comenzó a decaer en su ánimo. Ya no encontraba forma de enfrentarse al mundo. Había convivido veintisiete años con ella. Habían perdido a cinco hijos. Las fuerzas menguaban y comenzaron a aparecer los dolores en el costado. Temía la entrada del otoño y aguantar el invierno.

A pesar de ello le quedaban dos hijos, que le suministraban todo lo necesario. Romualdo llevaba un conejo diario. Nicolás se trasladó a vivir a su casa con su familia. Francisco José, su hijastro, se iba a encargar de cuidarlo y acompañarle en la casa cuando se encontrase mal. Intentaba sacarlo de casa cuando veía que el sol iba a estar libre. Los días de abril y mayo aprovechaban para salir al campo y hacer algún encargo de esparto. Allá iban los tres, aliviados y consolados al ver el monte lleno de narcisos y esparragueras.

---

[211] Enfermedad del hígado con inflamación de extremidades, flatulencias e hinchazón de vientre.

CUADRO DE DESCENCIENTES DE ALFONSO VELASCO. RAMAS PROCEDENTES DE PEDRO VELASCO. ROMUALDO Y NICOLAS

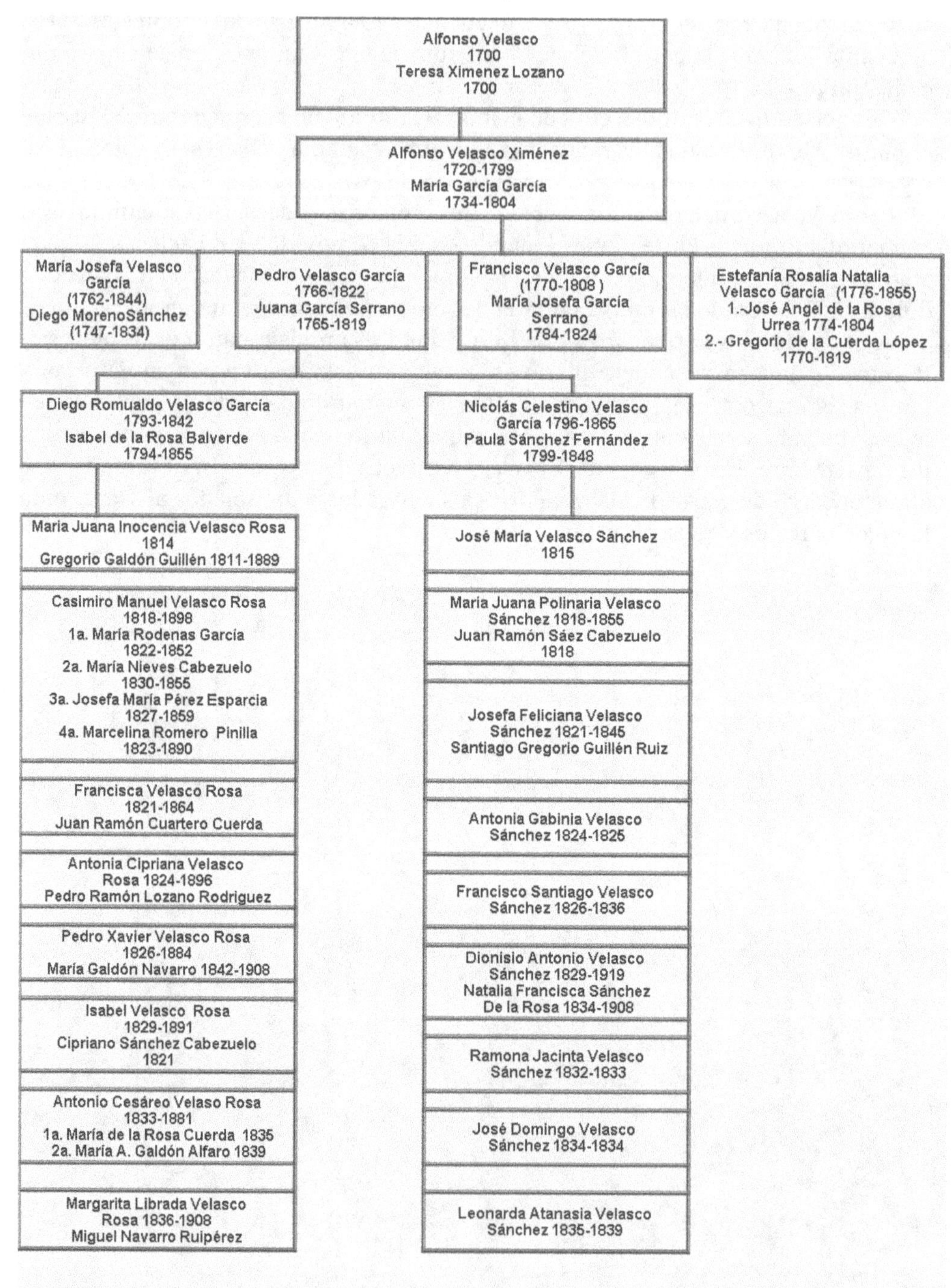

CUADRO DESCENDIENTES DE NICOLAS VELASCO Y PAULA SANCHEZ

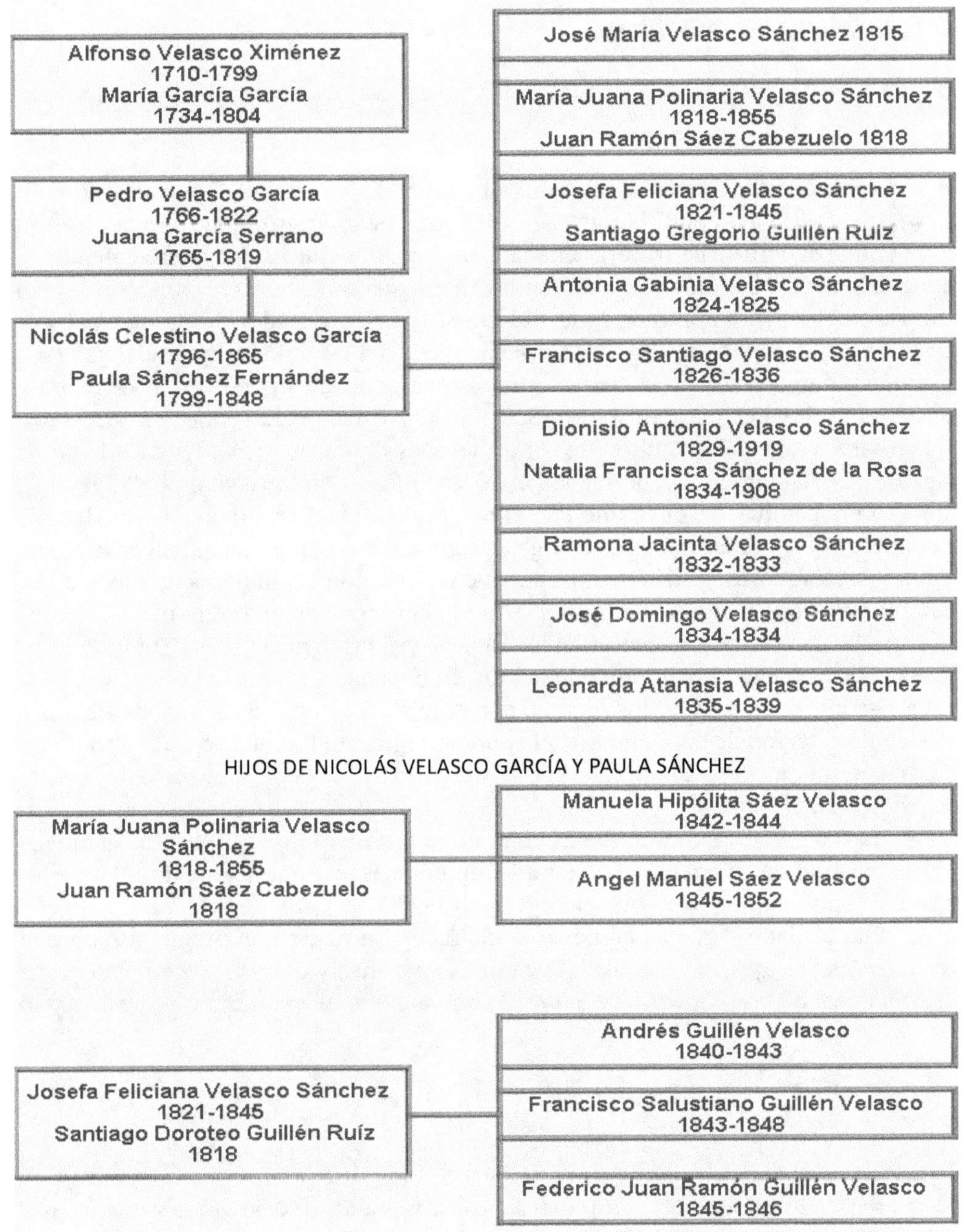

HIJOS DE NICOLÁS VELASCO GARCÍA Y PAULA SÁNCHEZ

Capítulo veintiuno

De la muerte de Pedro Velasco

Nicolás evitaba llevar a su padre a la aldea de la "Quéjola" porque para ello debía de pasar por "Matagatos", una zona pedregosa, rojiza, de buena tierra para el cultivo de trigo y cebada, pero que, por causas que nadie entendía, a Pedro se le abrían los ojos y le venían unos fuertes dolores de cabeza. Nicolás llevó siempre en el zurrón, polvo de sauce, el único remedio sanador. Nada más bajar la cuesta de la aldea, comenzaban las sensaciones de malestar, hasta que se alejaba del mismo, era como si los rayos del sol atravesaran punzantes el correal[212] de cabra y se clavaran sobre el cuerpo de Pedro. Su cabeza no estaba para soportar los mismos.

Pero una mañana de octubre, tres años después de morir Juana, Nicolás le dijo a su padre que habían de ir a herrar todas las caballerías de la finca de la "Quéjola", como así era habitual y convenido con el mayoral y añiaguero, llamado "El Bizco", de conocidas y sobradas malas artes y gestos con todos los que trabajaban en la aldea: jornaleros, labradores, gorrineros, pastores e incluso con las mujeres de todos ellos, a las que había que incluir la suya propia, una señora muy delgada, envuelta en negro luto, con un velo en la cabeza que sólo dejaba ver las arrugas de su frente y unos ojos tan tristes como el panorama de la vida en España.

La España estancada en los altares, con sombríos y temerosos atisbos liberales para la introducción de las ciencias y el conocimiento, continuaba cerrada. Prohibido pensar, a pesar de la forzada jura de la Constitución de la "Pepa" por parte del traidor Fernando VII.[213]

El "Bizco" solo se humillaba ante el señorito, ante el que se inclinaba constantemente en reverencias de agradecimiento. Decía públicamente a la menor ocasión: "Más caga un buey que cien golondrinos".

Al bajar al llano, Nicolás comenzó a distraer a su padre con preguntas sobre el precio de los herrajes, los clavos, la cura de las pezuñas y del trueque que intentaría hacer el "Bizco" con vino ya avinagrado, que aunque el vinagre no sea malo y lo

---

[212] Una especie de cazadora o chaqueta de caza hecha con piel curtida de cabra que se le daba un color rojizo con raíces y cortezas de encinas.

[213] Con el pronunciamiento del comandante Riego se reestablecen los corregimientos y los alcaldes constitucionales y se le obliga al rey Fernando VII a jurar la Constitución en 1820. Se abre el trienio liberal. Pero va durar, éso. Tres años. El Rey está preparando otra. Pide ayuda militar a Francia, (Los Cien Mil Hijos de San Luis) para poner fin a la etapa liberal y anular la legislación del Trienio.

quieren en muchos sitios porque cura las heridas de los animales,[214] podrían sacarle más al tinto o algún celemín de trigo.

-De vino nada, que éste nos lo da pasao. Hay que pedirle dos reales por caballería. Y si no puede que sea trueque por aceite y algún celemín de trigo, le decía su padre.

Pero no sirvió de mucho el intento de distraerlo, pues no había terminado de hablarle del trueque del aceite, cuando comenzó a tocarse la cabeza con preocupación. Hacía gestos y cerraba los ojos con fuerza.

Nicolás lo miraba y arreó el paso del mulo pasa salir de allí cuanto antes. No entendía por qué solo le afectaba a su padre y no a él.

A medida que se acercaban a la "Quéjola", el dolor y la presión a la cabeza menguaba hasta desaparecer. Pero ésta vez le había afectado más que las anteriores veces. Nicolás lo miraba y no sabía que hacer, mientras Francisco José le daba agua sin entender tampoco la causa del malestar.

Cuando llegan a la "Quejola" y paran el carro, se acerca el "Bizco", le pregunta a Pedro, que si le había pasado algo, pues le aprecia en la cara que está afectado. Nicolás le explica lo que ha sucedido y que no es la primera vez que esto le sucede, pues no ha habido ni una sola, en que su padre no pase por "Matagatos" sin sentir dolor o malestar.

El "Bizco" al oír las palabras de Nicolás frunce el ceño. Le ha venido a la memoria como a su mujer le sucedió algo parecido, sólo que a ella le sucedió hace muchos años, cuando era todavía moza.

Les contó el "Bizco" que su mujer es de San Pedro, y que siendo moza vino un día a Casalázaro con su familia en la fiesta de San José. Todos fueron montados en burro, pero cuando la fiesta hubo acabado salieron al atardecer camino de regreso a su aldea.

-El caso fue, según me contaron, decía el "Bizco", que cuando regresaban, los burros comenzaron a dar coces, tirando al suelo a mi mujer, que dio con la cabeza en el camino, abriéndose una brecha por la sien. La curaron allí mismo como pudieron echándole vino y liándole la cabeza con un pañuelo para cortar la sangre. Y ahí dejaron el asunto. Dos palos a los borricos y ya está. Pero ella me ha contado muchas veces que en "Matagatos" pasa algo. Tiene que haber alguna brujería o maldición. Yo creo que desde aquel día, mi mujer quedó untada, hace cosas muy raras, cosas que no puedo decir a nadie porque si las digo, se la van a llevar a la hoguera.

-Hombre, le dice Pedro, no será muy grave. A mi, es verdad que sólo me provoca dolor de cabeza cuando paso por ahí. Por eso intento pasar pronto, porque el tramo es pequeño. Habría que desviar el camino para alejarlo un poco más.

-Ves, le dice el "Bizco". ¡Algo de brujería habrá!. No puede ser de otra forma. Por ahí, dicen aquí en la aldea, que se marchó "Liendrecillas" camino de Las Mitras, pero ni llegó, ni volvió. Unos dicen que todo el que pasa por ahí de noche y se

---

[214] Con el vinagre se hacía una mezcla con aceite para curar las úlceras de las rozaduras de los animales de labranza producidas por los yugos y horcates. También se usaba como colirio en los ojos y analgésico en los dolores de muelas mezclado con sal.

encamina al monte, se convierte en lobo.[215] Por eso faltan ovejas en los ganados todos los años.

Pasaron todo el día herrando y limpiando pezuñas de las caballerías. Francisco José le ayudaba sujetando las patas y atándolas para que no cocearan.

-Tú sujeta bien la caballería, sobre todo la que tiene fija al suelo, que no la mueva, le decía Pedro a Francisco José, que yo le voy dando las herraduras y los clavos.

-Padre, le decía Nicolás, Francisco José es más fuerte que yo. Si le ha dicho que le sujete la pata, ahí está, no la va a soltar aunque se haga de noche. Y mire que fuerza, que si aprieta un poco más, le parte al mulo la rodilla.

Francisco José sonreía agarrado a la pata, mirando a Nicolás.

Cuando ya llevaban herrados cinco mulos, Pedro les dice:

-Fijaros que todos los mulos tienen alifafe[216] de tanto trabajo al que les meten aquí. Y sabes qué hacen si quieren vender el mulo, les pregunta. Pues lo tapan con grasa y tizne para que no se lo vean.

-Este mulo es bueno, decía Francisco José. No hace falta que le apriete.

Nicolás que conocía bien al "Bizco" por haber echado algunos jornales en verano segando trigo y cebada, le dice que se sentaran a hacer cuentas mientras tomaban un poco de longaniza con pan.

-Voy a por un poco de vino, les dice el "Bizco", que este año ha salido un tinto que mata los piojos. Ya veréis.

Se sentaron en una mesa cuando serían las cuatro de la tarde. El "Bizco" trajo un buen caldo de tinto. Pero era una mala señal. Este vino no era el que quería por trueque, pues cuando llegó la forma de pago les ofreció tres arrobas, a lo que Nicolás le dijo que probaría de las tres antes. El "Bizco" le decía que ya lo estaba probando, a lo que insistía Nicolás que de todas formas lo tenía que catar. El añiaguero dale que dale, que si lo estaba probando, ¿para qué tenía que abrir más tinajas?

Pedro, viendo que después de las longanizas y el vino, el regateo continuaba, miraba hacia saliente, justo donde se encuentra "Matagatos" y decía:

-Vamos a dejarlo en aceite, que se nos va hacer de noche. Sean tres reales por caballería y tres arrobas de aceite.

-Que sean dos arrobas Pedro, que este año hay menos oliva y nos tiene que quedar para comprar más sembradura. Y dos reales por caballería.

-Sea, dice Pedro. Trato hecho. Vamos a cargar. Decía mirando como el sol se escondía por poniente.

El "Bizco" se despidió de Pedro, Nicolás y Francisco José, diciéndoles:

-Cuando paséis por "Matagatos"[217] no miréis, seguir con la vista puesta hacia Casalázaro y cuidado en no volver la vista atrás, que mi mujer miró hacia atrás un día y le vino el mal mensil.

---

[215] Era una supertición muy común en las zonas de la sierra, la licantropía, la manía lupina, creer que algunos hombres se convierten en lobos.

[216] Alifafe. Tumor sinovial (glándulas y articulaciones) que por trabajo excesivo suele desarrollarse en los corvejones de las caballerias.

[217] Matagatos hoy es conocida como la finca "Navarretes" cuya casa cortijo fue derruida. El fenómeno de la bola de fuego es conocido como la "Luz del Pardal" que se suele generar en los meses de otoño

Cuando llegan al camino de la aldea, el sol se esconde por el cerro. "Matagatos" queda a su derecha. Pedro aguanta y Nicolás arrea el mulo.

-Dale Nicolás, le dice Pedro.

No había terminado de decirlo cuando el mulo se espanta. Ha sido el primero en verlo. Una bola de fuego tan grande como un brocal de un pozo ha salido de pronto de entre la tierra pedregosa, los almendros del camino de "Matagatos" se han iluminado. Es una luz tan fuerte que no habría candiles en el pueblo para compararla.

Nicolás se baja del carro rápido. Tiene que taparle al mulo la cabeza con un saco de cáñamo. Si le da por correr, tirará la carga y vendrá todo al suelo.

-Padre, le dice Nicolás. Coja las riendas, que le cubro la cabeza.

Como Pedro se ha quedado paralizado, es Francisco José quien tomas las riendas para que no espante.

-¡Se ha aparecio la Virgen, es la Virgen de Cortes, es la Virgen!, dice Francisco José agarrado a las riendas.

Nicolás, mientras le tapa la cabeza, el animal cabecea, hasta que lo consigue. Su padre está inmóvil mirando la bola de fuego. Se ha quedado como una estatua de la iglesia, inmóvil, blanco. No hace gestos de dolor, ni se sujeta la frente como otras veces, sólo mira la bola de fuego.

-Pero padre ¿Qué es éso? ¿Qué luz es ésa tan fuerte? ¿Pero qué he hemos hecho nosotros? ¿Qué es lo que quiere?

Su padre no contesta. Está fijamente mirando la bola de fuego.

¡Es la Virgen de Cortes!, exclama Francisco José.

Sube rápido al carro e intenta arrear al mulo para que tire aunque no vea el camino. El sol ya se ha escondido pero siguen viendo el camino y algunas nubes rojas en el horizonte.

-¡Arre, arre!, grita Nicolás. Padre no mire atrás, no mire, que la luz ya no nos sigue.

Pedro no mira hacia ninguna parte. Se ha quedado de piedra. No dice nada. Ni un gesto. Nicolás lo mira y lo anima.

Su hermano Francisco José si que mira en todo momento la bola de fuego, le sigue con la mirada todos sus movimientos, pero ya no se acerca tanto como al principio.

-Venga padre, que ya no está. Ya se ha ido. Si no nos ha hecho nada. Ni se ha acercado. Eso es que no nos quería hacer nada. Voy a quitarle ya el saco al mulo, que se ha calmado.

Baja otra vez del carro y le quita de la cabeza el saco. El animal relincha mientras Nicolás le acaricia las crines.

Sube al carro y coge las riendas. Su padre no ha despegado la boca. Respira entrecortado, apenas puede mover los músculos de los brazos. Nicolás comienza a preocuparse.

Nada más llegar a su casa, llama a su mujer, Paula.

---

y visible sólo de noche. Todos los testigos coinciden en la descripción, como una bola de fuego que se mueve a un metro de altura del terreno.

-Vamos a pasarlo adentro Francisco José, ayúdame a bajarlo. No puede echar las piernas al suelo.

-Ayúdame Francisco, me lo echo a los hombros y lo paso a la cama.

Pero es Francisco el que se lo echa a la espalda y lo pasa al interior.

Paula ha preparado la cama para que lo echen.

La pequeña Juana con cuatro años que ve la escena de su abuelo, llevado sobre la espalda como si estuviera muerto, se asusta y se pone a llorar.

Nicolás lo sujeta por detrás y lo echa sobre la cama. Paula le lleva un poco de agua pero apenas puede mover los labios. Está consciente pero paralizado.

-Corre, le dice a Paula. Llama a mi hermano. Dile que venga, que mi padre no entra en si.

Mientras corre a casa de Romualdo, Nicolás insiste en darle de beber agua, pero no puede mover la boca.

Cuando llega Romualdo, ve a Francisco José llorando junto a la cama y pregunta qué ha pasado, Nicolás le dice:

-Se ha quedado así porque hemos visto una luz muy fuerte por "Matagatos" que se movía hacia todos lados, unas veces se acercaba y otras se alejaba, como si estuviera diciéndonos que no podíamos pasar por allí, que aquello era suyo y allí mandaba ella. Era muy fuerte, como una bola de fuego tan grande como una campana. Y padre no ha podido decir palabra cuando nos ha salido. El mulo se ha espantado y le he tenido que cubrir la cabeza mientras seguíamos camino para huir de allí. Y ahora comprendo por qué no quería pasar de noche por allí.

-¿Por qué? Le dice Romualdo. ¿Es que ha pasado otras veces?

-Lo de la luz, no. Pero a padre, cada vez que pasamos por allí, le dolía la cabeza, como si le fuera a estallar, siempre en el mismo sitio.

Romualdo está preocupado, le habla a su padre para que intente reaccionar. Pero Pedro, con los ojos abiertos lo mira como diciéndole que ya le ha llegado su hora.

-Ahora recuerdo, le dice Romualdo a su hermano, lo que decía Diego, el marido de su tía Josefa, que por la iglesia venían de vez en cuando algunos que habían visto a la Virgen por la cuesta de la aldea. Que se manifestaba en forma de fuego. Pero que el cura no quería hacer caso, pues si aquello era cierto no le iba a hacer la competencia a la Virgen de Cortes, que no era menester enfrentarse al vicario de Alcaraz.

-Ya, le dice Nicolás, pero lo que hemos visto ¡no era la Virgen, ni por asomo! ¿Para qué iba a moverse tan rápido de un lado a otro, si no es para darnos miedo, que mira como ha venido padre?

-Lo que fuere, le dice Romualdo, no hace cosas buenas, porque es verdad, los que se lo han contado al cura, les ha entrado una moña en la cabeza, que dicen que ya no quieren trabajar. Al "Cojo de Taoblanco" no lo han vuelto a ver después de explicarle al cura que aquella luz no hablaba, pero que le entendía sus mensajes. Mensajes que el cura le insistía en que se los revelara, pero "El Cojo" no decía nada más que tontás de mujeres guapas y cuevas con tesoros de los moros.

Al día siguiente, el once de octubre de 1822, Pedro Velasco, se quedó inmóvil en la cama, expiró el último aliento sin hacer ruido. No se lo esperaban sus hijos. No podía ser que hubiera muerto de miedo. No hubo tiempo ni de avisar al cura Aranos.[218]

Fue Francisco José el que se fue a la torre de la iglesia a tañer a dobles la campana. Había aprendido viendo a Diego Moreno como se hacían los toques a doble y a gloria.

Sonaban cada semana en la aldea. Como se le daba bien, se encargaría de tañer la campana cuando se enterase del algún fallecimiento, para lo cual se paseaba todo el día que no tenía nada que hacer o cuando se lo decía Diego.

Como el cura oyó el toque a doble fue a preguntarle a Francisco quien se había muerto sin que el tuviera conocimiento y haberle realizado la extremaunción. Allí, en el campanario estaba a lágrima tendida Francisco José que agarrado a la cuerda suspiraba sin consuelo.

Tuvo conocimiento de su muerte por medio de su hijastro y los detalles que le habían llevado a abandonar este mundo. El cual no paraba de decirle que lo había matado la Virgen de Cortes. Pero el cura Aranos no cesaba en animarle en su desconsuelo.

-¡Sigue, sigue tocando!, le decía el cura, hasta que te hartes y luego te vas a tu casa.

Del suceso que le había llevado al campo santo,[219] comenzó el cura a publicar que se abstuvieran los vecinos de pasar anocheciendo o ya anochecido por la alquería de "Matagatos", bien fuera, si venían a Casalázaro o si se iban de Casalázaro. Que lo que sea que pasa por esas tierras, no es cosa de la Virgen ni de ningún santo. Que en todo caso, será cosa del maligno. Y que si pasaban de día, fuera rezando el ave María, el padrenuestro, mientras estuvieran andando o en caballería. Que él visitaría el lugar para asperjarlo y ahuyentar al espíritu maligno todos los años por advenimiento.

---

[218] En la hoja del libro de defunciones el cura Aranos dejó escrito la siguiente referencia:
No testó por no dar lugar la enfermedad lugar a ello, pero sus hijos Nicolás y Romualdo Velasco, dispusieron que se le hiciesen entierro ordinario con vigilia y misa de cuerpo presente y que a los nueve días de su fallecimiento, se le dijere una misa rezada y otra del mismo modo al fin de año, y que por su alma, se celebrasen otras veinte y siete misas rezadas.

[219] Hacía ya cinco meses que los sótanos de la iglesia estaban al completo de cadáveres. La última fue la niña Juana Atanasia, de un mes, hija de Antonio y Asensia Cabezuelo, por lo que se levantó un pequeño cercado de piedra en las afueras de la aldea donde se comenzaron a enterrar a los fallecidos en la aldea. La primera enterrada en la tierra fue una niña de cuatro meses, Estefanía Manuela Valiente, hija de Luis Valiente y Asensia Cabrera.

CAPÍTULO VEINTIDÓS

Romualdo y Nicolás. El inicio de las dos estirpes de Casas de Lázaro

Cundió el pánico entre los vecinos de Casalázaro por lo sucedido en "Matagatos". Todos comentaban la desgracia de Pedro Velasco. Unos decían que por allí desaparecían los perros que pasaban de noche; que si alguno lograba pasar, venían a la aldea sin rabo y sin orejas. Otros que sería la Virgen que les presagiaba algo malo; plagas de langostas y mosquitos. Si alguno pasaba de día, decían que habían visto a San José predicando en el río. Hasta hubo un vecino, Juan "Liebres" que dijo tener tanto miedo que vino corriendo hasta la aldea sin que pudiera nadie sujetarlo. Siguió ahuyentado por el Cucharal hasta que se paró en la cuesta del Berro, y allí en la fuente, fue visto por una mujer bizca, conocida como "Ojoallá", la cual dijo que "El Liebres" parecía un jabalí de sesenta arrobas, que metía la cabeza en el manantial gruñendo y blasfemando todo lo que podía. Tanto blasfemó que le salió un sarpullido en brazos y piernas como de zampollos preñaos.

No se atrevió nunca a volver a Casalázaro, por lo que tuvieron que decirle a su mujer y a sus hijos que vendieran todo lo que tenían y se vinieran a vivir al Berro, que se había instalado en una cuadra al lado de Santiago Navarro, que allí no había bolas de fuego, ni vírgenes, ni santos, ni demonios.

-¡Qué le den por el saco a Casalázaro!, decía cuando se ponía tres chaticos de vino.

Ya nadie pasaba por la Quéjola ni por "Matagatos". Ahora se iban por "El Otro Lao", por el margen derecho del río Montemayor.

A Romualdo y a su medio hermano Francisco José no les preocupaba. Más allá de la cañada no llevaban el ganado. Ellos seguían siempre la Cañada Real.[220]

En aquella tranquilidad de subsistencia, vino el rey a poner fin al trienio liberal con el apoyo de los franceses.[221]

---

[220] (Cañada Real de Andalucía a Valencia, que venía de Masegoso a Casas de Lázaro hacia Cañicosa y el Pozuelo) Ver libro de Vías Pecuarias de la Provincia de Albacete) por el Cuco de Acá y subían hacia poniente, hasta la fuente de la Carrasca.

[221] Los Cien Mil Hijos de San Luis. 1823. Expedición enviada a petición de Fernando VII por el monarca francés Luis XVIII, la que se pondrá a las órdenes del duque de Angulema. Objetivo: reestablecer el absolutismo.

¡Casualidad! Se le expulsa de España después de traerlos Carlos IV y su hijo, y ahora su hijo, una vez más, traiciona al pueblo para abolir la legislación e impedir a los liberales que dominaran la administración.

La familia de Romualdo se amplía con el nacimiento de Antonia, Pedro Xavier, Isabel, Antonio Cesáreo y Margarita Librada. Aquí se inicia la estirpe de Romualdo.

Nicolás y Paula, con Antonia Gabinia, que fallece a los dos años; Francisco Santiago, que fallece a los diez años; Dionisio Antonio, que le sobrevivirá y tres hijos más que fallecieron también antes de aprender a andar, como Ramona Jacinta, José "Domingo y Leonarda Atanasia, soportarán las mayores de la tristezas de la especie humana. Con Nicolás se inicia la otra rama de la estirpe.

Se preguntaban Paula y Nicolás cómo pudieron morir cinco hijos después de los sucesos de "Matagatos".

A la supertición ancestral del pueblo, se unía el desconocimiento absoluto de las enfermedades[222] y sus causas. Se tenía más fe en los curanderos y saludadores que en aquellos que se hacían llamar médicos, los cuales no sabían leer, ni entendían nada de medicina, ni de plantas, ni sus usos, no tenían conocimiento de la más mínima higiene, no se lavaban las manos e ignoraban la causa de las calenturas.

Si alguna vez hubo que llamar a alguno, tenía que ser en Alcaraz o Albacete. Había que transportar al enfermo, con lo que si la enfermedad era grave, no llegaban. No sabían que la mayor epidemia era el hambre y la mala alimentación. Desconocían que el foco de muchas enfermedades que se desarrollaban, se encontraba en las aguas estancadas, en la falta de salubridad. Las viviendas eran de pobre enfoscado sin desinfección apenas interior y exterior.

El curso de agua del río Montemayor era la fuente de abastecimiento, con la del caño. Todas las enfermedades tuvieron paso por la aldea, el tifus exantemático, la fiebre amarilla, el cólera, sarampión, viruela, gripe, escarlatina, garrotillo, difteria.[223]

Sea como fuere, el paso más allá de "Matagatos" [224] estaba vetado para los vecinos. Sólo los más atrevidos podían pasar al salir los primeros rayos del sol, pues según los vecinos, que ahora coincidían todos como si se les hubiera aparecido a ellos, debían evitar hacerlo cuando las hojas de los chopos se ponían amarillas y en la sanmiguelada aparecían los cólchicos.[225]

Buena época para quedarse en casa a la lumbre.

---

[222] En éste siglo se pensaba que la enfermedad se originaba por un desequilibrio de alguno de los cuatro humores, la bilis negra, la bilis amarilla, la flema y la sangre.

[223] Difteria. Infección con estado febril agudo con vómitos, palidez, fiebre, ulceración en boca, aparición de llagas pestilentes y falsas membranas en la garganta provocando la axfisia del enfermo.

[224] Hoy la finca es conocida como Navarretes.

[225] *Colchicum autumnale*. De ésta planta se recolectaba el bulbo y la semilla en verano antes de florecer. Contienen colquicina y derivados como colquiceína que producen una vasolidatación sanguínea y puede llegar a paralizar el sistema nervioso. Por la vasodilación se ha usado para el tratamiento gotoso que facilitaría la expulsión del ácido úrico de los capilares.

No se había recuperado la población desde la guerra contra los franceses, cuando se echaba otra encima. Al rey Fernando VII se le ocurre morirse provocando otra. Ahora por la sucesión a la corona.

-Señor de las alturas, clamaba el cura don Joaquín Sempere, que venía de Bocairente, en los sermones. ¡Si han muerto en la guerra quinientos mil hombres! ¿Qué quieres ahora, señor, llevarte a la guerra a todos los que pudieron nacer y vivir desde que acabó la última? Si se mueren más niños que nacen y todos son pobres. ¡A ver, dame una señal para seguir creyendo!

-Se ha muerto el rey, dijo un día en el sermón don Joaquín, respirando profundamente.

-¿Qué rey? Preguntó Paula, que se encontraba entre los asistentes a la misa dominical con el pequeño Dionisio Antonio que hacía un mes que había cumplido cuatro años.

-Pues ahora te lo digo, le contesta don Joaquín.

-Pues como no sea el traidor que nos vendió a los franceses, le dice en voz baja la madre de "Ciega Liebres".

-¡Sí mujer!, le dice Juana, la hermana de Paula, que se encontraba junto a ella. ¡Ese que es más tonto que un ciruelo!

-¡Pos no sé! ¡Qué quieres que te diga, como por aquí no pasa ninguno!, le contesta Paula

-¿A qué va venir?, le vuelve a susurrar la madre de "Ciega Liebres" tapándose al reír la boca porque ya no le quedaban dientes. ¡A ver las cabras!

-A ver, feligresas, un poco de decoro, que estamos en plena celebración, les dice desde el altar el cura. Cuando acabe, os prometo que diré quien era el rey.

-Bueno, nos esperamos. Pero acabe pronto, le dice la mujer de "Sagatos", apodo que le puso su suegra porque padecía del "Fuego de San Antón",[226] lo mismo que un hijo de ambos; que tengo una borona arrimá a la lumbre y un capón a dos vencejos con una caña, no vaya a ser que se escapen y en vez de comer capón tengamos que comer hoy en mi casa, pan de centeno con pringue.

Todas las mujeres sueltan una sonora carcajada que hace reír al cura también.

-Bueno, bueno, les dice el cura. Pues ya está, ya que lo he comentado, pues yo.lo voy a terminar. Hace una pausa y mira al fondo de la iglesia. Suspira deseando que las circunstancias de la sucesión a la corona salgan bien y les dice:

-Pues el rey que se ha muerto, a quien Dios tenga en algún rincón para que no vuelva, porque más traidor no lo ha habido.

-¡Ohhhhhh!, exclaman todas las mujeres abriendo la boca como se si estuvieran bebiendo agua de un botijo.

-Queda para la historia de España como felón berbenero, al que le gustaban más las codornices que los capones. Era don Fernando VII,[227] el que nos traicionó con Napoleón, que ya sabéis los muertos que nos ha costado. Ahora, que se ha muerto,

---

[226] El fuego de san Antón, cuyos síntomas era el sentir el fuego interno con mucho dolor, el engangrenamiento de las extremidades que provocaba el desprendimiento de los miembros y la muerte. Era provocado por el exceso de ergotina, sustancia segregada por un hongo en el centeno en mal estado.
[227] Fernando VII muere el 29 de septiembre de 1833

le queda su hija, que por ser menor de edad, abre las puertas a otra guerra para ocupar el trono. No digo más, no vaya a ser que peque por hablar, pero veo un futuro turbio, otra vez oscuro, como cuando vinieron los franceses. ¡Ala, ya está bien por hoy!, les dice haciendo un gesto con la mano indicándoles la puerta. Ya os podéis ir.

Y se metió a la sacristía apenado. Sabía, porque la iglesia era la única que recibía información de lo que pasaba en Madrid, que se estaban organizando cuadrillas a favor del hermano del rey fallecido, el príncipe Carlos María Isidro.[228]

El cura de Bocairente sabía lo que decía; tendría que listar a los vecinos de la aldea que tuvieran entre veinte y veinticuatro años. Ya tenía trabajo el cura, pues cada día, adelantándose a las órdenes que habría de recibir del Intendente Provincial de Albacete,[229] confeccionaba la lista de mozos en nombre del Supremo Consejo de Guerra para las milicias urbanas, dado el carácter de la guerra que se iniciaba en forma de pequeñas partidas.

No estaba muy conforme el cura con los propósitos del pretendiente a la corona Carlos María Isidro, a pesar de defender las posiciones de la preeminencia de la Iglesia Católica, lo cual les beneficiaba. Pero tampoco les perjudicaba en nada la posición de la regente María Cristina a favor de su hija Isabel.

A las familias de Romualdo y de Nicolás no les afectaba, ya que sus hijos eran todavía menores de edad para las quintas y ellos ya sobrepasaban los treinta y seis años según la ordenanza que tenía el cura. Pero a pesar de ello, siempre podían ampliar la edad como hicieron con la guerra contra los franceses.

La Ordenanza de los encartados dejaba libres para engrosar las filas de la milicia a los hidalgos, clérigos, negros, mulatos, carniceros y todo aquel que hubiere sido juzgado por delito infame. Se prohibía a los jóvenes salir de sus pueblos sin permiso expreso y escrito de la justicia. Se prohibía la sustitución por otro. Sin embargo a los delatores de prófugos se les concedía la redención gratuita del servicio para ellos o para uno de sus hijos. La redención incluía también a los miembros de la Inquisición, archiveros reales, médicos, cirujanos, boticarios, maestros, varones solteros en casa abierta dedicados a la labranza, hijos únicos de padre sexagenario o que tuviera hermanos menores de catorce años, maestros de tejidos y tintoreros, empleados de fábricas reales y casas de moneda, y estudiantes.

Si una familia tuviese varios aptos y saliere uno soldado, el resto quedaba libre. Sin son cuatro, solo dos exentos. Si son séis, solo tres.

Como todo el que podía acumular dinero quería ser hidalgo, entre otras cosas, para no ingresar en el cuerpo del ejército, se ordenó que serían libres de ello si

---

[228] LA PRIMERA GUERRA CARLISTA. Seis meses antes del nacimiento de Isabel, Fernando VII publica la Pragmática Sanción de Carlos IV, que estaba aprobada por las Cortes de 1789. En ella, dejaba sin efecto el Reglamento del 10 de mayo de 1713, el cual excluía la sucesión femenina hasta agotar la descendencia masculina de Felipe V. Era un restablecimiento de la sucesión a la corona de las Partidas de Alfonso X. Al proclamarse reina a Isabel, hija de Fernando VII, que al ser menor de edad pasa a ser regente su madre María Cristina de Borbón Dos Sicilias. El aspirante Carlos María Isidro inicia la guerra con el Manifiesto de Abrantes, en el que no la reconoce. La primera guerra carlista estaba servida. Otra guerra civil más con el lema "Dios, Patria, Rey y Fueros". Le apoyan los sectores absolutistas más radicales, reaccionarios y tradicionalistas.
[229] La provincia de Albacete se crea en 1833. Decreto 30-11-1833.

pagaban 20.000 reales de vellón. Y si no podían, entrarían en la clase distinguida como cadetes.[230]

Ante esta situación. ¿Quién estaba disponible para ingresar en la milicia? Pues los más pobres, los que todavía les quedaban dedos y piernas. Ello provocaba incesantemente autolesiones del dedo índice, falanges de los pies y lesiones en los ojos. Pero si se averiguaba que las alegaciones eran falsas, ya te podías preparar para ir a la Cochinchina.[231]

Todo transcurría lento y apacible en la aldea, solo el viento se atrevía a despertar a los vecinos de su perezoso letargo.

Romualdo, como todos los días, pasaba por la puerta de su medio hermano Francisco para llevárselo al monte con la dula. De este modo, se había acostumbrado al pastoreo y a conocer lo básico del oficio. Francisco, con sus limitaciones intelectuales, comía y se tragaba todo lo que hubiera en el zurrón o en la mesa. Debía de sujetarlo Romualdo y hacerle que se moviera, pues engordaba como un verraco. Era fuerte como un buey y de una altura de unos ocho pies, cuatro años mayor que él, pero como un niño de ocho años.

-Hoy, le dice Romualdo, como va a hacer buen día, vamos a la fuente de la Carrasca, que vamos a hacer una cenceña[232] en la amasadera de cabra en cuanto lleguemos y los gazpachos con conejo en la sartén que tenemos en el covacho.

-Vale, le dice Francisco, yo hago la lumbre entre las piedras que ya tenemos listas.

-Eso, le contesta Romualdo. Por el camino vamos mirando los lazos a ver si ha caído algún conejo.

-O las liebres, que me gustan más, le dice Francisco.

-Bueno, pues lo que caiga y si viene Galdón, el del Ituero, celebraremos un alboroque. Seguro que nos traerá noticias de Albacete, que ya se ha comentado lo de la guerra, otra vez.

-Yo no quiero saber nada de guerras Romualdo, le decía Francisco. Que vaya una cabroná. Ahí, le decía señalando el monte y el vallejo. A matarse unos a otros sin saber la función. Pues a mí que no me llamen, que me escondo aquí en la fuente y no voy. Además, en cuanto lleguemos empiezo a coger piedras de los majanos y me hago un chozo.[233]

-No tengas miedo, le dice, que ya hemos pasado la edad. Y lo del cuco, está muy bien, así nos puede servir de refugio para cuando llueva. ¡Hay que ver Francisco que buen magín tienes!

Nada más llegar, comenzó a buscar leña, aprovechó un pequeño cerco de piedras para que las ascuas estuvieran recogidas, sacó la lata de yesca y le prendió fuego. En un momento las llamas llamaron la atención de los pastores del Ituero y Masegoso. Comenzaron a acercar el ganado al vallejo.

---

[230] Ordenanza de 1819.

[231] Vietnan.

[232] Cenceña. Torta que hacen los pastores entre las brasas de la lumbre, la cubren por encima también para que se haga al mismo tiempo.

[233] Bohio, Cuco, Bombo. Obra popular de piedra sobre piedra de forma circular para refugio de pastores y aperos.

-Hoy tocaba reunión de pastores dice Francisco, ya verás ese que se amaga con las cabras como se va a poner de gazpacho. No tiene hartura. Y además no para de rascarse los piojos ahí, en la entrepierna. Como lo vea que moja con los dedos llenos de mierda le arreo con la vara en tos los dientes. ¡Qué echa los piojos a la sartén!

-Eso, tú vigila, que "Cabriles" tenga las manos limpias, que para eso está la fuente.

A Francisco le respetaban todos porque doblaba en altura y peso a todos los pastores, levantaba los corderos con una mano o con la boca, mordiéndoles en el pezcuezo y tirando de ellos hacia arriba. No se atrevían a contrariarlo a pesar de no haberle visto nunca de mal humor.

El primero en presentarse a la fuente fue "Cabriles" que venía de Masegoso por la Cañada, llevaba una dula muy grande, un cegajo que daba miedo por su cornamenta, tres igüelos, unas cincuenta merinas, sus cabras, su preferida, un cojudo con una cabeza como un toro y unos cerdos que le había confiado un tal Montoya que era oriundo de El Bonillo, que se había afincado en Masegoso.

Por el Collao del Cerrón se oían los gritos de "Badiles".

-¡Ehhhhh!, gritaba, guardarme algo que ya voy, cabrones, dejarme algo, que llevo el vino, cabrones.

Cuando llegaron "Galdón" y "El Gitano", ya habían comenzado con la fritura y los gazpachos tiznaos hechos en las ascuas de la lumbre. Romualdo había traído un conejo de una trampa de las que tenía puestas. Lo preparaba en un momento, colgado de las patas traseras en un árbol, mejor si estaba caliente, lo despellejaba primero por las extremedidades, le abría la piel por el vientre con cortes hacia las patas y tiraba de la piel hacia abajo hasta la cabeza. Después colocaba la piel pegada sobre una piedra lisa hasta que se secase en unos días. Con ello se hacían unos gorros para protegerse del frío en invierno. También se hacia manoplas para las manos, escarpines y calzas, las cuales cubrían con las esparteñas.

Mientras el ganado pastoreaba en el vallejo, los perros cumplían su misión. Evitar que el ganado se mezclara con el otro rebaño. Cada perro trazaba su línea del ganado que llevaba el pastor. Como premio hoy tendrían todos los huesos y gazpachos que iban a sobrar. Dupont, el mastín había dejado este mundo y el sustituto de Murat siempre acompañaba a Francisco, el cual le había puesto de nombre "Gobanillo".

-¿A qué no sabéis lo que pasa en Albacete?, les dice "Galdón".

Como los asistentes no tenían respuesta, menos Romualdo que habían oído del cura algunos rumores, callaban. Se quedaban mirando con curiosidad, esperando algo nuevo, por ello se había convertido en el informador oficial del pastoreo de todos los sucesos que se comentaban en Albacete. "El Correveidiles del Ituero"

-Pues que ya tenemos otra guerra, les dice apoyando el garrote en el suelo y echando el cuerpo hacia delante, como indicando un hecho consumado.[234]

Esta postura, apoyado con las dos manos juntas sobre el cayado o garrote y dejando caer ligeramente el cuerpo sobre ese único punto de apoyo, era típica y

---

[234] El uno de octubre de 1833 Carlos María de Isidro se autoproclama Rey de España. Organiza un ejército en partidas rebeldes en el norte de España. Su pretensión es la de hacer valer sus derechos dinásticos. Al poder por las armas. En La Mancha se inicia el día 2 de octubre en Talavera de la Reina.

habitual en todos los hombres del Ituero cuando se paraban para hablar con un vecino o a contemplar el paisaje.

-¿Contra quién es ahora?, pregunta "El Gitano".

El "Gitano", como así le conocían, no era gitano, más bien parecía un morisco aceitunado, porque siempre llevaba un sombrero negro de ala ancha. En Peñarrubia lo bautizaron para siempre. Además, apellidaba Aceituna, apropiado cognombre de moriscos huyendo de la Inquisición.

-¿Qué contra quién?, le dice "Galdón" riéndose. Pues contra el que no quiera Dios, Patria, Rey y Fueros. ¡Toma ya Baldomera, que llevo la picha fuera!

Francisco echa a reír plantado delante del fuego de la sartén con las manos a la espalda.

-¡Pues nos hemos quedao en dónde mismo!, le dice "Badiles" que venía con una dula de la finca "La Galdona". ¿Qué es eso de Dios, la picha del Rey y la Patria Baldomera?

-Pues, como diría el otro, le contesta "Galdón" otra guerra entre españoles y si no lo has cogido ¿Para qué me la agarras?

-Francisco vuelve a reír a carcajadas sin moverse de la lumbre con las manos en la espalda.

-¡Venga, venga, dejaros de guerras y zarandajas!, dice "El Gitano". Echemos un trago de vino y vigilemos desde lo alto por si vienen tropas, que no me voy con ninguno de arcabuces, ni de balde a las Alamedas. ¡Ojalá les caiga un rayo entre las piernas el día de ayuno!

Francisco no para de reír. Ha tenido que apartarse del grupo de la lumbre y la sartén.

-Voy al peñasco aquél que me meo por la pata abajo. ¡Pata abajo! ¡Pata abajo!, va gritando al peñasco. ¡Me cago en "El Gitano"!, les dice, cogiéndosela por los calzones para evitar orinarse encima.

-Romualdo se ríe de verlo correr hacia el peñasco. Te va a dar lo mismo Francisco, que ya te llega al suelo. Ahora te toca quitarte el calzón y lavarlo en la fuente. ¡Hay que ver! ¿Para qué les haces caso a estos?

Entre apretones a la bota y los chismes del "Gitano", Francisco, calentico ya del tinto, le decía en voz baja a "Galdón":

-"Galdón". Si ves a las tropas me avisas, le dice Francisco José, que me ha entrado a mi hoy ansia de ir a la guerra, que si era solo la lucha a puñadas, yo puedo con dos a la vez.

"Galdón" que también apuraba los apretones a la bota, le decía:

-Tú, Francisco, no te metas en guerras. Que éstas no son nuestras. Que vienen con arcabuces y pistolas, a caballo y con cañones. Que no dejan con qué encender. ¡Qué se vayan a la mierda!

-Pos eso. ¡Qué se vayan a la mierda! Repetía Romualdo. Pos no decías tú, le preguntaba a Francisco, que no querías ir a la guerra. Anda, déjalo estar, que estas guerras no son nuestras. Nosotros a las ovejas, al pastoreo que es lo que nos da de comer.

Acabaron de comer y llegó la hora de retirarse cada uno a su aldea. Francisco ya había comenzado a colocar el primer círculo de grandes piedras para construir un cuco.

Romualdo le ayudaba a trazar con una cuerda el círculo y a rellenar con tierra la primera hilada para que la siguiente fuera sentándose sobre la piedra y la tierra.

Al llegar a la aldea se encuentran con Nicolás, cuando ya cada animal sale en estampida cada uno a su corral.

-Nicolás, grita Francisco. ¡Ven, ven, que me voy a ir a una guerra!

-Pero qué dices Francisco. A qué guerra, si ahora no hay ninguna. Le dice Nicolás mirándole a los ojos alegres que llevaba.

-A una de no se qué picha del Rey y una Baldomera de Dios, le dice.

-¿Romualdo?, le pregunta Nicolás. ¡Éste ha soplao de la bota!, que no dice más que tontás. ¿Qué guerra, ni qué picha del Rey? ¿Qué le ha pasado?

-Pos ná, que ha empinao un poco el codo y dice que como vengan tropas se va con ellos, que el puede con dos al mismo tiempo, a brazo partío. ¡Qué se cree que las guerras son a brazo partío! Lo de la guerra nos lo ha dicho "Galdón" el del Ituero. ¡Qué se avecina otra gorda!

-Anda Francisco, mira, le dice Nicolás. Si quieres luchar, mañana puedes venir a la plaza, que va a venir un saludador[235] francés, que al tiempo que cura el mal de costado, ha traído un oso de su tierra y dice que el que lo derribe le da cien reales. Claro eso lo dice para que vaya gente y le venda algún brebaje para el dolor, porque no creo que nadie se arrime al oso.

-¿Dices que no?, le contesta Francisco. Yo mismo tiro al oso por cien reales y por menos; ¡ná, ya verás! ¿Dónde está el oso? A ver, que lo vea yo, antes de tirarlo.

-Para, para, le dice Romualdo. ¿Eso es verdad?, le pregunta a Nicolás.

-Vaya, que si es verdad, que me lo he encontrado en San Pedro en medio de la plaza vendiendo brebrajes y un oso atado con una cadena a un carro. Le han preguntado que hacia dónde se dirigía y ha dicho que mañana venía a Casalázaro. El oso lo lleva sujeto de una pata con una cadena y lo baja para que lo vean. Pesará por lo menos doscientas arrobas. Pero el que quiera apostar tiene que darle cuatro reales por probar. Así no pierde. Y así pocos se atreven, porque además le saltan las pulgas y los piojos a puñaos.

-Yo le doy cuatro reales, dice Francisco. Total, si me voy a llevar cien. Sólo tengo que tirar al oso al suelo.
Nicolás y Romualdo se rien.

-¡Válgame Francisco! ¿Pero tú te atreves con este negocio?, le dice Romualdo.

---

[235] Todavía seguía vigente la real cédula del 25 de mayo de 1783 en la que se expresaba que, a pesar de lo establecido, andaban vagabundos por el reino sin destino ni domicilio fijo diferentes clases de gentes, como los llamados saludadores, los que enseñaban cámaras oscuras, marmotas, oso, caballos, perros y otros animales con algunas habilidades, quienes con pretexto de ser estudiantes o con el de romeros o peregrinos, obtenían pasaportes de los maestros de escuela, de los rectores de las universidades, de los capitanes generales o de los magistrados políticos del reino. Se ordena que no les dieran pasaporte, se les recogiere los que tuvieren y se le detuviere como vagos y se les diese destino de levas.

-Mañana mismo tumbo al oso. Ya verás. ¿Cuándo viene el saludador ése? Que tengo que ser el primero, no vaya a ser que venga otro y lo tire antes que yo y se rompa la baraja.

-Yo te aviso, le dice Romualdo. Anda tira, vamos a casa a cenar.

Bueno Nicolás, ya verás mañana, ¡cien reales me voy a ganar!, le dice Francisco despidiéndose. ¡Hasta mañana!

Cuando encerraron las ovejas y se pasaron a la casa, los hijos de Romualdo e Isabel no pararon de preguntarle que pasaba con el oso y lo del saludador. Francisco les contestaba que iba a ganar cien reales por tumbar a un oso en medio la plaza.

Corrió la noticia aquella noche. No quedó vecino que no conociera lo del saludador.

Al amanecer comenzaron a verse vecinos husmeando en la cuesta. Uno viene y otro se va. El que lo vea que de una voz. Una expectación en la cuesta a ver si venía el saludador con el oso en el carro. Nadie salió con el ganado, ni salieron al huerto. Mujeres y niños no durmieron esperando aquel espectáculo nunca visto. Lo de la guerra que se había iniciado no importaba. Tampoco si el cura preparaba la lista de futuros encartados. Lo primero era ver al oso.

Paula se echaba las manos a la cabeza. Nicolás se quedaba preocupado por el gran interés que había mostrado su hermano Francisco en derribar al oso.

-Bueno, mañana vamos todos y si vemos que peligra Francisco, nos liamos a palos con el oso y ya veremos, le decía Nicolás a Paula.

Y efectivamente, cuando el saludador francés se presenta en la cuesta de la aldea, llevaban ya dos horas de espera. Algunos vienen en carros detrás de él. Sin duda serán de San Pedro que vienen a comprobar si hay alguno que se atreva con el oso.

-Pues sí, dice el cura. Parece que trae un oso en el carro.

Romualdo le dice a Nicolás cuando ya toman la entrada a la aldea:

-Este oso tiene más años que "Parejo". Pero como levante una mano habrá que tener un ojo donde la pone.

Se encaminan en tropelío hacia la plaza, dirigidos por el cura de Bocairente.

-¡Por aquí, por aquí!, le indica señalando a la izquierda.

La plaza, junto a la iglesia, se está llenando de gente. Hay dos filas alrededor, pegadas a las paredes de las casas; los hombres se han puesto los primeros, cada uno con un garrote. Las mujeres y los niños detrás, agachados y mirando entre las piernas. El saludador francés ha sujetado el carro al olmo de la plaza. Hoy no trabaja nadie. Están todos los vecinos. No importa la guerra. Es el oso del saludador el que atrae el interés y la atención.

Francisco se ha colocado el primero. A su lado Romualdo y Nicolás con dos astiles de sabina. Los niños, agazapados entre las piernas de sus madres.

-Señogas y señoges, les grita el saludador. Aquí está el gan oso de los montes del Pigineo, el gan oso que peleó contra "Belsebú" y contra "Goliat". El gan oso de Espagna. El gan oso que será libe si es vencido pog un hombge. Yo mismo lo devolvegé al monte y si así fuega lo dejo aquí, en estos montes de encinas y acebos.

Mientras hacia las zarandajas de la presentación fue sacando unas piñas y trapos del carro, al tiempo que las colocaba en el centro de la plaza.

-Señogas y señoges, pegmitanme que les muestge un gan invento. El mayog invento desde que l'homme vino a este mundo, desde que nuestgo padge Adán y nuestra madge Eva, nos permitieron multiplicagnos por este bello mundo, al que algunos mal nacidos se empeñan continuamente en destguirlo con las gueggas entge hegmanos, pog que éso es lo que somos.

Y sacando de un bolsillo una pequeña cajita, saca una especie de palillo, lo raspa en una piedra, y hele allí que el palo se ha encendido con un ligero roce.[236] Lo acerca a las piñas y una fogata se ha hecho en un minuto.

-Señogas y señoges. A troi magavedís la cagüita et le fe est aseguré.

A los vecinos les hacía mucha gracia la forma de hablar. Ni francés, ni castellano. Pero las vecinas le entendían. El gabacho había venido a vender cerillas y brebajes. ¡Ohhhhhh!, exclaman en la plaza.

Francisco escruta las uñas del oso, los ojos húmedos y vidriosos denotan que está en la última etapa de su vida. Sin duda, piensa, es un oso más viejo que "Parejo". A éste lo tiro de un empujón.

-Pues yo quiero una caja, dice Paula.

-Y yo otra, le pide su hermana Juana.

-¡Y yo!, ¡a mí!, ¡otra, aquí, aquí! Y así todas las mujeres, mientras lo hombres, sujetando los garrotes en la primera fila miran al oso. El fuego en el centro de la plaza llama la atención.

-¡Y el oso qué!, grita Francisco.

-¡Eso, eso!, gritan los que se encuentran más cerca del oso. ¿Cuándo hay que luchar con el oso?

-Senogues, senogues, ahoga, ahoga, pardón senogues. Un gagabe que cuga mal de muelas. A tres magavedis senogas.

-¡Venga, grita "Barriles" déjate ya de brebajes y que empiece la lucha con el oso, que me tengo que ir a la viña!

-¡Eso, eso!, grita Francisco. ¡Yo el primero! ¡Yo el primero! ¡Venga! ¡Venga que me estoy meando!

Todos se ríen a carcajadas. Comienzan a dar palmas interrupiendo al saludador francés. Las palmas atruenan acompasadas. El saludador tiene que interrumpir la oferta de brebajes.

-¡Bueno, bueno senogues! El que quiega luchar contga el oso tiene que apostag cuatgo geales paga luchag.

-¡Pos ostia en dios!, dice "Barriles". Y si me mata el oso, ¿le devuelve los reales a mi mujer?

-Senogues, senogues, esta es la apuesta por luchag. Y si deggiba al oso le doy de pgemio 100 geales.

-Yo, dice Francisco que era el único que ponía interés en la lucha.

---

[236] EL INVENTO DE LAS CERILLAS. El fósforo, las cerillas, unas pajuelas azufradas en alcrebite, que se confeccionaba introduciendo en una botella el pequeño palillo inflamable que contiene el sesquisulfuro de fósforo. Se descubrió en París en 1823 y fue introducida en España por viajeros franceses y españoles desterrados que volvieron a España. Se distribuía en España por vendedores ambulantes.

-¿Y si lo derriba? ¿Soltará el oso al monte?, le dice Nicolás.

-¡Ui, uí!, le contesta riéndose. Como eso no ha sucedido pensaba, pues llevaba el oso desde los montes Pirineos sin que nadie hubiera logrado derribar al oso.

Pensaba el francés que estaba ganando más con el oso que con el brebaje. Pero miraba a Francisco con recelo pensando en hacerle alguna trampa, no vaya a ser que el grandullón fuera capaz a derribarlo.

-Toma los cuatro reales, le dice Francisco.

Se acerca al francés y se lo da en la mano.

-Suelta al oso, le dice Francisco.

-No. No se puede. Es peliggoso. Mejog atado con la cadena de una pata.

-Bueno senogues. ¡Aquí está le valiente! ¡Air, air!, le grita al oso.

El oso, que entendía las palabras para comenzar el espectáculo, se levanta sobre las patas y gruñe asustando a todos los niños y mujeres. Los hombres se aseguran al garrote.

Francisco se ha puesto a unos quince pies de distancia. El francés lo mira temeroso. Agacha la cabeza y apuntala con los brazos recogidos para que el golpe sobre el oso sea triple con toda su fuerza. Sale en dirección al pecho ahora que se ha erguido. El oso lo mira y deja de gruñir. Lo ve venir y no sabe si huir o darle el culo.

Un golpe duro sobre el pecho. El oso cae contra el carro, gruñe de miedo, Francisco ha caído encima del animal. Ha roto una rueda del golpe. Los radios fuera del cubo. El oso no puede levantarse, le ha roto el hombro y lo mira como pidiéndole clemencia.

El francés se ha quedado sin palabras.

Francisco se levanta y se dirige hacia el centro de la plaza con los brazos levantados al cielo junto al fuego. Todos aplauden de alegría. Él no se ha visto tan orgulloso en su vida. ¡Es un héroe!

-¡Mon Dieu! Me ha goto la gueda del cago. ¡Me cago en la puta! ¡Me cago en la puta!

-Señor saludador, le dice Francisco, poniéndole la mano. Los cien reales, los cien reales.

El francés no para de quejarse con las manos en la cabeza.

-¡Mon Dieu, mon Dieu! ¡Ahoga que hago! ¡Et ahoga que hago!

-Los cien reales, le exige Francisco, al mismo tiempo que toda la plaza grita: ¡Que le pague, que le pague, que le pague!

Las palmas suenan acompasadas mientras Francisco no se mueve. Se ha quedado delante del francés con la mano tendida para que le pague lo acordado.

El francés piensa. "Si je ne paie pas, il me jette dans le voiture à côte de l´ours et si la bête m´attrape, il me dèvorera vivant. Je ferais mieux de le payer et de quitter ce village dès que j´aurai rèparè la roue".[237]

El saludador se mete la mano en el zurrón y saca nueve ducados y un real de plata.

-Tome monsier, su dinego.

---

[237] Si no le pago me tira contra el carro junto al oso y si me pilla, lo mismo me devora vivo. Mejor le pago y me voy de esta aldea en cuanto arregle la rueda.

Francisco no se había visto en otra. El día más feliz de su vida. ¡Cien reales por empujarle a un oso!

-Venga, grita "Barriles". ¡A soltar el oso!

-¡A liberarlo!, grita Romualdo.

Todos los hombres se quedan detrás del oso para ver que determinación lleva.

-¡Qué se vayan las mujeres y los niños!

Salen todas las mujeres corriendo llevándose a los niños a sus casas gritando:

-¡El oso, el oso, que van a liberar al oso!

Cuando han desaparecido los niños y las mujeres, el saludador francés se acerca a la pata del oso y le libera la cadena. El oso busca con la mirada a Francisco y en cuanto lo ve, sale corriendo en dirección contraria, en dirección al río por el Puente del Caño y por el curso de agua hacia abajo sale huyendo de la aldea causando el pánico entre los patos y los tordos.

Todos los hombres gritando detrás de él, apaleando las piedras, golpeando un palo con otro.

-¡Fuera, fuera!. ¡A Francia, a Francia!

El oso lleva el corazón en la boca. Nunca ha corrido tanto. Huye río abajo espantando a los gorriones. Las culebras de agua se esconden en las madrigueras de las ratas de agua. No queda ser vivo que no se altere ante el estruendo del agua, las sarguillas, las zarzas y los cañaverales.

Río abajo, no pasó mucho tiempo en que los vecinos de Casalázaro dejaron de perseguirlo, pero el oso llegó a las inmediaciones de La Quéjola y los vecinos que ven aquello bajar chapoteando sobre el agua, gritaban:

¡Un monstruo! ¡Hay un monstruo en el río!

Se fueron acercando los hombres con palos, horcas, hoces, garrotes, cuerdas y coruellas; las mujeres con cuchillos lo encontraron asustado junto a un álamo en la orilla del río. No quedó vecino en la aldea que no acudiera a la chopera, primero por curiosidad, después cuando vieron que era carne de un monstruo que no habían visto nunca, para rellenar las orzas de barro.

El oso no tenía más fuerzas para huir. Con un hombro roto, los ojos sangrando por las heridas causadas por las zarzas clavadas, la mirada triste, más triste que la de sus perseguidores. Se sujeta como puede, pero sin ponerse en pie. Comienza a recibir los golpes que los hombres descargan en la cabeza con los palos y garrotes. Una hoz le siega el cuello. Otro le lanza la horca entre las piernas. El de la coruella le tira por la ingle hacia la cadera, quiere la mejor parte, pero el hueso le impide cortar el miembro.

Las mujeres con los cuchillos en la mano gritan como si estuvieran asaltando la Bastilla:

-¡Sacarle los ojos! ¡cortarle las manos! ¡sacarle el corazón!¡arrancarle el hígado!

Si el oso hubiera entendido los gritos de los hombres y mujeres de La Quéjola hubiese elegido la muerte tirándose a un pozo antes de haber llegado a una tribu de salvajes hambrientos.

Con el último aliento se agarró tendido en el suelo al álamo y antes de expirar le abrieron el pecho para sacarle el corazón. Después le sacaron el hígado. Como buitres hambrientos cortaban la carne sin haberlo preparado como hacían con los cerdos, con todo su ritual del chuscarrao, lavado y afeitado. Cada uno se llevaba en las manos los trozos que podía cortar. Era un griterío de cuchillos y de hachazos sobre los miembros. Todo se lo fueron llevando.

-Hoy, gritaba una mujer, mas delgada que una aljuma. Hoy ¡A reventar!

-¡Carne mechada y fritorio!, grita otra con las manos ensangrentadas.

-¡Unas garrochitas de tocino y torreznos fritos!, dice la mujer a la que conocían como "Güeña Seca"

Los espíritus de los antiguos bastetanos de la Quéjola se estremecerían sobre las nubes aquel día. Un buitre leonado sobrevuela "Matagatos" y la alameda del río. Detrás planean dos más. Vienen a terminar lo poco que ha quedado, la cabeza del monstruo. El saludador que salió corriendo de Casalázaro hacía San Pedro, ve desde el camino la dirección del vuelo de los buitres. No quiere pensar lo peor, pero no se va detener para averiguarlo.

Calle Caz. Casas de Lázaro

CUADROS DESCENDIENTES DE DIONISIO ANTONIO VELASCO. HIJO DE NICOLAS VELASCO Y PAULA SANCHEZ

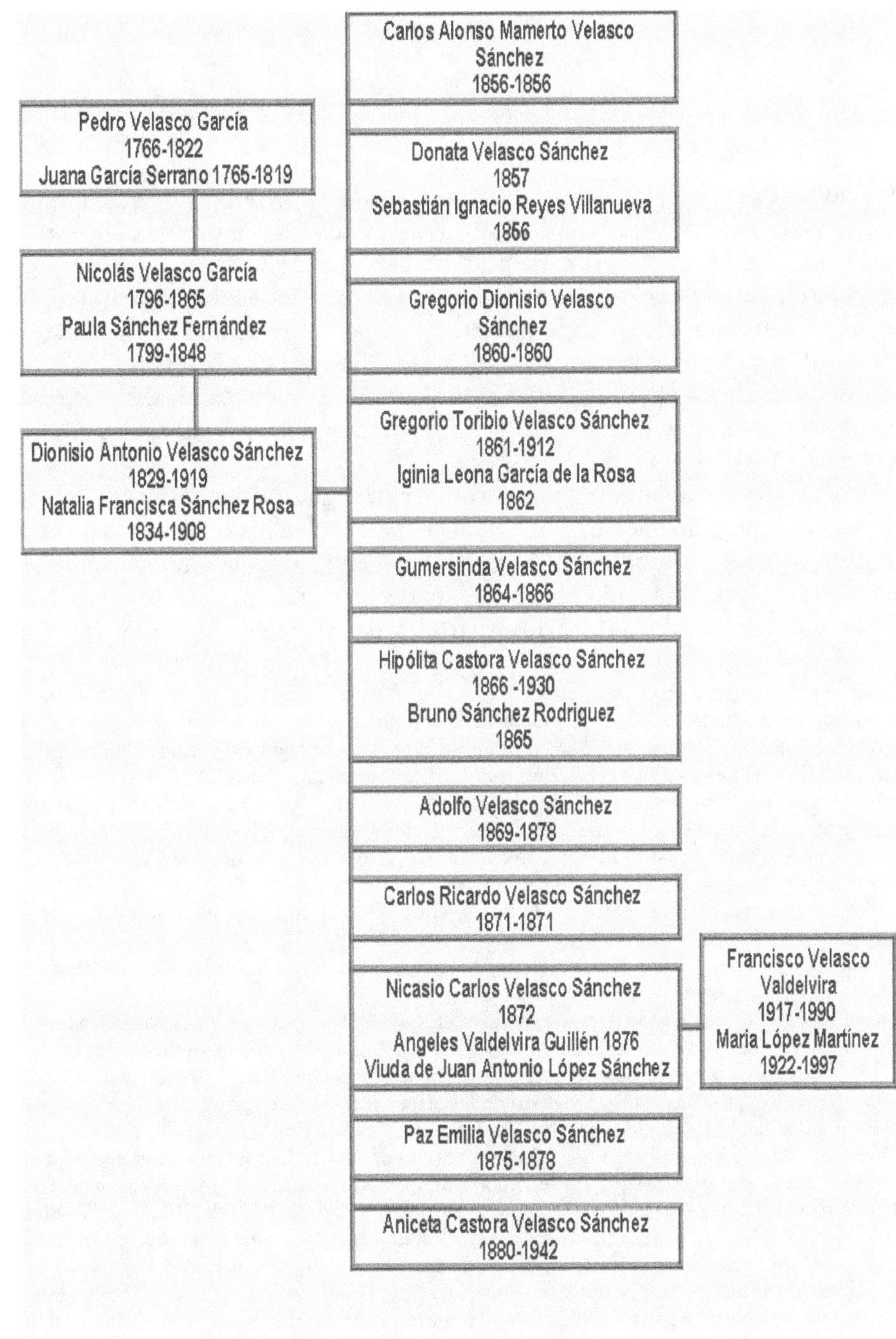

Capítulo veintitrés

De la muerte de Paula Sánchez y de Nicolás Velasco

Sobrevivir mas allá de los treinta años era un buen indicador de fortaleza en los hombres y mujeres de Casas de Lázaro, que había dejado de ser "Lugar" para ser llamado "Villa" a partir de 1838, que dos años antes se había segregado jurisdiccionalmente de Alcaraz. La primera guerra carlista daba sus últimos golpes.

Hubiesen pasado hechos desapercibidos para todo el pueblo si el hijo de uno de los señoritos de Masegoso no le hubiera dado por "sublevarse" y alistarse con los carlistas al comienzo de la campaña iniciada en Talavera de la Reina.[238]

En España, decía el cura Sempere de Casas de Lázaro, todo se ha de resolver a sablazos. Todavía no entiendo por qué no han querido los aristócratas promover la enseñanza. ¡Y así estamos!

Como él no estaba interesado en participar en la guerra; al contrario de otros curas en la Mancha que si lo hacían,[239] intentaba concienciar a los feligreses a no colaborar ni participar con los rebeldes. Ahora no le interesaba colaborar con las listas de encartados, pues había tenido conocimiento de apresamientos por los carlistas de los jóvenes que eran trasladados a los cuarteles de Albacete. Escondió los libros de

---

[238] El primer pronunciamiento en La Mancha se produjo en la noche del dos de octubre de 1833 en Talavera de la Reina, después del Manifiesto de Abrantes, en el que Carlos María Isidro, hermano de Fernando VII hacía valer sus derechos dinásticos. Se autoproclama Carlos V.

[239] En Albacete, se hizo famoso la columna carlista del cura "Batanero" que habían atacado Casas Ibáñez en la que murieron algunos de sus miembros en los alrededores. Después, como represalia contra los gubernamentales de Casas Ibáñez, fue incendiado el pueblo en septiembre de 1836 por al expedición de Gómez.

En Villapalacios causan a los carlistas 53 bajas, entre ellos el cura Segura, que colaboraba con los facciosos.

El obispo de Cartagena mantenía correspondencia con el cura de Casas Ibáñez. Se descubrió que ocultaban alhajas de plata.

El primer convento en La Mancha en sublevarse fue el de San Agustín, en Almagro. Más tarde fue confiscado y cerrado por R. Orden del 12 de octubre de 1835. Después le siguieron los conventos de san Francisco, los Carmelos, Alcántara en las provincias de Ciudad Real y Toledo. Muchos religiosos fueron expulsados, pasando estos al método de las armas con los carlistas.

El clero regular colaboró con los carlistas alrededor de 79 frailes, mientras que el clero secular aportó a la lucha armada de los carlistas unos 57, entre curas, capellanes, sacristanes, canónigos, presbíteros, clérigos, un arcipreste y un obispo. Entre la nobleza, más astuta, solo cinco se comprometieron.

Los militares sublevados fueron 458, unos 7 alcaldes, 2 diputados, 6 escribanos, 4 abogados, 4 secretarios, 2 funcionarios, 13 administradores, 4 estanqueros, 1 cirujano, 1 interventor, 2 sastres, 1 procuradores síndicos, 1 confitero, 1 conductor de correos, 1 alcalde de cárcel, 1 boticario.

Y por parte de la clase baja, participaron 14 campesinos, 6 operarios de la fábrica de armas, 5 carboneros, 4 panaderos, 3 pastores, 3 criados, 2 mujeres, 2 carniceros, 2 pedreros, 1 molinero, 1 herrero, 1 vaquero, 1 albañil.

Fuente. Asensio Rubio Manuela "El carlismo en Castilla la Mancha (1833-1875)"

bautismo en la cripta al tener conocimiento de hogueras de dichos libros en algunas iglesias por los partidarios carlistas.

Romualdo Velasco, que contaba cuarenta y cinco años, ya le pesaban las piernas, no se alejaba mucho más allá de la fuente de la carrasca, donde Francisco había terminado con la ayuda de todos los pastores un cuco para guarecerse de la lluvia y tener allí algún hato para las comidas, los gazpachos que allí preparaban los pastores. Entre ellos seguía acudiendo a las reuniones, "Cabriles", que les había contado que el hijo del "Mayorazgo", del que llevaba los puercos en la dula, se había tirado al monte con los carlistas. Se llamaba Juanito Montoya.

-¡Es gandul de nación! y derrochador de los bienes de su padre, decía "Cabriles", que se presenta cada vez que salen de cuadrilla, con joyas y dinero. Allí se esconde o en otros lugares de por aquí en espera de verse libre de perseguidores de la Milicia Nacional y cuando ha pasado un poco de tiempo, vuelta a empezar.

-Un día, continuaba "Cabriles", vino la Milicia Nacional a buscarlo a su casa, después de estar desaparecido cerca de un mes. Le preguntaron que quién le había hecho las heridas ya curadas en la cara y el brazo, a lo que respondió que se había caído a un pozo. Los soldados no se creyeron nada, pero sospechaban que lo habían herido en las Fábricas de Riópar y que se escondió en algún lugar antes de refugiarse en su pueblo.

Pasaron unos meses y vinieron a detenerlo, pero no se encontraba. Amenazaron a todos con llevarlos a prisión y prenderle fuego a su casa. Como no consiguieron información de su paradero, pues la verdad, no lo sabían, ¿qué iban a decirles?

-¡Ves y busca!, decía "Cabriles", siempre errante por ahí. Por eso no le facilitaron información de su paradero.

-Pues más razón para no dejar el ganado de noche, añadía Galdón, del Ituero, que lo conocía bien. Que además de ladrón y pródigo, como dice el cura de Masegoso, lleva una boina más fea que una rata colorá. Y le da, cuando ya no hay soldados por el pueblo, por pasearse con ella puesta, más chulo que un gallete. Fijaros si es fea la boina, que le sirve de sombrilla, que visto de lejos parece una tabla en la cabeza y de cerca una espuerta aplastá hecha con un trozo de frazada. No he visto cosa igual. En el pueblo ya le dicen "Espantanublos".

Romualdo que escuchaba las palabras de "Cabriles", quedó sorprendido con la historia que un día le habían relatado de "Parejo", pues era primo de su mujer Isabel de la Rosa. No se le quitaba de la cabeza la historia y estaba deseando llegar a su casa para contarle a Isabel todos los detalles con el objeto de averiguar si en la historia de Montoya, había intervenido su primo "Parejo".

Isabel conocía algunos detalles que le había relatado su padre Lorenzo de la Rosa. Según él, "Parejo" se llamaba Juan de la Rosa que vivía en El Cucharal, muy cerca del Batán de Arriba. Todos los días guardaba el ganado en un corral que estaba junto a la aldea. Eran pocas cabras y ovejas, pero sobrevivía.

Contaban en el Cucharal, que un día, finalizando el mes de agosto, anocheciendo, llegó un herido al que "Parejo" no conocía. Como no se encontraba bien, lo curó con aguardiente, que usaba para limpiarse las heridas, le taponó las heridas con un emplasto de adormidera, hojas de romero mascadas con sal, le vendó la cara y el brazo con los trozos hechos jirones de un blusón y allí estuvo cuidándolo hasta que ya pudo mover el brazo.

El herido dijo llamarse Juan Montoya, que vivía en el Masegoso y que le pagaría bien por haberle atendido y curado. Y sobre todo por no haberle denunciado. Se marchó sin alforjas para no ser sorprendido por la fuerza pública gubernamental, pero le dijo que volvería para cumplir lo prometido.

Como no quería ser visto con las alforjas donde siempre llevaba el botín, lo escondió en algún lugar del corral, pero cuando volvió pasados dos meses, allí no estaba. Las piedras estaban en el mismo sitio, pero no lo halló. Enfureció por haber perdido el botín, llegando a amenazar a "Parejo" de muerte si no le decía el paradero del botín que había escondido en un rincón el corral. "Parejo" que había sufrido un robo en mayo de cinco corderos no reconoció a los ladrones, pero al oír la historia de la propia voz al tal Juanito sobre la forma de financiar las correrías, más se afianzaba la idea de señalar a los cuatreros y la oportunidad de cobrarse los corderos.

Este insistía en que no sabía nada y Juanito Montoya, amenazándole, le exigía que dijera que había hecho con el botín. En esta disputa, a dos filos de navaja de llegar a la sangre se oyeron unos cascos de caballería a pocos pasos de la entrada al corral, por lo que Juanito Montoya no dudó en saltar el muro del corral y salir a unas encinas donde tenía sujeto el caballo con el que había venido.

La Milicia Nacional le seguía los pasos y al oír unos ruidos en el corral determinaron pasar a ver quien había allí y preguntar sobre el paradero del perseguido, Juanito Montoya.

"Parejo" vio la luz, pues conociendo que era perseguido por toda la zona, no les dio tiempo a terminar de pronunciar su nombre cuando ya les señalaba por donde salió la liebre que por piernas dejó el corral, huyendo por el sendero hacia el monte, abandonando el valle del río Montemayor. Los guardias se acercaron a la tapia, sujetando uno al otro, haciendo la espuela y elevándolo, de manera que el que intentaba ver el rumbo del jinete se agarró a una piedra de media arroba, que al estar libre de argamasa, le hizo caer al suelo, viniendo detrás de él la piedra que tuvo a bien amortiguar el golpe sobre la cabeza del otro soldado provocándole una herida en la cabeza y un agujero en el chacó. Sólo le dio tiempo a averiguar que el caballo era jaro y que el jinete no iba vestido de carlista.[240]

A Romualdo e Isabel de la Rosa, le sobrevivieron sus ocho hijos cuando finalizó la primera guerra carlista.[241]

---

[240] Juan Montoya, más conocido como "Juanito" capitaneaba la segunda facción en la que se dividió la de Luis Archidona, "Batanero". La primera fue la de Leon, hermano del asistente de Archidona.
Participó "Juanito" en el secuestro del mayordomo del subinspector de la Milicia Nacional entre otros. También participó en el asalto a las Fábricas de Riópar, pero fueron desalojados por los 30 obreros armados y el director de la fábrica de latón. En agosto de 1838 pidió el indulto con dos miembros de su partida.

[241] Se firma el fin de las acciones armadas entre el general Maroto y Espartero en el Convenio de Vergara el 29 de agosto de 1839. Pero ello causa una disensión interna dentro del carlismo. El instigador y pretendiente no reconoce el acuerdo por lo que se exilia a Bourges (Francia). Solo el general Cabrera continuará las acciones hasta 1840. La guerra no había terminado.

A Nicolás y Paula, sólo tres, María Juana, Josefa Feliciana y Dionisio Antonio, de los nueve que tuvieron.

Francisco José tenía cuarenta y nueve. Vivía en casa de su abuelo el "Virutilla" aunque se pasaba todo el día con Romualdo en el campo o en su casa.

Si a las guerras no les apoyara nadie no durarían tanto tiempo. Pero los gobiernos, como buitres hambrientos, las apoyan para después recoger ganancias de las ruinas.[242] Rusia, Prusia y Austria aportaron dinero y armas a los carlistas. Y a los isabelinos les ayudaron Inglaterra, Francia y Portugal.

Dejaron de oirse rumores de saqueos y robos de ganados en la zona. El vallejo de la Fuente de la Carrasca volvió a la paz, donde habitualmente informaba "Galdón". El Alto del Orzuelo estaba oteado por "Cabriles", la Cruz del Pastor por "El Gitano", el Enebral por Pedro Xavier Velasco, el quinto hijo de Romualdo, que tenía dieciocho años. Bonachón como su padre, al que muchos días le acompañaba su tío Francisco, pues a Romualdo le fallaban las fuerzas para subir a la fuente de la Carrasca desde que acabó la guerra. Se adormiscaba Romualdo con increíble facilidad sentado en una piedra. Era su perro "Gobanillas" el que tenía que despertarlo. Le dolían los riñones y el cólchico le era de poca ayuda, pues le provocaban fuertes dolores que le hacían llorar. Probaron con manzanillas, laudazo, ortigas, pero el dolor era superior. Llamaron a un médico sangrador para ver si había algún remedio, pero éste se cebaba en sangrarle los tobillos. Sólo se calmaba con el látex de la adormidera, pero le impedía salir al monte.

Dejó Romualdo viuda a Isabel de la Rosa en el invierno del año 1842 con tres pequeños en la casa, Isabel, Antonio y Margarita, pero la ayuda de Pedro Xavier, Antonia y Francisca sacarían la familia con dignidad hacia delante. Con la muerte de Romualdo quedaban viudas en Casas de Lázaro veintiocho mujeres más.

A pesar de haberse terminado la primera guerra carlista oficialmente, los reductos de partidas facciosas que no querían entregarse, continuaban por las zonas menos pobladas sobreviviendo a base de asaltos, robos y secuestros. Tenían relativa facilidad para moverse en su terreno y esconderse en diferentes lugares. Contaban con colaboradores, que por miedo a represalias callaban y no denunciaban. A este fin, vino el Gobierno a decretar el 28 de marzo de 1844, la creación de un cuerpo

---

[242] La Diputación de Albacete, creada en septiembre de 1836 durante la regencia de la madre de Isabel II, recibe y difunde la circular de 24 de septiembre de 1836 dirigida a los jefes políticos y diputaciones con instrucciones para que si se produce una invasión carlista se organice una nueva estructura de la Milicia Nacional, encomendando avivar el entusiasmo de los pueblos, el auxilio a las autoridades militares y el traslado de los mozos solteros entre diecisiete y cuarenta años a la capital. Al mismo tiempo se legaliza el expolio, con la requisa de caballos, alhajas, etc. Y por si esto no era suficiente, los carlistas hacían lo mismo.
Para aprovechar la mano de obra, se obligaba a los presos carlistas a los trabajos públicos que se hicieran en las provincias españolas. Como en estos momentos se continuaba con la extracción de tierras para hacer los canales de desecación de las aguas pantanosas en la zona de Albacete, fueron obligados a trabajar en ellos. Circular del 26 de octubre de 1836."Canal de María Cristina".

que iba a tener su actuación en las zonas rurales para perseguir los reductos del bandolerismo, la Guardia Civil.

El afán por ser un gandul se convirtió en profesión, por lo que vino a decretarse una nueva ley para definir a las personas sin oficio ni beneficio.[243]

Nicolás y Paula tuvieron que sufrir otra vez más la pérdida de otra hija, Josefa Feliciana, con veinte y cuatro años, que se había casado dos años antes de la muerte de su tío Romualdo. Josefa Feliciana también perdió a su primogénito Andrés a los tres años de nacer. Después, los toques a gloria sonaron tres veces más. Paula y Nicolás resistían frente a la miseria y el hambre. Tantos hijos y nietos muertos era un dolor que desfiguraban los rasgos. Las arrugas de la cara se pronunciaban con cada muerto y el sol las quemaba por dentro.

Otra vez más la guerra había desolado la ilusión. Continuaban con el índice de mortalidad infantil más alto de España. Un currusco de pan mojado en pringue duraba todo el día. Había que racionarlo.

Pero al gobierno y a sus ministros les importaba bien poco. Si los pobres se mueren, ¡que le vamos a hacer! Hay más. No tienen que preocuparse, ya tendrán con que entretenerse. ¡Qué manden más clérigos para que recen! ¡Más ermitas y más iglesias!

En esta situación se les ocurre a los vecinos de Casas de Lázaro, promover diligencias de apeo y deslinde, siendo alcalde mohíno Maríano Alfaro y secretario Gerónimo Rodriguez. No entendían de muchas cosas, pero de fanegas y celemines sí. Sabían los pasos y varas que había que dar para saber lo que era del alcalde y lo que era del común.

El objeto del apeo se centraba en los parajes en que ahora Pedro Xavier Velasco, hijo de Romualdo, y los pastores "Cabriles", "Galdón", "El Gitano" y otros tantos, conocían bien. Las Chozas, La Cruz del Pastor, Haza Grande, Pinarejo, Fuente del Romeral, Vallejo del Pino, Vallejo del Pinarejo, El Enebral, La Fuente de la Carrasca, Los Collaos del Cerrón, Chorreón, La Galdona, Alto del Orzuelo, Los Charcones. Todos ellos se medirían para delimitar las propiedades que serían objeto del impuesto a pagar. Se le reclaman al alcalde unas 4.700 fanegas que se había apropiado y beneficiado de ellas.

Se le reconoce al municipio lo reclamado y se le venden a los vecinos que quieran las tierras para su aprovechamiento. Pero no todos los vecinos van a poder entrar en el reparto. Aquel que no tiene un real, seguirá añasqueando terruños y cuatro cabras.

---

[243] Ley de Vagos. Isabel II. BO de la provincia de Albacete del 26 de agosto de 1845
Título I
Calificación y clasificación de los vagos

- Los que no tienen oficio, profesión, renta, sueldo o medio lícito con que vivir.

- Los que teniendo oficio o ejercicio, profesión o industria, no trabajan habitualmente en ello y no se les conocen medios lícitos de adquirir su subsistencia.

- Los que con renta pero insuficiente para subsistir, no se dedican a alguna ocupación lícita, y concurren ordinariamente a casas de juego o tabernas o parajes sospechosos.

- Los que pudiendo, no se dedican a ningún oficio ni industria.

Pero sucede un hecho curioso. "Parejo" va a entrar en el sorteo. Ahora tiene cuatro caballerías con derecho a seis fanegas de tierra de labor. De la noche a la mañana ha adquirido una fortuna. Tener un mulo era un buen comienzo para sobrevivir. Con un mulo comenzabas a ser menos pobre. En el año 1845 habría en Casas de Lázaro unos cuarenta mulos dedicados a la labor y unos ochenta asnos. Para otras labores que no eran específicas de la labranza había unos ciento diez borricos más.

Si puede pagarlo, mejor para él, decían los vecinos de Casas de Lázaro.

Treinta y seis vecinos,[244] de entre unos mil cincuenta que había censados, consiguen el deslinde y el reparto de tierras que sólo se aprovechaba uno, el alcalde.[245]

Nicolás vuelve otra vez con el carro a los caminos para intercambiar y vender algún producto del campo. Lleva consigo herrajes, clavos, ungüentos de miera para las caballerías y le acompaña su único hijo varón, Dionisio Antonio, pues su hermana mayor, Juana se había casado con Juan Ramón Sáez. Nicolás, por derecho propio hereda de su padre, al morir su hermano Romualdo, el apodo de "Rejalgar".

---

[244] Lista de vecinos que participan en el apeo y deslinde:

Francisco Pérez, marido de Margarita Felipe, Eustaquio Cabezuelo (Ituero), José Sánchez, Juan Rodriguez, Juan A. de la Rosa (primo hermano de Romualdo y Nicolás), Juan Ramón Galdón, Juan Miguel García, Juan Ruíz, Francisco González, Antonio Navarro, Francisca de la Rosa, Juan de la Rosa, Maríano Vaquero, Antonio López,

Francisco García Mulero, Juan Laguna, Antonio Rodriguez, Antonio Sánchez, Valentín Guillén,

Juan Francisco de la Cuerda, Francisco Córcoles, Gregorio de la Cuerda, Celedonio García, Sebastián de la Cuerda, Maríano Alfaro (Alcalde), María Rodríguez, Valentín Pérez, Nicolás Reyes, Antonio Pérez, Josefa Esparcia, Simón Rodriguez, Juliana Morote Cabezuelo. Juan Francisco González, Romualdo Rozalén, José López.

Las extensiones de terreno se medían en fanegas. Para huertos, viñas y olivares, la avanzada.

Una avanzada equivalía a 400 estadales de 4 ⅛ varas, equivalente a 44,719 dm².

Una vara equivale a 83,5905 cms.

Un estadal equivale a 3,344 m².

Un celemín equivale a 5,3663 dm².

[245] Ver caso deslinde fanegas de tierra apropiadas por el alcalde de Casas de Lázaro 1845:

B.O. de la provincia. Albacete 17 de noviembre de 1845

Resolución del Sr. Jefe Político en la que devuelve a la Villa de Casas de Lázaro 4.700 fanegas de terreno que le habían sido usurpados de su riqueza común.

Merced al celo de D. José de Garibay en posesionarles de su anterior riqueza.

Con ésta fecha he dirigido al presidente de ayuntamiento constitucional de Casas de Lázaro la comunicación siguiente:

"Se ha enterado este gobierno de expediente de Comisión Juan José Navarro por instancias repetidas de D. Pascual Córcoles Rodriguez de Vera (Alcaraz) para el apeo y deslinde de la labor de Fuente Carrasca 5.000 fanegas. Acuerda:

1) La certificación de deslinde por el Sr. Navarro (Comisionado) al ayuntamiento, le sirva de justo título.

2) Que se tome nota en el libro de actas para evitar dudas sucesivas.

3) Que se anote las 5.000 fanegas de las que solo son particular 348 enclavadas en aquel y que son del actual alcalde D. Maríano Alfaro y varios al referido expediente.

4) Proceda a dividir en suertes a los vecinos con imparcialidad y justicia, labores y pastos.

5) Se inserte en BOP

Conocía a todos los vecinos de San Pedro y lo que necesitaban en cada viaje. De este modo siempre llevaba mercancías que allí podía vender o cambiar, sobre todo sal, cuyo único punto de venta seguía en Pinilla. Cada viaje que tuviera cerca El Robledo, se acercaba a comprar sal.

Murió su cuarto nieto, hijo de Josefa Feliciana Velasco y de Santiago Guillén, de la temida viruela, el 18 de febrero de 1848 y comenzó Paula a sentir fuertes dolores intestinales, con vómitos, acompañados con restos de sangre. Nicolás y su hija Juana la mantenían a base de caldos de manzanilla y laudazo. El agua la subían en cántaros a cada casa. Unas veces de la fuente del caño y otras del caz que iba al molino, pero no la hervían para beber. Éste era el origen de todas las enfermedades intestinales, pero lo peor vendría dentro de siete años.

Murió Paula el 19 de abril de 1848 con cuarenta y ocho años, dejando a Nicolás viudo con cincuenta y dos. Su hija Juana Velasco, tuvo que trasladarse a su casa con su pequeño Ángel Manuel con tres años y su marido Juan Ramón cuando ya llevaban dos años de nuevo las correrías de los carlistas "Montemolinistas".[246]

Pensó el pretendiente carlista. "Si lo caso con su prima, será rey por dos vías, la que me corresponde por derechos dinásticos de los Borbones desde Felipe V y por consorte". Así, sería "Carlos VI". ¡Así es mi niño! ¡Esto es la España cañí!

Como no hubo acuerdo. Pues a las armas, que es como se arreglan las cosas. Ya las sacaremos de donde la haya. ¿Quiénes son? Pues los que quedaban de la primera; los bandoleros y trabucaires de Cataluña. "Vicente Sabaniegos", "Sánchez", "Madero", "Cochuras".[247]

---

[246] Resulta inaudito hoy, aunque ocurren otras similares en la política de guerras, que el comienzo de la segunda guerra carlista, según se lee en la historia oficial, que fue resultado de los infructuosos intentos de casar a la reina adolescente Isabel II con su primo hermano Carlos Luis de Borbón, el hijo de Carlos María Isidro de Borbón, el que promovió la primera guerra, el cual viéndose ya débil para la lucha, abdicó en su hijo Carlos Luis, porque el "heredero legítimo" era su otro hermano, don Juan de Borbón, el cual proclamó sus ideas liberales y su renuncia a la vía armada. ¡Y hasta aquí podríamos llegar! ¡Un liberal de la familia de los Borbones! Aquí podrían haber liado otra guerra interna para estudiar los derechos dinásticos. Eso no lo decía Felipe V, el francés que no aprendió castellano en su vida.

[247] Comienza la Segunda Guerra Carlista unos meses antes de la boda de la reina Isabel II con dieciséis años con su primo hermano Francisco de Asís de Borbón, que perdía aceite por todos lados.

Su primo, que no era tonto, le dijo cuando finalizó la guerra en 1849: ¡Mira Isabelita, ese niño que has parido no ha de tener mi parentesco natural, porque yo, ni te he tocado! ¡Así, me tienes que dar algo para compensar a las malas lenguas!

No le tuvo que contestar con malas palabras porque después parió once veces más y el rey consorte no dijo nada. A millón por parto por cuenta de las arcas de la Hacienda Pública. Tenía que devolver los prestamos que sirvieron para comprar los favores de los que apoyaron su candidatura al matrimonio don Isabel.

Cuando tuvo a su tercer hijo, María Isabel Francisca de Asís en 1852, ya llevaba cobrados el rey tres millones de pesetas. El cura Merino, el apóstata, se acerca a la reina en la Basílica de Nuestra Señora de Atocha y le clava un estilete en el costado. "La España Cañí". Poco después de detenido, lo sometieron a "garrote", sus restos quemados a fuego lento y sus cenizas aventadas. ¿Quién es el siguiente?

En la aldea de Las Mitras, próxima al Ituero, a primeros de octubre de 1854, Pedro Rozalén se acerca montado en un asno a pedir socorro. Su hija Ramona, de cuatro años está continuamente descomponiéndose. No sujeta el vientre. Le acompañan unos vómitos con dolores intestinales. Galdón, el pastor no sabe que remedios hay, solo caldos de manzanilla, le acompaña al pueblo de Masegoso a buscar algún médico. Manzanilla, es lo único, ¡qué pueden decir! El día nueve fallece la niña. ¡Una muerte más? Desgraciadamente no, pues a los dos días de morir la niña, fallece su vecina de la aldea, Juana de la Rosa, mujer de Galdón con los mismos síntomas.

El temor a un castigo divino genera un miedo terrible en los siguientes días. Las diarreas se extienden a Casas de Lázaro, fallecen en cinco días, seis vecinos y otro en la aldea de El Jardín que superaban los 50 años.

Acabó el año y se calmó la epidemia. Parecía que había desaparecido la maldición, pero solo era una tregua. Varios dioses tuvieron que ponerse de acuerdo para castigar de nuevo a todos los vecinos a primeros de agosto del año siguiente.

El obispado de Albacete había exclaustrado del convento de Los Llanos a fray Antonio García Bañón para enviarlo a la parroquia de Casas de Lázaro, pero murió a los dos años de pulmonía con 39 años. Tuvo que ser reemplazado por otro franciscano exclaustrado, fray José Antonio López, que le estaba pareciendo el apocalipsis bíblico. ¡Tantos niños muertos! y aquellos nueve fallecidos por la misma causa.

-Señor de las alturas, decía desde el altar en cada misa. ¡Si has de permitir morir a todos los niños, no me dejes aquí para verlo!

¡Pues te vas a enterar!, tuvo que decirle Belcebú o su primo hermano, que tenía que mandar bastante, pues surgieron otra vez los brotes en la villa a mediados de agosto del año 1855.

Nicolás fue el primero en observarlos en su hija Juana. Tenía los mismos síntomas que los vecinos que estaban enfermando, diarreas continuas y vómitos. La alarma corrió de casa en casa. Su tía Estefanía Velasco cayó enferma con setenta y ocho años y falleció el día diecinueve de agosto. Ese mismo día murieron cinco más. Ya habían muerto desde que comenzaron las defunciones trece vecinos.

El miedo llevó al pánico. Los vecinos se encerraron en sus casas. Las calles las tomarón el sol y el polvo. Los ojos se abrían de hambre a través de los ventanucos de madera. Todos los muertos eran trasladados directamente al cementerio al que habilitaron unas fosas comunes, siendo los familiares y vecinos los que no cesaban de enterrarlos.[248]

Juana Velasco muere el veintiuno de agosto. Con ella ya contaban treinta y un fallecidos. Tenían que cavar nuevas fosas para los ocho fallecidos en aquella semana.

---

[248] El alcalde ejecutó la Real Orden del 20 de septiembre de 1849 prohibiendo las exequias de cuerpo presente, cuando haya epidemias declaradas por la autoridad y cuando los facultativos, al dar el parte de defunción expresen que el cadáver no se encuentra en estado de ser conducido a la iglesia para que se le recen de cuerpo presente los preceptos que marca el ritual romano, cuya circunstancia no omitirán en ningún caso en que proceda bajo su responsabilidad.

-Don Antonio, le decía el fraile don José Antonio al alcalde hecho un manojo de nervios, hágase cargo de esta situación. Que se caven fosas para diez personas mínimo en el cementerio, porque esta situación es insostenible. Que se ofrezcan voluntarios permanentes en el cementerio para cubrir los cadáveres inmediatamente a su llegada. ¡Hágase cargo don Antonio! ¡Hágase cargo!

La segunda esposa de Casimiro Velasco, sobrino de Nicolás, María Nieves Cabezuelo, fallece a los veintisiete años. Llevaban casados veinte meses. Dos días más tarde, el veinticinco de agosto, su propia hija Aquilina de siete meses y su cuñada Isabel de la Rosa, viuda de su hermano Romualdo y madre de Casimiro. Otra nieta de Isabel y Romualdo, Ruperta, también fallece a los cuatro años. Era el día ocho de septiembre de 1855. Los últimos días de la epidemia de cólera.[249]

Era tremendo el desconsuelo de Casimiro; con la niña, ya eran cuatro hijos fallecidos y dos esposas.

Y se tuvo que realizar así, con enterradores permanentes, día y noche, pues en la primera semana de epidemia ya habían enterrado a treinta y cinco vecinos. Las campanas no cesaban de tañer. Todas las familias aprendieron a darle al badajo, pues las hacía voltear el familiar que acababa de perder a uno de su familia. Siete veces tuvo que acercarse Nicolás a tirarle de la cuerda. De noche se oían algunos repiques que venían de la llanura de San Pedro y Balazote.[250]

---

[249] Cólera morbo. Producido por el bacilo Vibrio cholerae. Los focos de infección se encontraban en las aguas y alimentos contaminados producidos por las heces de los enfermos. Procedía la infección de La India. Entra en España con su primer brote en 1833 por el puerto de Vigo. En Albacete invadió 78 pueblos. La primera en infectarse fue Almansa y la última Vianos. En total fueron unas 25.216 personas afectadas, de los que fallecieron 3.803. Duración: tres meses y 13 días.
En Casas de Lázaro se vieron afectados en la primera del año 1854 unas cincuenta y nueve personas de las que fallecieron por el cólera nueve. Y en el año 1855, fallecieron noventa personas, de las que sesenta y séis, fueron de cólera.

[250] Relación de fallecidos familia Velasco:
María Juana Polinaria Velasco Sánchez, de 34 años, hija de Nicolás Velasco y Paula, el 21 de agosto de 1855
Ramona Alfaro, de 50 años, suegra de Antonio Velasco, madre de María Galdón, segunda esposa de Antonio, el 23 de agosto de 1855.
María Nieves Cabezuelo, segunda esposa de Casimiro Velasco, de 27 años, nuera de Romualdo Velasco, el 23 de agosto de 1855.
Agustina Velasco Cabezuelo, de 7 meses, hija de la anterior y de Casimiro Velasco, nieta de Romualdo Velasco, el 25 de agosto de 1855.
Isabel de la Rosa Balverde, de 60 años, esposa de Romualdo Velasco, el 25 de agosto de 1855.
Ruperta Sánchez Velasco, de 4 años, hija de Cipriano Sánchez y de Isabel Velasco, nieta de Romualdo Velasco, el 8 de septiembre de 1855.

Listado de fallecidos por cólera morbo en el término de Casas de Lázaro
Año 1854
Francisco Cabezuelo, 40 años, Rafaela Cuartero, 56 años, José García, 50 años ,Juan de Haro, 56 años, Juan Laguna, 76 años, Juana de la Rosa, 61 años, Antonio Rodriguez, 55 años, Sebastián Romero, 76 años 20 octubre, Ramona Rozalén, 4 años.
Año 1855
Desde el 14 de agosto al 17 de septiembre se entierran a:
Saturnina María Morcillo, 34 años, Josefa Rodríguez, 36 años , Agueda Cano, 42 años, Antonio, Jaquero, 40 años, Francisca Guillén, 5 años, Pedro Serrano, 36 años, Feliciano Giménez, 27 años Juana

Ante esta situación de dolor, miedo y tristeza había que sobreponerse. ¿Cómo? Pues volviendo al huerto, a las merinas, a los olivos, a los almendros. No había tiempo para lamentarse. Había que tener valor y continuar.

Nicolás Velasco fue el que más sufrió. Antes de la epidemia del cólera habían muerto siete hijos, cinco nietos y Paula, su mujer, a la que siempre recordaba cuando saltaba la tapia del corral y junto al brocal del pozo para bañarla a besos. El cólera le quitó a su hija Juana con veintisiete años. Ahora solo le queda el único sobreviviente, Dionisio Antonio Velasco, con 26 años que rondaba a su prima Natalia Francisca Sánchez de la Rosa, sobrina de Nicolás por parte de Paula, su mujer.

En la aldea de Montemayor, mientras herraban nueve mulas Nicolás y Dionisio Antonio, Narciso que era el mayoral de la finca, les contaba un chisme detrás de otro. Que si el "Batanero" quería mucho a su mujer y que por eso le pegaba poco. Que si los cangrejos estaban mejor con arroz que con habichuelas. Que el "Cirigolo" era su amigo y le dijo que no hacía mucho pasaron unos carlistas a caballo camino de Peñascosa[251] y que se tuvieron que esconder todos con cerrojo en la finca una semana. Que en el Batán de Casa Pablo había una chiquilla pelirroja que echaba mal de ojo a todos los pastores que no llevasen garrote, insultándoles con palabrotas y blasfemias como "Escorbutus inmundus" y les lanzaba piedras con una honda. Que en la aldea de Arteaga, son más burros que los de la Canaleja, que dicen que "hay siete mozas, cuatro como canastas y tres como alforjas". Que en esa aldea los pastores se comen las culebras a la brasa y por eso piensan todos los vecinos que adoran al diablo. Que, en comiendo todos los días, no entendía por qué se liaban tantas guerras.

Sánchez, 42 años, José Castillejo, 50 años, María Cruz Galdón, Jerónimo Rodríguez, 44 años, Encarnación, 60 años, Benito Cañaveras, 5 meses, Daniel Muñóz, 78 años, Estefanía Velasco, 78 años, Mauricio Jaquero, 44 años, Francisca Rodríguez, 19 años, Ignacio Rodríguez, 18 meses, Pedro Ruiz, 62 años, León García, 5 años, María García, 62 años, Galo Esparcia, 4 años, María de la Rosa, 29 años, Julián Rozalén, 5 meses, Pascal García, 28 años, Francisco Sánchez, 5 años, Josefa Ortiz, 2 años, Lorenza Reyes, 33 años, María Navarro, 60 años, Feliciana Mauri, 60 años, María Juana Velasco, 34 años, Juan Miguel García, 32 años, Catalina Rodríguez, 60 años, María Reyes, 56 años, Juana García, 60 años, Serrano Martínez, 16 años, Francisco Ruiz, 62 años, Antonio Rodríguez, 34 años, Casiano Galdón, 26 años, Pedro Villena, 54 años, Rufina García, 1 año, Juana Reyes, 43 años Pascuala Sánchez, 6 años, María Nieves Cabezuelo, 27 años, Ramona Alfaro, 50 años, María Juana Sánchez, 55 años, Jerónimo Sánchez, 76 años, María Josefa Marín, 34 años, Rosa Cabezuelo, 72 años
Ángel Laorden, 2 años, María Tomasa de la Rosa, 2 años, Isabel de la Rosa, 60 años, Manuel Cuerda, 33 años, Francisca Cuartero, 30 años, Valentín Guillén, 44 años, María Rodríguez, 80 años, Juan Martínez, 50 años, Agustina Blasa Velasco, 7 meses, Isabel González, 18 meses, Josefa Esparcia, 60 años, Juana de la Rosa, 30 años, Josefa de la Rosa, 36 años, Agustín Rozalén, 8 días, María Dolores Lorenzo, 48 años, Ruperta Sánchez Velasco, 4 años, Francisca Alcantud, 54 años, Victor Cañaveras, 55 años
Fuente. Ruiz Baldomero. "Casas de Lázaro, su historia y sus gentes"

[251] En 1856 aparece una partida de carlistas por Peñascosa en dirección a la aldea de Canaleja. La componen Baltasar del Campo, Antonio Caballero, Rafael Carretero, Gabino Martínez. Después pasaron en su persecución la guardia civil de Ossa de Montiel

Bajaban camino del Cucharal cerca de Tobarblanco, subidos en el carro Nicolás y su hijo Dionisio Antonio por el camino de Montemayor, después de dejar a Narciso, cuando vieron a un pariente lejano llamado "Cirigolo" que acostumbraba a no dejar hablar, ni siquiera cuando te preguntaba.

-"Cirigolo", "Cirigolo", le grita Nicolás desde el carro. ¡Ven aquí que echemos un traguejo, sacristán, que estás ahí to el día persiguiendo culebras! Toma, anda, le dice ofreciéndole la bota de vino.

-¿De dónde venís?, le pregunta "Cirigolo". Del Batán de Casa Pablo. ¿A que sí?, le responde el mismo. Pues no me digas más, que hace dos días se liaron a palos los jornaleros, porque el señorito de Montemayor que había traído de Bogarra una cuadrilla sin avisarle a los otros que venían todos los años del Masegoso. Se liaron a darse leña con los garrotes Dale que te pego y discutiendo sobre quien era más ladrón. Han quedado todos lisiados y ahora no pueden ninguno segar más trigo.

-Para un poco y echa otro trago, que no me dejas preguntarte, le dice Nicolás.

-¿El qué? ¿No será lo de la luna del otro día? ¡Que María Santisma, la que se lió en el cielo!

-Dionisio Antonio, se ríe de ver a su pariente "Cirigolo" en un monólogo. No es eso, le dice. Lo que mi padre quiere saber es si ha habido muertos en la aldea por la epidemia.

-¿Epidemia? ¿Qué epidemia? Por aquí no ha habido guerra, ni muertos de ninguna clase. ¿Quién va a pasar por aquí? Trae otra vez la bota, que me ha entrado garraspera en el galillo. Es el único momento en que se le puede hacer la pregunta, así mientras le empuja con fuerza.

-¿Sabes si le queda vino en la bodega al señorito de Montemayor?, le pregunta Nicolás.

-Algo le queda, que eso lo llevo yo controlao con el Narciso, que también le gusta el tinto. Aunque si se descuida se le repunta, que ya le dijimos que había que bebérselo pronto no fuera que a finales del verano hubiese que cambiarlo de tinaja para vinagre.   Menos mal que Narciso se lo explicó bien al señorito y le hicieron beberse una arroba para comprobarlo. Yo me junto con él cuando me hace una señal con un espejo desde el río. Voy a escape, porque eso quiere decir que el señorito se ha ido a hacer algún encargo. ¡Ya ves tú, el encargo!, si no hinca ni la rodilla ni en misa. Se va de andosconas, el muy jodio. Y como tarda to el santo día, pues to el santo día que le estamos apuranando el vino de las tinajas.

Como no paraba de hablar y cambiar el objeto de la pregunta. Nicolás le interrumpe.

-¡Para un poco Cirigolo! ¡Hay que ver que tienes cuerda! ¿A tí como te gusta el vinete?

-¡Cómo me va gustar! Por la mañana tinto, de las viñas esas del Pozuelo, a mediodía el clarete ese de la Solana, y por la noche un blanco de parrizo de aquí del Batán de Casa Pablo.

-¿Y a qué hora de acuestas?, le pregunta Dionisio Antonio.

-¿Pos a qué hora me voy a acostar? En cuanto se esconde el sol. Que no tengo candil en mi casa, ni falta que me hace. Ni mujer tampoco, que tuve una y se fue con un pastor del Vidrio, que se ve que se acostaba más tarde.

-¿Sabes lo que me dijo uno de San Pedro?, le pregunta Nicolás, riéndose. "El que se casa en Barrax, tiene mujer y tiene burra".

-Nos vamos porque no paras. Luego seguimos le dice Nicolás. ¡Adios "Cirigolo"!

-Ya le he dicho bastante, le dice Antonio riéndose a su padre. Ahora ya tiene tema con Narciso. Estos son capaces de irse a probar el vino a Barrax.

-¡Qué lástima!, le dice Nicolás. Éste lleva cuarenta años sin moverse de Taoblanco a Montemayor, no lo va a hacer ahora. Además, si le gusta más el vino que las mujeres. ¡Qué buenas aguas lleva este río Antonio! ¡Y qué buena tierra! Cuando llegan al Batán subidos en el carro le dice a su hijo Antonio:

-Mira Antonio, no demores mucho juntarte con la Natalia, traétela a casa si es menester, que es buena muchacha como su madre Juana Petra y su padre. Porque a ver qué necesidad tienes de estar ahí, a escondías, engarbándote a la tapia de su corral, para caerte un día y lisiarte una pierna que te deje inútil para toda la vida.

-Pues sí, la verdad es que si lo pienso un poco padre, le contesta su hijo Antonio. ¿Para qué vamos a estar haciendo el buho engrillotao?

-Yo me puedo quedar en la fragua, preparando herrajes para las caballerías, le dice Nicolás, dejo lo gordo para hacerlo entre los dos. Me bajo al huerto cuando no tengamos mucha faena y tú puedes ir a las aldeas que ya sabemos, a poner herraduras y todo lo que haga falta, que tú te defiendes bien.

-En cuanto llegue al pueblo padre, me meto en casa de la Natalia y no salgo hasta que se venga conmigo.

-Pues una cosa lista, que así se arreglan las cosas, le dice su padre.

Y así lo hizo. Nada más llegar, se metió en la casa de Antonio Sánchez y Juana de la Rosa. Les dijo que se quería juntar con Natalia Francisca. Llamaron a su hija, viendo que Antonio no tenía intención de moverse de allí hasta que saliera para llevársela. Y su tío le dijo:

-Bueno sobrino, pero no crees que sería mejor hacerlo un poco bien, para evitar las malas lenguas, no vayan a pensar los del pueblo que la niña está preñá.

-¡Vaya!, exclama, su mujer Juana. Y esa panza de la niña, ¿qué puede ser? Tú estás un poco "Faterín", ¡como solo miras el fondo de la tinaja a ver si queda vino!

-No puede ser, dice su marido. Pero si la niña no sale de casa, ¿cómo se va a quedar preñá?

-Ande tía, dígale a la Natalía que salga. Nos vamos y ya vendremos a por algo de ropa, le dice Antonio Velasco.

-Pero sobrino, ¿cómo se va a ir así, sin más, como si fuera una oveja? Habrá que hacerlo bien.

-Pos bien lo hacemos. ¿A que sí tío? ¿No ve que yo la quiero?

-¡Uh que lío!, exclama otra vez Juana. ¡Nena!, le grita, ven y déjate eso, anda, que Antonio te quiere llevar con él.

Entra Natalia con el hato que había preparado con alguna ropa y le dice a su madre:

-Madre, lo estoy oyendo todo y la verdad es que lo hemos estado demorando un poco, pero por no dejarles solos, he estado esperando. Pero ahora que está aquí mi Antonio y como veo que no se ha montado un escándalo, cosa que me parece bien, porque aquí en el pueblo casi todas se quedan preñás antes de juntarse, pues lo mejor será que nos juntemos hoy mismo, que en su casa están los dos solos y Antonio me quiere mucho. ¡Cómo estoy de tres meses, pues eso, que me voy con él! ¡Ala madre déme un beso! Si total, vamos a estar a dos zancás una de la otra. Y usted padre otro, y si se aburre se va a ayudarle a Nicolás con la almaina.

Salieron con el hato hacia casa de Nicolás, el cual ya había preparado algunas cosas. Había limpiado un arcón pequeño para que Natalia guardara allí sus cosas, organizado el fogón de la cocina, barrido el suelo. Un poco de acondicionamiento para que Natalia no se echara las manos a la cabeza.

-¡Suegro!, le grita Natalia, cuando entra por la puerta. Ya estamos aquí.

-Anda, le dice Nicolás, que estaba de rodillas fregando el suelo con la aljofifa. Ven aquí, le dice abrazándola. Esta es tu casa. Disfrutarla y cuidaros el resto de vuestras vidas. Ven aquí Antonio. Lo abraza y después otra vez a Natalia, mientras se le caen unas lágrimas por la cara.

-La vida es muy corta, muy corta. Disfrutar de ella todo lo que podáis. Respetaros siempre como yo lo hice con Paula. Trabajar para poder vivir mientras nos dejen las guerras. Estas malditas guerras que nosotros, los padres y los abuelos de mis padres nunca entendimos.

A Natalia también se le escurren unas lágrimas por la mejilla. Antonio se las limpia con la manga de su blusón. Abraza de nuevo a su suegro Nicolás para poner un poco de alegría:

-Mire suegro, me vengo a vivir con Antonio porque quiero, porque es bueno, porque mi tía Paula hizo bien en casarse con usted. Y porque no está bien tener un hijo sin que viva con su padre.

-¿Por qué dices eso Natalia? ¿No me digas que estás preñá? ¿Y tus padres no te han montado un escándalo?

-No, le contesta Natalia. Ha pasado y ya está. Si a mi madre también le pasó lo mismo. ¿Qué podía hacer?

-Pues si es así, mejor. Aquí estaremos bien. El niño tendrá su padre y su madre, como debe ser.

-Y abuelo, le dice Antonio. Y después nos casaremos por la iglesia, si no le pegan fuego los carlistas que tanto hablan de Dios y no hacen otra cosa que meterles yesca.

Solicitaron del fraile los preparativos, pero al comprobar el cura que eran primos, les dijo que aquello se iba a demorar más, porque necesitaba la dispensa de su Santidad a través de los cauces previstos por la Iglesia Católica.

Los días pasaban y la licencia para casarse no llegaba. Pero sí vino el nacimiento del niño que estaban esperando. El once de mayo nació un niño. No cabía de gozo Nicolás, después de haber perdido a todos sus nietos y al resto de sus hijos.

-Tú no te preocupes, le decía Nicolás a Natalia. Si el cura tarda, no tenemos prisa, el caso es que el niño se críe bien y engorde. Ahora que entra mejor tiempo se puede cebar mejor, no con el frío del invierno.

Le pusieron por nombre Carlos Alonso Mamerto, cuando el cura ya estaba preparando listados de jóvenes para llevárselos a la guerra.[252]

El pequeño Carlos Alonso, comienza a tener fiebres intermitentes a primeros de noviembre, cumplidos los seis meses, cuando el cura les informa que ya ha recibido la dispensa papal. Podrá casarlos el veintiséis de noviembre. Pero no están los ánimos para casamientos, pues dos días antes, el pequeño fallece sin haber aprendido a andar.[253]

Nicolás se derrumba. ¿Cómo es posible?, se pregunta. Natalia y Antonio hacen lo posible por consolarlo. Tampoco entienden la causa de tantos fallecimientos. Acababan de salir de la catástrofe del cólera en el pueblo sin haberse consolado y vuelta a empezar con las muertes.

A los tres meses de casarse volvió Natalia a quedarse embarazada. Querían procrear todo lo que diera su naturaleza, pues Natalia era fuerte y Antonio estaba siempre "enganchado". Nicolás aún vería nacer a cuatro nietos más. A Donata, Gregorio Dionisio, Gregorio Toribio y Gumersinda.

Menguaban las fuerzas de Nicolás a primeros del año 1865, entretenido con el recincho de esparto; tarea y costumbre de todas las personas mayores del pueblo que ya les suponía un sobreesfuerzo la huerta o que las tareas en el campo se tenían que suspender por la lluvia o la nieve, cuando vino su sobrino Pedro Xavier Velasco, hijo de su hermano Romualdo, que continuaba con el pastoreo y la dula en el vallejo de la Cañada, a traerle un cerdo lechal de un mes, que había separado de la gorrina de cría.

-Tome tío, un lechal para que lo críe y engorde, le dice. Dentro de una semana que lo cape mi primo. Y le dice que me vea cuando esté por aquí, que me han dicho los pastores que en Navalengua están sin herrar todas las mulas y ahora es buen momento antes que nieve.

---

[252] En el ayuntamiento se estaba elaborando un padrón de almas, donde constaba la edad de cada vecino, sobre todo los que iban a tener edad de formar parte de las quintas. Ahora las citaciones iban a ser por medio del alguacil, con llamamiento de carácter general para la realización del tallaje que desde la introducción del sistema métrico decimal, se realizaría en milímetros. Se iban a listar los mozos que reunían las condiciones requeridas. También se iban a perseguir a los prófugos, los cuales se les destinaba al extranjero o ultramar. El tiempo que debían estar los jóvenes de la milicia era de cuatro años en activo y cuatro en reserva, pudiendo ser libre si pagaban 8.000 reales. La edad mínima era de veinte años.

[253] El matrimonio entre Dionisio Antonio Velasco Sánchez y Natalia Francisca Sánchez Rosa se celebra el veintiséis de noviembre de 1856, dos días después del fallecimiento de su primogénito Carlos Alonso Mamerto. "Con licencia expresa librada por un Despacho Apostólico del Sr. Licenciado D. Tomás Mario Escudero, presbítero Beneficiado de al Sta. Iglesia de las Españas de la ciudad de Toledo, Gobernador y Vicario general de ella y su Arzobispo. Acuerda dar dispensado ya por su Santidad Pio Nono en el parentesco de tercer grado de consanguinidad con que se hallan ligados".
Dionisio de 27 años hijo de Nicolás y de Paula, difunta, con Natalia de 22 años, hija de Antonio Sánchez y Juana de la Rosa ha obtenido el consentimiento paterno por ser menor de edad.
Testigos: José Bernabé y Casiano López. Cura José Antonio López.

-Bueno, pero tómate primero un caliqueño con miel de ésos que hace la Natalia que parece que te quita la fuerza, pero es al revés. Así vas a subir esa cuesta como un toro. Toma, toma, le dice colmándole el vaso, cuando entra Natalia con sus dos hijos.

A Pedro Xavier también se le habían muerto ya cuatro hijos. A Natalia dos. A Antonio, hermano de Pedro Xavier, tres. A Casimiro seis y tres esposas, la última Josefa, en el parto y veintitrés días después, su hijo. A Cesáreo, dos. Toda la familia había perdido más hijos de los que sobrevivían. Entre todos se consolaban y ayudaban. Pero el resto de vecinos tampoco quedaban fuera de esta tremenda tristeza.

-"El castigo divino", como decía el nuevo cura don Feliciano en los sermones de misa de difuntos, no tiene misericordia, no atiende el perdón, ni la contrición, no tiene pausa, ni la tendrá. Si nuestros padres no hubieran pecado, no pasaría todo esto, que no es otra cosa que vida podrida y dolor, por no llamarle de otro modo.

El lechal empezó a corretear por la casa, cuando salieron Donata y Gregorio detrás de él para cogerlo.

-¡El puerco, el puerco de San Antón!, gritaba Gregorio, que tenía cuatro años.

-¡Nene!, le gritaba su hermana Donata, que ya tenía nueve, deja ya el gorrino que va a tirar al abuelo.

Pedro Xavier, se reía de verlos ahí, corriendo detrás del puerco para atraparlo, mientras Nicolás, su tío, le rellenaba el vaso de orujo con miel y Natalia le sacaba unas nueces para acompañar al orujo.

-La puerca de la madre, le dice Pedro Xavier a Nicolás y a Natalia, ha tenido veinte marranos, y como son muchos, les he llevado uno a todos mis hermanos y uno que me sobra se lo he dado al cura, y me ha dicho que ése se va a criar sólo en la calle, porque el no puede alimentarlo. Que se crie solo y vaya todo el día por ahí errante, de casa en casa, como pedigüeño hambriento "prima facie" "in corpore gorrinum".

-¿Pero eso qué quiere decir?, le pregunta Natalia.

-¡Pos yo qué sé!, le dice Pedro Xavier, haciendo un gesto con la mano hacia la cabeza, como queriendo decir que estaba como estordado y huidizo. Me ha dicho que le va a llamar "El Gorrino de San Antón" y que el año que viene todo el pueblo celebre una fiesta con él en la plaza y se lo coman todos los vecinos. Y si se hacen unas morcillas y algunos chorizos se guardará una orza con pringue aunque tenga que ayunar todos los viernes.

Vino Nicolás a caer enfermo el día quince de marzo, con sesenta y nueve años. Natalia fue a buscar a don Feliciano para que le diese la extremaunción. Su hijo Dionisio Antonio no se separó de la cama en los tres días con paños fríos, ungüentos de digital, quinina, jarabes, pero ningún remedio sirvía. A los tres días dejó este mundo, el mismo día que nacía Patricia Isabel Velasco, el sexto hijo de su sobrino Pedro Xavier, hijo de Romualdo.

CAPÍTULO VEINTICUATRO

Dionisio Antonio Velasco y Natalia Francisca Sánchez procrean pese a la adversidad

Continuaba todo en Casas de Lázaro inmóvil, sólo el agua se oía correr por la fuente del Caño. El molino de Miguel, como todos los años, hacía gruñir la piedra de la molienda para el poco trigo que se cultivaba y la poca maquila. Los pastores a sus tortas de gazpacho en las majás. El cura que se estaba haciendo mayor, pide ayuda al obispo y le envían a don Manuel Ortega. El alcalde que se había encaprichado de una viuda, pese a que seguía estando muy mal visto, como el mismo decía.

-¡Es qué es muy guapa! ¡Y a una mujer tan guapa no se la puede dejar ahí, como si tal cosa, para que caiga en el latrocinio, o en cosas peores! ¡Ahí en el cuco, a la luna llena! ¡No, no señor! ¡Para que se la lleve otro, me la quedo yo, que para eso soy el alcalde!

-¡Ahí te entrego esa mujer para que la endereces como una vara de almez!, dijo el cura en la iglesia cuando se casaron.

El día trece de agosto de ese año 1866 da a luz Natalia una niña, Hipólita Castora y dieciséis meses después a otro niño al que le pusieron por nombre Adolfo que moriría de viruela a los nueve años.

El gorrino de San Antón se había convertido en la fiesta tradicional. Había sido idea del cura. Muy bien aceptada, porque las fiestas con vino y tocino no requieren meditación, ni idolatrías. A la primera fiesta acudió muy temprano toda la familia de Pedro Xavier, de Casimiro y Antonio. Acudió el matarife con su cuchillo, las mujeres con calderos con agua, otros hombres fueron llevando leña, retamas, raspadores, lebrillos. La chiquillería bulliciosa estaba aglutinada en la puerta de la cuadra de "Juan Uvas" en la plaza donde se había refugiado aquella noche el puerco de San Antón.

Al salir el sol, el día diecisiete de enero el sacristán "Casianete" toca la campana. ¡Pom, pim pom; pom, pim pom; El toque "A matanza". Acude "El Bigotes" con su cuchillo de matarife. Se oye chillar al cerdo desde el fondo de la cuadra. No quieren salir sus diez arrobas a la calle. Dicen los vecinos que los gorrinos chillan así porque saben lo que les espera. Y eso que no ha visto la mesa preparada debajo del olmo.

Con un gancho de forja con puño de sabina clavado por debajo del cuello, junto al morro, le tira hacia la calle Miguel Navarro, el marido de Margarita Velasco, hermana de Nicolás. Casimiro le ha atado la cuerda de cáñamo a la pata delantera derecha, la pata sobre la que se echará en la mesa, la pata clave para sujetarlo por debajo de la mesa. Sujetaban al puerco entre cuatro hombres. El berrío del animal hace que todos los niños se escondan en la casa de "Juan Uvas". El cura con un ojo mira al marrano y con el otro se agarra a la aldaba de la puerta de entrada a la iglesia por si tiene que esconderse. Es todo un espectáculo tenso; el animal intenta escaparse, chilla y se retuerce en sus diez arrobas.

Casimiro les dice cuando están ya al lado de la mesa del sacrificio:

-Venga, cada uno a una pata. ¡Una, dos y tres!

El cerdo se ha colocado como tiene que ser, con la pata delantera derecha atada con un vencejo de cáñamo extendida sobre la mesa.

Le da la vuelta por debajo de la mesa. Evitaba de esta forma que el animal pudiera usarla para apoyarse en la madera y saliera corriendo. Otro sujetaba la pata de arriba y la doblaba hacia atrás con toda su fuerza, para que al clavarle el matarife el cuchillo no diera un cabezazo e impidiera que la incisión no fuera precisa. Los dos hombres de atrás hacían lo mismo con sus propias manos y fuerzas para evitar que el cerdo se pudiera poner de pie. Inmovilizado el marrano, "El Bigotes" tanteaba la yugular en el cuello, mientras el cerdo montaba un escándalo a gruñidos asustando a las mujeres y niños.

Cuando todo estuvo preparado, Gregorio, hijo de Dionisio Antonio, se ha acercado a la mesa, le ha cogido del rabo y le estira todo lo que puede. El rabo iba a ser lo primero que se comerían en las ascuas en medio de la plaza, donde se había hecho el fuego con dos calderos de agua caliente y otro con una sartén menuda para empezar con las frituras. En una mesa debajo del olmo se disponía de un lebrillo de cuerva y una arroba de vino tinto. Dos mujeres se turnan en otro lebrillo colocado debajo del cuello del cerdo donde caía la sangre a borbotones de la yugular para removerla, dándole vueltas con la mano sin parar para evitar que se coagulase. Con las manos llenas de sangre asustaban a los niños que se acercaban, pues el animal mientras quedase sangre daba estirones con las patas traseras. Se trataba de evitar que los niños husmearan cerca del animal.

Después de haberlo desangrado, prepararon aliagas, el albarceo y las retamas para el "chuscarrao" de la piel. Las pezuñas eran calentadas un poco más para sacarlas calientes enteras. Todos los restos del quemado caían al suelo y se mezclaba con la sangre derramada. Ahora, con el agua caliente venía el afeitado, en el que los hombres, con cuchillas finas, piedras arcillosas y restos de tejas, limpiaban la piel de todo resto de pelos hasta dejarlo blanco.

-¡Esto tiene que quedar como el "jaspe"!, decía el cura, mirándole el culo al cerdo.

El agua mezclada con la sangre corría calle abajo hasta el puente del caño. Los niños esperaban el primer trofeo, el rabo. El matarife le pega un corte limpio por la base y se lo da a Gregorio. Su madre Natalia, llama a toda la chiquillería del pueblo.

-¡Venga, ya está aquí, el cerdo muerto, el rabo al cesto! ¡A por él, que no escape!

Le hacía pequeños cortes, tantos como niños hubiera en la plaza y lo echaba en las ascuas sobre unas parrillas de hierro. A los pocos momentos ya estaba el manjar listo para ser troceado.

Con la sangre, las cebollas y los piñones, las mujeres preparaban las morcillas que se cocían en otro caldero en el fuego.

La fiesta lleva ya una hora cuando a una cruz del olmo le echan una cuerda para sujetar el cerdo por las patas de atrás al que le han sujetado un gancho doble de madera de carrasca, que está sujeta en las patas entre los tendones y el hueso, junto a las pezuñas, atadas con una pequeña cuerda de cáñamo.

Cuando el matarife abre de arriba a abajo el vientre del animal, un hedor hace que el cura se meta dentro de la iglesia. El alcalde aguanta y algunas mujeres también se apartan. Todo hay que hacerlo con cuidado para no partir la hiel. Todo el intestino lo cogen otros hombres con las manos y lo ponen en la mesa. Serán las mujeres las que tengan que comenzar el trabajo de limpiarlos bien, sacando todos los excrementos que contienen cargándolos de agua caliente y haciéndoles salir toda el agua sucia calle abajo. Las tripas deben quedar limpias, pues ahí se embucharán los chorizos, las morcillas y las guarretas.

El hígado se saca y se le entrega a las mujeres para que comiencen a preparar el "Ajopuerco". Las orejas es el siguiente paso. Será el triunfo para los que han participado de la matanza.

Se le hacen unos cortes para dejarlas planas y se echan en la parrilla. El primer trago del porrón de vino para los participantes, se prueba la oreja con sal y continúan con el forro haciéndole un corte por debajo de los ojos hasta sacarle todo el morro y continúa la operación haciéndole cortes para dejarlo plano en la parrilla. Sigue la fiesta con el porrón y la redoma de mistela. Algunas mujeres prefieren la cuerva. El ánimo sube mientras se van llenando los lebrillos de lomo y carne para preparar los chorizos. Han colocado una trituradora de carne y dos embutidoras artesanales, una para chorizos y otra para morcillas. Cuando terminen con las tripas gordas, continuarán con las finas para las guarretas.

Sobre mediodía, una gran sartén que han preparado las mujeres con el ajo invita a parar y comer con costeros de pan. Se echan en varios platos grandes para que los niños y mujeres puedan participar de la fiesta. No ha de quedar nada y si falta se comienza a asar carne en las brasas. Los jamones ya están repartidos. Uno para el cura, otro para el alcalde y las paletillas se sortean entre todos los participantes.

A las cuatro de la tarde ya se han retirado varios vecinos a los que les ha tocado algo que llevarse. Unos trozos de lomo, costillas, chorizos. Algunos vecinos dicen de comenzar el baile, pero el cura no ve bien tanta fiesta, pues el vino ha corrido más de lo normal.

-¡Una buena fiesta!, dijo el cura al alcalde. ¡Una buena fiesta! Para el año que viene otro marrano. A ver si esto nos trae mejor suerte. Porque si no hay más guerras, los hombres podrán trabajar más el campo. Pero yo no veo las cosas claras, pues ahora me dice el obispo, que la reina se ha exiliado. ¿Válgame el Cristo Divino! ¡No salimos de una y ya estamos metidos en otra, señor alcalde!

-¡Pues no sé yo señor cura! ¡No sé yo!, le contestaba el alcalde. Yo creo que no salimos nunca, porque fíjese usted, que me acaban de comunicar que vigilemos los caminos porque una partida de carlistas ha cortado el telégrafo de Villarrobledo a Chinchilla.

-¿Dice usted?, señor alcalde ¿Pero es qué continúan los carlistas con su empecinamiento en ocupar el trono?

-Pues está claro, señor cura. A pesar de haberse convertido en un partido político para que, por la vía pacífica metieran a don Carlos María de Borbón de rey.[254]

-Pues mire usted por dónde, le dice el cura. ¡Qué no! Que se llega antes con los arcabuces.

-Y usted, señor cura. ¿De parte de quién está? Porque los curas, como por ejemplo uno de un pueblo que le dicen Alcabón, un tal Lucio se ha tirado al monte con una partida de Piedrabuena.

-Yo no quiero saber nada de eso, señor alcalde. No me quiera meter en ese asunto. Que me he leído la biblia un montón de veces y ahí no dice nada de guerrear para meter reyes o quitar. Y si otros curas se meten en esos líos, será porque los obispos también se meten. ¡Al César lo que es del César y a Dios lo que es de Dios!

-¡Y más alto, señor cura, más alto!, le dice el alcalde señalándole con la mano por encima de la cabeza. Que el pretendiente Borbón, lleva por lema Dios. A no ser que sea otro y yo en eso ya me callo porque yo no me he leído la biblia y tanto leer no será bueno. Yo creo que es más sencillo labrar la tierra, sembrar trigo y esperar a que llueva para cosechar buenos granos. Al fin y al cabo vivimos de esto. ¿No le parece?

El cura sonríe cuando está oyendo al alcalde decir que leer no será bueno.

-¿Por qué se ríe señor cura?, le pregunta el alcalde.

-Porque hoy, sin ir más lejos, una feligresa toda muy preocupada en el confesionario, juraba y perjuraba, que ella no había leído nunca ningún libro, por lo que de ese pecado no podía acusarse.

-Válgame un dolor, le dice el alcalde. ¡Así no llegamos al alba!

-¡Ni salimos del nublo!, señor alcalde. Ya ve usted. ¡Pero, no sólo de pan vive el hombre!

-¡Dice que no!, le dice el alcalde. ¡Tú no trabajes y verás de qué comes! Bueno señor cura. Las ordenes que tenemos es de tocar a "arrebato" las campanas si se ven cuadrillas de tropas carlistas por cada zona.[255]

Ya se había extendido la tercera guerra civil por la lucha por colocarse en el Palacio Real de Madrid cuando Natalia vuelve a dar a luz otro niño, Carlos Ricardo que muere a los dos meses de "calenturas". Al año siguiente nace Nicasio Carlos, cuando los pastores con los que reunía todas las semanas Pedro Xavier Velasco,

---

[254] En las elecciones a Cortes del año 1869 consiguió veinte diputados.

[255] Se ha considerado como el reinado de Isabel II como el más corrupto de la historia. Como la reina tuvo doce hijos y ninguno era del rey, tuvo que pagarle por cuenta de las arcas de la Hacienda española, doce millones de pesetas. ¡Tu sigue prima! ¡Tú sigue prima, que así me va muy bien! Pero al salir de España, se le acabó el grifo. ¡Hay que ver prima, que generosa eres!
Hubo cuarenta y cinco alzamientos militares. Se formó un gobierno provisional que aprueba la moneda oficial, (19-10-1868) "La Peseta", equivalente a cuatro reales. Como el pueblo estaba falto de rey, se les ocurre buscar uno nuevo. Ya no importa quien sea, ni de donde provenga. La dinastía ya no importa. Y llamaron a un italiano, Amadeo de Saboya, Amadeo I. El día que entra en España es asesinado el general Prim, su máximo defensor (30-12-1870). Cuando lo pasean por Madrid, le indican desde su coche la casa del más ilustre de las letras española, don Miguel de Cervantes. "("Me gustaría conocerlo") dijo. No le dió tiempo, porque duró dos años. Salió pitando como gato escaldao. No conocía bien a los españoles. Un día quieren un rey y al otro no.

primo de Antonio comentaban que se estaban produciendo asaltos en la comarca de Alcaraz, Bienservida y Viveros.

-El monte ya no es seguro, les decía Pedro Xavier, ni tampoco llevar el ganado al pueblo todos los días, pues nos pueden sorprender ahí en la Cañada y quitarnos toda la dula.

-Lo mejor es que lo juntemos aquí en los averíos y tinás decía Celedonio y nos quedemos uno todas las noches vigilando con un arma hasta que pase todo este lío.

-Pues habrá que probar a que pase el verano, decía Pedro Xavier, pero de día hay que hacer el redileo cada uno en su zona para que no se haga mucho ruido. Y al atardecer, a las tinás.

No había finalizado el verano, cuando los pastores fueron acudiendo al amanecer a los cinglos donde tenían el ganado y Celedonio que había estado de guardia, les decía que esa noche había visto una manada de cinco o séis lobos merodeando al ganado.

-¡Lo que nos faltaba! Decía Patrón Sotero del Batán, que era el pastor más joven de todos. Pues ahora peor se pone, porque si les da a los lobos por merodear las "majás", los que estamos en peligro somos nosotros. En cuanto llegue al pueblo hablamos con el alcalde.

-Y yo también, dice "Ventiscas" el pastor del Masegoso. Los alcaldes tienen que saber esto, porque no sólo está en peligro el ganado, sino nosotros mismos. ¡Eramos pocos y parió la abuela!

-No se hable más, les dice Pedro Xavier, esta tarde hablamos los de Casas de Lázaro con el alcalde y los de Masegoso con el vuestro. A ver que dicen.

Y así fue, que al tener conocimiento en el pueblo de la presencia de lobos en la zona y por miedo a traer el ganado al pueblo por los robos y asaltos de los carlistas, los alcaldes llamaron a los vecinos para que expusieran su opinión.

Los vecinos, que mostraron su inevitable preocupación, dijeron que en otros pueblos habían contratado "Loberos" a los cuales el Concejo, les pagaban por cada lobo muerto y entregado en el mismo.

-Pero lo que pasa, decía el alcalde, es que no tenemos ni un real, somos más pobres que las ratas. Y está bien eso de matar a todos los lobos. ¿Pero quién les paga?

-Pues los que tengan ganado, les dice el alguacil. Si algún lobo pasa al pueblo ya nos encargaremos nosotros.

-No es muy descabellada la propuesta dice el cura. Lo mejor es hacer una caja común con una aportación proporcional al número de cabezas de animales que salen a pastar y establecer un tanto por pieza abatida.

-Vale pues, dice Pedro Xavier. A cuarenta reales por lobo muerto. Y los dueños del ganado que paguen a diez reales por cada cincuenta cabezas. ¡Qué se abra una caja de depósitos!

-Me parece bien, dice el alcalde. Pues no se hable más. El secretario abre mañana mismo un pozo para atender a los que entreguen lobos muertos y que extienda un recibo de entrega y pago.

Los que tenían un arma vieron la posibilidad de ganarse un buen jornal. Daba igual que fuera de día o de noche. Los pastores colocaron grandes cepos para cazar lobos. Los señalizaron por la zona y en los alrededores de las tinás. Cada cepo se identificó para que el que lo había colocado cobrase su captura y así comenzó una solución a la amenaza de las manadas de lobos que se estaba extendiendo por toda la sierra.

La noticia de la aparición de lobos en los alrededores de las majadas de ganado, corrió como el fuego a todas las aldeas. Se organizaron batidas por los alrededores de núcleos de ganado, de los cortijos habitados, de las aldeas y se avisó a los caleros, carboneros, recoveros, lañadores, ajorraores, que comunicaran a la autoridad si atisbaban cualquier indicio sobre la presencia de lobos.

Pero también atrajo a buscadores de recompensas por pieza abatida, las pieles de lobos comenzaron a cotizarse para la confección en las tenerías de correales, gabanes, hatillos, zurrones y gorros de pastores.

Llevar una prenda de piel de lobo se convirtió en una señal de valentía, de hombres rudos que habían superado el umbral del miedo, como hacían los piratas taladrándose el lóbulo para colgarse un pendiente, señal de haber cruzado el Cabo de Hornos.

El primero que lo hizo, fue un pastor del Burrueco conocido como "Garrampa", que despellejó un lobo que había matado en el monte, por un sendero de cabras que subía hacia el Sahuco. Tenía buenas mañas para hacerse un coleto que mostró a todos los vecinos del Pozuelo, diciendo que había más lobos y que quería por cada uno muerto cincuenta reales.

No le dijeron que no en el Concejo, acudiendo todas las semanas con uno muerto al que previamente lo había desollado.

"Garrampa", astuto como una zorra, les incitó a salir al monte por la dirección que a él le interesaba, cubriéndose con las pieles que ya había conseguido, mostrándose a pastores y mujeres en donde quería que se presentaran los loberos y así desplazar a los posibles lobos hacia la zona donde el tenía colocadas sus trampas y cepos.

Cuando veía que los perseguidores abandonaban sus posiciones, buscaba algún incauto al atardecer para mostrarse y hacer creer que era un lobo. Si al tiempo conseguía recompensa en algún cordero del vecino o alguna gallina, mejor para él.

Otro pastor del Burrueco, "Pudresienes", pensó con la duda algo turbio. ¿Por qué siempre los cazaba el mismo?, se preguntaba. Y comenzó a correr la voz por todo el Pozuelo, sobretodo, en la taberna, donde se amodorraban en el vino algunos hombres desprovistos de medios para subsistir. Dos de ellos, que estaban ya cansados de perseguir de noche por los montes del Burrueco las pistas del lobo, le hicieron la espera mientras otros hacían la batida acostumbrada cuando "Garrampa" les avisaba de haber visto una manada.

Le siguieron al atardecer cerca de la aldea. Le vieron escondido en una fuente como se vestía con las pieles de lobo. Hasta se cubría la cabeza con los restos de la piel de la cabeza. Como "Garrampa" no daba la talla para formar parte del ejército liberal, ni de ningún otro y estaba ligero de carnes, más bien enjuto y escurrío, con la piel de lobo a cincuenta pasos pasaba por ser uno de ellos.

Los dos pastores decidieron no comentar nada a los vecinos del Pozuelo. Al contrario, harían lo mismo para atraer ojeadores y loberos al terrero al que ellos querían. A poner trampas en los abrevaderos donde ataban una oveja para llamar la atención. Los primeros lobos serían despellejados para servirse del hábito lobezno. Entre los dos podrían salir de la pobreza. ¡De día cristianos y de noche lobos!

El cura don Feliciano ya le quedaban pocas fuerzas, pero le ayudaba en las labores de la parroquia al nuevo, don Manuel Ortega que recibe instrucciones del obispado llamando a publicar pastorales instando a la paz y obligando a jurar fidelidad a la reina Isabel II.

-Nosotros a lo nuestro don Manuel, le decía don Feliciano. Fíjese que no hay año sin guerras. Que en este pueblo hay pocos jóvenes que puedan trabajar la tierra y si no hay jóvenes, no habrá descendientes a los que podamos cristianar. ¿Y cuál es nuestra misión?, ¡eh!

-Lleva usted razón don Feliciano. ¿Ha visto usted la carta del obispo? ¡Válgame un dolor! Pues no van ya cuarenta y cinco alzamientos militares. Y dice el señor obispo que la partida de "Aznar" ha liberado en Alcaraz a todos los presos y que la partida de Mancebo ha quemado el Registro Civil de Mahora. ¡Esto no tiene fin! A la "Golfona"[256] la han echado de España y se ha formado un Gobierno Provisional. Y para colmo de inventos, se ha acuñado una moneda nueva, la peseta.[257] Los carlistas continúan con los secuestros. Y ojo, porque me ha dicho el párroco de San Pedro que una partida de carlistas merodean la zona. ¿Dónde vamos a ir a parar?

-¿Y quiénes son?, le pregunta don Feliciano, mostrando preocupación. Esta gente ya no son personas con ideales, ya no le apoyan tanto los curas de los pueblos porque no respetan mujeres, niños, ni orden de ningún tipo.

-Le dicen en San Pedro, "El Telaraña",[258] y que es más burro que un arado. Pero que se ha metido huyendo hacia El Pozuelo y el Burrueco.

La Primera República[259] se fue igual que vino, porque los liberales y los monárquicos no sabían hablar si no era a puñadas.

---

[256] La Golfona. Isabel II. Destronada en 1869, se exilia a Francia.

[257] La primera peseta acuñada, La Hispania, matrona recostada sobre los montes Pirineos con una rama de olivo en la mano. Pero al gobierno provisional se le olvidó poner el nombre de la nación. No obstante, los billetes continuaron con escudos. ¡España cañí!

[258] A finales de abril de 1874, la partida del "Telaraña" fue abatida en su huida hacia Peñas de San Pedro por un batallón de húsares de Villarrobledo al mando de un teniente coronel. En septiembre varias partidas que la componían unos mil hombres intentan cortar la vía de ferrocarril en Minaya. El Roche asalta Bonete y Hellín. Pablo Rico y su partida invaden Nerpio y queman el Registro Civil. En Letur, Ignacio Partorell, En Yeste, Joaquín Pastor, Miguel Lozano en Hellín. Santén en Almansa.

Fueron procesados por organizar partidas en Cuenca, Guadalajara y Ciudad Real, capellanes, canónigos, sacristanes y arciprestes, como el el cura Solera, Quintanilla, el capellán de Burlagueña, el cura de Peñalén, el de Caltojar.

[259] La Primera República fue votada por las Cortes españolas tras la renuncia al trono del rey italiano Amadeo I, el 11 de febrero de 1873 a 29 de diciembre de 1874.

Emilio Castelar. Presidente 1873-1874

"Sres. Con Fernando VII murió la monarquía tradicional; con la fuga de Isabel II, la monarquía parlamentaria; con la renuncia de don Amadeo de Saboya, la monarquía democrática; nadie ha

La "Golfona" le dice a su hijo Alfonso Francisco de Asís Fernando Pío Juan María de la Concepción Gregorio Pelayo:

-"Abdico la corona de España, hoy veinticinco de junio de mil ochocientos setenta en tí, hijo mio". ¿Cuántos años tienes ya Alfonsito?

-Son ya catorce madre, le contesta a su madre.

-Y una cosa te voy a decir.

-¿Qué es madre?, le pregunta Alfonsito.

-¡Qué no me preguntes nunca, quién es tu padre!. Eso es lo que quería decirte. Y que cuando seas el rey de España, acaba de una vez con las guerras de tus primos y tíos que llevan cuarenta años intentando echarnos del trono.[260]

El 31 de diciembre de 1874 con el pronunciamiento del General Martínez Campos se disuelve la República y se restaura la monarquía con Alfonso XII.

En estos momentos de continua pelea por el poder, la eliminación física del adversario, aún defendiendo los mismos intereses económicos, era el objetivo para alcanzar la corona.

Buscaban los contendientes la carne de cañón barata, la que dejaba su vida como mercenarios inconscientes por un chusco de pan y a veces, sólo por el botín.

Los promotores se regocijaban en sus grandiosas cenas, en las que, como venía siendo habitual y costumbre, pedían más dinero para financiar los ejércitos y afianzar sus posiciones políticas, acompañados de elementos propagandísticos como la patria, un dios de no sé qué, el honor, la hombría de ser español, los cojones de Espartero, la alcurnia del Rey, el paraíso a los que daban su vida, "la tierra prometida", el infierno para los traidores, la felicidad eterna, una España Grande, cuando se perdían poco a poco todas sus posesiones de ultramar. Se llamaba a la fe en un solo Dios, el verdadero, no en el del contrario, que esos no eran dioses, sino anticristos, malos y vengativos que solo metían cizaña.

Pero en Casas de Lázaro, el pueblo llano, todos los vecinos, excepto algunas ocasiones históricas definidas, no querían y no entendían el contenido de ningún mensaje propagandístico que incitaban a alistarse o tomar las armas para defender una u otra postura. No entendían lo de la patria, ni la felicidad eterna, ni la España Grande. Sólo entendían eso de la "hombría", lo de ser más macho que otro, como se muestran los ciervos en la berrea o el toro en la dehesa.

Ningún valor de los que se anunciaban en las llamadas a la guerra tuvo adhesión. Todo eso generaba una apatía soporífera.

---

acabado con ella, ha muerto por sí misma; nadie trae la Republica, la traen todas las circunstancias, la trae una conjuración de la sociedad, de la naturaleza y de la historia.
Señores, saludémosla como el sol que se levanta por su propia fuerza en el cielo de nuestra Patria".
Presidentes:
Estanislao Piqueras 1873
Francisco Pi y Margall
Nicolás Salmerón 1873
Emilio Castelar 1873-1874
General Francisco Serrano 1874
[260] Durante el reinado de Isabel II se produjeron simultáneamente tres conflictos bélicos: la Tercera Guerra Carlista, la sublevación cantonal y la Guerra de los diez años con Cuba.

-Desde que aprendí a andar, decía Antonio Velasco, hijo de Nicolás, en la taberna de la plaza, no he parado de mirar al monte a ver si venían soldados para llevarnos a una guerra. No me han dejado echar una siesta debajo de una carrasca en la vida. Y como a mí, a muchos otros de este pueblo. ¡Si es que no nos dejan ni tener hijos! Siempre por ahí huyendo y escondiéndonos de las tropas.

-En eso llevas razón, decía "El Lañas", cuando ya se habían puesto dos pucheros de vino cada uno. Yo solo entiendo de la hombría. Que cuando llego a mi casa, todos los días, ahí, dale que te pego con la mujer. Pero nada, que llevo tres años así y ni por esas, que no se queda preñá. Yo creo que le echaron mal de ojo sus padres cuando la echaron de su casa porque vieron que había tenido el mal mensil un viernes santo.

-¡Cuenta, cuenta lo del mal mensil en viernes santo!, le inquiere Antonio.

-Pues resulta, continúa "El Lañas", que cuando vino por su naturaleza a ser mujer en una cortijá que hay por El Berro, donde vivía la chiquilla, que ahora es mi mujer, le vino el mal. Ya sabéis, eso que le viene a las mujeres todos los meses.

-Yo no sé lo que es eso, dice "Aliagas".

-¡Cómo lo vas a saber tú! le dice Antonio Velasco, si estás soltero y no conoces, ni has conocido mujer hecha y derecha.

-Pues que te voy a decir, continúa "El Lañas". Tú escucha y aprende. Pues resulta que es de mal augurio y ventura que una mujer tenga "eso" un viernes santo. Que lo decía su madre. ¡Te has de quedar huera, endiablá de por vida a no tener hijos!, le dijo al ver que tenía mal de ojo. Entonces la despidieron de su casa y la chiquilla vino a parar a casa de una prima suya del Cucharal, al lado de donde yo vivía. Pero la chiquilla no dijo nada, ni sus padres preguntaron más por ella. Cuando yo me la traje a vivir conmigo, tampoco me dijo nada, pero a los dos años va y me suelta todo esto que os estoy contando. Pero yo, todos los días, ahí, atorbiscao, dale que te pego. ¡Veis por qué yo no tengo hijos! Una desgracia como otra cualquiera. Mi mujer es muy buena, pero con el mal de ojo, pues no se cómo va a acabar todo esto. Tendré que pedir auxilio al cura o la vieja de Córcoles,[261] que habrá visto muchas mujeres así, "hueras", aunque he oído que a todas las que van a pedirle remedio contra el mal de ojo les cuelga un escapulario con rosas de peonías. Se las queda mirando a los ojos sin que las mujeres le quiten la vista. Le unta con el dedo corazón, ya sabéis, el que está en el centro de la mano, con aceite y se lo pone encima de un plato con agua y se queda mirando y rezando cosas que no entiende nadie.

-¿Y qué pasa entonces?, pregunta Antonio.

-Pues que si al caer la gota de aceite en el agua se extiende, es que le han echado mal de ojo. Y si es así, habrá que desaojarla con algún brebaje.

-¡Tú has probado la coyunda con tu mujer encima!, le dice Antonio Velasco con guasa y gesticulando con las manos la coyunda. Te ha gustado tanto, que has roto el "Titirimundi" de la mujer.

-No entiendo, le dice el "Lañas", pero la verdad es que cansa menos.

---

[261] La vieja de Córcoles era la más vieja de Casas de Lárazo, tenía cien años. Se llamaba María Ana Rodenas Blázquez, viuda de Pedro Córcoles, que nació en el año 1775. Murió tres años después, el 11 de diciembre de 1878.

-Pues por eso, le dice Antonio. ¡Ahí va a estar! Si es que lo estás haciendo mal. Si se pone encima, nunca se quedará preñá. Ella siempre debajo, como se ha hecho toda la vida.

-Pues yo conozco un remedio, le dice el "Aliagas" que lo contó una vez mi abuela a mi madre, que por lo visto no se quedaba preñá. Le dijo que recogiera todos los cañamones que pudiera cuando se recolectaba la hebra del cáñamo, que los guardara en un lebrillo y que se fuera tomando en caldos por la mañana y a la noche. También le dijo que cuando amasara pan, se los echara en la harina con el salvado. Así le salia un pan muy bueno, que yo lo probaba algunas veces.
-Y que fue lo que pasó, le dice Antonio.
-Pues que a los tres años de tomar aquello, que la verdad sea dicha, estaba bueno, sobre todo el pan, mi madre empezó a quedarse preñá todos los años. ¡Y bien contenta que estaba de ver cada año un churumbel! Yo fuí el quinto.
-Pues no te pareces a tu padre ni en los pies "Aliagas", le dice el "Lañas". Si tu padre estaba siempre en el monte con los ovejos. Y tu madre, dicho sea de paso, estaba de buen ver, incluso cuando le crecieron tanto las tetas. ¿Qué podía pasar?
-Mi padre le preguntaba, continuaba "Aliagas", que ¿cómo, así, de pronto se había empezado a quedar preñá todos los años, aunque el estuviera fuera?
-¡Ah, pos no sé decia mi madre!
A la luz de los candiles, en la taberna se habían quedado todos con la boca abierta escuchando al "Lañas" y el "Aliagas". Unos se quedaron dudosos de la veracidad del relato, otros se preguntaban que cuantos hijos había que tener para ser considerado un hombre normal. Otros que su hombría quedaba en entredicho por haber tenido dos hijas. Otros mirarían a ver cuándo tenían su mujer y sus hijas el mal mensil. ¡Habría que evitar que fuera un viernes santo!
-Pues yo creo, dijo Antonio, cuando ve entrar a su hijo Gregorio en su busca, que estas cosas no se le deben de contar al cura, y menos a ellas. ¡Bastante sabe el cura de "mal de ojos" ni de leches! ¡Vamos, vamos!

En ese momento entra Gregorio, el hijo de Antonio Velasco, gritando:
-Padre, padre, que madre está pariendo, que se venga corriendo a casa.
-¡Vamos a escape! ¡Vamos! Y salió de la taberna mirando al "Aliagas" y al "Lañas".
-A la Natalia no le vino eso porque el que viene es el décimo, les dice mirándolos con picardía.
Y vino a este mundo una niña a la que pusieron por nombre Paz Emilia, en alusión al tan deseado final de las contiendas, que llegaría siete meses después.[262]

---

[262]Final de la contienda carlista. El 28 de febrero de 1876. El pretendiente al trono Carlos María de Borbón cruza la frontera a Francia. "Volveré" dijo amenazando. Y volvió creando una rama política a través de un partido político.
Y el sr. Cánovas dijo: "Son españoles los que no pueden ser otra cosa" 1876

Pero la alegría no duró mucho, pues Natalia y Antonio sufrieron de nuevo la pérdida de dos hijos en una semana. La viruela atacó con fuerza en la casa el día dieciocho de marzo del año 1878 a Adolfo Velasco, con nueve años, el séptimo hijo.

Cuando lo estaban enterrando en el cementerio, su hermana Paz Emilia comienza a tener los mismos síntomas de la viruela y fallece al tercer día con tres años. Era la décima de la familia y el sexto hijo fallecido.

El último hijo en nacer fue el veinte de marzo, dos años después de fallecer Paz Emilia, otra niña, a la que pusieron por nombre Aniceta Castora. Contaba Antonio Velasco cincuenta y un años y Natalia cuarenta y seis.

Capítulo veinticinco

Del matrimonio de Gregorio Toribio con Leona Sánchez

Era Manuel García padre de Iginia Leona nacido en Masegoso, jornalero que formaba parte de una cuadrilla muy estimada y buscada en la comarca. Era toda una familia que recorría cuatro fincas de terratenientes, entre ellas, Las Alamedas, La Torre y Matagatos. A ellas acudían en dos carros para toda la temporada de verano. Era un buen equipo de braceros y segadores. Manuel era el mayor de todos los hermanos, siendo su padre el manijero o mayoral encargado de buscar y decidir la finca en la que iban a trabajar. Negociaba la cosecha a destajo y repartía por partes iguales el dinero entre todos. Cuando acababan la cosecha del trigo y la cebada, buscaban el esparto y el espliego en Hellín y Tobarra.

Entrando octubre, cosechaban y esbinzaban azafrán, y en diciembre eran destiladores de aguardiente con una alquitara que recorrían aldeas para destilar por "maquila" la décima parte de la producción.

Como todos los jóvenes solteros, oteando a las segadoras de otras cuadrillas con quien aparearse y formar familia conoció Manuel a su mujer Ramona, que sería la madre de Iginia Leona.

En pleno campo de cosecha, se quedó mirando una cuadrilla que había en "La Torre", recolectando bajocas. En esta cuadrilla había una moza con un sombrero de paja, una falda gris a los tobillos, una camisa sudorosa y unas manos firmes sin ningún arañazo ni señal de haberse cortado nunca con la hoz, que segaba con mucho brío.

Primero la seguía con la mirada esperando a que ella levantara su cuerpo del surco y se fijase en el "Pollo". Pero ella, segaba como si hubiera nacido en la besana. Aprovecharía un encuentro casual, de los que se hacen a la hora de comer debajo de alguna encina para intercambiar opiniones.

Al grupo de encinas centenarias al lado de donde llevaban el tajo, se acercaron las cuadrillas a descansar y comer. Manuel se dirige a ella y le pregunta si estaba soltera y sin compromiso.

Ella, comienza a reírse. Manuel sonríe y piensa. "A ésta me la llevo mañana mismo a mi casa". Si se ha reído y no me ha soltado un vituperio es que está soltera.

-Pues si estuviera casada, no estaría aquí, le dice ella, segando como un hombre.

-Eso tiene solución, le contesta Manuel. Dime como te llamas, que mañana te vienes conmigo a mi casa.

-¿Y eso?, le contesta ella riéndose todavía más. ¿En tu pueblo vais así de derechos? Pues no vayas tan derecho, no vaya a ser que se caiga la burra al bancal.

-Pues sí. Voy derecho. ¿Para qué tontear? Porque no se ven mujeres a cien leguas como tú. Ni por aquí. Ni de Alcaraz a Montiel, que recorremos media Mancha segando y no he visto una muchacha tan dispuesta. Y esto es tan verdad como que el cura no se ha casado. Que siegas más que un hombre, pero también deslumbras con otras cosas que no tienen los hombres.

Así debatían los dos, negociando cuando se iría con ella a su casa y antes de terminar de comer, Manuel se acercó a su madre que también iba en la cuadrilla y le dice:

-Madre, ¿ve aquí a esta mujer?

-Si, que la veo. Claro.

-Pues esta noche se viene a la casa porque me la llevo.

-¡Buenoooooo! exclama su madre. Pero tu hija mía, así sin conoceros de nada.

-Me llamo Ramona de la Rosa y soy de Balazote. Y si no le parece mal; pues sí, me voy con él a donde vaya. Mejor trabajar con él que para el señorito de La Torre, que si no estamos esbrojando sarmientos, nos manda eslarajar. Total, para un trozo de pan y una tajá de tocino. ¡Pues no!

-Pues que le vamos a hacer, ven que te presente a mi marido, padre de Manuel y manijero de la cuadrilla.

Y así fue como esa misma tarde Ramona de la Rosa, cambió su estado y se fue a vivir con Manuel García a Masegoso y a los dos meses se fueron a Casas de Lázaro. Buscaron una casa en el Batán junto al caz de las aguas del río Montemayor y empezaron su nueva vida.

Esta forma de juntarse las parejas no era extraña, ni alarmante. Era habitual emparejarse, tener hijos y después casarse en la iglesia. Los jóvenes le llamaban "El Rapto de la Novia". ¡Para toda la vida! Ellas aceptaban. Cualquier cosa para salir del núcleo familiar, pero aceptado por la costumbre si era con un hombre soltero.

El primer hijo que tuvieron fue una niña a la que pusieron por nombre Iginia Leona, que heredó de su madre Ramona, el valor, la planta, el genio y la fortaleza.

Era ya mozuela cuando Gregorio Velasco la observaba a menudo, cuando salían al campo a trabajar, a la vendimia, al azafrán, al huerto. ¡Qué mujer!, pensaba él. ¡No hay quien le eche el pie!

Era un año menor que Gregorio, que con veinte años comenzó a rondarla por el huerto.

-Leona, le decía. En cuanto tu padre te deje sola, voy a por ti, que te tengo yo un poco de ansia. En el buen sentido claro.

-¿Cómo que me tienes ansia?, le decía ella mirándolo de frente con las dos manos apoyadas en la cadera. ¿Pero tú que crees? ¿Qué estás mirando, eh? Como me digas otra tontá más, te atizo con la legona en la cabeza.

-Bueno, bueno, Leona. Pero si te estoy diciendo cosas guapas y más bonitas que la veleta de la iglesia.

-¡Cosas bonitas, cosas bonitas! ¿Qué cosas bonitas son esas de que me tienes ansia? ¿A ver, dime? Y acércate un poco más que no muerdo.

-¡Si hombre!, con la legona en la mano, que no sueltas el astil. ¿Es qué te acuestas con ella en las manos?, le pregunta Gregorio.

-No necesito el astil para agarrarte del cuello y tirarte al río Gregorio, que con una mano me sobra.

-Ves, le dice Gregorio, ¿cómo me voy a acercar?, sí llevas ya dos años, que no se te arrima nadie porque te tienen más miedo que a una loba.

-¡Una loba, una loba! Anda ven aquí, lobezno, que no te voy a hacer nada. Mira, ahí dejo la legona junto al álamo, a ver si te quedas tranquilo.

Gregorio la mira. Ha dejado la legona, sí, y además le ha cambiado la cara. Leona mira siempre con recelo, frunce el ceño ante cualquier palabra de las que le dicen los jóvenes.

-"Parece que me mira también con ansia", piensa Gregorio. "Es capaz a darte con la legona antes de terminar una palabra, pero ahora le ha cambiado la expresión de la cara. Ha sonreído levemente".

Gregorio piensa, "no sé qué tiene esta mujer, que no necesita que la protejan, al contrario, me gustaría que me protegiera. No hay en el pueblo otra más valiente".

-Venga, ya me acerco, le dice Gregorio.

Se coloca a un paso entre la linde del bancal y el agua del caz, pero separándose de un escaramujo que le podía hacer un Cristo si cayera sobre él. "Así, si me tira, caigo al agua", piensa. Y además no le he dicho nada para que se enmohine.

-Vamos a ver, Gregorio. ¿Tú qué es lo que quieres? le pregunta en un tono suave, pero no sensual ni provocador de bajas pasiones.

-Pues yo, le dice, nervioso de verla tan cerca. Cosa inusual, o como diría su padre. "No posible o imposible". Le extiende la mano para que ella la vea.

Mira, Leona, mis manos están hechas para trabajar duro con el yunque y el macho. Nos conocemos desde que te vi en la puerta de don Manuel, el maestro. Yo no sabré leer ni escribir, apenas un burrapato de firma,[263] pero sí sé lo que me gusta y quiero. Hace una pausa porque la Leona vuelve a sonreír. Lo que quiero decir es, que si a ti te viene bien, claro, no vayas a pensar mal, que aquí pensar mal es lo corriente. Pues eso. Ya sabes. Que nos juntemos como se junta un hombre con una mujer.

En ese momento quiere echarse hacia atrás por si la respuesta es una bofetada, pero Leona, al contrario, le ha cogido la mano que tenía tendida.

¡Ay madre mía!, piensa Gregorio ¡A qué me rompe la gobanilla y me la retuerce como el cuello de un pollo!

-Mira que eres un poco tordo, que te cuesta una miajica decir las cosas. Trae aquí "Rejalgar", le dice acercándole la mano a su cara. Le ha cogido la mano con una suavidad que le transmite una sensación de paz a la que acompaña una inspiración profunda y placentera.

Ella le besa la mano sin separarla de su cara.

-Me gusta que me rondes y siempre tiene que haber lugar para todo. Menos mal que no te has cortado. Me gusta que me digas cosas y que me mires cuando paso, pero como en este pueblo sois un poco burros, pues no quiero que nadie se acerque y me diga nada. Y no dudes que si le tengo que abrir la cabeza a alguno, se la abro de un legonazo.

---

[263] El 92 % de los vecinos no sabían leer ni escribir. Para el resto, el 10% bastaba que supieran echar un burrapato de firma, no con el dedo, para no ser considerado analfabeto. El 97,97 % de las mujeres no sabían leer, mientras que en los hombres llegaban al 87,28 %

-Pero mujer, le dice. Por eso me tienes atemorizao, porque le metes miedo a todos los zánganos. Y como siempre estás con algo en las manos, pues eso, que no hay quien se arrime.

-¡Anda ya! ¿Cómo te voy a dar miedo? Dame un beso aquí en la linde, le dice quitándose el sombrero y ofreciéndole la mejilla.

Gregorio se acerca con recelo y le da un beso sonoro, como el canto de una tordoncha en una parra de uvas blancas.

-Anda métete al caz, que te voy a estezar el cuerpo con el cieno en el agua.

-¡Pero es que hace fresco Leona, que estamos en Marzo!

-¡Buenooooo! le dice Leona con ironía, como diciéndole que tenerle miedo al agua no es de hombres. ¿Pero tú te quieres arrejuntar conmigo o no?, le dice cogiéndole la entrepierna.

-Sujétate Leona y no aprietes que me arrancas la hombría, le dice Gregorio quitándose el blusón.

-¡Venga, tira! Los calzones también.

-¡Ay la reostia! ¡Pero Leona, que me va a dar un tabardillo!

Gregorio está nervioso, aunque le gusta el rumbo que ha tomado la conversación y el atrevimiento por parte de ella. Leona hace ademán por quitarse la camisa.

-"Se va a meter también aquí en porreta", piensa él

-¡Al agua, haragán!

Le empuja y lo echa al agua fría del caz con las alborgas puestas.

-¡Me cago en tos los demonios de Cafarnaún! ¡Qué fría está!

Ella se pone de rodillas en la orilla. Se acerca a Gregorio suavemente, le sujeta la cabeza y le acerca sus labios a los suyos. Leona le mira la hombría y le dice:

-Ahora que está esto fresco y veo que eres un hombre, me voy a tu casa a decirle a tu padre que nos juntamos esta tarde y después me voy a la mía a coger el hato. Restriégate bien, que esta noche nos acostamos juntos. ¡Ala, me voy!

-Joder Leona, pero ¿cómo me dejas aquí cogiendo frío? ¡y con esto así, como el astil de la legona! ¡Yo pensaba que nos íbamos a amagar aquí mismo!

-¡Qué te lo creías tú!, ¡que me iba a desnudar aquí en medio del campo para que nos vea todo el pueblo.! Ya lo sabes. Esta noche.

Y salió con la legona y la allegadera repleta de habas, camino de la casa de Antonio Velasco y Natalia a comunicarles la noticia. No se entretuvo mucho, pues en tres minutos le explicó que se venía a vivir a la calle mayor con ellos.

-Bueno hija mía, lo que vosotros digáis, le dice Natalia. Voy preparando un baúl y un camastro con un colchón de borra. ¿Y dónde está Gregorio?

-Ahí en el caz, buscando cangrejos, le contesta.

Se casaron el dieciocho de mayo de 1884. Leona tenía veintidós años y Gregorio veinticuatro. Su hermana Donata ya tenía tres hijos con Sebastian Reyes y se instalaron en la calle Poniente. Su hermana Hipólita se había juntado con Bruno, su primo hermano y se habían instalado en el Batán, mientras en la casa quedaban su hermano Nicasio Carlos Velasco, que tenía doce años y Aniceta Castora Velasco que tenía cuatro años. Allí convivieron juntos hasta que fallecieron sus padres, Antonio y Natalia Francisca. Después se instalaron en la calle mayor, para que el trabajo en la fragua no estuviera tan cerca de Agustín Coy, el otro herrero con el que tenía cierta enemistad por la competencia en el trabajo.

A mediados de mayo del año 1896, por el camino que viene de "Matagatos", el camino maldito, el camino embrujado por el que no querían pasar de noche y en otoño, en un carro viene Antonio Velasco, padre de Gregorio, con dos más. Los ha recogido en el camino de Balazote a San Pedro. Iban andando. Llevaban unas botas militares roídas por las ratas y un chusco de pan duro en el bolsillo. Era el recuerdo del hambre y la miseria que pasan los pobres que venían de la guerra de Cuba. Es su memoria histórica. Son los que no pudieron pagar la redención económica de 6.000 reales para no ingresar en el ejército y haber evitado ir a la guerra de Cuba. Son los primeros repatriados de los 26.330 soldados que regresan a España.[264]

-Somos los primeros que hemos podido salir de la mayor miseria del mundo, le cuenta Guillén a Antonio en el carro.

-Apenas podíamos tenernos en pie, añade Domingo Orea, el otro soldado que le acompañaba.

-La mitad del ejército estaba con calenturas en el barco y no sé si resistirán. Nos fuimos pobres y sanos y volvemos pobres de solemnidad y enfermos.

-¿Y por qué venís los dos solos de los doce o trece que os llevaron?, le pregunta Antonio.

-Porque no caben más en los barcos o se han muerto, le dice Guillén. Yo soy del Masegoso y allí en Cuba han muerto seis de mi pueblo. Mire, allí no se muere de los disparos. Allí se muere de hambre y de la malaria.

-El barco que va y viene de Cartagena a Cuba tarda dos meses en la travesía.[265] Y en él se han muerto unos cincuenta y cuatro españoles, más los que seguramente han muerto después en los hospitales de Cartagena.[266]

Al llegar al pueblo, se bajan en la plaza y se quedan mirando al pregonero Casianete, que sale del Ayuntamiento con unos papeles, sujeta con una mano la trompetilla y hacer sonar tres pitidos seguidos. Es un bando importante porque si fuera uno normal hubiesen sido dos pitidos. No pregona en voz alta, sólo clava en la puerta uno de los bandos. Los demás los pone, según la orden recibida del alcalde

---

[264] En 1882 se podía sustituir un soldado por otro si era hermano, excepto si era destinado para ultramar. Se admitía la redención por el pago en metálico, ahora reducido a 6.000 reales. Del uno al ocho de febrero, los ayuntamientos enviaban a la Diputación de Albacete los extractos de mozos comprendidos entre dieciocho y veinticinco años. En esta tarea colaboraban los párrocos con los libros de bautismo, debiendo resolver las reclamaciones de los no conformes en el acto. Si hubiese disconformidad en la resolución se debía reclamar a la Diputación por escrito, que debía resolver en dos meses.

[265] ¡Ah, Señores Ministros! ¡Bien se conoce que la carne del pobre es barata y os importa poco que mueran esos soldados!" Cita de Vicente Blasco Ibáñez en sesión de las Cortes del 5-9-1898 en la que acusa de la penosa situación en la que se encontraba el repatriado.

La pérdida de Cuba supuso la muerte de 56.000 soldados españoles.

Después del Tratado de París (Abril 1899) Hubo un total de repatriados de 146.261 españoles.

[266] De Casas de Lázaro murieron siete vecinos y regresaron seis. De Masegoso fallecieron seis y regresó uno.

don Francisco González "Francho" en la puerta de la iglesia. Después se irá hacia la escuela y al cementerio,

En la puerta de la escuela, Tomasa, la madre de Eloy el "Mayorajo", le pregunta sobre el contenido del bando.

-¿Por qué pitas tres veces? ¿Qué puñetas pasa ahora?

-No sé, ni me importa, le contesta Casianete. ¡Como yo no sé leer!

-Pues lleva un ayudante que te lea los papeles, ¡cacho pan! Y antes entérate de qué van los sustos, le dice Tomasa quitándole un bando para leerlo.

-Anda, si lo que quieren son más cuartos para pagar los gastos de la guerra. Ya lo sabes. Ves y dile a la gente que den perras en el ayuntamiento.

Pregonará por el pueblo la orden para que lo sepan los vecinos según lo entendido por Tomasa.

-"Se hace saber", gritaba Casianete después de los tres pitidos. ¡Qué el gobierno quiere perras para que anden las guerras y que en el ayuntamiento se ha abierto un costal para llenarlo!

-¿Qué os parece?, decía "Piojo Blanco" a un grupo de vecinos que escuchaban al pregonero "Casianete".

-Pos no dice que demos dinero para que hagan más guerras. ¡Qué paguen los ricos, que son los que se libran de las quintas! ¡Manda guevos!

-¡A tomar por el culo!, gritaba "Ojo Pipa", que se había librado de tres quintas por estar tuerto. ¡Me cago en toas sus entremeras!

-¡Casianete!, le gritaba una y otra vez "Ojo Pipa". Dile a "Francho" que venda los pinos y se los regale al Gobierno.

-¡Anda y que te den!, le contestaba "Casianete".

Guillén le pregunta a Antonio sobre el bando clavado en la puerta de la iglesia que estaba mirando tan atentamente.

-Pues no se que decirte, le dice Antonio. Si yo no sé ni firmar, ni nadie del pueblo. ¡Cómo no nos lo explique don Eduardo, el cura!

El otro soldado que venía con Guillén, Domingo Orea, se acerca a la iglesia, se mete dentro y le pregunta al cura sobre el bando.

En menos tiempo en que una gallina pone un huevo, sale desencajado agarrándose el chusco que lleva en el bolsillo del pantalón y les dice a los dos:

-¡Me cago en los cien mil demonios de ultramar! ¡Me cago en la marquesa de Valdeguerrero y todas las vírgenes celestiales! ¡Me cago en to lo que se menea de aquí a la Cochinchina! ¡Me cago en la hostia puta y en Manila! ¿A qué no sabéis lo que dice el papel? Que queda abierta una suscripción de dinero por parte de los vecinos para el fomento de la Marina y paliar los gastos de guerra. Que le vayamos echando pesetas al cesto para atender los gastos de la guerra de Cuba.

-Me voy a comer moras al río y de ahí a mi pueblo, les dice Guillén, sujetándose el chusco de pan en el bolsillo, por miedo a que encima se lo quitara el alcalde.

-Pero ¡Cagando leches!

Se bajó corriendo blasfemando lo nunca oído a la fuente del Caño y caminando por una senda desde "El Otro Lao" hacia el Batán donde salía un camino hacia Peñarrubia y Masegoso.

En ese momento, estando Antonio Velasco y Domingo Orea en la plaza maldiciendo, salió el alcalde y les pidió colaborar, cuando se acerca Eduardo Navarro Velasco, primo hermano de Antonio y le dice:

-Yo voy a dar una del "tupé",[267] señor alcalde, le dice con recochineo irónico, para que les compren a los que vuelven un par de botas y un pan, que no salimos de pobres por eso.

Antonio Velasco se echa la mano al bolsillo del pantalón y le dice:

-Con un real que le demos cada vecino, ya tienen para comer medio año. Ahí va un real. Y éste que está aquí a mi lado, le dice cogiendo a Domingo Orea del brazo, lo tienes que emplear en algo del pueblo que han venido los dos de Cuba con más hambre que un perro ciego.

Había unos 1557 vecinos en Casas de Lázaro. Los que más aportaron fueron el cura don Eduardo Garijo y el alcalde don Francisco González con cinco pesetas. La recaudación entre los 1553 vecinos restantes fue de cincuenta y cuatro pesetas. ¡Menuda guerra se iba a preparar para la próxima campaña con la recaudación! Pero al rey y a su gobierno les iba a importar bien poco.

Las guerras en España continuaban como costumbre. El tiempo, las vivencias, las anécdotas y las referencias se medían por guerras. No entendían del imperio, ni de ultramar, ni de posesiones, ni coronas. Habían ido a una guerra allá donde Colón llegó a Cipango, sin saber la causa. Sin haber usado nunca armas de fuego se les incitaba al arrojo, se les pedía valentía, se les amenazaba con el fusilamiento en el frente si dudaban de sus obligaciones. Los suboficiales les gritaban improperios desestimulantes para la lucha. Cuando le preguntaban donde habían estado, ninguno podía describir como era el lugar donde habían perdido la vida 56.000 de los 220.000 españoles que no pudieron redimirse con el pago para librarse de defender el imperio en ultramar.

Domingo Orea, decía:

-¡Cómo en Casas de Lázaro que se quiten los ultramares! ¡Pues allí no hay más que mosquitos como avetardas, moscas como abejorros y gusanos como culebras!

Llegó Antonio a los sesenta y nueve años, cuando el ayuntamiento había convocado una plaza de médico cirujano[268] para atender a los vecinos, los cuales pagarían una cuota periódica, la "Iguala" para atender un servicio mínimo, quedando libre para prestar sus servicios a los vecinos que pudieran pagar sus honorarios.

---

[267] En 1895 el grabado en las monedas de cincuenta céntimos, equivalente a dos reales, al igual que a las demás grabadas se les conocía como "El tupé" por la imagen del rey Alfonso XIII con un tupé en el flequillo cuando tenía nueve años.

[268] Se convoca la plaza el 18 de noviembre de 1898, siendo alcalde Pedro Sánchez González y teniente de alcalde Francisco González Jaquero. El ayuntamiento sufragaba los honorarios para atender a las familias más pobres, unas 30 familias.

Sintióse Antonio Velasco enfermo con toses graves que le provocaban fuertes dolores. Le aplicaron cataplasmas en el pecho de té de roca y gordolobo, brebajes calientes de hinojo y tomillo con miel. Tisanas de violetas y malvavisco. Pero no mejoraba. Las afecciones pulmonares eran frecuentes cuando entraba marzo y octubre.

Comenzaron a preocuparse Natalia y sus hijos Gregorio, Donata, Hipólita, Carlos y Castora, decidiendo buscar un pastor, curandero en la aldea del Puerto, conocido por "Disipela", con ningún conocimiento de medicina. Pero que sea como fuere, no se le morían tan rápido como a los vulgares médicos sangradores y barberos, que todavía acudían a las llamadas de las gentes de la sierra.

Salió en su búsqueda Gregorio preguntando en la aldea sobre el paradero de "Disipela", cuando lo halló en un abrevadero con las merinas. Le pidió que fuera con él a Casas de Lázaro por encontrarse muy enfermo su padre Antonio Velasco, al que dijo conocerlo por haberle traído algunos serones y esportillas.

-¡Vamos allá, dijo "Disipela"! Dejo aquí el ganado con el perro y esta tarde los recojo.

Bajaban los dos por el camino del Cucharal hacia el Batán, entrando por el cuco, cuando los vio pasar Narciso Villanueva, el barbero. Él era el encargado, además de cortar el pelo y afeitar, de otras labores como curar heridas, sangrías y extracción de muelas. Aceleró el paso hasta llegar a Gregorio que iba montado en el caballo por detrás del pastor "Disipela". Le hizo una seña con la mano para que esperara y demorara el paso detrás del curandero, al que reconoció inmediatamente, para contarle algo que debía conocer antes de hacerle caso en los tratamientos que proponía.

Narciso le dice:

-Tener cuidado con éste "Disipela", pues dicen los del Burrueco que andan buscándolo por el Sahuco y el Pozuelo para colgarlo de los huevos, pues le mandó tomar un caldero de excrementos de cabra a otro pastor para curarle una inflamación del vientre. Menos mal que le dio tiempo a salir de allí, porque ya le habían preparado una encina con una soga de cáñamo para sujetarlo de los cataplines.

-Lo tendré en cuenta, le dice Gregorio en voz baja. Vigilaré lo que haga, pero es que mi padre está que no puede respirar. Ya no sabemos qué hacer, ya no tenemos más salidas.

Acudió a su casa con el curandero. Éste se quedó mirando a Antonio y escuchó la tos, le puso la mano en el pecho y les dijo a sus hijos que le iba a dar unos polvos, los cuáles ya llevaba en un saco pequeño de cuero. En realidad, llevaba siempre los mismos, hojas secas de marrubio amargo.[269]

-Y todos los días, les dijo, le vais a dar a que respire los vahos de un cocimiento de flores de malvas, de esas que hay en las orillas de los caminos, hasta que mejore y pueda respirar el aire sin toser. Y mañana por la mañana, antes de que el sol salga por el "Otro Lao", lo lleváis al primer marrubio que encontréis en el camino, hacerle

---

[269] Marrubiun supinum. En infusiones para casos de pulmonías y calenturas.

que lo salude y le eche un poco de sal, que se orine en él y se vuelva a su casa sin darse la vuelta para no mirarlo.

Hizo calentar agua y echó en una taza bien caliente unas cucharadas de aquello. Incorporaron a Antonio y le hicieron beber un trago de aquel caldo caliente.

La reacción no pudo ser más rápida. Antonio con las manos intentó separar rápidamente de su boca aquel veneno que había ingerido aunque fuera poco. Sacó energía para que apartaran aquello de su boca.

-¡Esto es veneno!, dijo Antonio. ¡Tirárselo a los perros! ¡Puro veneno! ¡No me matéis, no me matéis!, decía alargando las manos para que no le acercaran la taza a la boca.

-¿Pero qué es eso que le ha dado a mi padre?, le pregunta Donata, mirando a "Disipela".

-Esto es un reactivo, le dice, para que abra los pulmones. ¿Ha visto la reacción? Ha sido instantánea. Esto es buena señal.

-¿Pero qué tiene eso que parece veneno?, le pregunta Hipólita.

-Es un compuesto de medicina que usan en los cortijos que hay detrás de estas sierras, allá por donde nace el río Mundo, donde el aire es puro y no se conoce enfermedad alguna del pecho, porque toman este caldo. Le llaman "Perruna", por la tos que tienen los que padecen del pecho y lo elaboran con higos secos cocidos con zompos de panizo, nabos, una camisa de culebra de escalera, la perruna[270] y se endulza con algo de miel. Los que estén sanos no deben de probarla.

Antonio hacia señales a sus hijos para que se fuera aquel pastor. Que no le dieran más de aquello, que si tenía que morir, moriría con el estómago limpio, no del veneno aquel.

Murió Antonio cuando el ayuntamiento hizo público la lista de vecinos con derecho a sufragio; el sufragio censitario, el que exigía tener un mínimo de fortuna para ser considerado elector. Ningún apellido Velasco entre las listas.[271]

-¡Ea!, dijo Gregorio. Como no tenemos un real, no podemos votar. ¡Total para votar al cacique! *¡Más vale ser tonto que alcalde!* Y se pone a recitar una poesía que cantaba don Manuel, el maestro, al que le gustaba tocar la guitarra y una "goteja" cuando se juntaba en la taberna con Gregorio, Agustín, el otro herrero, "Aliagas", "El Lañas", su pariente Agripino Velasco y su hermano Juan Francisco.

Llevaba el maestro por muelas un entramado podrido de piezas negras, carbonizadas las que estaban todavía en sus encías, también negras como si hubiera estado comiendo miera y resina de pino carrasco. Nadie comprendía por qué, llevando aquella caverna de carbón en la boca, no se quejarse del dolor. Ni el mismo Andrés Villanueva se lo podía explicar cuando le decía que podía arrancarle con unas tenazas todo aquello negruzco y podrido.

-Me tomo todos los días unas hierbas masticadas de adormidera. ¡Mano de santo!, decía el maestro, llevándose los dedos índice y pulgar cruzados a los labios.

---

[270] Perruna. Polvos elaborados con excrementos de perro.

[271] BOE del 14 de abril de 1899. Lista de vecinos con derecho a sufragio. Resultado de las elecciones a diputados a Cortes del 16 de abril de 1899. Partido judicial de Alcaraz:
-Francisco Pi y Margall, 2 votos. Pablo Iglesias, 1 voto. Juan López Chicherri, 11.563 votos.

-Sí, ¡Mano de santo!, decía el barbero Narciso.

Entre suertes, el tío Francho campea
a caballo relinchón por el Ituero,
que de alcaldes busca entre muleros
y borricos de carga sin espuelas.
A Abundio halló entre el Berro y la berrea
y descabalgando ya tenía edil electo.
Para el Masegoso votarían a Fatero
y corregidora del Batán a la Daniela.
A Reyes, que el Señor tenga en su gloria,
a Peñarrubia, que no habrá quien le supere,
pues en boñigas concursan todo el día.
Y en la asamblea de ediles del Pesebre
bendecirá Albertus diez sangrías
y Monino los bollos de aguardiente.

CUADRO A DE DESCENDIENTES DE DONATA VELASCO SANCHEZ HIJA DIONISIO ANTONIO VELASCO Y NATALIA SANCHEZ

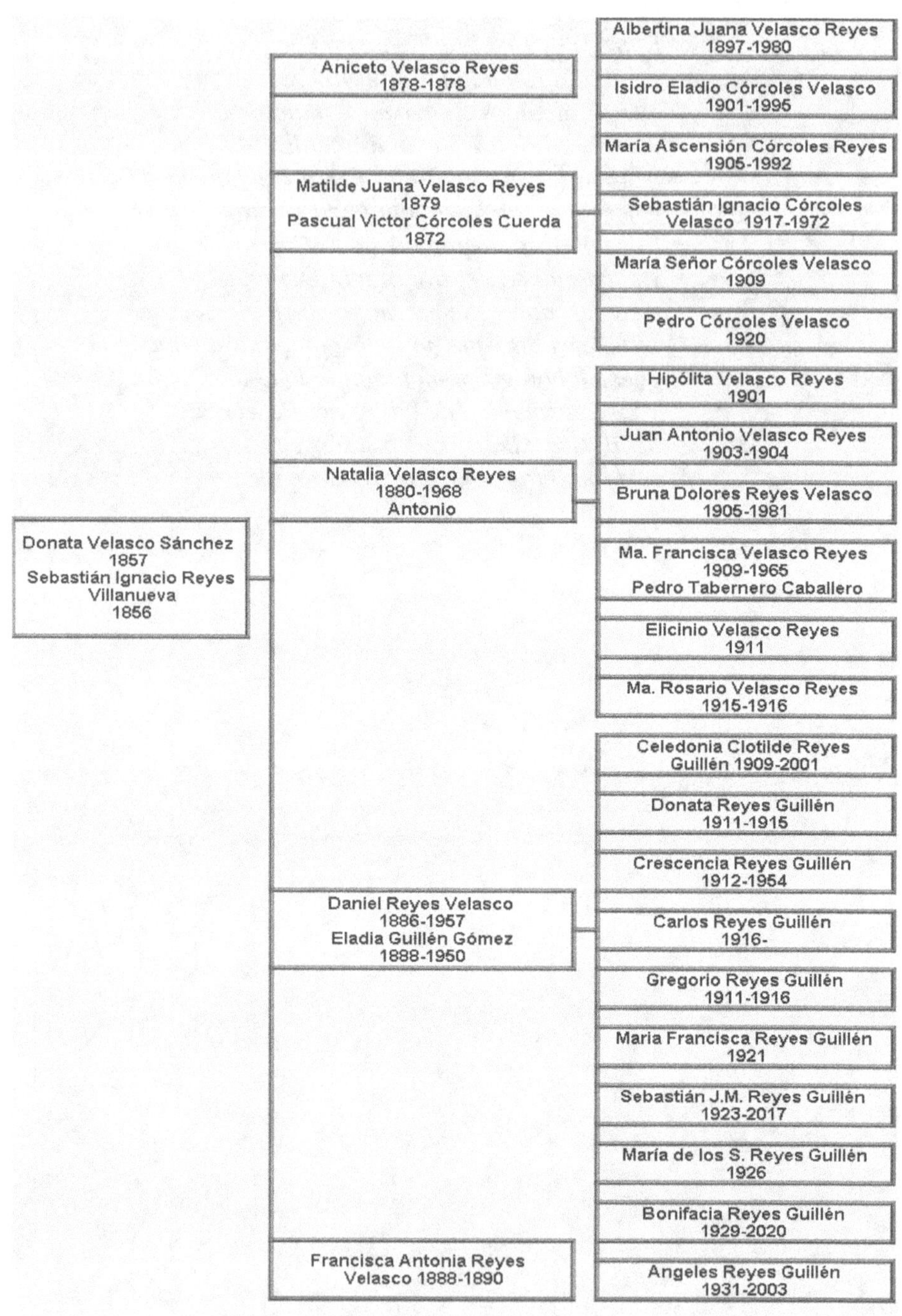

CUADRO B DE DESCENDIENTES DE DONATA VELASCO SANCHEZ
HIJA DIONISIO ANTONIO VELASCO Y NATALIA SANCHEZ

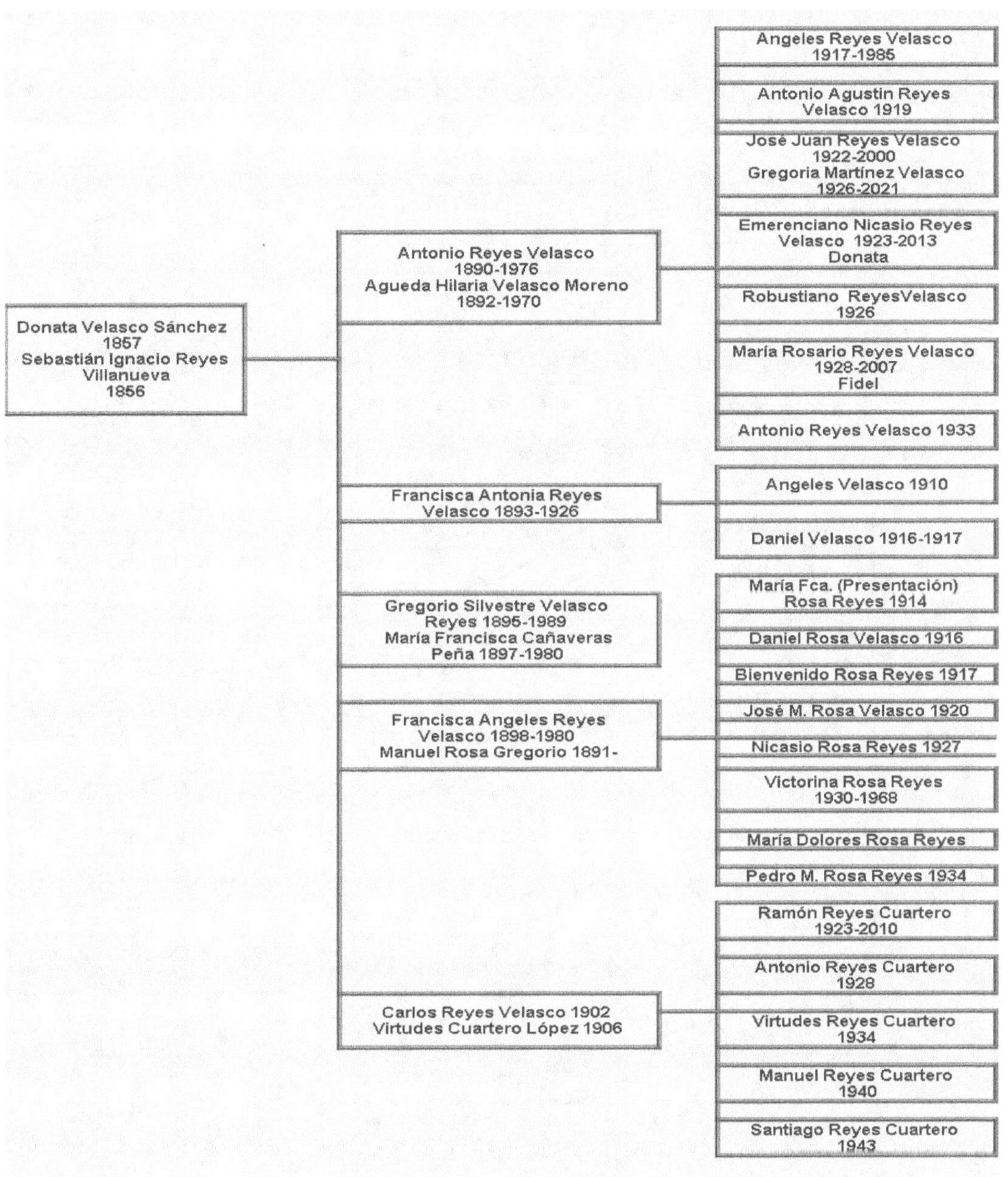

CUADRO DE DESCENDIENTES HIPOLITA VELASCO HIJA DE DIONISIO ANTONIO VELASCO Y NATALIA SANCHEZ

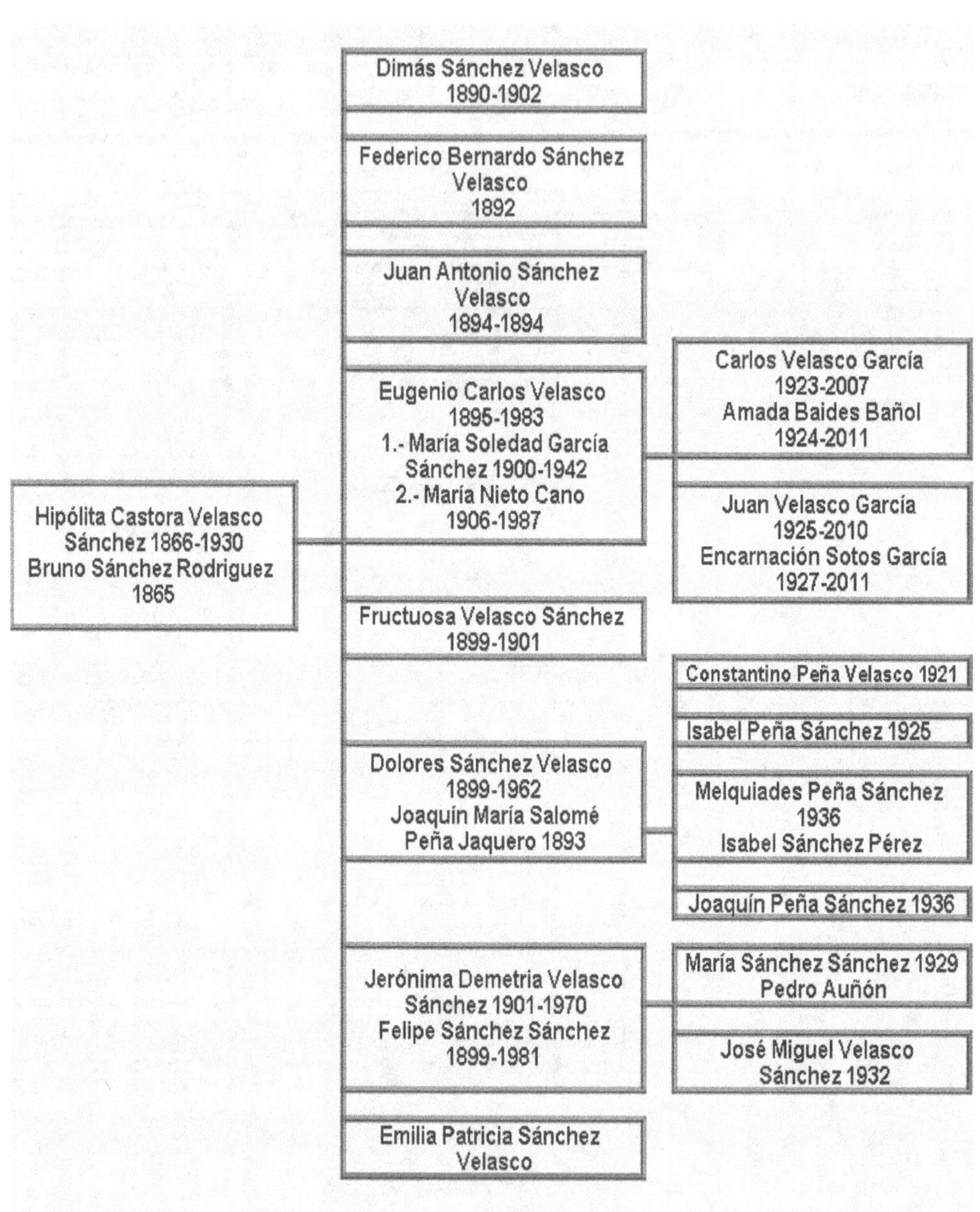

CAPÍTULO VEINTISÉIS

Que trata del nacimiento de Adolfo Velasco y la causa de no aprender las cuatro reglas

Comenzaban los rayos del sol, por el "Otro Lao" a despuntar un nuevo amanecer en Casas de Lázaro. Otro día más. Pero en la calle mayor del pueblo, que no era la principal, sino la más larga porque rodeaba en semicírculo todo el núcleo de viviendas en la ladera del saliente, Leona García, a sus veintitrés años iba a traer al mundo a su primer hijo.

-¡Gregorio, Gregorio, levanta, corre!, le dice Leona a su marido, que dormía a su lado, dándole manotazos en el hombro. Tira corriendo y llama a la Gregoria, la mujer de Román, la del Batán, que noto que voy a parir ahora mismo.

-¿Y yo que tengo que hacer?, le pregunta Gregorio, ya sentado en la cama con una pierna metida en el calzón.

-¡Que qué vas a hacer!, exclama Leona con un quejido. ¡Ay! Tira corriendo, que ya te dirá ella lo que hay que hacer. ¡Ay! Y de paso llama a mi madre, que venga también. ¡Ay!

Gregorio con las primeras luces del sol, sale corriendo hacia el Batán por la calle del caz, los perros quieren seguirlo, pero Gregorio, con veinticuatro años corre como una "liebre endemoniá". No hay galgos en la carrera que le adelanten. No hay nadie en la calle, sólo un joven a quien su mujer le ha dicho que llame a la Gregoria, la partera del Batán.

Son unos quinientos metros lo que separan la última casa del pueblo con la primera del Batán.

Entrando en el Batán, donde se encuentra una morera blanca a la derecha, vive Román y su mujer Gregoria. Ha ido a avisarle de que a su mujer, la Leona, le han venido los dolores.

-¡Gregoria, Gregoria!, grita desde la puerta al tiempo que aporrea con la aldaba.

-¡Ya va, ya va! grita su marido Román ¿Quién es?, le dice detrás de la puerta.

-¿Qué pasa?, dice Patrón Sotero, vecino de Román, que se alarma ante los gritos.

-Soy yo, Gregorio. No te asustes Patrón. Es que mi mujer se ha puesto de parto, le dice mirándolo.

-Anda Román, le dice Gregorio dirigiendo la voz hacia la puerta, dile a la Gregoria que venga a mi casa, corre, que la Leona se ha puesto de parto.

En ese momento abre la puerta la partera, que ya tenía todo listo desde hace unos días. Con ella, se asoma detrás su hija Teresa, de ocho años, quién le va a ayudar en el parto. Para la niña será el primero, pero para la Gregoria, ya serán más de cincuenta, que ha visto nacer a medio pueblo.

-Pues vamos a escape, le dice la partera.

-Vamos Teresa, coge el hato y vamos, le dice a su hija.

Y vuelta a correr hacia su casa. Corriendo, le dice a la partera:

-Voy a avisarle a la Ramona, mi suegra, para que vaya. Por eso me adelanto.

Cuando llega a su casa, la Leona, ya había manchado las sábanas. Los quejidos eran más fuertes y rápidos.

-¡Gregorio, Gregorio!, gritaba. ¿Viene ya la partera?

-Si, dice Gregorio entrando en la habitación, y tu madre, más despacio, pero viene. ¿Qué hago Leona?

-Rápido calienta agua, prepara paños limpios, una zafa, prepara la lumbre, corre, le dice toda sudorosa, agarrada a los bordes de la sábana.

Cuando entra la partera con su hija, rápidamente preparan los paños junto a una silla al lado de la cama. Dos, los colocan debajo para evitar que manche toda la cama. Su hija Teresa actuaba siguiendo con avidez sus instrucciones.

-Las piernas bien abiertas. Que no pase nadie, sólo la Ramona, le dice a su hija. Vete trayendo el agua caliente que está preparando Gregorio.

Cuando ya tenía los paños limpios preparados, Teresa se queda mirando asombrada las piernas abiertas de la parturienta y le pregunta a su madre:

-Madre, ¿es que los niños salen primero asomando la mano?

-¡Cómo va a ser eso!, le dice su madre que preparaba paños húmedos y aún no había mirado. Tiene que salir primero la cabeza, Teresa.

-Pues éste no, que lo que asoma por ahí es una mano, y ¡bien grande!, exclama Teresa.

-¡Por la Virgen de todos los Dolores! ¿Pero cómo es eso? Pues es verdad, está sacando una mano.

En ese momento, entra Ramona, la madre de Leona, que ha oído lo de la mano. Se acerca a ayudar a su hija, le coge de la mano al tiempo que le dice:

-Venga, haz fuerza, que está saliendo.

-¡Ay, madre! ¿Qué es lo que dice la Gregoria que sale primero la mano? ¿Cómo va a salir primero la mano? ¡Ay qué dolor madre!

La partera ha cogido la mano de la criatura y tira de ella suavemente. La niña va limpiando con los paños húmedos. La madre de Leona, no se cree lo que está viendo.

-Pues sí, hija mía, te está saliendo primero la mano. Y buen puño que tiene, que parece que va a coger membrillos. Mira, ahora está asomando la cabeza. ¡Buen cabezo que asoma!

-¡Por todos los demonios! Esto no lo he visto en ningún parto Ramona. ¡Qué me salga una criatura con el brazo levantado y el puño cerrado! Si conseguimos que salga bien, éste va a tener fama y nombre.

La partera con la ayuda de la mano estirada va girando la cabeza. Ramona con una mano sujeta a su hija con fuerza y con la otra coloca paños debajo. La cabeza está saliendo, está a la mitad. Leona hace toda la fuerza que puede haciéndole correr el sudor por la frente. Su madre le intenta limpiar el sudor con otro paño ya empapado.

-¡Ya ha salido la cabeza!, exclama Teresa.
Ramona le dice a su hija:

-Ya ha pasado lo peor, la cabeza. Ahora viene el resto. ¡Sigue hija mía, sigue!

-¿Pero por qué ha salido una mano lo primero?, le pregunta Leona a su madre. ¿Y la otra mano?

-Está en ello, ya sale con la mano pegada al cuerpo, ya.

-¡Virgen de Cortes! ¡Qué criatura más hermosa!, exclama la partera. Aún no ha salido y ya está llorando. ¡Es un niño, un niño! Ya está Leona.

Teresa lo limpiaba con los paños, pero las manos del recién nacido se agarraban a los paños y no los soltaba, lo que le provocaba una risa tierna a la niña.

-¡Qué fuerza tiene madre! Mire, hasta se agarra a mis dedos y no se suelta, le dice. Y ahora me ha agarrado el mandil y no se suelta. ¿Qué hago madre? ¡Nada que no se suelta!

-Ya se soltará, le dice su madre. Ya se soltará.

A las seis de la mañana llaman a Gregorio que seguía atento el parto de su primer hijo. Oía los gritos y quejidos de su mujer, las exclamaciones de la partera. No entendía, ni sabía nada de los partos. Cuando le dijeron que había salido primero la mano dijo:

-Pues será que quiere ya coger membrillos y cerezas.

-¡Un zagal, Gregorio!, le dice Leona. Me ha costado mil sudores echarlo. ¿Déjame verlo?

-Sí, espera un poco, porque se ha agarrado al mandil de Teresica y no hay manera de que se suelte.

-Pues aunque sea agarrado al mandil, le dice. Déjamelo aquí a mi lado.

A Teresa le ha tenido que desatar el mandil su madre porque no hay manera. De este modo lo meten en la cama agarrado como si llevara una bandera.

La primera vez que entró a la iglesia, al día siguiente de su nacimiento, entró berreando porque lo habían separado de la teta de su madre. Era insaciable en la lactancia materna. Su madre Leona se tuvo que quedar en casa reposando de su primer parto. Era su bautismo obligado. El cura don Feliciano Cuadrado, le decía a la madrina, su tía Donata Velasco:

-Anda Donata, dale al niño un bollo para que nos deje continuar con la misa.

-¡Pos si hombre, un bollo al niño!, decía Donata. El niño solo quiere mamar. Y no se lo voy a llevar a la Leona para que le dé teta ahora mismo.

Pues algo habrá que hacer Donata, porque es un escándalo. Berrea como cien ovejos.

-¡Pues si berrea, que berree, que le vamos a hacer! A mi primer sobrino se le permite todo. Si quiere continuar, tiene que ser con la berrea, le contestaba Donata.

-Oye Donata. ¿Y tú cuántos hijos tienes?, le pregunta el cura

Donata se le queda mirando, con el puño cerrado, pero como no podía soltar a su sobrino que cada vez lloraba más fuerte, adivinaba el hilo de la preguntilla.

-Tres, señor cura, y uno que se me ha muerto de quince días por falta de desarrollo. A lo mejor porque no le daba bastante teta. ¿Pero a qué viene ahora eso?

-Pues que, a ver si le dices a Sebastián cuando os casáis. Que los hijos para ser buenos cristianos tienen que venir del matrimonio legítimo. Y vosotros estáis arrejuntaos.

-Como muchos aquí en el pueblo, señor cura, le dice Donata. ¿Pero entonces sigue con el bautizo, le damos teta o salimos vitando?

Gregorio que estaba oyendo la discusión entre ambos, no intervenía. Evitaba reírse porque Donata era muy graciosa. Con la mano izquierda sujetaba en brazos al niño, con la derecha se agarraba un pecho cuando decía de darle teta y cuando el cura le preguntaba sobre cuántos hijos tenía, alzaba la mano cerrada y hacía un círculo, que nadie sabía lo que significaba.

Aceleró el cura el bautismo para llegar a la unción del agua. Don Feliciano echa un chorreón de agua sobre la cabeza y el niño se calla. ¡Ohhhhh!, se oye en toda la nave de la iglesia.

-Menos mal, exclama el cura. A éste lo que le pasa es que tiene calor o el Espíritu Santo ha intervenido en nuestro favor y en de los feligreses.

-Menudo cuajo tiene el cura, comenta Gregorio al oído de Donata. ¡El Espíritu Santo!

-Dese prisa señor cura, le dice Donata, que esto es un respiro y me temo yo que hasta que note el agua estará callado.

-Sea, sea, ya sabes tus obligaciones, le dice el cura a Donata. Que se ha de llamar Adolfo Primo Velasco García.

Salieron todos de la iglesia con algo de prisa, pues nada más secarse el agua de la cabeza, comenzó el recién crismado a mirar alrededor y comenzó a llorar ahora más fuerte.

-Vamos, vamos, decía Donata meciéndolo entre sus brazos. ¡Éste espanta hasta los lobos! Prepárate Leona, que éste te deja seca, decía entre sí.

Encontrábase el pequeño Adolfo solo, un día de junio del año siguiente en la cuna de madera que le había hecho su padre Gregorio. Leona había salido a la Fuente del Caño a llenar un cántaro de agua. Abrió los ojos. Vió que no había nadie y dijo. Allá voy. Saltó de la cuna sujetándose a los barrotes de madera. Se puso de pie por primera vez, pero agarrado, no se atrevía a soltarse y dirigirse hacia el tarimón que estaba entre la chimenea y la puerta de la casa que daba a la calle. Pensó: "Una carrera hasta el tarimón y otra de vuelta. Allá voy". Se lanzó a la carrera y se agarró al brazo de madera. Comenzó a reírse y rápidamente la vuelta, más rápida. De nuevo se ríe y asalta el otro brazo de madera. Así comenzó a andar dentro de la casa, riéndose de su éxito.

Cuando llevaba unos diez asaltos inicia el siguiente, corriendo. En ese momento entra su madre con el cántaro.

-¡Virgen María Santísma!, exclama Leona. Pero si corre más que un gato. ¿Pero cómo te has escapado de la cuna Rejalgar?, ¡Uhhh, Virgen María Santísma!

Como vió que se había agarrado con toda su fuerza a la cuna y tenía fuerza suficiente para volcarla, le dijo:

-Anda, sigue, sigue corriendo, sigue, que cuando te canses te vas a comer unas gachas migas que te voy a hacer ahora mismo. ¡Virgen María Santísma!. Cuando venga tu padre y se lo diga, la alegría que se va a llevar.

Entró Gregorio cuando ya se había metido en el cuerpo, a dos carrillos, las gachas migas que le había hecho Leona. Como lo ve sentado a la mesa zampándose el plato, le dice a su mujer Leona:

-¡Muchacha, pero este crío ya come solo! ¿Pero cómo es eso?

Leona que ha oído a Gregorio, sale de la habitación riéndose y le dice:

-¡Qué si come solo! Ya verás, ya verás también como corre. Anda "Rejalgar", a ver como corres.

Se pone Adolfo a correr del tarimón a la cuna, sin parar de reír. Contagia a su padre, que se echa las manos a la cabeza viendo corretear de un lado a otro mientras su mujer se sienta en una silla y lo observa tranquila.

-Y no se ha caído ni una vez, le dice Leona a Gregorio. Mira cómo se sujeta, mira que manos tiene, no hay quién lo separe.

-Pues mejor, cuanto antes ande, antes me lo llevo al huerto y a la fragua.

En el verano de aquel año, con catorce meses se pasaba el día como un gorrino colorao buscando cangrejos en un pequeño remanso del río. Salía de cieno y barro hasta los ojos. Pero su padre antes de volver a su casa, lo zambullía vestido en el agua y lo dejaba limpio, luego lo ponía en una losa al sol para que se secara.

A los cinco años, conocía todas las madrigueras y agujeros del río. Sabía dónde se escondían los cangrejos, de manera que era el primero que se los llevaba a casa para hacer algún guiso.

Las culebras de agua, eran detestadas por el pueblo. Seguían con las supersticiones ancestrales, pero en verano no faltaban en la puerta de la escuela y en la iglesia. Le había pillado por ahí. Todos los vecinos sospechaban de él, pues era el único que no les tenía miedo, pero nunca lo vieron con una en la mano.

Aprovechaba la hora de salida de los niños de la escuela, sobre todo de las niñas, que eran las que más escándalo hacían, para soltar lagartijas y ratones. Y especialmente los domingos cuando el sacristán tocaba las campanas para llamar a los feligreses.

Vino el segundo hijo de Leona a alegrar la casa de nuevo.

-Éste está naciendo bien, decía la madre de Teresa, la partera. No como el otro, ¡menudo bicho! ¡Mira que cosa más hermosa! Si se parece un montón a "Rejalgar".

-Ea. ¡Ya estamos!, le contestaba Leona.

Era el día seis de enero de 1890. le pusieron por nombre Manuel de Reyes, en un año en que la difteria atacaba a todos los niños de la comarca. Primero murió su prima Francisca Velasco, hija de Donata a los tres años y Manuel a los diez meses.[272] Don Eduardo Garijo era el nuevo cura del pueblo desde el año 1887. Recibió una nota del Obispo de Albacete don Valeriano Menéndez a primeros de enero del año 1891, en la que le indicaba que reuniese y preparase a los catecúmenos para recibir la confirmación el día doce de junio de ese mismo año.

---

[272] La difteria, toxina que produce la bacteria Corynebacterium diphthriae y la ulcerans. La toxina ataca las células y forma una membrana. Tambien pasa a la sangre y ataca las células del corazón, el sistema nerviosos y riñones. En los casos graves obstruyen las vías respiratorias y dificultan la acción de tragar. Es muy contagiosa al toser, estornudar, por pañuelos, vasos y vive solo en humanos. Podría provocar una mortalidad del 50%. La inmunización efectiva comenzó a realizarse con la vacuna a partir de 1920.

Don Eduardo puso en marcha un sistema de aviso a los demás curas de las localidades de Pozuelo, Balazote, San Pedro, Peñas de San Pedro, Sahuco, Tarazona, para que aprovecharan la visita del señor obispo y de este modo matar dos pájaros de un tiro. Por un lado inspeccionar directamente la obra evangelizadora en el pueblo y realizar el sacramento, del cual, sólo el obispo tenía potestad.

Tal fue el entusiasmo por recibir la confirmación de manos del señor obispo que el día doce de junio se presentaron al sacramento ciento treinta y tres niños y una mujer, Hipólita Castora Velasco, hermana de Gregorio Velasco, tía de Adolfo, que según el cura, vivía en pecado con su primo Bruno, con el cual ya tenía un hijo Dimas Velasco.

No la miraba bien el cura, pero ella, ahí se presentó. Con sus veinticinco años cumplidos, agrupó a toda la familia en los primeros asientos, porque los que iban a ser confirmados deberían sentarse en las primeras filas de la bancada. Allí que se meten Adolfo Velasco con seis años, a su lado su tía Hipólita que sujeta en brazos a Antonio Velasco de un año. A su derecha se sienta Bruno que actuará de padrino de Hipólita, Daniel con cinco, Natalia con once y Juana Matilde de 12 años, los cuatro de su tía Donata, que también, según el cura, vivía en pecado. Más a su derecha toman asiento "Fere", el de Eduardo Navarro Velasco y Remedios de dos años; al lado de "Fere", Desiderio Velasco, "Machaco", primo segundo de Adolfo, de once años.

Como la iglesia se va a llenar, porque a cada catecúmeno le corresponde un padrino. Hipólita, la mayor de todos, la representa su pareja de "arrejuntamiento", Bruno. Después Hipólita actuará de madrina de cada uno de los siete que habrán de recibir la confirmación.

En el banco siguiente, por detrás de ellos se han situado otros cuatro hermanos; Higinio, de siete años; Cirilo, de cuatro; Segunda, de uno y María Dolores López Aguilar, de nueve. Todos ellos llevan zapatos nuevos que le ha hecho su padre Antoñico, el zapatero.

Ya no caben más en la iglesia. Todos los padres han quedado en la calle. Sólo los padrinos han podido entrar. El obispo rezuma alegría por todo su cuerpo. Por la frente le caen goterones de sudor que retira con la mano inconscientemente para después pasársela por la casulla.

Adolfo está a punto de liarla. Lleva un ratón que ha pillado en su casa y no para de dar vueltas por el bolsillo de una chaquetilla que le han hecho a propósito para la ocasión. Sabe que la chaquetilla tiene que entregarla nueva para que sirva en la confirmación de sus futuros hermanos. La ropa se tiene que usar para cada uno que la necesite. La del mayor servirá para los pequeños. Como no quiere que el ratón le destroce el bolsillo, lo suelta disimuladamente en el suelo.

Nada más dejarlo en el suelo, el ratón sale corriendo entre los pies de todos los asistentes. Rápidamente comienzan los primeros gritos y el zapateado en el suelo intentando matar al ratón. "Plas, plos, plas, zapatás" "plas, plos, plas, zapatás". Como el zapateado se oye por toda la iglesia, el obispo piensa que han organizado una especie de recibimiento orquestado por el zapateado de los feligreses en su honor. "Plas, plos, plas, zapatás", a la que añade algún grito de las niñas que ven al ratón corretear por la nave. El obispo sigue asombrado. No está mal, piensa, pero un poco desacompasado. No llega a entender los pequeños gritos de las niñas, que no tienen compás ni concierto.

La misa no ha comenzado, pero el cura don Eduardo, más listo que el hambre, sospecha algo. Colocado de frente, comienza a mirar a todos los niños para ver quien se delata. Mira a Narciso, que se ríe tapándose la boca junto a su hermano. Mira a Rejalgar, que está como una estaca. Respira el cura y comienza a escudriñarle la mirada. Adolfo no mueve un músculo de la cara. "Este sabe algo", piensa. Míralo, está como la pared de la iglesia.

"Plas, plos, plas, zapatás". Se ha parado el zapateado. El ratón ha sido aplastado por una bota de Antoñico. Todos miran al autor del ratonicidio. El cura se acerca a maestro zapatero, que está situado detrás de Adolfo y le pregunta acercándose al supuesto autor para que le oiga también:

-¿Qué era eso Antoñico, que ha provocado el zapateado?

-Señor cura, dice Antoñico. Un ratón de campo, más pequeño que un topillo. Se habrá colado por la puerta.

-¡Por la puerta! ¡Ya, ya, por la puerta!, le dice el cura. Esto ha sido obra de algún impío que hoy quiere recibir la confirmación.

Se acerca al oído de Adolfo para que sólo lo oiga él.

-¿A que sí? Rejalgar? ¿A que sí?

-¡Vaya usted a saber!, don Eduardo, le contesta Adolfo. ¡Vaya usted a saber!

-Me cago en todos los demonios, le dice muy bajo al oído, abriendo la mano para tirarle de la oreja. Pero se sujeta, porque están todos mirándole. Hasta el señor obispo, que no entiende todavía lo que ha pasado. ¡Ya hablaremos tú y yo! ¡Ya hablaremos! Me cago en……

Pensó Gregorio que debía llevarlo a la escuela, pues se estaba convirtiendo en una especie de lobo humano, cuando nace María Herminia del Patrocinio Josefa, el 23 de abril de 1893, su primera hija. Debería aprender a leer y escribir, pensaba su padre. Ya que tenemos escuela, pues que la aproveche y le enseñen las cuatro reglas. Pero no se le veía con voluntad al niño de asistir a la escuela. Se estaba asilvestrando sobremanera, temiendo todo el pueblo la extinción de todos los animales, sobre todo los que vivían en el hábitat del río. Todos los que mataba, acababan en el asado o en el cocido, hasta las ratas de agua servían.

Casa donde Antoñico tenía el taller de zapatero

Antoñico López y Marcelina Aguilar. Padres de María Dolores

De este modo y para intentar civilizarlo se dirigió una mañana Gregorio a hablar con el maestro don Manuel Chillida, cuando Adolfo cumplió los siete años.

-Mire usted don Manuel, tengo al niño medio salvaje, que hasta en invierno no sale del cenagal del río. Aunque me lo llevo al huerto y a la fragua, veo yo, que le falta ciencia. ¿Me sigue?

-Claro, Gregorio, le decía el maestro. Haces bien, porque los guachos que se crian a su libre albedrío no se hacen personas. Es preciso sujetarlos. Ya verás como lo enderezamos. Mañana mismo te traes al zagal.

El maestro era seguidor y ejecutor del lema: "La letra, con sangre entra". No dejaba ni a sol ni a sombra la vara de sabina que manejaba con soltura. Cuando no era la mano de un alumno, eran las posaderas. ¡Pero no sabía el maestro a quién daría la bienvenida al día siguiente!

Respiró profundamente Gregorio, todavía con la tristeza del fallecimiento de Manuel Reyes, su segundo hijo, fallecido de difteria a los nueve meses. Pensaba que en la escuela, Adolfo, entraría en vereda. Sería un alivio tenerle unas horas bajo el control del maestro, pues el incontrolable trasto de Adolfo dificultaba las tareas normales de la casa. En la casa quedaría la pequeña María Herminia Patrocinio Josefa con seis meses.

Al día siguiente, tal y como habían acordado su padre y el maestro Chillida, Gregorio, le dijo a su hijo:

-Vamos, que te voy a llevar a la escuela para que aprendas a leer y a escribir. ¡Qué te tienes que hacer un hombre de provecho!

-¿A la escuela?, pregunta sorprendido Adolfo. ¿Con mis primos Daniel, Evelino y Juan Francisco?

-Sí, con ellos y con otros del pueblo que son más mayores.

-Bueno, le contesta. ¿Y cuántos días tengo que ir?

-Pues, no sé, le dice Gregorio, dudando del tiempo que había que estar en la escuela para aprender a leer y a escribir. Como aquí en el pueblo no sabemos leer ni escribir ninguno, pues no te puedo decir cuánto tiempo lleva eso. Y si te aplicas como es debido, hasta las cuatro reglas.

-¿Las cuatro reglas?, le pregunta a su padre. ¡Muchas me parecen! Yo creo, padre que para coger la almaina o hacer chorizos no se necesitan tantas reglas.

Pues lo mismo digo yo, piensa Gregorio. ¿Para qué saber leer y escribir si estamos todo el día con la azada en la mano y regando? Si no queda tiempo ni para comer.

Pero su madre dudaba de un buen resultado en la escuela. Se había criado Adolfo muy salvaje y libre en estos siete años. Era el año 1893, acabado el verano y antes del comienzo de la cogida de la rosa del azafrán, de los membrillos, las ciruelas y los caquis en la vega del río Montemayor, esperando su recolección.

Salió Adolfo más chiristo que unas castañuelas. Al cruzar la calle del molino de Lorenzo se cruzó con la hija de Antoñico el zapatero y la Marcelina, María Dolores López y su hermano Higinio, que vivían en la calle caz.[273]

-¡Anda Higiniete! ¿Vais a la escuela?, le pregunta Gregorio

---

[273] En una casa muy pequeña vivía toda la familia de Antoñico, Marcelina y sus séis hijos (Pura, Benito, María Dolores, Higinio, Cirilo y Segunda). En la habitación que hacia de cocina trabajaba de zapatero.

-Sí, yo llevo un año y mi hermana tres, le contesta Higinio.

-Pues mira, Adolfo comienza hoy. Y va dispuesto a aprender muchas cosas. ¡A qué sí!, le dice mirando a su primogénito.

-¡Si, muchas cosas!, dice riéndose María Dolores, que ya tenía diez años. Lo primero que va a aprender es a estarse quietecico en un pupitre de madera. ¡Me parece a mí, que el asiento no se va calentar!

-Yo si lo caliento, le dice Higinio, ingenuamente a Adolfo.

Adolfo escuchaba sin entender ni a uno, ni a la otra. Miraba a su padre, que empezaba a tener cara de preocupación. Las palabras de la niña ya le estaban presagiando una dificultad en el aprendizaje.

"Habrá que probar. ¡Qué remedio!", pensaba Gregorio. "De todas maneras, aquí no sabemos ni echar un burrapato."

Los tres niños y Gregorio suben la pequeña cuesta del molino, pasan por la puerta de la iglesia, cuando en ese mismo instante, sale el cura don Eduardo Garijo a la puerta y se queda mirando a Adolfo con cara de malas pulgas. Éste que lo ve se esconde detrás de su padre y continúa andando.

¡Ejemmm!, gruñe el cura, carraspeando. Éste está tramando algo. ¡Y no bueno!, piensa, sin quitarle ojo a Rejalgar.

-Algo has hecho, Adolfo, le dice María Dolores cuando giran por la calle para dirigirse a la escuela.

Gregorio mira a su hijo, sonriendo, pero Adolfo sigue serio. Le tiene miedo al cura.

-¿Le has hecho algo al cura, periñán?, le pregunta socarronamente.

-¿Yo?, le dice fingiendo no saber nada. Yo no fui, el que le soltó los morceguillos en la iglesia fue Narciso, el del Batán.

-¿Pero cómo fue eso?, le pregunta Gregorio que se sorprende cada día más.

-Pues que estábamos dentro de la iglesia, dice María Dolores, y justamente cuando entraron ellos dos, Narciso y Rejalgar, se llenó de morceguillos la iglesia. Tuvimos que salir todos corriendo porque sobrevolaban las cabezas y nos querían morder. El cura que los vio entrar, dijo que habían sido ellos, por eso lo mira así cada vez que lo ve.

Como la escuela de niños estaba primero, ahí se quedaron Higinio y Adolfo con su padre. Gregorio entró a hablar con don Manuel y le dijo:

-Ahí le dejo al niño don Manuel. Está en la puerta con Higiniete, el de Antoñico, que se llevan muy bien. ¡A ver si me lo puede enderezar!

-Déjamelo de mi cuenta, le contesta. Tú ve tranquilo. Ya te contará él lo que se aprende.

Respiró Gregorio en la calle, cuando los niños estaban preparados para entrar. Adolfo se puso el último.

-Pórtate bien Adolfo, que esto no es el río. Aquí se viene a aprender. ¡Ala! Me voy a trabajar.

-¡Vale!, le dice a su padre. ¿Cuántos días de escuela tengo que hacer?

-Ya te dirá el maestro, él sabrá cuantos, le contesta su padre.

"Menudo descanso me ha dejado", pensaba Gregorio

Adolfo ve en la cola de los niños a Narciso. Se acerca a él y le dice:

-Narciso, el cura me quiere pegar fuego, porque piensa que lo de los morceguillos fui yo. Que cada vez que me ve, me mira como si fuera un demonio.

-Pues a la próxima le echamos unas culebras para que se coman a los morceguillos, le dice riéndose a carcajada limpia.

-Pasen niños, en fila de a uno, les dice don Manuel. Cada uno a su asiento.

Todos van pasando y se van sentando en los pupitres de madera de dos en dos.

Cuando le toca el turno a Adolfo, el último, el maestro le dice que le toca el pupitre del final, junto a la ventana. Éste va pasando y cuando llega a su primo Daniel, le da un pescozón entre las orejas.

-¡Ay! Se queja Daniel, hijo de Donata, su tía, la que lo cristianó.

-Ésta, ¡por espantarme los palomos el otro día!, le dice Adolfo.

El maestro que lo ha visto, se dirige a él, lo coge de la oreja y lo lleva tirando de él hacia arriba a su asiento. Todos los niños se ríen. Acaba de comenzar bien la escuela. Aún no se ha sentado y ya le han estirado de las orejas.

-Siéntate ahí, Rejalgar, ya verás cómo te enderezo yo aquí, le dice don Manuel.

Daniel, que no deja de mirar a su primo por si acaso vuelve hacia él. Justo en el momento en que don Manuel se está dando la vuelta para explicar las tareas de cada grupo de niños, el pequeño Adolfo sin pensárselo dos veces, coge el tintero que se encuentra en el pupitre y se lo lanza con fuerza al maestro. La acción ha sido rápida. Pocos han visto como lo ha sacado del hueco del pupitre. Pocos han visto como lo ha lanzado. Alguno no ha visto como le ha llegado al maestro. Pero el resultado es que don Manuel ha recibido el impacto en toda la frente.

Del golpe recibido, ha caído hacia atrás golpeándose contra la pizarra. Los demás niños se levantan para socorrerle, menos su primo Daniel, que no le quita ojo a Adolfo por si vuelve otra vez.

Narciso, le hace señas para que corra y se vaya. Tendido en el suelo de la tarima comienza a sangrar por la frente. Adolfo no se espera, ve el peligro si el maestro se levanta pronto. A correr a su casa. A tres metros, su primo se cubre la cabeza por si recibe otro pescozón, que le va a llegar, como si él fuera culpable de algo. Huyendo, alarga el brazo y le suelta otro, aunque se estaba cubriendo la cabeza con las manos.

-¡Y ésta por las chochovías!, le dice. ¡Qué estás hecho un alicáncano!

Sale corriendo a la calle dando tal portazo a la puerta que ha desconchado un trozo del enfoscado de yeso del marco. Va camino de su casa y al girar la esquina de la iglesia, se encuentra con Teresa, la hija de la partera, que ya tenía dieciséis años. Se la ha encontrado de frente y no ha podido esquivarla. La cabeza de Adolfo se ha golpeado con la cadera de la muchacha.

-¡Ay, ay! Pero ¿dónde vas Rejalgar? Mira que golpe me has dado, que me vas a lisiar la cadera. ¡Cómo la cabeza no la tienes en su sitio! Así vas por el pueblo, como un morueco. ¡Ay que daño!

Adolfo continúa corriendo. Su casa está muy cerca. Llega a la calle mayor y gira a la izquierda. Su madre, Leona, que viene de frente, lo ve y le dice:

-¿Dónde vas, trasto? ¿No tenías que estás en la escuela? ¡Ay madre mía! ¡Ya has hecho algo!

-Madre me voy al huerto, le dice todo agitado. Voy a coger unos tomates que quedan verdes, le dice el niño.

Temiendo lo peor, Leona, se dirige hacia la escuela, cuando ve en la puerta a todos los niños pidiendo ayuda, pues el maestro sigue sangrando. Se acerca y pregunta que ha pasado. No tarda su sobrino Daniel en darle escarte de todo lo que ha pasado. Leona se mete dentro de la escuela hasta que llega donde se encuentra el maestro don Manuel, al que han sentado en el sillón con el pañuelo taponando la herida. Leona lo ve y le dice a los niños que le traigan sal y un paño limpio.

Los niños han traído de su casa un poco de sal y unos paños. Los humedece con agua del botijo y les echa un poco de sal. Con ellos va limpiando la brecha de la frente. Aturdido todavía, le dice:

-Ha sido tu hijo, Leona. No lo traigas más a la escuela. ¡No lo traigas por lo que más quieras que nos busca la perdición! Criarlo como podáis y de mí no busquéis ayuda.

Leona atendía preocupada las palabras del maestro mientras limpiaba la herida. La sal era desinfectante y le escocía al contacto. Presionaba al mismo tiempo hasta que dejó de sangrar y le lió una pequeña tira del paño húmedo alrededor de la cabeza, sujetándoselo fuerte con un nudo en la nuca. Parecía un herido de la guerra de Cuba. Pero ya había pasado.

Cuando se había recuperado, les dijo a los niños que se sentaran y que comenzaran las tareas. Pidió a los mayores que ayudaran a los pequeños con las lecciones de lectura mientras se despedía de Leona, que con las manos abiertas salió calle abajo en busca del niño para darle de chufas en la cara y con una cincha de esparto como castigo, rezongando por la calle abajo. Teresa, con quien se había encontrado Adolfo, hacia unos minutos, se encuentra ahora con su madre.

-Anda Leona, le dice Teresa. Menudo Rejalgar te ha salido, que se ha estampao aquí cerca de la esquina de la iglesia y del cabezazo que me ha dado, a punto de lisiarme la cadera Se ha agarrao tan fuerte a la falda que hasta me ha hecho un jirón.

-¡Ay hija mía! En menudo lío ha estado a punto de meternos. ¡Pos no le ha abierto la cabeza al maestro de milagro! Que le ha tirado el tintero y le ha hecho un brujón en la frente. ¡El primer día de escuela y el último! Que después de esto no se va a poder acercar a la escuela hasta que se muera el maestro.

Leona, le dice Teresa. ¿Pero qué tiene en la cabeza el niño? ¡A ver si va a ser verdad aquello que dicen que los niños que no salen de cabeza, están endemoniaos!

-Sólo faltaba eso, le contesta Leona. Voy a decírselo a Gregorio. ¡A ver qué hacemos!

Leona se acercó a la fragua donde estaba Gregorio toda desencajada y con los ojos desorbitados.

-¡Gregorio, Gregorio!, le gritaba desde la puerta.

-¿Qué pasa Leona, que te pasa, porqué gritas?

-¿Por qué grito? ¿A qué no sabes lo que ha hecho el primer día de la escuela tu guacho?

-Algo gordo, le dice Gregorio, porque si no es así, no vendrías desencajada, que te salen las uñas como a los gatos.

-Pues a punto ha estado de matar al maestro. ¡Pos eso!, le dice. Y ahora te toca a ti, ponerlo en vereda, porque como lo mamprenda yo, te digo que con la cincha lo cruzo. Ves a ver al maestro ahora mismo, que ya lo he curado, pero ves corriendo, no vaya a ser que nos metan en la cárcel a todos.

Adolfo se había escondido en un majano que había al otro lado del río, en el barrio Hondo, de manera que vigilaba su casa y los movimientos de gentes en la calle del molino.

Ve salir calle arriba a su padre. Va a la escuela, piensa inmediatamente. Para tener otra perspectiva visual, comienza a correr hacia arriba, hacia el barrio de Santa Quiteria. Desde allí ve la escuela y todos los movimientos de personas.

Ha visto entrar a su padre a la escuela y ha tardado poco tiempo. Lo ve hablando con "Bragasanchas" en la calle. Eso es buena señal, porque "Bragasanchas" sabe tranquilizar hasta los burros en celo. Para ganar tiempo decide ir a ver a su tía Hipólita que vive en el Batán, por la senda de Santa Quiteria que baja al río por el puente del Palo, cruza la chopera y llama a su puerta.

Hipólita Velasco, hermana pequeña de Donata, su madrina y hermana de su padre Gregorio sabrá lo que hay que hacer. Le abre la puerta con su pequeño Federico Bernardo en brazos.

-Anda, Adolfete, ¿qué haces por aquí? Pasa, pasa, mira a Federico, que chiristo está.

-¡Dimas!, grita Hipólita, ¡Dimas, sal, que está aquí el primo Adolfo!

Dimas y Federico, eran los hijos de Hipólita y de Bruno. No estaban casados por la iglesia porque el cura no quería casarlos por ser primos hermanos.

Pero la consanguinidad en las parejas era normal al no haber movilidad demográfica y tener pocos vecinos, se tenían que emparejar aunque fuesen parientes.

Como el "arrejuntamiento" de hombres con mujeres era ilegítimo para el registro civil y también para la iglesia, los hijos que tenían en pareja llevaban el apellido de la madre, haciendo constar el cura, si eran bautizados, como hijo "natural". Si el hijo nacía en un matrimonio inscrito en la iglesia y en el registro civil, se hacía constar como hijo legítimo.

De ésta forma todos los hijos de Hipólita Velasco, llevaban por cognombre, Velasco, apellido de la madre. De igual manera pasaba con su tía Donata que aunque convivía en pareja con Sebastián Reyes, todos los hijos apellidaban el primero de Donata, Velasco. En el caso de su tía Donata, quedaron legitimados todos sus hijos el día tres de marzo de 1920 cuando se casaron. Entonces Donata tenía sesenta y tres años, y le fueron cambiando el orden de los apellidos a todos los hijos. Hasta ese año eran Velasco, pasando después al primero de Sebastián, Reyes.

Dimas Velasco, tenía casi tres años. Era el encargado voluntario de echarle los restos de comida a las gallinas. Entraba con una vara para evitar que le picaran y con ella entró a la habitación muy contento a ver a su primo.

Como Hipólita veía a Adolfo sentado en la banca, sin moverse, le dijo:

-¡Uy, uyui!, ¿a tí te pasa algo? ¿A qué sí?

Adolfo sonríe, y la sonrisa le delata.

-¡Ay, tastarabil!, ¿Qué has hecho? Anda dime que ha pasado.

-Pos na, le dice, que el maestro me ha tirado de las orejas con mucha fuerza y en cuanto me ha soltado, le he tirado con el tintero y le he arreao en to la frente. Me he ido corriendo de la escuela y allí se ha quedado echando sangre como un gorrino.

¡Bueno!, exclama su tía, echándose las manos a la cabeza. Pues entonces te estarán buscando para prenderte. ¡Bueno, bueno! Vamos a esperar un poco. Hoy te quedas aquí a comer y yo me encargo. Mira, si te quedas un momento con Dimas jugando y vigilas a Federico en la cuna, me acerco a ver a tu padre para que no se preocupe.

-Sí, le dice Adolfo, me quedo en rato hasta que vuelva tía.

Se fue Hipólita derecha a casa de su hermano Gregorio, hallando a Leona con el vergajo dispuesto a emplearlo en el trasero del niño. A Gregorio intentando calmarla, pues aunque había sido grave, no era el primer caso del tintero que se daba en el pueblo.

-Aunque no sea el primero, le decía Leona, que si le tira el tintero al maestro, no quiere decir que al belitre tengamos que permitirle que haga todo lo que le venga a la cabeza. ¡Agora, agora mesmo es el momento de enderezarlo, agora que es pequeño! ¡Qué la mala jindama que tiene hay que aviarla! En menudo embanasto nos ha metido. Olvídate Gregorio de llevarlo a la escuela. Éste va a la fragua mañana mismo, antes que empente otra cosa. Que tiene malos enteletos, le decía Leona con el vergajo en la mano.

Pensó Hipólita que debía intervenir y calmar los ánimos.

-Bueno Leona, cálmate. Yo he venido aquí para tranquilizaros. Me quedo hoy con Adolfo y a la noche lo traigo, que estará todo más reposao. ¿Qué os parece?

¿Entonces se ha ido a tu casa?, le pregunta Leona, haciendo ánimo de salir a por él al Batán ¡Ay como lo mamprenda!, gritaba.

-Para Leona, para un poco, le dice Gregorio. El maestro ¿ya está bien, no?, ya no sangra y se le ha sujetado el corte. Vamos a esperar. Ya que sabemos que está en casa de mi hermanica.

-Bueno, me voy, dice Hipólita, que me los he dejado solos a los tres. Y lo dicho, dejar pasar estas horas.

Iba Hipólita bajando la pequeña cuesta del Batán, pensando en su sobrino "Rejalgar". ¡Menuda figura para la escuela! Mejor que no vaya, si, será lo mejor, porque así el maestro podrá enseñar algo al resto, mejor vivo que todos los días escalabrao. Míralo, ahí está, piensa cuando lo ve en la puerta de su casa enseñándole a Dimas a golpear con una vara.

-Ya estoy aquí, le dice Hipólita a su sobrino Adolfo. Ya está arreglado, te quedas hoy a comer y esta noche te llevo a tu casa.

-Mire madre, le dice Dimas. Ya se cazar ratones con la vara. Se coge fuerte y se tira el golpe por delante del ratón. Así. Y le enseña a su madre lo que le había enseñado su primo. Por delante, a un palmo por donde corre el ratón.
Dimas se levanta del escalón de la puerta donde estaba sentado, entra a la casa y sale con dos ratones muertos cogidos por la cola.

-Mire madre, dos he matado como me ha enseñado el primo.

-¡Anda! Eso está bien. Cazar ratones para echárselos al gato, o al gorrino que también se los come.

En ese momento ve venir a Bruno por la calle.

-Mira, por ahí viene tu padre, Dimas. Ir a decirle lo que habéis hecho hoy. Y tú Adolfo, anda, cuéntale lo del maestro, pero que sigue vivo. Y no asomes hoy por el pueblo, que te muelen a palos.

El maestro don Manuel, decidió, pasados tres días, visitar a Gregorio en la fragua. Aprovechó por la tarde cuando los niños se marchaban a sus casas. Se acercó a la puerta, cuando cesó el martilleo en el yunque con el macho, porque Gregorio había visto al maestro en la puerta.

-Hombre, señor maestro, pase, pase, haga el favor, le dice Gregorio.

Adolfo que estaba en el fuelle dándole la segunda calda a una reja, al oír lo de señor maestro, no se ha esperado. Ha dejado el fuelle y de dos saltos ha subido a la cámara sin que el maestro lo hubiera visto. Se ha escondido en la cámara detrás de unos canastos de mimbre. Con una oreja orientada a la escalera que baja a la fragua, presta atención a lo que están hablando su padre y el maestro.

-Mira Gregorio, no puedo decir que no ha pasado nada, pero a pesar de todo, mi aprecio por tu persona y tu mujer sigue siendo el mismo, pero al guacho, no me lo lleves más. Y si quieres saber por qué le tiré de las orejas, fue porque nada más entrar le soltó un pescozón a Daniel, tu sobrino, el hijo de Donata. Así, sin más, sin tener ninguna función; que la pobre criatura está acobardá. Y aún así. Despés de lo que pasó, me dijo Daniel que salió corriendo y todavía le soltó otro mamporro antes de alcanzar la puerta. ¡Mira que si llego a saber lo belitre que es, ya te digo yo, que no entra a la escuela!

Yo recuerdo que te dije Gregorio, que lo iba a meter en vereda. ¿Recuerdas? Pues ahora vengo a decirte que no, que yo no lo voy a meter en vereda, ni va a aprender las cuatro reglas, o mejor, ninguna. Porque si lo veo otra vez en la escuela me voy a encorajinar tanto que no me voy a poder contener. Y eso va a ser peor. Así es que, vamos a dejarlo estar y "Santas Pascuas".

Adolfo seguía atento a lo que le decía a su padre. Menos mal que no va a tomar venganza, porque si sube con una vara me muele a palos, que aquí no tengo escapatoria, pensaba mirando fijamente la escalera que subía a la cámara, escondido detrás de unos canastos de mimbre.

-Sea como dice don Manuel, sea. Ya me encargo yo de enseñarle el oficio, porque fuerza y salud tiene. En un año lo pongo a dar martillazos y a poner herraduras.

Agazapado entre los canastos, Adolfo respira aliviado.

-¡De menuda me he librado!, exclamaba en voz baja.

Ya se cuidaba Adolfo cuando pasaba por la calle de la escuela en mirar bien por si acaso el maestro lo pillaba desprevenido y le enseñaba la vara de sabina. En tres años evitó pasar por allí y por su casa.

Había cumplido Adolfo diez años cuando el nueve de enero de 1896 nació su hermano Wenceslao en plena guerra de Cuba.

A los dos años y ocho meses de nacer Wenceslao nace otra niña a la que ponen por nombre María Amparo.

Adolfo, con trece años se encuentra cuando acaba la guerra de Cuba con tres hermanos pequeños correteando por la casa. Está aprendiendo el oficio rápido. Maneja la almaina y el macho como su padre, precisa los golpes con fuerza. Su padre está contento, sacan mucha faena. A partir de ahora será Adolfo quien salga a las aldeas a herrar a las caballerías. Su padre ha comprado un caballo, le ha adaptado unas alforjas para traer en especie los pagos que le tienen que hacer por herrar. Vale cualquier cosa, hortalizas, trigo o frutas.

-Hazte cuenta Adolfo, le dice su padre, que cada herraje completo vale cinco reales y se le va restando si sólo es reconstruir la herradura, los clavos. Lo que más vale es la herradura. Cada clavo, medio real.

Adolfo, que tenía quince años, se rasca la cabeza y sonríe.

-¿Qué? Le pregunta su padre. Ya te has atascado. ¡A qué síl ¡Ay Rejalgar, qué poco te gustan las cuentas! No sé cómo te las va a apañar cuando yo falte.

-Mire padre, le dice Adolfo. Yo me llevo herraje para una mula y que me llenen las alforjas.

-Ahí estamos. Sí señor. Pos vale. No está mal, le dice. Pero no te vengas hasta que te las llenen.

Sale al amanecer, camino de la aldea que su padre le había dicho. Había una forma de pago en especie, la iguala, que era semestral o anual. Gregorio, al igual que otros trabajos y servicios, se cobraba en fanegas de trigo o en otros frutos del campo según la época del año ya que el dinero nada o poco circulaba. A cambio se obligaba a pasar periódicamente para herrar a las caballerías. Sabía que por el tiempo que había pasado habría alguna mula que había perdido el herraje o lo hubiera gastado. Tenía encargado hacerse ver porque siempre salía algún encargo. Alguna cruz, alguna reja.......

-Recuerda, ¡cinco reales!

De extraordinario parecido físico, Wenceslao, era incluso más corpulento que Adolfo, manos grandes, rasgos serios en la expresión, pero más sensato y juicioso. Respiraba tres veces antes de tomar decisiones. Ambos se dejaron bigote recio, emulando la imagen de los señoritos y grandes propietarios de las fincas donde iban a herrar.

Cuando regresaba a su casa ya atardeciendo, traía algún encargo que hacer de forja, le preguntaba siempre a su padre, dirigiéndose a su hermano Wenceslao que tenía cuatro años:

-¿Y éste, cuando me va a ayudar?

-Cuando te dejes el bigote, le contestaba.

Cuando empezó a crecerle el bigote, nació otra niña, que en memoria de su tía pusieron por nombre Castora. Era el año 1905.

Natalia Sánchez, madre de Gregorio y abuela de Adolfo, se encontraba cada día más débil y cansada. Su esposo Antonio Velasco se preocupaba por la rapidez en que Natalia se apagaba.

El corazón de Natalia palpitaba de manera imprecisa, débil, con paradas cortas que hacían presagiar un final. Tenía setenta y cuatro años cuando dejó viudo a Antonio Velasco. Se sentaba en una silla junto al fuelle de la fragua y estaba encargado de mantener el fuego cuando forjaban rejas y cruces.

Gregorio tenía cuarenta y cinco años, le dolía el pecho, sobre todo en invierno cuando cogía frío y le apretaba la garganta. A veces la tos se alargaba y se agarraba el pecho con fuerza, como para sujetarlo y que no se partiera en dos. Comenzó su delicada salud a llamar a la quietud, sobre todo en invierno, que no salía de la casa para no no enfriarse. Se pasaba las horas en la chimenea respirando poco y lentamente como para no provocar la tos.

Al primogénito le tocó salir adelante, mirando todos los días si le crecía el bigote a su hermano, cuando un día le preguntó a Wenceslao:

-Uven. ¿Cuántos años tienes?

-Nueve ya, ¿por qué?, le contesta Wenceslao.

-Pues va siendo hora que aprendas el oficio, que me sale mucha faena y a padre le dan las toses y a tí no te sale el bigote.

Cuando Wenceslao dominaba con fuerza las tenazas, el macho y el fuego, contaba unos catorce años y Adolfo veintitrés. Pensó Adolfo que podían instalarse en Navalengua para probar como les iría en una fragua que había dejado el herrero de la aldea.

Tenía Navalengua unos ciento noventa vecinos, la aldea con más población de todas las de Casas de Lázaro. Se eleva en una ladera del monte. Al solano, muy cerca de la Peña del Guisaero, en las estribaciones de la Cuerda de la Isabela, a unos 1.355 metros de altitud.

-Mira Uven, que así lo llamaba. ¿Por qué no probamos los dos solos en una fragua en Navalengua, ahora que la ha dejado el "Rejas"?

Su padre Gregorio, les anima a trasladarse a ambos, a probar suerte, pues al no tener herrero, va a ser más fácil salir adelante, pues en Casas de Lázaro se ha instalado otro herrero, Agustín Coy y les quitará faena.

A su hermano le parece bien, salir del pueblo. Siempre es una aventura que tienen que vivir. Adolfo está soltero y su hermano está descolgando.

-Bueno, pues vamos mañana a ver la fragua, le dice Wenceslao.

Y allá que se van los dos en un caballo, con una alforja con jamón, pan y vino, a casa del "Rejas" a Navalengua.

Comenzaron a trabajar en la fragua que había dejado el "Rejas", pero había pocos herrajes que poner a los mulos y borricos.

-Tú te has dado cuenta Adolfo, le dijo un día su hermano Wenceslao, señalándole a un vecino que bajaba la cuesta en un burro.

-Mira el burro, está cargado en años, con las orejas bajas y el belfo caído. Aquí no hay burros nuevos. No tienen para comprar otro más joven. Están más pobres que los de la aldea del Puerto. Por eso no se pueden gastar ni un real en herrajes.

-Sabes que vamos a hacer, mientras cambian los burros por nuevos, le dice Adolfo, cruces para los enterramientos como una que ha visto "Rigores" en la Peña del Guisaero. Y ahora mismo vamos a ir a verla.

Wenceslao ha tenido la precaución de echarse al bolsillo un lápiz de carbón para dibujar la cruz. Camino de la Cuerda de la Isabela por el camino de Pincarrasco, suben los dos en el caballo. Desde lo alto de la sierra ven El Berro ahí abajo.

En lo alto de la peña comienzan a buscar, pero la cruz que ven está labrada en el suelo, en una roca.

-¡Vaya cruz más rara!, le dice Adolfo. Esto lo habrá hecho un pastor para entretenerse.

Se bajan del caballo y como no encuentra un papel, Wencelao busca una piedra plana donde dibujar la cruz.

La dibuja y se la guarda en un bolsillo del pantalón.

-Esta nos va a servir de modelo para hacer cruces, le dice Wenceslao.

-Bueno, le contesta Adolfo. Un poco rara si es, que parece un pájaro con dos horcas.

Desde entonces y en los ratos libres trabajaban con los restos de rejas y de hierro, haciendo cruces con un modelo propio que les identificaba, como se iban observando en los cementerios de Casas de Lázaro y Masegoso. Sólo tenían que añadirle una placa de latón o de hierro con el nombre del difunto, la fecha y el epitafio que quería la familia. Las letras las hacía con troquel intentando seguir una línea horizontal, pero algunas letras llegaban al final del latón sin tener suficiente base, por lo que tenían que juntar las últimas letras. Otras veces se cometían errores ortográficos que pasaban desapercibidos ya que muy pocos podían apreciar tales. Era Wenceslao el encargado del troquel porque Adolfo "Rejalgar" nunca aprendió a distinguir una letra del abecedario castellano.

CUADRO DE DESCENDIENTES DE GREGORIO VELASCO, HIJO DE DIONISIO ANTONIO VELASCO Y NATALIA SANCHEZ

Gregorio Toribio Velasco Sánchez
1861-1912
Iginia Leona García de la Rosa
1862-1921

- Adolfo Primo Velasco García
  1885-1965
  María Dolores López Aguilar
  1882-1972

- Manuel de Reyes Velasco García
  1890-1890

- María Herminia Patrocinio Josefa Velasco García
  1893-1985
  Emilio Victoriano Martínez Arroyo

- Wenceslao Velasco García
  1896-1968
  Juana Victorina González Altarejos
  1900-1983

- María Amparo Velasco García
  1898-1983
  1.- Pedro Victorino Rosa Gregorio
  1895-1919
  2.- José Parra Muro
  1887-1963
  Viudo de Amparo Garijo

- Castora Velasco García
  1905-1978
  Eloy Fernández Auñón
  1903-1979

Capítulo veintisiete

Vuelven a Casas de Lázaro y Adolfo se casa con María Dolores López Aguilar

No encontraron mucho hierro en el que la forja les hiciese mejorar su situación en Navalengua, pues en menos de tres meses, los dos hermanos, deciden volver a Casas de Lázaro cuando Adolfo tenía veinticinco años y Wenceslao quince. Habían recibido noticias de su madre Leona sobre el estado de su padre Gregorio, que se se veía incapaz de desarrollar la faena.

-¿Ya estáis aquí?, les pregunta su madre, mientras los dos hermanos se quedan asombrados viendo a su padre sentado en una silla junto al yunque.

-¡Pues si se ha dado mal la faena!, les dice su madre. Eso es que la "Guerreta de Navalengua" os ha puesto en el camino y os ha echado a patás.

-Madre, le dice Adolfo: Allí no hay trabajo ni para un mulo. No hay ni una mísera taberna, ni mozas casaderas. ¡Dónde se ponga Casas de Lázaro, que se quiten las "Guerretas" de Navalengua!

Gregorio asentía con la cabeza. ¡Ea, qué se le va a hacer!

Y así se quedaba, sentado todo el tiempo hasta que alguien le preguntaba otra cosa o lo llevaba a comer. Fijaba la mirada en una cosa sin pensar en nada y así la mantenía hasta que Leona le animaba a moverse

-Se le está olvidando el oficio y las cosas más normales, les decía su madre mirándolo con resignación y ternura.

-Madre, le dice Wenceslao. En Navalengua no se gastan un real en caballerías. No tienen ni para echarle a la sartén un mísero chorizo. Por no tener, no tienen ni vega. Se apañan a base de patatas cocidas. Hay algunas familias que no tienen ni cuchara. Y de aceite, no digamos, que usan la pringue del gorrino para todo el año. Y además la "Guerreta" esa que usted dice no para de dar por "saco" todo el día. Que está todo el santo día pendiente de lo que hacemos, escondiendo a una hija que tiene, la única que debe haber en el pueblo, como si fuéramos a pretenderla. ¡Escondía está como "Oro en Paño"!. Y viendo como está padre, le dice haciendo una pausa mientras lo miraba. Pues. ¿A ver a dónde tiramos?

-¡Ea, qué se le va a hacer!, dice Gregorio, mientras su mujer Leona miraba a sus hijos dándole a entender que a Gregorio se le estaban gastando los sesos. ¡Qué le estaba dando un aire!

-Tú lo que necesitas es una mujer. Emparejarte, que ya tienes edad, le decía su madre a Adolfo.

-Y yo también, dice Wenceslao, que allí no se ven más que ovejos.

-Pero Wences, si tienes quince años, no ves que eres un crío.

-¿Un crío? ¿Y para trabajar no? Pues ya me van gustando las mozas, aunque no sean de este pueblo.

-Bueno, les dice Leona. Ya estáis viendo como está tu padre, que día a día está perdiendo la memoria. Seguir vosotros en la fragua porque vuestro padre se ha atascado con el trabajo, le dice a los dos.

Viendo a su padre en aquella situación y oyendo a su madre, con tres hijas más en casa, deciden instalarse de nuevo en Casas de Lázaro junto a sus tres hermanas, en la misma casa que vivían, una casa demasiado pequeña para siete miembros.

Adolfo tenía veinticinco años, María diecisiete, Wenceslao quince, Amparo doce y Castora cinco. Demasiados hijos bajo el mismo techo.

La fragua comenzó a ser un centro social. El que venía a que le arreglaran una reja, se esperaba hasta que le soldara a hierro vivo la parte rota o desgastada, allí se quedaba. El que venía a por una cruz para algún enterramiento, allí se quedaba hasta que le grababa el nombre en la placa. Que venía alguien a que le arreglara un apero, allí se quedaba. Comenzaron a quedarse los amigos y vecinos, pero después, al tener "Rejalgar" una redoma de vino tinto, acudían desocupados y "rondones" a dar ambiente, mientras a "caldas de hierro al rojo vivo" esperaba el yunque para darle la forma. Wenceslao con las tenazas y Adolfo con el macho. Claro que, en esa espera había que ofrecerles algo, aparte de darle un poco a la "hebra" y ponerse al día en las noticias y chismorreos; el vino abrió una nueva manera de alegrar una fragua y convertirse en un centro social.

Iginia Leona García de la Rosa y su nieto Araceli Rosa Velasco

A pesar de salir a redoma por día, Adolfo y Wenceslao tenían que continuar con los golpes en el yunque.

Algunas veces Adolfo le ofrecía, alargándole la redoma a su hermano para que bebiera también del tinto, no lo rechazaba, pero al tercer trago, las tenazas se le iban de la manos y la reja volaba por la fragua cuando golpeaba su hermano.

-Al suelo, al suelo, gritaba Adolfo riéndose a carcajada abierta. Estas rejas vuelan.

Los que estaban presentes, ya sabían que si se pasaban de vino, las rejas podían volar y detenerse en alguna cabeza. A Adolfo le daba lo mismo, el golpe que le asestaba al hierro, no lo calculaba para que le viniera a él y lo lesionara. Así ocurrió cuando estando dándole forma a un arraclán, [274] Wenceslao lo sujetaba con inseguridad y miedo, cuando el brazo de Adolfo vino a descargar el golpe con el macho.

Saltó la pieza como un proyectil hacia la puerta de la fragua, cuando en ese mismo momento pasaba "Bartolo", el burro de Antoñico y éste, detrás. El burro, cargado de patatas recibe el impacto en las "traseras". Inmediatamente se pone a dar coces en medio de la calle Mayor, comenzando a tirar las patatas por toda la calle.

Antoñico sale asustado más que el burro hacia su casa, pues vivía un poco más adelante, en la calle del caz. Entra gritando en la cocina, que a su vez era el taller que tenía de zapatero, llamando a sus hijos Higinio y Cirilo.

-Pronto salir, que "Bartolo" ha salido loco y está tirando las patatas por toda la calle.

-No te digo yo. ¡Si yo, ya, yo……! Decía Antoñico.

Y ahí que salen todos los hijos de Antoñico que había en la casa, corriendo hacia la calle Mayor. Benito, Higinio, Cirilo, María Dolores y Segunda.

El burro coceaba como si le hubieran picado dos panales de avispas. Adolfo había salido a socorrer al burro cuando observa que se le había clavado el arraclán. Se lo quita mientras sujeta los ramales al animal y le pide a Wenceslao que le traiga la "miera" para curarle la herida.

"Bartolo" , al sentir en su piel la miera parece que se calma. Lo sujeta para que no cocee más, acariciándole las orejas.

Higinio le pregunta a Adolfo, ¿qué ha pasado?

-Pos na, que se ha escapado del yunque un arraclán y mira tu por donde pasaba "Bartolo" con las patatas y ha ido a parar a todas sus posaderas. Menos mal que no le ha dado a tu padre.

María Dolores que estaba escuchando las explicaciones de Adolfo, se extrañaba de que el arraclán pudiera salir con tanta fuerza de la fragua.

-¿Y con qué les has dado al arraclán? le pregunta María Dolores, pensando que era el mayor bruto del pueblo, pues habían vivido a veinte metros toda la vida y lo conocía bien.

-Con el macho, le contesta, dejando una leve sonrisa pícara. Con fuerza, claro, cómo no, porque si no, no cede. ¡A ver, si no se puede con otra cosa!

---

[274] Arraclán. Pieza metálica giratoria, retorcida a manera de gancho que se coloca en la cabezada de la caballería para ramales.

María Dolores, comienza también a recoger patatas, mientras habla bajito para que Rejalgar la oiga. ¡Madre mía, la que te recoja! ¡Anda que no ha de tener paciencia! ¡Más burro no habrá de aquí a Alcaraz!

Rejalgar, que estaba oyendo lo que bajito decía, no le quitaba ojo, mirándole las posaderas abriendo una sonrisa debajo del bigote con unos ojillos y libertinos pensamientos.

Higinio López y María Dolores, su hermana, estaban novios con otros dos hermanos del pueblo que habían venido del Masegoso. Eran Ángel Ortega, que se había instalado como carpintero y su hermana Elisa. Pero no llegó el noviazgo a buen final, pues el carpintero tuvo una pequeña disputa con María Dolores y decide romper el noviazgo con todas sus consecuencias. Una de ellas era, que la novia abandonada por el novio sería rechazada por el resto de zagales o pretendientes. Una costumbre social de castigo a la mujer. No así en el caso de los hombres.

La situación de abandono del noviazgo por parte del carpintero hacia María Dolores tuvo otra consecuencia, pues Higinio, como represalia, abandonó a su novia Elisa Ortega, hermana de Ángel, provocándole la misma situación. Ahora se considerarían dos mujeres "tocadas", quedando en muy mala situación, pues lo que solía suceder era verse abandonada, rechazada, sin amparo de algún hombre que la llevara al matrimonio. Quedaban las mujeres pobres expuestas al latrocinio, la mendicidad o la peor de las situaciones, la prostitución.

Dejaron de hablarse los novios con resignación. Había que continuar viviendo entre prejuicios medievales.

Adolfo seguía viendo a diario a María Dolores, pues eran pocos metros los que distaban una casa de otra. Él, con veintiséis años no tenía tiempo de buscar pareja. Ella, acelerando el paso cada vez que se veían en la calle para huir de él.

-No precisa correr tanto, le decía Adolfo cuando se cruzaban. ¡Qué no muerdo María Dolores!

-Ni muerdes, cosa que me creo, le contestaba ella, ni ladras, que no sé que será peor. ¡Qué por donde pasas tiembla el suelo! Vamos que ni "Bartolo" el burro de mi padre, quiere pasar por tu puerta.

-¿Quieres que le dé dos tortas al carpintero por haberte dejado? le preguntó un día.

-¡Vamos quita! ¿Qué te ha hecho a tí el carpintero?, le contesta María Dolores.

-¿A mí? ¡Ya se guardará! Lo digo por haberte dejado. ¡Qué eso no se hace!

-Pues no. No te metas en este asunto. Y aceleraba el paso para que no continuara con el tema.

Pero se tenían que ver a diario irremediablemente.

María Dolores había aprendido a leer y a escribir, le llevaba las pequeñas cuentas a su padre en la zapatería de su casa, al calor de la chimenea.

Su padre Antoñico López, repeinado impoluto, tenía sesenta y dos años. Ya encorvado por los problemas de su columna vertebral que lo empequeñecían día a día, decía todos los días:

-¡Yo, ya, yo……!

Sus pronombres lo decían todo.

El final llega siempre, como el día en que Leona fue a avisar al médico y al cura porque Gregorio no abría la boca. No podía comer lo que le daba Leona. Adolfo le decía a su hermano:

-Padre ha salido "Periloto" y cuando esto pasa, ya no hay remedio.

Cruz de forja en memoria de Gregorio Velasco trabajada por Adolfo y Wenceslao 1912

Era el sábado, día siete de diciembre de 1912. Un día soleado con una ligera brisa gélida de la Cuerda del Almenara. Pasó primero el médico don Faustino, que le diagnosticó reblandecimiento cerebral.[275] Se marchó sin darle ninguna esperanza a

---

[275] En 1901 el neurólogo y psiquiatra alemán Alois Alzheimer descubrió en una mujer de 51 años un cuadro de conductas en una paciente de estado de confusión, desorientación en el espacio y tiempo, fallos en la memoria, conductas paranoides. Cuando ésta paciente murió, a los cinco años solicitó permiso para estudiar su cerebro. Entonces fue cuando descubrió que su cerebro se había reducido y que un tercio de las neuronas habían sido destruidas por una especie de costras, (placas seniles y ovillos neurofribrilares). En consecuencia, se produce un encogimiento del cerebro y atrofiamiento. Fuente: *https://wayalia.es/la-enfermedad-alzheimer/*

la familia. Después entró el cura don Eduardo, que les animó a tener fe y esperanza después de la extremaunción. Cuando ya se quedaron solos y el sol se hubo escondido por el cerro de san Marcos, Gregorio, a los cincuenta y dos años exaló el último aliento. Fue enterrado en una fosa en el cementerio de Casas de Lázaro y por estela una cruz de hierro como la que habían diseñado Adolfo y Wenceslao.

Marcelina, la madre de María Dolores, le había enseñado a coser con maña, bordar, cocinar, era de facciones agradables, proporcionada, una mujer no rechazable para los estereotipos de hoy en día. Pero en este mundo, ser mujer era ocupar un segundo puesto, detrás del hombre.

Fosa donde está enterrado Gregorio Velasco Sánchez 6-12-1912. Cementerio de Casas de Lázaro

Higinio López buscó una nueva novia cuando tenía veintiocho años, una edad considerada ya tardía para casarse y comenzó a "hablarse" con Carlota Ibáñez, quedando Elisa desconsolada por el abandono de Higinio a los veinticuatro años. Él, la seguía viendo por el pueblo, triste, sin hablarse, ni mediar palabra.

En la misma situación se encontraba su hermana María Dolores, que no aceptaba la situación por haber sido abandonada por el carpintero, volviéndose recelosa, arisca y malhumorada. María Dolores tenía treinta años, en peor situación que Elisa.

Toda ocasión que tenía Higinio con Adolfo, la aprovechaba para decirle que se casara con su hermana. No quería que, al ser rechazada por su anterior novio, se quedase soltera, una edad para no ir exigiendo requisitos. Le contaba las virtudes y habilidades en la costura y en la cocina; era su hermana mayor y no admitía que se fuese a quedar soltera como algunas del pueblo, que con treinta años comenzaron a vestirse de negro como si guardaran el luto.

Con todos los hijos solteros en casa de Leona, trabajando solamente Adolfo y Wenceslao para sacar la familia adelante, no podía Adolfo plantearse casarse y salir de casa, pues su hermano Wenceslao tenía dieciséis años, todavía muy joven para que con su trabajo pudieran vivir su madre y sus tres hermanas. Habría que esperar.

Adolfo miraba bien a Higinio. Eran de la misma "quinta", pero dudaba que su hermana María Dolores fuera a aceptar el emparejamiento.

-Pues déjame que yo vaya hablando con ella, le dijo un día Higinio. Iré convenciéndola para que acepte.

-Mira hermano, le dijo un día María Dolores, si miras hasta donde se pone el sol y encuentras alguien más burro que "Rejalgar", no dudes que no me importaría casarme con él. Pero es que no lo vas a encontrar. Se ha criado salvaje en el pueblo, sin miedo a nada, que por una parte es bueno, pero a mi me da miedo. Pues no va y me dice el otro día que había ido a ver al carpintero y le había dicho que mirase bien sus manos por última vez porque de un puñetazo le iba a arrancar la cabeza. ¿Y sabes lo que hizo? Pues salir corriendo hacia el Cucharal. Él, que lo vio correr salió gritando a la calle llamándole "gallino del Masegoso", "poco hombre y dos mil vituperios más", allí en medio de la calle. Tuvo que salir la Elisa a apaciguarlo. Yo creo que estaba un poco bebido, que es cuando no tiene control. Mira que la Elisa es buena Higinio. ¡A ver si te apañas con ella! A ver que culpa tiene ella de que el carpintero me dejara.

Pero no le hizo caso Higinio, que después de casarse con Carlota Ibáñez el trece de octubre de mil novecientos doce, continuaba de alcahuete con Adolfo y su hermana hasta que al final llegaron a un acuerdo. María Dolores con treinta años cede ante las pretensiones de "Rejalgar" y se casa el nueve de julio de mil novecientos trece.

Comenzaron a apaciguarse las relaciones entre todos. El carpintero se casó cuatro años después con Petra Jacinta, cuando Higinio y Carlota ya habían tenido dos hijos, Cirilo y Candelaria.

La noche de bodas de Rejalgar y María Dolores no podía ser distinta a todos los días de su vida. Habían alquilado una casa en el Batán enfrente de Patrón Sotero, que vivía en la conocida como la "Casa de la Morera". La casa era de Braulio, tío de María Dolores y marido de Teresa "La Partera". Aquella niña que vio nacer a Adolfo.

Allá se fueron después de una pequeña celebración en la taberna. Corrió el vino, la cuerva y la tortilla de patatas. Leona y Wenceslao veían como le apretaban al tinto.

-Wenceslao. ¿Por qué no te pones a su lado y evitas que siga bebiendo?, le decía su madre intentando que no continuara agotando el vino. ¡Sí se emborracha no va a encontrar ni la cama!

-Madre, podrá beber mucho, le decía Wenceslao, pero nunca se ha caído al suelo.

-Ya, ya, pero, no hace falta caer al suelo para no saber en dónde está este mundo.

Cuando acabó la fiesta, María Dolores estaba atemorizada. ¿Qué iba a hacer con el más burro del pueblo? ¡Y además borracho como una cuba!

Lo llevaron en un burro a la recién estrenada casa del Batán. Lo dejaron allí, sentado en la cama, con María Dolores mirándolo como un gato que escudriña rincones para escapar al menor descuido.

Él, sentado, sin poder moverse para no perder el equilibrio, intentando quitarse los zapatos nuevos con los pies. Como era verano, solo tiene que quitarse una camisa, porque la chaqueta y la corbata se la dejaron en una silla al entrar. Balbucea algunas palabras al no poder desabrocharse los botones de la camisa, ni quitarse los pantalones. María Dolores, con mucho cuidado y sigilo, como el que se aproxima a un lobo hambriento, le desabrocha los botones alargando las manos, sin acercarse. Él se está quieto, pero sus ojos se mueven alrededor de su presa. No le ha dirigido la palabra, ni en la iglesia, ni en la celebración en la taberna. Ahora no puede. Pero no puede fiarse del felino, pues en cualquier momento puede saltar. Lo presiente en sus ojos que fijan sus movimientos. La camisa sale de su cuerpo. Ahora va a quitarle los zapatos que descalza rápidamente. Ella vigila sus gestos. Al desabrocharle el cinturón del pantalón, se lanza con las manos abiertas a por ella.

¡Dios santo, que no me agarre!, piensa. Logra esquivarlo y da dos vueltas por la habitación a oscuras. Como a él le cuesta seguirle con la mirada, ella aprovecha la ventaja cuando tropieza con un arcón donde han guardado la ropa. Lo abre sigilosamente y se mete dentro en espera de que allí no la encuentre.

-¡Me cago en Dios!, grita Rejalgar. Pero ¿dónde cojones te has metido?

Esas fueron las únicas palabras de la noche de bodas.

María Dolores oyó un golpe en el suelo desde el interior del arcón. Dejó de respirar para prestar más atención a lo que sucedía en el exterior. No se oía ruido de peligro. Parece que se ha caído al suelo. "Pues yo no lo voy a levantar", pensaba.

Pasó una hora larga, incómoda, sudando en el arcón, cuando decidió abrir una rendija de la tapa para ver lo que pasaba, pues ahora sólo se oía roncar a la fiera.

Menos mal, pensó María Dolores. Esta noche me he escapado. Salió encogida y como un gato saltó por encima de él, que yacía en el suelo. Se puso un camisón blanco que le había regalado su madre y se acostó en la cama sola. ¡Quién podría dormir en aquella situación, apretando el calor del verano, la primera noche de bodas, el felino durmiendo en el suelo y ella mirando la ventana para ver salir el sol!

Adolfo Velasco García y María Dolores López Aguilar 9-07-1913

A las primeras luces, "Rejalgar" comienza a moverse por el suelo. Está buscando un orinal de porcelana que le regaló su hermano. Menos mal, pensaba, que si no lo encuentro tengo que salir a la calle.

Como pudo encontró el modo de usar el orinal sin haberse bajado los pantalones y después apartó el bacín hacia la orilla y comenzó a estirarse del pantalón para liberarse. Fue una batalla silenciosa entre resoplidos, suspiros y gruñidos que María Dolores oía con temor, pues si lograba desnudarse se lanzaría sobre la cama, temiendo un ataque de difícil resistencia.

Rejalgar se pone de rodillas en el suelo apoyándose sobre la cama. La luz de la ventana le deslumbra por momentos, pero divisa la presa sobre el lecho. María Dolores se percata de que ha sido descubierta. Intenta deslizarse para volver al arcón, pero "Rejalgar" la sujeta de la mano.

-¡Ahora eres mía, no te escaparás! le dice.

-Ella se santigua. ¡Sea lo que Dios quiera!

Las acciones de caza debieron sucederse, así como el rudo cortejo, exento de ternura y afecto amoroso. Los rudos preámbulos no causaban alarma entre las mujeres, pues todas venían a coincidir en que la coyunda con los maridos se desarrollaba sin más zarandajas. Unos más brutos y salvajes que otros. Otros, dignos de relatos decameronescos en el lavadero de las Baldosas, donde las mujeres contaban todas las intimidades, como las que contaba la abuela de "Pulguita", que decía no haber conocido varón alguno, ni sabía lo que tenían los hombres entre las piernas hasta que se casó.

Todas las mujeres animaban e incitaban a la mujer a que contara la historia, sobre todo cuando al lavadero acudía alguna lavandera nueva. Era un momento de intimidad compartida que no iba a trascender fuera del lavadero.

Contaban que la abuela de "Pulguita" que como llegó al matrimonio más casta y limpia que las flores, no tenía ni más somera idea en que iba a consistir aquello, de manera que en la noche de bodas se metió en la cama con un camisón hasta los tobillos. Larga indumentaria para realizar la coyunda. Ella esperó a su marido, cubierta con el camisón y tapada con las mantas hasta las cejas, dejando una ligera línea de visión para ver que hacía su marido, que le preguntaba si podía entrar ya. Más encendido que la yesca y deseoso él de realizar la fornicación con su tierna e ingenua mujer, entró en la habitación bajo la mirada atenta al principio, sigilosa después y de pánico al final cuando se desnudó por completo y mostró sin pudor un enorme miembro que asustó tanto a la novia, que a toda carrera saltó de la cama con su largo camisón y se escondió en el armario de madera de pino donde todavía quedaba hueco para camuflarse.

Él la llamaba, pidiéndole que saliera, que no le iba a pasar nada, que no sabía por qué se había escondido. Al principio ella no contestaba. No podía decir palabra. No sabía que contestar. Se había quedado aterrorizada. Cuando pasó cerca de una hora se tranquilizó lo suficiente para contestarle. Le pidió que tuviera paciencia, que lo comprendiera, pero aquello no era lo que se había imaginado, que estaba completamente asustada.

Todas las mujeres le preguntaban. Aunque algunas ya lo habían oído alguna vez, sobre el resultado de aquel entuerto. Ella siempre contestaba. ¡Una semana, una semana escondiéndome!, hasta que un día, mi marido arrancó la puerta del armario y me cogió en brazos y me tiró en la cama. Yo me dije:

-¡Si esto debe ser así, que así sea!

-Ahora tú, decían las mujeres a María Dolores. Cuéntanos como te fue con "Rejalgar". Anda, que tuvo que ser menuda, que lo tuvieron que llevar en un burro porque no podía echar un paso.

A María Dolores le daba vergüenza. Pero como todas conocían a "Rejalgar", tampoco iba se ser una cosa de otro mundo. Peores cosas contaban de él. Así que un día se dispuso a contar su historia.

Cuando llegó el relato al arcón, todas comenzaron a presignarse diciendo:

-¡Ave María Purísima! ¡Ave María Purísima! ¡Por las espinas de Cristo bendito!

-Allí metida toda la noche, continuaba, por miedo a salir malparada. Pero al salir el sol, me pilló desprevenida, medio durmiendo en la cama.

-¿Y qué más, y que más? le insistían las demás mujeres.

-Pues como dice la abuela de "Pulguita", les contestaba. ¡Si esto debe ser así, que así sea!

Y todas echaban a reír. Eran los mejores momentos de vida social de las mujeres en el pueblo.

Pero había una lavandera que no quería contar su historia, la mujer de "Canuto", pues le daba más vergüenza que a María Dolores y a la abuela de "Pulguita".

Insistían las demás en que lo contase, que al hacerlo se iba a encontrar mejor, pues como estaba comprobando, todas eran sinceras y se lo tomaban a chunga todo el rato. Y además, de allí no iba a salir.

Se llamaba Sincresia. Sus padres la habían casado con "Canuto" por pensar que era un buen partido, ya que sus padres tenían tres pares de mulas y otras tantas fanegas de labor para atenderlas con los animales. Era costumbre de los padres que tenían algún bien en casar a sus hijas con hijos de familias pudientes.

Las mujeres conocían de las limitadas facultades de "Canuto". Vamos, que tenía por espíritu e ingenio lo que pudiera entrar en la cabeza una gallina, por lo que animaban a Sincresia a que animara el lavadero.

-Bueno, pues os lo voy a contar, decía.

-Resulta que cuando me metí en la cama con mi camisón nuevo, pensaba que me lo iba a destrozar, según me había contado mi madre, que la primera noche, por la cosa del fuego, el ardor y el arrebato que llevan los hombres tuviera cuidado del lecho y del camisón, porque podría destrozar la cama y dejar la tela hecha jirones. Pero no, lo que pasó es que se metió en la cama y se durmió. Así, nada más meterse. Yo pensé que estaba fingiendo el muy avetardo, por eso no me moví en toda la noche. Yo estirándole al camisón impoluto para que estuviera listo, mirando de reojo toda la noche.

-¡Anda qué tiene cuajo! Decía Quiniesviuda, la mayor de todas. ¿Y no pasó ná?

-¡Ná!, pero lo que se dice ¡ná! contestaba Sincresia.

-¡Sigue nena, sigue!, decía la mujer de "Poyatos" que estaba junto a María Dolores.

-Bueno, continuaba, así estuvimos una semana, creyendo que así sería para toda la vida. En cuanto se metía en la cama se quedaba durmiendo. Yo no le decía nada para que no se enfadara y se enfollinara, que así me lo dijo mi madre, que no contrariara en nada a mi marido. ¡Pero yo, allí con mi camisón a estrenar! Hasta que al octavo día, de un pronto, dio un brinco y se echó encima de mí con tanto fuego que me destrozó el camisón. Me lo hizo jirones con las manos, estirazándolo de arriba a abajo. ¡Cómo un cabro con calambre! Oye, fíjate tú, y me gustó y todo. Ya no me quedan más camisones. Así es que, que se apañe como pueda.

-¡Virgen santísma!, decía la mujer de Poyatos a carcajadas, que le había insistido tanto en que lo contara. ¡Ea., no hay mal que por bien no venga!.

Llegó el primer hijo de María Dolores y "Rejalgar", fruto de las impetuosas embestidas de las primeras noches de casados. Nació una niña a los diez meses, a la que pusieron por nombre Agueda Hilaria.

Parecía que todo se encaminaba bien para los dos hermanos López Aguilar, María Dolores e Higinio, pero todo se quiebra cuando los niños son pequeños. Todavía no había suficientes medios para diagnosticar y tratar enfermedades. La niña Águeda Hilaria murió a los pocos días. "El mal de los siete días". La infección producida al cortar el cordón umbilical.

No había otro remedio que vivir con el dolor de la pérdida de los hijos y como en todo el linaje de su familia Velasco, había que sobreponerse.

Llegó el segundo nacimiento de otra niña a los dos años de fallecer Águeda Hilaria. La que llamaron Petra Amancia, cuando se oían rumores de otra guerra, ésta más gorda que las anteriores. Los encargados de promoverlas inventaban cada vez, más y mejores armas para causar la muerte de los hombres, como si fuera poco el hambre, que hacía estragos.[276] Pero como son las cosas, ellos, los promotores, se libraban.

CUADRO DE DESCENDIENTES DE ADOLFO VELASCO GARCIA

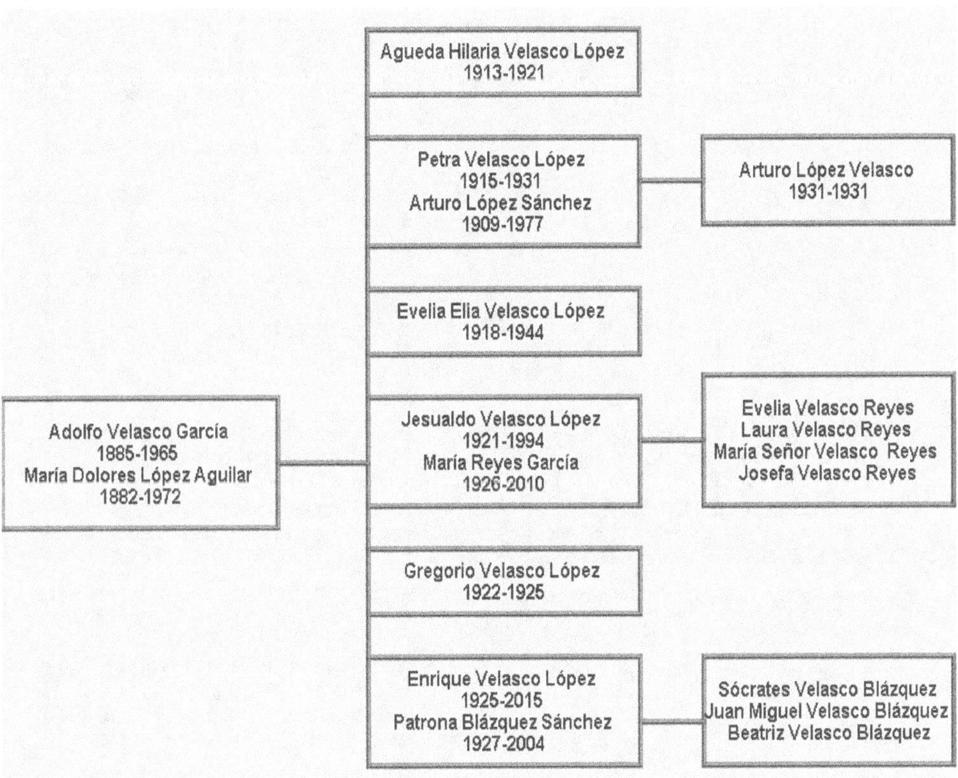

---

[276] En Albacete se había abierto un Centro de Maternidad y Expósitos. La Casa Cuna. Una de las primeras en ser atendidas fue la quinta hija de Natalia Velasco, prima de Adolfo Velasco. Nacida en Casas de Lázaro el día treinta de octubre de 1915, María del Rosario Velasco, hija natural de Natalia, ingresó el quince de noviembre de 1915 a las cuatro de la tarde por desnutrición. El treinta de diciembre de 1915 fue entregada para lactancia a Camila García que vivía en la calle Tejares, 43, muy cerca de donde se instaló Natalia después en el periodo replublicano. La niña María del Rosario fue devuelta a la Casa Cuna el veintinueve de enero de 1916 y falleció de enteritis sub aguda a los tres meses despúes a las séis de la mañana. (Fuente. Archivo Diputación de Albacete)

CUADRO DE DESCENDIENTES DE MARÍA VELASCO GARCÍA Y EMILIO VICTORIANO MARTÍNEZ ARROYO

María Herminia Patrocinio Josefa
Velasco García
1893-1985
Emilio Victoriano Martínez Arroyo

- Manuel Francisco Martínez Velasco 1915
- Wenceslao Martínez Velasco 1917
- María Martínez Velasco 1919-2001 / José Martínez Gómez 1918-2002
- Amparo Martínez Velasco 1922-2011 / Ernesto Rosa Cuerda 1921-2009
- Emilio Martínez Velasco 1923 / Magdalena González
- Gregoria Martínez Velasco 1926-2021 / José Juan Reyes Velasco 1922-2000
- Wenceslao Martínez Velasco 1929
- Adolfo Martínez Velasco 1931-2014 / Procesa Cuartero Cuartero 1932-2020
- Eloyna Martínez Velasco 1934 / Lorenzo Macia Aguilar 1936

CUADRO DE DESCENDIENTES DE WENCELAO VELASCO GARCÍA Y VICTORINA GONZÁLEZ ALTAREJOS Y DE MARÍA AMPARO

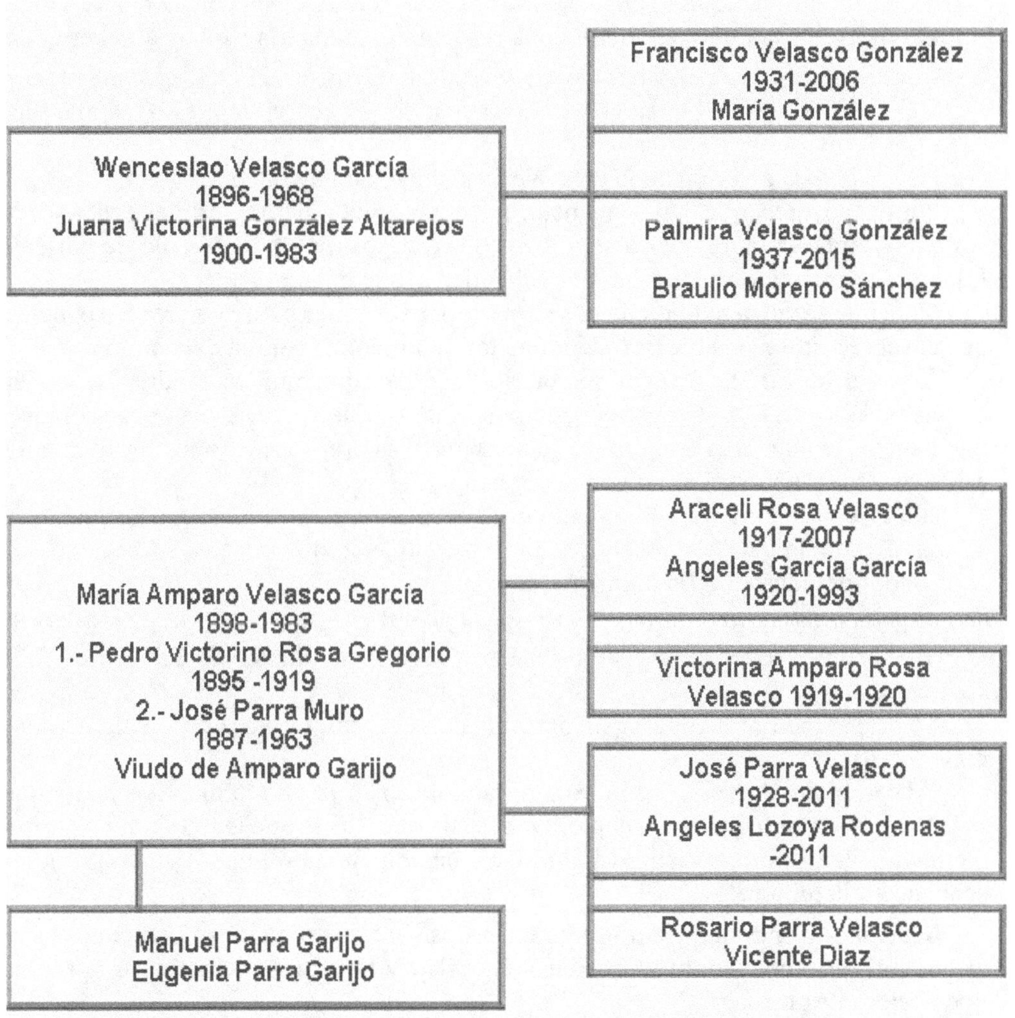

La casa donde vivían Adolfo y María Dolores tenía pequeñas losas de arcilla, que fregaban con la aljofifa, unos paños mojados en agua con el que iban frotando el piso de rodillas. Así se encontraba María Dolores cuando entraron Adolfo y su hermano Wenceslao por la mañana, hablando de su llamamiento a filas. Tenía Wenceslao veintiún años y era normal que lo llamaran a quintas. Lo peor es que la guerra se alargaba y podía afectar a los soldados españoles, que siempre estuvieron en tensión.

María Dolores les pregunta por qué estaban preocupados y les pide el papel que llevaban en las manos. Era la única que sabía leer.

-A ver, déjame ese papel, le dice.

-Bueno. Aquí dice que te puedes librar del servicio si vives con tu madre viuda. Y tú, Wences, eres el único hombre de la casa para mantenerla a ella y a tu hermana.

Adolfo la miraba y pensaba. ¡No sé yo que iba a hacer sin ella, que sabe leer y escribir, que me lleva las cuentas y encima cuando vengo "bien puesto" no me dice nada! ¡Hay qué ver qué mujer!

-Pues vamos a prepararlo, le dice Wenceslao. ¿Qué hay que hacer?

-Pues aquí dice que hay que pedirlo en el ayuntamiento, primero al alcalde Antonio Tercero, al juez Wenceslao Ruiz, dos testigos, uno por ejemplo, tu pariente Eduardo Navarro y otro Virgilio, con ellos tienes que hablar.

Y allá que se van a hablar con el secretario José Aguilar para preparar los papeles, que el secretario ve posible porque reúne las condiciones para la exención.

Vamos a alegar, le dice el secretario José Aguilar, que tu madre con quién convives, es viuda, que tiene cincuenta y seis años, que no tiene recursos propios y que tienes que mantenerla a ella y a tu hermana Castora, ya que todos tus hermanos están casados y tienen familia que mantener.

Salió Wenceslao del ayuntamiento unos meses después frotándose las manos al recibir el comunicado de exento para servir al ejército, porque su recurso fue admitido, librándose del llamamiento del 1917.

A mediados de septiembre de 1917 María Dolores le dice a Adolfo que estaba de nuevo en cinta y que la previsión del parto sería para finales de febrero del año siguiente.

-Ve preparando otra cuna, le dice. Habla con el carpintero o pídela a alguien que no le haga falta.

-¿Al carpintero Ángel?, le contesta, mirándola con un gesto torcido de mal humor.

¡A ése, no le pido yo, ni un clavo! Que desde que le dije que le iba a dar dos tortas me huye y se va por otro lado. Mejor busco una que tenía mi padre vieja. ¡Si no ha acabado en la lumbre!

Acababan Wenceslao y Adolfo de tener dos sobrinos, uno de su hermana María, al que pusieron por nombre también Wenceslao y otro de su hermana Amparo, al que pusieron Araceli.

El veintisiete de febrero de 1918 dio a luz María Dolores otra niña. Le pusieron por nombre Evelia Elia, nació la niña con una degeneración en el desarrollo de su corazón y huesos que acortarían su vida.[277] Llevarían con paciencia y sumisión el triste destino de la muerte. Unos años más tarde pidieron al médico don Faustino que la examinara y le diera su opinión.

-No se conoce cura, les dijo. Ha nacido mal y esto no tiene arreglo. Las vértebras se van doblando y poco a poco se verá afectado, lamentablemente, el corazón.

---

[277] Padecía la enfermedad de Ectopia cordis. Había nacido con el corazón fuera de la caja torácica. Una enfermedad "rara", unos siete casos por cada millón de niños nacidos, con una esperanza de vida de un 10%. Fue descrita por About en 1898.Una enfermedad poco frecuente.

¡Triste panorama! ¡Resignación y resignación!

Pero al año siguiente, la guerra continuaba y los gobiernos buscaban más soldados en los llamamientos, en previsión de que España tomase partido.

Wenceslao le dice a su hermano:

-Este año no me libro. Mira, otro papel como el del año pasado. ¡A la guerra me llevan!

-A los que no se van a llevar va a ser ni a Amador ni a Luciano, que se han ido al monte, que han salido corriendo con el hatillo en dirección a las cuevas del Berro. Esos no tienen ganas de escopetas.

-Nada de eso, le dice Adolfo. Vamos a ver al pariente y que prepare los papeles. ¡Vamos a escape!

Después de tallarlo, midieron una altura de 1,59 centímetros, apto para el servicio militar. El alcalde José Manuel Sánchez lo lleva ante el secretario y le dice:

-¡Esto está hecho! Mira, estos dos pueden ser testigos. Y señala a su pariente Juan Auñón Velasco del Cucharal,[278] que también quería alegar causas para la exención y a Rosendo Gómez que firmen los papeles para que Wenceslao no vaya al ejército.

Cuando recibe en marzo el comunicado accediendo a su petición en 1919 tenía veintitrés años y ya había finalizado la I Guerra Mundial. Su hermana María Velasco había tenido una hija a la que pusieron por nombre María y su otra hermana, Amparo tuvo otra niña, Victorina Amparo[279] que nació muy débil, siendo sus padrinos sus tíos Wenceslao y Castora. Por haber nacido tan débil decidieron llevarla a la casa cuna de Albacete para su lactancia. De ello se encargó su tía María Velasco, cuando recibieron en el ayuntamiento de Casas de Lázaro comunicación desde Francia del fallecimiento de su marido Victorino Rosa, que había emigrado el año anterior. Fue enterrado en Francia después de dos años de casados. No llegó Victorino a enterarse del nacimiento de su hija ni de su fallecimiento en la Casa Cuna al año siguiente, el quince de noviembre de mil novecientos veinte.

Adolfo le dice en la fragua:

-¡Ésta es la última! Ya no te llaman más.

¡Como si las guerras se acabaran! Aún vendría la más gorda.

En el bar de "Josete" se fueron a celebrarlo "Rejalgar", su hermano Wenceslao, "Carilla", Pablo López "Bonares", "Sabinete" el molinero, Araceli Rosa y "Fere". Es la fiesta de San José, a pocos días de haberse inaugurado el cuartel de la guardia civil en el pueblo que tanto habían reclamado después de nueve años de espera. El cura don Eduardo Garijo, sale con dos monaguillos, Casiano el sacristán, unas mujeres seguidoras del santo y la guardia civil. Cuando van a pasar por la puerta de la taberna y con los cuarterones de vino en la sangre, se oye decir en la mesa de al lado:

-¡A qué salgo delante de la procesión del santo y me meo enfrente del Santo!

---

[278] Juan Auñón Velasco, alegó defecto físico. "Falta de agudeza visual". El médico le diagnosticó una catarata en el ojo izquierdo. Fue declarado inútil al servicio.

[279] Victorina Rosa Velasco, nacida el quince de septiembre de 1919. Ingresa en la Casa de Maternidad y Expósitos el día uno de marzo de 1920 a los cinco meses y fallece el quince de noviembre de 1920.

Los de la mesa de "Bonares" y Rejalgar giran la cabeza al oír semejante marranada. Es "Gerardaco"

Como estaba dispuesto a salir y ponerse en evidencia ante tal atrevimiento. "Rejalgar" se levanta rápido y sale a la calle.

-¡Quieta la procesión! Por aquí no puede pasar.

El cura que ha visto a "Rejalgar" colocado delante como a unos diez metros en medio de la calle y con evidentes síntomas de embriaguez, les dice a los guardias:

-Ande Silvestre, dígale a "Rejalgar" que se aparte a un lado y deje el santo pasar, ¡que no son horas!

Silvestre y "El Andaluz" se adelantan a la procesión y comienzan a hablar con "Rejalgar" que continúa en medio de la calle con las piernas abiertas.

-Por aquí no pasa el santo, les dice "Rejalgar".

-Quítate de aquí ahora mismo, le dicen los dos guardias civiles o te llevamos al cuartelillo.

Mientras dentro de la taberna contemplan la escena, que de tanto esperpento no se atreve ninguno a salir. Sólo el que decía que se iba a mear delante, "Gerardaco".

-Pues sí hombre, le dice "Sabinete", sólo faltabas tú ahí afuera para que nos muelan a palos. ¡Deja al santo en paz!

-¡Qué no pasa!, insistía "Rejalgar" espatarrado en medio de la calle.

-¡Pero hombre de Dios!, le decía Silvestre, no ves que es la procesión del Santo patrón del pueblo. Anda pásate otra vez a la taberna y te invito a un cuartillo.

El cura ya no sabía que hacer. Si decirle al sacristán que dieran la vuelta y finalizar la procesión o hablar directamente con "Rejalgar", pues conociéndolo bien, sabía que si se había colocado delante, sólo con la fuerza se le podía quitar. "Rejalgar" abre los ojos desorbitados ante la propuesta de Silvestre.

-¡Viva la guardia civil! le dice. ¡A cuartillo echao que pase el santo!

Pasaron los dos a la taberna y nada más entrar, ve que habían sujetado al causante del entuerto, lo tenían cogido entre tres, apretándole con los brazos para que por lo menos pasase o se volviese por otra calle el Santo Patrón.

Silvestre les pregunta qué estaba pasando, cuando Wencelao comienza a explicarle la situación para justificar la actitud de su hermano, que no había sido otra, según le explicaba, que aquello no fuera a mayores.

Silvestre no sabía si reír o hacer que aquello acabase lo antes posible. Decide salir a la calle y hacerle señales al cura para que pase todo lo más rápido posible el séquito y el Santo.

Se pasa otra vez dentro y pide que pongan varios cuartillos de vino como le había prometido a "Rejalgar".

-Si señor, le dice "Bonares". Así debe ser la guardia civil. Poniendo orden.

María Velasco García y Emilio Martínez con todos sus hijos. Foto cedida por la familia de María Martínez Velasco, Rosario Rosa Martínez

Capítulo veintiocho

Adolfo y Wenceslao se instalan en el Ituero. La II República y la última guerra civil

Su madre, Leona García y su hermana Castora se quedan solas en la calle Mayor aunque compartían el día a día con sus hijas María y Amparo.

Tenía Castora dieciséis años cuando se planteó la posibilidad de casarse con Eloy "Mayorejo" que tenía dieciocho, con él se casaría posteriormente.

Cuando se casaron abrieron una taberna en la esquina de la calle Poniente y la del Batán. Coincidió con la inauguración de la línea eléctrica y la central en el río Jardín para los pueblos de San Pedro y Casas de Lázaro, donde pudieron colocar tres lámparas de 10 watios,[280] unas cinco pesetas al mes de gasto. En el Batán de los Mazos se generaba energía para el Pozuelo.

No tuvieron Castora y Eloy hijos, porque según él, su mujer padecía de un estrangulamiento en sus partes que le impedía culminar.

Ella le decía que no, que no había manera, que se apañara como pudiera, a lo que él le decía que podían ir a un médico para que la viera.

Decidió consultar por su cuenta "El Mayorejo" un día que vino a Albacete. Le explicó el problema con detalle, diciéndole que padecía habitualmente dolores de abdomen, de espalda, con dolores cada vez que orinaba y lo más importante que no habían podido consumar el matrimonio todavía. Le rogó si había algún remedio y en qué consistía. El médico le dijo que según sus explicaciones padecía una imperforación del himen,[281] y podía arreglarse sin dificultad con una himenectomia, pues era cosa de cirugía menor, un pequeño corte y extracción de la membrana adicional del himen, una himenectomía que se recuperaría en pocos días, menos agresiva que una fimosis.

-¡Ni hablar!, decía ella, cuando se lo explicó. ¡Menuda vergüenza! ¡Qué me vea un médico mis partes!

Él insistía e insistía, pero no había forma. El mínimo contacto le provocaba mucho dolor, por lo que llegaron a un acuerdo entre los dos. Un acuerdo que no debería saber nadie hasta la tumba.

---

[280] El coste de la energía era calculado a tanto alzado, por lámparas colocadas de diferentes potencias de consumo. De 10 a 40 watios. La corriente era contínua y las empresas eran concesiones privadas.

[281] Membrana compuesta por endodermo del epitelio del seno urogenital que se perfora durante el desarrollo embrionario para establecer una conexión entre la luz del canal vaginal y el vestíbulo. Cuando ésta perforación no se lleva a cabo se produce el himen imperforado. La frecuencia de ésta afección es del 0,1% de los nacidos vivos. *elsevier.es/es-revista-clínica-e-investigación-ginecológica-obstetricia-7-artículo-himen-imperforado-13055006 (9-7-2021)*

-Mira, Eloy, como yo no puedo, apáñate como puedas con las putas y a mi me dejas en paz.

Así convinieron llevarlo en secreto, mortificándose ambos por temor y vergüenza a que la viera un médico y solucionase su problema.

En las tabernas de Arebal y la de "Mocho", a cuartillos de vino compartidos con "Sabinete" el molinero, sus parientes Eustaquio y Fere, "Carilla" el albañil y el resto de la cuadrilla, comentaban que con los otros herreros instalados en Casas de Lázaro, Antonio Aguilar y Casimiro Lorenzo, el trabajo menguaba tanto que no daba ni para igualas.

En un arrebato, piensan Adolfo y Wences, que en el Ituero no había herrero, que venían aquí al pueblo a dar trabajo, que allí estaba cerca de otras aldeas y pueblos y podían montar una fragua.

-Vamos mañana mismo al Ituero a ver si podemos montar allí la fragua, le dice Adolfo a su hermano.

El hermano de María Dolores, Higinio López, enviudó de Carlota Ibáñez y se casó con su antigua novia Elisa, hermana de Ángel, el carpintero, el que había dejado a María Dolores. Un buen final para ambos. Higinio tenía tres hijos con Carlota cuando se casó con Elisa, que le había estado esperando desde que Carlota murió.

Amparo Velasco García con sus hijos Araceli y Victorina Amparo Rosa Velasco

Amparo Velasco García y su primer marido Victorino Rosa Gregorio

Amparo Velasco García y su segundo marido José Parra Muro

Comenzaron a trabajar a principios de enero de 1921 en una pequeña fragua al lado de la casa donde vivía Dolores Altarejos, la madre de Victorina, con quien inició relaciones Wenceslao nada más llegar. La habían habilitado en los corrales contiguos para que su hermano Adolfo se viniera a trabajar con él.

Acordaron de este modo la instalación de lo necesario y en otra vivienda, también de Dolores, vivirían de alquiler Adolfo Velasco y María Dolores López, que venía preñada y sus dos hijas, Petra con seis años y Evelia Elia con tres. En Casas de Lázaro se habían quedado con su madre Leona García, sus tres hijas; María, casada con Emilio "Boleta"; Amparo, casada con Victoriano Rosa y la Castora que se había casado con Eloy "Mayorajo".

Los dos comenzaron a reparar aperos. El macho repicaba en el yunque todas las mañanas, despertando a algunos vecinos como si fuera el campanario de la fragua. Comenzaron a consumir el carbón que traía el cuñado de Victorina, Adolfo López, "El Carbonero", que se juntó con la hermana de Victorina, Heliodora.

Familia de Adolfo López "El Carbonero" y Heliodora González. Arturo López, tercero de la derecha arriba. Foto cedida por Ramón López Galera.

Se encargó Adolfo de salir a las aldeas, cargado de herraduras, clavos, tenaza y martillo, en un caballo con el que cobraba las "igualas" a todos los vecinos que aceptaban. Entre sus habituales salidas se encontraba la aldea de las Mitras, muy cerca del Ituero. Colgada al hombro y a la espalda llevaba una escopeta de un solo cañón, la "Sarasqueta",[282] que se había comprado en Albacete, dispuesto a meterle un tiro al primer abejarrugo que se pusiera en medio del camino. Lo que sucedió una mañana de mayo antes de entrar al cortijo, en el que el mastín de su tío Nicasio Carlos Velasco, hermano de su padre Gregorio, salía siempre a parar a todos los que pasaran por la aldea. Ya le había advertido a su tío, que ese perro tenía que estar atado, que no podía espantar al caballo, ni a la gente que llegase a la aldea.

-¡Nicasio!, le dice cuando entraba a la aldea. Sujeta al perro, porque como me salga otra vez, le meto un tiro que lo dejo seco. ¡Y se ha terminao!

No se entretenía en palabras Rejalgar, ni las pensaba mucho. Pero al perro se la tenía jurada.

Y como le había advertido, a finales de mes tuvo que volver a herrar cuatro caballerías, cuando el mastín se plantó en medio del camino. Adolfo se bajó del caballo, sujetó la cincha de tabardero, apuntó a la cabeza y apretó el gatillo. El caballo dio un relincho y el perro cayó desplomado en medio del camino.

Cuando por la tarde estaba ya de parto María Dolores, vino la guardia civil a llamarlo para que declarara ante la denuncia de su tío por haberle matado al perro.

-Si señores, dijo. Le he metido un tiro en toa la frente. Y como mi tío ponga otro perro en medio del camino, lo mismo voy a hacer.

-Adolfo, no ha sido en medio del camino, ha sido en la puerta de Nicasio, le dijo la guardia civil.

-No señores. Vamos a las Mitras, que yo les voy a decir dónde, les contestó Adolfo.

Salen a la calle, montan en el caballo y se encaminan al lugar. Por el camino les va contando que los perros espantan a los caballos y a los mulos, lo que puede provocar más de una caída. Su tío Nicasio se había casado con Ángeles Valdelvira, viuda de Juan Antonio López, hacía cuatro años y vivían desde entonces en la aldea trabajando en arrendamiento las mejores tierras del valle.

Cuando llegan al lugar, Adolfo les dice a los guardias.

-Aquí le he soltao un tiro, les dice, señalando el suelo que Nicasio acababa de tapar con tierra para que no se viese la sangre.

Adolfo limpia y retira la tierra del lugar con la bota y comienzan a aparecer los restos de la sangre.

-¡Mira que tiene entelecos este tío mío! ¡Pues no ha arrastrado el perro hasta la puerta! ¡Miren, miren, como aún quedan restos de sangre por donde lo ha arrastrado!

-Pues no se hable más, dice un guardia. Vámonos al pueblo, que ya está todo visto.

---

[282] En octubre del año 1929, Adolfo solicitó la licencia de armas de caza que le fue concedida cuando tenía treinta y ocho años. La escopeta era de la marca "Victor Sarasqueta", modelo Hispania, fabricada en Eibar. Su coste estaba sobre las 210 pesetas.

De regreso ya habían atendido a María Dolores en el parto. Era el día 2 de junio de 1921, nacía el primer varón de la familia.

Al día siguiente pensaron en celebrarlo en la fragua. Prepararon una cuerva con vino tinto, unos sesos fritos con manteca de huevo. Victorina, en una sartén, unos torreznos fritos y unas tajadas de hígado. Ahí están, Adolfo "El Carbonero" y la Heliodora, "Vencejo" y su mujer, María del Señor. Juan José, Benjamín, Aurelia y sus padres Dolores y Rafael.

La fiesta dura todo el día. Ya calientes. Wenceslao les dice que en cuanto pase el verano se casa con Victorina. A Rafael le agrada la idea y Dolores le sirve más cuerva. "Vencejo" empieza a cantar fandangos simulando que toca una guitarra. Hay ratos que no canta, pero imita con los gestos como si lo hiciera. Hace como si se girara, pero no mueve los pies del suelo. Con las manos hace cientos de gestos como si cazara moscas. "Vencejo" era primo hermano de Juan "Pergán" y ambos solían acudir a los bailes de las aldeas para otear posibles novias. De manera que, si no había suerte en el trance, se cargaban de vino y la montaban parda, siendo famosos sus plantes en medio del escenario donde tocaba algún músico, quedándose los dos en "Porreta", causando una estampida de las mozas hacia sus casas y el jolgorio del resto de los demás jóvenes. El baile quedaba suspenso. Los dos tenían que salir por piernas del local hacia el Batán.

-Si no quieren bailar, decía "Vencejo", ¡se esfarata el baile!

Más de un día tuvieron que salir corriendo con los pantalones en la mano huyendo hacia el monte. Recordaban juntos cada vez que se encontraban, antes de casarse, como en la inauguración de una gramola en un baile en el Pozuelo, se subieron a la mesa donde se encontraba el aparato y descargaron el vientre en la misma mesa. No se lo pensaron dos veces después de defecar en medio del baile y salieron camino del Burrueco, el lugar menos previsible para ser perseguidos, ya que eran conocidos ambos por vivir en el Batán, al lado de Casas de Lázaro, y el camino previsible sería por San Pedro. Ambos, "Vencejo" y Juan "Pergan llegarían a ser consuegros de Rejalgar, al casarse Jesualdo Velasco con María Reyes, hija de "Vencejo" y Enrique Velasco con Patrona Blázquez, hija de Juan "Pergán".

En la celebración en la fragua, Adolfo sirve vasos mientras él también se pone bien.

El carbonero dice:

-¡De aquí nos vamos a la cama haciendo el gato!

-¡Miau!, dice "Vencejo", ¡miau!

Pasó el día siguiente, y el siguiente, cuando a ritmo de martinete, funden a golpes cruces para el cementerio. A Adolfo se le ha olvidado ir a Masegoso a inscribir al niño en el registro civil del ayuntamiento. Le llamarán Jesualdo, hijo de Rejalgar. También se le ha olvidado inscribirlo en la iglesia de San Benito, ni nadie se ha preocupado de su inscripción. A todos los efectos civiles, Jesualdo no consta, no existe, pero todo el pueblo lo conoce.

En la primavera de año 1922 entró por el Ituero un anciano ciego cargado con una capacha de esparto en la espalda. En su mano izquierda llevaba una garrota de almendro y atado a su muñeca, la cuerda de cáñamo con la que sujetaba un perrillo faldero que el mismo le llamaba Mora. En su mano derecha llevaba un canasto donde iba echando costeros de pan duro que los vecinos le daban. Pedía de aldea en aldea, corriendo caminos, que su perra conocía y guiaba. La perra se paraba en las puertas conocidas en las que siempre le daban un mendrugo. Todo valía, porque si no se podía comer lo echaba a la capacha y lo revendía a vecinos que pasaban más hambre que él y se lo cambiaban por pocos reales.

Se llamaba Antonio Miguel, más conocido como el "Ciego de la Perra" o el "Ciego de la Casa de la Rambla". Comía donde le invitaban al mediodía, pues conocía a todos los vecinos de cada aldea, pero aquí, en al Ituero no había venido nunca, no sabía dónde iba, porque se equivocó la perra de camino cuando estaba en Masegoso. El perrillo, que también pasaba necesidad, se paró en la puerta de la fragua de Wenceslao y Adolfo. Ahí comenzó a gemir como hambriento pedigüeño. El ciego callaba porque no oía voces, sólo el martilleo del macho en el yunque, ¡pin, pin, pin! Pensaba el ciego aturdido y cansado que se habían salido de su ruta habitual y se habían ido a la sierra del Vidrio, o al Pesebre. Totalmente desorientado tocó con el garrote un poyete que había en la puerta.

Pues me voy a sentar aquí dijo entre sí. ¡Algo pasará hoy!

Al parar el martilleo en el yunque, se oye decir:

-Uven, esto ya está, vamos a parar ya que no queda lumbre ni carbón. Vamos a echar un trago de vino, que ya está bien por hoy.

En ese momento, el ciego, sin levantarse del poyete donde se había sentado da con la garrota en la puerta dos golpes, al tiempo que el perrillo, ladra dos veces, con muy poca fuerza, porque hoy el ciego no pillaba nada de carne ni huesos que darle.

-¿Quién va, se oye desde el interior? Es Wenceslao Velasco, hermano de Adolfo, que ha oído los golpes en la puerta.

-Soy yo, "El Ciego de la Rambla", buena gente, que no me atrevo a levantarme porque me he perdido. ¡Buen hombre, socórranme, porque estoy algo periloto!

Salen Wenceslao y Adolfo a la puerta y ahí estaba, sentado en el poyete, apoyando la espalda en la pared y el perrillo mirando a los dos hermanos.

-Pues pase adentro y siéntese en una silla, que le vamos a dar un poco de agua, vino y algo de comer buen hombre, le dice Adolfo, sujetándole del brazo.

Lo sientan en una silla de madera con asiento de cáñamo trenzado. El ciego nota el calor de la fragua.

-Por el calor y tintineo, creo, buenos hombres, que estoy en una fragua, les dice el ciego.

-Sí señor, le dice Adolfo, pero ¿cómo es que se ha perdido? ¿No sabe usted dónde ha ido a parar? Pues sepa usted que está en el Ituero, por el camino que baja del Masegoso a Villalgordo, en el río Arquillo. Y más abajo está la Galdona y las Mitras, ¡Buenas cortijás!

-¡Válgame el Cristo Divino!, exclama el ciego. ¿Pero esto dónde está? ¿En Albacete? ¿En Alcaraz? ¿En Lezuza? ¿En dónde coño me ha traído la "Mora"?, dice con muy mal genio levantando la garrota con intención de darle un garrotazo al perro, sabiendo que lo tenía delante.

-¡Te voy a soltar un garrotazo en tos los dientes que no te va a quedar ni uno! ¡Me cago en toa tu estampa canina!

-Bueno, bueno, buen hombre. Déjelo, déjelo. Tome usted primero un chatico de vino con un poco de jamón, le dice Adolfo. Ya verá como va cambiando la situación.

El ciego se bebe de un trago el chatico de vino bajo la mirada atenta de los dos hermanos.

-Venga otro, dice Adolfo, ahora los tres, que parece que traía mucha sed por ese camino.

Wenceslao le da un trozo de jamón con un poco de pan, lo coge rápidamente y se lo lleva a la boca. A medio masticar, con la boca llena, comienza a explicarle su vida .

-Vivo de la mendicidad por esas aldeas y caminos. Nunca me alejo mucho de la zona de La Rambla, Pozuelo, San Pedro y Santanas, pero, como me encontraba por El Cucharal, le he dejado al perro tirar y tirar y me he agotado. Y hablando de El Cucharal, allí me han dicho que estaban con mucha pesahombre porque habían matado a un pastor que se llamaba Marcos Barba y no estaba muy claro quien había sido, porque entre todos se cubren.[283] La viuda que se llama Antonia Blázquez dice que no parará hasta que los maten a todos. Dos hijas pequeñas le ha dejado.

-Esa es la hermana de Juan "Pergán" le dice "Rejalgar". Los que han sido no estarán muy lejos.

Menos mal que me he sentado aquí, porque el perro tampoco puede. ¡Sea pues lo que Dios quiera!

-¿Está bueno el vino?, le pregunta Adolfo.

-Muy bueno, pero este vino no es de por aquí, le contesta el ciego agarrando el vaso y alargando la mano para que se lo llenara.

-Este vino, como lo ha adivinado, no es de por aquí, es de La Roda, un tinto que ayuda a dar martillazos. ¡A que sí Uven!

Así le llamaba familiarmente su hermano. Otros vecinos le llamaban Uvenceslao, otros Vences.

-Wenceslao asiente con la cabeza.

Y dígame buen hombre, ¿siempre va pidiendo? u ¿ofrece canciones o chascarrillos a la gente de las aldeas?, le pregunta Wenceslao.

-¡Claro que sí!, como me recorro todas las aldeas, también voy de correveidiles y galopín. Vendo letras de los romances que canto a diez céntimos y almanaques zaragozanos. También me pongo a cantar algún romance pícaro que me van contando, que les gustan a las mujeres, que algunas son muy picaronas, les dice, alargando la mano otra vez para que le llenen el vaso de vino.

---

[283] Los hechos sucedieron el día uno de mayo de 1922 en una reunión de pastores y después de haberse bebido un lebrillo de vino entraron en reyerta dos pastores de Masegoso. Cuando hicieron uso de las navajas para solucionar el debate, se interpuso Celestino Marcos Barba, recibiendo una puñalada en el costado que le causó la muerte allí mismo. Fueron procesados Juan Cuerda Marquez, Avelino Crispín Cuerda Marquez, Juan Manuel Marquez Ortega, Pedro Marquez Lorenzo (El Gato) y Alejandro Díaz (Sartenilla), pero ninguno fue condenado por homicidio.

-He oído en el pueblo anterior, les dice, que han cerrado la escuela por una epidemia que afecta a los niños.[284] ¿Aquí no habrá llegado la enfermedad, verdad?, porque yo estoy muy enjuto y enrobinao. La verdad sea dicha, que como me estoy poniendo ya una miaja contento, le voy a decir una. ¡Y gorda! ¡Bien gorda! Y no lo digan por ahí que he sido yo el que lo ha dicho, no vaya a ser que me maten al perro, que es mejor que mi mujer, que en gloria esté, que desde que enviudé estoy mejor que las liebres.

-¡Diga, diga!, le insiste Adolfo. Cuente esto que dice que es bien gordo.

-Pues resulta, les dice con sonrisa de picardía, cayéndole por la comisura del labio un ligero hilillo de vino empastado con restos de las migajas y jamón, que el rey Alfonso XIII, tiene una amante y que la reina, que no tiene un pelo de tonta, lo sabe y se lo consiente, y que le gustan más las mujeres que a un gandul una cama. Que la susodicha, se llama Melanie, y no se esconde, no, no, no, que va, que lo sabe to Madrid.

Así estuvo contando zarandajas hasta que le acompañaron a la placetuela del pueblo, lo sentaron en una rueda de molino que hacía de asiento, llamaron a todos los vecinos para que oyeran al ciego, el cual les había prometido que les iba a cantar un romance.

Fueron Adolfo y Wenceslao llamando a los vecinos, a Victorina, la Heliodora, a su madre Dolores, a Vencejo, al Carbonero, a María Dolores, que tomó en brazos a su hija Petra, a ver que pasaba en la plaza.

Se fue llenando de gente. Un poco asombrada, porque en la aldea lo único que pasaba por la calle eran los gatos.

Señoras y caballeros. Comenzó el ciego a decir. Gracias a estos dos herreros que me han salvado hoy la vida, voy a cantar un romance que he conocido en Alcaraz. Va dedicado a un bandolero que murió hace unos años en la sierra de Villaverde de Guadalimar.

Afina la voz y respira profundamente. Se pone en pie sin soltar a su perro y se dirige a los vecinos:

> *En la provincia de Albacete,*
> *en la Sierra de Alcaraz,*
> *mataron al Pernales,*
> *también al Niño del Arahal.*

Canta bien el ciego, dice Vencejo.

¡Qué fuerza en la voz!, dice el Carbonero.

Entre los comentarios de los vecinos, se preguntaban quién era ese tal Pernales.

Obdulio, hermano de Victorina, le dice a su padre, el Carbonero:

---

[284] El día cuatro de marzo se declara oficialmente una epidemia de tosferina, por la que se cierran todas las escuelas.

-Padre, ese era un bandolero de Andalucía que mataron hace unos años en la sierra, que lo llevaron a enterrarlo a Alcaraz con otro que le llamaban el Niño del Arahal. ¿No se acuerda que lo dijeron cuando estuvimos a llevar carbón al herrero?

Destino suyo ha sido
el ser extraño por estas sierras.

El ciego se desgañitaba con fuerza. Atronaba el vozarrón en medio de la plaza. Había recuperado toda la fuerza con el vino y el jamón.

Adolfo le dice a su hermano Wenceslao:

-Si se toma dos chaticos más, lo oyen hasta en el Cilleruelo. ¡Menuda garganta tiene!

Pernales no ha matado a ningún hombre,
que el dinero que robaba
lo repartía entre los pobres

Unos comenzaron aplaudir cuando acabó el romance. Otros se emocionaron al oír que una persona robaba a los ricos para repartirlo entre los pobres. Las mujeres decían ¡Qué lástima de hombre! ¡Matarlo como a Jesucristo!

Después de cantar pidió mendrugos de pan duro para poder volver a su casa en la Rambla. Las mujeres fueron trayendo los restos de pan y llenó la capacha. La perrilla Mora ladraba dos veces cuando un vecino se acercaba con un costero. Se hartó de huesos y alguna morcilla rancia.

Quedó muy agradecido a los hermanos Adolfo y Wenceslao por haberle ayudado tanto. Sobre todo cuando oyó los aplausos de los vecinos. "De ahora en adelante", pensaba, "volveré a cantar el romance, pues parece que les gusta a los pobres oírla." Pidió que le indicaran el camino a seguir para volver a Masegoso. La perra Mora estaba más contenta que cien romances porque casi tiraba de él sin saber hacia dónde ir. Le acompañaron al camino, que estaba como a cien metros, despidiéronse de él, deseándole toda la suerte en el viaje de vuelta.

La perra, ya en el camino, ladra dos veces.

-¡Ah, ladrona!, le dice el ciego. Ahora te acuerdas del camino. Bueno, dejémoslo estar. Después de todo, no ha estado mal en este pueblo. Por cierto, Mora, ¿cómo han dicho que se llamaba?

El perro vuelve a ladrar dos veces.

-¡Ah, ya te entiendo!, le dice el ciego. Vamos al Masegoso a la posada. Y se pone a cantar el romance que ha aprendido:

Vamos por ellos Niño
que si no me matan esta mañana,

un gran recuerdo han de tener.
A los pocos momentos
Pernales al suelo caía.

Llegó el diecisiete de noviembre de 1922 y María Dolores dio a luz a su quinto hijo a las doce y media de la mañana, sólo atendida por su cuñada Victorina y de la mujer de "Vencejo". Le pusieron por nombre Gregorio y así lo inscribieron en el registro civil, pero su hermano Jesualdo con diecisiete meses todavía permanecía sin inscripción, ni en el civil, ni en la iglesia. Pero de nuevo la difteria atacó a la criatura, siendo el segundo hijo que moría en la familia.

Petra Velasco López   **Evelia Elia Velasco López**

A los dos años y tres meses María Dolores vuelve a dar a luz otro niño, cuando contaba cuarenta y tres años y Adolfo cuarenta. Le llamarían Enrique. Ya no tendrían más. Pero si, más desgracias que sufrir.

Era vecino de María Dolores y "Rejalgar", Arturo López, sobrino de Victorina, que alternaba labores de barbero visitando aldeas por "igualas" o en especie, haciendo cortes de pelo al cero o al uno y poniendo inyecciones que le había enseñado el médico don Faustino porque él no podía hacerlo al faltarle un brazo. También cortaba el pelo en su casa. Estaba Petra entrada en la adolescencia cuando Arturo se fijó en ella, viéndose a escondidas de día y de noche, por lo que vino a pasar lo que tenía que pasar, que de tanto fuego entre jóvenes, se quedase preñada con quince años.

Arturo no sabía que hacer cuando Petra se lo dice una tarde. Ella tampoco.

-Mira, le dice Arturo, habla con tu madre hoy mismo y nos casamos mañana, que no quiero que tu padre se entere. Temo por mi hombría si se entera o me pega fuego en un descuido, que tu padre no piensa las cosas dos veces.

Petra le dijo que así lo iba a hacer aquella misma tarde.

-Bueno yo por si acaso me voy unos días a pelar en cuatro aldeas que tengo, que si me quedo aquí, yo creo que no me escapo. Ya te digo yo, que tu padre no es persona.

María Dolores, madre de Petra se echa las manos a la cabeza, no por haberse quedado preñá, sino por temor a que aquello provocase una catástrofe.

-¡Ay hija mía, lo que me faltaba! La perdición. Esto no puede salir de aquí. Dile a Arturo que vea al cura del Masegoso, que os caséis ya mismo. ¡Madre del cordero divino! ¡Cómo se entere tu padre nos mata! A tí por quedarte preñá, a mi por ser tu madre.

Esa misma tarde se fue María Dolores a ver a Arturo, que estaba preparando los útiles para salir por la mañana temprano. Éste que la ve tan apurada se imagina que ya lo sabe.

-No se preocupe María Dolores, yo me hago cargo, yo respondo como debe ser. Me caso con ella mañana mismo, le dice todo acelerado.

-Hijo mío, hazlo mañana mismo en Masegoso. Habla con el cura y vuelve el mismo día.

-Así lo haré, así lo haré, le dice Arturo todo nervioso y deseando acabar con todo aquello.

A la mañana siguiente coincidió que nada más salir el sol, salió a caballo en dirección a Masegoso "Rejalgar". Llevaba la tarea de herrar dos mulos en el molino de la sierra. Siguiéndole los pasos iba a pie Arturo sin saber que delante de él, llevaba a su perseguidor.

No se vieron en todo el camino, pero al llegar, Arturo se fue derecho a la iglesia de San Benito. No se iba a ir de allí hasta hablar con el cura.

Por la otra parte del pueblo, en el molino de la sierra, acabó Adolfo de herrar dos mulos, cuando para celebrarlo se fueron a la taberna de la plaza. Y como era costumbre, detrás de un chatico, venía otro, hasta que la euforia se desataba en discursos.

-Mira quien viene por ahí, le dice "Calzones" a "Rejalgar" cuando estaban dispuestos a cantar la "Internacional" en medio de la plaza. Tu vecino Arturo, el barbero del Ituero.

Arturo que lo ve, no sabe qué hacer. Si darse la vuelta y esconderse en la iglesia o salir corriendo. Se ha parado y bloqueado como si hubiera visto al mismo diablo. ¡Madre mía! ¡De ésta no me libro! Éste se ha enterado y ha venido a buscarme. A ver qué hace o qué me dice.

En ese momento, parado al salir de la iglesia. "Calzones" pone a prueba la valentía de "Rejalgar".

-¡A qué no le tiras una piedra a tu vecino Arturo!

-¿Qué no? Ya verás si se la tiro o no, le contesta, cuando se agacha para coger una de su horma de puño.

No se espera para avisar. Del suelo se incorpora colocando la pierna izquierda un poco más adelantada y con un movimiento seguro con la mano diestra le lanza la piedra mientras "Calzones" no puede creerlo. Éste no piensa las cosas. Le ha soltado con la piedra en toda la frente.

Arturo ha recibido la pedrada y se ha caído al suelo. La frente echando sangre y ellos dos ahí, en la plaza mirando como si no hubiera pasado nada.

Han salido dos mujeres a socorrer a Arturo. Una de ellas grita, ¡Qué le han abierto la cabeza! La otra corre a buscar a don Faustino, el médico que enseñó a Arturo a poner inyecciones.

Cuando llega don Faustino, les dice que lo acerquen a la taberna para que lo cure. Allí pide que le dejen un poco de alcohol y una gasa. Cuatro puntos de sutura cosidos sin anestesia.

-¡Pero hombre de Dios!, dice el médico. ¿Quién te ha hecho esto? ¿Alguien que te quiere bien? ¿Verdad? Pero mira que son brutos en este pueblo. ¡Qué barbaridad!

Arturo que no decía nada por miedo a que la cosa empeorara si se dirigían hacia "Rejalgar" y tomase por ello más represalias, se preguntaba si lo había hecho por haberse enterado de la preñez de su hija Petra.

Con más miedo en su cara, fue tomando más consciencia de la situación mirando la puerta de la calle para salir cuanto antes camino del Ituero. Con la cabeza vendada para cubrirle la sutura se asomó a la calle a ver si "Rejalgar" seguía en la plaza.

"Calzones" seguía en la plaza esperando a que saliera para ver como estaba, cuando lo ve asomarse con más miedo que cuando lo vió en la puerta de la iglesia.

-Arturo, le dice, sal corriendo por ahí, por la calle del río. ¡Corre!, que a "Rejalgar" se lo han llevado a la otra taberna.

Y no se lo pensó dos veces, salió sujetándose las vendas con la mano camino del Ituero mirando hacia atrás y hacia las carrascas que había a los dos lados escudriñando las sombras de "Rejalgar".

**Cueva del Portalón.
Ituero.**

Entró Arturo a la aldea por la fragua. Lo primero que hizo fue ir a ver a Petra y a María Dolores, hallándolos a todos en la casa. Petra, más asustada que Arturo cuando lo ve entrar con el vendaje en la cabeza. Evelia con trece años, se acerca atemorizada también a interesarse por el vendaje y los dos varones, Jesualdo con diez y Enrique con seis.

Las explicaciones fueron rápidas y más la despedida.

-Dentro de una semana nos casa el cura, le dice Arturo. Eso, si no me mata tu padre, porque la pedrada, me imagino que no habrá sido por tener conocimiento de tu embarazo.

-No, no puede ser, le dice Petra. Si de mi madre no ha salido y de mi boca, ¡qué lástima!,¡ me mata a mi primero!

Por la tarde regresó Adolfo, subido en el caballo como el que hubiera venido de derrotar a todos los moros de Granada. Se acercó a la puerta de la fragua y tuvo que llamar a su hermano para que le ayudara a descabalgar, pues solo, corría el peligro de ir al suelo.

Wenceslao sale a ayudarle a bajar cuando, Heliodora, su cuñada y madre de Arturo se dirige hacia él:

-¡Míralo, míralo, que bonico viene, bien puesto! ¿Estarás contento eh?

-Déjame en paz, le contesta "Rejalgar".

-¿Ya me dirás tú que explicación tiene lo que le has hecho a Arturo en la cabeza?

-Nada, si ha sido una china de nada, le dice.

-¿Pero tú dónde tienes la cabeza? No te das cuenta que te va a temer todo el mundo y no nos van a dar más trabajo. ¿Por qué no te preocupas más por tu hija?, que se ha quedado preñá en lugar de estar todo el día dale que te pego al vino.

En ese momento habían salido a la calle Petra y su madre, cuando la furia se refleja en la cara de su padre y toma fuerza para dirigirles la mirada a las dos.

-¡Os mato!, les dice. ¡Os mato a las dos!

Con las manos abiertas, si las hubiera atrapado hubiese habido un infanticidio y un uxoricidio,[285] pero debido a la lentitud de sus movimientos por su ebriedad, hacen que madre e hija puedan escapar de sus garras y salgan corriendo por la senda del Portalón.

Aquella noche Adolfo, acostado en la cama, todavía con la ira en todo su cuerpo, gritaba:

-¡Embarazada mi hija con quince años y de Arturo! ¡Las mato, las mato a las dos!

Pero como no podía acompañar el pensamiento con las intenciones de levantarse y perseguirlas por donde habían huido, tuvo que aguantar la noche y la "moña" hasta el día siguiente en el que tuvo que interceder su hermano Wenceslao.

Y no se esperó, pues al amanecer le preguntó a su cuñada Victorina dónde se habían escondido.

---

[285] Hoy, el infanticio y el uxoricidio (parricidio) han sido suprimidos el el Código penal vigente como elementos autónomos. Existe un agravante genérico si el homicidio es realizado por el marido hacia su cónyuge. C.P. 1995

-¡Si hombre, a tí te lo voy a decir!, pensaba Victorina. ¡Para qué hagas una barbaridad!

Era su hermano el que intercedía.

-Venga, venga, vamos a calmar las cosas, que no es la cosa para amenazarlas así, le decía Wenceslao.

-¡Os voy a matar a las dos! grita. ¡Os mato a las dos! ¡Me cago en to lo nacio!

Pero el vocerío es tal, que se oye hasta en el Portalón; unas cuevas trogloditas, con un tapial en la puerta y una puerta de tablas podridas, que hasta no hace mucho estuvieron habitadas por los vecinos más pobres de la aldea. De momento ahí se han escondido hasta que alguien medie en el lío.

Pero desde allí, madre e hija oyen los gritos. Harán guardia día y noche por si lo ven bajar al río y huir vega abajo.

Como algunas vecinas las han visto esconderse, les van a llevar algo de comida y ya les dirán como acabar esta emboscada. De ello se encargará Victorina, que con su marido Wenceslao mantendrán las vías de comunicación.

Adolfo se ha quedado en la casa con los tres hijos, siendo Evelia con todos sus problemas de corazón y trece años, la que se encargará de hacer de comer para su padre y sus dos hermanos. El médico don Faustino les había dicho a María Dolores y a Adolfo que la esperanza de llegar viva a los veinticinco años era improbable, porque el corazón iba a seguir creciendo con el consiguiente peligro de romperse o infectarse. Murió a los veintisiete años en Casas de Lázaro.

Su padre le tenía más cariño a Evelia por ser la más débil. La niña sabía tratar a su padre con más confianza que su hermana y su propia madre, de manera que poco a poco le hacía ver que aquello no era el fin del mundo, que muchas mujeres se habían quedado embarazadas muy jóvenes y algunas no se habían casado y le hablada de su tía Hipólita, que tuvo ocho hijos con Bruno, su primo. Y de Donata que había tenido once hijos sin haberse casado con Sebastián, o de Natalia, su prima hermana, que tenía cinco.

Adolfo la miraba y se callaba, pero la cerrazón le duró una semana hasta que por fin llegaron a un acuerdo. Una semana tensa, llena de miedo, durmiendo en una estera de esparto, asomándose por encima del tapial de la cueva para vigilar la posible llegada de "Rejalgar" si se enteraba dónde estaban escondidas y se le ocurría venir.

A Arturo lo mantuvieron escondido en su casa para evitar que pagara otra vez el desaguisado.

Gruñía como un verraco cuando le preguntaba su hija Evelia si estaba conforme a que viniera su madre y su hermana. Aquello debía ser buena señal, porque de otro modo habría tirado los muebles a la calle o habría salido a buscarlas al monte.

Vitorina les hizo llegar a María Dolores y Petra el estado de ánimo de "Rejalgar", ya apaciguado, por lo que decidieron subir a la aldea.

-Sea lo que tenga que ser, decía María Dolores, que yo ya estoy cansada de dormir en la estera, aquí como los lobos.

Wenceslao Velasco García con su primer hijo. Ituero

 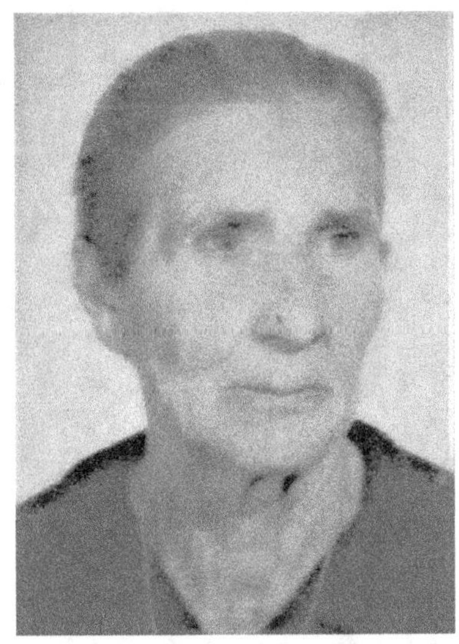

Wenceslao Velasco García   **Victorina González Altarejos**

Cuando venían por el camino, subiendo la cuesta que llega a la aldea, fueron a llamar a Arturo para que mediara en favor de Petra y de su suegra María Dolores. También tenían que decirle a Adolfo que al dia siguiente se casaban en la iglesia de San Benito como había quedado con el cura el día en que le dio la pedrada.

Arturo salió al encuentro y le cogió la mano a Petra para tranquilizarla, comunicándole que su padre ya se había calmado.

-Lleva una semana que no ha probado el vino, que así me lo ha dicho tu hermana Evelia y tu tío Wenceslao. Se lo han escondido. Están sacando más faena que nunca los dos en la fragua. ¡Será por eso!

Cuando pasan por la puerta de la fragua, Wenceslao le dice a su hermano Adolfo:

-Mira, ahí están. ¡Venga dales un abrazo!

-¡Pos si hombre!, le contesta.

Un gruñido fue lo que oyeron las dos cuando se asomó a la puerta sin soltar el macho.

Eso es buena señal pensó María Dolores que lo miraba de reojo agarrada a la mano de su hija, la que sentía el sudor del miedo.

-Mira a "Garrampón" le decía a su hija. Más gasporro no habrá en toda la sierra.

Francisco Velasco hijo de Wenceslao Velasco y Maruja González

Palmira Velasco (hija de Wenceslao Velasco) y Braulio Moreno

Petra Velasco López y Arturo López González

Llegó el catorce de abril de 1931 cuando Petra estaba en el sexto mes de embarazo y en el Masegoso mandaron repicar las campanas de la iglesia. Nadie preguntó quién se había muerto ni quien había nacido. [286] Alfonso XIII salió "chispando" sin despedirse.

El día siete de julio Petra comienza a sentir las primeras contracciones. Le dice a su madre que le duele mucho, que avise al médico don Faustino. María Dolores, su madre, va a pedir ayuda a Victorina, Victorina a la Heliodora, la Heliodora al "Carbonero", el "Carbonero" a Wenceslao. Todos acuden a su casa para ponerse de acuerdo en a quién avisar primero.

Arturo, sale camino de Masegoso a buscar a don Faustino y Adolfo a la partera. Pero es mal día, ninguno de los dos se encuentra en el pueblo. El sol aprieta. Habrá que buscarlos donde han ido. El tiempo pasa y Petra está en la cama pariendo con dolor. Su madre y Victorina le atienden como pueden. Se está desangrando y no hay amparo de ningún médico. Ellas no saben como cortar la hemorragia que se está produciendo mientras un niño se asoma al mundo en el momento más duro y triste de la historia de España.

Cuando nace, le cortan el cordón umbilical con un cuchillo, pero la hemorragia no cesa. Toda la sangre se derrama sobre las sábanas y el suelo. No llega nadie en su socorro mientras Petra no tiene fuerzas para hablar. Su voz se apaga mientras su madre y su tía le animan a que no cierre los ojos.

Cuando llegan a casa don Faustino, muy amigo de Arturo la encuentran sin vida. El médico no puede hacer nada, el corazón se ha parado, toda la sangre se ha derramado en el suelo y un gran coágulo ha sido expulsado sobre la cama. María Dolores sufre el mayor de los desconsuelos. Ya han recogido al niño, lo han lavado y metido en una cuna.

---

[286] El 17 de agosto de 1930 se reúnen en San Sebastian los representante políticos de los partidos de derechas e izquierdas (Lerrous, Azaña, Marcelino Domingo, Alvaro Albornoz, Ángel Galarza, Alcalá Zamora, Miguel Maura, Manuel Carrasco, Matías Mallot, Santiago Casares, Indalecio Prieto, Felipe Sánchez, Eduardo Ortega y Gasset) con el propósito de elaborar la estrategia de poner fin a la Monarquiia de Alfonso XIII. El 14 de abril se proclama la II República en todos los balcones de los ayuntamientos. Unamuno dice en un banquete en su honor y como presidente de los juegos florales en Albacete. "No fueron los republicanos los que han traído la República, ha sido la República la que ha traído a los republicanos".

Cementerio de Masegoso. Lugar donde está enterrada Petra Velasco López

Llega Teresa, tía política de María Dolores, la partera, con Adolfo, pero ya nada pueden hacer. Adolfo se ha quedado serio, sentado en una silla mirando a su hija muerta sobre la cama. El niño lo cuidarán María Dolores y Evelia durante seis meses, pues su muerte vino a acrecentar la tristeza de María Dolores que contaba cuarenta y nueve años y ya había perdido a tres hijos y a su primer nieto.

Triste final para la familia de "Rejalgar" y María Dolores. También para la familia de Arturo y sus padres "El Carbonero" y la Heliodora, han perdido a su nuera y a su nieto.

El triunfo de la Coalición Electoral del Frente Popular en 1936 no fue aceptado en ningún momento por las derechas en la República. Hasta ese momento, la izquierda no había tenido opción de gobierno. Su reforma agraria, su cambio educativo y cultural, la ley de divorcio, la reforma electoral, no serían aceptadas por las fuerzas fácticas, comenzando a conspirar organizadamente para derrocar cuanto antes a la izquierda por la vía rápida, el golpe de estado que tanto les gustaba a algunos generales del ejército español.[287]

Era costumbre según la normativa de reemplazos desde 1892, que fuera el padre o tutor del mozo el que solicitase el ingreso e inscribieran a sus hijos en cada llamamiento a filas del ejército. Por ello, Adolfo fue el primero en inscribir a su hijo Jesualdo Velasco en el ayuntamiento de Masegoso cuyo alcalde era Pedro

---

[287] El 13 de septiembre de 1923, el general Primo de Rivera se rebela contra la monarquía de Alfonso XIII violando la constitución de 1876. El rey no se opone y lo nombra presidente del directorio militar, adhiriéndose de ésta forma a la misma. El general renuncia a primeros de enero de 1930. Le sustituye el general Berenguer el 30 de enero de 1930 que no reestablece la Constitución, ni convoca elecciones, provocando su destitución el 18 de febrero de 1931, siendo un nuevo militar, el almirante Juan Bautista Aznar el que convoque elecciones municipales para el 12 de abril de 1931.

Márquez,[288] al enterarse de las condiciones que el Gobierno ofrecía a los soldados que entraban voluntarios para combatir a los frentes activos de la guerra civil, iniciada el 18 de julio.[289] Diez pesetas al día, posibilidad de ascender, el tiempo mínimo de seis meses prorrogables a voluntad del Gobierno por todo el tiempo que durase el movimiento sedicioso.

Después se inscribirían cinco jóvenes más de Masegoso.[290] Pensaban que aquello iba a durar poco. A todos les hizo el informe de buena conducta política la agrupación local de la Unión General de Trabajadores, que acreditaba la lealtad del solicitante al régimen republicano.

Y no se lo pensó dos veces, sin saber la edad que tenía su hijo, que en julio de 1936 tenía quince recién cumplidos, todavía más joven que los de la "Quinta del Biberón", que fueron reclutados a finales de abril de 1938. Sin lugar a dudas y para los anales de la historia de la guerra civil española, fue el "voluntario" más joven de España que ingresó a las filas de aquellos primeros 30.000 soldados.[291]

Pensó que si le iban a pagar más que trabajando, pues mejor que ocupar fincas o tierras como le había sucedido a Ángel, el carpintero, y a otros seis más por roturar y sembrar siete hectáreas de monte bajo en los "Perdigueros",[292] hacía dos años, porque no se llevaba a cabo la reforma agraria tan esperada.

"¡Aquí poco desarrollo llevamos entre las cabras!" pensaba "Rejalgar".

Como en el registro civil no figuraba ningún Jesualdo Velasco, nadie podía impedir que se alistara voluntario. Jesualdo no se opuso, no había salido del Ituero. No estaba mal ver mundo, aunque fuera entre fusiles. Tampoco pudo oponerse su madre, por miedo a que "Rejalgar" descargara la ira. Había perdido ya tres hijos y un nieto. El diecisiete de agosto de 1936 se encuentra con un fusil Mauser de 1893 de 7 mm de calibre haciendo la instrucción en Albacete al mando del teniente coronel Jarillo en la calle Baños 41.[293]

Cuando el teniente coronel Jarillo observa un adolescente imberbe en las filas de instrucción, se acerca a él y le pregunta:

-¿Cómo te llamas soldado?

-Jesualdo Velasco, mi teniente coronel.

---

[288] Pedro Marquez Lorenzo (El Gato) fue el que participó en la reyerta del uno de mayo de 1922 en la rambla de Peñarrubia de la que resultó muerto Marcos Barba, marido de Antonia Blázquez García.

[289] Decreto del 17 de agosto de 1936. Publicado en el BO de Albacete el 21 de agosto de 1936 n. 101

[290] Antonio Rueda Martínez de 22 años, Ángel Muñoz Carreño de 22 años, Domingo Juan del Toro Garcia de 18 años, Valentín González Rosa de 23 años y Antonio López Macía de 26 años.

[291] Después se crea el 5 Regimiento que sobrepasaría los 70.000 soldados. Llevaban como divisa la estrella de cinco puntas.

[292] Los hechos sucedieron el 12 de enero de 1932, un año antes de celebrarse sesión de la Junta Provincial de la Reforma Agraria de Albacete en la Audiencia Territorial, donde se fijaron las extensiones y límites a efectos del apartado 13 de la Base quinta de la ley de la Reforma Agraria. Fueron denunciados por estos hechos: por la guardia civil, Ángel Ortega "El carpintero", Emilio Redondo, José González, Ramón Reyes, Agustín Martinez, Amador Martinez y Salvador Flores.

[293] Para la instrucción y encuadramiento de los batallones del ejército de voluntarios se crean cuatro bases de reclutamiento con cabeceras en Castellón, Cuenca, Murcia y Jaén. Como centro de organización se ubicó Albacete a cuyo mando estaban Diego Martínez Barrio, organizador del ejército de voluntarios y de constituir las brigadas mixtas, Ruiz Funer y el general Martínez Monge.

-¿Y cuántos años tienes ?

-No lo sé, mi teniente coronel.

El teniente coronel Jarillo, se da la vuelta y detrás de él un capitán. Por el camino a su despacho, le dice al capitán.

-¿Se nos ha colado un niño de voluntario capitán? ¡Así no ganamos la guerra!

Jesualdo Velasco López

Fue destinado a reforzar al I Cuerpo del Ejército en las posiciones de Vizcaya en junio de 1937 que contaba con unos 50.000 hombres para defender la sangrienta ofensiva de las tropas sublevadas que atacaban Bilbao en su última fase, cuando cayeron sobre Bilbao 20.000 bombas, librándose batalla en los suburbios donde murieron cerca de 14.000 hombres.

No se imaginaba Jesualdo, ni los que se fueron con él, la miseria de una guerra, no solamente en los frentes donde unos disparaban a los otros que podían haber sido compañeros y amigos antes de la sublevación, sino porque en los pueblos y ciudades se estaba librando otra, la civil, la de vecinos jornaleros y agricultores contra vecinos artesanos, carpinteros. Esta sería la más triste, pero ahí estaba el espíritu de los españoles. Los dos bandos quedarían marcados desde el inicio de la guerra hasta dos generaciones.

Perdida la capital, Bilbao, el general Ulibarri retira las tropas y se dirige hacia Santander, soportando el bombardeo de la legión Condor, las capturas de militares y deserciones. Van a formar parte del XIV Cuerpo de Ejército con los restos disponibles que se sumarán al XV-XVI y XVII en Asturias.

Pero con el ejército diezmado y perdiendo oficiales, el 24 de agosto Ulibarri renuncia a defender Santander.

Jesualdo se está librando de la muerte porque de los 17.000 detenidos, unos mil son fusilados por los sublevados. El ejército del norte está prácticamente destruido.

Los que han sobrevivido son evacuados a reforzar las posiciones de defensa de Madrid. Allí se dirigen en los pocos camiones que quedan a ocupar las bajas de los españoles muertos del Ejército Popular.

En Madrid llegan a las Rozas con el objeto de realizar fortificaciones en la Dehesa de Navalcarbón, al noroeste de Madrid. Trabajaban más seguros porque era la segunda línea de detención, a dos kilómetros de la primera línea de trincheras.

No estaban seguros en el Ituero de que las cosas en el frente de Madrid fueran bien. Habían ido a formar el Segundo Cuerpo del Ejército y se inició una serie de reclutas continuas para duplicar y reponer las bajas de soldados en la defensa de Madrid. A primeros de enero del año 1938, pasaron a defender las posiciones del suroeste de Madrid. Una carta de Jesualdo a su madre María Dolores le informa de la escasez de víveres y de la muerte el primer día de compañero de Masegoso. Ahí se escondió ante las explosiones y continuos disparos por el puente de Toledo, a doscientos metros de donde ellos estaban. Le hablaba de los desertores[294] que habían huido, entre ellos algunos de Casas de Lázaro,[295] y de lo mal que comían para subsistir. Decían que los caballos muertos por metralla eran descuartizados para postas en los calderos de las cocinas, que los garbanzos, el pan y las patatas escaseaban.

María Dolores quedó muy preocupada y le dijo a Adolfo que podía hacer algo para evitar que se muriera de hambre, ya que otra cosa no podía hacer. Comenzó preparando una maleta en donde metió el sobre con el remite de la carta que le había escrito a su madre, la llenó de longanizas y pan. Se fue a la estación de ferrocarril de Albacete y esperó el primer tren que saliera para Madrid, mientras las calles de Albacete eran un hervidero de jóvenes extranjeros uniformados, sobre todo por el paseo de la Cuba donde estaban instalados y recibiendo la instrucción.

Se plantó en un asiento de madera hasta que salió el primer tren hacia Madrid, sin soltar la maleta. No estaba dispuesto a perder su contenido. Subió a las tres de la madrugada en un vagón de pasajeros de la locomotora de vapor "Montaña". Había que salir de noche para evitar los bombarderos sobre los trenes y las vías de ferrocarril. Era la primera vez que se desplazaba en un medio desconocido. Se agarró con fuerza a la maleta, viendo por los ventanales algunos reflejos de bombas que

---

[294] El 16 de agosto de 1938 el presidente de Gobierno Negrín anuncia una amnistía a los que se entregasen a la autoridad antes del 15 de septiembre. Para los que se presentaran en los centros de reclutamiento o regresaran a sus unidades se concedía una prórroga de un mes.

[295] La amenaza a los considerables prófugos, que por una parte no compartían la idea de defender la República se extendió a sus familias. En Casas de Lázaro se encontraban entre otros, Luciano Peña, Pistolo, Chaparro, Lázaro, Eloy "Mayorajo".

caían por Vallecas y no se despegó hasta llegar a la estación de Príncipe Pio. Su único miedo pasaba porque le quitaran la maleta de comida.

Los primeros rayos del sol quedaban a su espalda cuando le dijeron como llegar al cuartel de la III Brigada mixta. Comenzó a caminar y al cabo de dos horas llegó a la puerta de Atocha, donde le volvieron a dirigir hacia el río Manzanares, por la puerta de Toledo. Observaba detenidamente todo el ajetreo de gente civil y militar por las calles. Pronto comenzarían a sonar las alarmas, los disparos y los bombardeos.

Le habían dicho que circulara por la acera izquierda, que estaría más protegido ante las balas o las bombas, ya que el frente estaba detrás, así le cubrirían los edificios. Así era, porque los civiles y militares no circulaban por la derecha, donde se veían impactos de balas y metralla.

Me cago en todos los dolores, pensaba, mientras andaba con la maleta. ¿Pero esto cuando va acabar?

Serían las once de la mañana cuando llegó al cuartel donde los soldados se turnaban para acudir al relevo de las trincheras en Carabanchel. Al fín localiza a su hijo Jesualdo, imberbe, bajito, con una gorra. En ese momento cae una cornisa del edificio debido al impacto de un obús.

-¡Hostia puta!, dice Adolfo a su hijo.

-Padre, corra, pasemos aquí, a este pequeño hospital que es donde estoy. Le explica lo que está pasando en el frente. Nos dan "Matarratas"[296] que también usamos como combustible en la lámparas y tabaco para que no nos dé hambre del que tiran los fascistas desde los aviones.[297] Vinimos con piojos y ahora nos invaden millones a pesar de las campañas de despiojamiento. El jabón nos cuesta dos pesetas.

-¿Qué ha pasado en Casas de Lázaro, padre? le pregunta Jesualdo a su padre, porque he visto por la estación de Atocha al cura don Eleuterio vestido de paisano, con cara de pasar más hambre que yo.

-Pues dijeron que si no es por Araceli, le pegan fuego a él y a la iglesia y se tuvo que ir huyendo del pueblo,[298] le contesta su padre.

-Las mujeres, continua Jesualdo, que se han quedado viudas en Madrid se han metido a putas y no hacen caso a los carteles del peligro de las enfermedades.[299]

-Toma la maleta, guarda toda la comida y no te asomes en las trincheras, que esto es un infierno.

---

[296] Coñac del que donaban los vecinos y ayuntamientos.

[297] En Madrid lanzaban octavillas y paquetes de cigarrillos en donde se decía "Fuma estos cigarrillos, muestra de nuestra abundancia y pásate a los nacionales". "Miliciano Rojo: si eres verdadero católico, pásate a nuestras filas" "Miliciano Rojo: si tu conciencia te exije oír misa, pásate a nuestras filas".

[298] Eleuterio Mayordomo, natural de Viveros, salvó su vida gracias al alcalde Araceli Rosa. Se trasladó a Madrid al Paseo de la Delicias número 90, muy cerca de Atocha y vivía de lo poco que le enviaba el obispado de Albacete.

[299] Había carteles anunciando la peligrosidad de las enfermedades venéreas provocadas por la falta de higiene en los más de 200.000 prostíbulos. Los hospitales se llenaban por más enfermos que por heridas de guerra. Entre agosto de 1936 y marzo de 1937, el segundo hospital militar especializado en enfermedades venéreas registró mas de 70.000 casos. En Madrid, la unidad antivenérea de la Casa de Campo, el número de tratados era del 60 % del total de enfermos. Se pensaba que éstas contagios eran deliberados para evitar estar en las trincheras, como contagiarse de malaria al beber agua en las charcas o autolesionarse.

Jesualdo guarda la comida en un pequeño armario que tenían para meter los soldados lo que le enviaban sus padres. Aquí todos los días nos acosan a tiros y bombas.

-Lo mejor es que se vaya de aquí padre, que esto es muy peligroso, le dice Jesualdo.

-Ahora mismo. ¡Y me cago en Dios y todos los santos! ¿Pero en qué guerra te he metido? grita Adolfo cerrando los puños.

-Tire hacia arriba por esa calle, le dice Jesualdo señalándole la cuesta de Cascorro. Allí hay algunas tabernas para comer.

Adolfo le dio un abrazo de despedida, que sorprendió a su hijo, pues no recordaba que le hubiera dado un abrazo en su vida. Bueno, pensó Jesualdo, eso es que se le ha ablandado el corazón al ver este desastre de guerra.

Por la plaza de Cascorro vio mucho ajetreo de civiles y entró en una taberna donde vio que estaban bebiendo un vino tinto de buena cara. Se decidió a entrar entre tanta gente y pidió un cuarterón de vino y unos chorizos fritos.

El camarero de la taberna se le queda mirando cuando le acababa de hacer la petición, descubriendo que venía de lejos y además la primera vez.

-Buen hombre, ¿de dónde viene usted? Aquí no ponemos eso y los chorizos no sabemos dónde estarán.

-Bueno pues póngame lo que quiera de comer y el vino tinto, sea de donde le de la gana, le contesta Adolfo. Y que sepa que vengo del Ituero, una aldea donde no se oyen bombas ni tiros.

A su lado había otro hombre que estaba oyendo las explicaciones. Cuando decide intervenir, ya que estaba solo y le vendría bien un poco de conversación.

-Déjeme que le invite a tomar unos vinos, que le he oído decirle al camarero que viene usted del Ituero. Me llamo Gorgonio y soy de Murcia y lo que aquí me trae son unos encargos de intendencia, ya sabe, patatas, habichuelas, garbanzos, de los que donan en cada pueblo para que coman algo los soldados en el frente. Y dígame, le pregunta Gorgonio, ¿dónde se encuentra el Ituero?

-Pues yo se lo explico, le dice Adolfo. Venga ese vino que tiene buena pinta, le dice cuando el camarero le trae media botella.

Mientras se tomaban los chatillos de vino y picaban unas patatas fritas con tocino, le hablaba de Casas de Lázaro, del río Jardín, de Alcaraz, de Masegoso, de Albacete…

-¡Ah, de Albacete!, buena gente hay allí, que cuando paso por la estación, ¡buenas tabernas que hay! ¡Y buen vino tinto! Vamos a ver otras tabernas por el centro, que dicen que hay tertulias y debates sobre la guerra, le dice Gorgonio. Así probamos el vino que beben los señoritos. Y de la vuelta a Albacete, no te preocupes que nos vamos en el camioncillo en cuanto sea de noche.

-Pues tú dirás, le dice Adolfo, que yo esto no lo conozco.

Salen de la plaza de Cascorro y se dirigen hacia la plaza mayor, toda llena de tabernas, y buscan una en la calle Fuencarral, mirando a la gente que entraba a una de ellas, por lo que deciden pasar ya que se veía muy concurrida.

Ya había buen ambiente de vino. De hombres repeinados y bien vestidos.

Gorgonio, acercándose a la barra de la taberna le dice que si tiene alguna mesa libre para tomar unos vinos y unas patatas. El camarero los lleva junto a una mesa en la que había seis señoritos trajeados que brindaban sin parar. Uno de ellos, ya pasados los ochenta años no para de insultar a Franco.

-¡Es el mayor traidor de todos los militares de España, decía sin miedo ni preocupación!

Gorgonio que observa la cara que ha puesto Adolfo le dice:

-Hablar mal de Franco, tanto aquí como en Murcia, viendo como está la guerra nos puede llevar a enemistarnos o algo más, pues enemigos los vamos a tener ahora y después de la guerra, si acaba alguna vez, porque esto nos va a hacer llevar una cruz de por vida.

Uno de los hombres que estaba en la mesa de al lado, junto al que vociferaba hablando mal de Franco, le dice:

-No teman ustedes, no, que en esta taberna no hay fascistas. Aquí casi todos son monárquicos y no están de acuerdo en nada con la situación a que nos ha llevado la sublevación de "Franquito". ¡Disfruten ustedes de la guerra, porque la paz será terrible!, disfruten y beban.

En aquel momento, el que llevaba el protagonismo, que era respetado aunque como casi todos en la mesa estaban ebrios, lanza un brindis, levantando el vaso hacia todos.

-¡Viva el Tío Juan![300]

-¡Viva el Tío Juan!, gritan todos, incluido con algo de retraso Adolfo y Gorgonio.

-Ven ustedes, aquí no somos franquistas, aunque ese señor que lleva la voz cantante sea su padre.[301]

-¿Su padre?, pregunta lleno de asombro Gorgonio dando un pequeño respingo sobre la silla donde estaba sentado. Y siendo su padre, ¿no ha podido hacer nada para evitar la que ha liado en toda España?

-¡Coño!, pues claro que sí podría haberlo hecho, pero creo que ni se hablan. Aquí en Madrid le dicen "Paquita la Culona".

Otros repetían las palabras de Nicolás, el padre del sublevado:

-Si pierde la guerra y lo cogen, lo fusilan. Y si gana y se hace al amo de la Nación, lo asesinan como a Canalejas, Dato y demás políticos gobernantes.

Los brindis y los vítores se estaban saliendo del cesto llamando la atención de otras personas que pasaban por la calle. Unos se asomaban haciendo pequeños comentarios aludiendo al personaje principal de los vítores. Otros hacían un gesto despectivo con el corte de mangas.

---

[300] Tras la renuncia al trono y abandono de España de Alfonso XIII el día 14 de abril de 1931, los monárquicos consideraban heredero al trono a su hijo Juan. Las Cortes Constituyentes de la República declaran el 26 de noviembre de 1931 a don Alfonso de Borbón y Absburgo-Lorena, culpable de Alta Traición. El BOE del 26 de abril de 1939 ya a las órdenes de Franco, las declaran nulas y restituyen en sus derechos dinásticos.

[301] Nicolás Franco Salgado-Araujo, nacido el 22-11-1855. Tuvo un hijo bastardo con la filipina de catorce años Concepción Puey al que pusieron Eugenio Franco Puey.

Cuando se hizo de noche, Gorgonio le dijo a Adolfo que era la hora de salir camino de Albacete. Se habían quedado más sorprendidos que cuando llegaron a Madrid. Había tantas cosas inexplicables en aquella guerra que ese fue el asunto de la conversación en la mayor parte del trayecto.

Adolfo quedó muy agradecido y le invitó a pasar por el Ituero cuando tuviera tiempo, cosa que hizo al acabar la guerra, en un viaje con aquel pequeño camión camino de Jaén. Allí conocería a la familia en el Ituero.

Castora Velasco

Casa donde estaba el bar y sala de bailes. A la derecha la calle Poniente donde se encontraba la fragua de "Rejalgar"

Capítulo veintinueve

De cómo Wenceslao Velasco es reclutado en la quinta del saco

El último llamamiento a filas fue "La Quinta del Saco."[302] Con los ánimos por los suelos, desesperados unos, buscando la huida otros, resignándose los más pobres, desertando los que podían ver algún momento propicio para esconderse y volver a sus pueblos.

Wenceslao, con dos hijos, Francisco y Palmira, cumplidos los cuarenta años, se había librado en el primer llamamiento del 38, donde fueron llamados quince vecinos de Casas de Lázaro. Pero el frente se quedaba sin hombres. La última remesa pertenecía a las quintas de 1915, 1916, 1917 y 1918.

El destino de esta quinta no estaba diseñado para primera línea en el frente, sino para labores de retaguardia, en talleres, obras, reparaciones, cuarteles. Por eso le dijo a su hermano Adolfo:

-Esta guerra es una mierda. Si los que se llevan al frente no han cogido un fusil en la vida y le tienen más miedo a los señoritos que a los truenos. ¡Hasta al maestro de la aldea don Eloy han llamado! ¿Qué van a hacer en las trincheras?

-Ya te lo digo yo, le dice Adolfo, esconderse debajo del capote y dormir aunque caigan bombas. Mira lo que pasó el otro día. Vinieron a esconderse a la fragua Pedro Hervás del Masegoso, Felipe del Burrueco y Desiderio Sánchez de Casas de Lázaro. Les venían siguiendo los guardias de asalto de Albacete con una orden de detención porque habían salido huyendo de Humanes en Guadalajara. Se habían juntado cerca del cortijo de Pocopán, por la Herrera. Desiderio ya llevaba dos meses en busca y captura.[303] Total, que se metieron y les dije que se subieran a la cámara, que ya me

---

[302] La quinta del "Saco" de 1939 pertenecían a las quintas del 17 y 18 y los que fueron llamados a filas, sobrepasaban los 40 años.
Quinta de 1917. Fidel Esparcia Reyes, Francisco Pérez García, Wenceslao Sánchez Cabezuelo, Deogracias Tercero Alfaro, José García Navarro, Celedonio González Galdón, Eloy Sánchez Henares, Federico Sánchez Delgado, Juan González Sánchez, Araceli Rosa Reyes, Arturo Reyes Guillén, Agustín Sánchez García, Wenceslao Velasco García, Torcuato Garijo, Francisco Valenciano Valcárcel, Manuel Navarro Gómez.
Quinta de 1918. Virginio Alfaro López, Luis Amador Macia González, Heriberto González González, Vicente López Córcoles, Severiano García García, José Antonio González González, Juan Manuel Martínez Salvador, Antonio Sánchez Henares.
[303] Felipe Santos deserta el 11 de febrero de 1939, Pedro Hervás desertó el 14 de febrero de 1939 y Desiderio Sánchez desapareció de la 4a. Compañía del 358 Batallón de la 90 Brigada Mixta el 15 de noviembre de 1938. Fuente Diario Oficial del Ministerio de Guerra.
Otras deserciones de vecinos de Casas de Lázaro fueron comunicadas a los carabineros de Albacete, Felipe Sánchez del Batán que desertó en Oliva el 10 de marzo de 1939 casaría después con Jerónima Fermina Velasco, prima hermana de Adolfo Velasco, hija de Hipólita Velasco. Restituto Aguilar el 23

encargaba yo de entretener a los guardias para que no registraran. Cuando llegaron los guardias a preguntar si habíamos visto a estos tres, les dije que no, pero que registraran después de tomarnos unos chaticos de vino con jamón. Y como también pasan necesidades, cuando nos tomamos media garrafa de vino, dijeron que no hacía falta. ¡Les gustaba una goteja! Pero el golondro de mi pequeño Enrique, no paraba de subir y bajar a la cámara donde estaban escondidos. Hasta que un guardia le dijo que se estuviera quieto ya de una vez. ¡Venga subir y bajar! Luego me dijeron que tenían una granada dispuesta a tirarla si los guardias subían. Así que fíjate tu la que se hubiera liao, si se empeñan en buscarlos en la cámara. Y no te digo de los cuñaos, el "Mayorejo" y el Lázaro, que me dijeron que llevaban ya dos años y medio escondiéndose donde podían y les dejaban, que otros llegaron a esconderse algunos días en casa de doña Jacoba, que ayudaba a los prófugos, desertores del frente y a los "emboscaos" falangistas, llevándoles víveres y ropa.[304]

-Me tengo que ir mañana, le dice Wenceslao a su hermano Adolfo. Pues tenemos que presentarnos a las nueve de la mañana en la caja de reclutas,[305] de la calle de la Feria, con una manta, zapatos, un plato y un cubierto, más la ropa que quieras. ¿Qué me dices?

-¡Ya se ha perdido la guerra!, sentencia Adolfo. Si no quedan ni balas, ni hay nada para comer, ni queda una manta con piojos. Echa todo lo que puedas en el saco. ¡Ya me dirás tú qué vais a hacer!

-Oye, mira si estamos bien, que Luciano y el "Mayorajo" en cuanto vieron su nombre en las listas se fugaron al monte.

-Pues al cuñao, si quieren pillarlo no van a tener problemas, con lo que le gustan las putas, ya saben dónde engancharlo, porque éste no se va a unir a los "emboscaos".

Dentro del amplio campo de la miseria de una guerra civil, tuvo suerte Wenceslao, pues fue destinado al campo de aviación de la Torrecica, donde se integró en un grupo de herreros encargados de blindar camiones con chapa de tres milímetros, los "Tiznaos" y de fabricar falsos aviones con madera y hierro por si la aviación de la Legión Cóndor volvía a bombardear el aeródromo.[306]

---

de febrero de 1939 abandonó el frente junto con Rafael Martínez de Hellín en Alpedrete (Madrid). Benigno Ruiz "Burrales", Julian Valdelvira de Masegoso, el 10 de marzo de 1939, carabinero en Oliva.

[304] Informe número 1872 de fecha 26-12-1938 de Falange Española Tradicionalista y de la J.O.N.S. de Casas de Lázaro. Firmado por el jefe local Guillermo Campos.
Hubo llamadas a prófugos para que se presentaran en el Centro de Reclutamiento de Albacete a Jesualdo Córcoles, Ramón Alfaro, Cirrilo Alfaro, Gregorio Lorenzo, Lázaro Gómez (sobrino de María Dolores), Juan Mácia, Amador Reyes, Juan Ramón Rosa. Luciano Peña, Antonio Galdón. Fuente BO Albacete

[305] El CRIM (Centro de Reclutamiento de Instrucción Militar)

[306] Los días 2 de enero y 19 de febrero de 1937, la Legión Cóndor alemana, bombardea Albacete, con resultado de 130 muertos y otros tantos heridos; bombardearon puentes en Balazote, Pozuelo, San Pedro y Casas de Lázaro. Casas de Lázaro fue avisada inmediatamente al recibir una llamada desde el molino del Pozuelo al Batán de los Mazos, en la centralita donde se generaba la corriente eléctrica para el Pozuelo. Juan Blázquez recibe la llamada de que estaban Bombardeando el Pozuelo para que salieran del Batán y se pusieran a salvo. A partir de éste momento es cuando se construyen puntos de observación, zanjas y refugios subterráneos, uno de los cuales y desconocidos salía del recinto ferial,

Llevaba un mes Wenceslao en el aeródromo, cuando Victorina González, deja a sus dos hijos, Francisco, con siete años y Palmira, con dos, con María Dolores y Adolfo. Van a hacerle una visita y llevarle algo de comida. Le acompaña desde Masegoso su hermana Aurelia y su marido subidos en una mula. Victorina, en una burra. Llegan al atardecer y hablan con Wenceslao para que le permiten salir aquella noche. Piden en la finca de la Torrecica, que está antes del aeródromo, que les den albergue esa noche, tras explicarle al dueño la causa de la visita.

El aniaguero, hombre bonachón, cargado de buen humor, les dice:

-Señores y señoras, con mucho gusto, no se preocupen, ocupen dos habitaciones que tengo desocupadas, que por causa de esta maldita guerra, no quedan labradores, braceros, ni muleros que las ocupen. Pero sólo les pongo una condición.

-Muchas gracias, le dice Wenceslao. Y ¿dígame, cúal es esa condición?

-Pues señores y señoras, que cada hombre duerma con su mujer, le contesta riéndose.

Victorina y Aurelia se ríen a carcajadas.

-¡Qué ocurrencias, qué ocurrencias!, le dice Victorina.

Wenceslao les cuenta que el 16 de febrero fueron a llevar tres "tiznaos" a Los Llanos donde estaban reunidos en una sala del palacio el Presidente de Gobierno y varios mandos militares.

-Yo no sé lo que ha pasado ahí,[307] les cuenta Wenceslao. Pero si no hubo disparos ha sido porque no llevarían pistolas, porque las voces que metían eran como si estuvieran a palos.

Una semana después de la visita de Victorina, comenzaron a abandonar el aeródromo de la Torrecica sin control alguno. Los mandos abandonaron sus puestos, lo que llevó a que los hombres reclutados, los soldados y todo el personal fueran abandonando las instalaciones para volver a sus pueblos de origen.

Wenceslao cogió su petate, lo que pudo de comida para aguantar el día y salió por la vereda de la Torrecica hasta la prisión provincial por el Puente de Madera. Se fue acercando hacia el recinto ferial, donde tomó la vereda de Jaén para evitar encontrarse vehículos militares, sobre todo de los nacionales, pues eso supondría una

---

por el "Fielato", cruzaba la circunvalación, hoy calle de La Roda y se dirigía hacia poniente a unos dos metros de profundidad por el centro de la actual calle Badajoz. Fue descubierta cuando se realizaron las obras en éste barrio para el alcantarillado público, allá por el año 1964. Otra vía de salida no estudiada se encontraba por debajo de la piscina municipal en el campo de futbol, actual campo "Carlos Belmonte" en dirección hacia mediodía. Esta dirección es la actual Base de Los Llanos. Tenía una profundidad de cuatro metros y se descubrió cuando estaban las excavadoras haciendo el hueco de la piscina indicada. Otra desconocida para los historiadores locales de refugios antiaéreos pasaba por un edificio contiguo al depósito del Sol, actual biblioteca municipal de barrio Carretas, a unos tres metros de profundidad que se dirigía hacia abajo, hacia la subdelegación de gobierno.

[307] El 16 de febrero de 1939 se reúnen Juan Negrín, presidente del gobierno de la República. El presidente defiende continuar la defensa en espera de ver los movimientos de Gran Bretaña y Francia frente a la acción beligerante de Alemania. Todos los militares, excepto Miaja se muestran reacios a continuar. Ello provocará por parte del coronel Segismundo Casado un golpe de estado, secundado por el resto de militares dentro de una guerra (una pequeña guerra civil dentro de la guerra civil), que se materializa el 5 de marzo de 1939, después de que Casado filtrase a Franco el contenido de la reunión en Albacete.

detención o algo peor. Salió por los Ojos de San Jorge y tomó la carretera de Jaén, ya fuera de Albacete. Al primero que se encontrara que siguiera la dirección de Alcaraz, le pediría que lo llevara.

Así fue, un pequeño camión que venía en esa dirección, paró a pocos metros cuando Wenceslao le hizo una señal.

-¡Sube, sube corriendo!, le dijo el conductor. ¿Dónde va buen hombre?

-Voy a mi pueblo, al Ituero, le dice.

-Pues tienes suerte, porque voy al Jardín a decirle a mi familia que se escondan, que vienen los fascistas camino de Albacete. Me llamo Juan Ramón[308] y soy de la CNT. Cámbiate de ropa en mi casa, que no te vean de militar, pues así te evitas que te puedan detener.

Así lo hizo. Le dejaron unos pantalones, una chaqueta vieja, una gorra y un cesto.

Les dió las gracias y les dijo que si algo necesitaban se acercaran por el Ituero, donde tenía con su hermano una fragua.

Tomó el camino del Martinete por la Ermita de Villalgordo y siguió la senda arriba del río Masegoso. Ahora más tranquilo pues estaba en su tierra, en su medio. Con tristeza, observaba que la cosecha del 38 se había quedado sin coger, los bancales en la vega del río sin labrar. No había hombres adultos que trabajaran la tierra. Se avecinaba el año del hambre.

Sería mediodía, cuando a través del encajonamiento del río, llega a los bancales de las cuevas. Afina la vista y ve un zagal cavando con una azada, una pequeña suerte que le habían asignado en los repartos de tierras abandonadas en el Ituero.

-¡Ehh!, le grita, Wenceslao.

El guacho levanta la cabeza. Es Enrique Velasco, su sobrino, acaba de cumplir catorce años, el hijo pequeño de su hermano Adolfo.

Wenceslao se acerca casi llorando, le da un abrazo y le dice:

-Déjame la azada, ¡que esto te lo emparejo ahora mismo!

En media hora le dejó el bancal listo. Cogió el cesto de habas que había al lado y le dijo:

-Vámonos a la casa, anda. Dime, le dice Wenceslao, ¿ha venido Jesualdo[309] ya?

-No, no ha venido, pero dice que está bien, comiendo postas y gatos, pero está bien. Le dijo a mi padre que a uno del pueblo lo mataron el primer día.

---

[308] Juan Ramón García León de 29 años, fue detenido el 1 de abril de 1939 por las fuerzas nacionales golpistas, acusado de adhesión a la rebelión, condenado a muerte y fusilado en las tapias del cementerio de Albacete el 29 de enero de 1942.

Ese mismo día y en la misma saca, fue fusilado un vecino de Casas de Lázaro Juan Ramón León Gómez de 29 años.

Vicente Faura Fernández, murió en la cárcel de bronconeumonía el 3 de mayo de 1942. Fue condenado por auxilio a la rebelión con 12 años y un día de prisión menor.

[309] Jesualdo Velasco, hermano de Enrique, pasó los últimos días de la guerra civil en un hospital militar al sur de Madrid, frente del Manzanares, vigilando que no entraran las ratas, ni otros animales carroñeros para evitar que se comieran los cadáveres allí amontonados en espera de ser enterrados. Los últimos días de la guerra, en un intenso bombardeo y de intercambio de disparos, los pasó con el miedo de la muerte.

-¡Maldita guerra, malditos los hombres que llevan armas para imponer sus ideas! Vamos, vamos, le dice, recordando lo que otros compañeros habían dicho oyendo la radio en Sevilla al comenzar la guerra del general Queipo de Llano.[310] Maldito Franco y los que lo sustentan. Mal futuro nos espera sobrino. Aprende un oficio, aprende un oficio, que aquí cavando solo cavamos la fosa. ¡Ahora, espérate!. Que el mes que viene se presenta el dueño del bancal y se lleva las habas y las patatas. ¡Ya verás, ya verás! Yo hablaré con tu padre sobre esto.

Y así sucedió. En mayo apareció el dueño que dijo ser del bancal y se llevó la cosecha.

Su mujer Victorina está en la puerta. Como la fragua estaba al lado de la casa, ve dos bultos abajo por las cuevas. Vienen andando.

-Por la forma de andar, uno es mi marido seguro, le dice a su madre que acaba de salir a la puerta.

-Por el Santo Cristo del Sahuco, exclama Dolores, la madre de Victorina, menos mal que esta guerra se acaba, que ya no quedan hombres para pegarse tiros. ¡Y viene bien! ¡Por la Virgen de Cortes! El otro debe ser "Trompolón".

-Si, es el pequeño de Rejalgar, le contesta su hija.

El diez de marzo de 1939 cesan los disparos y las bombas sobre Madrid,[311] todas la Brigadas y Compañías están alertas después de la gran cantidad de muertos en la capital. A Jesualdo Velasco, junto a otros tres soldados los han destinado a la 42 Brigada mixta, en el frente de Carabanchel a un hospital donde están llevando cadáveres. Allí se apilan y se identifican. Su misión es evitar que las ratas entren en el edificio y se alimenten de los soldados muertos. No saben lo que ha pasado para que nadie dispare.

-Si las tropas de Franco no han entrado, se pregunta Jesualdo, ¿Quiénes han sido los que estaban disparándose en las calles ya tres días?[312]

---

[310] Es necesario crear una atmósfera de terror, hay que dejar sensación de dominio eliminando sin escrúpulos ni vacilación a todo el que no piense como nosotros. Tenemos que causar una gran impresión, todo aquel que sea abierta o secretamente defensor del Frente Popular debe ser fusilado.

[311] Ese día se ha acordado el alto el fuego entre otra guerra, la guerra civil dentro de la "Guerra civil". El objetivo era arrestar al comandante Barceló (I Cuerpo del Ejército Popular del Centro) que había rodeado Madrid, por parte de otro militar del Ejército Popular, Cipriano Mera, del IV Cuerpo del Ejército. Barceló es arrestado y ejecutado junto a algunos oficiales comunistas.

[312] Un sargento de la Brigada 42 destinado en el frente de Carabanchel (Las Rozas) se lleva a 12 soldados a la estación del Norte . Los barrios del Manzanares habían sido abandonados, como así Embajadores, el Palacio Real y Arenal. Oscurecia y nos metimos en unas casas viejas debajo de la estación. Después llegamos hasta una plaza que daba a la calle Arenal. Estaba cortada con adoquines, sacos terreros, un camión y una ametralladora. Recibimos la orden de parar a todas las tropas y de disparar si no sabían la consigna. A las once de la noche se oyen pisadas muy cerca de la barricada. En ese momento le pedimos la consigna y que pararan. Las pisadas dejan de oirse. Se paran, pero no dicen nada. Uno de ellos dice: "Que salga uno de cada lado para aclarar la situación, no vaya a ser que nos liemos a tiros y seamos de los mismos". El capitán del otro grupo habla con uno de los nuestros. No hay acuerdo y manda regresar al enlace a las barricadas. Entonces comienza el tiroteo mientras el grupo que intentábamos parar entran en la plaza gritando "Viva la República". Ante tremenda confusión, abandonamos el puesto hasta que fuimos detenidos y nos llevan otra vez a las trincheras de Las Rozas. Testimonio de Santiago Córcoles "Memorias de una vida".

En varios camiones comienzan a llevarse los cadáveres al cementerio. No se oyen más disparos. Jesualdo y los otros soldados preguntan a los que están cargando cadáveres sobre la situación.

Esto es el final, les dice un soldado que está cargando cadáveres. ¡El final! Ya os podéis ir largando de este infierno, porque algunos ya han comenzado a salir por la carretera de Valencia, la única vía en la que no hay fascistas.

Dos días después, sin apenas fuerzas ni comida, decide, en compañía de los compañeros del hospital, abandonar Madrid a pie, camino de Vallecas. Sin fuerzas, deshidratados, tendrán que ayudarse unos a otros para subir al primer camión que pase y los quiera llevar.

"¡Triste guerra ésta en la que no sabemos si se ha acabado o quién ha ganado y quién ha perdido!", piensa

Desde un camión observan como una gran fila de soldados han sido desarmados por otros de su mismo ejército, los van llevando a los cuarteles del sur de Madrid. Nadie entiende nada.

El 15 de marzo de 1939 llega al Albacete el camión que lleva a los cuatro soldados, entre ellos el más joven, Jesualdo Velasco. Se bajan por el barrio "Las Cañicas". Apenas pueden tenerse en pie. Se meten al canal de María Cristina a beber agua y pillar algún lucio para comérselo crudo.

Se despiden con un abrazo, y Jesualdo llorando se dirige entre unas huertas hacia la carretera de Balazote. Buscará a alguien que lleve un vehículo y lo quiera acercar porque andando ya no puede. Busca algo que comer por el camino, un huerto de habas por el "Pelibayo" le ayuda a continuar.

Una pequeña camioneta que va a Balazote lo deja junto al río en la cuneta junto al curso de agua. Se mete al río Mirón. No puede más. Tiene que comer hierbas y raíces de juncos. Está en el río como un jabalí hambriento. Tiene que descansar junto a unos chopos en espera de ver algún carro o vehículo que se dirija a San Pedro para pedirle que le lleve, pues es incapaz de andar dos pasos seguidos. Si no lo llevan antes de que anochezca, no podrá aguantar más de un día junto a los chopos. Ve un pequeño huerto en el que acaban de cosechar cebollas y decide rebuscar alguna abandonada. ¡Éstas me libran por hoy! Acaba de recoger unas cuatro cuando ve una pequeña cueva junto a la carretera. Allí pasará la noche y descansará hasta el día siguiente, el dieciséis de marzo de 1939.

Su tío Wenceslao ya está en el Ituero, les dice a los vecinos que todos los supervivientes de la aldea y Masegoso volverán por su propio pie si no los han matado en el frente. Intenta animarlos para que tengan esperanza.

La Heliodora ve venir un carro con alguien subido atrás junto a una carga de leña.

-¡Victorina, hija mía. Alguien viene por el puente!

Ha cundido la voz de alarma porque comienzan a salir vecinos a ver quienes son.

María Dolores, la madre de Jesualdo sale corriendo al camino llorando. Presiente, a pesar de los tres años sin verlo que es su hijo que aún no ha cumplido los dieciocho años.   El presentimiento es acertado y los llantos se convierten en gritos al verlo tumbado sin poder hablar, los labios secos, sin fuerzas para moverse. Pide ayuda María Dolores para bajarlo, cuando acuden en su auxilio su padre Adolfo "Rejalgar" y su tío Wenceslao. Entre los dos lo llevan a su casa y lo echan sobre la cama. Su hermana Evelia le lava la cara con un paño húmedo, mientras intenta darle agua. No podrá hablar hasta pasados dos días.

Han comenzado, a indicaciones del médico don Marcelo, a darle pequeños sorbos de caldo de ortigas con boniatos. Dos días de caldo, cuatro veces al día, a pequeños sorbos. Medio vaso para empezar y después, cada seis horas otro, les dijo insistiéndole en que así fuera.

A los dos días se pudo sentar en la cama llorando, delante de su padre y su madre.

-Madre, le dice Jesualdo, no he visto tanta miseria como en la guerra. Si hemos de vernos envuelta en otra, yo me voy al monte como han hecho otros. Decían algunos soldados y oficiales dos días antes de venirnos, que ahora viene lo peor, la persecución de los falangistas casa por casa a todos los que hemos estado luchando por la República.

-¿Por qué pasan estas cosas? ¿Por qué? ¡Maldigo a todos los fascistas y a todos los curas![313] Nadie sabe, ni va a saber nunca en la vida lo que es la guerra, ni lo sabrán, porque nadie lo escribirá.[314] No sabe madre, le dice dirigiéndose a su madre, los muertos que he visto, y los que no lo estaban, todavía más muertos de miedo, y los que no lo tenían, mirando el campo para poder salir huyendo.

El veinte de marzo de 1939 comenzaron a salir de las cuevas donde estaban escondidos todos los prófugos y desertores con ánimo de reincorporarse a la vida cotidiana, eso sí, pobres, como antes de la guerra. Otros, sin saber que rumbo tomar, intentan el exilio, la mayoría se queda en los pueblos y aldeas en espera de que no pase nada. Un vecino de Casas de Lázaro viene por la Rambla de Peñarrubia al Ituero. No quiere que le vean ni lo identifiquen. Es Juan "Franchares". Wenceslao Velasco, lo reconoce. Sabe que ha estado escondido con un grupo del pueblo en una cueva de Peñarrubia, viene por el Aljibe y lo llama:

-¡Franchares!, ¿dónde vas por ahí? No te escondas más que la guerra se ha terminao.

-Menos mal, que esto no es vida, le dice. Pues anda que, ahora vienen cosas peores, pues he pasado por Peñarrubia y la familia de "Franines" está desolada, pues lo han matado unos falangistas en el Berro, junto a su mujer y su hijo de diecinueve años. No sé, no sé. Yo creo que ahora viene lo peor. Nadie quiere hablar de quiénes han sido, pero no tardará en saberse.

Uno de los autores de los homicidios vivió con la angustia y el remordimiento hasta su muerte, pero tuvo la dignidad de confesar al cura el delito, quiénes habían

---

[313] Franco recibe un telegrama del Papa Pío XII:
Burgos. Su Santidad el Papa *"Levantando nuestro corazón al Señor, agradecemos sinceramente con V. E., deseada victoria católica España. Hacemos votos porque este queridísimo país, alcanzada la paz, emprenda con nuevo giro sus antiguas y cristianas tradiciones, que tan grande le hicieron. Con esos sentimientos efusivamente enviamos a V. E. y a todo el noble pueblo español nuestra apostólica bendición"*.

[314] El 27 de marzo de 1939 ya no quedan tropas del Ejército Popular en Madrid. Han abandonado sus posiciones y han salido al exilio o a sus pueblos y ciudades. Las tropas sublevadas entran en Madrid en un silencio fantasmal. Cuatro días después termina la ocupación quedando todo el Ejército Popular disuelto o apresado.

sido sus cómplices, los nulos motivos para hacerlo y en el majano donde lo habían enterrado vivo. ¡No me ahogues, no me ahogues! ¡Quítate de encima! Decía agonizando Higinio.

Cuando Jesualdo se hubo recuperado había cumplido los dieciocho años, comenzó a ayudar y aprender el oficio con su padre "Rejalgar" en el Ituero y su hermano menor Enrique con quince en la fragua, pero la guerra había ocasionado una despoblación lenta de jornaleros sin tierra. Ahora había más tierras que antes sin cultivar, más abandono. Y como consecuencia más miseria y menos trabajo.

Casa en la calle Poniente donde estaba la fragua de "Rejalgar"

Decidieron trasladar la fragua a Casas de Lázaro, en la que sólo estaba un herrero, Antonio Rodríguez, donde se quedaría Adolfo con sus hijos Jesualdo y Enrique. Buscaron una casa de alquiler en el Batán, que resultó ser de Teresa Cuerda, que cuando vio a Adolfo por la aldea, no le dio opción a discutir.

-¡Hombre! ¡Bendito sea el Señor!, le dijo a "Rejalgar" nada más verlo. Qué, ¿has vuelto al pueblo a echar discursos?

-Anda déjate de discursos, le contesta. ¡Pues está bien el corral bueno de gallinos! ¡Cómo para echar discursos!

-Si buscas casa, ya la has encontrado. Quédate aquí, le dice Teresa.

En la última casa de la calle poniente encontraron otra muy pequeña donde montaron el fogón, el yunque y todas las herramientas que eran necesarias, mientras Wenceslao, su hermano, se quedaría en el Ituero, trabajando ahora solo.

Acabaron de instalarse de nuevo en Casas de Lázaro. El pequeño Enrique, que llevaba una pequeña boina para cubrirse la cabeza, se divertía apedreando a todos los perros que veía por las calles. Todos los vecinos salían a quejarse porque hasta que el zagal de "Rejalgar" vino, todo estaba tranquilo en el pueblo.

Jesualdo Velasco en el servicio militar con Franco al ser rechazado para el reenganche

-Nene, le dicen las mujeres en la calle. ¿Es que te aburres? ¡Anda y tira con tu padre a dar martillazos!

-¡No me salen los cojones!, les contesta. ¡Váyanse a fregar sartenes, cabronas!

El asunto pasó inmediatamente a conocimiento del alcalde, Desiderio, que para intimidar al niño no se le ocurre otra cosa que llevarlo de una oreja y encerrarlo en el ayuntamiento para que se tranquilizara un poco y se volviera más respetuoso con las mujeres y los perros.

-¡Ay, ay!, se quejaba el pequeño Enrique. Sueltáme, que desde que os habéis hecho falangistas os creéis con todos los derechos a pegarle a todo el mundo.

-¡A callar!, le mandaba el alcalde. ¡No te jode, ahora con lo que me sale éste!

Cuando están pasando por delante de la puerta de la iglesia coinciden con el guardia Morillo que se acerca al muchacho y al mismo tiempo que le da un pescozón por detrás le dice:

-¿Es que no sabes que hay que quitarse la boina cuando pasas por un lugar sagrado?

¡Será cabrón! piensa y murmullea rascándose el cogote y recogiendo la boina del suelo, mientras lo mira entrevesado de ira.

Pero el asunto llegó a la fragua por medio de Antón, su vecino, que le dijo a Adolfo que a Enrique lo habían encerrado en el ayuntamiento.

-Está gritando que lo saquen de allí, le dice a "Rejalgar".

"Rejalgar" no se lo pensó dos veces. Miró a Antón abriendo desorbitamente los ojos, cogió la almaina la echó a la calle y saltó por la primera hoja de la puerta que estaba siempre abierta. No era la primera vez que lo hacía para demostrar que estaba ágil y fuerte. Tenía cincuenta y cinco años y todavía saltaba como un zagal de veinte. Su mujer María Dolores, cada vez que lo veía saltar por encima, decía en voz baja para que no lo oyera: ¡Miasi te saltaras la cabeza!

Se dirigió calle abajo con la almaina al hombro, hasta la puerta del ayuntamiento.

Al llegar, todavía se oía a Enrique gritar.

-Apártate de la puerta le dice desde fuera su padre.

Enrique lo ha reconocido y da un salto inmediatamente hacía atrás. Sabe que algo va a pasar.

El primer golpe con la almaina ha ido al centro de la puerta. No se preocupa de darle al cerrojo ni de comprobar si estaba atrancada desde fuera. Las astillas saltan hacia dentro y hacia afuera. No ha sido preciso darle con mucha fuerza. El segundo le da más abajo.

-No te asomes, le dice su padre.

El tercero ha destrozado toda la parte inferior de la puerta.

-Anda sal, le dice, vamos a la fragua.

Los vecinos que después del primer golpe han salido a la calle, contemplan atónitos las maneras que se gasta "Rejalgar" para abrir puertas.

-¡Buen cerrajero!, le dice la Benigna a la Segunda, cuñada de "Rejalgar" que rápidamente se esconde en su casa, pues conociendo bien a Adolfo, si la veía en la puerta con cara de reproche, lo mismo venía a su puerta y la derribaba también.

Cuando pasan por delante de la iglesia, Enrique se pone la boina en la cabeza y murmullea. ¡Será cabrón el guardia!

Comenzaron a repartirse las cartillas de racionamiento del pan cuando la escasez de productos básicos entre la población y las denuncias entre vecinos eran las nuevas formas de vida y el hambre su consecuencia.

Vino un carretero de Barrax a la puerta de la fragua. Se le había roto el aro exterior de hierro de la rueda del carro y necesitaba unirlo porque si continuaba así se partiría en el momento que saliera al camino. Adolfo y Jesualdo le quitaron la llanta de hierro a la rueda y pusieron la calda al rojo vivo para añadirle un pequeño hierrro que fusionara con la grieta que se le había hecho. Después de ello calentaron el aro y lo volvieron a poner en la rueda.

El carretero le contó que tenía un pequeño taller de aperador en Barrax, que su trabajo le iba muy bien y que necesitaba un aprendiz. El pequeño Enrique estaba atento a la conversación, en edad de aprender un oficio y dado que ya estaban los tres trabajando de herreros, Adolfo, Wenceslao y Jesualdo, era una buena oportunidad de salir de la aldea y aprender un nuevo oficio.

-Pues no se hable más, le dijo "Cepelin", que así se le conocía al aperador de Barrax. Esta tarde se viene conmigo y al año habrá aprendido el oficio y podrá hacer lo que quiera.

Pronto preparó el hatillo su madre porque poco tenía. Y a las dos de la tarde salieron hacia San Pedro por "Matagatos" y Balazote, llegando al atardecer a Barrax donde se quedó a vivir en casa de "Cepelin". Como no tenía hijos varones, le aceptaron como si fuera de la familia, aprendiendo aplicadamente el oficio.

Rincón en el cementerio de Casas de Lázaro donde está enterrada Evelia Elia Velasco López

Placa de hierro en la tumba de Evelia Elia Velasco López

Capítulo treinta

El Estado contra los jornaleros, braceros y todos los que con sus manos intentan ganarse el pan y miraron la puerta de las libertades.

Se había puesto en marcha la represión institucionalizada por los sublevados, a través de la Ley de Responsabilidades Políticas[315] antes de finalizar la guerra, incitando a los vecinos de cada ciudad, pueblo o aldea, a denunciar a todos los hombres y mujeres que no habían sido afines al Movimiento Nacional, señalando la conducta moral, cívica y religiosa contraria a los valores que defendían los fascistas. También se indicaba que señalaran todo tipo de bienes y propiedades para su requisa y apropiación. El Ministerio Fiscal queda atribuido por Decreto del 26 de abril de 1940 para el procedimiento de la Causa General.[316]

El casino de la Castora y Eloy está a rebosar de vecinos. Es sábado. Rejalgar ha bajado del autobús de Cirilo. Viene con una espuerta de veinte kilos de "Hulla Granza" que ha comprado en Albacete en el Barrio de la Industria. Pero antes de llevarlo a la fragua, se acerca a la taberna de su hermana Castora. Tiene que contarle que a su prima Natalia[317] la han metido presa en el penal de Chinchilla.

---

[315] LRP del 9 de febrero de 1939. Fue derogada el 13 de abril de 1945. Era con retroactividad su aplicación al 1 de octubre de 1934. En otoño de 1941 alcanzaba a unas 250.000 personas sin sumar los sancionados durante la guerra. En Albacete se habilitó temporalmente la plaza de toros para iniciar y clasificar expedientes, como así la Prisión Provincial y la de San Vicente. La venganza con retroactividad. Podían haber puesto también: aplicable a todos los jornaleros y braceros de España.

[316] *"Se le atribuye la honrosa y delicada misión de fijar, mediante un proceso informativo fiel y veraz- para conocimiento de los Poderes públicos y en interés de la Historia-, el sentido, alcance y manifestaciones más destacadas de la actividad criminal de las fuerzas subversivas que en 1936 atentaron abiertamente contra la existencia y los valores esenciales de la Patria, salvada en último extremo, y providencialmente, por el Movimiento Libertador".* Fte. Causa General. La dominación roja en España. Akrón Historia, 2008. Ortiz Heras Manuel, *La violencia política en la dictadura franquista 1939-1977*, Bomarzo, 2013, Albacete.

[317] Natalia Reyes Velasco, hija de Sebastián y Donata, viuda, de 68 años, con domicilio en Albacete, calle Nueva, número siete, según consta en la ficha policial, no sabe firmar, no tiene bienes, trabaja como lavandera en distintas casas y cobra 4 pesetas diarias. Fue denunciada por Francisco Villena Pérez de 23 años, el día veintiséis de mayo de 1939 por haber sido testigo de cargo en un juicio contra él, el 29 de junio de 1937 en el que testificó conocerlo por ser vecino y que recibía visitas frecuentes de hombres y que al parecer llevaba una pistola. Aunque Natalia declaró en la Comisaría de Seguridad del Grupo Civil que no fue eso lo que testificó, sino que vio entrar a su casa un muchacho rubio y que no había visto ninguna pistola; se inició un proceso ante el Juzgado de Instrucción Militar, numerado como causa general número 1736, de cuyo juicio sin defensa, fue condenada por Auxilio a la Rebelión a doce años y un día de prisión menor

-Pero ¿Cómo ha sido eso?, le pregunta Castora. Si ella no se ha metido nunca en ningún lío de política, ni sabe nada de todo eso.

-Pues no sabrá, pero cuando he ido a la Calle Nueva, que es donde vive, los vecinos dicen que se la llevaron presa el diecinueve de mayo, le contesta su hermano. Y creo, según dicen los vecinos que ha sido un zángano de Abengibre el que la ha denunciado. Como no la suelten pronto, voy a ese pueblo y le pego fuego, que no van a quedar ni las ratas.

-¡Me cago en la hostia puta!, exclama la Castora, abriendo sus enormes ojos y cerrando los puños hasta dar un puñetazo en la mesa. ¡Pobrecilla; viuda y pobre!, que se gana la vida fregando casas. Con sesenta y ocho años, ¿quién la va a amparar?

-Imagino yo, dice Adolfo, que sus hijos lo sabrán y estarán al tanto de lo que le pase.

Adolfo se acercó a un grupo de paisanos que estaban sentados en una mesa, les contó lo ocurrido a su prima Natalia de Albacete. Pidieron vino y cada uno contó las detenciones que se estaban produciendo, como la de la hermana de Juan Blázquez, "Pergán" el del Batán, la Juana Antonia.

-¿Quién dices?, le pregunta "Rejalgar"

-La Antonia[318], la viuda de Marcos Barba, el pastor que mataron en la Rambla de Peñarrubia, le contesta Sabinete. Y Araceli sigue en la cárcel por haber sido alcalde.

Araceli Rosa, alcalde elegido democráticamente en 1936, fue detenido poco después de acabar la guerra, en mayo de 1939, sometido a juicio en la Causa General y condenado a muerte, siendo rebajada la pena por indulto a 30 años.

En un informe de la guardia civil de Casas de Lázaro a la Dirección General de Seguridad del 11 de febrero de 1965 dice que desde 1933 *"asistió a mítines y reuniones, que en las elecciones de febrero de 1936 dió su voto a la izquierda, siendo considerado como peligroso al tener la seguridad que continúa siendo de izquierdas a pesar de no hacer alarde de su ideología"*.

-Hermanica, grita Rejalgar, dirigiéndose a su hermana Castora. Tráenos otro puchero de vino de ése, señalándole con la mano hacia abajo, girando la muñeca como indicando el sitio más escondido del mostrador.

-Bien te estás poniendo, le contesta su hermana, que lleváis siete pucheros los cuatro moniatos que sois. ¡A ver si si te vas a ir a la fragua como una culebra!

-Venga, venga, hermanica, le contesta riendo maliciosamente. Voy a decir un discurso.

---

[318] Juana Antonia Blázquez García, viuda de Celestino Marcos Barba, con 47 años. Trabajaba como criada en la casa de la familia Jiménez, cuyos hijos participaron en la sublevación fascista de 1936. Detenida el dos de abril de 1939 fue juzgada en la Causa General ante el Consejo de Guerra por rebelión militar el 15 de mayo de 1943. La sentencia la condena a 27 años de reclusión menor. El delito según los rebeldes fue denunciar a los hermanos Jiménez Sánchez a los milicianos el lugar donde se escondían tras el primer fracaso de la sublevación en Albacete. Hoy, estos hermanos tienen dedicada una calle en Albacete en su memoria. Juana Antonia tuvo que sufrir toda su vida. Pasó por la cárcel de La Roda y la de Chinchilla. Después sufrió destierro en Alicante, Valencia y Albacete en la calle Virgen del Pilar, 10. Murió en el Cucharal.

-¡Un discurso!, le contesta despectivamente la Castora. Si ya por la boca sólo sale tinto.

-Anda, anda, ponnos un puchero, pero del bendecido no, le dice Rejalgar, del otro que te trae Cirilo de La Roda. Y le vuelve a hacer el gesto con la mano retorciéndola hacia abajo, poniéndose de pie y haciendo como un saludo torero.

-¡Ole, ole y ole!, grita "Rigores". ¡Oooole!, grita "Machaco". Un discurso de Rejalgar, grita "Bonares", pero rápido, no vaya a ser que venga la guardia civil y nos echen a patás de aquí, ¡chin pum!

Rejalgar, como venía siendo habitual hacía sentencias breves, ingeniosas, metafóricas y con increíble materia de debate. "Los inéditos apotegmas de la sierra".

Como no sabía leer, ni escribir, todos se preguntaban dónde y cuándo aprendía aquellos discursos y porque sólo se atrevía cuando estaban en la taberna y el vino comenzaba a hacer sus efectos.

De pie, saludaba al público de la taberna. "Sabinete" se colocaba a su lado para imitarle, poniéndose al mismo tiempo de pie moviendo las manos y el cuerpo de todas las maneras posibles. Movimientos rápidos acompañados con gestos en la cara dignos del mejor payaso de circo que quisiera entenderlos e imitarlos. De ésta manera "Sabinete" introducía y acompañaba el discurso con la mejor estampa de humor que se pudiera imaginar. Hoy dirían algunos que interpretaba las palabras que decía "Rejalgar" para que las entendieran los sordomudos. Entonces se producía un silencio que iba a durar poco:

-¡Españoles!

Hacia una pausa como si estuviera hablando a todos los vecinos en una plaza de toros. Con las manos cerradas y apoyadas en la mesa, echaba el cuerpo hacia delante.

Estaba serio, como si de verdad creyese que hablaba a diez mil personas. Pero sólo había diez o doce, que no soltaban el vaso de vino. Atentos todos. Sonriendo algunos.

-¡Manos de Rejalgar!

¡Franco ha incao la estaca!, decía levantando la mano derecha cerrada como si fuera a golpear con el martillo una herradura incandescente en el yunque.

¡Existe un derecho!

-¡Ohhhh!, exclamaba el auditorio en la taberna de la Castora. ¡Viva Rejalgar! ¡Ole tus guevos! ¡Viva la Leona que te trajo al mundo! ¡Viva el herrero por antonomasia! gritaban los vecinos sentados en las mesas de la taberna.

Inmediatamente se sentaba y brindaban con un trago.

-¡Viva el tío Juan!, decía levantando el vaso de vino.

¡Viva!, contestaban todos sin saber por qué.

Su hermana Castora se acerca a la mesa y le pregunta a su hermano.

-Oye. ¿Y quién es ese tío Juan?

-¡Ah!, le contestaba a todos los que le preguntaban. ¡Vas y estudias!

Ya no se iban a pronunciar más discursos. Uno o dos por día, que son muchos los días que tiene el año.

La Castora se emocionaba de ver a su hermano, pero no comprendía nada de lo que decía. Ella pensaba: "Cada vez que entra mi hermano a la taberna, vienen más vecinos. Y como no hay discurso sin un cuartillo, mejor para mí, más vendo".

Si lo entendía Eloy, su marido, que sabía lo que era el miedo al ejército y a las formas que el Estado para coaccionar a los españoles. Estuvo escondido los tres años que duró la guerra civil, ocultándose en los lugares más irrisorios que se puedan imaginar. Todos los "emboscaos" sabían de una carrasca hueca por la Rambla de Peñarrubia donde Jacoba escondía algunos víveres y alguna nota escrita en papel avisando de algún peligro. Como no repetía dos días seguidos en el mismo sitio, los hombres que quedaban en el pueblo decían que lo habían visto en una cueva, otros que en una sima, otros que en la cámara de Rejalgar, otros que en la Rambla de Peñarrubia, otros que en tronco de un árbol, otros que vivía en el tejado de su casa, hasta hubo un vecino, que le apodaban "Alicates" que lo había visto en un nido de cigüeñas en una torre de Montemayor.

Por el gallinero de la casa de Celestina pasaron la mayor parte de los prófugos que abandonaron el frente. Había habilitado una parte del mismo como escondite en una pequeña habitación debajo el gallinero. Su marido "Fidelón", que era guardia de asalto recibió orden desde Albacete de buscar a varios desertores que en noviembre de 1938 abandonaron el frente de Guadalajara, como Desiderio, Pedro Hervás de Masegoso y Felipe Santos del Burrueco. Le ordenaron buscarlos en compañía de Montejano, también guardia de asalto. Se dividieron la busqueda por el pueblo, resultando que Fidelón buscó en un horno y sospechando que había una panera boca abajo. Algo inusual. Levantó la misma y vió a Desiderio atemorizado por haber sido descubierto y temiendo ser entregado al juez militar de Albacete, se encomendó al diablo. Fidelón, que no estaba por la labor, le dice:

-¿Tienes tabaco?

Desiderio gira la cabeza negando con los ojos desencajados.

-Pues toma un paquete anda.

Y le volvió a dejar la panera boca abajo.

Comenzó la represión[319] a todos los vecinos que habían vivido de forma más activa la vida democrática de la República, sobre todo los que participaron en tareas

---

[319] REPRESALIADOS VECINOS DE CASAS DE LAZARO

Eusebio Aguilar Rodríguez (Agricultor), Timoteo Auñón Martínez (Jornalero), Juana Antonia Blázquez García (Sirvienta), Antonio Cañaveras González (Bracero), Ruperto Cuartero Aguilar (Viajante), Juan Antonio Cuartero González (Labrador), Ramón Cuartero Guillén (Bracero), Antonio Cuerda Cano (Jornalero), Vicente Faura Fernández (Bracero), Benjamín Fernández Martínez (Bracero), Ramón Galdón García (Labrador), Juan Ramón García León (Albañil), Francisco García Martínez (Bracero), José Antonio García Sánchez (Bracero), Constantino García de Toro, "Murallas" agricultor, Victoriano García Villanueva "Barreras", hijo de "Murallas", Eloy Gomaríz Palazón (Bracero), Juvenal Gómez Cuerda (Labrador), Antonio González Galdón (Pastor), Juan Ramón León Gómez (Labrador), Antonio López Macia (Sastre), Juan Lozano Alcaraz (Chofer), Eustaquio Macia Navarro (Comerciante), José Macia Ruiz (Jornalero), Francisco Martínez García (Labrador), Manuel Martínez Martínez (Jornalero), Francisco Mellado Cuerda (Albañil), Pedro Mellado Cuerda (Carpintero), Ramón Moreno Reyes

políticas y administrativas desde 1936 a 1939, la que comenzó gobernando el Frente Popular. Los que tuvieron relación directa o indirecta y afines al Frente Popular fueron desarmados aunque no tuvieran causa abierta. Les fueron requisadas las escopetas legales que cada uno tenía en su casa.

Ejercieron la represión los miembros más agresivos de la Falange, cuyo odio les llevó a visitar casa por casa en busca de señalados como fué el caso de Victoriano García "Barreras",[320] hermano de "Civique", hijos de "Murallas", a cuya casa del Cucharal fueron los falangistas a detenerlo, pensando que estaba ahí escondido y llevarlo ante el tribunal de Albacete.

Cuando entran en su casa, hallan a su mujer, Patrona Blázquez embarazada. Registran la casa, a pesar de insistir ella que su marido estaba en la cárcel. Como no daban crédito, les tuvo que mostrar una carta fechada días antes desde la prisión. El terrorismo de estado no estaba bien organizado. ¡Pero ante todo eran caballeros! Cuando se despiden le dicen a Patrona:

-¡Qué salga usted bien del parto, aunque sea rojillo!

En el Ituero también actuó la represión. Uno de ellos fue Arturo López, marido que fue de Petra Velasco, hija de Adolfo Velasco "Rejalgar" y María Dolores, fallecida después del parto de su hijo. Posteriormente casó con Isabel Lorenzo de Masegoso. Detenido el 7 de octubre de 1941 acusado de pertenecer al partido comunista, de llevarse a su casa un cáliz, varios objetos de culto y el manto de la Virgen de la iglesia de San Benito Abad, después de haberla incendiado un grupo de exaltados de Masegoso y de montar una peluquería en la iglesia del Cilleruelo y posteriormente en una casa requisada de María Belmonte en la que usaron sus muebles. Su mujer Isabel, argumentó que se lo habían llevado a su casa para evitar que se destruyesen en el incendio. Los devolvió al finalizar la guerra antes de iniciar los expedientes de la Causa General. Fue condenado a 12 años de prisión mayor, concediéndose la prisión atenuada y liberación condicional con destierro el 12 de octubre de 1943. Desterrado a Santa Ana, con los informes desfavorables del alcalde de Masegoso sobre la condicional y el destierro: "Se trata de un elemento que lo

---

(Bracero), Moisés Moreno Rodríguez (Albañil), Dionisio Moya Alfaro (Labrador), Eugenio Orea García (Jornalero), Alfredo Orea García (Jornalero), Marcelino Orea García (Labrador), Francisco Domingo Orea Garrido (Labrador), Rosario Orea Sánchez (Sirvienta), Vidal Prieto Cuartero (Bracero), Fabián Reyes Auñón (Bracero), José Agustín Reyes Auñón (Bracero), Natalia Reyes Velasco (Sus labores), Justo Rodríguez González (Guardia), Jesualdo Rodríguez López (Albañil), Aníbal Romero Valdelvira (Bracero), Silverio Rosa Reyes (Bracero), Aniano Rosa Reyes (Agricultor), Araceli Rosa Reyes (Tejedor), Joaquín Rosa Reyes (Labrador), José Rosa Reyes (Carretero), Isaac Ruiz Cabezuelo (Bracero), Valeriano Sánchez Cabezuelo (Jornalero), Cándido Sánchez Delgado (Molinero), Joaquín Agustín Sánchez Delgado (Jornalero), Pedro Antonio Sánchez Delgado (Jornalero), Vicente Sánchez Felipe (Bracero), Tomás Sotos Rosas (Jornalero), David Velasco Reyes (Carretero)
Total 3 agricultores, 10 jornaleros, 15 braceros, 9 labradores, 4 albañiles, 2 carreteros, 1 pastor, 1 carpintero, 1 tejedor, 1 sastre, 1 viajante, 1 chofer, 1 guardia, 1 comerciante, 1 molinero, 2 sirvientas, 1 sus labores.
[320] Victoriano García "Barreras" fué ascendido a teniente en el Ejército Popular con 33 años. Por éste motivo fué condenado en la Causa General a cinco años y un día. Al cumplir la condena solicitó el ingreso en la legión, donde ingresó como soldado raso.

considero peligroso, viviendo en esta provincia, por lo que dada su ideología comunista, puede ponerse en contacto con elementos afines a él y originar daños irreparables a la Nación".

Tampoco los maestros de Masegoso y Casas de Lázaro fueron ajenos a la Ley de Reponsabilidades Políticas. Se ordena el cese inmediato de todos los funcionarios nombrados con posterioridad al veinticinco de julio de 1936 y se pide la depuración, que duraría hasta el diez de noviembre de 1966, año en que se deroga la ley. Fueron cesados 60.000 maestros en toda España.[321] En Casas de Lázaro se abrieron expedientes a todos los maestros, siendo informados principalmente por el jefe local de falange del pueblo. Cualquier acusación, basada en el odio y en los prejuicios era suficiente para apartar del servicio al maestro que no fuera de falange. El peor parado don Enrique Climent[322] que fue depurado y expulsado de la enseñanza. Muchos maestros se vieron en la necesidad de mendigar la comida visitando aldeas para dar lecciones ocasionales a niños sin escolarizar.

Un maestro purgado de Alcaraz, vagaba de este modo como el "Ciego de la Perra", cuando después de dos días sin comer le pidió a unos vecinos de la aldea del Pesebre que le dieran algo para alimentarse por una lección a un niño que vio en la calle con más cara de hambriento que él. La madre del niño se echa a llorar al ver la patética figura del maestro y no tener nada que ofrecerle. Aunque no le diera ninguna lección al niño, no sabía cómo ayudarle al buen hombre. A su lado llevaba una cabra paridera en la cual se fijó el maestro con los ojos ya rozando la demencia.

-Si me deja buena mujer, le dijo mirando las ubres de la cabra. Con sacarle un poco de leche me conformo.

-Sea pues como usted quiera buen hombre, le dijo la mujer.

Y agarrando a la cabra por las patas traseras, el maestro se colocó debajo, tumbado en el suelo como un bebé hambriento. Le agarró las ubres y comenzó a chuparle como un cabritillo que no había visto a su madre en todo el día.

La mujer no podía contener su llanto por ver al maestro humillado debajo de la cabra y por sentir las grandes necesidades por la que estaban pasando después de la terrible guerra.

También sufrió represalias la maestra María Jesús Gómez Argente, destinada el 1 de marzo de 1936. Fue acusada de estar afiliada a Socorro Rojo y sospechosa de mantener relaciones de noviazgo con don Enrique Climent, siendo un mal ejemplo

---

[321] En la provincia de Albacete fueron castigados 69 maestros de un total de 199. Por términos municipales quedarón así:
Término de Alcaraz. De 87 maestros fueron castigados 27.
Término de Almansa, de 32, 15. Término de Casas Ibáñez, de 97, 37. Término de Chinchilla, de 59, 23. Término de Hellín, de 59, 23. Término de La Roda, de 69, 21. Término de Yeste, de 65, 19.
[322] En el informe que firma Guillermo Campos, jefe local de falange de Casas de Lázaro dice:
"Afiliado a UGT y FETE (Federación Española de Trabajadores de la Enseñanza), fué niño mimado de las autoridades rojas, alternando con ellos giras y francachelas. Actuó con los de abastos, reparto de víveres, escribía los papelotes de propaganda al ejército voluntario, dio varios mítines, algunos desde el balcón del ayuntamiento. Habló en la boda del secretario de la Casa del Pueblo contra los jefes nacionales. Se vistió de sacristán y con un libro en la mano hizo cuantas sandeces quiso con el propósito de hacerles reír". Fuente. AHPA.

de moralidad católica. Fue trasladada a Navalengua para separarla de don Enrique Climent. El alcalde presidente de la Comisión gestora municipal, Desiderio Sánchez, que formaba parte del expediente de depuración, le recrimina en un escrito firmado el 19 de junio de 1940, que continuara en la escuela, tras la cuestionada moralidad de la maestra.[323]

Bien conocía "Rejalgar" al nuevo alcalde, nombrado de la misma forma que el de Masegoso[324] quien iba a leer un bando del gobernador Laporta Girón desde el balcón del ayuntamiento. El pregonero lo anuncia por el pueblo.

Rejalgar deja el yunque y fija la mirada en el balcón del ayuntamiento mientras se va acercando. Desiderio ha comenzado a leer:

-Por orden del excelentísimo señor gobernador de Albacete...

Cuando "Rejalgar" se ha colocado debajo del balcón del ayuntamiento junto a los demás vecinos que lo miran con espectación, le interrumpe la lectura del bando. No le interesa lo que vaya a decir.

-¡Desiderio!, grita "Rejalgar". Yo quiero hablar.

Desiderio que acaba de fijarse en él, sigue leyendo por un lado, pero por otro está pensando. "¡Qué te apuestas a que suelta que estuve emboscao y me embarra el asunto!"

-¡Desiderio!, vuelve a gritar "Rejalgar"

-Ahora no Adolfo ¡no ves que estoy con el bando!, le dice desde el balcón.

-Yo quiero hablar, vuelve a reclamar.

Pues si hombre, piensa Desiderio. "¡A que me esfarata el bando! ¡Y no va a parar!"

-Venga hombre, que hable "Rejalgar" dice "Mocho". Déjale que hable.

-¡Y una mierda!, dice desde el balcón. ¿Pero aquí quien es el alcalde?

-¡Bueno alcalde! ¡Lo que se dice alcalde!, dice en voz baja "Bonares". Si aquí votamos a Araceli y lo habéis metido en la cárcel, cacho cabrones. Déjale que hable hombre, le grita para que se animen los demás a dejarle hablar.

"Menudo discurso va a soltar éste si le dejo subir. ¡A engorrinarme el bando va! ¡Cómo si lo estuviera viendo!"

-¡Venga sube hombre, sube y di lo que quieras anda!, que si no, hoy no termino el bando, le dice Desiderio complaciente.

-¡Bien!, gritan todos.

---

[323] También fueron abiertos expedientes a Herminda Társila Teruel Cuellar, maestra en el Cucharal, en cuyo informe, el jefe de Falange local, Guillermo Campos, dice: "Entregó la llave de la escuela a los milicianos y a las autoridades para que desde ella vigilasen a don Emilio López Alfaro y a su hermano falangista sublevados durante la semana fascista en Albacete, escondidos en éste pueblo por su persecución hasta la liberación. En el informe del alcalde Eugenio Esparcia dice: "Antes del 36 enseñaba religión. Después enseñaba ideales rojos como cuando los niños entraban a la escuela que les enseñaba a saludar con el puño en alto. (29-7-1939). Fte. AHPA.

[324] Los nombramientos se basaban en la Orden número 379 del 3 de noviembre de 1937 de Franco en la que se fijan las reglas, para nombrar a las personas elegidas para las comisiones gestoras de los ayuntamientos nacionales que deberían ser "afectas al régimen", siendo preceptivo un informe de la FET (Falange) y JONS, guardia civil y requerir opinión de tres personas reconocidas del régimen. En 1939 BOE se publica nueva Orden para el nombramiento de concejales siempre y cuando no fuera mayor de 3000 habitantes, en cuyo caso correspondería al gobernador de la provincia.

Adolfo se dirige hacia la puerta del ayuntamiento, pasa al interior y sube la escalera. Sale al balcón mirando a Desiderio y le dice en voz baja.

-Tienes ya mala memoria "periñán". ¿Ya no te acuerdas de Fere y de Araceli, eh? Déjame anda que diga una cosa.

"Rejalgar" se apoya con la mano derecha en la balaustrada de hierro del balcón y con la izquierda, al tiempo que la levanta, les dice, dirigiéndose a todos los vecinos que sonrien abajo:

-Solo quiero decir una cosa. Sonrie ligeramente al tiempo que se le cierran los ojos de pícara intención:

-¡Qué en boca cerrada no entran moscas!

Da una carcajada, se da media vuelta, baja la escalera y sale a la calle donde están riéndose todos los vecinos.

Levanta las manos, mira a su alrededor para despedirse y vuelve a gritar:

-¡Viva España, para mí solo!

Toma la calle Poniente y se aleja de allí.

Desiderio se da por enterado. Algunos vecinos de los que estaban oyendo el bando no quieren darse por enterados.

La ignorancia y el miedo a partir de aquí, será la que cierre la puerta de la memoria del pueblo. Ya nadie se atreverá a hablar de nada que tenga que ver con la República ni con la guerra civil. Nadie comentará nada. Aquí no ha pasado nada. Pero las envidias surgen aunque el pueblo sea pequeño. De la noche a la mañana la falange comienza a recibir afiliados, el trabajo de información y persecución se organiza y se institucionaliza.[325] Comienzan a llenarse las cárceles de Albacete y se van trasladando a La Roda, Chinchilla, Alcaraz y Hellín (Venta de Velasco). En España colapsa el sistema carcelario, pues si antes de la confrontación había capacidad para 20.000 personas, al finalizar en abril de 1939 se ocuparán hasta 270.000 personas. A ello añadir que se crean 190 campos de concentración por los que pasaron hasta 500.000 prisioneros de guerra. Se crean las Colonias Penitenciarias Militarizadas que en 1943 tenían 45.000 reclusos para trabajar en obras como el Valle de los Caídos en el que se iban a enterrar cerca de 34.000 muertos de ambos bandos. La mayor fosa común, los dos bandos entremezclados, formando, algunos, parte de la estructura del edificio, resultando imposible su recuperación.[326]

---

[325] La sección de Seguridad de la Falange llegó a acumular información de 2.962.853 personas por sus antecedentes políticos. Fte. Ortiz Manuel *La violencia Política en la Dictadura Franquista 1939-1977."*

[326] Sirva para los lectores algunos de los albaceteños que ahí están formando parte de la fosa común de la que debe servir de ejemplo y concienciación.

Enterrados 33.833. identificados 21.423. Desconocidos 12.410. procedentes de 480 fosas.

Carrión Arenas Leopoldo, Carrión González José, Carrión González Julian, Cebrian López Cipriano, Elorriaga Carrión Antonio, Fernández Fernández Juan, García Fernández Vicente, García Mochages, Freart Narciso, González Gómez Juan, González López Juan, Herrero Alcaraz José María, Herrero, Alcaraz Luis, Huerta López Valentín, Lerma Rosillo Luis, Maríano Fernández Luis, Martínez Munera José, Martínez Muñoz Juan, Martínez Pérez Manuel, Matarín Matarín Jacinto, Piqueras García Juan, Ribera Mena Tomás, Villar Peña Agustín.

Como el estado siempre persigue a sus súbditos, vino de nuevo el reclutamiento forzoso con el nuevo régimen nacional a llamar a filas a los nacidos en el año 1921, señalando a Jesualdo para su incorporación a filas.

-¡Aquí no se libra nadie!, dijo Jesualdo. ¡No he tenido bastante con tres años en la guerra, que ahora me tengo que ir con "éste"! ¡Pero qué he hecho yo! exclamaba con desesperación.

Como Adolfo, su padre, tampoco entendía muchas cosas de la nueva recluta, aprovechó un día que estaba en Masegoso para preguntar la causa del reclutamiento de su hijo, pues sabía que no estaba inscrito ni en la iglesia ni en el registro civil del ayuntamiento. Seguía sin existir a todos los efectos legales. Pero el nuevo alcalde nombrado por el gobernador no supo darle explicaciones.

-Oye Nicasio, ¿cuándo han sido las elecciones en el pueblo, que no me he enterao? le pregunta "Rejalgar".

-Venga, venga, "Rejalgar", le dijo Nicasio. Como Alcalde, te digo una cosa. ¿Quién ha ganado la guerra? ¡Nosotros, no! Pues ya está. Los que ganan ponen alcaldes y ahora me han puesto a mí, aunque no me guste. Aquí entre los dos, lo mejor es callarse y que se valla a la "mili". Allí, por lo menos le darán de comer tres años. ¿Tú qué piensas?

-¡Yo pienso de mi, lo que tú de ti!, le contesta "Rejalgar". Y ¡Viva España para mí solo!, le añade elevando la voz. Añadiendo en un tono más bajo y sonriendo. ¡Eh, pájaro! ¡Para mí solo!

Este grito lo repetiría en todas las borracheras desde ese día hasta que se le reblandeció el cerebro.

Y allá que se tuvo que marchar Jesualdo, a Cartagena, donde iban a parar la gran mayoría de los jóvenes que quedaban. Allí coincidió con las nuevas normas de identificación personal de los españoles. El decreto del 2 de marzo de 1944 mandaba realizar un nuevo documento con la fotografía de la persona, nombre del titular, lugar de nacimiento, nombre de los padres, domicilio y profesión: El Documento Nacional de Identidad.[327] La razón de ello, el control de todos los ciudadanos por el estado, ya que las células que circulaban eran fácilmente falsificables y manipulables por personas distintas al titular.

Acabó gustándole a Jesualdo la milicia. Por lo menos se comía todos los días. Eso sí haciendo instrucción a diario, dando patadas al suelo y saludando marcialmente a suboficiales y oficiales. Otra cosa no podía aprenderse. Había que prepararse por si los rojos que quedaban se sublevaban. Aunque los milicianos que no se rindieron al finalizar la guerra se tiraron al monte para sobrevivir al margen de

---

[327] Los primeros obligados a obtener el DNI fueron los presos y los que tenían la libertad vigilada. Después serían los varones que tuvieran movilidad geográfica por motivos de trabajo y cambios de domicilio. En tercer lugar serían los varones de las ciudades de mas de 100.000 habitantes, seguidos por las ciudades entre 25.000 y 100.000. Las mujeres que por motivos de trabajo tuviesen que viajar. En último lugar, a los cuales les salía gratis fueron los pobres de solemnidad.

la dictadura y de ello tenían conocimiento en la sierra de Alcaraz y al sur de Ciudad Real donde se había formado la Quinta Agrupación.[328]

Corrian rumores en Casas de Lázaro de haber visto por el monte a un maqui conocido por la comarca como "Rojo Terrinches".

La mujeres, en el lavadero "Las Baldosas" miraban hacia las cuevas que había al "Otro Lao", hacia el barrio de Santa Quiteria, pues llevaban dos días viendo a un forastero allí escondido. Había pedido a una vecina del barrio que les facilitara algo de comer, que se lo pagarían bien. Aquello se llevaba en secreto. A nadie le interesaba denunciarlo, pues sabían que los maquis eran sobrevivientes de la guerra, que no se querían integrar al nuevo régimen. También sabian que si eran capturados les esperaba la muerte, por lo que lo dejaban pasar. Resignación y que cada uno se salve si puede y como pueda.[329]

María Dolores, oyó decir a su tía Teresa, del Batán, que se llamaba José María,[330] y que le conocían como "Rojillo". Huía de la guardia civil vagando por los campos buscando modo de embarcarse a las Américas. Allí estuvo escondido cinco días hasta que vieron una pareja de guardias civiles merodeando por la fuente del Caño, lo que aceleró la huída por el Berro, monte arriba hacia Peñascosa.

Un mes antes de finalizar su periodo militar obligatorio Jesualdo solicita reengancharse en el ejército. Había sido ascendido a cabo. Era de los pocos que sabían leer y escribir.

---

[328] La 5a Agrupación operaba desde el este de Ciudad Real, el sur de Cuenca al oeste de Albacete (Sierra de Alcaraz). En 1947 llegó a estar formada por unos 30 hombres. Su final estuvo marcado por la eliminación de su jefe, Cecilio Martín "Timochenko" en Torre de Juan Abad el 28 de octubre de 1947. En Albacete fueron eliminados dos jefes, Sebastián Moya "Chichango" y Alfonso Ortiz "Vicente". Según fuentes de la Dirección General de la Guardia Civil los guerrilleros muertos en la Mancha, desde el final de la guerra fueron 26 muertos, 31 capturados, 9 entregados y 20 huídos. En el conjunto de España hubo unas 1000 bajas de la Guardía Civil, 2.166 guerrileros muertos de entre 5.548 fichados y 19.407 enlaces detenidos.

[329] Como prueba, la huída de la cuadrilla de la Fuebla de Don Fabrique que durante tres meses de travesía en junio de 1952, caminando de noche con avances y retrocesos. Llevaban como guía la estrella polar y un mapa escolar buscando la manera de aproximarse a Valencia para embarcarse hacia Méjico. Pasaron por Corral Rubio, Bonete, Higueruela, Villar de Ves hasta llegar al río Júcar. (Manuel Pérez "Pablo", Miguel Salado "Gómez", Francisco Martín "Villena", Ricardo Martín "Viñas", José Navas "Jose" y Enrique Urbano "Fermín". Ver libro de Azuaga Rico José María, Historia de la guerrilla nerjerse.

[330] José María Mendoza Jimeno, fue capitán del Ejército Popular. Al acabar la guerra se marchó a la sierra junto a tres evadidos más de la cárcel de Santa Rita (Madrid) era conocido por la comarca como "El Rojo Terrinches", porque era nacido en dicho pueblo de Terrinches de Ciudad Real. Solo queda constancia de su paso por la vega del río Montemayor después del 9 de noviembre de 1942, según testimonio de algunos vecinos, entre ellos María Dolores López, mujer de Adolfo Velasco "Rejalgar". Fue después de su paso cuando fue capturado por la Guardia civil en la finca las Escamillas, Montizón, (Jaén). Dos guardias se hicieron pasar por pastores en Sorihuela de Guadalimar donde lo localizaron. Uno se abalanzó sobre el "Rojo Terrinches" hundiéndole un cuchillo en el cuello mientras el otro le remata de un tiro en la cabeza. Fué expuesto a modo de trofeo en Montizón con los dos guardias y el cabrero delator al que le permitieron ingresar en la Guardia civil por méritos de guerra. (Ver libro de Zamora Moreno Constancio, "El Rojo Terrinches". José María Mendoza Jimeno. Los maquis. Ed. Ayto. Terrinches 2006

Cuando le comunicaron que no se le había aprobado el reenganche solicitó saber la causa. Era una tremenda desesperación y frustración que después de haber ascendido no le aceptaran para continuar en el ejército.

Un sargento mal encarado, que en su pueblo se dedicaba a preparar "Berbajo" para los lechones, le dice:

-Cabo Jesualdo. No has sido admitido por no dar la talla.

-¡Me cago en todos los frailes de Alcaraz!, pero ¿cómo que no doy la talla? Tampoco la tuve que dar cuando me llamaron hace tres años, ni cuando me ascendieron a cabo. Pero mi sargento, ¿comprende que aquí hay un error?, ¡y muy gordo! No puede ser, ¿no me entiende mi sargento?

El sargento menea la cabeza. Si yo me escapo por los pelos, le dice, pero el capitán dice que no, que no quieren paticortos, que el nuevo ejército tiene que pasar de un metro sesenta. Yo que quieres que te diga Jesualdo.

Y así fue despedido y licenciado, con una patada en el trasero regresando a Casas de Lázaro con el billete pagado y maldiciendo en todo el viaje su desdicha.

Jesualdo llega en el del autobús del Terne a la plaza, junto al cuartel en Casas de Lázaro, no quiere saludar a nadie. Entre sí maldice y maldice. Se acerca a la fragua donde encuentra a su padre Adolfo y a su hermano Enrique que tiene veinte años, que ha vuelto de Barrax con un oficio aprendido, el de aperador, a pesar de haber otro en el pueblo, Ramón, con el que no habrá competencia mala, pues se llevaban bien. Ramón también conocía las dificultades para trabajar.

Su hermano Enrique le dice que hace cuatro meses que murió Evelia Elia, con veintisiete años, aguantando como pudo su problema hasta que no pudo más. Era su hermana mayor. Y como había vaticinado el médico don Faustino, no llegó a los 30 años.

-Pues nada, ¡qué vamos a hacer!, les dijo Adolfo, vamos a trabajar como podamos los tres con la fragua y los carros.

Pero no marcharon bien las cosas. Apenas había trabajo y poco dinero con que pagar los arreglos, de modo que al menor envite surgieron los problemas. Uno de ellos fue en el casino de Eloy y la Castora, la hermana de Adolfo "Rejalgar" a la que acudieron una tarde Jesualdo y su hermano Enrique. Después de haberse calentado el ambiente con unos chaticos de vino. Eloy, comenzó a echar flores al nuevo régimen, como que estaba limpiando de "rojos" toda España, que ahora si había orden, en definitiva, todas las simplezas que la propaganda oficial lanzaba. Como Jesualdo estaba ardiendo por dentro, pues había sufrido en la guerra y ahora, recién licenciado del ejército con malas artes, le dijeron a su tío Eloy que se callara, que no sabía ni media de lo que estaba hablando.

-¡Anda cállate!, que has estado emboscado toda la guerra, escondiéndote en el monte como tantos otros, mientras otros nos la hemos jugado en las trincheras, le decía su sobrino Jesualdo. Incluso has estado escondiendo a desertores y facilitándole alimentos.

Pero el vino hace mal lenguaje, porque no acaban entendiéndose si no es con la fuerza de los gritos y las voces, que fue lo que sucedió aquella tarde, en la que Eloy, del que además eran conocidas sus aventuras por toda la familia con todas las prostitutas que había en Albacete, a las que dejaba buen dinero, en perjuicio de su tía Castora.

-Tú, eres un malnacido, le dijo Enrique, que te gastas todos los cuartos en vino con las putas. Y no tienes derecho a hablar de los rojos ni de nadie.

-Y vosotros dos, sois unos hijos de puta, le contesta su tío.

Antes de levantarse los dos hermanos de la silla, ya había recibido dos tortas. Pues Enrique le lanza con la mano izquierda sobre la cara una que suena limpia y clara.

-Hijo de puta, le dice Enrique, lo serás tú, que no tienes padre reconocido, cacho cabrón.

Mientras Jesualdo le suelta un puñetazo en los dientes, Enrique le sigue dando en la cara y Jesualdo le da una patada en sus partes. Ya hay vecinos que han salido a llamar a la Guardia Civil porque aquello no tiene ánimo de apaciguarse. A Eloy no le dejan que diga una palabra más, porque está recibiendo todas en la cara y en los dientes.

La Castora, intenta meterse en medio cuando entran dos guardias y se llevan a los dos hijos de "Rejalgar". No tenían bastante, que ahora, los van a calentar en el cuartel.

También han ido a contarle a su padre "Rejalgar" lo que estaba pasando. Esta vez no lleva almaina. Sólo con sus manos abiertas se dirige hacia el casino. Su hermana no puede sujetarlo. Va derecho a por Eloy, su cuñado con los ojos sobrios pero con toda la energía de sus sesenta años. Tampoco hace mucha fuerza, pues Eloy se ha pasado de rosca. "Le está bien merecido", piensa la Castora, que pudo haberse divorciado durante la República, pero, o bien por desconocimiento, o por miedo, no ejerció este derecho.

"Rejalgar", más bajo que Eloy, lo coge del cuello apretándole con la mano izquierda al tiempo que lo va levantando junto a un pilar que había en el centro. Su hermana Castora no se atreve a decirle nada. Todos están de pie mirando el bochornoso espectáculo. Eloy no puede decir nada. Le está apretando con rabia. Apenas tiene fuerza para escuchar lo que le va a decir.

-¡Quítate de mi vista o te mato!, le dice, soltando la mano para que pueda respirar.

Eloy, humillado, se retira y se va a la trastienda. Sabe que "Rejalgar" puede dejarlo malherido.

Si antes no se hablaban como personas, a partir de este día, no se dirigirán la palabra. Su sobrino Enrique, a pesar de lo sucedido, lo librará más de un día de las grescas y borracheras en Albacete donde la Castora y Eloy se habían trasladado a la calle Calatrava, muy cerca de sus sobrinos. El barrio es conocido como Fiesta del Árbol.

Eloy Fernández Auñón

Castora Velasco

Cuando salen del cuartelillo los dos hermanos, Enrique le dice a su hermano Jesualdo:

-Las tortas que nos han dado, por los cuartillos de vino que no hemos pagado.

Era el año 1954, con los mismos problemas económicos que al finalizar la guerra. Se encontrará Jesualdo un día en Albacete con uno de los guardias que le había pegado en el cuartel, ya retirado, por la calle de la Fería. Como el guardía lo reconoce intenta entablar conversación con él, preguntándole que si es que no lo reconocía.

Jesualdo si lo ha reconocido, pero no tiene intención de entablar amistad con él de ninguna manera.

-¡Acórdate de tí y olvídate de mí! ¡Apártate de mi vista y que no te vuelva a ver!, le contesta Jesualdo.

Y allí lo dejó, mirándolo como si no recordara nada. Seguramente pasaron por sus manos todos los detenidos por cualquier falta y otros sin faltas en las dependencias del cuartelillo en Casas de Lázaro y por ello sería imposible acordarse de algo bueno y amable con lo que poder saludar a cualquier vecino.

Pero la situación social, económica y laboral, no da para mejorar las condiciones de vida. Hay menos caballerías, menos carros, menos cruces que hacer para los enterramientos. Algunos los señalan con piedras solamente. Mientras la industria se reconstruye en Europa, España se estanca entre burros y muleros.

Se ponen a trabajar los tres, alternando con un pequeño huerto para cultivar patatas. El primer conflicto surge a la hora de repartir algún beneficio. "Rejalgar" y Enrique mantienen que son dos negocios lo que están en el mismo local, la fragua y la carpintería, por lo que se deben repartir entre los dos trabajos. Jesualdo mantiene que allí están los tres trabajando por lo que se deben repartir entre los tres a partes iguales.

Como no se ponen de acuerdo, comienzan a elevar el tono. Los gritos y las voces les nublan el razonamiento y acaban dándose guantazos como tres críos pequeños.

Las voces se oyen desde la calle y es su vecino Antón el que se asoma por la puerta para ver si puede poner paz en aquel asunto. Pero lo único que puede hacer es separar al padre que le está pisando por el cuello a Jesualdo que está en el suelo.

Tremendo el espectáculo, tremendo enfrentamiento con violencia que ya no olvidarán jamás.

Jesualdo Velasco y María Reyes con dos de sus cuatro hijas: Evelia y Laura

-Me voy, dice Jesualdo, me voy del pueblo. Ahí os quedáis solos. Se fue a ver a su madre para comunicarle su decisión. Otro disgusto que se lleva.

Cogió unos pantalones y una camisa y se fue al Ituero donde conocía a María Reyes, la hija de Wenceslao "Vencejo", primo hermano de Juan "Pergán" quién lo acogió. Decidió poner una pequeña fragua para ganarse la vida a treinta metros de la de su tío, que al verlo decidido no le agradó la idea de tener la competencia a su lado y menos su sobrino.

El cuñado de Wenceslao Velasco, el "Carbonero", que conocía bien a Jesualdo, se acercó al día siguiente de comenzar a montar el yunque y le comenta en tono de guasa, señalándole con la mano la proximidad con que le estaban instalando el fuelle:

-Ahí tienes otro herrero del Ituero.

-Sí, le contesta. ¡Un arregla sartenes de competencia!

Pero antes de comenzar a trabajar en la fragua, le dijo a la María que se fuera con él. Y no lo dudaron, pues una mañana salieron los dos por el aljibe camino del Jardín. Un arrejuntamiento en toda regla. El rapto de la novia, Si no estaba inscrito como cristiano en la iglesia, ni en el registro civil del ayuntamiento, para qué iba a andar ahora con formalismos, ni remilgos. Bastante había pasado ya con la guerra y con su rechazo en el ejército.

Una semana fuera del Ituero. Esa fue la "Luna de Miel". Ahora venía otra vida en la que había que alternar cualquier forma de subsistencia.

Pero en la aldea no había sitio para dos fraguas, pues su tío Wenceslao Velasco, hermano de Adolfo, con quién estuvo hasta finalizar la guerra civil, no estaba dispuesto a perder la poca clientela que tenía. La enemistad era manifiesta.

En Casas de Lázaro llaman a quintas al hijo menor de "Rejalgar", Enrique, que va ilusionado a Cartagena en un tren conocido en aquella época como "Changai" con una locomota de vapor de antes de la guerra, las conocidas como "Montaña", una marcha lenta en todo el trayecto que le permite nada más pasar a los campos de Murcia, bajar a coger frutas y comer algo para llegar a Cartagena. Todos los que han salido de Casas de Lázaro y otros pueblos de la sierra desconocían los frutos de las chumberas, y ahí que se lanzan como monos a coger higos chumbos. Nadie dice nada hasta que van subiendo al "Changai". Pero a pesar de ir clavados por los higos, se los van comiendo.

-"A burro muerto, la cebada al rabo", le dice Constante, hijo de "Bonares", compañero y amigo de Enrique, que presiente va a pasar más hambre que en el pueblo. Ambos se ayudarán para sobrevivir como sea en aquella ciudad de Cartagena donde sólo se ven soldados.

Enrique Velasco al inicio del servicio militar y al salir

Capítulo treinta y uno

El último discurso de Rejalgar

Jesualdo trabajaba en el Ituero donde nació su primera hija, a la que pusieron por nombre como a su hermana fallecida, Evelia. Enrique se había casado con la hija mayor de Juan "Pergan", la Patrona, después de tener el primer hijo en el Batán al que el cura de Casas de Lázaro, don Vicente Alarcón no quiso inscribirlo con el nombre de Sócrates como Enrique deseaba.

-¡Ese nombre no se lo pongo yo ni harto a vino!, decía. Tiene que ser uno del santoral. Y repetía la misma historia de hace trescientos años.

-Póngale el que quiera, decía Enrique. Y entre sí pensaba: "Ya se lo pondré en el juzgado del ayuntamiento el que me dé la gana".

-Venga, pues como su tío abuelo, Wenceslao.

Se trasladaron Enrique, la Patrona y el pequeño "Wenceslao" a probar fortuna a Balazote donde se había vuelto a casar, su tía María Amparo Velasco con José "Moco" al enviudar de Victorino Rosa, muerto en Francia.

Abrió Enrique un pequeño taller de aperador junto al río, en una casa de alquiler que la dueña abría por las mañanas como carnicería. Al lado, en un pequeño corral cubierto, arreglaba los carros que poco a poco iban desapareciendo como las cartillas de racionamiento.

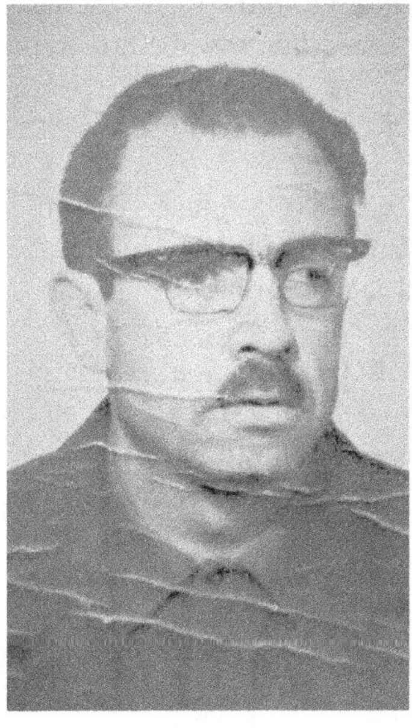
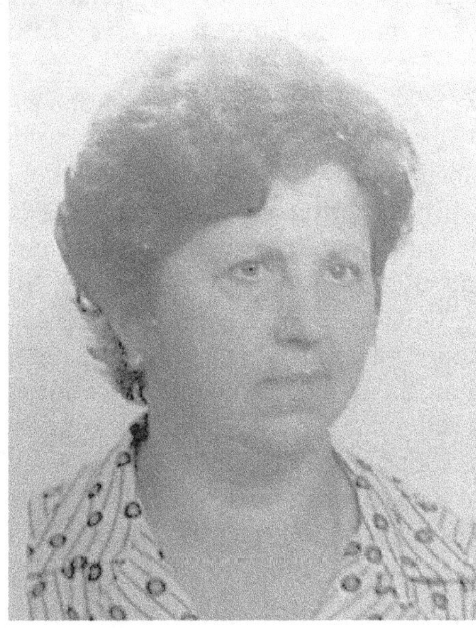

Enrique Velasco López, después del accidente en Casas Lázaro y Patrona Blázquez

El trabajo de reparación de los carros en Balazote comenzó a escasear. Lentamente se introducía la maquinaria, aunque España continuaba en la prehistoria industrial. Enrique, al que apodaron en Balazote, "El Bigotes", junto a su cuñado Juan Blázquez, se quedaron con el traspaso del bar "El Retiro", que se encontraba a veinte metros del taller. Entre las dos familias llevarían el negocio.

Pero volvió de nuevo la mala suerte a dar un susto al "Bigotes". Salieron en bicicleta los dos cuñados y el abuelo Juan "Pergán" camino de Casas de Lázaro a comprar patatas a mejor precio que en Balazote. Fue a la vuelta, en la cuesta que baja del pueblo a la Cañada, el quince de diciembre de 1958, el día que estuvo a punto de morir en la carretera. La bicicleta, al llevar el peso de las patatas, comenzó a vibrar, haciendo imposible sujetar el manillar y cayendo en la última curva, con la mala fortuna que el saco de patatas cayó sobre su cabeza.

Al principio lo vieron aturdido, no sangraba y no sabían la lesión producida. Lo llevaron en una camioneta a Balazote, pero ya anocheciendo no podía articular palabra por lo que Patrona dijo que había que llevarlo a Albacete al hospital. Y así sucedió. Quedó ingresado en coma durante quince días con traumatismo craneoencefálico y lesión en el ojo izquierdo. A los quince días despertó sin saber ni reconocer a nadie.

Le preguntó a su mujer Patrona, que fue acompañada de sus hijos un domingo de visita al hospital, que si los dos niños que estaban con ella eran sus hijos.

La monja que se encargó de cuidarlo durante todo el tiempo se echa a reír. Era buena señal.

"Rejalgar" se quedó solo en la fragua y entrado en años. Con sesenta y cinco, tenía que continuar las labores de la forja, a la que acudían los vecinos tertulianos y a saborear el vino a diario.

María Dolores, se quedó un tiempo con su primera nieta, Evelia, hija de Jesualdo y María.

Era sábado por la tarde cuando se oye el armonio en la iglesia, es víspera de la fiesta y Alfredo, hermano de Casiano se las apañaba bien para hacer agradable una misa o un baile. En la fragua se están apurando el vino "Sabinete", "Pisoto", Miguel el de "Pimentón", Sabino de Peñarrubia y "Rejalgar".

"Pisoto" que ha oído la agradable música, les dice a todos los tertulianos:

-Llevamos ya veinte años mudos, aguantando en silencio esta España que nos ha tocado vivir. Ya ni el vino me deja dormir entre tanto falangista y estirao. Me voy a tener que ir del pueblo y llevarme a mis hijos a Albacete o Valencia, porque aquí no quedan terruños que labrar.

-"Viva España, para mí solo" grita "Rejalgar". Sabinete, canta conmigo el "Cara al sol". ¡Me cago en todos los frailes de Francia!

-¿El "Cara al Sol"?, que lo cante el alcalde que es de los suyos, dice Sabinete.

Ya se había acabado el vino, todos borrachos y con ganas de meterse en la iglesia a cantar el Cara al Sol, Miguel les dice:

-Vamos a la plaza a echar un discurso. ¡Arriba España!

-Vamos allá dice "Rejalgar" cogiendo la almaina y saliendo el último de la fragua.

Y allá que bajan los cinco siguiendo a "Rejalgar" que iba a decir el primer discurso como tenía acostumbrado. Si se daba bien, los demás también dirían el suyo.

Desde dentro de la iglesia, Alfredo con el armonio hacia las misas más llevaderas. Algunas mujeres desde el interior han oído ruido en la plaza. La mujer de "Carilla" es la primera en salir.

-Válgame un dolor, ¡Buen avío de apechusques! exclama desde la puerta. Pues buena se va a liar, los cinco borrachos y "Rejalgar" a la cabeza. ¡Vais a ser más famosos que Nerón!

Los cinco se ríen a carcajadas, cuando comienzan a salir más feligreses por el pórtico de la iglesia.

-Un discurso, un discurso. ¡Ay la madre que os parió!, grita la Paula, mujer de Miguel "Pimentón. Estos vienen borrachos a liarla.

Cuando ya habían salido unas diez personas, se iban retirando por la pared de la iglesia ante la cuadrilla dispuesta a liarla con los discursos.

-¡Primer discurso!, grita "Rejalgar". ¡Todo el mundo atento!

Se pone delante de todos los que miraban recién salidos de misa y de la cuadrilla que le acompañaba. Les mira sonriendo con picardía, pensando: ¡De aquí os vais todos a esbrojar sarmientos antes que el cura saque la arriega y comience a bendeciros! ¡So tontos! Comienza a voltear la almaina con las dos manos. Los vecinos comienzan a correr y a gritar: ¡La almaina!, ¡La almaina!, ¡"Rejalgar" con la almaina!, ¡Sálvese el que pueda! Cuando la almaina está en el cielo, nadie sabe dónde caerá. Pero al caer ya no hay nadie. Como un disparo han salido todos del espacio de la plaza. "Rejalgar" ni se ha movido de su sitio, ni ha mirado al cielo a ver dónde caía la almaina. Ha esperado que caiga donde ha querido. El cura lo ha visto desde la puerta. Se ha echado las manos a la cabeza. Otros han corrido a avisar a la guardia civil por si había algún herido. El sacristán no sale de su asombro. Alfredo se asoma también a la puerta. Pero nadie se ha atrevido a decirle nada por si le da por voltear de nuevo y lanzarla hacia el campanario.

Como la plaza se ha quedado sola, "Rejalgar" recoge la almaina y se retira calle arriba con ella al hombro.

-¿Dónde os habéis ido, cacho cabrones?, les dice "Rejalgar" a los cuatro compinches de discurso. "Sabinete", ¿dónde estás?, que ahora te toca a tí.

Si hombre, piensa "Sabinete" escondido en la esquina del bar de la Castora, mirando a Eloy, cuñado de "Rejalgar", que lo mira sorprendido al verlo borracho y escondido.

-¿Pero qué haces ahí "Sabinete"? le pregunta Eloy.

-¡Calla, calla y no salgas! que tu cuñao ha lanzao al aire la almaina y yo no sé si ha matado a alguien.

-Pues me voy adentro y cierro la puerta, que me tiene poco cariño, le dice Eloy, cerrando la puerta por dentro.

Subió "Rejalgar" la cuesta de la calle Poniente a guardar la almaina. Abre la puerta, deja la almaina junto al fuelle y piensa: ¡Se acabaron los discursos! ¡Tos a la mierda!

Y comenzó a reblandecérsele el cerebro como a su padre Gregorio. Poco a poco, hasta que ya no sabía la hora de comer. María Dolores tuvo que sufrir todas las penas, cuatro hijos muertos y su primer nieto. La dura situación de la mujer, trabajando en las labores domésticas, cuidar a los hijos, trabajar en el campo y sobre todo, unida en matrimonio sin afecto, configuraban los rasgos y la tristeza.

Con setenta y nueve años "Rejalgar" y María Dolores con ochenta y dos, tuvieron que abandonar la fragua y la casa, para irse a vivir a Albacete, Allí ya se habían trasladado Enrique y Patrona, al barrio obrero de la Fiesta del Arbol, en la calle Bolivia y a escasos treinta metros de la calle Cáceres donde residían Francisco y Palmira Velasco, hijos de Wenceslao. Rejalgar y su hermano Wenceslao padecían la misma enfermedad que su padre Gregorio: Alzheimer.

Desde que abandonaron Casas de Lázaro y el Ituero, Adolfo y su hermano Wenceslao, ya no volvieron a verse; ni tampoco a su hermana Castora que vivía con Eloy en Albacete, en el mismo barrio, en la calle Calatrava, muy cerca de ambos.

"Rejalgar" se había quedado como una estatua al sol. Era incapaz de hacer un gesto coherente. Su mujer María Dolores le daba cucharadas de cocido maldiciéndolo. Pero él sonreía sin entender palabra alguna. Cuando ya se llenaba la boca era incapaz de masticar, ni de modo alguno tragar el caldo. Acechaba la muerte y se avecinaba el final cuando ya manchaba los pantalones sin moverse, sonriendo ligeramente al poco sol de diciembre del año 1965 cuando lo acostaron después de Navidad para abandonar este mundo al primer sueño.

María Dolores Lopez Aguilar a los treinta y a los noventa años

María Dolores, se despertó temprano, abrió la ventana de la habitación y vió que no respiraba. Se había quedado como lo echaron sobre la cama de bronce, debajo de dos mantas y una colcha árabe de seda de las que tejían en Casas de Lázaro. Siete años y tres días después de morir "Rejalgar" murió María Dolores, enlutada hasta las zapatillas de andar por casa. Una triste historia de su vida, que llenó la vida de años. No salió nunca más allá del lavadero y de la fuente del Caño de Casas de Lázaro como tantas mujeres del pueblo.

Dos años y diecisiete días después de fallecer "Rejalgar", Wenceslao hizo su despedida. Se quedó durmiendo en casa de Palmira Velasco, su hija, para no despertar. Salió corriendo a ver a su cuñada Maruja que vivía enfrente.

-El abuelo "Wences" se ha muerto, le dijo.

Toda la familia Velasco se fue concentrando en este barrio de San Pablo. Allí fueron a vivir también los hijos de María Velasco, hermana de Adolfo "Rejalgar" y Wenceslao, María, Amparo, Gregoria, Emilio, Adolfo y Eloyna.

También se vino al barrio, Jesualdo Velasco, a la calle Agustina de Aragón y después a la calle Miguel Servet, frente al "Pelibayo" donde también vivió Araceli Rosa, el alcalde represaliado de Casas de Lázaro.

Después murió Castora Velasco García sin dejar hijos y al año siguiente Eloy, su marido que llevó en silencio otro calvario. Al no dejar herederos, correspondía la pequeña herencia a los sobrinos de Castora, una pequeña casa en la calle Tejares de Albacete, la cual no se pudo ejecutar por negarse los sobrinos a pagar los gastos notariales e impuestos, acordando Enrique y otros sobrinos que la mejor opción era renunciar a la misma y ceder sus derechos al asilo de ancianos de San Antón de Albacete. Y así fue, quedando todos en paz y el asilo con un buen donativo que tardaron en ejecutar veinte años.

ALFONSO VELASCO Y SUS CUATRO HIJOS

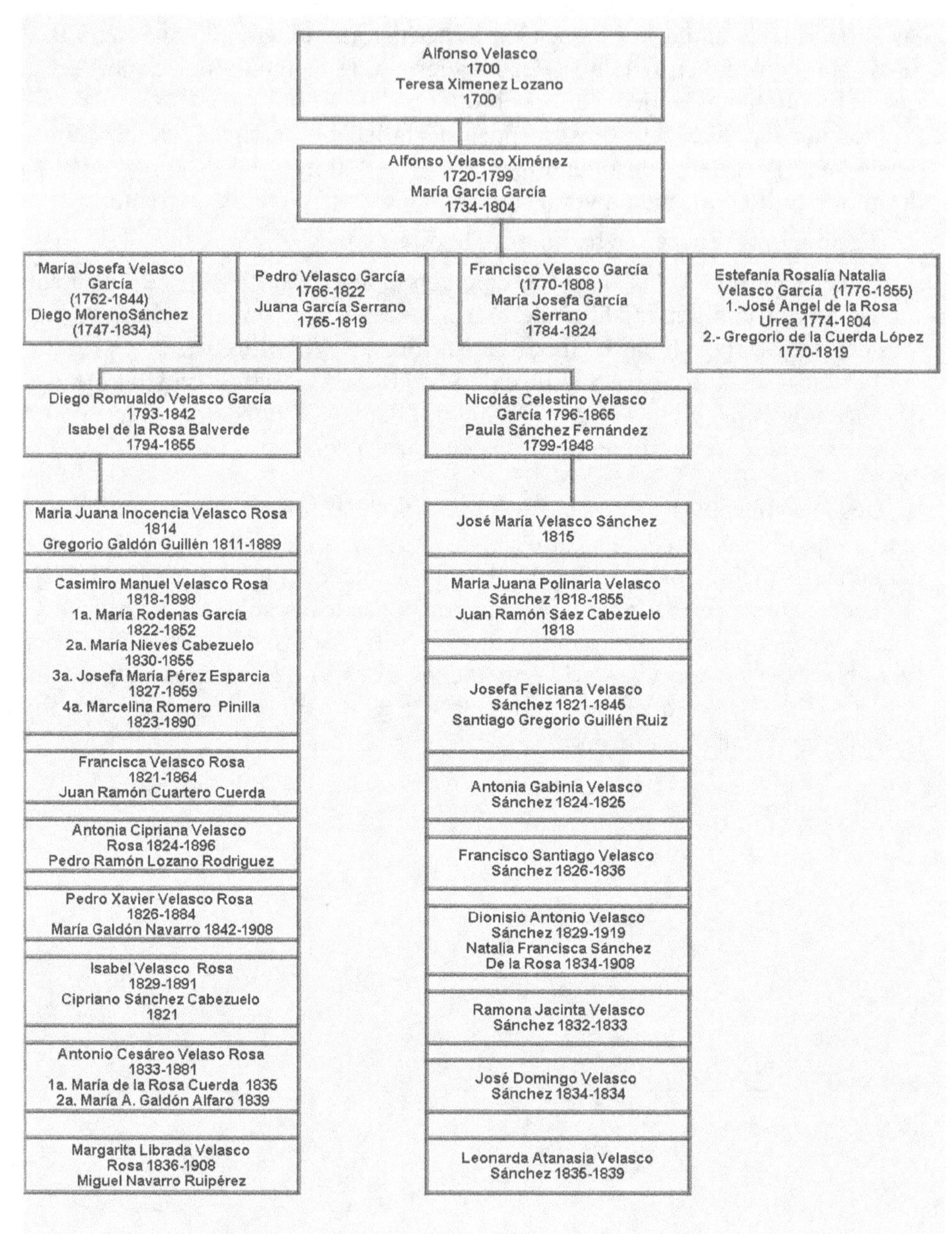

PEDRO VELASCO GARCÍA, SEGUNDO HIJO DE ALFONSO VELASCO

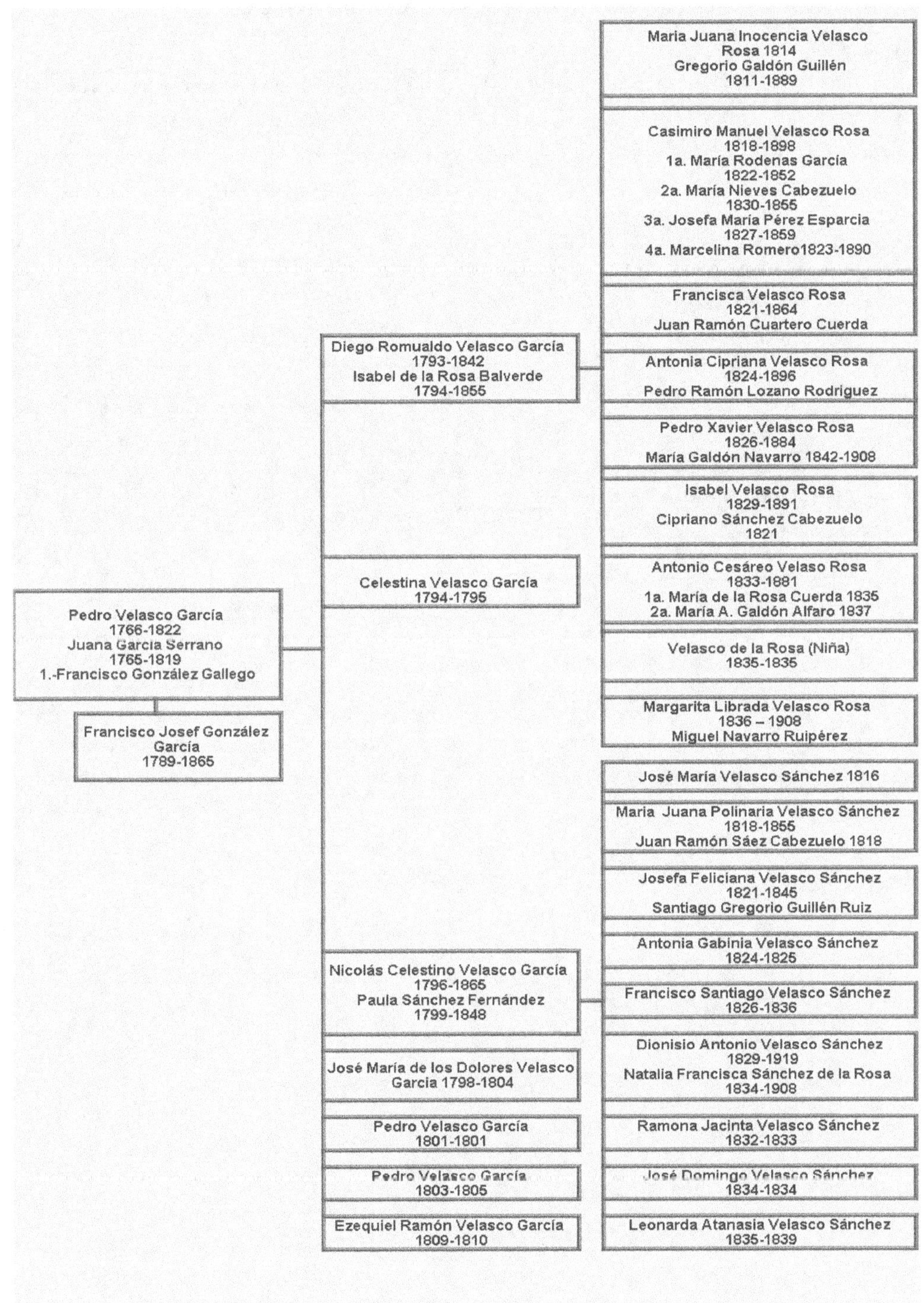

CUADRO DE DESCENDIENTES DE ROMUALDO VELASCO GARCÍA, HIJO DE PEDRO VELASCO GARCÍA

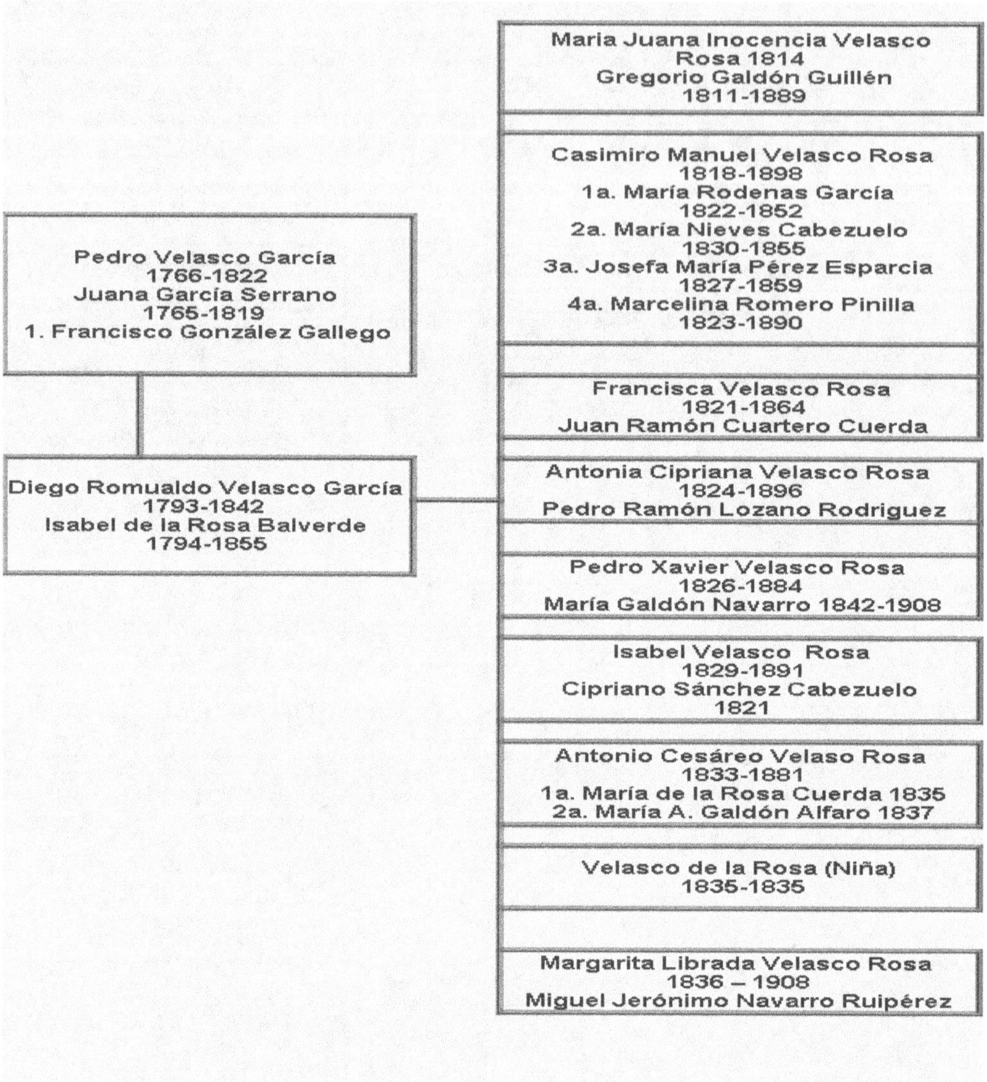

Pedro Velasco García
1766-1822
Juana García Serrano
1765-1819
1. Francisco González Gallego

Diego Romualdo Velasco García
1793-1842
Isabel de la Rosa Balverde
1794-1855

Maria Juana Inocencia Velasco Rosa 1814
Gregorio Galdón Guillén
1811-1889

Casimiro Manuel Velasco Rosa
1818-1898
1a. María Rodenas García
1822-1852
2a. María Nieves Cabezuelo
1830-1855
3a. Josefa María Pérez Esparcia
1827-1859
4a. Marcelina Romero Pinilla
1823-1890

Francisca Velasco Rosa
1821-1864
Juan Ramón Cuartero Cuerda

Antonia Cipriana Velasco Rosa
1824-1896
Pedro Ramón Lozano Rodriguez

Pedro Xavier Velasco Rosa
1826-1884
María Galdón Navarro 1842-1908

Isabel Velasco Rosa
1829-1891
Cipriano Sánchez Cabezuelo
1821

Antonio Cesáreo Velaso Rosa
1833-1881
1a. María de la Rosa Cuerda 1835
2a. María A. Galdón Alfaro 1837

Velasco de la Rosa (Niña)
1835-1835

Margarita Librada Velasco Rosa
1836 – 1908
Miguel Jerónimo Navarro Ruipérez

CUADRO DE DESCENDIENTES DE ROMUALDO VELASCO, MARÍA JUANA, FRANCISCA, ANTONIA E ISABEL VELASCO ROSA

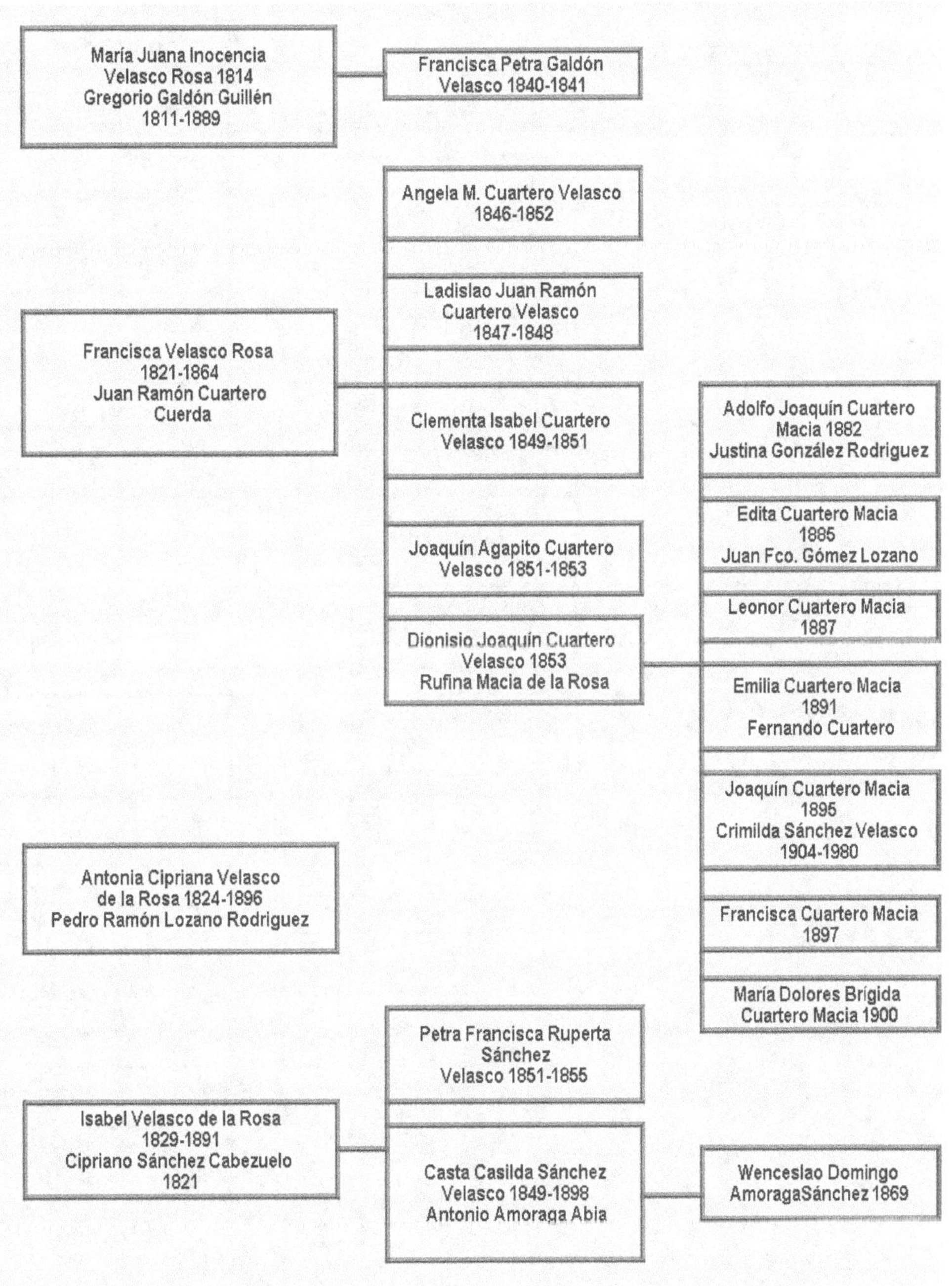

CUADRO DESCENDIENTES DE ROMUALDO VELASCO GARCÍA, CASIMIRO VELASCO DE LA ROSA

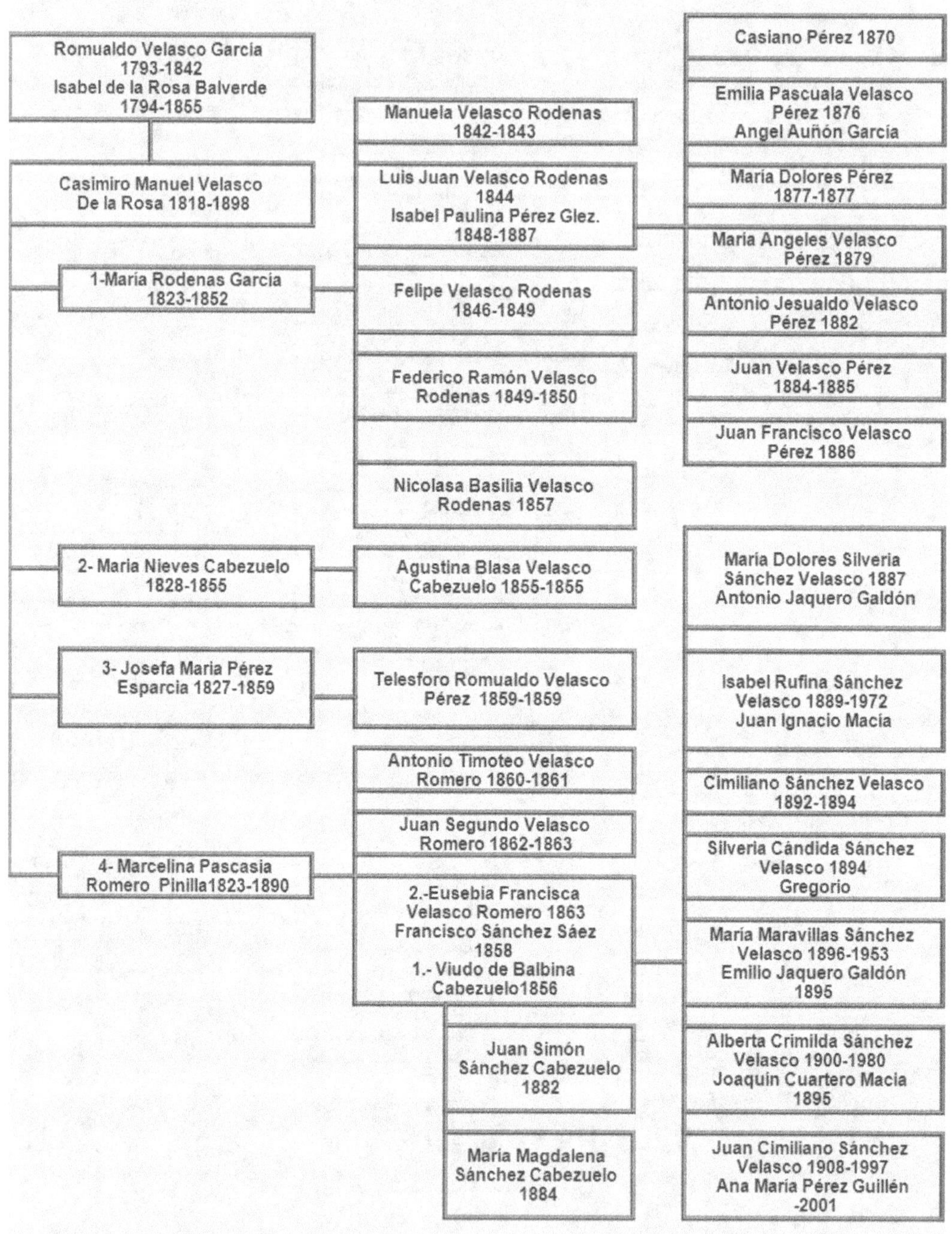

CUADRO DE DESCENDIENTES DE ROMUALDO VELASCO, PEDRO XAVIER VELASCO DE LA ROSA

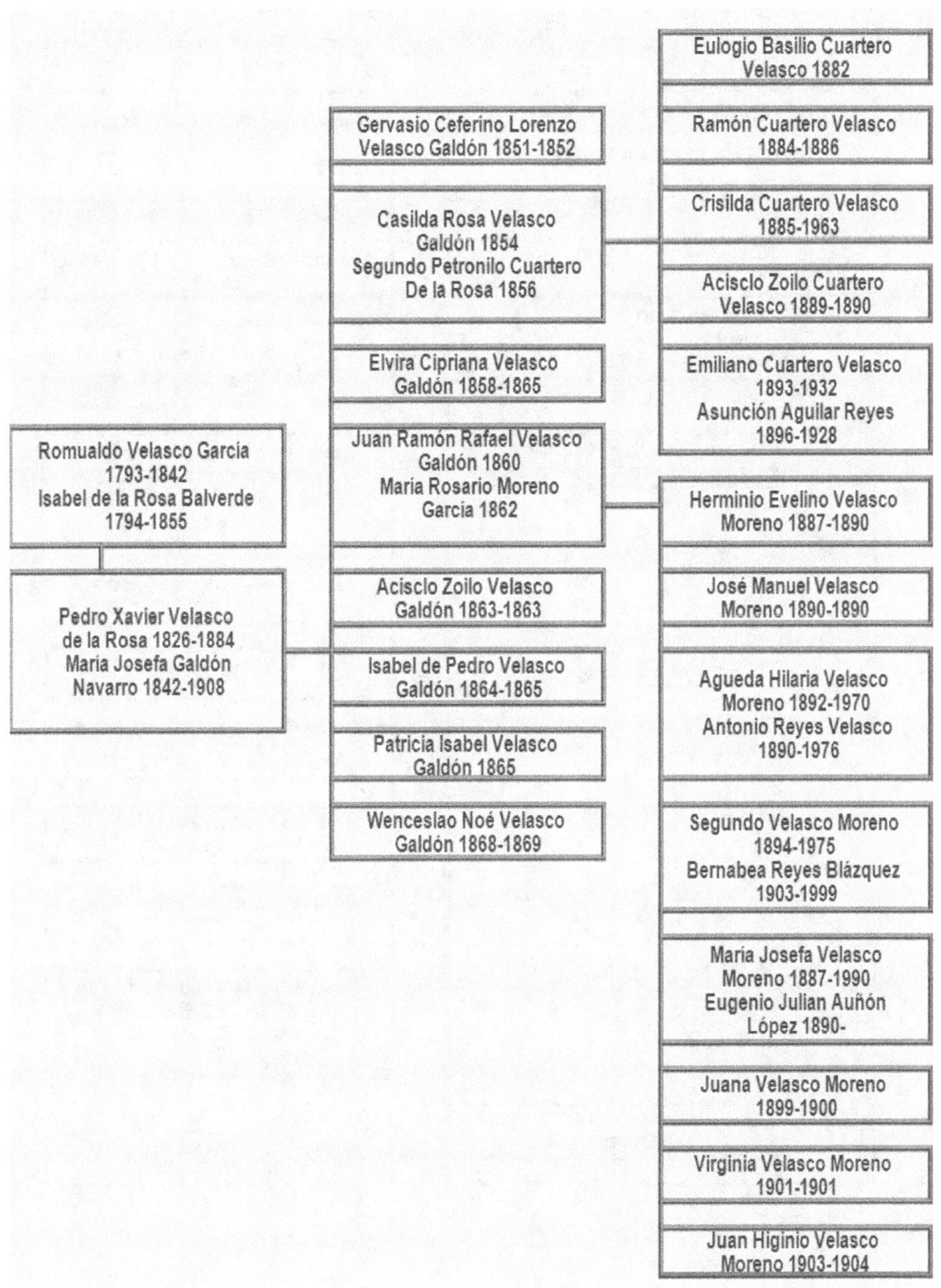

CUADRO DE DESCENDIENTES DE ROMUALDO VELASCO GARCÍA, ANTONIO CESÁREO VELASCO DE LA ROSA

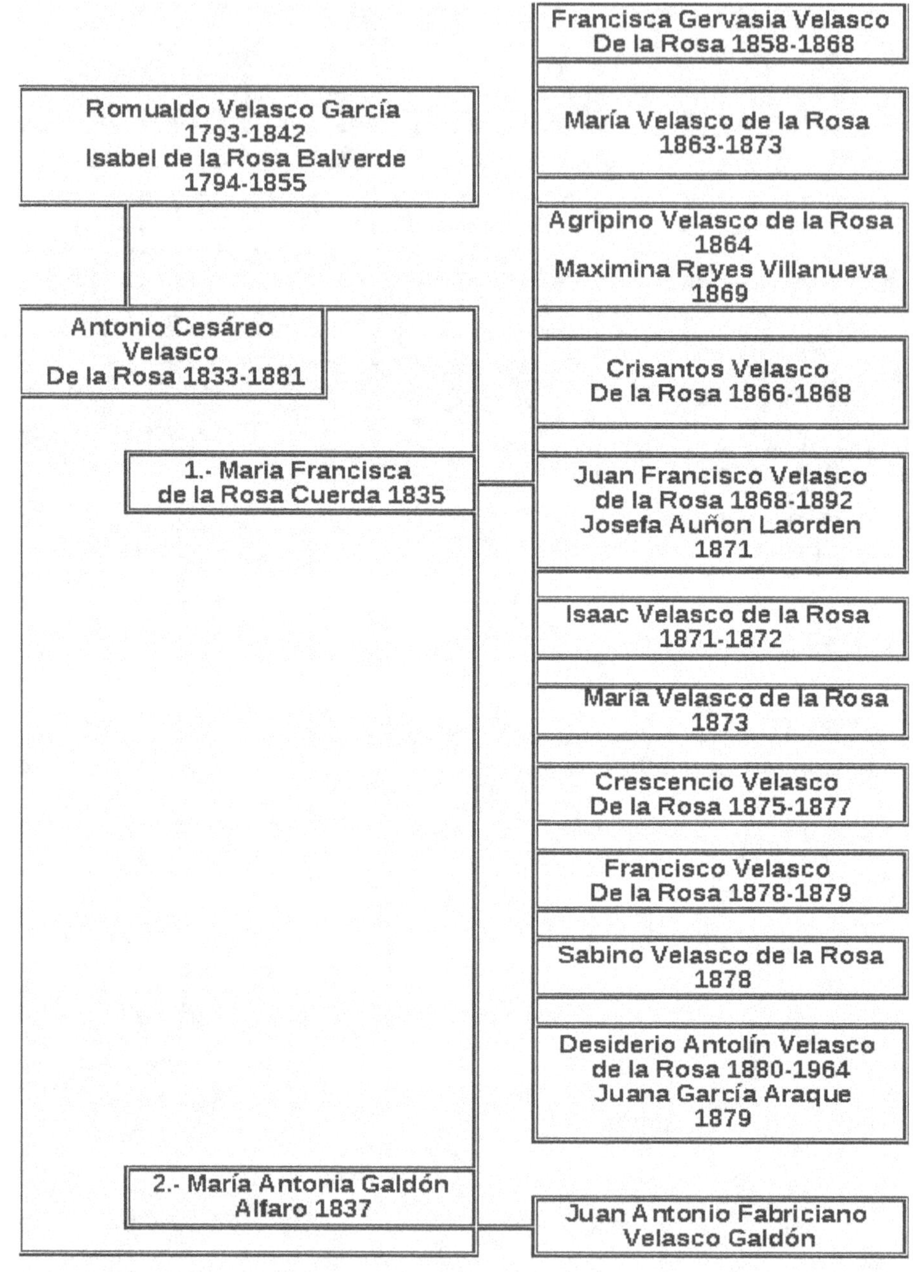

CUADRO DE DESCENDIENTES DE CASIMIRO VELASCO Y MARÍA RODENAS
LUIS JUAN VELASCO RODENAS

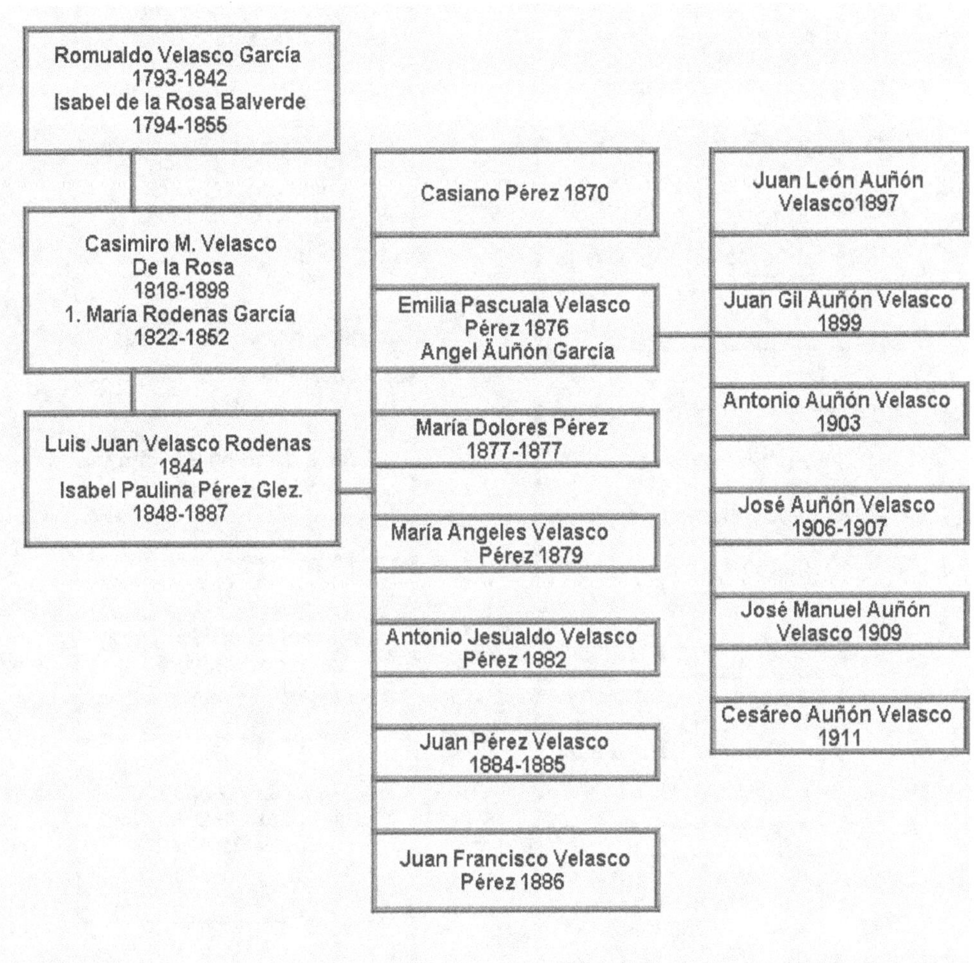

CUADRO DE DESCENDIENTES DE CASIMIRO VELASCO Y MARCELINA ROMERO. EUSEBIA FRANCISCA VELASCO

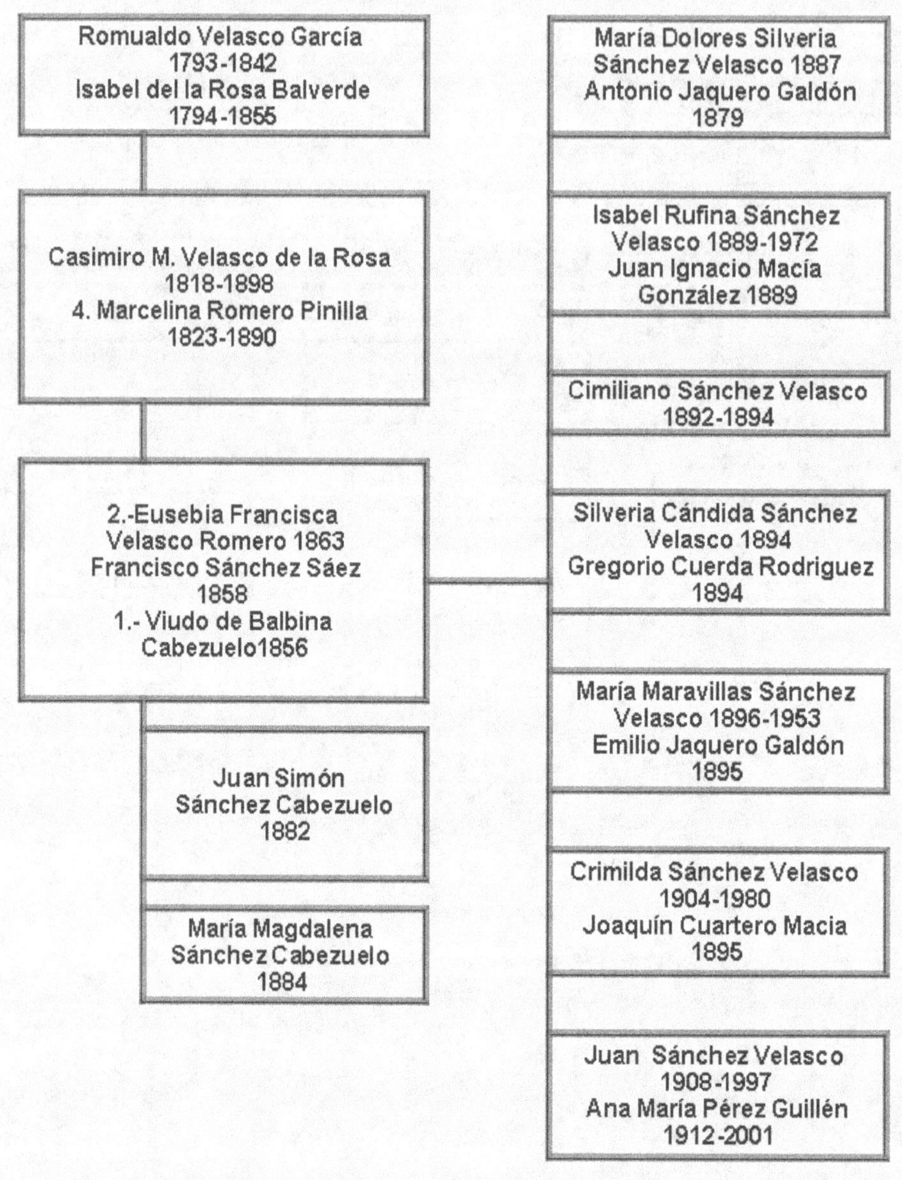

CUADRO DE DESCENDIENTES DE JUAN RAMÓN RAFAEL VELASCO GALDON Y MARÍA ROSARIO MORENO. AGUEDA HILARIA VELASCO MORENO

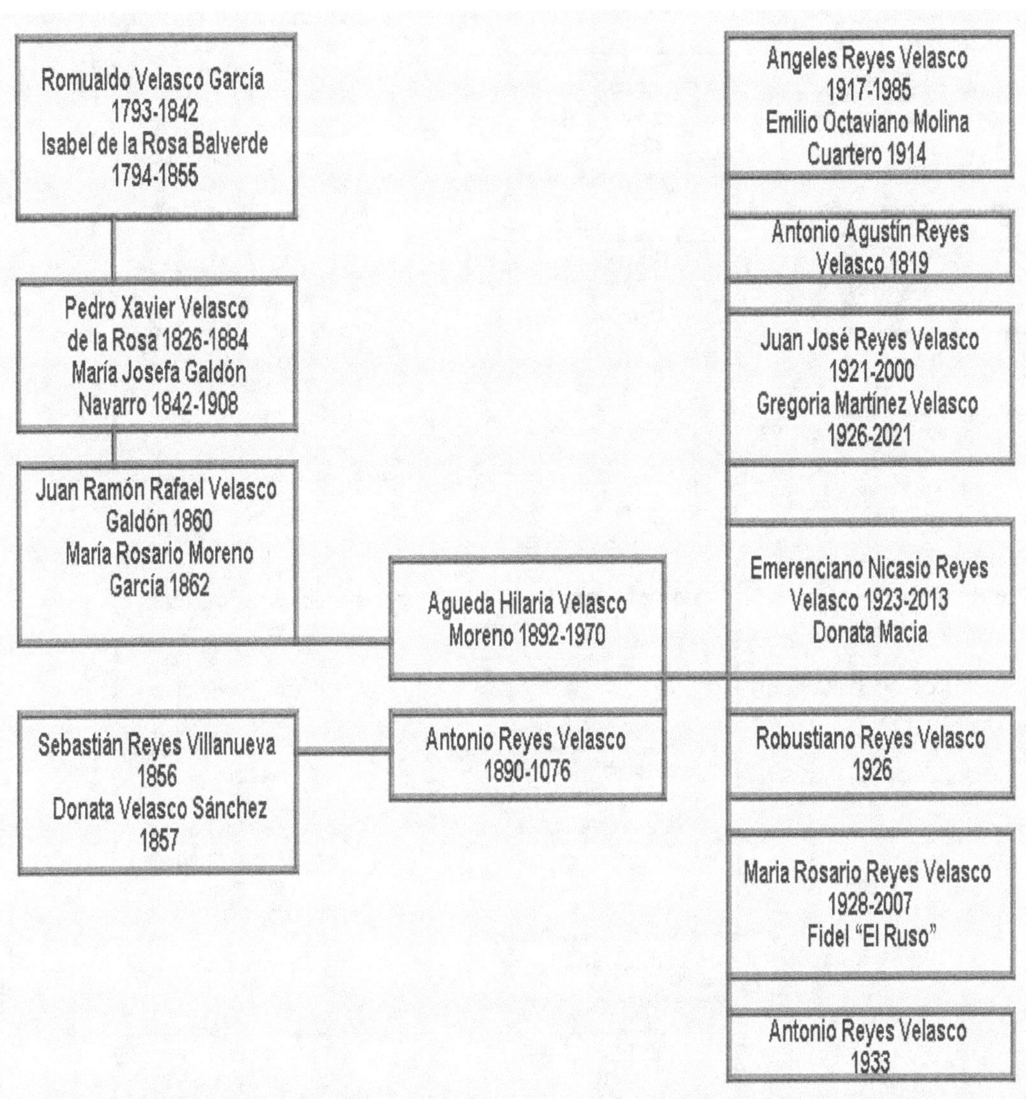

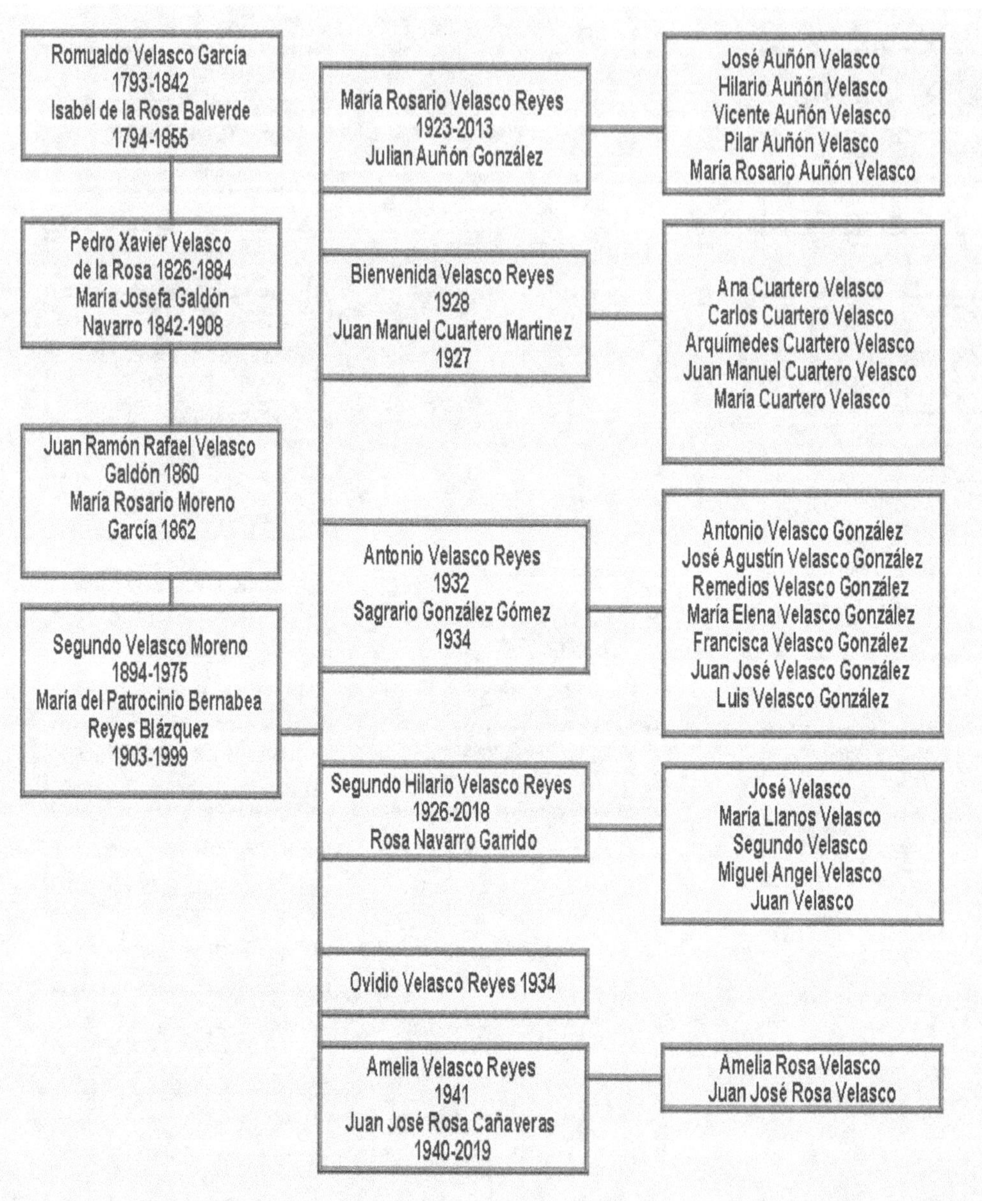
Romualdo Velasco García
1793-1842
Isabel de la Rosa Balverde
1794-1855

Pedro Xavier Velasco
de la Rosa 1826-1884
María Josefa Galdón
Navarro 1842-1908

Juan Ramón Rafael Velasco
Galdón 1860
María Rosario Moreno
García 1862

Segundo Velasco Moreno
1894-1975
María del Patrocinio Bernabea
Reyes Blázquez
1903-1999

María Rosario Velasco Reyes
1923-2013
Julian Auñón González

José Auñón Velasco
Hilario Auñón Velasco
Vicente Auñón Velasco
Pilar Auñón Velasco
María Rosario Auñón Velasco

Bienvenida Velasco Reyes
1928
Juan Manuel Cuartero Martinez
1927

Ana Cuartero Velasco
Carlos Cuartero Velasco
Arquímedes Cuartero Velasco
Juan Manuel Cuartero Velasco
María Cuartero Velasco

Antonio Velasco Reyes
1932
Sagrario González Gómez
1934

Antonio Velasco González
José Agustín Velasco González
Remedios Velasco González
María Elena Velasco González
Francisca Velasco González
Juan José Velasco González
Luis Velasco González

Segundo Hilario Velasco Reyes
1926-2018
Rosa Navarro Garrido

José Velasco
María Llanos Velasco
Segundo Velasco
Miguel Angel Velasco
Juan Velasco

Ovidio Velasco Reyes 1934

Amelia Velasco Reyes
1941
Juan José Rosa Cañaveras
1940-2019

Amelia Rosa Velasco
Juan José Rosa Velasco

CUADRO DE DESCENDIENTES DE JUAN RAMÓN RAFAEL VELASCO GALDON Y MARÍA ROSARIO MORENO. MARÍA JOSEFA VELASCO MORENO

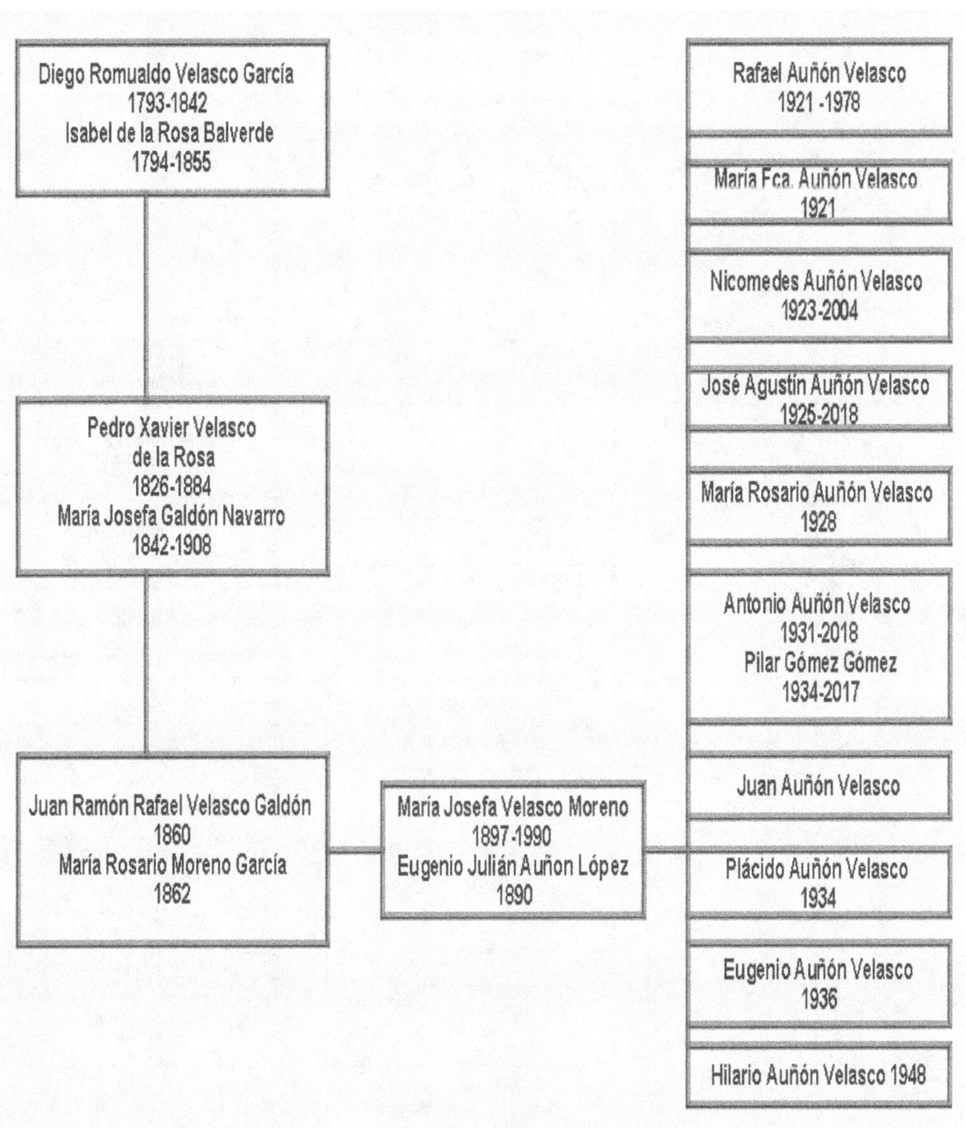

CUADRO DE DESCENDIENTES DE AGRIPINO CESÁREO VELASCO DE LA ROSA (HIJO DE ANTONIO CESÁREO DE LA ROSA Y MARÍA FRANCISCA DE LA ROSA CUERDA)

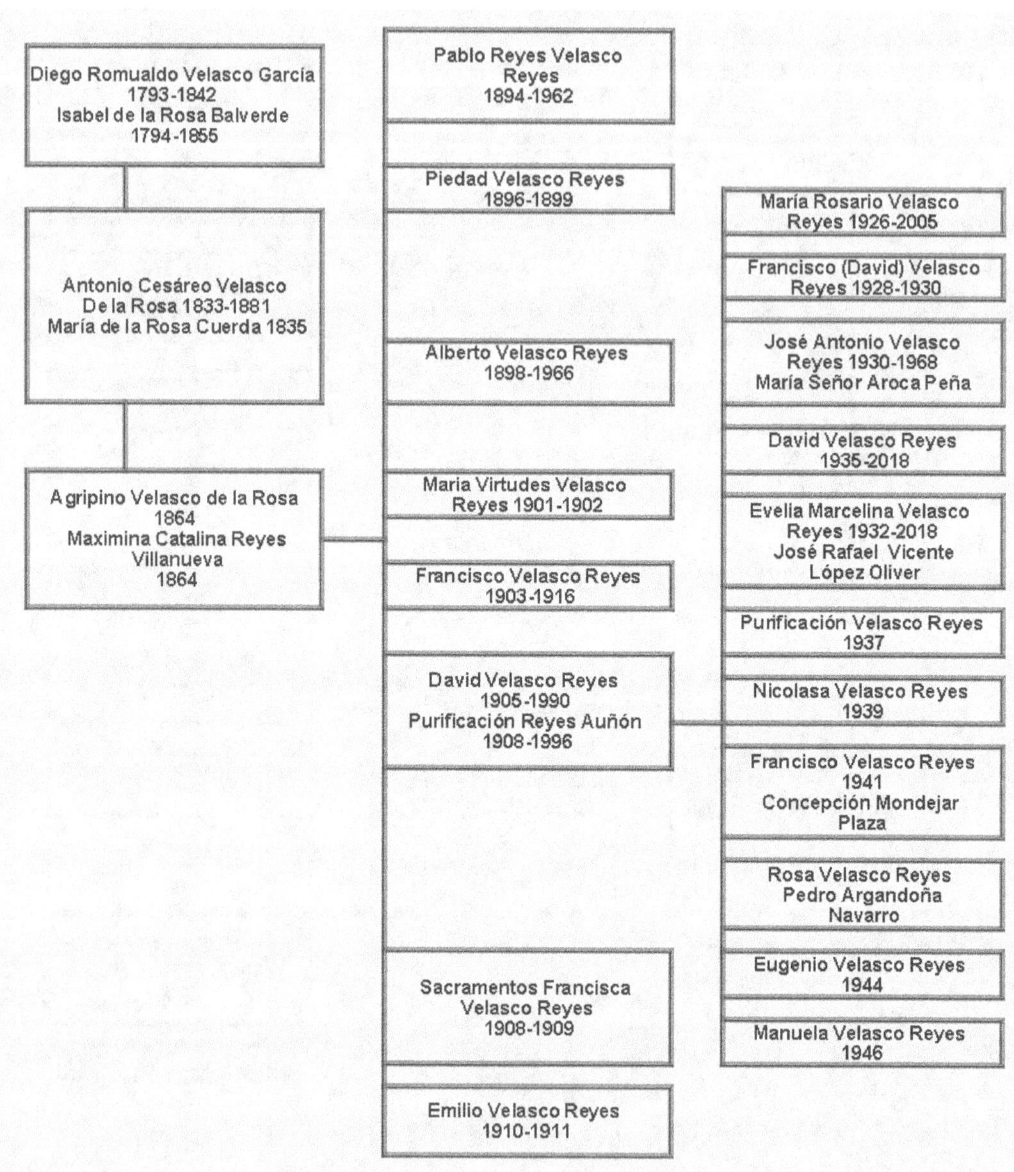

CUADRO DE DESCENDIENTES DE JUAN FRANCISCO CESÁREO VELASCO DE LA ROSA (HIJO DE ANTONIO CESÁREO DE LA ROSA Y MARÍA FRANCISCA DE LA ROSA CUERDA)

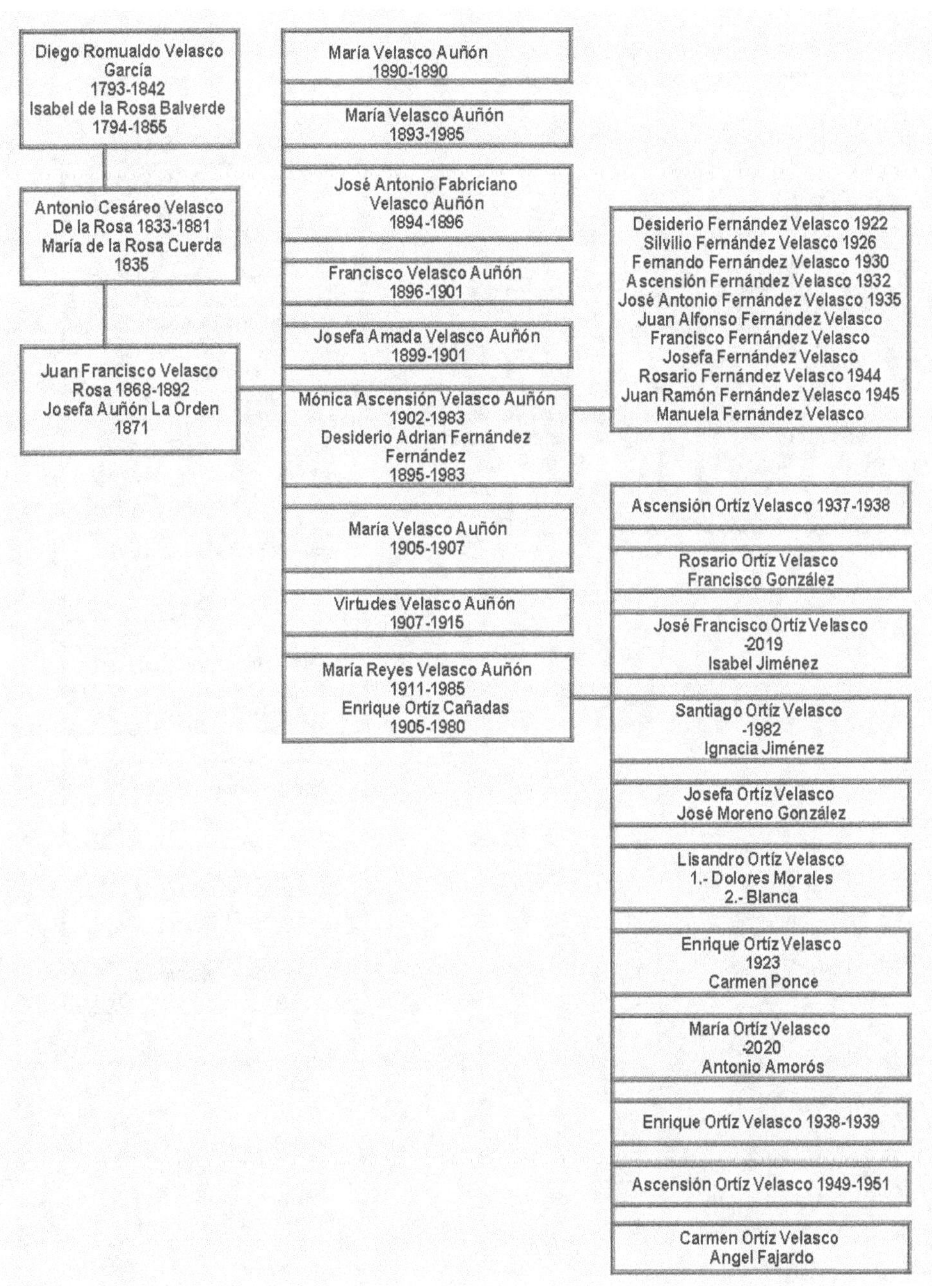

CUADRO DE DESCENDIENTES DE DESIDERIO ANTOLÍN VELASCO DE LA ROSA (HIJO DE ANTONIO CESÁREO DE LA ROSA Y MARÍA FRANCISCA DE LA ROSA CUERDA)

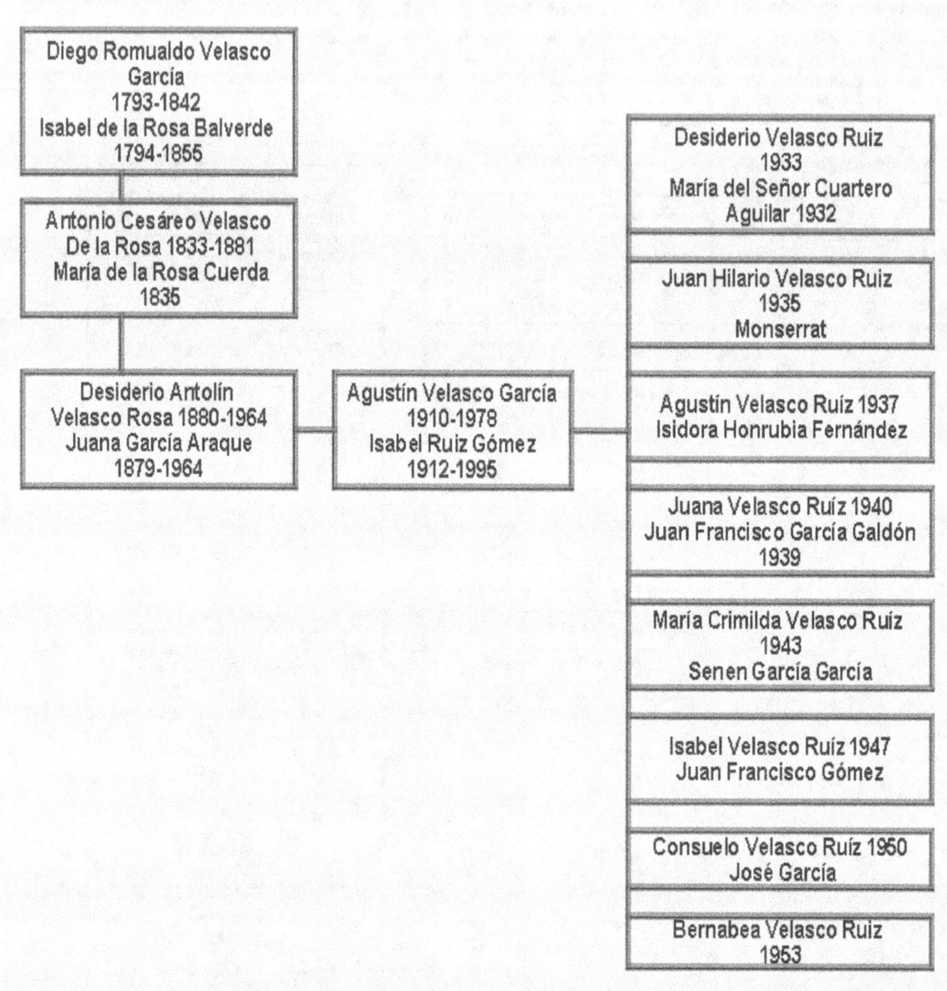

CUADRO DE DESCENDIENTES DE MARGARITA LIBRADA VELASCO DE LA ROSA. HIJA DE ROMUALDO DE LA ROSA

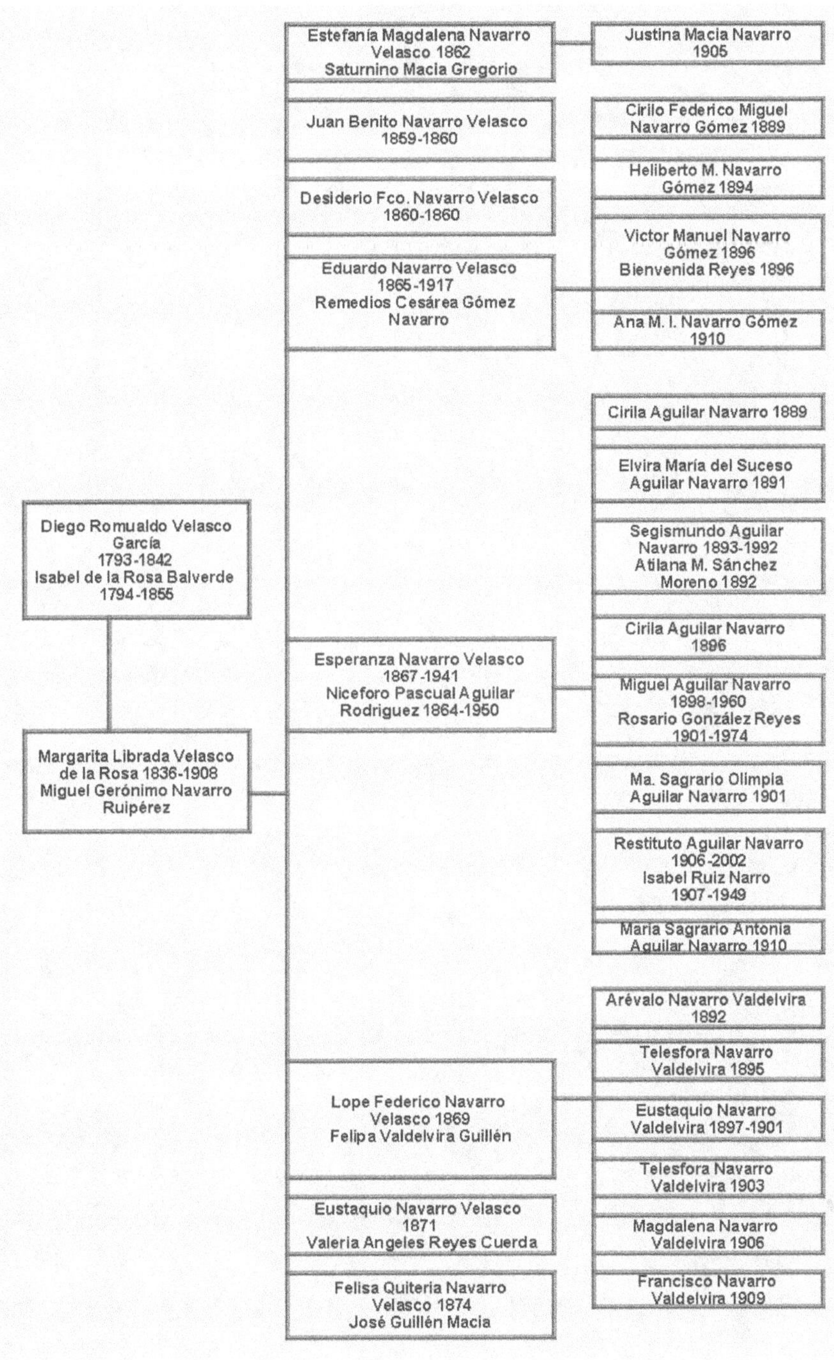

BIBLIOGRAFÍA

ARCHIVO HISTÓRICO PROVINCIAL DE ALBACETE

ARCHIVO HISTÓRICO DIPUTACIÓN DE ALBACETE

ASENSIO R., M., *"El Carlismo en Castilla La Mancha 1835-1875*, Ediciones Almud, 2011.

AYUNTAMIENTO DE GRANATULA DE CALATRAVA, *Qué visitar,* www.granatuladecalatrava.es/ge-que_visitar

AYUNTAMIENTO DE CASAS DE LAZARO, Libros de nacimientos y defunciones.

AYUNTAMIENTO DE MASEGOSO, libros de nacimientos y defunciones.

BLAZQUEZ, M., *La Inquisición en Albacete*, IEA, 1985.

CARMONA, D. *El Patrimonio Etnológico en las Salinas*

CATASTRO DE ENSENADA. 1749.

CORCOLES, S,. *Historia de la vida de un ciego*. Ed. Autor, 1999.

CORCOLES S., *Memorias de una vida. Historias y recuerdos de Santiago Córcoles Blázquez*. Ed. Autor, 2004.

CRIADO, L,. *Documentación Municipal. El procedimiento de quintar mozos en los siglos XVIII o XIX. Legislación.* https.libro%20reemplazos%20españa,pdf

DIAZ, B., *Matronas a lo largo de la Historia,* *https://es.slideshare.net/braisdiaz7/matronas-a-lo-largo-de-la-historia*

DIAZ, F., MUÑOZ, A., *Casas de Lázaro. Álbum familiar.* Ed. Asociación Cultural La Vega, 2020.

DIAZ, P.L., *Aproximación histórica a la guerra de al Independencia en Albacete.* *www.sociedaddelainformación.com.* n. 14. Diciembre 2008. 2/14. Ed. Cefalea.

ENRENREICH, B., *Comadronas y enfermeras. Historia de las sanadoras, dolencias y trastornos, política sexual de la enfermedad.* Barcelona, La Sal, 1981.

ESLAVA, J., *Historia de España contada para escépticos*, Planeta, 2017.

ESLAVA, J., *La familia del Prado*, Planeta, 2018.

ESLAVA, J., *Una historia civil que no va a gustar a nadie*, Planeta, 2005.

EYRE, P., *Franco confidencial.* Ediciones Destino, 2013.

FAMILY SEARCH. Archivos digitalizados de nacimientos, matrimonios y defunciones. Iglesia de los Santos de los Últimos Días.

FIGUERA E., *"Enfermedades más frecuentes a principios del S.XIX.*

FISAS, C., *Historia de las reinas de España. La Casa de Borbón.* Planeta, 1992.

FONT, P,. *Plantas Medicinales. El Dioscórides Renovado.* Labor. Barcelona,1985.

FUSTER, F., *El alcalde que obligó a Fernando VII a dormir en Albacete.* Albasit. IEA, 1977.

GONZALEZ, J.J., *Muerte y pasión de un maquis: Sebastián Moya Moya,* Autor Editor 1693. Albacete, 1985.

GUERRA, A. M., *El Real Canal de Albacete,* Albasit, IEA, 1977

GUERRA, A. M., *"Albacete y la Primera Guerra Carlista (1833-1839),* Universidad de Murcia, 1983.

HENARES D., Y O OTROS., *"La Mili: Levas, Quintas y Milicias en la provincia de Albacete.* Diputación Albacete, 2014.

JORDAN, M., J.F., GONZALEZ B., A., *"Eutanasia infantil en el mundo rural de la España preindustrial".* I Congreso Etnográfico del Campo de Cartagena. 2003. Vol. I Cartagena. 2003. Revista de Antropología 10 Universidad de Murcia, 2004.

MADOZ, P., *Diccionario geográfico-estadístico-histórico de España y sus posesiones de ultramar,* Madrid, 1845.

MARIN, J.P., MORENO, A., *Los expedientes de revisión de depuración del Magisterio español en el Archivo Central de Educación, Ministerio de Educación, Cultura y Deporte.*

MARTIN, E., *Pozos de nieve en Ciudad Real, https:/objetivocastillalamancha.es/conten/ciudad-real/pozos-de-nieve-en-ciudad-real.* 27-02-2020

MATTHEW, J., *Soldados a la fuerza. Reclutamiento obligatorio durante la Guerra civil, 1936 1939,* Alianza Editorial

MIRALLES, R., *Juan Negrín. La República en guerra.* Temas de hoy, 2003.

MONTES, J.F., DE LA PEÑA, A. *Sierra, Llanura y Río.* Instituto de Estudios Albacetenses Don Juan Manuel. Diputación de Albacete, 2018.

ORTIZ, M., *La violencia política en la dictadura franquista 1939-1977,* Bomarzo, Albacete, 2013.

PLAZA, G., y otros, *Alcolea. Los legados de la tierra, Historia en imágenes (I) 1870-1939,* Diputación de Ciudad Real, 2006.

PRESTON, P., *La guerra civil española,* Planeta, 2013.

PRETEL, A., AYLLON, C., CARRILERO, R., GARCIA, P., CORCOLES, M., COZAR, R., PANADERO, C., *Historia de Albacete, del siglo X al XX,* Altabán, Albacete, 2020

PRETEL, A., FERNÁNDEZ, M., *Maquis y Resistencia en la Sierra de Alcaraz y Campos de Montiel, 1946-1947,* Ed. Asociación Cultural Alcaraz, Siglo XXI

RAMOS, I., *Policía de vagos para las ciudades españolas del siglo XVIII*, Rev. estad. hist.-jurid. n° 31 Valparaiso, 2009.

ROJO, V., *Así fue la defensa de Madrid.* Madrid.

RUIZ, F., Las *Ordenes Militares y la repoblación de los territorios de la Mancha,* Consejo Superior de Investigaciones Científicas, Madrid, 2003.

RUIZ, B., *Casas de Lázaro. Tradiciones y Recuerdos,* Gráficas Cano y Diputación de Albacete, Albacete, 2015.

RUIZ, B., *Casas de Lázaro. Su historia. Sus gentes,* Punto Rojo Libros, 2014.

RUIZ, B., LOPEZ, A.M., *Fueron noticia en Casas de Lázaro,* Letrame Editorial, 2018.

SALAS, R., *Historia del Ejército Popular de la República.* Ed. La Esfera de los libros, Madrid, 1973.

SALAZAR, J., *Manual de Genealogía española,* Hidalguía, Madrid, 2006.

SERNA, J., *Cómo habla la Mancha. Diccionario Manchego. (Albacete y sus Tierras)*, Suc. De A. González, 1974.

TAJADA, J. L., MARTINEZ, J., ROSILLO, F., *Guía Secreta de la Provincia de Albacete,* Ed. Autores, 2015.

VELASCO, J. M., Expedientes X en Albacete, la luz del Pardal, Almenara, n° 24, Centro Excursionista de Albacete, 1998.

VELASCO, J .M., *Molinos de Viento Harineros de la Provincia de Albacete,* Zahora, Diputación de Albacete, 1990.

VELASCO, J. M., Y OTROS, *Reventando las sombras,* Taller de Poesía, Albacete, 1977.

VELASCO, J. M., ÑACLE, A., *Vías pecuarias de la provincia de Albacete,* Diputación de Albacete, 2001.

VELASCO, J. M., ÑACLE, A., *El Camino de Anibal,* Diputación de Albacete, 1993.

VERDE, A., RIVERA, D., OBON, C., FAJARDO, J., *Plantas Medicinales en la Provincia de Albacete, Usos, creencias y leyendas,* Zahora n.° 28, Revista de Tradiciones Populares. Diputación de Albacete, 1998.

ZAHORA, Revista de Tradiciones Populares, I congreso Nacional de Arquitectura
Rural en Piedra Seca, Vol. I. Diputación de Albacete, 1993.